김소진

서교동 강 출판사 한켠에 마련된 집필실에서(1996)

▲ 신혼집. 서울시 강남구 세곡동 432-1 태양열 주택(1993)

▶ 신혼시절(1993.7)

▼ 일산 새도시로 이사 후 정발산 가족 나들이(1994.9)

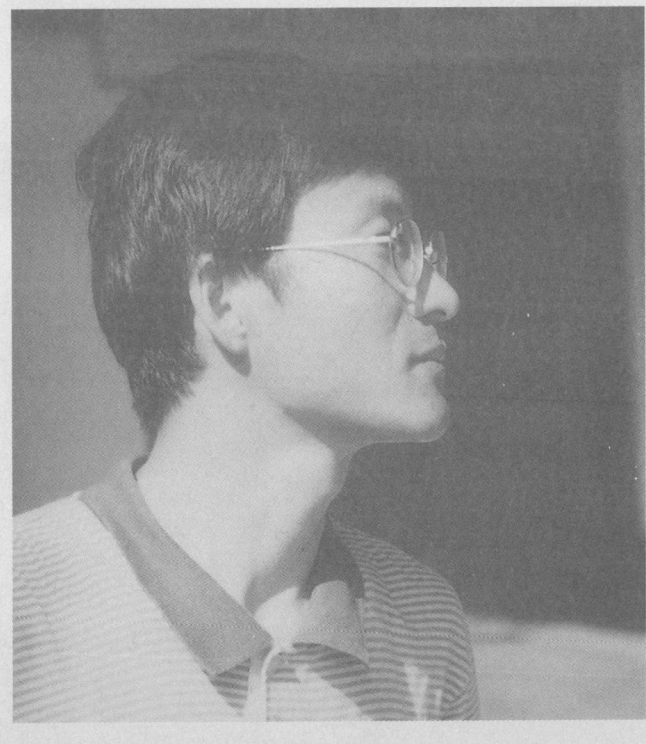

▲ 아들을 안고, 경주 반월성에서 (1995.8)

◀ 경주 처가에서(1995.8)

『김소진 전집』을 펴내며

　작가 김소진이 우리의 곁을 떠난 지 다섯 해째가 되는 시점에서 그의 전집을 펴낸다. 여기 저기 흩어져 있는 그의 흔적들을 한데 모음으로써 그새 풀이 자라고 관목들이 우거진, 그에게로 가는 길을 닦기 위함이다.
　생전에 김소진은 네 권의 소설집과 두 권의 장편소설, 각각 한 권의 창작동화와 산문집, 두 권의 짧은소설집, 그리고 책으로 묶이지 못한 미완성 장편 한 편을 남겼다. 김소진의 소설은 고난의 시대를 살아온 서민들의 삶의 애환을 절실하고도 아름다운 문체로 그려냈다는 평가를 받았으며, 그러므로 우리 문학사의 귀중한 자산 목록에 올려져 있다. 습작기부터 그가 세상을 뜨기 직전까지 쓴 글들을 모은 이 전집이 김소진 문학의 전체적 면모를 조망하는 지도가 될 수 있기를 기대한다. 그리하여 작가가 다양한 속도와 시선으로 작성한 삶의 지형도를 통해 이 책의 독자들이 인생과 사회를 보다 넓고 깊게 응시할 수 있는 계기가 마련되었으면 한다.
　이 전집은 모두 여섯 권으로 구성되어 있다. 우선 작가의 중단편을 시기별로 재구성하여 세 권으로 묶었다. 새로운 지식인 소설의 탄생으로 평가받았던 그의 초기작으로부터 아버지의 자리를 고통스럽게 확인하는 기억의 서사를 거쳐 새로운 소설적 가능성을 시도했던 후기작들에 이르는 김소진 소설 세계의 흐름을 일목요연하게 드러내기 위함이다. 『장석조네 사람들』은 연작의 형식임을 고려하여 따로 독립시켜 한 권으로 묶었으며, 나머지 두 권에는 짧은 소설과 작가의 산문, 그 외의 자료들을 담았다. 매권 끝에는 새로 해설을 달아 김소진 문학의 현재적 의미를 가늠해보고자 하였다. 그리고 전집과는 별도로 김소진의 삶과 문학에 바쳐진 글들을 엮어 가까운 기일 내에 출간할 예정이다.
　전집을 펴내는 과정에서 발견된 명백한 오자와 탈자는 바로잡았으나 애매하거나 작가의 고유한 표현이라고 생각되는 것들은 그대로 두었다. 그것을 수정할 수 있는 이는 단 한 사람이지만 그를 이곳으로 불러낼 방법이 없었기 때문이다.

자전거 도둑

자전거 도둑

김소진 소설

문학동네

| 차례 |

늪이 있는 마을　7
세월의 무늬　29
첫눈　54
아버지의 자리　75
달개비꽃　100
문산행 기차　125
자전거 도둑　146
원색생물학습도감　172
마라토너　199
길　223
경복여관에서 꿈꾸기　245
양파　295

해설 | 김만수(문학평론가)
가난이 남긴 것　455

작가 연보　465

늪이 있는 마을

 바람 한 점 없이 타오르던 한낮의 불볕 더위가 채 사그러들지 않은 7월의 늦은 오후였다. 그 동네 사람들 몇이서 내몰리기나 한 듯이 방죽 끄트머리에 올라 우세두세 서성거리고 있었다. 방죽 근처에는 그늘을 드리워줄 만한 나무나 가건물 하나 보이지 않았다. 먼지분을 곱다시 뒤집어쓴 앙상한 왜소나무 한 그루가 꾸불텅한 모습으로 박혀 있었지만 그 손바닥만한 그늘 안에는 한쪽 눈이 불구인 노인 한 사람이 오래 전부터 지팡이에 턱을 괴고 무표정하게 앉아 방죽 아래를 물끄러미 내려다보고 있었다.
 "이놈의 더위가 몇 사람 더 결딴을 내지 않고는 순순히 물러갈 성부르지가 않구먼, 도통."
 배불뚝이 동남정육점 주인 황씨가 러닝구 바람으로 서 있으면서도 땀에 젖어 살갗으로 자꾸만 휘감겨오는 러닝구 자락을 뜯어내느라 연신 건짜증을 부렸다. 그가 아예 러닝구 말기를 가슴팍께까지 올려붙이자 머루처럼 까만 젖꼭지가 드러났다.

"저그 북쪽에서 초상 한번 오부지게 터져버리지 않았는감. 그래서 더 거시키헌지도 모르지."

아람슈퍼의 백씨가 시사에 밝은 척 유식을 떨며 맞장구를 쳤다. 그러나 아무도 귀를 기울이고 있지 않은지 별 반응이 없자 백씨는 자신의 발치에 있던 찌그러진 봉봉오렌지 깡통을 공중으로 차올렸다. 깡통은 포물선을 그리며 날아올라 늪가 풀수펑이 속으로 빨려들어갔다.

"거시키헐 일도 많다 힝."

"뭔 거시키?"

"더운데 자꾸 말꼬리 잡고 늘어질겨?"

"음머, 이제 자동차 본네또가 진흙 속으로 완조온히 가라앉게 생겼어라."

비디오가게 씨네마천국의 점원인 도리우치가 손가락으로 방죽 아래를 가리키며 호들갑을 떨었다. 그는 젊은 나이에도 정수리까지 올라붙은 대머리를 위장하느라 항상 007 첩보물 시리즈의 단역배우처럼 항상 도리우치를 덮어쓰고 다녔다. 그러나 그가 대머리라는 사실을 모르는 사람은 한 사람도 없었다. 도리우치 자신만이 마을 사람들이 다 알고 있는 사실을 모르고 있을 뿐이었다.

"저 늪이 을매나 깊은지 아무도 몰랐는데, 하마 저 차가 완전히 잠수헐라 하는 걸 보니 깊긴 어지간히 깊은 모양일세그래."

논배미로 따지자면 서너 마지기는 됨직한 너른 늪 한가운데서는 겉보기엔 멀쩡한 중형 승용차가 고개를 쑤셔박고 서서히 가라앉는 중이었다. 그 늪을 에둘러싼 방죽의 높이는 어른 키 한 길 가웃은 돼 보였다. 행정구역상으로는 율현동으로 돼 있지만 마을 앞을 지나는 마을버스 이마빡에는 방죽마을로 표시돼 있었다.

"저 차가 언제부텀 저기 저렇게 코를 쑤셔박게 됐는가?"

"누가 츰부터 본 사람이 있어야 대답을 해뿔제."
"아, 어린애들이 공차기를 허다 똥뿔을 내질러서 앰헌 공 하나를 빠뜨린 것도 아닌데, 이 훤한 대낮에 저 큰 차가 곤두박질을 쳤는데도 본 사람이 아무도 없단 말여? 아따 세상 참 징혀."
"그러게 말씨."
"저 영감님한테 물어보면 알잖겠남? 낮에 물건 하러 농산물시장 갈 때부텀 돌부처마냥 저러고 앉아 있던데."
"소용없을걸. 귀먹은 노인네여."
"눈은 번연히 뜨고 있는데, 청맹과니인가."
"그게 아녀. 몇 해 전부터 풍을 맞아가지고 잘 듣도 보지도 못하고 하냥 저 털 뜯긴 닭 날갯죽지 같은 왜소나무 아래서 체머리만 흔들고 있는걸 뭐. 아마 뭔가 보긴 했을 테지만 알아낼 도리가 없지. 뭘 물어볼라치면 체머리를 어떻게나 완강하게 흔들어쌓는지……"
"여태껏 이 방죽마을 생기고 난 다음에 저 늪에 빠진 쓰레기치고는 최고로 큰 걸 거야."
"겉보기에는 멀쩡한 차 같은데 뭔 쓰레기라고 그래? 당신이 모는 차보다 백 배는 낫다. 내가 보기엔. 적어도 이삼 년은 더 몰겠건만."
"힝, 영 탐나면 이녘이나 종아리 걷고 들어가 건져내오지그래?"
"예끼!"
한가로운 우스개들이 오고가고 있었지만 늪을 쳐다보는 사람들의 눈에는 왠지 피하기 어려운 두려움이 뿌옇게 서려 있었다. 늪 한쪽에는 가뭄을 타지 않은 어린애 키만한 풀들이 갈대밭처럼 우거져 있었다. 스티로폼이나 라면, 빵봉지 따위의 가벼운 것들은 늪 표면에 듬성듬성 그대로 떠 있었다.
"저 늪엘 누가 감히 들어가겠다고 생념을 낼꼬!"
사람들은 약속이나 한 듯이 고개를 절레절레 흔들었다. 뒷짐을 진

채 슬그머니 뒤로 물러나 사람들 사이로 몸을 숨기는 이도 있었다. 늪 거죽이 화산의 용암처럼 방울을 서너 개 머금다가 터뜨려버렸다.
 "참으로 뜨거운 날씨야. 저 안은 아예 부글부글 끓는감?"
 "끓기는? 땡볕에 데워지기는 하겠지만서도."
 "그럼, 저 방울들은 뭐고?"
 "아마, 저 목욕탕 때문일걸. 저그서 자꾸만 땟국물을 무단 방류하니깐 이 늪으로 쏟아져들어와서는 물이 더 걸쭉해져서 저렇게 방울을 내물고 그러는 것 아니겠냐고?"
 "무단 방류면 불법 아냐?"
 "불법이든 물법이든 늪이 넘쳐나는 일은 없으니깐 일없제."
 "하긴."
 "어쩜 저게 살아 있는 짐승 같지 않나! 시상에나 자동차를 먹이삼아 꿀떡 집어삼키는 것맨치로 여유작작하게 빨아당기는 것 좀 보소."
 누군가 어깨를 좌우로 흔들며 진저리를 쳤다.
 "겁이 많기는."
 "하긴 경찰들도 함부로 못 뒤졌다는 거 아이가?"
 "경찰?"
 "그랬제. 저그 놀이터 옆집에서 살인강도 나가지고 말여. 범인 잡아개지고 쇠고랑 채워설랑 현장검증인가 뭔가 나왔을 때 말이야. 그놈이 범행에 쓴 흉기를 이 방죽 위에서 저 늪 아래로 버리는 시늉을 하지 않았는가? 한데 찾아내긴 뭘 찾아냈나 말이다. 저 깊은 늪에다 작대기만 깔짝거리며 겉핥는 시늉만 하다 그쳤을걸."
 "그뿐인가. 마약밀매잔가 뭔가 하는 친구들이 대낮에 경찰하고 숨바꼭질을 벌였을 때도 말이야. 그 마약 봉다리를 여그 늪에다 던졌다고 하는 바람에 한바탕 소동이 벌어지지 않았는가?"
 "경찰말고도 장대로 은근히 늪가를 쑤시고 다닌 사람을 내가 알

제."

"개새끼."

도리우치가 짐짓 고개를 돌려 먼산바라기를 했다. 엷게 쌍꺼풀이 진 그의 눈가에 한줄기 경련이 스치고 지나갔다.

도리우치는 챙을 더 깊이 잡아당겨 눌러썼다.

형, 내 꿈은 진짜 오리지널 뽕을 맘껏 빨아보는 거야, 혀엉.

그, 그러기엔 너는 너무 어려. 몸에도 해롭고.

동생은 부축을 받고 이부자리 위에서 간신히 일어나 벽에 몸을 비스듬히 기댔다. 도리우치는 삭정이처럼 말라붙은 동생의 몸뚱어리에서 눈길을 뗐다. 그리고는 가방 속을 뒤적거렸다.

이건 새로 나온 건데 아주 볼 만한 거야. 선전 문구부터가 진짜 그럴듯해서 일부러 가져왔어. 자, 어때? 놈은 절대 죽지 않는다. 다만 변신을 할 뿐이다. 지옥의 끝이라도 뒤져서 마빡에 바람구멍을 내주마.

또 그렇고 그런 폭력물이군.

어어, 폭력물이 아니라니깐 자꾸 그러는구나 넌.

됐어, 형.

폭력이 넌 싫니? 응, 그렇겠지. 그럼 이건 어떠니? 아주 끝내주는 에로물이야.

포르노는 이젠 싫어. 구역질이 나거든.

그걸 이 형이 모를 것 같니? 근데 이건 외설이 아니라 예술적인 거다 너, 예술. 너도 조금만 보다보면 아마 생각이 달라질걸? 나랑 내기할래?

내기할 시간 없어, 형. 이제 삼십 분 뒤면 고통이 찾아올 거야.

그래그래. 그때까지 이걸 감상하면서 니 머릿속을 말끔히 비워놓으라구. 그러면 그사이에 형이 주사를 놔줄 테니.

요즘 들어 갈수록 주사기 약발이 떨어지는 것 같아, 형.

그럴 거야, 개새끼. 어디 장사 한두 번 하나 씨팔. 그저 싼 맛에 내가 석죽어서 대가리 숙이고 들어가니깐 얕보고 순 핫바리로만 준다 이거지, 쌍. 으이그 그저 콤포지션 포만 한 통 있어도 그런 쓰레기 같은 놈은 이 지구상에서 흔적도 없이 날려버릴 수 있는 건데.

흥분하지 마 형. 콤포지션 포는 또 뭐야?

왜 있잖아? 고감도 액체 폭약 말이야. 정말 끝내주지. 아참, 그걸 네가 아직 못 봤던가? 그렇다면 내일 당장 내가 가져올게. 사람이 마시면 바로 움직이는 인간 폭탄이 되잖니. 그러다 분노하면 폭탄이 저절로 터지게 돼 있는데 거 제목이 뭐더라. 그래가지고 몸수색을 유유히 피해서 침투해서는 깡그리 날려버리잖니.

비디오 화면에서는 남녀의 정사가 끈적끈적하게 이어지고 있었다. 동생은 게슴츠레한 눈빛으로 묵묵히 화면을 응시하고 있었다. 한 열 번은 더 본 건지도 몰랐다. 그러나 다른 방도가 없었다. 동생의 체력의 한계를 훨씬 넘는 고통의 엄습이 있기 전에 어서 혈관 속으로 일회용 주사기를 밀어넣어야만 한다.

도리우치는 동생의 오른쪽 팔뚝을 잡았다. 팔뚝 위에는 주삿바늘 자국이 어지러이 널려 있었다. 이미 쓸 만한 혈관은 다 써먹었다. 동생이 워낙 야윈 탓도 있으리라. 도리우치는 아기 기저귀용 노란 고무줄로 팔뚝을 묶었다. 한 오 분쯤 지나자 살가죽을 밀치고 혈관이 희미하게 솟아올랐다. 도리우치는 야릇한 미소를 지으며 바늘 끝을 혈관 속으로 깊숙이 밀어넣었다.

이번엔 꼭 처치해야 한다.

도리우치는 끝없는 몽혼 속으로 빠져들어간 동생의 얼굴을 들여다보며 웅얼거렸다. 아아, 좀더 차갑게 내뱉는 발성법을 익혀야 할 텐데. 소름이 좍좍 끼치도록 말이야.

이번엔 틀림없이 보내야 한다. 고통을 느낄 겨를조차 없이.

이번에는 좀 흡족한 편이었다. 관자놀이께가 팽팽히 당겨졌다.
　도리우치는 두 손아귀에 힘을 모았다. 그리고는 동생의 얼굴을 다시 바라보았다. 너무도 평온한 얼굴이었다. 그 평온함을 뚫고 이따금씩 고통의 그림자가 일렁거리는지 이맛살이 경련하듯 좁혀지곤 했다.
　잠든 놈은 운이 좋다고 봐야지. 죽음보다 더 깊은 잠을 자고 있으니깐.
　야, 이거 오늘 대사 되는데.
　도리우치는 나지막하게 휘파람을 불었다.
　동생이 맞고 있는 주사는 병원에서 흔히 모르핀 대신 쓰이는 강력 진통제인 누바인이었다. 돈만 있으면 얼마든지 합법적으로 살 수도 있지만 처방전 없이는 어렵기 때문에 주로 암거래되는 물건을 구입했다. 표준가격의 열 배만 주면 얼마든지 살 수 있었다. 도리우치는 주인 몰래 '문화 테이프'를 꼬불쳐두었다가 단골들 위주로 돌렸다. 그런 부수입이 있기 때문에 근근이 동생의 주사기 비용이나마 건질 수 있었다.
　도리우치는 가끔 잠든 동생의 얼굴을 바라보다가 우리가 진짜 형제지간인가 하는 생각을 먹곤 했다. 고아원 시절부터 원장 아버지가 그렇다고 일러주니깐 그런 줄 알 뿐이었다. 자신은 포대기에 그리고 동생은 대바구니 속에 나란히 넣어져 대문 밖에 버려져 있었다는 것이었다. 하지만 그 사실만으로는 혈육지간임을 증명할 수는 없었다. 실제로 둘은 얼굴 형태가 많이 달랐다. 동생은 얼굴 구녕새가 넓적하고 광대뼈가 많이 불거졌지만 도리우치는 쌍꺼풀이 진 얼굴에다 하관이 빨았다. 나이 규정에 걸려 고아원을 나올 때 동생을 무작정 데리고 나왔다.
　동생은 한때 그의 희망이었다. 동생이 낮에는 식당가를 돌고 밤늦게까지 세차원 노릇이나 연예잡지팔이를 하면서도 기어이 대입검정고시 합격증을 자신 앞에 내밀었을 때 도리우치는 갑각류의 껍질처럼 딱딱하게만 느껴지던 세상에 기분좋은 균열이 가는 걸 느꼈다. 동생이 대학생이 된다? 하하하. 이 세상에도 길은 있구나!

형설! 안녕하십니까? 저는 형설 청소년 장학재단 소속으로, 오직 배우고자 하는 일념으로 주경야독의 꿈을 실현하고자 이렇게 선생님들의 화기애애한 자리에 끼어들게 되어 죄송합니다. 잠깐 여흥이 깨진 점은 널리 양해해주시옵고 배움의 길에 목말라하는 한 청소년을 위해 심심풀이라면 심심풀이일 수 있는 이 잡지를 구입해주시기 바랍니다. 일금 천원에 모시겠습니다. 형설!

짓궂은 취객들에게 걸려 눈두덩을 얻어맞고 오는 날도 쎘지만 동생의 얼굴에는 웃음이 가시지 않았다. 도리우치도 하루하루가 보람 있고 왠지 먹지 않아도 배가 부를 것만 같은 나날의 연속이었다.

그러던 동생이 다리에 힘이 완전히 빠지고 온몸의 근육이 서서히 마비돼가는 이름도 알 수 없는 희귀한 병에 걸렸음이 판명됐을 때 도리우치는 세상을 주무르는 보이지 않는 손의 잔인함에 몸을 떨었다. 차라리 꿈이나 꾸게 하지 말지!

"자, 금강산도 식후경이라는데 얼음보숭이나 좀 깨물고들 구경을 허든지 말든지 허지 뭘."

아람슈퍼 백씨가 봉지에 빙과를 잔뜩 넣어가지고 와서는 주위 사람들에게 돌렸다.

"거 얼음보숭이가 원래 북한말 아니던가?"

"누가 그래?"

빙과를 나눠주던 백씨가 눈을 부라리며 웬 놈이 딴죽을 거는가 싶은 표정으로 북한말 운운한 사내를 쏘아본다. 그러더니 앞으로 슬쩍 내밀어진 사내의 손을 비켜가면서 비아냥거렸다.

"물론 얼음보숭인지 아이스께낀지 잘 구분해서 써야 되겠지만 우리네야 어차피 그게 더울 때 빨아묵는 것으로 알아듣기만 하면 그만 아니냐고."

사내가 내밀었던 손을 머쓱한 표정을 지으며 거두어들인다.

"남으면 저그 영감님한테도 좀 돌리지 왜."

"나두 마누라 눈치 보면서 한 봉다리 가져온 건데 그렇게 선떡 돌리듯 넙죽넙죽 집어준다고 시답잖게 생각하믄 섭하지."

"사람하고는. 나이 든 이 앞에서 젊은것들이 아이스께끼나 쪽쪽 빨려니 면구스러워서 그런 거지 뭐. 내가 남의 집 공짜 떡으로 생색을 내자고 하는 게 아니란게."

백씨는 도리우치를 시켜서 빙과 하나를 왜소나무 아래의 노인에게 갖다주도록 했다. 노인은 도리우치의 얼굴만 빤히 바라볼 뿐 받지 않았다. 피식피식 웃으며 노인 앞에 서 있던 도리우치는 노인의 무르팍 위에 빙과를 얹어두고는 돌아왔다. 그러자 노인은 몹시 성이 난 표정으로 자신의 무르팍에 얌전히 올려진 빙과를 집어 늪 한가운데로 던졌다. 그리고는 자신의 앙상한 지팡이를 거꾸로 꼬나잡고는 어디서 힘이 솟구쳤는지 곧이라도 휘두를 듯 적의에 찬 눈동자로 주변을 노려보는 것이었다.

"쯧쯧쯧."

배불뚝이 동남정육점 주인이 혀를 끌끌 찼다.

"저러니 큰아들한테 구박이나 받다가 둘째아들 집에 와 저 고생을 하며 살지. 젊었을 적엔 저 노인네도 성깔 한번 드러웠겠어."

"누가 아니래우?"

"그래두 미쟁이 일 하는 둘째아들 양한수씨가 없는 살림에서도 효성 하나만은 지극하다 해서 접때 구청에서 사람들이 나와서 이름도 적구 뭔가 호구조사 비스끄름하게 하고 가지 않았소? 그만하면 복받은 늙은이지 뭐유?"

노인은 마치 그 말을 다 듣고 있는 듯했다. 그나마 백태가 잔뜩 낀 눈이었지만 나머지 한쪽 눈에서는 순간적이나마 광채를 뿜어내고 있었다.

용천리 칼눈 하면 한때 우는 아이도 울음을 그칠 정도로 공포의 대상이었다. 하지만 그도 처음에는 홀어머니를 모시고 사는 순박한 소작인 청년이었다. 지주인 최주사가 마름들을 시켜 됫박질을 사납게 하며 추수마당을 얄망궂게 헤집어놔도 탁배기 한 순배에 입가를 허물고야 마는 어진 이였다. 해방되던 해 부엉재 너머 밤골에서 색시를 데리고 오던 날 밤 한바탕 춤판이 벌어진 잔치마당에서 처녀를 내주게 돼 심술이 난 그 마을 청년이 왜 자꾸 자신의 발등을 짓이기는지 몰라 간간이 실랑이는 벌였지만 끝내 판은 깨지 않을 만큼 심덕이 너그럽기도 했다.

간밤에 아무개 집에 산사람이 다녀갔다며. 생사람 잡지는 않았다던가뻬? 자고 일어나면 하루가 다르게 뒤숭숭해지는 분위기가 되었다. 치안대에 가입을 해도 산사람에게 남몰래 귀한 양식을 몇 줌 건네줘도 불안하기는 매한가지였다.

하필 그가 죽창 하나 메고 치안대 번을 서러 동구 밖으로 나간 날 새벽 마을에서는 경찰과 산사람들과의 치열한 교전이 벌어지고 십수 채의 초가가 불에 탔다. 그는 잿더미가 된 자신의 초가 앞에서 허탈하게 퍼더버리고 앉아 있었다. 노모도 색시도 잿더미 속에서 걸어나올 리는 없었다. 다행히 양식 문제도 있고 해서 외가 쪽에 데려다놓은 아들 종구는 살릴 수 있었다.

어느 쪽의 소행인지는 알 도리가 없었다. 다만 그날 밤 치안대 번을 섰다는 점 때문에 그는 왠지 산사람 쪽에 의심이 더럭 갔다. 그리곤 그 의심은 곧 굳어졌다. 그의 치안대 활동은 더욱 광적인 것이 되어갔고 그것에 비례해서 그가 토벌 작전에서 혁혁한 전과를 올렸다는 소문들이 들려오기 시작했다.

대처에서 사회주의 물깨나 들었다는 방앗간집 아들 한수애비가 산사람이 된 것은 온 마을이 다 아는 사실이었다. 곧 그 방앗간집은 치안대에 접수를 당했고 사람들이 많이 다쳤다. 그는 치안대장으로서 한수에미를 조용히 불렀다. 아직도 함초롬한 처녀 티가 남아 있는 젊은 여인이기도 했지만 시집오기 전부터 보통학교는 나온 학식에다 미모가 근동에 알려진 이였다. 그네는 그를 보자 어떡해서든 한수만은 살려달라고 매달렸다. 그는 싸늘하게 웃었다. 토벌작전중에 다쳤다는 외짝 눈이 실룩거렸다.

길은 없수다. 나로서도 어쩔 수 없고.

제발, 무슨 일이든 하겠어라우.

치안대원들의 눈에 핏발이 선 모습을 보고도 그러시오?

제발, 무슨 일이든……

무슨 일이든지……?

예에……

약속을 하는 거요? 그렇다면 내 아내가 되는 것말고는 달리 방도가 없지 않겠소? 그렇다면 아무리 눈에 핏발이 선 치안대원들이라 해도 저거들 대장의 아내된 이와 자석을 함부로야 허겠소?

그, 그래도 그건……

왜? 싫소?

그, 그게 아니고……

싫으면 관두시구료. 하는 수 없지러.

아 아니오, 크으흐흐, 한수애비요! 어훙, 이를 우쩌크롬……

그는 우선 세숫대야에 물을 한 가득 떠오게 해 그네에게 자신의 고린내 나는 발을 씻으라고 명령했다. 그네는 체념한 표정으로 머뭇머뭇 고개를 외면한 채 다가앉아 세숫대야에 손을 담갔다. 그러자 그는 발로 세숫대야를 차 뒤집어엎었다. 물벼락을 뒤집어쓴 그네가 눈을 휘둥그렇게 떴다.

 그 상호허구 성의가 지금 한 사내의 지어미가 된 여인이 드리는 것이어라?

 그런 행위를 되풀이하기를 세 번이나 하고서야 그는 만족스런 표정으로 그네에게 자신의 발을 맡겼다.

 몸이 허약했던 한수애비는 얼마 버티지 못해 다른 빨치산 여섯 명과 함께 그의 손에 붙들리고 말았다. 대원들은 곧 즉결처형할 준비를 갖추기 시작했다. 한수애비는 이미 소문을 들어 알고 있었는지 반쯤 깨진 안경 너머로 증오감에 이글거리는 눈빛을 그에게 쏘아붙이고 있었다.

 이 반동 좌익새끼덜은 내가 직접 처리하겠어.

 그는 자신의 미제 권총 끝에서 풍기는 진한 화약 냄새를 맡으며 대원들에게 주검에 돌을 매달아 용두레배미에 던져넣으라고 명령했다. 용두레배미는 속 깊은 늪지대였다. 돌이 매달린 일곱 구의 주검들은 생각보다 빨리 늪 속으로 완벽하게 흔적 없이 빨려들어갔다.

 노인은 자꾸만 늪 속에서 자신의 눈길을 빨아들이는 듯한 느낌이 들었다. 그럴수록 체머리는 더욱 완강하고 빈도수가 높아져갔다. 그때 마침 도리우치가 빙과를 들고 다가섰던 것이다. 노인은 순간적으로 길쭘한 빙과가 흉기로 비쳤다. 도리우치 청년이 자신을 테러하러 오는 것만 같았다. 약간의 두려움이 앞서긴 했지만 그는 스스로를 방어해내야 한다는 순간적 판단이 들었다. 그는 일단 자신에게 던져진 차가운 흉기를 용기 있게 집어 내던져버렸다. 그리고는 자신이 몸을 의탁하고 있던 지팡이를 쥔 손에 힘을 잔뜩 넣었다. 그러자 자신에게 적의를 띠고 있던 한 무리의 사람들이 움찔하면서 물러서는 기색이 완연했다. 노인은 자신의 젊었을 적 기백이 되살아난 것 같아 마음이 흐뭇해졌다.

"어떤 미혼모가 혼자 애를 낳고는 기겁을 해서는 비닐봉다리에 싸가지고 와서 저 늪에 던진 건 우쨌고? 신문사에서 기자들이 나오고 난리를 직였지. 그때 그 봉다리 누가 건졌나?"

"몰러. 그때 이후로 도둑고양이가 늪가를 맴돌면서 우째 어린아아 울음소리를 그리 똑같이 내며 다니는지 학교 댕기는 아이들이 무서워서 근처를 못 다니겠다고 난리도 아니었지 차암."

방죽 옆 율곡탕에서 때밀이를 하는 고수머리가 해끔한 얼굴로 정육점 주인 배불뚝이를 지그시 노려봤다. 그리고는 입 안에서 크악 하고 가래침을 돋아 방죽 아래로 세우 뱉었다.

어휴, 끔찍했어. 이젠 이 동네를 떠버려야지 그 생각만 하면 도통 끔찍해서.

고수머리는 미스 송 생각을 떨쳐버리기 위해 머리를 세차게 흔들었다. 그는 겉보기엔 하얀 살성과 수려한 용모를 지닌 미소년 스타일이었다. 그런 그에게 율곡미용실의 미스 송이 반한 건 어쩌면 지극히 당연한 건지도 몰랐다. 주변에서는 그런 용모의 고수머리가 왜 하필이면 목욕탕에서 남의 사추리 밑의 때나 밀어주며 사는가 의아해 마지않는 사람이 꽤 되었다.

그의 애무하는 듯한 리드미컬한 때밀이 동작은 방죽마을 사내들 사이에서 이미 정평이 나 있었다. 어떤 이는 징그럽다고도 했지만 많은 사람들이 은근히 고수머리의 손길을 바라고 몸을 맡겨왔다. 몇몇 사내들하고는 아주 망측한 관계까지 갔다는 소문도 없지 않았다.

고수머리는 한 청년하고 연애를 하고 싶었다. 그 청년은 명문대 졸업반이라고 했는데 럭비부라서 그런지 균형 잡힌 몸매에다 근육의 융기가 조각품처럼 아름다웠다. 그 청년이 욕탕에 들를 때마다 고수머리는 가슴이 몹시 설레었다.

때 안 미세요?

됐어요, 다음에.
개운하게 잘 밀어드릴게요.
됐다는데두……
그 비 오는 날의 '실연'만 없었더라도 그런 끔찍한 실수를 저지르지는 않았을는지도 몰랐다. 고수머리는 그 청년의 집 앞 골목길에서 몇 시간이고 비를 맞으며 지키고 서 있었다. 입 안에서 도로 토해내는 입담배를 네댓 개비쯤 허비했다. 고수머리는 전봇대에 매달린 보안등 불빛 아래서 서성이면서 방수용 바바리코트 호주머니 속의 미끈둥한 립스틱을 만지작거렸다. 아예 입술에다 연하게 칠해버리고 얘기, 아니 고백을 해버릴까. 아냐, 첨부터 그러면 너무 놀랄지도 모르지. 아아, 사랑이란 다 이렇게 애가 바짝바짝 타고 죽고 싶은 것이겠지. 이런 게 없다면 다 가짜 사랑이지 뭐. 아마 이런 걸 두고 행복한 고통이라고 하는지도 몰라.
빨간색 스쿠프 자동차가 비 내리는 골목길을 조용히 굴러들어오고 있었다. 청바지 차림의 그 청년이 책가방을 들고 황급히 우산을 펴면서 내렸다. 차 안에서는 청년의 애인쯤 됨직한 준수한 용모의 여인이 운전대 위로 앙증맞게 손을 흔들고 있는 모습이 빗물에 흐리게 비쳤다. 그때 고수머리는 질투 비슷한, 아니 강렬한 질투 때문에 몸이 석고상처럼 굳어버렸다.
그렇게 산성비를 오래 맞고 서 있어도 되나? 어지간하면 우산이라도 같이 받읍시다.
청년은 그냥 지나치려다 고개를 돌려 다가왔다.
……
댁이 왜 그러는지 상관할 바는 아니지만 엔간하면 몸 생각 좀 허지 그러슈. 그럼……
청년은 어깨로 고수머리를 제치기라도 할 듯 가까이 스쳐 지나가고 있었다.
	할말이 있단 말예욧!
	고수머리는 울부짖었다. 청년은 영문을 알 수 없다는 몸짓으로 어깨를 추스르며 고개를 갸웃거렸다.
	나한테 말이오 형씨?
	둘은 마을 어귀로 나와 도로를 건너 화원 지역 옆의 한 찻집으로 들어갔다. 청년은 고수머리에게 물어보지도 않고 따끈한 커피를 시켜줬고 자신은 녹차를 주문했다. 고수머리는 커피잔 따위는 거들떠보지도 않았다.
	난 그쪽을 사랑해요.
	고수머리는 빗물에 몸이 젖은 찬 기운 때문인지 아니면 고백을 앞둔 긴장 때문인지 몸을 몹시 떨었다.
	누구? 나 말이오 형씨?
	청년은 찻집 안에 자신말고 '그쪽'이라고 지칭될 만한 존재가 있는지 둘러보고는 어이가 없다는 듯 웃음보를 터뜨렸다.
	진심……
	청년이 말머리를 틀어막았다. 그리고는 정색을 짓고 말했다.
	이거 미안해서…… 한데 나 그런 데 흥미 없는 사람이외다. 형씨를 경멸할 생각은 없지만 그런 짓거리에 대해서 약간은 혐오감도 갖고 있는 사람이니 그리 아쇼.
	제발……
	지금 형씨의 죽통을 날려버릴까 어쩔까 궁리중이니 너무 치근덕대지 않는 게 서로 이로울 듯한데……
	청년이 찻값을 치르고 나간 다음 한동안 멍하니 앉아 있다가 허둥지둥 빠져나온 고수머리는 도로변에서 마침 퇴근길에 우산을 받고 나서는 노란 투피스의 미스 송을 만났다. 그네는 사실 밉지 않은 여자였다. 그에겐 퍼뜩 그런 생각이 들었다. 그는 자신의 남성이 꿈틀대는 걸 느꼈다.

어때? 오늘 밤은 내 곁에서 나를 좀 지켜줘.

그 며칠 동안 남성으로서 타올랐던 욕망은 또 눈 깜짝할 새 사라지고 말았다.

나 애 뱄어요.

나하고 무슨 상관이에요.

당신 애니깐……

저질! 협박하는 거예요 뭐예요? 나한테 그런 공갈은 안 통한단 말이야!

미스 송은 애를 떼지 않고 끝까지 버텼지만 배를 천으로 너무 친친 감고 다녀서 그런지 유산인지 출산인지 모르게 나와버린 아이가 겁이 났다. 그래서 정신없이 늪으로 달려갔던 것이다. 그러나 그네는 영아 유기 혐의로 쇠고랑을 차면서도 끝내 그 아이의 애비가 누군지 말하지 않았다.

"야아, 그래 그렇게 쪽쪽 빨아들여라 웅!"

고수머리는 자신도 모르게 새나온 푸념에 사람들의 눈총이 쏟아지자 콧잔등을 묘하게 일그러뜨리며 주춤주춤 뒷걸음질을 했다.

"아참, 누가 경찰에 연락은 했남?"

통장 일도 겸하고 있는 아람슈퍼 백씨가 그제서야 자신의 할 일을 깨달았다는 듯 일을 주장하고 나서려는 낌새를 보였다.

"아따, 경찰은 왜 끼워넣고 그려? 경찰이 은제부팀 한가롭게 쓰레기 청소까지 해줬남?"

"왜긴? 정신머리들 좀 보소. 아따 우리가 왜 이리 불볕 더위가 식지도 않았는데 여기에 모여들었겠어?"

"얼래? 말 듣고 보니 그게 요상시럽네잉?"

"요상시러울 것 한나또 없어. 첨에 말 낸 사람이 누구여? 저그 자동차 안에 사람이 든 것 같다고 헌 사람이?"
"아참, 그렇제. 그렇담 이거 보통 급헌 일이 아닌데 말여."
"꾸민 말일 수도 있잖아. 날도 더운데 한번 웃겨볼려고."
"어느 시러베아들놈이 그따위 수작질로 사람을 웃기려 들어 응? 이런 비상시국에."
"비상시국?"
"암만 비상시국이잖고. 너나없이 사람들이 핵이다, 전쟁이다 하는 야그로 정신이 없는 판에 헛힘 쓰게 헐 일이 있냐고?"
"얘기인즉슨 맞지만 좀 시세가 없는 것들만 주워섬겼구만그려."
"뭔 시세?"
"북쪽 초상이니, 핵이니 하는 것들은 이미 한물가부렀지. 요즘 유행하는 레파토리는 뭐고 하니 예전에도 이따금씩 매스컴 좀 탔던 옴두꺼비 인상의 거시키 대학 총장이 주사파를 모다 때리쥑이야 한다고 헌 것 때문에 온 나라가 벌집 건드려놓은 것맨치럼 난리법석인데 언젯적 핵 얘기를 허고 있단 말시."
"긍게 주사파가 뭔 뜻이랑가? 옛날 중국 진시황 시절에 술주정 잘하는 사람은 불문곡직허고 다 쥑이란 칙령을 내렸다는 말은 들어본 것 같은데 설마 그건 아닐 테고. 아무래도 대학 총장씩이나 된 이가 헌 말이니깐 거 무엇이냐, 심오한 거시키가 있을 것 같은데 말이여."
"나라고 고걸 어떻게 시시콜콜히 다 안단 말인감. 그저 텔레비 같은 데 보니깐 고것이 말 많으면 공산당식으로 대학생들 때려잡는 것하고 뭔 연관이 된 것만은 틀림없어 보이는구만."
"쪼매만 기다려보면 우리 통장님 백씨가 어련히 알아서 동사무손가 거시키 무슨 협의회에선가 뭔 얘기를 듣고 오시겠지. 그라믄 또 앰헌 누렁이를 잡으라든지 아니면 똥개 훈련을 시키든 아무튼 그때까지 기다리면 가부간에 결론이 날 것 가지고 입만 아프게 종알거릴 게 무에 있다고설랑, 쯧쯧."

 모여선 사람들이 웃음보들을 터뜨렸지만 통장 백씨만은 벌레 씹은 표정으로 땅바닥만 쳐다봤다. 그것은 한 달 전쯤 한창 전쟁 위기설이 위력을 떨칠 때 사회 전반을 휩쓴 사재기 열풍 때의 일이었다. 때가 때이니만큼 통장의 입에서 나온 말은 커다란 공신력이 있었다. 백씨는 유사시 비축물자 리스트를 작성해가지고 반상회에서 회람을 돌렸고 동네 주민들을 독려했다. 그 바람에 방죽마을에서도 사재기 열풍이 일었던 것인데 그 소동의 와중에서 어수룩한 고물장수 김씨가 뜬금없이 자신이 기르던 황구 한 마리를 용감하게 때려잡아 때아닌 막걸리에 개고기 잔치를 벌였다. 김씨는 어차피 통장 얘기를 듣고 있자면 곧이라도 전쟁이 일어날 듯한데 그러면 사람 몸 피하기도 바쁜 판에 짐승 챙길 겨를이 어디 있겠냐는 것이었다. 전쟁 전에 몸보신이나 해두자는 것이었는데 결국 애꿎은 황구의 목숨만 몇 달이라도 앞당겨 요정냈을 뿐이었다.

 동남정육점 주인 황씨는 몇 달 전 늪 한가운데서 늑골을 훤히 드러내고 썩어가던 개의 주검이 어른거려 은근히 고개를 빼돌려 하늘을 바라보다가 가래침을 캭 긁어올려 방죽 아래로 뱉었다. 그 개는 옹달샘 위의 지붕이 뾰족한 집에서 기르던 개였다.

 개도 주인을 따라서 죽은 걸까. 황씨는 뒤가 하도 께름칙해서 눈꼬리가 자꾸만 꼬여가는 마누라 몰래 병원에 들러 그 에이즈인가 뭔가 하는 검사를 받기도 했다. 미모의 그 집 여주인과 치른 정사가 아무래도 꿉꿉하게 여겨졌던 것이다.

 그 여주인은 거의 팔순이 다 된 노모와 함께 살았다. 이 동네로 이사 온 지 이태가 다 돼가지만 동네 사람들과는 거의 왕래가 없었다. 식료품 따위도 농수산물시장에서 직접 구입해 88년도 구식 쥐색 스텔라 뒤트렁크에 채워온 것만을 사용했다. 송파구 어드메쯤 아파트 단지 옆에서 음악원을 한다는 말이 나돌았지만 아무도 그것을 확인한 사람은 없었다. 울 안에는 몹시 사나운 암캐 두 마리가 주야로 철통같이 지키고 있어서 낯선 사람은 근처에 얼씬도 할 수 없었다.

황씨는 바로 이웃에 사는 동생댁이 기르는 닭이 벌써 다섯 마리째 요절이 나자 하는 수 없이 변상을 요구하기 위해 그 여주인을 찾아 나설 수밖에 없었다. 그 여주인이 기르는 개들이 가끔 뒤란에 있는 닭장 근처를 야수며 돌아다니다 한 마리씩 채뜨리고 가는 걸 몇 번 목격했기 때문이다.

너무나 죄송하게 됐습니다. 당연히 변상을 해드려야죠.

보일러가 고장나 손 좀 보다 나오는 길이라며 기름투성이 면장갑을 벗는 여주인은 겉보기완 달리 앙칼진 구석이 별로 없어 보였다.

변상 때문에 온 게 아니고 동네 청년들이 그런 사실을 알면 그 개들을 가만 놔둘 성싶지 않아서 말입니다. 동네 청년들이 좀 성질들이 괄괄하거든요.

예, 고맙습니다.

황씨는 그때 직감적으로 여자에게 결핍한 것이 뭔지 단박에 알아챌 수 있었다. 그래, 원래 꼭꼭 닫는 문이 더 허술한 법이 아닌가. 그는 한번 인사를 튼 다음엔 여자들만 사는 집이라 허술해진 집구석을 이따금씩 손봐주곤 했다. 물론 그때마다 그 집에서는 인사치레 삼아 아롱사태나 제비추리, 갈매기살 따위를 한두 근씩 주문해 들여갔으나 그중 절반 정도는 황씨가 먹어치우곤 했다. 가끔씩 노모가 집을 비워주는 것 같아 이상한 느낌이 들기는 했지만 깻이파리 떡잎이 한 뼘 가웃쯤 자란 텃밭을 지나 숲가 풀밭에서, 또 그 뒤로 몇 번은 집 안에서 그런 일이 있은 뒤 황씨는 갑자기 그네가 죽었다는 말을 들었다. 원래 폐가 좋지 않았다는 말이 떠돌긴 했지만 황씨는 갈고리가 목덜미를 그러당기는 것 같아 한동안 안절부절못해 병원까지 찾았던 것이다.

"아따, 이젠 번호판도 반밖에 안 보이네."

"뭐? 후딱 번호를 외우라구!"

"글렀어…… 벌써 다 묻혔고만."

"그걸 여지껏 빤히 쳐다보고도 못 외웠어 이 돌대갈빡아!"

"말조심혀! 이녘은 누구 말대로 가죽이 모자라서 눈구멍이 뚫렸는가? 나도 이제 즘 봤구만 괜히……"

"아, 숫자를 한 자리도 못 봐뒀어?"

"끝자리가 삼하고 오인 건 봤는데…… 자신이 없어설랑."

"됐네 됐어. 지 일 아니라고 그렇게 건성일 수가 있어? 어쩌면 저기에 진짜로 사람이 정신을 잃고 타고 있을 수도 있는데? 그럼 도대체 우째 되는 거야?"

"나는 꼭 사람이라고는 안 혔어!"

"그럼?"

"그러니깐…… 즘엔."

"오호라, 즘엔 뭐? 아까 물어봤을 땐 왜 암말 안 했냐?"

"왜긴…… 나만 본 게 아니잖아. 다들 보고선 괜히…… 난 마네킹이 아니냐고 했잖아, 애당초부터. 얼핏 보니깐 옷 입은 게 안 보이더라고. 살색깔만 설핏 비치는 게 암만해도…… 남녀가 대낮부텀 차 안에서 그짓을 헐 리도 없고 말이야. 그래서…… 다들 그 소리에 귀가 솔깃해서 모여들고설랑 왜 이제 와서 딴소리들인지 몰러, 젠장."

"만에 하나라도 사람이면 어떻게든 확인을 해야지. 이렇게 눈깔들 번히 뜨고 지켜만 보다니 도리가 아니지!"

"그래 오지랖이 너처럼 열두 폭이 못 돼 드럽게 미안허다, 미안해. 난들 뭐 속이 편하냐?"

"그래 사람이 아닐지도 몰라. 아니 아닐 거야…… 어떤 미친년놈들이 이런 비상시국에 차 안에서 그짓을 하다가 차가 늪에 빠지는 줄도 모르겠어?"

"아무튼 저 먹성 좋은 늪이 차를 거진 다 삼켜버렸으니 더이상 이러쿵저러쿵 입방아찧어도 소용없게 됐네."

"어째 이 마을의 주인은 사람들이 아니라 저 늪 같은 생각이 든단 말이야."

누군가가 등을 돌리며 불안하게 속닥거렸다.

그때 사람들 뒤로 승용차 서너 대가 요란하게 들이닥쳤다. 그러더니 여남은 명의 사람들이 죽들 방죽께에 에둘러섰다. 그중 선글라스를 낀 사람이 제일 윗사람인지 그를 중심으로 몇 마디씩 주고받았다.

"단장님 이번 퍼포먼스는 아주 성공적이고 또 유익했습니다."

선글라스도 대답은 하지 않았으나 아주 흐뭇한 표정을 지으며 고개를 끄덕거렸다.

"이번 퍼포먼스의 제목으로는 레퀴엠이 좋을 듯싶습니다. 방죽가에 둘러선 사람들의 표정 하나하나가 그렇게 실감 있게 드러날 줄은 애초 기획자인 저도 상상하지 못했거든요. 오히려 일류 배우들이 할 수 있는 표정연기보다 더 실감나고 자연스런 표정들이었잖습니까?"

보다 못한 백씨가 슬그머니 앞으로 나서서 물어보았다.

"저그, 선생님들 시방 뭐라고 말씀들 나누시는 게요? 퍼, 퍼푸맨즈라니 그게 도대체 뭔……"

"아, 그거요? 퍼, 포, 먼, 스란 일종의 현장에서 이뤄지는 행위예술 개념입니다. 행위예술이라고 들어보셨나요?"

백씨는 뒤통수를 긁적거렸다.

"글쎄올시다."

"우리의 삶 속에서 구체적으로 보여주는 현재적 예술이라면 쉽게 이해가 되시나요?"

"그럼 저 늪 속의 자동차를 저렇게 일부러 빠뜨려놓은 게 거시키 뭔 예술이라는 거요?"

백씨가 어처구니가 없다는 듯이 손가락으로 늪 한가운데를 가리키며 물었다.

"예, 바로 그겁니다. 폐차에 남녀 마네킹을 집어넣고 늪에 빠뜨린 이 모든 것이 다 우리가 예술의 목적을 이루기 위해 장치한 소도구입니다. 이 작품은 당분간 며칠 정도는 이런 상태로 여러분들에게 전시가 될 겁니다."

"칫, 전시? 밥 먹고 헐 일도 꽤나 궁했던 모양이구먼. 와 이리 덥노 썅."

도리우치가 가래침을 긁어모아 바닥에 뱉으며 이죽거렸다. 사람들이 흐물흐물 허물어지듯 흐트러지기 시작했다. 방금 포식을 끝낸 늪이 만족한 듯 커다랗게 웃고 있는 표정을 사람들은 끝내 외면하고 있었다.

(『문예중앙』 1994년 가을호)

세월의 무늬

"도대체 뭐가 못마땅했길래?"

낙담 끝에 아내는 자못 호전적이 되었다. 갓 마른 기저귀의 네 귀퉁이를 찢어질 듯 팽팽히 잡아당겼다.

처음엔 나도 할말이 없었다. 그만큼 했으면 됐지 아내에게 뭘 더 바랄쏜가 싶었다. 약수터에라도 잠시 다녀올 듯이 휑허케 나갔던 어머니가 그 길로 미아리집으로 돌아가버렸을 때 말이다. 실망스러웠다. 수화기를 잡은 손에서 맥이 실타래처럼 꾸역꾸역 풀렸다.

― 내다. 어디긴? 지금 여기 미아리야.

― 거긴 왜요? 슈퍼 간 줄 알았던 양반이 왜 이리 늦나 싶어 혹시나 해서 대련암 약수터까지 헛걸음질을 쳤건만…… 뜬금없이.

― 에이구, 내 등짝에는 아무래도 이 식은 방구들이 제격인 모양이야. 행여 작은애가 못 해줘서 그런 게 아니니 부디 다툴 일 없고. 그래 마른벼락 맞을 일이지. 정말 정성이었어, 후! 한데 그게 그런 게 아닌

것 같고……"

"용돈이 부족허셨나? 딴에는 하는 데까진 하느라 한 건데…… 결국 나만 위선바가지가 돼버린 거지 뭐."

"당신이 위선 부렸다고 탓할 사람 주위에 아무도 없으니 잠자코 있어!"

"홍 위선? 그래, 자꾸 위선, 위선들 하는데 그것조차도 요즘 어디 쉽기나 하냐구?"

미아리에 있는 무허가집이 재개발돼 분양딱지를 받을 때까지는 뭉개고 앉아 있어야 한다며 버티던 어머니가 어렵게 우리와 합가할 생각을 먹은 건 아무래도 연형이 때문이었다. 말단 공무원 생활을 하는 형도 딸만 둘이고, 손위 누이 둘도 각각 딸만 셋, 하나를 두었으니 어머니가 얼마나 아들을 바쳤는가는 쉽게 짐작할 수 있었다.

"앞으론 남자아이가 너무 많아서 지참금을 이젠 남자 쪽에서 가지고 간대요. 열에 두엇은 장가도 못 가니 그 때문에 사회적으로 성범죄가 만연하고 사회 정서가 혼탁해지는 건 물론 가족제도 자체가 무너질지도 모른대요. 사내를 여럿 거느리는 일처다부제가 나올지도 모르고요."

"그건 그때 가서 알아 할 일이고, 당장은 그게 아닌 법이지. 아, 화분을 하나 키울 때도 그래. 그게 씨앗이나 뿌래기 하나 못 남기고 죽어버리면 여북 서운찮은 게 아냐. 쌔고 쌘 풀포기 하나도 그런 법인데 하물며 인간으로 따지자면 일러 뭣 하겠니? 더군다나 이 땅에 너희 아버지가 알밤톨모양 혼자 넘어와서 뿌리고 간 씨가 합쳐야 요것인데 여기서 바로 대가 끊기면 그 우세질을 저승에 간들 면하겠니, 어쩌겠니?"

"에이, 그만 해요."

"그만 해가 아니지. 귀신 사이에서도 젯밥 못 얻어먹은 귀신은 다시 돌아본다는걸. 그러나저러나 애, 너는 태몽을 안 꿨다지? 근데 우리 아랫집 은진 엄마가 아마도 너 태몽을 대신 꾼 모양이더라."
 "태몽을 생판 남이 대신 꿔줘요?"
 "그게 더 정확하다는 게지. 근데 어떤 꿈인가 하니, 은진 엄마가 어드멘가 밭고랑을 가는데 거기 한복을 곱게 차려입은 작은애 네가 있더라는 게야. 그래, 그 둥글넓적한 아줌마 말이야. 저번 추석 때 차례 지내러 왔을 때도 그 때꼽재기가 시커먼 강아지 있잖아? 아톰이라고. 그게 씻고 닦질 않아서 그렇지 비싼 종자라며? 누가 그러대. 부잣집 거실 융단 위에서 뒹굴며 간스메(통조림)나 까먹고 꼬리로 빗자루질이나 할 놈이 그런 집에 와서 언 똥이나 주워먹으며 고생한다고 말이야. 아무튼 그것한테 쥐포 사주러 왔다가도 귀엣말로 또 그 말을 하더구만. 네가 고구마가 주렁주렁 달린 넌출을 움켜쥐고 보여주더라는 게야. 고구마는 본디 아들 꿈이거든."
 아내는 자신이 미리 지어두었던 한얼이란 이름을 슬며시 접어두고 어머니가 지어온 연형이란 이름을 흔쾌히 받아들였다. 좀 짭짤한 어머니의 식성에 맞춰 간을 세게 보느라 물을 많이 들이켜는 바람에 소화불량에 걸릴 지경이었다.
 "어머닌 시집살이를 안 해보셔서 그런가, 어째 아이 넷을 키워본 당사자 같지가 않아, 후후. 일을 알아서 처리하시는 횟손이 좀 모자라셔."
 하긴 그건 맞는 말일지도 몰랐다. 내가 보기에도 아이를 안는 자세부터 시작해서 기저귀 갈기, 얼르기, 눈맞추기, 옹아리 따라하기 등 모든 일에서 약간씩 어색하고 부자연스런 티가 났다. 그러나 아내는 자신이 정성을 들여 재운 아이도 툭하면 십 분이 채 못 돼 울린 채 도로 데리고 와 맡기는 어머니를 탓하지 않았다. 오히려 어머니가 눈치를 볼까봐 부러 아이를 잘 다독거려 재운 뒤 어머니 품에 선물처럼 되돌려주곤 했다.

며칠 지나서 어머니가 뒤돌아서 간 데 대한 실마리를 잡을 수 있었다. 가양동 누나와 전화로 이런저런 얘기를 하고 난 끝이었다.

"그래서 다들 함께 살기가 어렵다고 하는 거지 뭐. 노인네들의 변덕이 그게 원래 죽 끓듯 해서 알다가도 모를 일이거든. 나참, 어이가 없어서 말이야. 바퀴벌레 말이야."

"바퀴벌레……?!"

아내가 아이를 무릎에 눕히고 젖을 먹이고 있을 때였다고 한다. 방문 옆과 장롱 사이의 바람벽에 귀뚜라미만한 바퀴벌레가 느릿느릿 움직이고 있었다. 먼저 발견한 아내는 젖 먹는 아이가 놀랄까봐 가만히 어머니에게 턱짓으로 그쪽을 가리켰다. 눈이 어두운 어머니는 아내의 턱짓에 따라 벽 앞에 가까이 다가선 다음에야 그것이 바퀴벌레라는 걸 알았다.

평소 같으면 맨손바닥으로 아무렇지도 않게 탁 때려잡을 줄 알았던 어머니는 뜻밖에도 머뭇거리며 둘레둘레 신문지나 휴지 쪼가리를 찾았고 그렇게 주저하는 사이에 살이 통통 오른 그 바퀴벌레는 위험을 감지하고는 장롱 틈새로 재빨리 몸을 숨겼다. 아주 짧은 순간의 일이었다.

―어머닌 왜 손으로 빨리 치지 못하셨어요? 호호.

―그놈이 어찌나 빠른지……

―바퀴벌레가 애기 요 위로 막 기어다니면 안 되는데. 어머니가 웬일이세요? 그깟 바퀴벌레 하나를 평소처럼 탁 때려잡지 못하시구요, 예?

―글쎄 말이다 얘. 뭘 하고 있었는지 모르겠네. 늙으니 손살이 다 풀려 시라손이 됐나. 벌레들이 갑자기 싫고 무서워졌다, 얘.

나는 수화기에 대고 가느다란 한숨을 쑤셔넣었다. 그것은 알다가도 모를 일이 아니었다. 그 한숨 소리를 들었는지 누나는, "그러려니 하고 올케나 잘 다독거리고 있어. 오해라면 시간이 가면 풀리겠지 뭐." 나는 아주 오래 전 언젠가 어머니한테 들었던 말이 불현듯 떠올라 가슴 한구석이 짠해졌다.

—일꾼 대접 잘하기로는 역시 개성 사람에서 더 갈 데가 없지. 일꾼 밥그릇 따로 주인 밥그릇 따로 이렇게 고봉으로 정갈히 뜨고 반찬 차별도 일절 없어. 품삯도 후하고. 그러니 시키지 않은 일도 눈에 띄면 손이 가게 마련이지. 어쩜 그게 더 무서운 건지도 모르지만. 헌데 내 파출부 생활 다섯 해에 그 돈암동 고개턱에 있는 민신홍 치과집처럼 일꾼 홀대하는 집은 세상 첨이더라. 겉보기 아쌀하고 찬바람이 잉잉거리더니 아, 역시 일꾼 놉겨이를 그렇게 야박스럽고 모질게 하는 집은 약에 쓰자고 찾아도 열흘 안엔 찾기 힘들 게다. 다들 그 집엔 안 가려 했지만 나 같은 민퉁이한테는 그런 차지가 돌아올 수밖에.

그날도 홑이불이긴 하지만 그래도 이불 명색을 한 여섯 채는 밟았을걸. 아궁이 다섯 개에 탄불을 갈고 나면 코끝이 메케한 게 뒤통수 쪽 골이 다 빠져나올 듯 가스가 독했지. 어디 구공탄이나 잘들 말려 쓰니? 물일이 참 허기져요. 그런 걸근걸근한 판에 그 집에서 사람 먹으라고 내놓는 밥이라는 게, 그 코흘리개 손자가 잔뜩 말아놓았다가 퉁퉁 불린 밥알갱이하고 거 어디서 밥상 물림한 열무김치하고 섞은 것만 한 양푼이더라구. 대궁밥이라면 차라리 낫지.

그 집에는 초등학교 이학년짜리 단발머리 계집애가 있었다. 제 어미를 닮아 눈초리가 붙들어맨 듯 찢어졌다. 철원네는 마침 외출한 할머니 대신 학교에서 돌아오는 대로 밥상을 봐주기 위해 기다렸다. 인사성이 밝지 못한 계집애는 철원네가 차려놓은 식탁은 본숭만숭하고는 거실 소파 위에 책가방을 내동댕이치자마자 냉장고 문을 열고 아이스크림에 코를 쑤셔박았다. 제 부모가 보는 앞이라면 어림도 없는 일이었다.

― 밥 먹어야지.

단발머리가 샐쭉한 표정으로 고개를 돌리더니 어깨너머로 노려봤다. 계집애는 얼굴도 밉상이고 무뚝뚝한 파출부 아줌마가 싫었던 것이다.

― 밥 먹어야 돼.

― 칫, 먹고 싶으면 아줌마나 다 먹어!

아이스크림을 다 핥고 난 계집애가 마지못한 듯 식탁 앞에 앉았다. 그러나 숟가락을 들 생각은 않고 눈앞의 벽만 하염없이 쳐다보는 거였다. 철원네는 조바심이 났다. 서둘러 마쳐야 할 일이 태산같았다. 아침에 집에서 나올 때 혈압이 올라 머리를 싸매고 널브러진 남편이 떠올랐다. 어서 가봐야 할 텐데. 애야, 빨리 밥 좀 먹거라! 계집애는 벽에서 눈을 떼지 않고 붙어 있었다. 철원네는 문득 그곳을 바라봤다. 거기는 짙은 초콜릿색의 바퀴벌레가 꼼짝도 않고 붙어 있었다. 철원네는 계집애와 눈을 맞췄다. 그애의 턱이 약간 흔들렸다. 그러자 철원네는 아무 생각 없이 손가락 끝으로 벌레의 등짝을 밀었다.

― 아줌마, 그 손으로 내 밥 떴지, 그렇지?

― 아 아냐!

그러자 계집애는 완강하게 고개를 가로저으며 철원네를 바라봤다.

― 아줌만 벌레 좋아해?

― 제발 밥 좀 먹으렴.

계집애가 또 나이에 어울리지 않는 차가운 웃음을 머금으며 물어봤다.

― 난 벌레 만진 손으로 떠준 밥은 절대로 안 먹어. 울 할머니 오면 다 그렇게 일러줄 거야.

철원네는 식은땀을 흠뻑 흘리고 있었다.
　―너 진짜 밥 안 먹을 거니?
　―죽어도…… 아줌만 벌레 먹을 수 있어?
　―진짜 안 먹는다구……!
　철원네는 뒤통수 쪽에서 횃불 같은 게 화그르르 타오르는 느낌을 받았다. 몸이 가벼워지는 듯도 했다. 그네는 팔을 들었다. 그리고는 자신을 빤히 쳐다보고 있는 계집애의 뺨을 후려쳤다. 단발머리가 식탁 아래로 나뒹굴었다. 철원네는 현관 쪽으로 허둥지둥 달려나갔다.
　나는 그즈음 밥술을 먹여주던 출판사를 그만두고 실직 상태에 있었다. 주위에서는 하필 아이도 생기고 했는데 직장을 놓으면 어쩌냐고 걱정들이었다.
　하지만 마냥 밥순갈을 놓은 건 아니었다. 자칭 일급이라고 하는 바둑 실력이 알려져서 그런지 바둑 관련 잡지에 한 달에 두 번씩 관전 칼럼을 쓰기도 하고 아예 집필 부탁을 받아서 바둑에 관한 책을 쓰고 있는 중이었다. 출판사에서 선돈을 받아 생활비와 자료 수집비에 충당하기도 했다. 처음엔 집필을 의뢰한 출판사에서조차 명확한 기획이 안 잡힌 모양이었다.
　"그냥 초보자들도 부담 없이 재미있게 읽을 수 있는 바둑 관련 서적이면 되겠는데."
　"아예 나보고 처녀 가운뎃다리를 그려내라고 허슈. 기초 입문서면 입문서, 묘수풀이면 묘수풀이, 정석풀이면 정석풀이, 뭐 이렇게 똑부러지게 갈 순 없수. 아니면 재미있는 바둑 일화집이나 바둑소설이라든지. 주제가 분명해야 줄거리를 엮을 거 아뇨 차암."
　"그러게 말일세. 우리도 기획은 해놓긴 했지만 참 막연할세그려. 요즘 출판 흐름으로 봐서 바둑 관련해서 뭔가를 내면 맞아떨어질 것 같은 감이 들어서 말이야."

"그럼 이렇게 합시다."
"어떻게?"
"우선 바둑 개관서로 합시다. 바둑의 역사에서부터 시작해서 우리나라의 순장바둑을 비롯해서 각국의 특색, 재미있는 대국일화나 바둑의 정석이 정석으로 굳어지게 된 내력 따위로 잡탕을 해보죠 뭐. 간단한 묘수풀이도 양념 삼아 뿌려넣고."
"일단 그렇게 시작하지 뭐. 한데 집에 애도 있고 해서 집필실도 따로 없잖아? 필요하면 내게 말하라구. 저기 경기도 안성 있잖아? 거기 명상춤꾼으로 유명한 홍아무갠가 하는 여편네가 사는 웃는돌 아래에 농가를 개조한 별장이 하나 있는데 컴퓨터도 갖다놓고 묵을 수 있을 때까지 묵도록 치워놓을 테니."
"출판사 사장이 출판 생각은 안 하고 부동산 투기 같은 딴전이나 보고 말이야 이거 응 되겠수? 하하."
"투기할 능력이라도 되면 좋게. 가보면 알겠지만 애물덩어리야."
 대충 자료 수집도 끝나서 얼추 보름 정도 그 웃는돌인가 하는 데서 뒹굴다 올까 생각을 먹던 참에 어머니가 미아리집으로 되돌아간 일이 벌어진 것이다. 가더라도 아내와 아이를 처가로 보내놓아야 안심이 될 듯한데 거기는 늦장가 드는 처남 때문에 경황이 없는 터라 보름 정도는 오도 가도 못 하는 처지가 되었다.
 내가 '말부랄티' 선생을 거진 십오 년 만에 다시 만난 건 그 여름이었다. 어느 단체의 문예강좌 중 젊은 작가와의 대화라는 시간이 있었는데 거기에 불려간 것이었다. 내 첫 창작집을 교재로 삼아 대화와 토론의 시간을 갖는다는 거였다.
"작품 창작에 얽힌 구체적인 얘기라든가 아니면 습작 시절 때 어떻게 했나 하는 얘기 같은 걸 해주시면 됩니다. 어렵게 생각하실 것 없구요. 여기 나오는 학생들은 대부분이 직장에 다니시는 분들인데 작가의 길로 들어서려는 생각이 분명하고 또 우리가 이미 작품을 받아서 품평회도 갖고 걸러낸 그런 사람들입니다. 아, 그래? 출석률이 오십 프로를 넘었다고? 휴, 오늘은 간신히 열 명은 넘기는 모양이네. 자 그럼 들어가시죠."

그 단체의 기획실장이라는 사람은 나를 간략히 소개한 다음 나가버렸다. 스무 명 남짓 들어갈 만한 교실 앞에는 받침대가 달린 대학 강의실용 의자가 놓여 있었고 그 위에는 노란 오렌지 주스가 놓여 있었다.

"안녕하세요? 방금 소개받은 김성……"

나는 말을 채 잇지 못하고 혀끝을 말아올렸다. 머리가 희끗희끗한 오십대 중반의 사내가 뒷자리에서 날 뚫어지게 바라보고 있었기 때문이었다. 나는 눈망울을 꿈벅거리며 감전된 사람처럼 부동자세로 서 있을 수밖에 없었다.

"반갑습니다!"

청강생들의 명랑한 목소리가 터져나왔다.

나는 고개를 잠시 숙였다. 그리고는 머리를 좌우로 몇 번 흔들어보았다. 하관이 빨고 말상인 사내는 바로 말부랄티였다. 나는 허벅지 옆을 꼬집었다. 왜 말부랄티 선생이 저기에 앉아 있는 것일까. 뭔가 지금 헛것을 보고 있는 것은 아닐까? 나는 고개를 천천히 들었다. 사내가 두꺼운 검정 뿔테안경 너머로 으늑한 눈길을 보냈다. 나는 자꾸 헛웃음이 나오려는 것을 억지로 삼켰다. 한번 그 끝자락이 벗겨진 기억은 쏜살처럼 십오 년의 세월을 거슬러 날아갔다. 그러니깐 고2 때던가. 문예반이라고 한참 헛바람이 들어 우쭐거리던 때였다. 대학 입시 때문에 문예반의 사실상 최고 선배는 이학년들이었다. 대부분 아이들이 시를 쓰겠다고 하는 판에 유독 나만 산문 쪽이었다.

연간지로 나오는 『청산(青山)』이라는 교지의 편집을 우리가 책임지고 있었으나 나는 문예반을 선동해 교내 축제 때 대강당에서 문학의 밤 행사를 갖기로 하고 팜플렛 제작을 주도했다. 고리타분한 교지의 편집 방식으로는 우리들의 작품을 담아낼 수 없을 거라고 판단해서였다.

교내 축제 중에서도 문학 행사는 꽃이라 할 수 있어 학교 안팎의 관심이 많이 쏠린 가운데 우리는 그 팜플렛의 제목을 '조기(弔旗)'라고 달았다. 그러자 학생과에서 벌집을 쑤신 듯 난리였다.

문예반 서클룸으로 쓰이던 상담실에 대한 압수 수색이 들이닥쳤고 팜플렛은 나눠주기도 전에 다 빼앗기고 문학의 밤 행사는 취소되었다. 상담실도 무기한 폐쇄되었다. '하와이 독종'으로 소문난 교련 선생은 그 팜플렛에 치기 어린 단막 희극「장군의 코털」을 쓴 나를 비롯해 문예반 몇 명을 불순하다며 불러들였다.

그때 그「장군의 코털」은 말하자면 거의 코미디 대본과 다름없는 단막극이었다. 자세한 내용은 잘 기억이 나지 않지만 줄거리는 대략 이러한 것이었다.

······아프리카 한구석의 소국에 쿠데타가 일어나 어느 장군이 정권을 잡게 되었다. 그런데 그 장군에게는 고민거리가 하나 있었다. 바로 대머리였던 것이다. 그때 그 장군의 측근 중 하나가 아이디어를 냈다. 유난히 코털이 긴 장군의 콧구멍에서 그 코털을 뽑아내 대머리에 갖다 심자는 거였다. 그 제안은 받아들여졌고 왕년에 그 소국을 식민통치했던 유럽 나라에서 권위 있는 의사들이 초빙되었다. 코털 이식 수술은 무사히 끝났고 그 장군은 대머리 콤플렉스에서 완전히 벗어나게 되었다.

그러자 부작용 아닌 부작용 때문에 고민이 하나 새로 생겨났다. 코털을 옮겨심은 머리에서 비듬이 생기는데 어찌나 큰지 코딱지만

한 비듬이 나왔고, 하필 그 이마에서 나는 땀은 코처럼 찐득찐득해서 장군은 불쾌하기 짝이 없었다. 그리고 머리칼을 쓰다듬으면 곧 재채기가 나오곤 해서 여간 곤란한 게 아니었다……

이런 비슷한 상황 설정을 해놓고 그 장군의 측근들이 환심을 사기 위해 충성 경쟁을 벌인다는 내용이었던 것 같았다. 유치하다면 유치하고 겁이 없다면 없는 발상이었지만 딴에는 대단한 알레고리를 담은 희곡이라고 희희낙락들 했던 기억이 났다.

"배후를 대기만 하면 상황은 달라진다. 너희들 책임은 그만큼 가벼워지니깐."

학생과로 불려간 우리는 볼펜 끝으로 이마를 콕콕 짓쪼이며 배후를 대라는 닦달에 시달렸다. 하지만 배후를 댈 수가 없었다. 정말 없었으니깐. 하지만 우리가 부인을 하면 할수록 악종은 어떤 어마어마한 배후가 우리의 입을 원격 조종으로 틀어막고 있는 건 아닌지 의심을 했다.

군이 배후랄 게 있다면 어쩌면 '빠쇼'를 대야 할는지 모른다. 사실 난 개한테서 아이디어를 얻었으니깐. 학교 앞 아서원이라는 중국집에서 자장면을 시켜 먹으면서 개가 속절없이 떠들던 농담의 한 끄트머리가 내 머리에 걸린 거였다. 그건 음담패설이었다. 거시키 털이 손가락 끝에 옮겨 난 사람이 겪는 여러 해프닝을 말장난 시리즈로 엮은 거였다.

독종은 우리에게 교련복 단독 군장에 발목에 모래주머니를 달고 운동장에 집합시켰다. 즉석에서 엎드려뻗쳐가 실시됐다. 그리고는 엉덩이에 빳다를 열 대씩 안겼다. 거기서 끝나지 않고 재생고무로 만든 벌건 M1 소총을 앞에총 자세로 쥐고 날이 저물어 수위실 지붕의 가로등이 켜질 때까지 뺑뺑이를 돌렸다.

"때려잡자, 김일성! 초전박살!"

목이 쉬도록 구호를 외치며 운동장을 도는 우리들을 대위 계급장을 단 군복 차림의 독종은 스탠드 위에서 멀찌감치 앉아 팔짱을 낀 채 지그시 내려다보고 있었다. 그의 얼굴에는 어느새 시커먼 색안경이 석양에 반사돼 찬란하게 불탔다. 우리는 오뉴월의 개처럼 긴 혀를 빼물고 헐떡이며 그의 굳게 닫힌 입만 바라보았다. 제발 움직여다오. 드디어 그의 입매가 허물어졌다. 아아, 님이시여 감사하옵나이다. 그러나 그는 하품을 한번 크게 하고는 석양을 물끄러미 바라볼 뿐이었다. 그래도 우리는 그를 도저히 미워할 수 없었다. 독종은 우리의 미움 바깥에 있었다. 우리에겐 오직 복종이 있을 뿐이었다.

"이건 분명히 말부랄티가 꼬나바친 걸 거야."

송명운이는 M1 고무소총을 지팡이처럼 거꾸로 짚은 뒤 개머리판에 기대 엉금썰썰 기다시피 현관을 들어서면서 거칠게 내뱉었다. 분출하지 못한 우리의 분노는 엉뚱하게도 다른 희생양을 찾지 않을 수 없었다.

"말부랄티가 왜?"

"내가 저기 제본집에서 그 팜플렛을 가져오는데 정문 앞에서 그자식을 만났거든. 그냥 지나쳤어도 되는 건데 뭐가 제 발 저린다고 그날따라 인사를 꾸벅 했더니 날 부르잖아. 그리고는 그게 뭐냐고 묻고, 씨팔 나일론끈 사이로 한 부 꺼내서 훑어보는데 그 표정이 완전히 똥 밟은 상판때기더라구. 그자식이 학생과의 하와이 독종을 쑤신 게 틀림없다고."

"만약 그게 사실이라면 내가 이 학교 졸업하기 전에 그 자식 호박통에 말뚝을 한번 박지 못하면 사람의 아덜이 아니여."

말부랄티는 학교에서 부인이 그렇게 미인이라고 소문이 나 있었다. 어느 예술고등학교를 졸업한 여자라고 했는데 말부랄티가 교생

시절 때 꼬셨다는 말도 있었다.
"암만 철없는 여고생이었다지만 뭘 보고 꼬임을 받아들였을까? 우리끼리 얘기지만 인물이 있냐 아니면 그 꾀죄죄한 행색에서 알 수 있듯이 재산이 있겠냐? 가문을 따졌을 리는 없고 말이야."
"남자가 그것 하나 실하면 만사 오케이지 뭐 여러 말 할 것 있냐구?"
"그거라니?"
말을 꺼낸 놈이 오른 팔목을 왼손으로 감싸쥐고는 앞으로 불쑥 내밀었다.
"그걸 네가 봤냐?"
"접때 옆에서 오줌을 같이 누었는데 말이야. 너 다듬잇방망이 알지? 내가 얼마나 초라해지던지 아찔하더구먼."
모두들 고개를 끄덕이며 긴 한숨을 내쉬었다. 그때부터 어느새 그 선생 별명이 말부랄티로 굳어졌다. 당시는 영양제 중에 게브랄티라는 게 인기를 끌었는데 거기서 연유한 별명인 듯싶었다. 그에게는 그때까지 자식이 없다고 알려졌다. 이런저런 쑥덕거림이 있었지만 내가 솔깃하게 들은 얘기는 격세유전설이었다. 부인 쪽 집안으로 한 대를 걸러 백치를 낳는 유전병이 전해내려와 아이를 일부러 기피한다는 거였다.
지금도 그에 대해 가끔씩 떠올릴 때마다 자라목 오므라들듯 멋쩍어지는 장면이 있었다. 나는 선생인 그에게 수업시간에 대놓고 돼지라고 몰아붙였던 것이다.
「사월이면 우린 축축해진다」는 시로 어느 문예지에서 주관한 청소년문학상 공모에서 메달과 함께 2기분 장학증서를 타오기도 한 안도현에게는 우리 모두의 선망의 대상이 된 고1짜리 여동생이 있었다. 안혜경. 목덜미가 파르라미 살짝 드러날 정도로 자른 단발머리를 떠받들고 있던 눈시울이 푸르도록 하얀 칼라처럼 완강한 새침데기 여고생이었다. 풀을 빳빳하게 먹인 그 칼라 앞에 서면 나는 왠지 주눅이 들어 시무룩한 표정을 짓곤 했다.

내가 혜경이와 친해지기 시작한 것은 바로 그「장군의 코털」사건 이후였다. 그 얘기를 전해들은 혜경이는 내게 사뭇 친절하게 구는 것이었다. 도현이를 통해 간신히 몇 권 빼돌린 그 팜플렛을 받아 읽어봤는지, "아, 참 재밌게 읽었어요, 코털오빠. 어쩜 그렇게 재미있게 쓰셨어요. 제가 연극도 몇 번 구경가봤지만 이렇게 흥미롭게 읽은 건 없었거든요. 어떻게 구상을 했는데요?" 하고 물어보았다.

기분이 좋아진 나는 되는 대로 이것저것 지껄여댔고 혜경이 또한 글쓰기에 상당한 관심이 있는 문학 소녀라는 사실에 생각했던 것보다 죽이 훨씬 더 잘 맞았다. 우리는 어느새 도현이 집에서가 아니라 빵집 같은 데서도 자연스럽게 만나는 사이가 되었다.

어느 날 내가 그때까지 이렇다 할 지식이 없었던 프랑스 쪽의 누보로망 계열 소설에 대하여 전문가인 체하고 말았다. 누보로망의 대표적 작가인 알랭 로브-그리예가 한국에 와서 '누보로망과 누보시네마'라는 제목의 강연을 한다는 신문기사를 읽은 뒤였다.

"……바로 그 점인데 말이지. 우리 주변을 둘러싼 세계는 의미심장한 것도 부조리한 것도 아니고 그저 존재할 뿐이라는 게 누보로망의 입장이지. 왜? 좀 어렵지?"

"쪼금요."

그땐 왜 그렇게 어려운 말이 고등학생답지 않게 술술 나왔는지 모른다.

"어려울 것도 없지 뭐. 쉽게 얘기하면 우리가 보통 배우고 또 읽은 소설들은 말하자면, 줄거리가 있고 또 그 줄거리를 주도적으로 끌고 가는 주인공이라는 게 있단 말이야. 그 때문에 우리는 그 주인공 처지와 우리를 동일시해서 읽음으로써 허구가 현실이라는 착각을 하고 거기서 위안을 얻고 안심을 하고 그렇단 말이지. 그걸 한번 의심해보면 어때? 어차피 단일한 세계는 없는 마당에 그걸 굳이 현실로 믿게 하기 위해서 애쓰는 게 사기 아니냐는 거지. 어떤 특정한 인물이나 영웅에 의해 지탱되는 세계는 의미가 없으니, 이름 없는 여러 사람들이나 아니면 사물 그 자체에 어떤 의미를 부여하자 이거지. 유명한 명제가 있거든."
"뭔데요?"
"누보로망은 소설가가 아니라 시인이 다다른 막다른 길이다."
나는 거의 신들린 듯한 수준이었다.
"뭔지 모르지만 멋진 것 같아요."
나는 정색을 하고 말했다.
"멋만 갖고는 안 될걸. 한번 부닥쳐봐야지. 나도 뭐 다 듣고 본 풍월인데 이번에 저 프랑스의 노보로망 대표 주자인 알랭 로브-그리예가 방한한다니까 그 강연회를 한번 가봐야겠어. 그러면 뭔가 좀 생생한 것이 손에 잡힐지도 모르지."
나는 짐짓 심각한 표정으로 턱주가리를 어루만졌고 혜경이는 그런 내 모습을 그윽하게 바라봤다. 나는 속으로 회심의 미소를 지었다.
"오빠가 거기 다녀오면 그 얘기 제게 좀 꼭 들려줘요. 너무 좋겠다."
"아암."
난 어깨에 힘을 주어 말했고 혜경이는 그런 나를 조금은 경이로운 표정으로 바라봤다.
그런데 문제가 생겼다. 혜경이와 로브-그리예의 강연을 듣고 와서 얘기를 들려주겠다고 철석같이 약속은 해놓았는데 막상 알아보니 그날은 일요일이 아니라 평일이었다. 조퇴를 하지 않고서는 불가능한 상황이 돼버린 것이다. 혜경이한테 못 가게 됐다고 하면 되지 않까? 아유 그 쪽팔림을 어떻게 감당한담. 차라리 땡땡이를 하루 치고 마는 게 낫지. 차암, 그럴 수도 없고 말이야. 무슨 뾰족한 수가 없을까.

그러나 지금 와서 돌이켜 생각건대 꼭 혜경이의 환심을 사려고 로브-그리예의 강연회에 참석하려 했던 것만은 아닌 것 같았다. 그런 대문호의 강연회를 한번 들어보는 게 문학적 소양을 키우는 데 큰 도움이 될 것이라는 생각이 들었다. 어쩌면 내가 누보로망 소설을 쓰게 될지도 모르는데 말이야. 그렇다면 그와 나와의 대면은 운명적인 만남이 될지도 모른다. 어떤 알 수 없는 힘으로 작용하는 그런 눈길의 쓰다듬음을 대문호한테서 받는다면 어떤 영감이 일어나지 않을까. 그래 가자, 무슨 일이 있어도 기필코 가자.

셋째 시간이 끝나고 비장한 각오로 교무실로 들어갔다. 그리고는 담임 앞으로 기신기신 다가갔다. 담임은 무슨 서류를 작성하느라 코를 쑤셔박고 정신이 없었다. 담임은 내가 기척을 몇 번 넣었지만 고개를 처들지 않았다. 푸줏간 고기처럼 축 늘어진 그의 목덜미살을 바라보면서 나는 불길한 기분에 휩싸였다. 이해해줄 리가 없지 젠장. 그 목덜미는 각목보다도 더 완강하고 무감각해 보였다. 나는 순간 자신이 없어졌다. 쉬는 시간이 끝나는 종이 울렸다. 그러자 예상 문제를 뽑는 데는 족집게라는 그의 목덜미살이 꿈틀거렸다.

"뭐야 인마? 넌 종이 울렸는데도 수업 들어갈 생각도 않냐?"

"조퇴증 좀 맡으러 왔습니다."

"뭐, 조퇴?"

담임은 이녀석 좀 보게나 하는 표정으로 어이가 없다는 듯 내 얼굴을 올려다봤다. 그러더니 장난스럽게, "왜? 어디가 편찮기라도 하셔?"

나는 순간 정면 돌파하기로 맘을 굳혔다.

"아닙니다."

"근데 뭘?"

"로브-그리예가 한국에 왔습니다. 그 강연회가 오늘 낮에 열리는데 거기에 참석하려고 합니다. 조퇴증 좀 써주십시오."

"로, 로브-그리예?"

담임은 알 듯 말 듯하다는 표정을 지었다. 나는 그런 담임의 눈길을 피하지 않은 채 어색하게 웃어 보였다.

"잘 아시겠지만, 누보로망 소설의 기수입니다. 이번에 한국에 오면 또 언제 올지 모르는 불란서의 대문호입니다. 꼭 가보고 싶습니다. 허락해주십시오."

나는 당당해지려고 애썼다. 두 주먹을 불끈 쥐고 거의 부동자세를 취하고 있었다. 담임이 천천히 일어서고 있었다. 나는 그때까지 얼굴에서 웃음을 지우지 않고 있었다.

"아니 이런 정신나간 자식이 있나 응! 입시가 이젠 코앞에 닥친 놈이 뭐가 어쩌고 저째? 강연회 구경을 가겠다구. 미쳐도 좀 곱게 미쳐라 이놈아! 이게 담임을 뭘로 보고 이 지랄이야 응?"

담임은 옆에 있던 시커먼 출석부를 집어들고는 내 머리를 들입다 내리치기 시작했다. 그것은 소리만 컸지 실제로 아프지는 않았다. 나는 미소를 잃지 않았다. 그게 담임을 더 자극한 모양이었다. 드디어 게거품을 물기 시작했다.

"로, 보브-그리옌가 뭔가 하는 자식이 니 고조할애비라도 되냐 이 새캬! 엇다 대고 개수작질을 헐려고 그래."

담임은 출석부를 모로 세워 정수리를 가격해왔다. 철끈이 풀리고 뿔뿔이 흩어진 낱장들이 우수수 얼굴 위로 쏟아졌다. 그제서야 담임은 가격을 멈추었다. 그러더니 의자에 털썩 주저앉았다.

"안 돼! 그리 알고 돌아가."

담임은 뒤끝이 없는 사람이니만큼 한 번 안 된다면 또 안 되는 것이었다. 나머지 한 방법은 탈주뿐이었다. 교무실 문을 막 나서는데 기다리고 있던 교감선생님이 날 불러세웠다. 그러고는 토인처럼 두터운 입술을 열어 한바탕 끌탕을 하였다.

"이자슥아, 소낙비는 피하고 봐야지 미련곰퉁이처럼 그렇게 맞고만 서 있으면 으쩌냐?"

"죄송합니다, 교감선생님."

"죄송은 무슨. 나도 문학 청년 시절을 거쳐서 네 맘을 조금은 이해를 하지. 어쩌면 네 인생의 한 번뿐일 기횐데, 이 학교에서 석 달을 공부해도 모를 것을 깨치고 올지도 모르지. 어떠냐? 내가 조퇴증을 끊어줄 테니 지금 담당 수업시간 선생한테 말씀드리고 가는 게."

"옛! 정말이십니까?"

"아암. 옛다."

나는 몇 번이고 고개를 숙여 절을 했다. 교감선생님은 송충이처럼 꿈틀거리는 눈썹으로 교무실 안을 흘끗 들여다보며 얼른 가보라고 연방 손짓이셨다.

"내가 들어오기 전이라면 몰라도 내가 들어온 다음에는 그 어떤 이유로도 이 교실을 빠져나갈 수가 없다. 그건 내 부동의 철학이야."

뜻밖의 걸림돌은 바로 말부랄티였다. 그는 자기 수업시간에는 절대 조퇴를 시켜줄 수가 없다고 말했다. 나는 또다시 로브-그리예를 거론했고 또 그 조퇴증이 아무런 하자 없이 엄연한 효력을 지니는 것임을 누누이 강조했으나 그는 더이상 귀를 기울일 뜻이 없었다. 만약 그 생물 수업을 다 채우고 간다면 그 강연회에 꽤나 늦을 시각이었다. 나는 책가방까지 다 챙기고 모자까지 손에 들고 교탁 앞에 서 있다가 터덜터덜 뒤쪽인 내 자리로 돌아왔다. 그리고는 가방을 바닥에 세게 내동댕이를 쳤다. 그리고는 창문 쪽을 바라본 채 앉지 않고 비스듬히 서 있었다. 가슴속에서는 뭔가 부글부글 끓어오르고 있었다. 누구한텐가 작신작신 얻어맞고 싶다는 느낌이 들었다. 누가 손가락 하나라도 건드리기만 해봐라 씨앙.

말부랄티는 짐짓 못 본 체 자신의 수업만 이끌어갔다.

"멘델리즘의 재발견에 관여한 세 학자가 누군가? 그렇지. 도이치의 코렌스와 오스트리아의 체르막, 또 있지. 그래, 네덜란드의 드프리스 멘델과 반대 견해를 내세운 학자도 있다. 그렇지, 바로 러시아의 학자 뤼셍코였다. 그는 환경과 조건의 변화가 생물의 유전적 성질을 결정하여 변화시킬 수 있다고 설명했는데, 이것은 사회주의 체제와 관련이 있지. 왜냐하면 사회주의란 사회적 환경을 중시하고 인간을 선하게 개조할 수 있다는 신념체계에 다름아니기 때문에 이 뤼셍코의 학설이 환영을 받을 수 있었던 것이야."

얼마나 시간이 흘렀을까. 나는 자리에 앉지 않을 수 없었다. 그러면서 아마 이런 말들을 쏟아놓았던 듯싶다.

"씨팔, 우리들은 돼지 같은 대우를 받아도 싸다고, 싸. 다들 돼지가 아니고 뭐냐고? 원래 돼지들은 주는 밥이나 처먹고 꿀꿀거리면 그게 다 아냐? 사방에서 그저 꿀꿀거리는 소리들뿐이니. 이런 돼지우리 같은 학교에서 뭘 배우겠다고 씨팔."

교탁에서도 거의 들릴 만한 큰 소리였다. 하지만 말부랄티는 짐짓 못 들은 체했다. 나는 모자를 벗어 책상 위에 걸레처럼 패대기를 친 다음 호주머니에서 조퇴증을 꺼내 박박 찢어버렸다.

— 야 인마 코털, 왜 그러냐 참아.

— 몇 분 안 남았다고.

"코털. 자네는 이제 조퇴를 할 수 있네."

말부랄티는 수업 종료를 알리는 종이 울리자 이렇게 말했다. 나는 미동도 하지 않고 창 밖을 바라봤다. 혜경이의 애틋한 얼굴이 어려 있었다. 약속을 지키지 못하게 된 게 그렇게 화가 날 수가 없었다. 주변에 있던 반 친구들이 달려와 위로도 해주고 등도 다독거려주면서 좀 늦긴 했지만 이제라도 출발하라고 말해줬다. 한 옆에 있던 놈은 내 책상 밑에 흩어진 종이쪼가리를 모아다가 조퇴증을 스카치 테이프로 붙여주었다.

물론 그 강연에는 상당히 늦었고 사람들이 북적거려 안에는 거의 들어가보지 못했다. 마이크로 강연 내용이 흘러나왔으나 잘 들리지도 않았고 또 차분히 들을 기분도 아니었다. 지금도 무슨 내용이었는지 단 한마디도 기억나지 않았다.

아무튼 그때 내가 돼지라고 극언을 퍼부었던 말부랄티를 작가와의 대화 시간에 다시 만났다는 사실은 나를 한순간 멍하게 만들었던 것이다. 나는 이런 순간이 있으리라고는 정말 꿈에도 생각할 수 없었다.

나는 대화가 끝난 뒤 뒤풀이를 하고 가자고 권하는 사람들에게 정중하게 양해를 구했다. 그리고는 말부랄티의 뒤를 부리나케 쫓아갔다.

"선생님!"

그가 뒤를 돌아보며 웃고 있었다. 나는 그의 집을 한번 방문하고 싶다고 완곡하게 청했고 몇 번이나 거절하던 말부랄티는 마지못한 듯 입맛을 쩍쩍 다셨다.

"결국 말려도 오겠다는 건데……"

"교직은 언제 그만두셨어요?"

"꽤 됐지……"

"왜요? 정년이 꽤 남았을 텐데."

"애들을 더 가르칠 자신도 없구. 늙다보니 다른 길로 한번 접어들고 싶은 생각이 주책없이 자꾸 들어서 말이야."

"근데 왜 하필 글쓰기세요?"

"글쎄…… 생각한 지는 오래됐지. 그리고 특별한 밑천이 안 들 것 같아서……"

"그럼 생계는요?"

"가보믄 알지."

그의 집은 수색 쪽에 있었다. 동네 끄트머리에 다른 집 지붕 높이만큼 불쑥 고립된 섬처럼 솟아오른 둔덕 위에 울타리를 단단히 두른 채 자리잡고 있었다. 대문께로 나선형으로 휘어진 길을 따라 올라가자 짐승 소리가 요란하게 들렸다. 언뜻 듣기에도 개, 닭, 염소 따위의 울음 소리였다.

― 이거 완전히 동물농장이로군.

돌쩌귀가 삭은 대문을 밀고 들어서자 마당가에서 짐승들을 돌보던 아낙 하나가 대문 쪽을 흘끗 쳐다봤다. 육덕이 푸짐하고 살성도 희었지만 인물은 별로 없어 보이는 여인이었다. 학교 다닐 때 절색이라고 소문이 났던 말부랄티 선생의 사모님이라곤 전혀 느껴지지 않았다. 그네는 얼기설기 엮은 염소우리 앞에서 사료찌기가 밀가루 반죽처럼 두텁게 달라붙은 찌그러진 양푼을 휙 내던져놓고는 수돗가에서 손을 벅벅 씻었다.

"으매 손님이 와부렀네 잉. 찬도 시원찮은디."

"내 옛 제자이긴 헌데, 오늘은 바꿔었지. 임자가 상 좀 걸판지게 보도라고 잉."

갑자기 걸쭉한 사투리를 쏟아내는 그가 낯설게 느껴져 흠칫 바라보았다.

"뭐가 있나…… 닭새끼 목 좀 비틀어서 도리탕을 한분 해볼까 으쩔까 잉?"

"거 좋지. 막걸리두 곁들이면 더할 나위가 없응게……"

마당은 꽤나 넓었다. 한쪽으로 서너 뙈기나 되는 채소밭이 있었다. 나는 축사에서 밀려드는 냄새 때문에 코를 삥둥그리며 바닥에 분뇨

찌기는 없나 발끝으로 조심조심 제겨디뎠다.
"마당은 깨끗혀. 저것들이 싼 것은 다들 저그 채소들이 다 받아먹고 살찌우니깐. 바깥으론 냄새나 좀 폴폴 샐 뿐이지 내다버리는 건 없어부러."

나는 어안이 벙벙해졌다. 도깨비에라도 홀린 듯한 기분이었던 것이다. 젠장 허벅지라도 꼬집어봐야지 이거야 참. 모든 게 동화 속의 상황 같았다.

앞치마를 두르고 나온 그네는 더욱 가관이었다. 부엌이 따로 있을 텐데도 마당 한가운데에 꺼멓게 그을린 돌을 익숙한 솜씨로 척척 괴더니 그을음이 두껍게 앉은 커다란 양은솥을 올려놨다. 그러더니 닭장 앞으로 씨억씨억 걸어가서는 너덜너덜한 문을 열고 손을 불쑥 집어넣었다. 닭장 안은 순식간에 억센 손아귀를 피하려는 닭들의 날갯짓으로 아수라장이 되었다. 그네는 외눈 하나 꿈쩍 않고 벙시레 웃고 있었다. 하지만 모든 건 정해진 순서대로였다.

그네는 가슴 부위가 토실토실한 토종닭의 목을 쥐어 올렸다. 마루에 앉았던 말부랄티는 뭐가 즐거운지 허벅지께를 탁탁 내리치며 막걸리 사발을 기울이며 걀걀거리는 웃음소리를 냈다.

젖은 행주를 쥐어짜듯 모가지를 비틀어대자 짐승의 두 다리가 뻣뻣하게 내려왔다. 그네는 살덩이를 마당에 패대기쳤다. 네모 반듯한 칼과 한복판이 둥글게 파인 도마를 갖고 나온 그네는 칼을 머리 위로 높이 쳐들었다. 달빛이 칼날의 서슬에 푸르게 비껴갔다. 나는 눈을 질끈 감았다.

"한잔 들지 그래?"
"예, 예에……"

그네는 물이 펄펄 끓고 있는 솥 안에 쑤셔넣고는 뚜껑을 지그시 눌렀다 열었다. 나는 자꾸만 눈물이 나려 하는지 콧등이 맵고 시큰거렸다. 그네가 손을 탈탈 털면서 일어났다.
"이거 귀한 손님 겉은디 숭한 꼴을 뵈드려서 으쩔꺼나 잉?"
"아, 아뇨. 다 괜찮습니다. 전 원래 이런 파격적인 걸 좋아합니다."
"이 친구 이래 봬도 소설 써."
"그렇다믄 다행이구만요 잉."
그네의 앞치마에는 군데군데 핏방울이 아슴아슴 번져 있었다. 얼굴 어느 곳에도 핏방울이 튀었는지 이마를 어깻부들기에 파묻고 물질러댔다.
이윽고 나온 닭도리탕 냄비 속으로는 왠지 젓가락이 빠지질 않았다. 공깃밥만 깔짝깔짝 한 귀퉁이를 허물었을 뿐이었다.
"당신도 자리 좀 같이허지."
"싫소!"
"싫으면 관두고. 둘이 많이 묵고 좋지 뭐."
나는 그에게 할말이 많이 있을 것 같았는데 머릿속이 텅 비는 느낌을 받았다. 부엌 쪽에서 흐느끼는 소리가 들렸다.
"……저의 죄를 사하여 주시옵고…… 네 손에 피를 묻히지 말라는 계율을 오늘도 어겼나이다. ……천국이 가까워올수록 사기와 위선이 판칠 것이라는 말씀을 분명히 기억하면서…… 제가 남 먼저 천국에 들려고 다투지 않겠사오며 오히려 제일 나중으로 천국에 드는 죄인이 되게 하는 영광을 베푸옵소서…… 이 힘겹고 고난에 찬 지상의 나날을 순리대로 마저 산 다음에 부르심을 받잡고 심판의 그 자리에 나갈 수 있도록 또한 은혜 베풀어주시길……"
"사모님이 교회에 나가시나요?"
"한때는……"
"지금은……?"
"거진 낫다네."

"나아요?"
그는 고개를 끄덕거렸다.
"마음이 허하니깐 이곳저곳 많이 다녔지. 상처만 늘어나고. 모모한 종파는 다 거쳤긴 한데…… 제 스스로 기어나왔어."
둘은 아무 말 없이 한참을 맥없이 앉아 술만 들이켰다. 부엌 속은 잠잠해졌다.
"저렇게 모질게 위악(僞惡)을 떨어쌓는 게 알고 보면 다 그런 세월들이 못 견디겠으니깐 그러는 거겠지 뭐."
"위악이오?"
"살다보면 우리가 거역할 수 없는 게 생각보다 많다네……"
그는 털이 숭숭 난 정강이께를 마구 긁으며 스멀스멀 웃었다. 얼마나 시간이 흘렀을까. 나도 취기가 엔간히 도도해진 참이었다. 그러자 문득 내 입에서,
"선생님, 세월이란 게 도무지 뭡니까?"
하는 말이 뜬금없이 튀어나왔다.
"결국 산다는 걸 묻는 건데……"
"예에……"
"그리곤 또 가겠다는 건데……"
그는 또다시 정강이를 긁으며 대답 대신에 선문답을 하는 도승처럼 슬그머니 뒤돌아 앉았다. 나는 물끄러미 그의 널찍한 등짝이랑 헝클어진 뒤통수를 바라보았다. 그의 어깨가 약간 출렁거렸다.
"허허허……"
"허허허……"
나는 그를 따라 웃었다. 그런데 난 왜 그를 따라 웃게 된 걸까. 나도 어느새 몸 어딘가가 몹시 가려워지는 걸 느낀 것이다. 문득 그의 등짝에서 어떤 무늬를 봤다는 생각이 들어서였을까. 그저 아름드리 나무

에 파묻힌 나이테처럼 단순 반복적이지만 편안한 동그란 무늬를. 그게 바로 그의 삶의 무늬일지도 모른다는 생각이 들었다.
    달빛이 더욱 파래졌다.

(『동서문학』1994년 가을)

첫눈

아침 식전부터 그가 돌아온다는 소문이 동네를 한 바퀴 휘저어놓았다.
"아항, 그새 벌써 보름달이 여섯 개나 찌그러져 나갔나? 봉학이가 콩밥을 죽이기 시작한 지가 말이다."
"큰집 안에서 고생하던 사람한테는 거시키헌 소리지만 세월 한분 참으로 쏜살같대이. 동회 배급창고 앞에서 그 난리를 치던 때가 엊그제 같더니만."
"긍게 말이다. 그래두 그놈아가 억울하게 갇혀 있다가 나오는 서슬인데다가 마누라꺼정 그런 짝이 나부렀으니 앞으로 또 이 동네에 무신 동티가 날지 지켜봐야 안 허겄나 말이다."
둘남아범이 이른 아침부터 석유 됫병을 채우러 갑석이네 가게에 들렀다가 반장을 맡고 있는 황씨를 만나 걱정스러운 듯 혀밑을 차며 끌탕을 했다. 동네에서 내놓은 사람 취급을 받는 그의 이름은 이봉학

(李鳳學)이었다. 왼쪽 눈에 해적선 선장처럼 시커먼 안대를 지르고 다녔는데 약간 대머리가 진 번들거리는 이마에는 항상 소금 맞은 지렁이처럼 꿈틀거리는 혈관이 도드라져 있었다.
 "동네에서 누군가 나가봐야 하지 않겠남?"
 "뭣 허러? 뭔 큰 벼슬을 살다가 오는 길이라고 거둥길 닦듯이 해줄 까닭이 있냐구?"
 "동네에서 얼굴들 좀 비치고 두부서껀 코앞에서 으깨줘야지 후환이 그래도 덜헐 것 아녀? 츰부터 봉학이 비위를 확 긁어놓아서 서로 좋을 게 무에 있다구?"
 "좋을 건 하나도 없지만……"
 "그놈아도 좀 억울하게 징역살이를 허게 됐응게, 무슨 위로의 표시라도 있어야 한동네 사는 사람의 도리지, 아 안 그려?"
 "그럼 여러 말 헐 것 없이 명색이 반장인 자네가 수고스럽겠지만 다리품 좀 팔지그려? 딴 사람들은 다 거시키허잖남."
 "젠장, 내가 언젯적부팀 그만두겠다는 반장직인가그래? 거마비랍시고 한 달에 곽서기가 자기 쌈지 풀어나 주듯 발발 떨면서 내주는 썩은 밀가루 두 포가 고작인데, 그것도 닭벼슬 같은 감투랍시고 쓰고 앉았자니 증말 개갈 안 나서……"
 나이 든 어른들의 두 눈썹 사이에는 한결같이 굵직한 주름살이 도랑처럼 패 있었다. 사람이 좀 무뎃포인 것은 분명했지만 내겐 돌장이 봉학이가 마냥 밉꽝스러운 것만은 아니었다. 세무서에 근무하는 하이칼라라고 어깨에 힘 주고 다니던 수학이네 아버지가 술에 취해 혼자 사는 택이엄마를 찝쩍거렸을 때 대든 사람도 봉학이었고, 우리집을 합쳐서 무려 아홉 가구의 주인인 장석조씨의 재수하는 맏아들이 만만한 고물장수 경애아빠를 쳐 갈비뼈를 부러뜨렸을 때 팔뚝을 걷어붙이고 찾아가 치료비조로 다만 얼마라도 받아준 사람도 바로 봉학이었기 때문이다. 물론 그렇다고 해서 내가 그의 거칠고 괴팍스런 성깔마저도 좋아하는 건 아니었다.
집에 돌아와보니 아버지는 시어터진 막걸리를 붓고 주무른 뒤 양푼에 담아 보자기로 덮어 아랫목에 밀어둔 밀가루 반죽을 만지작거리고 있었다. 밀가루 반죽을 부풀리느라 부어둔 들큰한 술냄새가 코끝을 후비듯 덮쳐들었다.
"아부지, 봉학이가 징역 고만 살고 인자 나온대요. 오늘 아침부터 사람들이 얘기하고 난린데요."
아버지는 숨이 턱까지 차올라 들이닥친 나를 힐끗 고개를 들어 쳐다본 뒤 아무 대꾸가 없었다. 아랫입술이 윗입술을 반쯤 덮은 굳은 표정으로 부풀어오른 밀가루 반죽만 손끝으로 깔짝거리는 것이었다.
―아부지가 완전히 겁을 먹었네 헤잉.
아침 설거지를 마친 아줌마들이 수돗가로 빨랫거리를 갖고 나올 때쯤 해서 봉학이를 버스 종점 부근에서 봤다고 떠들어대는 사람이 나타났다. 헐렁한 작업복에다 낡은 워커를 끌고 있다는 것이었다. 어디서 났는지 자신이 평소에 쓰던 연장들을 담은 륙색도 어깨에 메고 있는 걸 봤다는 구체적인 얘기들이 뒤이어 돌아다녔다. 버스 종점에서 동네까지는 어른 걸음으로 재게 걸으면 기껏해야 이십 분쯤 걸리는 거리였으나 그는 그런 소문이 떠돌고 나서 두어 시간이 넘도록 동네에는 코빼기조차 내밀지 않았다. 그저 소문으로만 떠돌고 있었다.
"누군가를 크게 한번 손을 보고 다시 그 큰집으로 직행하든지 말든지 헐 기세라니깐. 연장주머니에서 빠루같이 생긴 이따만 쇠뭉치 연장을 꺼내 휘두르는 품이 예사롭지 않다는구먼."
"누가 봤대?"
"하 참, 누가 보긴? 시장 어귀에서 마주친 현정엄마가 분명히 보고 들었다는 거여. 반드시 손봐줄 놈이 있다고 쒜치는 걸."

"섬뜩허네그려. 젊은 여편네는 이미 딴 사내와 뱃가죽이 맞아갖고 설랑 밤봇짐, 아니 밤봇짐도 아니었구먼, 대낮에 번연히 동네를 빠져나갔는데. 혹시 알아냈나? 어디서 숨어사는지?"

"엔장 모르지. 아무튼 갇혀 있던 놈만 안됐지. 졸지에 줄 끊어진 연 신세가 되었으니 말이야. 허나 사나 봉학이 이 친구가 요정을 낼 놈이 있으면 후딱 와서 결딴을 내버리든지 허지 않고 왜 소문만 무성히 퍼뜨리면서 정작 동네에는 코빼기도 뵈지 않는 게야? 은근히 뒤 켕기게."

"뒤 켕길 일을 허긴 헌 모양이구먼."

"이거 왜 이래? 줄행랑 놓은 봉학이 여편네가 행실이 실허진 못한 건 세상이 아는 일인 걸……"

"인물값 허게도 됐지 뭘. 그저 석수장이 여편네로는 고이 썩지 않을 위인이었으니깐. 먼젓번에도 보따리 싸고 나간 걸 몇 달을 헤맨 끝에 거 어디서더라 개 끌듯이 데리고 왔는데 이번에도 그 짝이 날까?"

동네에서는 봉학이가 데려온 여자를 다들 송탄댁이라고 불렀다. 그가 송탄에 달포쯤이나 석수일을 보러 갔다가 데려온 여자이기 때문이었다. 송탄댁은 처음 올 때는 몰랐는데 나중에 화장도 엷어지고 해서 보니 봉학보다는 한 네댓 정도 나이가 더 들어 보여 마치 개가를 한 과부처럼 보였지만 어쨌거나 얼굴이 반주그레한 게 요모조모를 뜯어봐도 봉학한테는 과분한 인물이라는 평판이 나돌았다. 그 때문에 근근히 아랫배 움켜쥐고 다닌 사람이 얼마나 많았던지.

살림을 시작하면서부터 한동안 초록 저고리에다 붉은 치마말기를 질끈 동여매고 문 앞을 종종걸음으로 나댔기 때문이기도 했지만 서글서글한 성품 때문인지 동네에서는 한동안 모두들 봉산 참배 같은 새댁이라고 칭찬들을 아끼지 않았다.

하지만 처음부터 술집에서 데려온 여자라는 소문이 뒷말로 어느 정도 돌고 있었다. 송탄댁을 빼내오기 위해 봉학이 여태껏 번 돈을 통틀어 그 여자가 대추나무에 연 걸리듯 이곳저곳에 지고 있던 빚을 갚는 데다 탕진했다는 말도 떠돌았지만 확인할 수는 없었다. 그래서 한때는 며칠 못 가서 파경을 맞으리라는 성급한 예측이 나오기도 했지만 둘의 금실은 그럭저럭 무난하게 간 편이었다.

송탄댁은 우리 바로 옆방에 살고 있었다. 벽이라고 있긴 했지만 워낙 허술해서 어쩌다 목이 말라 밤중에 깨어나면 옆방에서 이상한 신음 소리가 들려오기도 했다. 바가지로 물을 떠다 주던 어머니가 좀 무안했던지 얼른 잠이나 자라고 등을 두드리며 채근을 한 적이 한두 번이 아니었다.

봉학은 가끔씩 일을 나가면서 색시가 못 미더운지 부엌문에 자물통을 채우고 나갔다. 송탄댁이 집 안에 있는데도 말이다. 그 자물통은 열쇠로 따는 게 아니라 당시 한참 유행하던 번호맞추기식 자물통이었다. 세 개의 비밀번호만 맞추면 되었는데 그런 자물통을 여는 일쯤은 내겐 식은 죽 먹기였다.

부엌문 틈새로 들여다보면 부엌 툇마루 아래 가지런히 놓인 하얀 구두를 볼 수 있었다. 봉학의 뒤를 쫓아 처음 대문간 안으로 발씬발씬 들어올 때 치마말기 아래 보일락 말락 하던 그 하얀 구두를 빼꼼히 들여다보고 있자면 왠지 가슴이 마구 설레었다. 한번은 내가 실력을 발휘해서 그 번호자물통을 열어버렸다. 순전히 장난이었다. 도로 잠그기도 이상해서 그냥 놔두었는데 그날 저녁 그것이 빌미가 돼 한바탕 난리가 났다. 일하고 돌아온 봉학이가 열린 자물통을 보고는 송탄댁을 무지막지하게 패준 것이다.

—어떤 놈이 그새 드나든 거야 응? 옛날 버릇이 다시 나온다면 그냥 두지 않겠다고 내가 단단히 일러두었잖아.

집 안에서는 매 맞는 소리가 무수히 났지만 비명 소리나 신음 소리는 기의 들리지 않았다. 나는 나 때문에 벌어진 사단이라는 일말의 책임감도 느끼고 있던 터라 봉학이가 은근히 얄미워졌다. 개자식, 암만 지 색시지만 여자를 그렇게 패! 나는 송탄댁이라는 여자가 외양과는 달리 무척이나 독한 여자라는 생각이 들었다.

  봉학이는 색시를 실컷 패준 다음날이면 병 주고 약 주는 심보인지 꼭 통닭을 사다가 떨궈줬다. 그 덕에 나는 생전 처음으로 통닭을 맛보기도 했다.

  며칠 전 개똥아 엿 먹어라!, 고 외치며 엿장수가 나타났을 때였다. 엿장수가 엿판에서 맛보기로 떼준 엿을 혀끝으로 녹이고 있자니 그것만으로는 성에 차질 않았다. 딴 애들은 찌그러진 냄비나 그을린 주전자, 해진 고무신 따위를 들고 나와 기다란 엿가락을 반토막씩 입에 물고 다녔다. 나는 부엌으로 들어가 샅샅이 뒤졌지만 엿장수에게 넘길 고물은 눈에 띄지 않았다. 남들이 보기엔 고물이 다 된 것들이 몇 개 있었지만 다들 당장의 살림에 써야만 하는 것들이었다.

  그때 그릇더미 제일 밑에 깔린 아주 더러운 그릇에 내 눈길이 닿았다. 혹시나 해서 꺼내보니 두 개나 되었다. 때가 더께로 앉은 상태로 봐서 한 십수 년은 그런 상태로 있던 게 틀림없었다. 한 번도 밥상에 오르는 걸 본 적이 없으니 말이다. 잘만 닦으면 쓸 만해 보였지만 어머니가 여태껏 닦아서 쓰지 않고 버려둔 것을 보니 쓸모가 없을 것이라는 판단을 했다. 나는 잠깐 망설이다가 그 그릇을 엿장수에게 가져갔다. 엿장수 아저씨는 갑자기 눈에 힘을 주는 듯하더니 그릇 테두리를 벽에 문대 침을 발라 닦더니 눈빛을 밝혔다.

  — 돈으로 쳐서 줄까?

  — 에이, 아저씨두 아니야요. 바람 안 든 걸루다 엿이나 쬐끔 줘요.

  나는 더러운 그릇 하나 가져오고 엿을 달라는 게 약간 멋쩍어 작은 소리로 말했다. 반뼘쯤 되는 엿토막만 받을 수 있어도 성공이라는 생각이 들었다. 그러나 엿장수는 내 예상을 깨고 기다란 엿가락을 그것도 두 개나 안겨주는 것이었다. 나는 순간 영문을 몰라 선뜻 손을 내밀지 못하다가 두 번인가 재촉을 받고서야 받아쥐고서는 얼른 집 안으로 들어왔다. 입에서 단내가 풀풀 나도록 앉은자리에서 그토록 원 없이 엿을 먹어본 기억은 그때가 처음이었다. 그러나 그 대가는 비쌌다.

그 그릇은 어머니가 시집올 때 당초무늬 궤짝에 넣어갖고 온 반상기 중의 하나였다. 몇 번 이사를 다니는 사이에 없어지기도 한 끝에 겨우 그 놋주발 한 발만 덩그러니 남아 그렇게 내버려두고 있었던 것이다. 나는 바지에 오줌을 지릴 정도로 서너 시간은 족히 그렇게 얻어맞다가 정신까지 잃었던 것 같았다.

내가 제정신을 차린 곳은 부엌이었다. 그러나 우리집 부엌은 아니었다. 우리집 부엌이라면 천장에 대싸리로 결은 복조리 한 쌍이 걸려 있는 것부터 눈에 들어와야 한다. 천장이 한 바퀴 빙그르르 원을 그리며 돌았다. 누군가의 목소리가 귓전에 와 달라붙었다. 누굴까?

"병호야 애, 정신이 드니? 에그머니 또 토하려는가보네."

나는 새우등처럼 몸을 구부렸다. 욕지기가 넘쳐와서였다. 그러나 입 안에는 쓰고 메스꺼운 액체만 몇 모금 고일 뿐 입 밖으로 나오는 건더기는 없었다. 나는 내 등에 와 토닥토닥 달라붙는 손바닥의 주인공에 비로소 생각이 미쳤다. 그렇다. 송탄댁이었다. 나는 갑자기 눈물이 왈칵 쏟아지려고 했다.

"끅끅……"

"애, 왜 우니? 괜찮대두."

내 얼굴을 보려고 두 손을 짚고 엎드린 자세로 다가온 송탄댁의 물컹한 젖무덤이 뺨을 스치고 지나갔다. 이 여자가 나의 엄마라면……
나는 순간적으로 그런 객쩍은 생각을 먹어봤다.

송탄댁은 그날 내게 따끈한 고구마를 쪄주었다. 평소 화장품 냄새라면 질겁을 하는 나였지만 그날따라 송단댁의 몸에서 나는 화장품 냄새가 싫지는 않았다. 매니큐어를 칠한 손톱으로 껍질을 벗겨 내게 건네준 고구마는 참으로 달았다.
"엄마가 무섭니?"
나는 고개를 끄덕거려 보였다.
"그래두 니 엄마를 미워하진 마라. 엄마가 있다는 건 좋은 거야. 정말로 자신을 낳아준 엄마라면 말이야, 어떻든…… 참, 너 통닭 먹어봤니?"
"……"
나는 고개를 세차게 저었다.
"그럼 이것 좀 먹어볼래?"
내 손에는 닭다리 하나와 날갯죽지 하나가 들렸다. 고소한 기름 냄새가 코를 찔렀다. 나는 혀끝을 문질러 기름칠을 해보았다. 혀끝으로 튀김 부스러기가 묻어나왔다. 흥건히 젖은 입 안에서 침이 목울대를 치며 넘어가는 소리가 천둥소리처럼 울려오는 것 같았다.
"한번 듬썩 베물어봐, 남자답게."
벌에 쏘인 듯 부은 입술 사이로 비집고 나온 내 옥니 두 대가 살점 깊숙이 박혔다. 그 살점들은 입 안으로 들어오기가 무섭게 목 안에서 솟구친 갈고리 같은 식욕에 걸려 몇 번 씹힐 겨를도 없이 그대로 목젖을 건드리고 넘어갔다. 나는 무의식적으로 응응거리는 콧소리를 내고 있는 날 발견했다. 너무 급하게 서두르느라 사레가 들려 몇 번 켁켁거리고 있는데 부엌문이 벌컥 열렸다. 문턱을 넘을 생각도 않고 우두커니 서 있던 봉학이는 매우 무서운 눈으로 우리 둘을 쏘아보았다. 나는 입 안으로 반쯤 박힌 날갯죽지를 깨물지 않고 슬그머니 뺐다. 그러자 송단댁이 내 겨드랑이 사이로 손을 넣어 날 일으켜세웠다. 내 밑에는 기다란 수건이 놓여 있었고 그 밑에는 누런 시멘트 종이가 깔려 있었다. 그 수건 위로 두 개의 투박한 작업화 발자국이 찍히면서 퉁명스런 목소리가 터져나왔다.

"밥 줘, 배고파."

하지만 정말로 배고픈 사람은 나였다. 나는 손에 들린 날갯죽지를 호주머니에 쑤셔넣고는 문을 나섰다. 석양 무렵이었다. 나는 서둘러 뒷돌산 위로 올라갔다. 거기서 밤늦도록 닭날개 반쪽으로 버티며 내 이름을 부르는 누나의 목소리가 들릴 때까지 똥개를 하도 많이 그슬리는 바람에 시커먼 그을음이 더께더께 앉아 황구바위라고 이름 붙은 바위 위에 앉아 있었다.

"참으로 뻔뻔도 시럽네 잉?"

"으쩜 저럴까, 청한 하늘이 무섭지도 않나보네 차암."

"하늘이 청하긴 뭐가 청해? 구름이 켜지 않은 솜이불처럼 치렁치렁 가라앉아 있는 게 안 보인단 말여?"

수돗가에 몰려 앉아 있던 여인들이 저마다 큰 소리는 아니지만 입술을 종그려 한마디씩 퍼부어댔다. 송탄댁이 석 달 만에 쓰다 달다 아무 말도 없이 다시 돌아온 것이다. 가슴팍에 때가 꼬질꼬질한 작은 보따리를 하나 꼭 껴안고. 그것도 봉학이가 돌아온다는 그날에 맞추어서였으니 동네 사람들이 그럴 만도 했다.

"그러잖아도 봉학이가 자기 손으로 뭔 물고를 내겠다고 저그 버스 종점부터 옹기작거리며 있는 판국에 저 여편네가 죽을라꼬 환장을 해도 유만부동이지 뭔 보짱으로 호랑이 아가리로 자수를 혀서 들어온단 말여?"

제일 끝방에 사는 양은장수 최씨의 부인인 나주댁이 남들 다 들으라는 듯 말했다.

"오늘 잘허믄 송장 여럿 치는 줄초상 나겄다. 세상 오래 살다보니…… 뵐꼴."

그러나 송탄댁은 이런저런 소리들을 듣는지 마는지 고개를 다소곳이 숙인 채 말없이 자신이 살던 집 부엌문 앞에 다가섰다. 그러나 번호판 자물쇠의 숫자를 잊어버렸는지 한동안 자물쇠통을 붙잡고 머뭇거렸다. 마침 소피를 보러 변소로 향하던 아버지가 그 모습을 보고 내게 얼른 고갯짓을 해 보였다. 나는 지싯지싯 송탄댁 옆으로 다가가 뒤통수를 벅벅 긁으며 섰다. 그네는 내 얼굴을 지그시 내려다보더니 하얀 손을 들어 내 머리를 쓰다듬어주려 했다. 나는 고개를 뻥둥거려 그 손길을 일부러 피했다. 다들 눈길을 이쪽으로 모으고 있기에 그런 시늉이나마 취하지 않으면 손가락질을 받을 것만 같았기 때문이었다.

그러나 왠지 반가운 마음이 가슴 한구석에서 스멀스멀 기어나왔다. 오, 사, 영. 다이얼을 다 맞추자 뚜꺽 하는 소리와 함께 석 달간 매달려 있던 자물통이 벗겨져나왔다. 나는 뚜두두둑 번호판이 맞춰질 때마다 손끝에 느껴지는 일종의 쾌감 때문에 무의식적으로 웃음을 띠며 뒤를 돌아다봤다. 뒤에는 어머니가 무서운 얼굴로 나를 쏘아보고 있었다.

"뭐라꼬? 니 지금 내보고 뭐라꼬 했노 말이다? 불 좀 빌려달라꼬? 우찌 사람을 우습게 보았으믄 그따우 돼먹지 않은 말을 입술에 침도 안 바르고 씨부려쌓노? 이 초겨울 문턱에 선 날씨를 니는 못 느끼나? 체잉, 어림도 없다 이 말이다. 남정네를 훑부셔 가면 갔지 내사 불은 못 빌려주겄다 와? 아니꼽나?"

넷째 방에 세 든 상주댁이 악을 버럭버럭 쓰며 기가 넘어가게 구는 소리가 새나왔다. 송탄댁이 아마도 탄불을 빌리러 갔다가 안된 소리를 듣는 모양이었다. 그 다음 차례는 바로 우리집이었다.

"아주머니…… 저 아쉰 소리 좀 하려구요."

어머니가 부엌문을 조금 빠겼다.

"어지간만 하면 숯을 사다 피우겠는데 워낙 오랫동안 비어 있던 아궁지라 숯만 갖고는 약하구요. 아무래도 이글이글한 탄불을 얹으면 좀 수월할 것 같은데……"

"차암, 새댁두 딱허긴 쯧쯧. 탄불을 빌려주면 복이 달아난다고까지 허는 옛말이 있는데 말이야…… 그렇다고 사정 번히 알면서 이웃끼리 야박허게 굴 수도 없는 노릇이니 말이고. 어쨌든 우린 피던 아궁이니깐 숯으로도 불이 잘 살 테니 새댁이 우리 탄불로 밑불을 삼구려. 저기 아궁이 밑이 눅눅헐 테니 우리 탄재를 좀 갖다가 바닥에 넉넉히 깔구 그 위에다 밑불을 놓아봐 새댁."

"아이구 아주머니 정말 고마워서…… 그 대신 제가 숯허고 탄 넉 장을 덤으로 드릴게요."

"그러나저러나 오늘이 신랑 돌아오는 날인 건 알고 왔겠지?"

"……"

송탄댁은 어두운 표정을 지으며 고개를 끄덕여 보였다.

"그러면 됐어. 하늘에 맡기는 거지 뭐. 숯은 이리 주구, 탄은 말어. 밑불 대신으로 한 장만 내놓고."

불이 잘 들기로 장석조씨네가 거느린 아홉 가구 중 첫째가는 우리 부엌 아궁이는 고작 신문지 한 장을 먹어치우고서는 잉걸숯을 태우며 송탄댁이 가져간 밑불에 손색없는 탄불을 일궈내었다.

"앙꼬가 모자랄지도 모르니깐 반 숟가락씩만 넣어!"

어머니는 부뚜막에 한쪽 무릎을 대고 앉아 펄펄 끓는 물솥 안에 못 쓰는 냄비 뚜껑에다 구멍을 숭숭 뚫어 만든 겅그레를 놓고 헝겊을 덮은 위에 앙꼬가 든 빵반죽을 하나하나 정성 들여 올려놓으며 말했다.

"이것이 오늘 점심이니 그리들 알라구!"

솥뚜껑을 열면 솟구쳐오른 김이 부엌 천장에 막혀 옆으로 빠져나갔다.

"솥뚜껑 그렇게 열면 빵이 어느 세월에 익니! 초라니 같은 방정을 떨어쌓기는 사내자식이. 한 삼십 분 지그시 기다려야 하니 졸지나 말고 엉덩이 깔고 앉아서 잘 지켜봐. 엄마는 또 반죽하고 빚어야 하니깐."

옆부엌에서 쏴아쏴아 하는 소리가 들려왔다. 나는 그 소리가 무슨 소리인지 훤히 알고 있었다. 바로 송탄댁이 목욕을 하는 소리였다. 나는 고개를 번쩍 들어 송탄댁 부엌과 우리집 부엌을 가르고 있는 얄팍한 판자로 된 부분의 중턱을 바라봤다.

거기에는 내가 새끼손가락을 집어넣으면 둘째마디께에서 걸릴 정도의 구멍이 나 있었다. 일부러 만든 구멍이 아니라 옹이가 빠지고 난 자리였다. 밑으로 약간 경사가 난 구멍이어서 들여다보면 옆부엌의 아래쪽으로 반쯤이 보였다. 난 그 구멍을 통해서 알게 된 비밀이 몇 가지 있었다.

우선 송탄댁 왼쪽 엉덩이 위에 사마귀보다도 더 큰 점이 있다는 건 아마 봉학이를 빼고는 우리 동네에서 나밖에 모를 것이다. 나는 우연찮게 그 구멍을 통해 목욕하는 송탄댁의 나신을 훔쳐볼 기회가 몇 번 있었다. 그리고 송탄댁이 부식거리 살 돈을 숨겨두는 곳은 찬장 제일 아래쪽 오른쪽 서랍 밑이었다. 하지만 우린 훔치거나 하는 추잡한 짓은 일절 하지 않았다.

내가 송탄댁이 목욕하는 장면을 훔쳐봤다고 혹시 나보고 어린 놈이 일찍감치도 발랑 까졌다고 할 사람이 있을지도 모르나 그건 괜한 오해라고 나는 감히 말해줄 수 있겠다. 왜냐하면, 왜냐하면 말이다, 그 구멍의 마력은 내가 어찌할 수 없는 힘을 지니고 있었기 때문이다. 아마 누구든 그 구멍에 눈알을 들이민 적이 있다면 그 황홀한 마력에서 쉽사리 벗어나기 힘들었을 것이다.

나는 언젠가 한번은 도대체 그 구멍이 어떻게 해서 생긴 것일까 생각해본 적이 있었다. 분명히 연탄집게를 연탄불에 달궈서 구멍을 내거나 어떤 도구를 사용해 뚫은 것이 아니라 옹이가 빠져 자연히 생긴 구멍임에는 틀림없지만 그 자연스런 과정에서조차 어느 누군가의 손가락이 작용하지 않았을까 하는 공상 따위를 해보기도 했다. 만일, 만일 말이다. 그 구멍이 어느 누군가의 의지가 작용해서 생겼다면 그 장본인이 어쩌면 아버지일는지도 모른다는 생각이 든 것은 왜일까? 혹시 그때의 느낌 때문이 아닐까?

  그때란 내가 그 구멍을 통해 송탄댁과 봉학이 격렬하게 싸우는 걸 보았던 적을 말한다. 난 그 장면을 훔쳐봄으로써 비로소 송탄댁이 봉학한테 일방적으로 얻어맞는 것만은 아니라는 사실을 깨달았다.

  돌산 채석장에서 일을 하던 봉학이 점심을 먹기 위해서 집으로 기어든 것은 점심시간이 약간 지난 늦은 오후였다. 나는 그때 부엌에서 어머니가 찬장 안에 젖은 행주로 덮어놓은 밀가루 반죽을 찾아 몇 절음 떼어낸 다음 아궁이 위의 두꺼비집을 거꾸로 놓고 그 위에 반죽을 얄팍하게 올려놓아 구워먹는 중이었다. 벽 너머로 심상찮은 소리가 들려와 그 구멍에 슬그머니 눈알을 박아넣었더니 조금 전까지만 해도 젓가락으로 밑반찬을 봉학이 입 안에 떠넣으며 갖은 아양을 다 떨던 송탄댁이 어느새 밑에 깔려 넙치가 될 지경에 빠진 것이 아닌가? 그러나 송탄댁은 여느 때와는 달리 손톱을 세워 봉학의 그 안반짝 같은 등짝을 마구 할퀴는가 하면 두 다리로 봉학의 허리를 감고 용을 쓰는 등 나름대로 저항에 최선을 다하는 형국이었다. 하지만 역부족이었는지 곧이어 부엌 바닥에 축 늘어지고 마는 것이었다. 기고만장해진 봉학은 송탄댁의 머리채에 손을 넣어 휘감아 잡고서는 등허리를 활등처럼 구부린 자세에서 깊은 신음 소리를 흘렸다. 여느 때처럼 격렬하기는 마찬가지였지만 싸움 같기도 하고 어떻게 보면 싸움이 아닌 것 같기도 해서 헷갈렸다. 그리고 평소와 달리 둘 다 옷을 입지 않고 있었다는 점도 납득이 되지 않았다.

나는 승부가 뻔한 결말을 지켜보다가 한숨을 푹 쉬며 구멍에서 눈을 떼고는 한참 동안이나 숨을 고르고 있었다. 그런데 문득 위에서 인기척이 느껴지는 거였다. 뭔가 싶어 고개를 돌려보니 바로 아버지가 몹시 불쾌한 표정으로 뒷짐을 진 채 날 노려보고 있는 게 아닌가. 나는 당황스러웠다. 왜냐하면 두꺼비집 위에 올려놓은 밀가루 반죽 쪼가리들이 다 타서 숯덩이처럼 새카맣게 돼 연기까지 폴폴 내뿜고 있는 것이었다.

―공부는 안 하니? 뭘 들여다보고 있고서리……

―배가 출출해서, 그냥 밀가루 좀 구워먹는데 그만 깜빡 까먹어서…… 태우는 바람에……

―그것말고 언제부텀 옆집을 도둑고양이모양 훔쳐보는 버릇이 있어서리……

―훔쳐본 것이 아니구요, 뭔가 들여다본 건데……

―본 건데…… 무스거?

―암것도 안 보이든데요.

―……한눈팔지 말고, 쪼맨한 간나가 발써부터 정신차리지 않으면 어드러케 되겠네?

나는 한참 뒤에 암만해도 아까 구멍을 통해서 본 장면이 어른거려 송탄댁을 위로하기 위해 그 집 부엌문을 열어제쳤다. 송탄댁은 께느른한 표정으로 물독에 등을 기대고 빈 라면상자 위에 앉아 통닭을 뜯고 있었다. 나는 내가 통닭 기름 냄새나 맡고 찾아온 그런 좀스런 아이가 아니라는 걸 입증하기 위해 좀 서둘렀다. 그네가 통닭을 뜯고 있다는 건 바로 아까의 장면이 싸움이었다는 걸 되짚어주는 것이었다.

아주머니 아까 되게 아팠죠?

응, 병호구나. 어서 와라! 통닭 주까?

나는 고개를 절레절레 흔들었다. 나는 통닭다리 하나쯤에 헬렐레 녹아들 그런 싸구려 아이가 아니라는 사실을 한 번쯤은 보여줄 필요가 있다고 느꼈다. 나는 눈에 불을 밝히며 다시 물었다. 뭘 잘못했기에 그렇게 된통 얻어터지셨어요? 터지다니? 누가?

에 참, 제가 다 알아요. 시치미 떼지 말구요. 그 순간 송탄댁의 얼굴이 약간 붉게 물드는가 싶더니 표정이 서서히 굳어졌다. 뭘 봤다고 그 모양이니. 거참 쪼그만 애가 못 하는 소리가 없구나. 그러더니 주려했던 통닭다리도 도로 걷어가는 것이었다. 그러더니 내가 자꾸 아프다고 말했는데도 아랑곳없이 내 귓불을 세게 잡아당기는 것이었다.

점심 무렵에 봉학이가 시장통 네거리에 있는 쌍과붓집에 들러 술을 마시고 있다는 말이 떠돌았다.

"하따, 왜 그리 걸음새가 느려터졌지."

아버지는 말없이 가부좌를 틀고 앉아 빵 소쿠리를 들여다보고 있었다.

"더 먹……"

"인자 배지껏 차올랐는디."

"더 먹……"

나는 일부러 헛바람을 잔뜩 집어넣은 뱃구레를 손바닥으로 기세 좋게 두들겨 보였다. 아버지가 희미한 미소를 지었다. 팥으로 앙꼬를 넣은 빵이라면 사족을 못 쓰고 달라붙는 아버지가 여느 때 같으면 또 거제도 포로수용소에서 어머니를 만난 얘기를 되풀이했을 테지만 마음이 편치 않은지 입을 굳게 다물고 한마디도 내지 않았다.

―니 어마시가 그때 포로수용소 철망 밖에서리 앙꼬빵 장수를 했댔지.

―그래서 아부지가 앙꼬빵을 좋아하는가부죠?

―지금은 흔해져서리 좀 그렇지만 기때는 앙꼬빵이라믄 환장했지……

─그랬어요?
─사람이라는 게 참 간사해서리……
─왜야요?
─기때만 해도 내레 그저 북쪽으로 도로 넘어갈 생각이 굴뚝같았었지. 그런데 그거이 앙꼬빵 맛을 못 이기더구만. 기럼, 먹구사는 건 어딜 가나 다 마찬가지니깐 말이지. 앙꼬빵 팔던 처네가 참 진국으로 보였고. 지금 니 어메지. 수용소에서 나와서 몇 해 동안 미군애덜 부대하고 부두에서 막노동도 하고 지내다가 결국은 앙꼬빵 팔던 처자네 고향이라는 그 철원땅을 밟고 니 에미를 다시 만났지 뭐.
─아부지 그럼 이게 그런 빵이야요?
─기럼. 먹어도 그런 내력을 알고나 먹어야지.
아버지가 봉학을 두려워하는 건 다름이 아니었다. 봉학이 징역을 살게 된 것은 바로 동사무소 밀가루 배급창고 앞에서 터진 소동 때문이었다. 지난 여름 장마철 때 그러잖아도 일거리가 없어 집 안에서 빈둥거리는 영세민들을 불러 취로사업을 시킨 뒤 밀가루를 나눠준답시고 불렀는데 그날 나눠준 밀가루 가운데 일부가 변질돼 썩은 것이었다. 그래서 그 다음날 배급을 위해 다시 모인 사람들이 동사무소 곽서기를 비롯해 관청 쪽 사람들하고 실랑이가 벌어지기 시작했는데 사태가 심상찮게 돌아갔다. 성깔이 괄괄한 젊은 축들이 먼저 삽자루로 배급창고 문을 두드리기 시작했고 그러자 그 동안 이런저런 불만이 쌓여 있던 사람들이 불뚝성 있게 가세해버린 것이었다. 몇몇은 아예 창고 지붕으로 올라가 농성 채비를 차렸고 평소 세도가 당당하던 곽서기 등등은 볼따구니를 몇 대 쥐어박힌 뒤 어마 뜨거라 줄행랑을 놓아버려 잠시나마 동사무소 배급창고가 무주공산이 돼버린 것이다.
드디어는 순경과 방범대원들이 빈 총이지만 칼빈을 갖고 출동해 가까스로 영세민들을 진정시켰다. 그런데 그 와중에서 뜬금없이 봉학이 주동자로 몰려 경찰 백차에 실렸다. 물론 취로사업을 뛰지 않은 봉학이 그날 배급 대상자에 오르지 않은 것은 두말할 나위가 없었다.

이유는 단 하나. 그가 먼저 예비군가를 부르며 군중을 자극하고 배급창고 문을 향해 처음으로 돌을 던진 장본인이어서 폭력을 선동했다는 죄목이었다. 그날따라 쌍과붓집에서 약간 과하게 마신 막걸리가 원흉이라면 원흉이었다. 예비군가는 원래 음치였던 그가 이따금씩 즐겨 부르는 곡이었고 지나가는 길에 답답한 사연을 얻어듣고는 술김에 새대가리만한 조약돌을 집어 아무렇게나 뿌린다는 게 그저 배급창고 문에 날아가 맞은 것뿐이었다.

이때 역시 어머니가 뛴 취로사업으로 밀가루 배급을 받으러 현장에 있었던 아버지가 무작위로 뽑혀 진술서라는 걸 쓰게 됐다. 물론 형사들이 불러주는 대로 받아적고 엄지손가락 끝을 잡혀 손도장을 눌러줬을 뿐이었는데 그 내용이라는 게 말하자면 봉학이의 범행 사실을 입증하는 것이었다. 관청에 불려간 촌닭모양 얼이 반쯤은 빠진데다 형사들이 책상을 탕탕 치며 고압적인 자세를 보이자 아버지는 진술서 내용의 부당성을 지적하고 어쩌고 할 만한 여력이 없어 그냥 맥없이 물러나오고 말았다. 그 때문에 봉학이가 나중에 아버지 원망을 꽤나 했다는 얘기가 들려 아버지가 직접 그를 교도소로 면회를 가서 자초지종을 말하면서 미안하다는 뜻을 밝혔지만 뒤끝이 개운하게 풀리지는 않았던 것이다.

"어떤지 사정을 잘 보고 와라 응?"

아버지는 막걸리를 받아올 주전자를 쥔 내 손을 꽉 잡으며 말했다. 나는 고개를 끄덕이며 비탈을 내려가기 시작했다.

송탄댁이 누나를 시켜 막걸리값을 쥐어주며 쌍과붓집에서 막걸리 좀 받아달라는 부탁을 해온 것이다.

"누나 또 아줌마 등 때 밀어줬구나 그치?"

나는 송탄댁한테서 흘러나온 것이 분명한 조그만 화장품 병에서 눈곱만큼씩 내용물을 꺼내 얼굴에 투닥거리고 있는 누나에게 물었다. 누나는 흰자위를 하얗게 떠 흘겨보면서 내 머리통을 두어 번 톡톡 건드렸다.

"누렁코나 닦어."

"왜 때려 씨팔?"

"어쭈 쪼그만 게 어디다 대고 욕이야, 욕이. 심부름 시킨 것이나 잘 해. 백오십원이니깐 막걸리 한 되 값 백삼십오원 빼면 십오원이 니 차지야. 눈깔사탕을 사먹든 만화를 빌려보든 핫도그를 사먹든 맘대로 하라구. 그 대신 그 술청 안을 잘 들여다보고 와야 해. 무슨 말인지 알겠지. 봉학이 아저씨가 어떻게 하고 있는지를 잘 보고 오란 말이야."

"나 그딴 심부름 안 해."

"아버지도 다녀오라고 안 하든?"

"……"

나는 십오원이라는 거금이 눈앞에 아삼삼해져서 하는 수 없이 꼭지 떨어진 주전자를 들고 쌍과붓집으로 향했다.

술청 안은 톱밥난로를 피워 후끈했다. 알전구가 한가운데 대롱대롱 매달려 있었지만 술청 안은 몹시 어두웠다.

"아주머니 막걸리 한 되 받아주세요."

"응, 그래 주전자 거기 놓고 조금만 기다려라 응."

술청 한구석 탁자에 과연 봉학이가 앉아 있었다. 술이 취한 것도 같았지만 혀가 그렇게 많이 꼬부라지지 않은 걸로 봐서 아직 제정신인 것만큼은 분명했다.

"지가 그런 화냥년하고 다시 살을 부비고 살아야 한단 말이세요? 그럼 아주머니는?"

"아 그걸 말이라고 하는개벼? 여자는 역시 구관이 명관인겨. 다시 들어왔으면 됐지 거기서 뭘 더 바래?"
"여직껏 싸돌아댕기믄서 믄 짓거리를 혔는지도 알 길이 없는 마당에 말이죠? 아니, 안 봐도 내가 다 알지. 내가 지금 패쥑여도 직성이 안 풀릴 것 같구만요."
"쓰잘데없는 소리. 자네가 생계 마련도 없이 덜컥 쇠고랑을 찼는디 아, 남은 여자가 뭔 수로 입에 풀칠을 허며 살 거여. 하던 가락이 있으면 그것이라도 움켜쥐면서 버티다가 세월 죽이고 안에 있는 사람 다시 만날 때까지 사는 게 용헌 거지. 아참, 니가 지금 막걸리 달라고 그렇게 퍼더버리고 앉았는 게냐?"
"보믄 몰라요? 여기 백오십원 있어요. 후딱 십오원 챙겨주시구요."
"저번처럼 중간에 가다가 입질허느라 반나마 비운 채 갖다 드리지 말고 곧장 집으로 가부러라 잉."
"어쩌다 한 번 그런 걸 가지구……"
"어쩌다 한 번이 아니니깐 내가 일러두는 말이제, 머리에 피도 안 마른 놈이 어쩌크롬 술맛은 알아가지고."
그제서야 탁자 위에 고개를 쑤셔박고 머리칼을 쥐어뜯으며 고통스러워하던 사내가 고개를 들어 내 쪽을 바라보았다.
"으응, 너 병호구나. 이놈이 아저씨를 오랜만에 봤는데도 인사를 안 하믄 으떡허냐? 이리 좀 와보거라."
그는 내 머리를 좀 거칠게 쓰다듬었다.
"핵교 잘 다니제?"
"그럼요."
그러나 그 사내의 얼굴은 내가 예전에 봤던 그 봉학의 얼굴이 아니었다. 검은 안대를 벗어버린 탓이었을까? 번들거리던 그의 이마도 윤기를 잃었고 얼굴 근육은 사정없이 축 늘어져 있었다. 눈동자의 초점은 흐려져 달걀 노른자처럼 흐물흐물 흘러다니는 것 같았다.

─아부지는 어째서 이런 사내를 두려워하는지, 차암……

"누님, 실은 지가 동네에 올라갈 용기가 없다니깐요."

"알지…… 그걸 내가 왜 모르겠나. 근데 그렇다고 술만 이렇게 퍼제끼고 있으면 어디서 새 수나 나겠는가? 이 답답한 사람아. 마음 모질게 먹고 아무 일 없었던 것처럼 떡 방을 차지하고 앉아서 제 깜냥을 다해야지. 아 밖으로 나돌았던 자네 계집도 어떻게 알았는지 날짜를 맞추어 다소곳이 와 기다리고 있다는데 뭣이 더 망설여지고 뒤가 켕긴단 말여? 이 등신아."

나는 술주전자를 받아두고서도 집으로 돌아가지 않고 한구석에 앉아 그들의 말을 지그시 듣고 있었다. 밖에서 개 짖는 소리가 갑자기 크게 들려왔다. 아이들이 요란하게 뛰어다니는 발짝 소리가 들려오기 시작했다.

─야, 야 눈이다!

아마도 첫눈이 내리는 모양이었다. 나는 앙꼬빵을 만지작거리며 불안해하느라 등이 굽어버린 아버지가 떠올라 고개를 내저었다. 첫눈치고는 눈발이 제법 굵은 모양이었다. 두터운 비닐로 댄 봉창에 스르륵 미끄러지는 눈송이들이 비쳤다. 딸그락.

그 소리는 막걸리 주전자의 뚜껑이 저절로 떨어져나가는 소리였다.

저절로…… 나는 밥상 물리기 전에 으레 퍼먹는 숭늉을 따라 먹듯이 주전자 뚜껑에 꼭지를 기울였다. 아, 참 이 숭늉은 이상한데. 나는 혓바닥으로 윗입술을 훔쳤다. 따스한 기운이 온몸으로 번져나가는 듯하더니 누군가가 양 어깨를 꽉 움켜쥐는 듯한 느낌이 들었다. 아주 좋은 느낌이었다. 그러고 보니 난 혹시 상습범이 아닐까. 난 흐뭇한 미소를 떠워올렸다.

역시 첫눈이란 좋은 거야.

보령댁이 한 사내를 이끌고 문 밖으로 나서는 모습이 눈에 들어왔다.

누님 첫눈입니까?

그려, 따신 방구들 생각나지?

야……

마누라 무르팍 베고 누워서 만시름을 한번 잊어보라구. 그게 사람 사는 맛이야. 그 연장통은 이리 주고. 댐에 찾아가.

그럴까요.

저아는 왜 저러죠?

원체부터 이따금씩 중간에 막걸리 받아간 것 지가 마셔버리는 앤 걸 뭐.

요즘 애들이란……

(『작가세계』 1994년 겨울호)

아버지의 자리

내가 한때는 소문난 소년 술꾼이었다는 사실을 아는 사람은 이제 거의 없을 것이다. 하긴 요즘은 나 스스로도 그 사실이 믿겨지지 않을 때가 가끔 있긴 하다. 하지만 그건 아직도 기억의 벽에 바래지 않고 단단히 박혀 있는 동전처럼 엄연한 사실이었다. 그때 아버지는 되레 술을 거의 입에 대지 않았었다. 그런데도 나는 불과 열넷의 나이에 소주 반 병을 앉은자리에서 비워낼 수 있는 술실력을 뽐내던 기억이 난다. 도대체 이 열넷의 나이는 내게 무엇이었을까?

그때 나는 학생도 아니고 그렇다고 사회인도 아닌 아주 어정쩡한 처지였다. 왜냐하면 그 나이 또래의 아이들이 웬만하면 다 쓰고 다녔던 빛나는 모표가 달린 모자와 누런 금단추들이 주렁주렁 달린 중학생 교복을 걸치지 못했기 때문이다. 나는 어머니가 중학 삼 년은 입어야 한다며 마련해줬던 강력제분 곰표 밀가루 포대자루같이 후줄근한 교복을 옷 보따리 안에서 일 년간 고스란히 썩혀야만 했던 것이다.

왜 그랬던가. 그것은 바로 숱한 남정네와 정분을 뿌렸던 얼굴 반반한 춘하와 그네에게 폭 빠져들어갔던 아버지 때문이었다고 누군가에게 술김에 털어놓은 적도 있지만 사실이었다. 아버지는 내 입학등록금이며 그밖의 준비물 마련 등에 쓰일 이불 보따리 속의 노란 돈봉투에 떨리는 손을 댔고 그 봉투는 춘하에게 흘러갔다는 사실을 난 등록기간 마감 날에서야 알 수 있었다. 아주 우연하게, 더 깊은 속사정을 밝힐 수도 있지만 이 정도 사실만으로도 알 만한 사람은 아버지와 춘하 사이가 한때 그렇고 그런 사이였음을 짐작하고도 남음이 있을 것이다.

그 이후로 난 한동안 아버지를 아버지라고 부를 수가 없었다. 물론 얼마 지나지 않아 겉으로는 평상적 감정을 회복한 듯했지만 그건 정말 겉가죽에 불과했던 것이고 감정의 심연에서는 세상에 대한 깊은 회의와 그 나이답지 않은 허무주의에 깊이 물들어 있었다. 그리고 아버지라는 존재는 정말 아주 우습기 짝이 없는 대상이 돼버렸다. 아들의 중학교 등록금을 빼돌려 정분이 난 여인의 단속곳 속으로 밀어넣어준 사내를 난 애비로서 승복할 수 없었던 것 같았다. 생각해보면 당연한 일이 아니었을까? 물론 아버지를 '아버지' 이외의 호칭으로 불러본 적이 없는 사람은 아마 이 비정상적 상황이 선뜻 이해되지 않는 일일지도 모르겠다.

그런데 세월은 나조차도 한 사람의 애비로 만들어놓고야 말았다. 내가 한없이 곤혹스럽게 생각했던 그 자리까지 어느덧 나는 밀려가 있었다. 그리고 내가 몇 가지 더 물어볼 게 있는 아버지란 사람은 이미 이 세상 사람은 아니었고.

"오늘 야근인데……"
현관에서 허리를 구부려 구두 뒤축을 세우며 출근을 서두르는 아내의 눅눅한 머리칼에서는 싱그러운 유아용 비누 냄새가 풍겨왔다. 제 할머니의 손을 잡고 나선 세련이가 선잠을 깬 탓인지 찌푸려진 표정으로 엄마 마중을 하고 있었다. 나는 목발을 짚을 정도는 아니었지만 아직도 붕대를 풀지 않은 왼발등을 물끄러미 보며 본숭만숭 짐짓 외면을 하고 있었다.

"염려 말고, 어여……"

어머니가 아내를 손짓으로 돌려세웠다. 안티프라민이 알록달록 배 나온 붕대 위로 둔탁한 통증이 떨어졌다. 풀썩 꺾이려는 오금을 신발장 위를 짚으며 가까스로 추어올렸다.

"쯧쯧, 에미도 그렇지, 아범 심사를 모르진 않을 터에 저 몸을 이끌고 유치원까지 다녀오라면 뭘 어쩌자는 겐지."

"그럼 오늘은 할머니가 나 데리러 올 거야?"

아이가 눈을 동그랗게 뜨며 되묻자 어머니는 부러 머리빗을 우악스레 놀려 세련이의 관심을 뭉개버린다.

"아이얏, 차암 할머니두 살살 좀 해요. 아파 죽겠건만."

"그러게 이것아 고개 좀 곧추세우고 얌전히 굴어. 그러잖으면……"

"세련아 아빠가 데리러 가믄 안 되니?"

아이는 눈망울만 굴리며 대답을 하지 않았다. 어머니도 빗질을 멈추고는 나를 힐끗 바라보았다.

"아빤 다리 아프잖아."

"다 났어, 아빤 정말 다 나았다니깐. 진짜 볼래?"

"……"

매주 수요일은 유치원으로 부모들이 직접 찾아와 아이들을 찾아가는 날이었다. 평일에는 봉고차로 데려가고 데려다주었지만.

어머니는 손살이 풀어지는지 세련이 머리 위에서 빗을 맥없이 내렸다. 가벼운 한숨이 따라 내려왔다. 나는 다리를 약간 끌며 서재로 꾸민 내 방으로 들어갔다. 하나밖에 남지 않은 담배를 꺼내 문 다음 꾸깃꾸깃 뭉친 담뱃종이를 휴지통을 겨냥해 던졌지만 벽에 맞고 방바닥에 나뒹굴었다.

지난주 수요일에는 비까지 추적추적 내렸다. 세련이가 유치원 봉고차에 오를 때부터 하늘에는 구름이 잔뜩 끼어 있었다. 아이들의 재잘거리는 소리가 열린 베란다 문을 거쳐 평소보다 크게 사층까지 올라온 것으로 보아 한바탕 비가 퍼붓고야 말 모양이었다.

"지나가는 비가 아닌가보네……"

세탁기 뒤에서 우산을 찾아든 어머니를 가로막고 우산을 빼앗아 겨드랑이에 낀 채 어슬비슬 길을 나섰다.

"지두 애비 노릇 좀 한번 해봐야죠."

어머니는 뒤돌아서서 혀를 차며 또 끌탕이다.

"애비 노릇을 그렇게 허는 게 아니다. 애비라는 게 돈벌이를 고정적으로 해서 처자식을 벌어먹일 국량이 제대로 서야 온전한 애비지. 그 좋은 직장을 부젓가락 쥔 어린애마냥 화들짝 뛰쳐나와서는 제때 어디 한번 식구들이 맘놓고 의료보험증 갖고 병원엘 가보냐. 이거 원 이 지경이 되도록 팽개쳐놓는 게 글쎄 시상에 그 잘난 애비 노릇이란 말이냐? 너도 참 딱도 허긴 쯧쯧."

나는 점퍼 지퍼를 목울대까지 깊숙이 끌어당겼다.

— 애비 노릇……

삶아논 돼지 비계에 숭숭 박힌 털처럼 삐죽삐죽 턱주가리를 비집고 나온 수염을 만지작거리며 짧은 후회를 깨물어보았다. 어차피 애들을 데리러 온 학부형들하고 비교가 될 텐데 기왕이면 면도 좀 하고 옷도 깨끗하게 매무시하고 나올걸.

비가 와서 그런 것인지, 유치원 앞에는 자가용을 몰고 나온 헌칠한 사내들이 부쩍 눈에 띄었다. 나는 우산 속에서 혹시 사람 틈에 뒤섞여 나오느라 놓치게 될까봐 이맛살을 가운데로 모으며 눈을 부릅떠 지켜봤다. 그러나 세련이는 딴 아이들이 다 빠져나와 유치원 마당이 한산해져도 모습을 드러내지 않았다. 이삼십 분을 더 기다리다가 할 수 없이 유치원 문턱을 넘어섰다.
  아이들 선생으로 보이는 원피스를 길게 늘어뜨린 앳된 아가씨가 창문 너머 엉덩이를 하늘로 뽑아올린 채 뒷정리를 하는 게 비쳤다. 나는 창문을 무의식중에 손끝으로 똑똑 두들겼다. 곧바로 그게 실례가 될 수도 있다는 생각이 올라붙었지만 이미 그 아가씨는 나를 보고는 현관 앞으로 걸어나오고 있었다.
  "이거 결례를 범한 것 같습니다. 저도 모르는 사이에 노크를 한다는 것이 그만……"
  "괜찮습니다. 그런데 누구를 찾아오셨지요? 아이들은 다 귀가를 했는데."
  "세련이라고 있잖습니까? 해바라기반이던가요?"
  "아, 예 김세련 어린이! 아버님 되세요?"
  "아, 예 보시다시피 꼴이 이래서 선생님께 정식으로 인사드릴 면목이 없습니다."
  "별말씀을요. 그런데 못 보셨나요. 나간 지 오래된 것 같은데요. 늦게 오셨나보죠?"
  "그럴 리가요. 파하기 오래 전부터 문 앞에서 주욱 지켜봤는데……"
  "아까 얼핏 보니깐 승미라고 물레아파트에 사는 짝꿍애 아빠가 갖고 온 자가용 뒷자리에 같이 타고 가는 것 같던데…… 세련이가 아빠가 오시는 줄 미처 몰랐나보죠?"
  "그런가요?"
  나는 쓴웃음을 지어 보이며 젊은 선생 앞에서 물러나왔다. 그러나 아이는 동네 놀이터 그네에 앉아 가을비를 고스란히 맞고 있었다. 내 몸 안은 어떤 열기로 금세 훈훈해져왔다.
"세련아 왜 여기서 비 맞고 있어? 감기 걸리겠다."
아이가 히죽 웃어 보였다. 그 웃음이 왜 그리 낯설게 느껴졌을까. 내 아이가 맞던가! 어느 낙태 반대 포스터가 갑자기 떠올랐다. 사 주째 된 태아의 형태가 또렷한 두 발을 엄지와 검지 사이로 들어 보인 포스터였다.
"아빠 왜 날 따라왔어?"
"왜긴 비가 오는데 우산은 어쩌고? 아침에 그냥 갔지?"
"아빠 모습이 창피해서 승미네 아빠한테 나 좀 태워달라고 얘기했거든…… 창 밖으로 아빠 다 봤어."
아이가 오돌오돌 떨기 시작했다. 오한이 나는 모양이었다. 나는 우산을 내던지고는 성큼 다가가 아이를 번쩍 들어안고 집 쪽으로 내달렸다. 품안에서 아이가 홍당무를 본 당나귀처럼 자꾸 힝힝거렸다.

내가 사표를 던지고 승강기에 실려 수직강하해 건물을 빠져나오던 날 아내는 공교롭게도 유산을 했다. 초기 유산이라 그런지 아내는 포도당 링거를 한 병 맞고 잠시 휴식을 취한 다음 제 발로 병원을 걸어 나오는 강단을 보여주었다. 아내는 숨이 찬지 집 앞에 다 와서는 놀이터 그네 위에 슬그머니 주저앉았다.
―뭐가 그렇게 참기 힘들었어? 상의도 하지 않고 말이야. 어떻게 견뎌볼 도리는 없었어?
―쓸데없는…… 그저 그 출판사하고는 연이 다 됐다고만 여겨.
―한가한 소리 하고 있네. 한 집안을 책임지고 있는 가장이 고작 그런 말밖에는 못 하니? 등신처럼.
―등신? 그래 등신이니깐 암말 허지 마라 더이상.
아내의 입술이 파랗게 질려가더니 몸이 문풍지처럼 부들부들 떨리기 시작했다. 가벼운 쇼크가 이는 모양이었다. 안색도 창백했다. 나는 서둘러 아내를 들쳐업고는 옆 경비실로 달려가 간이침대에 누인 뒤 찬물을 입에 물고 얼굴에 뿜어주었다.

　나의 실업상태는 생각보다 질질 끌며 오래갔다. 편집장급 자리가 그리 쉽게 나리라곤 생각하지 않았지만 두 달째를 넘어서자 은근히 속이 달아올랐다. 사정이 다급해진 아내는 어느 곳을 쑤셔갖고 왔는지 나보고 당장 이력서를 한 통 쓰라고 성화가 득달같았다. 이력서 쓰는 거야 그리 어려운 일이 아니지만 상주도 모르는 제상에 절만 할 순 없는 노릇이라 어느 출판사냐고 물어봤더니 어디라고 대는데 여간 찜찜한 게 아니었다. 그 출판사는 소위 문민정부 이전 시절에 세상을 쥐락펴락하던 세도가의 아들이 인수해서 미술전문 출판사로 키우겠다고 소문을 퍼뜨린 데였다.

　―야, 니 발도 참 넓다. 어째 거기까지 알음알이가 다 있었냐?
　―군말은 생략하고, 우선 이력서라도 한번 디밀어놓고 보는 게 어때요?
　―내가 암만 사정이 다급하게 됐기로서니……
　―지금 우리가 찬밥 더운밥 가리게 됐어요? 왜 이리 등 덥고 배부른 소리만 주워담는 거야? 정말 속상해.
　―너 내가 얼마나 허약한 놈인 줄 이제 알았냐? 한번 무너지기 시작하면 걷잡을 수 없이 무너지는 거 말이야. 괜히 섣불리 이리저리 발자국만 어지럽게 찍어만 놓으면 그게 다 생채기가 돼 돌아오는 건데.
　―그럼 지금처럼 계속 안방퉁수 노릇이나 하고 앉았으면 장땡이란 그런 심보야? 벌써 우리 세련이까지 보험을 둘이나 깼어. 난 애까지 유산돼버리고 말이야. 애비 노릇 하려면 제대로 해얄 것 아냐. 뭐야? 어머니까지 남대문시장에 떠돌이 보따리 장수로 내보내고선 기껏 한다는 게 이삿짐꾼 노릇 하루 하고 오면 다 면피하는 거야? 그게 얼마나 이기적인 자기 만족주의인 줄 알기나 하고 그러는 거야?

아내는 입에 게거품을 물었다. 물론 내가 그 심정을 이해 못 하는 바는 아니었다. 나는 일단 이력서를 써서 아내에게 맡기는 것으로 대충 입막음을 해두었다.

결혼 전부터 출판대행일을 주근주근 해오던 인맥이 있던 아내가 계약직이긴 하지만 제법 규모가 있는 참고서 출판사에 자리를 잡아 숨통을 간신히 트여준 점이 다행이라면 다행이었다. 나는 집에 있기가 민망해질 때면 슬그머니 시내로 사람 구경을 나가곤 했는데 남대문시장은 그 단골처 중의 하나였다.

회현 전철역에서 남대문시장 쪽으로 나가는 입구 아래쪽 층계참에는 노점상 몇 사람이 자리를 잡고 앉아 있었는데 그 가운데는 소리나는 장난감 전화기를 파는 아줌마도 한 사람 끼어 있었다. 그 아줌마는 볼 때마다 졸고 있었다. 조는 듯하면서도 무의식적으로 모형전화기의 단추를 눌러댈 때마다 삘릴리리리 하는 자지러지는 듯한 전화벨 소리가 지하도 속으로 꾸역꾸역 파고들곤 했다.

어머니가 그 삘릴리 아줌마와 말다툼을 벌이고 있는 걸 보았을 때 나는 말 그대로 머릿속에서 피가 역류하는 느낌을 받았다.

—이 여편네가 장사를 해처먹으려면 똑바로 굴어!

—같이 좀 먹고살자는데 텃세가 이럴 수 있어 그래. 사람 인심이 이렇게 야박해서야 어디.

어머니는 당신 앞에 놓인 행상 보따리를 주섬주섬 여미며 거의 울먹이는 소리로 맞받았지만 오금이 저린 표정이 역력했다. 그럴수록 그 삘릴리 아줌마는 병아리 본 소리개처럼 드세게 달려들었다.

—암만 뜨내기 장사라지만 예의고 염치가 있어야지. 남의 터 앞에 짓치구 들어오겠다는 건 무슨 심보야!

순간 나는 눈앞이 캄캄해져 어머니의 그 행상 보따리 속에 무엇이 들어 있는지 바로 보지도 못했다. 곶감이나 엿 아니면 인절미 따위를 어디선가 도매로 넘겨온 것일 터였다. 나는 얼른 옆 액세서리점으로 뛰어들었다. 다행히 어머니와 눈길이 마주치진 않았다. 내가 남대문 시장의 새벽 인력시장에 나선 건 바로 그 다음날이었다.

― 형씨 노느니 뭘 허우? 쇠치기나 헙시다.

동이 희부윰하게 터올 때까지 팔리지 못한 패들이 여기저기 쭈그리고 앉아서 죽이 맞을 것 같은 축들을 불러모았다.

― 오늘은 완전히 시마이헌 건가?

― 한 파수 더 남았을걸.

― 뭐? 소금장수?

나는 소금장수가 이삿짐꾼을 뜻하는 용어인 줄 나중에야 알았다. 아마 그 일을 하루 하고 나면 고등어 자반처럼 온몸이 소금기로 간이 절여진 듯 어금버금할 정도로 힘들어서 그렇게 부르는 것인지도 몰랐다.

― 형씨는 전공이 뭔간디 여짓껏 꼬리를 얌전히 내리구 그렇게 서 계셨수? 초면에 실례가 안 된다믄.

― 저…… 그저……

― 그저? 그저면 거시키 말이우? 아항, 내가 맞혀볼까 잉? 이거 소림사 주방장? 맞소? 형씨 생긴 거 봐하니 거기가 본바닥일 것 같은디.

― 근디 왜 저 타우너가 일당 일곱 장 불렀을 때 잠자코 있었는가? 그 정도면 맞퉁수 좀 불고 흥정 한번 붙어보지 응?

― 전공이 전 없습니다. 잡역입니다. 잡역.

― 와! 이거 또 어려운 사람 하나 만났네그려. 밑천이 맨몸뚱어리 하나뿐이라 그거요? 그럼 우쩔라요? 소금장수라도 한번 뛰어볼라요. 어쩔라요? 우리랑 함께. 난 봉천동 정인데 악수나 헙시다.

― 예……

나는 얼떨결에 손을 잡았다.

─김씨 오늘은 운수가 사나운 모양인데 그만 집으로 가 쉬슈. 뒤치다꺼리는 우리가 알아서 헐 팅게. 그 대신 이것도 다 인연인게로 댐에 만나더라도 쐬주 마시는 거 잊지 맙시다.

이삿짐을 대충 꾸리고 났을 때 팀장이라고 할 수 있는 정이 말했다. 그날 처음 만난데다 성만 대는 수인사를 나눈 사이라 이름을 알 수가 없었다. 정가 송가 강가 등 각성바지들이었지만 평소 함께 일거리를 톺는 일행이 틀림없었다. 남대문시장 퇴계로 어귀에서 이삿짐센터에서 보낸 낡은 봉고차를 비집고 들어갈 수 있었던 건 순전히 그날이 주말이었기 때문이었다. 이삿짐센터 일손이 달리는 날인지라 나 같은 허리가 구부정하고 어깨가 처져 벌써 한눈에 일에는 손방일 듯한 인물도 도매금에 아무렇게나 한자리 꿰차고 실려갈 수 있었다.

이삿짐 나르는 일은 막노동 중의 막노동이었다. 나보다 호리호리한 몸매의 사내가 마치 자기 몸집의 몇 곱절이나 되는 먹이를 물어 나르는 개미처럼 장롱이나 냉장고를 번쩍번쩍 들어 나르는 곁에 하릴없이 서 있다가 이불 보따리 같은 잔챙이짐이나 나르고 있자니 한심한 생각이 들었다. 애초 노가다라도 한번 뛰어보며 갈 데까지 가서 세상 쓴맛을 오지게 체험해보자고 마음먹었던 나의 치기에 구역질이 느껴질 정도였다.

─인부가 다섯 온다더니 왜 다들 안 왔어요?

이사하는 집 아줌마가 따졌다.

─우리 넷이라도 요거 다 해치워요. 요즘 어디서 달라는 대로 손을 다 줍디까. 일은 깔축 없이 해드릴 터니, 아따 그 칠 년 대한에 까마귀 울음 겉은 소린 그만 좀 허슈.

─칫, 넷두 온전한 넷이면 몰러. 하나는 완전히 순 젬병 겉은 이를 가오잽이로 데리고 와설랑 걸치적대기만 하고.

나는 화톳불을 뒤집어쓴 듯 목덜미가 화끈 달아올랐다.

―김씨 이거 얼마 안 되시만 반나절 품삯이니 섭허게 생각지 말고 받아넣으슈.

정이 만원짜리 석 장을 꺼내 헤아렸다. 나는 고개를 떨군 채 빈손을 내밀었다. 나는 이미 세탁기를 나르다가 손살이 풀어져 손잡이를 놓치는 바람에 발등을 찧어 그날의 노동력을 거의 상실했던 것이다.

―앞으로 엔간허면 이런 데 나올 생각일랑 일찌감치 찜쪄먹어부리슈. 일도 해본 사람이 헌다고, 험한 일 헐 바탕이 안 돼 있는 사람 겉어서 허는 말인게.

―민폐가 딴 게 민폐가 아니구먼.

송씨가 쏘아붙이는 곁말에 귀밑이 또다시 붉어졌다. 결국 하루 품삯도 벌지 못한 나는 정씨가 주머니에 찔러주는 만원짜리 석 장을 받고 물러서지 않을 수 없었다. 발등이 화끈거리면서 계속 부풀어올랐지만 왠지 걱정이 되지 않았다. 설마 뼈야 상했으려고.

몸 속의 관절들이 서로 따로따로 놀기로 작정을 한 모양이었다. 그 위로 소주를 한 병쯤 부으니 그래도 좀 살 것 같았다. 녹작지근해진 몸을 이끌고 나는 무작정 밤거리에 휩쓸려다녔다.

엔간히도 취했던 모양이었다. 역무원이 어깨를 흔들어 깨우는 바람에 정신을 차린 곳은 전철 이호선 객차 안이었다. 신도림역에서 좌석버스로 갈아타야 했는데 두 정거장 전쯤 자리가 나 덥석 앉은 게 화근이었다. 그 길로 곯아떨어지는 바람에 서울 시내를 한 바퀴 뺑 돌았는지 열두시가 넘은 시각에 홍대입구역에 닿아 있었다. 호주머니에는 동전 몇 개만 쩔렁거리고 있었다. 품삯으로 받은 삼만원은 술값으로 다 쓴 모양이었다.

어쩔까? 집에 일단 전화를 할까. 나는 발길이 닿는 대로 맡겨두고 있었는데 발길이 닿은 곳은 다름아닌 사표를 내고 나온 출판사의 출고창고로 쓰이는 집이었다.

그 창고는 출판사와는 한 오 분 거리쯤 떨어진 곳에 있었다. 출판사 사무실이 비좁아 집주인이 약 일 년 뒤에나 재건축에 들어갈 단독주택이 나온 걸 계약해 임시창고로 삼았다. 그곳은 영업부 직원 세 사람의 상주지였다. 출근도 퇴근도 그곳에서 이루어졌고 사장에게는 전화로 일일보고만 하면 그만이었다.

나는 어느새 그 단독주택의 철제 대문 앞에서 문고리를 잡고 서 있는 나 자신을 발견했다. 술이 확 깨어올랐다. 사표를 던진 지 몇 달이나 지난 시점에서 옛 회사의 부속건물엘 내가 도대체 왜 다시 찾아온 것일까?

나는 얼굴을 두 손으로 세수하듯이 벅벅 문지른 다음 일단 대문 앞에 쭈그리고 앉았다. 그러나 아무 생각도 떠오르지 않았다. 그러다가 벌떡 자리를 털고 일어섰다. 어쩔까? 기왕에 여기까지 왔는데. 좀 일찍 왔더라면 만났을지도 모를 영업부 사람들은 다 퇴근을 했는지 불이 꺼진 집 안은 괴괴했다. 나는 집 안으로 들어가고 싶다는 강한 충동을 느꼈다. 그런데 이 육중한 대문이 날 받아나 줄까? 어깨로 살짝 밀쳐봤더니 의외로 삐그덕거리며 대문 아귀가 실긋이 벌어졌다. 나는 손을 탈탈 털며 정원으로 들어섰다. 그리고는 대문 빗장을 단단히 질러버렸다. 네모 반듯한 정원석을 몇 번 딛자 금세 현관 문앞에 다가섰다. 현관문은 안으로 닫혀 있었다. 그러나 부엌으로 통하는 쪽문을 딸 수 있는 방법은 있었다. 영업부의 이과장과 밤늦게 술 봉다리를 끼고 이곳으로 월장을 해 들어왔을 때 쪽문을 따는 모습을 몇 번 본 적이 있었다. 비상열쇠가 문지방 틈새에 끼워져 있었던 것이다.

집 안에 들어서자마자 산더미처럼 쌓인 책더미 사이사이를 미로처럼 들락거리며 모든 전등의 스위치를 올렸다. 거실에는 덩치 큰 이과장의 엉덩이를 떠받드느라 가운데가 움펑 꺼진 낡은 소파가 놓여 있었다. 소파 앞의 탁자에는 빈 맥주병과 오징어 부스러기가 어지러이 흩어져 있는 걸로 봐서 퇴근하기 전까지 영업부 사람들끼리 맥주로 목을 축인 모양이었다.
—잘 있었니?
내 목구멍에서 뜬금없이 새나온 소리였다. 나는 반사적으로 발로 바닥을 한 번 탁 굴렀다. 책들이 그렇게 반가울 수가 없었다. 책이란 한두 권씩 흩어져 있을 때는 잘 못 느끼지만 몇천 권 단위로 뭉쳐 있을 때는 꼭 살아 있는 어떤 생명체 같은 실감을 줄 때가 있다. 나는 그 순간 그런 느낌을 받았던 것이다. 마치 옛 애인의 몸뚱어리에 손을 대듯 손을 뻗어 책을 건드려보았다.
—이건 내가 없는 사이에 벌써 이판에 들어갔군. 순 표지 탓이야.
'근대성 시리즈'는 생각대로 고전을 거듭하는 모양이었다. 판수도 바뀌지 않았고 출고가 된 흔적이 별로 보이지 않았다. 소프트 커버보다는 계속 양장본으로 가는 게 그나마 고급 독자층이라도 잡는 데 도움이 될 거라고 내가 여러 번 말했건만 이게 뭐야 품위는 품위대로 떨어지고 그렇다고 그만큼 새 독자층이 잡힌 건 아니고 말이야. 이건 출판사의 이미지 관리 차원에서라도 양장본으로 그대로 밀고 나갔어야 하는 건데.
—'에코총서'는 그럭저럭 환경 운운하는 요즘 분위기 타고서 밥값은 하는구먼. 새로 온 이수진씨 말대로 활자를 좀더 과감하게 키워서 십오급 정도로 했으면 환경 관련 책다운 맛도 더 나고 훨씬 시원했을지도 몰랐을 텐데. 내가 그런 면에서는 좀 편집 감각이 둔하긴 둔해.
—딴 건 몰라도 이것만은 좀 기본 부수라도 나가주었더라면 내가 이 출판사에서 조금은 더 오래 버틸 수 있었을 텐데. 애초 기획부텀 내가 지레 들떠가지고 꿰차가지고선 박선생님한테 누도 되고 사장님한테도 면목이 안 서긴 했지만 개인적으로야 원풀이는 한 셈이지 뭐.
—아무튼 그 책더미 사이를 무슨 훌륭한 공원의 산책로 더듬듯 오가

며 나는 꽤나 도취된 상태에 흠뻑 젖어들기 시작했다. 코를 벌름거리며 킁킁 책냄새를 맡아도 보았다. 끝내는 그 도취감에 따라 상승작용을 일으킨 취기에 겨워 거실에 있는 그 낡은 소파 위에 나뒹굴어 이른 새벽까지 풋코를 곯았으니 말이다.

하지만 그날 밤을 통해서 난 내가 출판에 대해서 결코 작지만은 않은 열정을 갖고 있음을 새삼 깨닫게 되었다.

내가 직접 표지디자이너를 고르고 몇 번의 퇴짜 끝에 내 의견을 반영한 표지를 확정짓고 표지에 실릴 글을 본문에서 발췌하고, 종이질과 활자 크기는 물론 눈이 뽑힐 것 같은 교정을 본 다음 정성 들여 보도자료를 작성해 관계자나 언론사에 부치곤 했던 그 책더미 밑에 무덤처럼 깔려 죽는다 해도 여한이 없을 듯한 느낌마저 밀려들었다. 그러나 당장은 돌아가 팔을 걷어붙일 일터가 없었다. 가장으로서, 애비의 이름을 걸고 돌아갈 곳이 없었던 것이다. 나는 하마터면 눈물을 왈칵 쏟을 뻔했다. 아욱, 아버지 당신은 돌아갈 곳이 없었던 그 세월을 어떻게 견뎠나요? 왜 견뎠나요?

국민학교 때만 해도 난 머리가 명석한 가난한 집안 아이였다. 어쩌다 한 번씩 아침 조회시간에 구령대 앞에 호명돼 나가 교장선생님한테서 기말 우수상 정도는 탈 정도였고 행동발달 사항에서도 '가'를 놓치지 않는 아주 품행이 방정한 어린이였을 뿐이다.

그러던 아이가 돈을 알기 시작한 것이다. 아니 알기 시작한 정도가 아니라 완전히 돈독이 올랐다고나 할까, 눈에서 시퍼런 인광이 비치는 듯했다.

6학년 담임선생의 호의 때문에 난 졸업식을 하기 전부터 시장 어귀에 있는 구세주약국 잔심부름꾼이 될 수 있었다. 그 약국은 근동을 통틀어서 가장 큰 약국이었다. 한때 담임선생과도 학부형지간이었던 그 약국의 여약사는 성당에 다니는 신실한 가톨릭 신자이기도 했는데 나에게 성당에 나가서 교리문답 공부를 시작할 것을 반강제적으로 권유했고 나는 순순히 그것을 받아들였다. 그건 그리 어려운 일이 아니었다. 그 시간만큼은 근무시간에서 빠지기 때문이었다.

 마누라가 번듯한 직업을 가진 집안의 사내들이 흔히 그렇듯 약국 주인아저씨는 러닝구 바람으로도 약국에 불쑥불쑥 드나드는 배불뚝이 건달이었다. 그리고 바람피우는 것을 좋아했다. 그때의 상대는 성세 누나인 경애였다. 고속버스 안내양인 경애누나는 이틀씩 지방을 뛰고 나면 이틀은 휴가였는데 그중 하루는 거의 주인아저씨하고 뒹굴며 보내는 것이었다. 내가 생긴 거와는 달리 아주 입이 무겁다는 사실을 눈치챈 주인아저씨는 나를 믿을 만한 전령사로 내세웠다. 나는 두 사람 사이에 쪽지를 물어다주며 두 사람이 만날 장소 시각 등을 알려주었다.

 하지만 이미 그 무렵만 해도 내가 아무런 반대급부도 없이 그런 위태로운 일을 맡아 해줄 정도로 어수룩할 때는 지난 시기였다. 나는 나대로 확실한 대가를 요구했고 또 아저씨의 묵인 아래 잇속을 챙겼다. 바로 약품을 빼돌리는 일이었다. 여러 가지 가정 상비약들, 파스류, 강장음료수 특히 항생제류는 기회가 닿는 대로 옷소매나 바지 안쪽의 비밀 주머니에 쑤셔넣었다.

 그러나 꼬리가 길면 잡히는 법, 어느 날 밤 늦게서야 문을 닫은 약사아줌마는 집으로 돌아가려는 날 붙들어세웠다. 그러더니 호주머니에 있는 걸 모두 털어놓으라고 아주 엄한 표정으로 말했다. 나는 별로 얼지 않았다. 잠시 망설였지만 곧 주머니 속의 마이신들을 다 끄집어내기로 맘먹었다.

 ─잠깐만 기다리거라. 난 네가 오래 전부터 약품들을 빼돌리고 있다는 사실을 알고 있었단다. 하지만 오늘까지 짐짓 모른 체해왔는데, 그건 네가 더 잘 알 거다. 네가 주인아저씨가 그 여시 같은 년하고 언

제 어디서 다시 만나는지 그것만 알려준다면 모든 걸 불문에 부치겠다. 그렇지 않다면 난 널 파출소에 고발해서 아주 혼뜨검을 내놓을 작정이니 그렇게 알려무나.

나는 해파리처럼 느물거리며 웃음을 베어물었다.

—주인아저씨한테 직접 물어보시는 편이 더 빨랐을 텐데 왜……

—넌 아주 보기보담 영악하고 숭악한 애구나. 아아 천주시여 이 어린 죄인이 자신의 죄를 모르고 있나이다. 죄를 사해주옵시고……

난 내가 다음날 낮에 두 사람이 만나기로 한 청수장 어귀의 제일여관 302호를 알려줘도 약사아줌마가 감히 들이닥치진 못하리라는 걸 잘 알고 있었다. 그랬다간 저번처럼 또 눈에 시퍼런 멍자국이 나도록 얻어맞고 마치 눈병이 난 것처럼 안대를 걸치고 손님을 며칠씩 맞이해야 할지도 모르는 일이니깐.

그 다음날부터 난 구세주약국을 미련없이 그만두었다. 집에 와서 여태껏 챙긴 약품들을 보니 거진 쇠고기라면 상자가 그들먹하게 찰 정도였다. 이것만 야미(암거래)로 정가보다 밑게 팔기만 해도 이듬해 중학교 등록금 따위는 걱정할 필요도 없어 보였다. 파는 게 문제이긴 했지만 시간도 많고 값도 약간씩 싸게만 부른다면 그리 걱정할 게 없을 것 같았다.

나는 직접 봉다리에 약품을 종류별로 쓸어넣고는 사람들이 많이 모이는 취로사업장 같은 데를 찾아다니기도 했다. 그때 아버지라는 사람도 취로사업장 같은 델 쫓아다니며 엄마가 한솥 끓여준 시래기풀때죽이며 엿가락, 담배 장사 따위를 했다. 난 아버지와 아들이 서로 따로 노는 게 볼썽사나울 것 같아 아버지와 통합을 해버렸다.

—어따 올개는 왜 이렇게 취로사업이 많이 벌어지지. 나라가 가난 구제를 해뿌리기로 오지게 작정을 한 모양이제?

—아마 모르긴 몰라도 곧 선거철이 닥치겠제.

— 헤헤 아무튼 밀가루 때문에 겨울도 좋이 나고 지금까지 구메구메 배 곯지 않고 왔응게 그놈의 선거판이 만판이었으면 좋아불겠네.
　— 얘, 까치 담배 하나 주렴. 니 애빈 어디 갔니? 또 니가 나왔니? 얼마라구?
　— 오원에 두 까친 거 몰라요, 맨날 사믄서.
　— 짜아식이 어른이 묻는 말에 공손하지 못하고 맞대답질이냐?
　— 살 거예요, 안 살 거예요?
　— 얘 참, 이거 남세스런 일이다만, 거시키 구해줄 수 있냐?
　바짓주머니 속으로 손을 깊숙이 집어넣고 사타구니께를 움켜쥔 채 어그적거리며 걸어온 사내 하나가 은근스럽게 물어왔다. 거시키라면 다 알쪼였다. 분명히 성병이었다.
　— 지금은 없어요.
　— 그럼?
　— 그런 건 갖고 다니지 않고 달라믄 나중에 따로 만나서 전해줘요. 아저씨도 일 끝나고 어디 기실 건지 알려주믄 갖다가 줄 순 있어요.
　— 그러려무나. 직효지?
　— 아저씨도 참 장사 한두 번 해보나요? 우린 직효 아니믄 도루 물어줘요. 참, 이백원인 건 아시죠?
　— 그렇게나?
　— 아저씨도 차암, 약방에선 얄짤없이 삼백원 받아요.
　— 그래도 안 깎아주냐?
　— 그거 몇 개 안 남았어요.
　— 쓰발, 알았다.
　아버지는 멀리서 호주머니에 두 손을 찌른 채 얼쩡거리다가 이따금씩 다가와 물었다.
　— 많이 팔았니?

—서너 갑……

—그거말고, 거거……

—그건 아부지하고 상관없으니깐 묻지 마시라구요.

약을 부탁한 사내들은 저녁때면 거개가 술집에 처박혀 있기 일쑤였다. 나는 안주 일체라고 빨간 페인트로 글씨가 씌어진 골목 대폿집 밖에서 안을 손갓을 씌워 들여다보다가 얼른 문을 열고 들어서곤 했다.

—아저씨, 가져왔어요.

—어 그래, 이거 이 약값 물고 나면 오늘 술값은 또 달아야 하는데.

—술값은 술값이고 약값은 약값이지 뭘 그러세요?

이쯤 되면 나는 은근히 곰살궂은 표정을 지었다.

—아저씨, 이 약 자실 땐 술을 삼가셔야 한대요.

—니가 약사냐?

—개두 서당생활을 오래 허믄 풍월을 읊는다는데……

—아는 게 많아서 먹고 싶은 것도 많아 탈이겠다, 넌. 너 참 몇 살…… 아참 학생이 아니지. 그래 한잔 먹어라 까짓것.

—가야 돼요. 울 아버지가 기다려요.

술잔을 권한 사내는 아마도 내 목울대가 한 번 숨가쁘게 오르락내리락한 것을 봤을지도 몰랐다.

—니 애비 대신 한잔 허라는 거여, 짜아식이 괜히 좋으면서.

—어이 참, 이러면 안 되는데.

—안 되긴 아다라시 거시키라고 안 되냐 제기럴. 약값 깎아달라곤 안 헌다니깐.

하늘의 별들이 뱅글뱅글 돌아갔다. 나처럼 진학을 못 하고 공장에 취직한 채옥자를 돌산 우물가 밑 풀수평에서 만나곤 했다. 그리고는 피곤 때문에 솜처럼 젖어 있는 듯한 그애의 몸뚱어리를 함부로 만지작거렸다.

―우리 이러다 어떻게 되는 거 아니겠지?

―야 차라리 어떻게나 됐으면 좋겠다.

―어떻게?

―나도 몰라.

―넌 해 넘기면 어차피 중핵교 갈 텐데 그래도 날 만날 수 있나…… 난 공순이 다 되었는데.

―공순이가 어때서 그래. 야, 가봐야 가는 줄 아는 거지 뭘. 아유 그 젖비린내 나는 애들허고 어떻게 공부를 같이 한다고 다니지 참. 나는 이미 어른이 다 된 것 같은데.

―술만 먹을 줄 알면 다 어른인가 뭐, 피이.

―으히히히, 진짜 어른들처럼 한코 뛰어볼까?

―그, 그건 안 돼. 큰일날 소리. 그냥 옷 위로 그렇게 만져.

옥자와 같이 있으면서도 내 머릿속을 떠나지 않은 건 바로 그 춘하의 허벅지였다. 성 베네딕트 수도원 담벼락 아래에 놓인 어느 구멍가게의 평상 위에 허옇게 허벅지를 드러내놓고 소주잔 앞에 앉아 있던 춘하 말이다. 어떤 사내의 뺨을 헌 담 털듯 쩔꺽쩔꺽 후리다가 끝내는 소주잔을 상대의 얼굴에 끼얹고 만 춘하, 아 그녀. 눈에서 별빛이 점점 흐려져갔다. 아버지, 당신이 내 아버지가 맞는가.

―이 드런 놈아. 그래 그렇게 니 노리개가 실컷 돼주고 고작 받은 돈으로 이 쌍가락지 하나 해 꼈는데 이제 와서 뭐? 아가리에다 똥을 퍼부을까부다 그냥. 어디서 그걸 돌려달라는 말을 줴치냐, 줴치길. 어림도 없다 이놈아, 내 손가락을 잘라가기 전에는.

―춘하네. 그게 없으면 우리 막내 중핵교고 뭐고 다 허살세. 제발 이놈 낯짝에 침이라도 세우 뱉고 선처해주시게나. 그러면 어떤 것도 다 감수허겠네. 이보시게 춘하네. 이 늙은 목심 한번 살리시게나.

―이눔이 지 막내둥이 등록금을 몰래 가지고 와서는 날 구워삶고

지랄을 뻗다가 이제 와서 딴소리를 쒜치는 모양인데, 벼룩이두 낯짝이 있다구. 이 작자는 인간으루다 가치가 없당게. 거기가 그렇게 근지러우면 아예 뱀 아가리에다 그걸 쑤셔넣는 한이 있어도 아들내미를 생각해서라두 아서야지. 그걸 휘둘러놓고는 이제 와서 없던 일로 하고 엄연히 치른 값을 되돌려달라구? 예끼 오라질 놈.

나는 술에 취하면 이따금씩 동방천 밑의 춘하네 집으로 슬금슬금 발길을 돌렸다.

—울 아부지 기세요?

—……

춘하네는 나만 보면 혀를 끌끌 찼다. 내가 아버지와 춘하네 사이에서 일어난 일을 다 알고 있다는 사실을 충분히 눈치채고 있었던 것이다.

—무담시 또 와부러 잉? 어린것이.

—울 아부지 기세요?

나는 지청구에는 아랑곳없이 대문을 붙잡고 깐힘을 쓰며 중심을 잡으려고 애썼다.

—울 아부지 기세요?

—이리 잠깐 들어올래?

나는 목울대가 출렁거리도록 침을 목구멍 너머로 삼켰다. 눈은 한없이 확대되고 있었다.

—울……

—다 알아들어, 들어오라니깐.

나는 이글거리는 머리통을 이고 춘하네 문지방을 넘었다.

—너 그것이 보고 싶은 거제. 그렇제? 내 눈은 못 속인당게? 하이고 이 머리에 피도 안 마른 것이 웬일이당가. 무슨 포한이 졌길래 잉.

말을 마치자 춘하네는 치맛말기를 썩 풀어제쳤다. 그리고는 차례

차례로…… 감전된 아이처럼 그 자리에 붙박혀 있었다. 바짓속 어디에선가 뜨거운 불덩이가 풀밭을 기듯 꿈틀거리는 걸 느꼈다.

드디어 춘하네의 그 하얀 허벅지가 모습을 드러냈다. 나는 눈을 질끈 감았다. 눈을 감고 있는 내 머리통 위로 춘하네의 손이 덮어씌워졌다. 춘하네는 손아귀에 힘을 주어 지그시 누르며 잡아당겼다. 나는 무릎이 꺾인 채 그네 앞에 털썩 무릎을 꿇었다.

—눈을 뜨거라, 이 불쌍한 잡것아.

나는 눈을 뜨지 못했다. 내가 어떤 비린내 비슷한 역겨운 냄새에 망아지처럼 고개를 뺑둥거리며 홱 제친 것은 그때였다. 토악질이 나올 것 같아 참을 수가 없었다. 나는 춘하네의 손을 뿌리치고는 밖으로 달려나갔다.

—내가 그냥 울 아버지 여그 기시냐고만 물었잖아유! 씨팔!

눈에서 눈물이 봇도랑 터진 듯 넘쳐나오고 있었다.

"무슨 전화니? 세련에미한테서니? 오늘 늦는댔잖아."

"아뇨, 저번에 이력서 디민 덴데……"

"그래서?"

어머니는 시큰둥한 내 표정에서 뭔가를 읽으려고 애썼다.

"일단 출근은 하라는 얘긴데……"

"아유, 그래? 참 좋구나. 꿈자리가 개운하더니만……"

"좋긴요?"

돌아서는 내 등뒤로 어머니가 한마디 던졌다.

"네가 가서 좀 세련이를 데려오려무나. 내가 어째 종짓굽이 뻑뻑헌 게 영 기두발이 어렵겠어."

이발소가 딸린 동네 대중사우나에서 목욕과 이발을 하고 돌아오니 어머니가 어느새 다려놓은 양복이 장롱 고리에 걸려 있었다. 찜질을 해서 그런지 발등의 통증은 거의 가셔 있었다.

유치원이 파할 시간에 맞춰 집을 나섰다. 유치원 정문 앞에는 벌써 학부형들이 많이 나와 서성거리며 안쪽을 힐끔힐끔 쳐다보고 있었다. 날이 좋아서 그런지 저번처럼 자가용을 몰고 나온 사내들은 보이지 않았고 어머니들만 몰려들었다. 나는 그 틈새에 끼는 게 쑥스럽기도 해서 길 맞은편에서 호주머니에 두 손을 찔러넣은 채 바라보고 서 있었다. 아이들이 한둘씩 강종강종 뛰어나와 엄마 품속에 안기는 모습이 보이기 시작했다. 나는 약간 긴장이 돼 자꾸 담뱃갑이 든 호주머니로 손이 뻗쳤지만 마른침을 삼키는 것으로 대신했다. 나는 갑자기 호주머니 속에서 손을 빼 번쩍 들었다. 모범택시 한 대가 깜박등을 켜며 다가왔다.

"아저씨 죄송합니다만, 저기 우리 딸애가 나오게 돼 있는데 한 몇 분만 기다리셨다 가주실 수 있어요? 요금은 조금 더 생각해서 드리죠."

"얼마나 더 기다려야 하는데요?"

"길지 않습니다. 벌써 저기 애들이 나오기 시작하니깐 길어야 이삼 분?"

"그 정도라면 괜찮죠."

그러나 딸애의 모습이 눈에 띄질 않는 것이었다. 이거 또 낭패를 보는 것 아닌가? 유치원 앞으로 바로 이어진 횡단보도를 노란 옷 아이들이 엄마 손들을 붙잡고도 안심이 되지 않는지 고사리 손을 흔들며 건너갔다. 신호등이 깜박 붉은색으로 바뀌었다. 한 오 분이 더 지났을까. 내 가슴속에는 알 수 없는 서글픔 같은 게 스멀스멀 번져나기 시작했다.

"따님이 나온 모양이군요?"

나는 손나발을 만들어 입가로 가져가다가 도로 내려버렸다. 운전사가 한마디 거들었다. 나는 딸애에게 눈길을 집중하느라 돌아보지도 않고 무례하게 고개를 끄덕여주었다. 세련이는 내가 보내는 손짓 발짓을 아직 보지 못한 모양이었다. 그러다가 한순간 오른손을 선서하듯이 가슴께까지 올렸는데 그게 나를 알아봤다는 표시인지 아니면 푸른 등으로 바뀌어 횡단보도를 건널 때 교육받은 대로 손을 든 것인지는 잘 구분이 되지 않았다. 하지만 그런 것은 별로 중요하지 않았다. 딸애는 마치 사막을 건너는 카라반처럼 아주 느릿느릿 내게 걸어오는 중이었다. 아주 느릿느릿.

나는 일부러 모범택시의 지붕에 손을 얹고 기댄 거만한 자세를 취했다. 아버지로서의 위용을 뽐내는 듯한 모습이었다. 그 유치함을 내가 왜 몰랐겠는가. 그러나 왠지 그때는 그게 필요할 것 같았다. 그런 생각이 들었다. 어차피 화해란 그렇게 유치하게 이루어지는 것 아닌가. 아버지와 내가 그러했듯이.

아버지와 나와의 화해는 이듬해 어느 이른 봄날 싱겁게 이루어졌다. 중학교 추첨번호를 다시 받고 학교가 결정이 돼 입학식만 남겨둔 때였다. 나는 급속도로 예전의 그 착하고 품행방정한 아이의 면모를 회복해가는 중이었다. 따라서 아버지와의 불화는 이제 필요하지가 않았다.

아버지는 돌산의 전망도 좋고 양지바른 둔덕에 비스듬히 걸터누운 자세로 앉아 있었다. 따스한 햇살이 오래도록 달라붙어서 아버지가 곧잘 찾아드는 명당자리였다. 움직임은 거의 없었다. 나는 아버지 옆에 그대로 우두망찰 서 있었다.

―앉지 그러니……

―……

아버지는 햇살이 신지 눈가를 실긋 구기며 비어나온 눈곱자기를 손으로 잡아떼냈다. 나는 풀썩 주저앉았다. 그리곤 또 정적이었다.

―따숩지?

―예에…… 밥상이 인제 다 됐는데.

―가만있는 게 이렇게 좋은 거야. 너무 좋지?

딴청을 부리는 아버지의 목소리는 여자처럼 가녀렸다. 그리고 좀 떨리는 것도 같았다. 얼마나 한참 동안을 더 그렇게 있었을까.

―사람이란 게 말이다. 살다보믄 어쩔 수 없을 때가 많거든. 너도 이젠 중학교를 들어가니 하는 말인데. 그럴 때마다 몸태질하고 기를 쓰다보믄 마음이 더 상할 때가 있지. 다친 데는 움직거리면 가부간에 덧들이게 마련이거든.

나는 아버지가 무슨 말을 하는지 잘 알아들을 수 없었다. 하지만 뭔가 당신에 대한 변명을 하고 있는 것이라는 사실쯤은 눈치챌 수 있었고 그런 거라면 말리고 싶은 심정이었다.

―요즘도 술 많이 받아마시니?

―지가 언제……

나는 부끄러운 생각이 들었다. 내가 참 그렇게도 술을 마셔댔었지.

―아뇨. 이젠 바로 학교 다니게……

―그 동안 고생 많았지. 애비가 못나서…… 얼굴에 버즘꽃이 흔전만전허네. 키가 크느라.

아버지는 상체를 약간 일으키더니 자신의 품속에서 신문지로 겹겹이 싼 것을 꺼냈다. 그것은 돼지 머릿고기 누른 거였다.

―먹으…… 도야지괴기가 버즘꽃 잡는 덴 그만이지.

그 돌산 둔덕에서 눌린 머릿고기를 깨소금에 찍어 먹고 난 다음 나도 아버지를 따라 졸음이 쏟아져내릴 때까지 가만히 널브러져 있었다. 손등으로 왕개미가 슬금슬금 기어올라도 모른 채 끝내는 생시와 졸음의 사잇길을 오락가락하면서 내 이름조차 떠올리지 못할 만큼 몽롱한 상태에서 눈만 껌벅거렸다. 그때 땅거미가 질 무렵 아버지가 날 들쳐업고 돌산을 내려온 게 아버지 등싹에 코를 박아본 최초의 그리고 마지막 기억이었다.

딸애는 나와 눈길을 마주치고도 눈동자에 아무런 변화가 없었다. 나는 당황하기 시작했다. 뭐가 잘못된 것인가.
"세련아 아빠시니?"
세련이는 거의 울상이 되어 자신의 손을 잡고 있는 여인을 올려다보며 고개를 가로저어 보였다.
"승미야, 여기서 기다려 아빠가 곧 차 가지고 올 거다."
"손님, 어디로 모실까요?"
운전사가 다시 재촉했지만 나는 대꾸 없이 석고상처럼 굳은 자세로 서 있었다.
"이거 대낮에 애들 유괴하려는 미친놈 아냐?"
운전수가 욕지거리를 던지며 신경질적으로 차를 몰고 스쳐 지나갔다.
나는 딸애가 지나간 자리를 물끄러미 바라보고만 있었다. 아버지라면 이럴 때 어떻게 했을 것인가.

(『리뷰』1994년 겨울호)

달개비꽃

기태가 양동이에 물을 받아 세차를 하는 동안 대천댁은 전봇대 옆 돌 위에 앉아 이따금씩 이마 위로 흘러내린 머리칼을 훔치며 지켜보고 있었다. 새로 뺀 지 넉 달이 채 되지 않아 팔천 킬로도 못 띈 차라 팔을 걷어붙인 채 물걸레질을 하는 기태의 동작에는 정성스러움이 한껏 묻어난다.

"갓난애 명지털 벗겨내는 것맨치로 뭐 그렇게 애써가며 닦는다냐? 에지간히 해도 되겠구만."

아들은 묵묵부답이다. 차 지붕에서 반사돼온 햇빛이 대천댁의 눈으로 쏘듯이 달라붙었다.

"그만 들어가 계세요. 몸도 성찮은 양반이 봄바람이 해로울 텐데······."

몸에 풍기가 도는지 입가가 실긋 돌아간데다 봄인데도 앞마당에만 나와 서도 배자를 걸치지 않으면 등이 시렵다고 푸념을 하는 대천댁이었다.

"왜 내 말이라면 콩으로 메주를 쑨다고 해도 믿지를 않는 거여, 니는? 에미가 꿈자리가 그렇게 뒤숭숭하다고 타일렀건만."

"어린애 꿈이나 늙은 사람 꿈이나 진배없어요, 엄니. 섭하게 들릴는지는 몰러도. 지금 가는 산은 아주 순한 산이라니까요. 해발 칠팔백 미터도 안 된다니까요. 일행도 예닐곱 명이나 붙는데요 뭐. 그리고 오늘은 못 들어올 거예요. 공장에 볼일도 남아 있어서 아마……"

대천댁의 입이 더 돌아간다. 누비배자의 매무시를 더 추스르면서,

"남세스럽게 그 잡것하고 또 어울려다니는감? 어이구 내 팔자야. 무슨 팔자길래 이 지경을 당한단 말여, 내가. 이 말년에 말이여."

구두덜거리는데 아들은 들었는지 말았는지 흥얼흥얼 물걸레질에만 열중이었다.

"그렇게 하냥 놀러 다닐 요령만 피우면 이 에미 델고 거긴 은제 갈 거남, 잉?"

기태는 양동이 속에 물걸레를 요란하게 패댕이쳐 넣는다.

"아니 거기에 몸도 성치 않은 양반이 무슨 열고가 났다고 발걸음을 해요, 허길? 그쪽에서 어련히 잘 알아서 안 허겠어요?"

"저눔의 자식 말하는 뽄새 좀 보소. 니가 으떻게 해서 생겼는지 괘념이 있는 놈이라면 그따우 말은 허면 못쓰는 벱이지, 암. 허나사나 지 애비 묘가 옮겨지는데 나 몰라라 하는 후레아들놈 소릴 안 들으려면 말이여."

"우리가 은제 그쪽한테서 자식 대우 제대로 받아본 적이 있다고 그런다요, 그리시길. 엄매도 답답하긴 참……"

"사람이 근본을 모르면 짐승이나 매한가지인데, 니가 그러고도 으떻게 사람 구실을 허겠다고 쯧쯧. 어디서 굴러먹다 온지도 모르는 인도 계집을 꿰차고 그렇게 놀러만 다니면 다냐?"

달개비꽃 101

기태는 시커먼 양동이물을 바닥에 뿌리고는 대문 안으로 휙 들어가버렸다.

"인도가 아니라 네팔이라는데두 엄니는 하냥 인도가 무슨 인도라고 그러요?"

"그게 그거지 뭐가 다르냐 잉. 사람이라는 게 무릇 서로 상종해야 할 종자가 따로 있는 뱁인데, 그 흔하디 흔한 조선 계집은 다 놔두고 왜 하필 그 반쯤 그슬리다 만 것 같은 그래, 그 네팔 년허구 아삼륙으로다 어울려다닌단 말이냐."

"어울려다니는 게 아녜요. 전 공장의 책임자고 걔들은 다 내 밑의 직원이라구요. 엄니도 차암, 요즘 노동자 얻기가 얼마나 하늘의 별 따긴 줄 알긴 아세요? 지저분하고 힘들고 그리고 사양길에 접어든 이런 공장에 와서 일할 한국 연놈들이 몇이나 된다고 그래요? 다 선불 떼먹고 삼십육계 치기 일쑤죠. 나처럼 중간관리자가 됐으면 이렇게 같이 놀아주면서 사람 관리까지 맡아야 한다구요. 다 그런 차원에서 일이 되는 건 줄도 모르고선 엄니는 괜히……"

"진정 니 맴이 그렇다면 이 에미는 오죽이나 좋겄냐만은, 내가 거진 칠순을 코앞에 바라보는 사람인데 니 눈동자 한번 움직이는 걸 보면 모르겄냐? 예사롭지가 않구먼."

"……"

아버지 산소를 모신 앞산이 저수지 때문에 수몰이 되는 모양이었다. 등촌동 큰댁 형님한테서 연락이 왔다. 모두들 도장을 지참하고 현지로 모여서 이장 문제뿐 아니라 보상 문제 등의 처리를 의논하자는 거였다. 보상금만 일억원이 약간 넘을 것 같았다.

―여러 사람 명의로 돼 있는 거니 뒷말이 없게 처리해야 하니깐, 당사자들은 직접들 참석해서 각자 의견을 내도록 해야지.

―어차피 그 산이 없어지고 나면 이장할 장소를 물색해야 하는데

그렇다면 그 비용이 그 비용일 텐데 무슨 다른 의견이 있겠어요?
—그게 그렇게 간단치가 않으니깐…… 무릎맞춤을 해야지.
—무슨 무릎맞춤이요?!
—입때껏 산소를 직계인 우리덜이 돌본 것도 아니잖은가? 거그서 농사짓는 이종사촌이 돌보다보니깐 그 처남이 그야말로 처삼촌 벌초 허듯이 흥이야방이야 알아서 해온 것이 사실인데 말일세…… 이제 또 어디다 묏자리를 톺아본단 말인가? 다른 방식도 생각해봄직허지 않은가 하는 말들도 많고……
—그럼 화장이라도 허자는 말씀이세요, 시방?
—꼭 그렇다는 건 아니고.
—……

기태가 아지드와 권투경기를 벌이게 된 것은 전혀 의도된 게 아니었다. 물론 기태가 좀 객기 섞인 기분으로 제안을 한 것이긴 하지만 이상하게 아지드도 사양하지 않고 즉시 받아들였다. 굳이 이유를 말하자면 공장 안에서 뭔가 이슈를 띄워 분위기를 달아오르게 하고 싶다는 정도였다. 그런데 아닌게 아니라 기태와 아지드의 경기 사실이 알려지자 사람들은 커다란 관심을 보였고 대부분의 사람이 경호가 주도한 판돈 걸기에 참여했다. 아마추어 도박사들의 판단에 따르면 기태가 육 대 사로 유리했다.
"설마, 아지드가 공장장님을 맨바닥에 때려눕히야 허겠어?"
종수가 자발머리없이 안주머니에서 거금 만원짜리 종이돈을 꺼내 흔든 뒤 경호에게 건네며 말했다.
"그래두 경기는 으디꺼정 경긴게. 아, 짜고 치는 고스톱은 아니잖은 가배. 그렇다믄 순 실력으로다 걸어야지. 체급부터가 차이나는데 뭐."
"공장장님이 한때 권투했었다며?"

"다 옛날 노래구. 지금은 으디꺼정 아마추어라고 봐야지. 아지드도 마찬가지로 아마고 잉. 결국 아마끼리의 경기는 째브 있잖아 응? 그냥 툭툭 뻗는 주먹 말이야, 그래 쨉. 그것이 결정을 내리게 될걸. 그렇다면 키도 크고 팔길이, 거 뭐시냐 맞아, 리찌가 긴 아지드가 결국은 판정으로 우세하게 될걸."

"맞아. 츰엔 아지드가 공장장이라고 봐주다가도 사람 맴이라는 게 어디 그런감? 한 대, 두 대 슬렁슬렁 읃어맞다보면 슬그머니 승질도 오르는 게고 그러다보면 공장장이고 자시고 눈에 뵈는 게 없이 마구잡이로 해뿌리는 걸 텐데 말이여. 인정은 인정이고 판돈은 판돈이니깐. 나는 아지드에게 만이천 원 걸어뿌렀어."

내기에는 족집게인 운짱 병학이마저 아지드 쪽에 걸었다. 그러나 경리 미숙이를 비롯해 식당 최씨 아줌마 등 여자 쪽의 물정 모르는 전폭적 지지를 받은 기태가 결국은 십이 대 팔로 우세를 인정받았다.

"아지드, 복싱해본 적 있나?"

저녁식사 뒤 샤워장에서 만난 아지드는 고개를 가로저었다.

"그럼 내 상대가 되기는 어려울 텐데. 난 사실 복싱 경력 이 년차까지 해봤거든. 국내 랭킹권까지 들어가기는 했지. 다 지나간 얘기지만."

아마 데뷔 여섯번째 링에서 당한 첫 케이오패 때 입은 각막 손상만 아니었더라면 권투를 계속했을지도 몰랐다. 팬티 하나 입고 오른다는 그 공평한 경쟁의 법칙도 맘에 들었지만 때리든 맞든 직성도 풀리는 듯했고, 다만 얼마라도 손에 들어오는 대전료도 챙길 수 있어 좋았다. 그때까지만 해도 다른 체육관 쪽에서 탐내는 유망주였다.

"나는 어려서 마을에서 조금 배우다가 그만 했어요."

"체급은 다르지만 결국 프로 출신과 아마 출신의 대결인데…… 게임이 될까?"

몇 가지 룰이 정해졌다. 주심을 보게 된 택희가 어디서 주워들은 풍월로 떠들어댄 것이었다.

……아랫도리는 치면 점수 깎아부리고, 등짝 때리는 것도 반칙이고 또 뭐냐, 한 라운드에 세 번 다운되면 그건 케오구먼. 모두 사 라운드 뛰는데 중간휴식은 일 분 잡고 실제 뛰는 시간은 이 분으로 할까, 삼 분으로 할까? 에이 삼 분으로 해도 될 거야 그치? 내가 주심이니깐 거 뭐시냐, 응 직권으루다 막 정해부러 힝.

이회전 중반만 해도 친선경기 하듯 사뭇 신사적으로 진행되던 경기가 갑자기 후끈 달아올라 관객들을 즐겁게 했다. 일회전이 채 끝나기도 전에 기태는 승부에 자신이 있었다. 탐색을 해본 느낌으로는 아지드가 말 그대로 복싱 경력이 없다는 생각이 들었고, 꾸부정하고 기다란 몸통에는 허점이 눈에 많이 띄었다. 몸도 빠른 편이 아니어서 팔길이가 절대적으로 짧은 기태지만 맘만 먹으면 잡을 수 있을 것 같았다.

문제는 주먹이었는데 흐느적거리는 휘어치기는 별게 아니었는데 긴 팔에서 용수철처럼 튀어나오는 뻗어치기는 꽤나 충격적이었다. 그것도 풋내기답게 예비동작이 눈에 띄는 주먹이어서 방심하며 들어가다 맞는 받아치기만 조심하면 별일이 없을 것 같았다.

아지드는 호흡이 가쁠 때마다 허연 잇바디를 드러내어 검은 얼굴과 극명한 대조를 이뤘다. 어쩔 땐 그것이 웃는 표정으로 비치기도 했다. 그 표정이 왠지 낯설지 않다는 생각이 불쑥 끼어들었다. 왜일까? 기태는 바로 그날을 떠올리지 않을 수 없었다. 그날……

엉덩이께까지 내려오던 치렁치렁한 머리타래가 싹둑싹둑 잘려 단발머리가 된 동생 순임이를 데리고 간 케이식스 캠프의 흑인 싸즌 얼굴이던가? 기태는 커버를 깊숙이 올렸다. 아지드의 잽이 관자놀이를 스쳤다. 왜 동생을 데려갔을까. 그래 나도 약간은 겁이 났었는지도 몰라. 잽이 다시 이마께를 건드렸다. 아지드의 잽은 갈수록 거의 뻗어치기나 다름없을 정도의 위력을 보이며 살아나고 있었다.

 내가 뭐라고 뇌까렸는지, 철책 너머 흑인 싸즌 하나가 히물거리며 다가오고 있었지. 그의 손에는 바로 시레이션 박스가 들려 있었고. 나는 그때 얼마나 자랑스런 표정으로 순임이를 돌아봤는가. 그러나 멀찌감치 세워둔 동생은 보이지 않았다.

 헌데 더러운 깜둥이 개새끼! 시레이션 박스를 미끼로 내 손목을 낚아채 철책의 쪽문을 통해 안으로 끌어들인 깜둥이가 느닷없이 바지춤을 까내릴 때…… 순임이는 여태껏 그에 대해 한마디도 하지 않고 있지만 분명히 둔덕에서 다 내려다보고 있었을 거야. 이 오빠가 짐승처럼 당하는 꼴을 분명히 다 봤을 거야. 순임이는 밤늦도록 돌아오지 않았지.

 그때 강한 올려치기가 기태의 턱을 흔들어놓았다. 기태는 다리가 서로 꼬이면서 무릎이 처지는 걸 느꼈지만 클린치로 간신히 위기를 모면했다. 다시 정신을 차린 기태한테서는 적개심 비슷한 투지가 엿보였다.

 "야, 이러다 사람 잡겠어! 보는 사람들이야 즐겁지만."

 기태는 무서운 기세로 몰아쳤다. 경기가 어찌나 뜨거웠는지 라운드 종료 종을 울려야 할 녀석이 입만 벌린 채 삼십 초나 더 시간을 넘기기도 했다. 아무튼 이런 기세로 나가면 아지드가 기권을 하거나 최소한 케이오패를 면하기만 해도 다행일 것으로 보여 기태에게 돈을 건 사람들은 벌써부터 자신들에게 돌아올 내깃돈의 비율을 셈하느라 정신이 없었다.

 그러나 경기는 의외로 기태의 케이오패로 끝났다. 그것도 사라운드 종료 삼십 초 전에. 아지드가 거의 눈을 감은 상태에서 뻗은 받아치기 주먹이 그대로 미사일처럼 기태의 무방비 상태인 턱에 꽂힌 것이다. 기태는 젖은 빨랫감처럼 허물어졌다. 기태는 쓰러지면서 눈앞에서 뭔가 흐드러지게 핀 물체를 보았다. 선명하지는 않았지만. 땅 위에 쓰러진 기태는 신음처럼 한마디 흘렸다. 달개비꽃……

달개비꽃은 그때 기태가 순임을 위해 곧잘 목걸이로 만들어주던 꽃이었다. 들판이고 야산이고 봄부터 여름까지 흔하디 흔하게 피는 연보랏빛 꽃이었다. 순임은 그 꽃목걸이를 아주 좋아했다. 오빠, 이 꽃목걸이를 차고 있으면 왠지 엄마가 빨리 우리 곁으로 와서 데리고 갈 것 같애. 그렇지? 밤늦게 돌아온 순임은 달개비꽃 덩굴을 온몸에 친친 감고 있었다. 기태야, 우물에 가서 물 한 대야하고 비누 좀 가져오렴! 큰엄마의 노여움에 찬 목소리……

"먹어두지. 속이 든든할 테니."

기태는 호주머니에서 준비해간 '자유시간'이라는 초콜릿바를 내밀었다. 정해진 시간에 나온 사람은 뜻밖에도 아지드와 다라 구릉 두 사람뿐이었다. 약속시간이 한 시간 가까이 지난 것으로 보아 나머지 사람들과는 아무래도 길이 어긋난 것 같았다.

─규식이 이 새끼 애들한테 시간 장소를 제대로 알리지 않고 아예 미숙이를 빼돌려가지고 둘만의 오붓한 시간을 갖는 거 아냐?

미숙이는 한때 기태를 따라다니던 경리직원이다. 기태는 멜빵을 움켜쥐었다.

"봄바람이 차갑습니다. 이런 걸 꽃샘이라고 하지요?"

아지드는 기태가 몰고 나온 차를 부러운 듯 슬금슬금 쓰다듬으며 말했다. 그는 한국말을 썩 잘하는 편이었다. 삼 년차 되는 한국생활이었지만 엔간한 농담은 물론이고 각 지방 사투리로도 농담을 몇 마디 지껄일 정도였다. 나이지리아 인이었다. 그리고 회교도였다. 처음 기태가 그를 보고 옛날 유명한 흑인 권투선수 무하마드 알리가 떠올라 별명을 무하마드라고 지으려 했더니 고개를 흔들고 몹시 화난 표정을 지으며 싫어했다. 무하마드는 아랍 말로 '위대한'이라는 뜻이어서 함부로 붙여다 쓸 수가 없다는 거였다.

다라 구룽은 종교가 뭔지 불분명했다. 불교 같기도 했지만 꼭 그런 것 같지도 않은 듯했다. 그 비슷한 변종이라고나 할까. 눈이 크고 콧날이 오똑해 서구적인 인상을 주는 얼굴이었다. 아마 공장애들 중에 다라에게 군침을 흘리고 있는 놈이 한둘이 아닐 성싶었다.

규식이놈도 처음엔 그랬었다.

"햐, 고거 가무잡잡한 게 얼굴도 반질반질허고 이거 은근히 땡기는데 응."

규식은 불두덩께를 쓰다듬으며 목울대가 출렁거리도록 침을 꿀꺽 삼켰다.

"형님은 어떻소 잉? 우리가 맘만 먹으면 요리할 방법이 아주 없진 않은 것 같지 않우?"

"객쩍은 소릴랑 집어쳐!"

"으따, 괜히 성질이셔 형님은 차암, 싫으면 싫다, 좋으면 좋다, 이렇게 나오진 못할망정. 혹시 형님이 먼저 침 발라놔서 그런 것 아니우?"

"쌔끼, 침 좋아하시네……"

"으응, 진짜루 얼굴 빨개졌다네, 와우와우!"

속 깊은 계곡에는 아직 봄기운이 닿지 않은 듯 쏟아내리던 형상 그대로 얼어붙은 듯한 폭포수들이 군데군데 눈에 띄었다. 기태 일행은 너나들이를 하며 큰 소리로 떠들어대며 산을 오르는 중년사내들 뒤를 묵묵히 따랐다. 그들은 뭔가 장난기 어린 눈초리로 이따금씩 고개를 뒤로 돌려 아지드와 다라를 힐끔힐끔 쳐다보곤 했다.

다라는 별로 산을 타본 적이 없는지 계곡 초입부터 식은땀을 줄줄 흘리고 있었다. 그에 비해 아지드는 긴 다리를 이용해 성큼성큼 앞질러가다가 중년사내 일행의 꽁무니에 너무 바싹 붙었다 싶으면 뒤놀아서서 기태와 다라가 가까이 오길 기다려주었다.
"아지드, 다라 좀 도와주면서 올라가. 너 산을 굉장히 잘 타는구나."
아지드가 어깨를 으쓱해 보이며 마우스피스를 낀 권투선수처럼 하얀 잇바디를 드러내며 씽긋 웃었다. 땀이 약간 번진 그의 잘 그을린 듯한 까만 이마 위로 상큼한 햇살이 떨어진다.
그렇게 웃을 때면 꼭 왕년의 세계 웰터급 챔피언을 지내다가 그 위 미들급까지 합쳐서 세 체급을 석권한 토머스 헌즈를 연상케 했다. 잘 발달된 상체 근육하며 길고 가느다랗지만 유격장 조교처럼 강단 있어 보이는 하체도 그러했다.
다라가 처음 아지드를 데리고 왔을 때 기태는 잠깐 이맛살을 좁혔었다. 언젠가 안면이 있던 흑인 같은 인상이 들었기 때문이다. 그러나 곧 안도를 했다. 좀 깡똥하고 허름해서 한국에 와서 얻어입은 티가 완연한 아랫도리에다 여름철치고는 좀 덥겠다 싶은 두툼한 점퍼를 걸친 아지드의 촌닭 같은 모습 앞에서 얼른 공장장으로서의 위엄을 되찾을 필요를 깨달은 것이다.
물론 공장에는 진작부터 외국인 노동자들이 와서 일하고 있었다. 주로 인도네시아나 스리랑카 같은 데서 온 사람들이었다. 실을 뽑아내는 제사(製絲)공장인 이곳이 처음 일터인 사람은 하나도 없었다. 그전에 이미 염색공장이나 마찌꼬바라고 불리는 선반공장, 가구공장 등에서 허드렛일을 하다가 나온 이들이었다.
아지드도 그런 경우였다. 아마 얘기는 안 해도 한때 프레스 공장에서 일한 것만은 틀림없어 보였다. 왜냐하면 오른손 중지 두 마디와 인지하고 약지가 각 한 마디씩 잘려나간 상처가 있기 때문에 그 정도 추측은 식은 죽 먹기였다.
아지드를 보자 특전단 하사 출신인 규식이가 군기를 잡겠다고 방

방 뛰었다.
"처음부터 군기를 확 잡아놔야지 일 시켜먹기가 편하고 잔대가리 굴릴 생각을 안 먹는다구요. 그렇잖으면 저것들이 오냐오냐 하는 사이에 상투 끝까지 기어오르려 하는 걸 제가 딴 데서 많이 봤어요, 형님."
기태도 고개를 끄덕이진 않았지만 그렇다고 가로저으며 말릴 생각도 없었다.
"그럼 지금부터 신입식 겸 지옥훈련을 실시한다. 알았나!"
아지드는 영문을 몰라 떨떠름한 미소를 지으며 어깨를 한번 으쓱해 보일 뿐 곧 자신에게 닥칠 얼차려의 성격과 의미를 이해하고 있지 못함이 분명했다.
"어라, 이 깜둥이 시키 동작 좀 봐라. 차렷! 움직이지 말라고, 눈알 굴러가는 소리가 자갈 구르는 소리 같닷!"
규식은 자신이 무시당했다고 느꼈는지 냅다 달려들어 아지드의 정강이를 걷어찼다. 아지드는 그 자리에 풀썩 주저앉아 고통스런 표정을 지었지만 그건 그날의 서곡에 불과했다. 엎드려뻗쳐는 물론 유격장에서나 하는 피티 체조를 비롯해 각종 얼차려, 심지어는 공장 앞 질 퍽한 논바닥 주변을 낮은 포복으로 기게 만들었다. 심지어는 뺨 때리기를 비롯해 갖은 욕설을 퍼부어도 참게 하는 모욕참기훈련이라는 것도 잠깐 실시했다.
"이 새캬, 여기까지 돈 벌러 왔으면 각오 단단히 먹고 정신차려야지 그렇게 흐리멍덩한 자세로 얼이 빠져 있어서 되겠어?"
보다 못한 기태가 슬그머니 말리는 시늉을 하지 않았으면 자기 도취에 빠진 규식의 군기잡기는 해질 때까지 이어졌을지도 몰랐다. 주위에 둘러선 사람들은 다들 희희낙락한 표정을 지었다. 다만 아지드에게 다리를 놓아 데려온 다라만이 손으로 입을 가린 채 놀란 표정을 짓다가 팔짱을 끼고 있는 기태 앞으로 달려와 애원이 반쯤 섞인 표정으로 따졌다. 그 지옥훈련 덕인지 아지드의 공장생활은 꺽실한 편이었고 고분고분했다.

자신을 그렇게 닦달한 규식과 불구대천의 원수로 지낼 줄 알았더니 어떻게 화해를 했는지 그후로는 원만하게 지내는 모양이었다.

"돈, 받았어?"

어느 정도 낯이 익었을 때 한번은 아지드를 붙잡고 그의 잘린 손가락 부위를 가리키며 물어보았다. 그러나 아지드는 엄지와 검지를 맞붙여 동그라미를 만들어 보이고는 그 사이로 눈을 들이대고 익살스럽게 싱긋 웃는 것이었다. 한푼도 받지 못했다는 시늉이었다. 기태는 속에서 뭔가가 움찔하다 이내 사라지는 느낌이 들었지만 며칠 동안 불쾌한 감정이 사그라지지 않았다.

"다라는 언제 만났어?"

"잘 몰라요. 여기 우리처럼 온 사람들끼리 가끔 만나서 식사하고 기도도 합니다. 그래서 얼굴 봤어요."

기태는 아지드와 함께 처음 샤워를 하던 때의 느낌을 너무도 생생히 간직하고 있었다.

아프리카의 들판을 숨차게 쏘다녀서 그랬을까 군살더기는 눈을 씻고 찾아보려야 찾아볼 수 없을 정도로 미끈하게 빠진 몸매는 거의 황홀할 지경이었다. 기태는 아지드의 뒷몸매를 넋을 잃고 바라보느라 비누질을 멈추는 바람에 눈 속으로 아리하게 흘러드는 비눗물조차 의식하지 못했다. 근육들이 서로 적당한 긴장을 유지하며 서로 끌고 당기며 팽팽해진 긴 다리 위로 괄약근을 단단히 조이고 있는 엉덩이 두 무덩이가 위로 바짝 추어져 있었다. 굶주린 맹수처럼 가느다란 허리 위로 역삼각형으로 발달한 늠름한 상체는 몸을 움직일 때마다 차돌 같은 근육더미를 이곳 저곳에서 불쑥불쑥 내밀고 있었다. 머리통이 약간 작고 곱슬머리인 게 흠이라면 흠이지만 몸 자체로서는 책잡을 만한 데가 전혀 없어 보였다.
 기태는 어느새 끄덕끄덕 방아질을 치고 있는 자신의 양물을 건사할 수가 없어 슬그머니 뒤돌아서 샤워기를 내린 다음 아주 세게 찬물을 끼얹으며 가라앉혔다. 그 광경을 본 체험이 아주 나쁜 기억을 새삼 일깨워냈다. 기태는 찬물 세례를 받아 형편없이 짜부라진 자신의 물건 때문이 아니라 바로 엊그제의 일인 양 덮쳐오듯이 떠오른 그 기억의 앙금 때문에 몸서리를 쳐야만 했다.
 ─아아, 순임아!
 기태의 입에서는 시집간 누이동생의 이름이 자신도 모르게 불쑥 튀어나왔다.
 매제는 그래도 무던한 사람이었다. 둘이 부부 클리닉에 다닌다는 사실을 알았을 때 기태는 자석처럼 달라붙는 어느 어두운 기억을 물리치느라 갑자기 소주병을 거꾸로 들고 빨아댔다. 자신의 육체와 함께 그 어두운 기억을 고요히 잠재웠다. 그리곤 숙직실 이부자리 위에 쓰러졌다. 눈을 뜨고 잠을 잔 것처럼 꿈인지 생신지 모를 광경들이 뒤죽박죽되어 펼쳐졌다간 사라졌다.
 ─형님이세요, 접니다. 별일 없으셨죠? 밤늦게 웬일이긴요? 그저 안부전화드리는 거죠. 순임이요? 잠들었죠 뭐. 지금이 몇신데요? 아직은 신혼일 텐데 따로따로 자느냐구요? 아뇨…… 같이 잘 겁니다.
 매제의 목소리에서는 약간의 알코올기가 묻어났다. 주정 비슷한 통화가 몇 분 이어지고 난 다음, 부부 클리닉이라는 단어가 튀어나왔을 때 기태는 뭔가 다가오는 게 있으면서도 되묻지 않을 수 없었다.
 ─부부 클리닉이라니?
 ─……
 처음엔 단순히 헬스클럽 비슷한 곳인 줄 알았다. 그러나 아무렇지도 않은 어투로 간략하게 설명해주는 매제의 말에서 기태는 그곳이

불감증이나 권태기가 깊어진 부부들이 다니는 곳이란 사실을 알았다. 서로의 체험담도 발표하고요. 어쩔 땐 비디오도 보기도 하고 같이 풀장 같은 데서 수영을 하기도 합니다. 수영…… 좋잖아요. 물컹물컹한 물 속에서 물장구를 치며 놀다보면…… 형님 이거 죄송…… 함다.

어머니가 큰형님만 데리고 살기로 결정하고 누이동생 순임과 기태를 데려다놓은 곳은 큰어머니댁이었다. 말하자면 기태의 어머니는 작은댁이었던 것이다. 지금 생각해보면 바닷가에서는 한참 떨어진 곳인데도 그때는 왠지 그곳이 바다에서 그리 멀지 않은 곳일 거라는 생각이 들었다. 그리고 그 근방에는 미군 케이식스 캠프가 있어 기지촌이 형성돼 있었다.

큰어머니라고 불러야 할 여자는 보살처럼 후덕진 얼굴을 해서 좀 안심이 되었지만 그 여동생이라는 여자는 눈초리가 쫙 찢어진 게 여간 까탈스럽게 생긴 게 아니었다. 그 여자는 어느 정도 머리통이 굵은 사내아이인 기태에게는 어쩔 수 없었는지 유독 누이동생인 순임이에게만 눈독을 들이는 거였다.

"너희들도 이곳에 머무는 동안은 자기 밥그릇 값은 해야지. 안 그러니?"

너무도 지당한 말이었다. 순임이는 겁에 질린 눈망울로 작은오빠인 기태를 올려다봤지만 기태는 외눈 하나 끔쩍하지 않고 순임이의 머리를 쓰다듬으며 고개를 끄덕였다.

나무 해오고 아궁이에 불 때는 일은 고달프지도 않았다. 그 지겨운 학교에 다니지 않게 된 것만 해도 날아갈 듯이 좋기만 했다. 그 대신 동생만은 부득부득 우겨서 학교에 다니도록 했다.

"허, 그 망할 놈의 자석이 성깔 하나 지 에미를 닮았는지 여간내기가 아니네그려."

동생 순임이가 학교에서 돌아와 집 청소를 마치고 해질 무렵 우물가에서 두레박으로 우물물을 푸는 소리가 쏴악쏴악 들리고 자신은 아궁이 앞에 쭈그리고 앉아 자기 손으로 해온 나무로 불을 때는 시간이 기태에게는 제일 행복했다. 그 시간은 아궁이 속에서 몰래 앙궈둔 감자나 고구마 그리고 옥수수 따위가 익어가는 정밀(靜謐)한 시간이기도 했다.

아마 그때의 기억은 나 혼자만의 행복한 순간만은 아니었던 것 같다고 기태는 생각했다. 나중에 시집가는 동생의 짐을 꾸려주다가 우연히 떠들쳐보게 된 동생의 해묵은 일기장에서도 당시를 회상하는 행복스런 기억의 흔적이 남아 있었으니 말이다.

그 대목은, 막둥오라비는 저녁마다 아궁이에 불을 때느라 얼굴이 까맸다로 시작하고 있었다. 기태는 자신도 거의 잊을 뻔한 기억의 원형을 목도하고는 한참 동안이나 짐을 싸던 손길을 멈추고 면장갑을 벗어 눈가를 훔치는 못난 행동을 하고야 말았다.

—너도 그때를 잊지 못하고 있었구나!

일기는 계속되고 있었다.

……막둥오라비는 끝이 빨갛게 달아오른 검정 부지깽이로 아궁이 속 옆 귀퉁이를 뒤져 거뭇거뭇 그을린 군고구마 한 알을 마술사처럼 꺼냈다. 내 눈동자가 타버릴 듯이 환해지는 걸 막둥오라비가 봤을까. 막둥오라비는 마치 어른들처럼 모든 게 척척이었다. 불에서 막 꺼낸 뜨거운 군고구마 껍질도 손을 데지 않고 잘 벗겨냈다. 그러면 병아리 털처럼 샛노랗고 보드라운 고구마 속살이 따스한 김을 모락모락 내며 눈부시게 눈앞에 드러났다. 내 목구멍 속에서는 천둥보다 큰 소리로 침이 넘어갔다. 이어서 막둥오라비 쪽에서도 비슷한 소리가 들리는 듯했지만 별로 신경이 쓰이지 않았다.

(……) 막둥오라비는 입 가까이에 대고 호호 두 번 불어주는 것으로 맛을 다 본 사람처럼 욕심을 내지 않았다. (……) 그리고는 내가 군고구마를 아주 달게 다 먹을 때까지 흐뭇한 표정으로 지켜보았다……

기태는 사실 그런 방식으로 동생 순임이가 '걸레빵'에 접근하는 것을 막았었다. 걸레빵이란 미군부대 식당에서 미군들이 먹다 버린 햄버거, 식빵, 케이크 등등을 그곳에서 일하는 한국 고용인들이 몰래 싸들고 나와 넘긴 것을 받아다가 문방구나 구멍가게 등에서 포장을 해 파는 거였다. 먹다 남긴 턱찌끼들이라서 포장을 뜯어보면 쪼가리난 빵이나 소시지 등등이 많아서 그 모양이 꼭 걸레 같다고 해서 붙인 이름이었다. 운이 좋으면 입 한 번 대지 않아 속이 꽉 찬 햄버거가 걸리는 수도 있지만 어떨 땐 팍팍한 식빵 쪼가리일 때도 많아서 반드시 손으로 들어 대중을 달아보며 신중하게 골랐다.

물론 기태 자신도 그런 빵을 사격장 탄피나 고물을 주워 바꾼 돈으로 많이 사먹어보았지만 동생 순임이한테만은 그것을 먹이지 않으려고 안간힘을 썼다.

"너는 그런 것 얻어먹으면 안 돼! 죽여버릴 테야."

동생은 금세 울상이 됐다.

"치이, 오빠도 먹잖아. 왜 나만 안 된다는 거야. 딴 애들도 다 잘 먹고, 맛도 좋다는데. 히힝, 나도 먹을 테야. 사줘!"

기태는 험악한 표정을 지으며 곧이라도 종주먹을 들이댈 듯 을러댔다.

"너 깜둥이 봤지? 짐승보다 더 징그러운 거 봤지? 그지?"

동생이 고개를 끄덕거렸다.

"걔네들이 침 흘리면서 먹다가 나중에는 가래침까지 타악 뱉어서

버린 걸 갖고 나온 게 바로 그것들이란 말이야. 알아들어? 여북하면 이름까지 걸레빵이겠니. 그래…… 알았지? 이 오빠 말 잘 들으면 그것보다 더 맛있는 걸 맨날 줄 테니깐 아주 잊어버려 응? 아유, 우리 순임이 착하다."

기태는 숱이 많아 삼태같이 치렁치렁한 동생의 머리를 기특한 듯 쓰다듬으며 새끼손가락을 걸었다.

"근데 오빤 왜 학교 안 다녀?"

울상이 가신 순임이는 기태의 등뒤를 찌르는 질문을 던졌다.

"학교는 엄마 아버지가 있는 애들이나 다니는 거야."

"근데 난 왜 다녀?"

"우린 곧 우리랑 살던 진짜 엄마를 만날 거야. 우릴 만나려고 엄마는 지금도 광주리를 이고 이리저리 장사를 다니시거든. 그러니깐 순임이 너는 얌전하게 있으면서 조금만 참으면 돼. 엄마 보고 싶지?"

기태는 사나운 눈초리로 뒤돌아 동생을 쏘아봤다. 순임이는 천천히 고개를 가로저었다.

그날 아침 큰엄마와 큰이모는 순임이가 부엌 시렁 위에 얹힌 참기름병을 꺼내다 넘어져 반쯤 쏟아버리는 걸 보고 장터로 나갔다. 기태와 순임이는 어두운 방 안 한구석에 갇혀 무릎을 세운 채 두려움에 떨었다. 기태의 품에 안긴 순임이의 몸에서 고소한 참기름 냄새가 가시지 않았다. 새처럼 파들파들 떨고 있는 동생에게 기태는 자신없는 말로 다독거리고 있었다.

—걱정하지 마. 이 오빠가 다 막아줄게. 이 오빤 뭐든지 다 해내잖니. 믿지?

반응이 없었다.

장에서 일찍 돌아온 큰이모의 손에는 기다란 가위가 들려 있었다.

"읍내에 나가보니깐 벌써 단발머리가 무척 유행이더구나. 순임이네 머리가 너무 자랐다. 단발머리로 짤라줄 테니 이리 와 앉으렴. 아이들이 머리가 길어봤자 간수하는 데 거치적거리기만 하고, 머리도 잘 안 감게 되니깐 냄새나고 서캐나 우글거리게 되잖니? 어서 오렴."

순임이는 울먹거리는 표정으로 막둥오라비를 쳐다봤다. 기태는 꼿꼿이 서서 눈에 힘을 준 채 큰이모라는 여자와 맞서고 있었다. 그러자 순임이는 얼른 큰이모의 치마폭 앞에 다가가 앉는 것이었다. 그 여자는 가위를 잘 다뤘다.

"아유, 숱이 많기도 하지! 지 엄마를 닮아 검기는 숯검정 같구나."

차가운 가위 소리가 귀밑에서 사각사각 들리는 게 소름이 끼쳤는지 순임이는 어깨를 옹송그렸다.

"괜찮아, 내년에는 다시 엉덩이까지 자랄 텐데 뭐. 큰엄마는 아침마다 니 머리를 빗겨주실 시간이 없으시잖니."

"얘, 비누하고 물을 좀 떠온……"

방 안으로 들어온 큰엄마가 기태에게 심부름을 시켰다. 기태는 후닥닥 우물가로 뛰어갔다.

기태는 그 다음날 학교에서 돌아온 동생을 불러 목덜미께를 면도로 파르라니 깎은 머리를 쓰다듬어주며 고개를 둘을 넘었다.

"오빠, 다리 아프다. 오늘은 아궁이 안 때도 돼? 안 혼나?"

"잠자코 있어. 오빠가 좋은 것 얻어줄게."

"좋은 거 뭐?"

"씨레이숑 박스."

시레이션 박스는 흑인병사를 기둥서방으로 잡은 양공주쯤 돼야 맛볼 수 있는 물건이었다.

"정말?"

"……"

기태는 자신은 없었다. 입 속으로는 철기한테서 배운 꼬부랑말을 잊어버릴까 자꾸 씨월거리고 있었다. 둘 중의 하나는 통한다 그랬겠다.
—아 윌 낄 유.
—헤이, 뻐꾸 미.

다라의 발걸음이 워낙 더뎌서 쉬엄쉬엄 올라가는 바람에 산정호수가 내려다보이는 칠부능선께 올라오니 벌써 해는 중천에 떠 있었고 속은 출출함이 느껴졌다. 세 사람은 말없이 늘어서서 거울처럼 빛나는 산정호수를 내려다보고 있었다. 그때 뒤에서 휘익 빈정거리는 듯한 휘파람 소리가 들려왔다. 음담패설을 서로 쏟아놓으면서 내려오는지 젊은 패 서넛이 왁자지껄 떠들며 하산을 하는 모양이었다.
"휘익, 야 거 경치 좋다."
기태 일행은 짐짓 모른 체하며 서 있었다. 분위기가 얼큰한 걸로 봐서 자칫 주먹다짐으로 번질지도 몰랐다. 그렇게 되면 아무래도 불리한 쪽은 기태 쪽이었기 때문이었다. 아지드와 다라는 말하자면 일종의 불법체류를 하고 있는 셈이었으니 무조건 시비는 피하고 보는 게 상책이었다. 그러나 일이 꼬이려고 그랬는지 등뒤로 그냥 스쳐 지나가는가 싶었던 일행 중 한 명이 소리를 질렀다.
"야, 저거 아지드 그 자식 아냐?"
"뭐라고?"
기태를 비롯해 아지드와 다라는 가슴이 뜨끔해져 고개를 돌렸다. 아니나 다를까 삼호기계 아이들이 도끼눈을 하고 이쪽을 바라보고 있었다. 낭패로군. 하필 이런 곳에서 저들과 부닥치다니. 기태는 속으로 끌탕을 하며 아랫입술을 잘근잘근 씹었다. 아지드도 얼굴이 굳어지고 있었다.
삼호기계는 아지드가 기태 공장으로 오기 전에 일하던 곳이었다. 선반보조공으로 일하던 그는 바로 그 공장에서 손가락을 잘렸지만 아무런 보상 없이 나올 수밖에 없었다. 불법으로 일하는 외국인 근로자이기 때문에 산재보험도 적용되지 않았다.

한번은 삼호기계 애들이 네댓 명 떼지어 우르르 깽판을 놓으러 몰려온 적이 있었다. 마침 교대시간이라 일꾼들이 스무 명이나 있었기에 막아낼 수 있었지만 하마터면 큰 주먹다짐으로 갈 뻔하기도 했다.

"물 좀 얻어먹으러 왔시다."

회식을 했는지 그들의 입에선 술냄새가 풀풀 풍겼다. 그들이 손에 들고 온 쇳덩이들은 공구인지 아니면 흉기인지 모를 지경이었다.

"물을 제 집에서 처먹지 왜 남의 공장에서 달래!"

식당일을 보는 경식이 아줌마가 행주치마를 풀어젖히며 앞으로 나서자 삼호기계 애들 중 한 명이 거칠게 가슴께를 밀쳤다.

"상녀르 자식들 눈꼴이 셔서 허는 꼬라지를 못 보겄네 잉?"

퇴근 준비로 샤워를 하고 옷을 말끔히 갈아입은 규식이가 팔을 걷어붙이고 나섰다. 기태를 비롯해 젊은 일꾼 서넛이 옆에서 거들었다.

"니들 여기 뭐 허러 왔냐 응? 싸가지들 없게시리."

"이거 왜 이래? 우리가 뭐 이러고 싶어서 이러는 줄 알아? 우리도 손 안 대고 코 푸는 방법을 안다구. 경찰이나 노동사무소에 찔러뿌리면 간단해. 하지만 누이 좋고 매부 좋자고 쇼부 좀 보자는데 왜 이리 깐깐하게들 굴어 젠장."

"이 개자석들이 정말 눈에 뵈는 게 없나 잉? 암만 깜둥이구 불법으로 외국에서 들어온 거시기라고 월급도 제대로 안 주며 부려먹다가 손가락꺼정 꿀꺽 해처먹어 사람 빙신 만들어놓고 이제 와서 허는 수작이 데려간 값 내놓으라고? 아나, 이 세상에 종자를 남길까 무서운 놈들아!"

"그렇게 나오면 섭하제. 아 강아지 새끼 하나를 데리고 가도 주인한테 허락을 맡고 가져가는 게 인간의 도리고 인정일 텐데, 껌둥이긴 하지만 우리가 스패너로 마빡을 조져감시롱 기본기술은 갤쳐놓은 아이를 그렇게 곶감 빼먹듯 살그머니 데려가면서 아무런 보상이 없단 말이여? 허참, 세상 인심 한번 징해뿌리네."

전면적 육박전은 아니었지만 그 전초전까지는 간 셈이었다. 그들이 휘두른 쇳덩이에 빗맞아 규식의 이마가 깨지고 수에 밀려 거칠게 밀려나는 와중에서 그들도 누구 주먹인지는 모르지만 대여섯 대씩은 쥐어박혀 점퍼 앞자락이 젖도록 코피를 흘린 놈도 있었다.

"어, 이거 뭐는 외나무다리서 만난다더니 오랜만입니다, 그려."

기태는 대답을 하지 않았다. 그러나 술기운 때문인지 그들은 발길을 되돌려 기태 일행의 옆으로 올라왔다.

"여, 아지드 벌써 날 잊은 건 아니겠지? 설마 널 가르치던 네 사수였던 날 말이야."

아지드의 눈동자에 흰자위 면적이 점점 넓어지고 있었다. 기태는 아무래도 자신이 나서야겠다고 생각했다. 다라가 은근히 아지드의 점퍼를 뒤로 끌어당기는 게 보였다.

"이것 보쇼. 이 사람이 인종이 다르고 말도 다른 이국 만리땅에 와서 먹고살겠다고 남들이 다 싫어하는 일도 기꺼이 마다지 않고 하겠다……"

"아, 그걸 누가 모르나, 공자님 말씀이지."

"그럼 서로 이해하면서 감싸줄 것은 감싸줄 줄 알아야잖소? 돈 몇 푼 때문에, 내 말이 지나치다면 이해 좀 허시고, 사람을 함부로 막 하는 것도 큰 허물이잖소."

"어휴, 당신 아주 높으신 공장장이라서 그런지 아주 입깨나 여무셨어 응? 물에 빠져도 입은 동동 뜨겠는걸. 그런데 문제는 나는 황인종이고 저기는 깜둥이란 말이야. 이건 내 유일한 학벌인 국민학교에서도 다 배우는 사실이거든."

기태는 순간 머리통을 날려 앞에서 이죽거리고 있는 빨간 스카프를 들이박고 싶었지만 꾹 참았다. 기태가 잠시 말문이 막혀 대꾸를 않는 사이에 문제는 싱겁게 풀렸다.
"기태형 거기서 뭐 해? 내 이 정도에서 딱 마주칠 줄 알았지."
오지 않은 걸로 알았던 후발대가 길이 어긋났는지 그새 뒤를 쫓아온 것이었다. 막 산을 타기 시작해 기운이 펄펄한 이쪽의 응원군을 보자 더이상 시비를 걸고픈 생각이 가셨는지 삼호기계 사람들은 가타부타 군말없이 다시 하산길에 들어섰다. 아지드가 기태를 바라보며 멋쩍은 듯 씨익 웃었다.
알고 보니 그의 조상이 내내 아프리카 대륙에서 살아온 것만은 아니었다.
한번은 휴게실 겸 탈의실에서 조그마한 사진첩을 주운 적이 있었다. 기태는 살짝 열어본 그 사진첩의 주인이 아지드임을 단박에 알아차렸다. 사진을 보니 웬 젊은 흑인 엄마가 갓난아기를 포대기에 안고 가슴에 품은 채 흐뭇한 미소를 짓고 있는 거였다. 조금은 낡은 사진이었다. 그때 기태는 아지드가 어쩌면 총각이 아니라 본국에 가정을 두고 온 가장일지도 모른다는 생각이 들었다. 그 사진을 품고 있는 사진첩은 조개 형상에다 금맥기를 입힌, 싸구려 냄새가 나는 메이드 인 코리아 상품이었다. 원래 사진만 갖고 왔다가 한국에서 사진첩을 사 끼운 것이었다.
"아지드, 부인인가?"
기태는 사진첩을 돌려주며 별 생각 없이 던진 말인데 아지드는 딱딱하게 굳은 표정을 지었다. 기태는 영문을 몰라 잠시 어리둥절했다.
"내 부인이 아니고 할머니."
"할머니? 얼만큼? 하낫, 둘, 셋? 그럼 증조할머니? 이분이? 할머니의 엄마?"

아지드는 고개를 끄덕였다. 그때 기태가 아지드에게서 듣게 된 가문의 내력은 복잡했다. 마돈나라고 이름 붙여진 사진 속의 흑인 여자가 증조할머니라면 포대기에 싸인 아기는 할아버지인 셈이었다.

그 사진은 1861년께 찍힌 사진이었다. 그 당시는 우리가 배웠다시피 링컨의 노예해방 문제를 놓고 미국의 남부와 북부가 전쟁을 벌이고 있던 시절이었다. 아지드는 자신이 사실 미국 흑인노예의 자손이었다고 스스럼없이 밝혔다.

"하긴 지금 미국에 사는 흑인들도 알고 보면 그렇잖아."

기태는 일부러 아지드를 다독거리는 듯한 말을 해줬다. 아지드는 그 말을 들었는지 말았는지 당시 그의 증조모는 노예 상태가 아니라는 설명을 곁들였다. 그러면서 사진 속의 마돈나의 반지 낀 왼손을 가리켰다. 그것이 결혼반지라는 거였고 당시 흑인 노예들은 결혼이 불법이었기 때문에 결혼반지를 끼고 사진을 찍었다는 사실은 이미 노예해방을 받은 증거라는 거였다. 그러면서 아마도 자신의 증조모가 해방노예 중에서는 가장 먼저 사진으로 기록된 인물일 거라고 말했다. 아지드 말에 따르면 해방 뒤 손에 아무것도 쥔 게 없어 먹고살 일도 막막했지만 그후 해방노예들 사이에 아프리카 복귀운동이 일어나자 그의 증조부는 식솔들을 데리고 다시 아프리카로 돌아갔다는 것이다. 이게 그의 가문 내력이었다.

그러면서 덧붙이길, 자신이 한국에 오기 전 현지에서 인력송출회사에 지원했을 때의 상황을 상기시켰다. 현지 법인의 한국인 직원인 듯한 시험관이 도착해서는 지원자들의 웃통을 다 벗게 한 다음 한 사람씩 입을 벌리게 하여 이빨 상태를 훑어본 다음 손으로 어깨나 팔꿈치 등을 세게 눌러보았다는 것이다. 나중에 보니 그때 신음 소리를 내거나 비명을 지른 사람은 다 떨어졌다. 일하러 갈 사람 뽑는다더니 참으로 이상한 시험도 다 있구나 생각했는데 한국에 와서 막상 일을 해

보니 이해가 되더라는 거였다. 노예 아닌 노예로 부리기 위해서였다는 것이다. 아지드는 아프리카 대륙에서 그런 시험을 거쳐 팔려갔을 자신의 할아버지 생각도 나고 해서 한참 슬펐다고 말했다. 기태는 그 말을 들으면서 목덜미께가 뜨뜻해졌다.

등산을 마치고 난 다음엔 호프집에서 치킨과 맥주로 요기를 하면서 목을 축이고 노래방을 갔다. 오랜만에 아지드도 한국 노래를 한 곡 했다. 그의 십팔번인 〈사랑해 당신을〉이었다.
"아지드 고향엔 언제 가냐?"
기태는 오랜만에 마신 술 때문에 운전을 포기할 수밖에 없었다. 다들 뿔뿔이 흩어지고 다라마저 식당 경식이 아줌마가 데리고 간 다음 기태와 아지드는 함께 막차를 탄 뒤 타박타박 공장으로 난 좁은 길을 걷고 있었다.
아지드는 힘차게 팔을 휘저으며 앞으로 나아가는 시늉을 하면서 대꾸한다.
"가긴 어딜 갑니까? 한번 빠져나오기가 얼마나 어려운데요. 여기서 돈 많이 벌어야죠."
"돈 많이 벌어가서 뭐 할래? 장가부터 갈래?"
"차부텀 사야죠. 택시. 운전사 하면서, 그러면 돈 기똥차게 벌어요. 식구들 먹여살리고 그 다음에 고운 아가씨랑 장가도 가죠."
기태는 나무 삭정이를 잡히는 대로 주워들어 아지드 등을 향해 던졌다.
"그래, 잘먹고 잘살아라."
"그거 한국말로 욕입니까, 칭찬입니까?"
"둘 다!"
이따금씩 서서 불빛을 뿌리고 있는 가로등 발치께에는 풀들이 담뿍담뿍 무리져 있는 게 보였다. 기태는 그 풀들 사이에 어쩌면 철 이른 달개비꽃의 싹이 숨어 있을지도 모른다는 생각이 들었다.

(『현대문학』 1995년 4월호)

문산행 기차

 빗줄기가 문득 굵어져 있었다. 경의선 열차는 빈 도시락처럼 덜컹거리며 젖은 철로 위를 미끄러져갔다. 늦은 오후의 나른함이 낡고 푸른 융단 의자 위로 깔려 있었고 사람들은 거기에 등을 깊숙이 파묻었다. 기차의 속도가 몹시 떨어지고 있었다.
 ―시상에…… 그 군대 간 큰아이들이……
 ―긍게…… 콩으로 메주를 쑨다고 혀봐도……
 종잡을 수 없이 토막난 임자 없는 말소리들이 피어올랐다간 스러졌다. 탁은 차창에 괴었던 팔꿈치를 거둬들였다. 차창 틈새로 빗물이 제법 스며들었다.
 수색을 지날 무렵부턴가 앞자리 맞은쪽에 인형처럼 앉아 있던 네댓 살배기 백인 혼혈아이가 칭얼거리기 시작했다. 그때부터 천장에 매달린 낡은 선풍기 소리가 탁의 귓가에서 멀어지는 것 같았다. 졸음 때문이었다.

단발머리를 친 아이의 엄마는 이따금씩 피곤한 표정으로 아이를 돌아다보며 잡도리를 했다. 가만히 있지 못하겠니…… 그림물감처럼 두텁게 주황색 매니큐어를 칠한 기다란 검지 손톱 끝으로 아이의 눈을 후빌 듯 바투 들이대며 을러댔다. 그때마다 귓불을 거의 점령하다시피 한 팔찌만한 귀고리가 흔들거리며 뺨을 쳤다. 그러면 아이는 능숙한 영어로 자기의 불만 사항을 주절거리며 발장난을 쳤다.

차창 밖은 비닐하우스가 드문드문 들어선 들판이었다. 그 너머로는 자욱한 빗줄기 때문에 끝을 가늠할 수가 없었다. 한쪽으로는 골조만 세워진 아파트 공사장이 보였다. 곧 안내방송이 나오려는지 마이크 잡음 소리가 천장 스피커를 긁고 지나갔다. 탁은 습관적으로 입가를 훔치며 사방을 둘러보았다.

"벌써…… 백마역, 아닌가……?"

"웬걸요. 안즉 멀었수다, 형씨. 백마까지 가슈?"

탁의 입에서 무심코 새나온 말에 옆에 앉았던 사파리 차림의 사내가 파리 잡아챈 두꺼비처럼 널름 대꾸했다. 탁은 대답 없이 사내를 홀낏 쳐다봤다.

사내는 씨익 웃으며 두 손가락을 가위질하듯 흔드는 시늉을 하며 담배가 없냐고 물어왔다. 탁은 가슴팍을 더듬어 개찰 전에 사둔 새 담뱃갑을 뜯어 밑바닥을 몇 번 툭툭 친 다음 사내에게 디밀었다.

"어휴, 이거 고마워서……"

사내는 탁의 눈치를 살피면서 재빨리 두 개비를 뽑아들었다.

"여기 앉아서 담배 피우면 안 되잖아요?"

단발머리 여자가 쏘아붙인다. 사내는 연방 고개를 끄덕이며 입에 물었던 담배를 뽑아 애완동물처럼 쓰다듬으며 윗주머니에 조심스레 넣었다.

"아무렴요. 누가 객차에서 피우겠어요? 나가서 꼬실릴 동안 자리 좀 맡아주시겠소?"

 어딘가 허술해 뵈는 사내였다. 옷차림하고 몸가짐도 그러했지만 이따금씩 흰자위가 더 많아지는 눈동자의 불규칙한 놀람 때문에 더욱 그러한 인상을 주었다. 사내의 맞은편에 앉은 튀기 아이도 그 때문에 신경이 날카로워지곤 하는지 그의 말소리가 들릴 때마다 발장난을 더욱 세게 쳤다.

 "허형은 왜 소설 안 쓰죠?"
 축구선수 출신의 젊은 사장이 한번은 이렇게 물어왔다. 탁은 씁쓰레하게 웃으며 고개부터 내저었다. 그 답답한 질문을 여기까지 와서 받게 될 줄은 몰랐다.
 "참 사장님도, 소설을 아무나 씁니까?"
 "왜요? 요즘 젊은 사람들 자기들 대학 얘기 그럴싸하게 포장해서 잘 팔아먹던데. 허형도 그만하면 꽤 한다 하는 운동권 출신 아녜요? 근 이 년 동안 잠수함(수배생활) 탄 경험도 있겠다. 허튼소리가 아니니 한번 잘 생각해봐요. 그만한 학벌에 체험까지 있는데 하냥 남의 글만 만지작거릴 순 없을 텐데…… 게다가 출판계고 평론계고 쫙 깔려 있는 게 국문과 동문들이고……"
 사장은 어디서 듣고 왔는지 탁의 이력에 대해 웬만한 것은 훤히 꿰고 있었다. 그는 나이가 오륙 년밖에 벌어지지 않은데다 탁의 과묵함이 껄끄러웠는지 입사 일 년이 다 되도록 말을 놓지 않았다. 원래는 돈 많은 형이 차려놓았으나 간판만 걸어놓은 채 개점휴업 상태에 있던 출판사를 동생이 맡았다.
 그는 한때 국가대표 이진급으로 뛴 축구선수답게 아직도 탁보다 얼굴 피부가 더 팽팽했다. 가난 때문에 운동을 한 것은 물론 아니었고, 소질도 있었는데다 스스로 운동선수로 나서겠다고 고집을 한 쪽이었다. 한동안 공격형 미드필더로 잘나가다 뜻하지 않게 경기 도중 아킬레스건을 다쳐 선수생활을 더이상 할 수 없게 되었다.

집안에서는 축구협회와 어느 재벌 그룹 산하의 기업 홍보실에 자리를 마련해 세상 돌아가는 문리를 터득케 했다. 그러다 삼십대 중반을 훌쩍 넘길 무렵 미국으로 이민 갈 준비를 하던 그의 형이 이삼 년 정도는 앉아서 까먹을 각오를 하라며 종잣돈과 출판사 간판을 물려주었다.

한 이 년쯤 음악·아동물·수필류 등을 닥치는 대로 냈지만 대부분 반품으로 되돌아와 야금야금 종잣돈을 까먹고 있는데 생각지도 않았던 어느 중견 여류 시인의 에세이집 『인형의 집을 나와서』가 날개 돋친 듯 팔리는 바람에 출판사는 단박에 불같이 일어섰다. 탁이 그 출판사에 들어간 것은 바로 그 직후였다.

"허형, 이 원고 좀 검토해보세요."

컴퓨터로 친 소설 원고였다.

"물장구치던 시절부터 알고 지내던 고향 선배기도 한데, 허형도 이름 석 자는 얼핏 들어봤을 게요. 한승규라고."

아닌게 아니라 문예지 같은 데서 몇 번 눈에 익은 이름이었다.

"원고 갖다준 지가 벌써 일 년 전 일인데, 내가 이렇게 무심해요. 그 선배도 엔간히 무던한 게, 그 동안 그 원고 어찌 됐냐는 독촉 한번 없었으니…… 검도에 관한 소설인데 내가 보기엔 그런 대로 괜찮은 것 같아서. 내 생각엔 삼십대 이후의 점잖은 독자들을 한번 겨냥해볼 만한 것 같기는 헌데…… 허형이 읽고서 한선배를 한번 직접 만나보시든지, 출판 결정에 관한 한 내가 전권을 위임할 테니. 가만있자 문산으로 집필실을 옮겼다고 했는데, 새 전화번호가……"

기차가 기다란 마찰음을 내면서 멈춰서버렸다.

"싼 게 비지떡이여……"

여기저기서 좀이 쑤셔 엉덩이를 들썩거리는지 의자 융단 속 용수철이 삐그덕거리는 소리가 들렸다.

"긍게, 아 서믄 이래저래 섰으니 기대려달라고 인사치레 삼아 빈말이라도 뭔 소래기를 질러줘야 헐 것 아닌가배. 마이크는 뒀다가 찜쪄 먹을래나 응, 징혀……"

누군가 물꼬를 트자 여기저기서 불만의 소리가 터져나오기 시작했다.

"여게가 역두 아니잖남? 이렇게 하냥 서 있다가, 거시키해서 바루 단선으로 된 외길루다 멋모르고 다른 기차가 와서 치받는다면 그 일을 도무지 으쩔라고 이 모양들이여."

"설마……"

"그놈의 설마가 하늘 땅 바다로 할 것 없이 생때같은 사람 줄줄이 잡는 꼴 땀시 입때껏 입천장이 다 헐도록 끌끌거려쌓았으면서도 또 그놈의 설마여, 설마가?"

"누가 가서 한번 앞쪽에 가서 알아보지그려. 답대비."

"예부터 답답한 놈이 먼저 구멍 파는 법이랬지?"

"예끼놈! 어른한테 상스럽기는."

"아서! 기차 천장에서 계속 물방귀 터지듯 지직거리는 품을 보니 뭔 방송인가 나오긴 나올 모양이니."

지직거리는 소리가 더 커지는 듯싶더니 흔적도 없이 사라졌다.

"다들 고개 숙여! 움직이는 놈들은 몸통에 바람구멍을 내줄 테다!"

순간 어디선가 벼락치는 듯한 소리가 들려왔다. 탁은 고개를 빼들고 귀를 쫑긋 세웠다. 날카로운 비명 소리에 뒤섞여 복도 같은 데를 우당탕 바삐 뛰어다니는 뜀박질 소리가 뒤따랐다. 대부분 졸고 있던 기차 안의 사람들도 영문을 몰라 잠시 어리둥절한 표정을 지었다. 그러나 아무리 훑어봐도 눈앞에선 아무런 상황도 벌어지고 있지 않았다.

"이봐 거기! 내 말이 말 같지 않나! 죽고 싶어!"

또다시 악을 쓰는 소리가 터졌다. 이건 도대체 뭐야! 막 담배를 피우고 들어온 사파리 차림의 사내와 단발머리 여자와 탁은 잠깐 동안 서로 눈을 맞췄다. 뒤이어 사파리가 엉거주춤한 자세로 반쯤 몸을 일으키는 순간 단발머리 여자가 발작적으로 아이 뒤에 받쳐놓은 검은색 가방을 표독스럽게 끌어안으며 외쳤다.

"뭐 하는 짓이야!"

가지런히 앙다문 여자의 이빨 새로 흘러나오는 목소리는 작고 나지막했으나 깔볼 수 없는 강단이 있었다. 세파에 어지간히 단련된 기미가 배어 있었다. 눈초리는 천장에 매달듯 찢겨올라간 채 사파리 사내를 노려봤다. 당황한 쪽은 사파리 사내였다. 엉덩이를 반쯤 일으킨 상태에서 어쩔 줄 몰라 두 손을 앞으로 내미는 시늉을 했다. 그러자 단발머리 여자는 매몰차게 자신에게 향해 있는 사내의 손을 후려쳤다. 아이가 울상을 지으며 어미에게 매달렸다.

"손대지 마!"

"우째…… 그러시나…… 내가 뭘, 어디 편찮으신가배……"

기차 안에서는 아직까지 아무 일도 일어나고 있지 않았다. 곧이어 배경음악이 긴박하게 흐르고 내레이터를 맡은 성우의 목소리가 따라 나오자 여기저기서 피식피식 웃으며 긴장을 푸는 사람들의 부시럭거리는 소리가 들렸다.

그제서야 정황을 알아챈 단발머리 여자는 이마 위로 흐트러진 머리칼을 매무시하며 계면쩍은 웃음을 흘렸다. 승무원이 방송을 하려고 마이크를 다루다가 기계를 잘못 건드려 라디오 드라마인 듯한 한 토막이 흘러나왔는데, 아마 은행강도 장면이거나 아니면 비행기 납치 대목인 듯싶었다.

단발머리 여자는 약간은 미심쩍은 표정을 풀지 않은 채 아이와 검정 가방을 끌어안고 의자에 무릎을 댄 채 몸을 반쯤 일으켜 기차 안을 휘휘 둘러보았다. 반쯤 졸다가 선잠에서 깨어난 몇몇 사람들이 투덜거렸다.

"쓰발놈들, 기차가 벌써 십 분 가까이 철로 위에 서서 몽기작거리고 앉았는데 허라는 방송은 써비스 안 허고 앉아서들 탱자탱자 허는 짓거리들을 보면 그저 속에서 천불이 나서……"

"마더, 왓스 더 매러?"

아이가 제 어미의 팔뚝에 매달렸다.

"괜찮아, 별일 아냐."

아이는 한국말도 제법 알아듣는 품이었다. 고개를 끄덕였다.

"아이고 고녀석, 꼬부랑말도 참 앙증맞게 해부리네 응?"

사파리 사내가 분위기를 눙치기 위해서 꼬마아이에게 말을 걸었다. 아이는 뭐라고 대꾸를 하려다 제 어미의 눈치를 보며 그만두었다. 단발머리 여자는 꼬마의 입을 막으려는 듯 얼른 봉지 속에서 막대과자 하나를 꺼내 물려주었다.

"앞으로 열 정거장은 더 가야 하니, 빨리 눈감고 자, 응."

─ 정옥아, 이년아 촌구석 같은 데라도 가서 의상실 같은 거 번듯한 걸루다 하나 잘 내고 여봐란 듯이 한번 잘살아라 응?

단출한 가방 하나 메고 나서는 그네에게 모두들 동네 차부까지 따라나와 배웅을 해줬다. 짓물러진 눈자위를 꼭꼭 찍어내는 이들도 눈에 띄었다. 가방 속 한구석에는 자그마치 만팔천 달러가 든 비닐백이 들어 있었다. 어쩌면 그 돈이 사람들을 그렇게 불러모았는지도 몰랐다. 그 뭉칫돈이 어디에 쓰일지도 다들 알고 있었다. 이리저리 수완만 잘 부리면 문산쯤에 의상실까지는 몰라도 정옥이가 입에 달고 살아온 말대로 자그마한 애들 옷가게쯤은 차릴 수도 있는 액수였다.

모두들 꿈이 다 그런 것 아니었던가? 어쩌다 정을 줬으나 훌쩍 떠나버린 양키들이 미국에서 초청장을 보내줄 리도 없고, 빚은 일수놀이에서 헤어나지 못할 만큼 무거워져가는 처지들 아닌가. 구멍가게라도 기지촌 벗어나 내 손으로 갈무리하며 살고픈 욕망이 왜들 없었겠는가. 그런 의미에서 정옥이는 그 밑천을 팔아서 흩뜨리지 않고 곱다시 챙겨 기지촌을 벗어나는 성공사례, 아니 하나의 신화를 수립하고 뜨는 주인공인 셈이었다.

그네로서는 더이상의 미련은 없었다. 좋은 시절도 이미 다 지나 기지촌 경기가 얼어붙은 지도 한참 됐다. 캠프 케이투도 그전부터 뜬다는 소문이 자자하게 나돌았는데 이번에는 진짜 철수를 할 모양이었다. 더구나 애 교육문제도 더이상 미룰 수가 없었다. 반가워할 사람은 없지만 어쨌든 무능한 부모와 기생충 같은 오빠들 몇이 손을 벌리고 있는 지겨운 집구석이지만 돌아가긴 돌아가야 했다.

그네의 고향은 원래 문산이 아니라 백마역 근처의 일산이었다. 몇 년 전에 신도시가 들어서면서 텃밭하고 집터하고 내놓으면서 꽤나 두툼한 보상을 받은 모양인데 애시당초 안 생기느니만 못한 꼴이 돼버렸다.

장가를 가서까지 늙은 에미애비에게 얹혀살며 건달 노릇을 하던 큰오빠와 작은오빠는 부모를 짓졸라대 드디어는 보상금을 곶감 뽑아먹듯 경쟁적으로 솔솔 빼갔다. 큰오빠는 공인중개사 사무실이 모인 곳을 들락거리며 흔전만전 노름에 손을 댔다. 노름빚은 눈덩이처럼 불어갔고 올케는 올케대로 바람이 났다. 이쁜이 수술도 하고 안 다녀본 관광지가 없을 정도로 쏘다녔다. 가정불화는 끊일 새가 없었고 결국은 삼류 드라마 각본처럼 파경을 맞이했다. 올케는 눈이 맞은 남정네와 어디론가 밤도망을 치고 큰오빠는 술로 세월을 보내며 걸핏하면 어디 있는지도 모를 여편네 찾으러 갈 여비를 내놓으라며 늙은 부모에게 종주먹을 들이댈 것처럼 몹시 심하게 군다는 거였다. 폭행사건에 휘말려 큰집 신세를 지고 있다는 작은오빠한테는 일부러 면회조차 한번 가질 않았다.

그러나 그네가 기지촌을 떠야겠다고 결정적으로 맘먹게 된 계기는 강도를 당할 뻔한 일 때문이었다. 억척스런 또순이로 주변에 호가 난 그네한테 꼬깃꼬깃한 달러 현금이 많다는 소문이 난 것은 당연한 일이었다.

—움직이면 뱃가죽에 바람구멍을 내줄 테야.

어느 날 밤 곯아떨어져 자는 그네의 이마 위에 차가운 금속성 물체가 얹혔다. 올이 풀린 헌 여자용 스타킹을 뒤집어썼지만 누군지는 대충 알 만했다. 아직 귓불에 보송보송한 솜털이 빠지지 않은 주인집 망나니 아들놈과 이따금씩 본드를 같이 들이마시는 여드름쟁이 친구놈일 터였다.

끈 달린 빈 헝겊가방 하나가 그네 앞에 던져졌다. 흉기를 든 손으로 빨리 돈을 그 안에 집어넣으라는 시늉을 했다. 비디오 장면을 흉내내고 있음이 분명했다. 그러나 벌써 이 바닥에서만 근 십 년을 굴러먹은 백전노장 정옥이가 아닌가. 한창 젊었을 땐 외박 나온 미군 이등병짜리가 옆구리에 들이댄 권총 구멍하고도 맞서 살아남은 경험이 있는 그네였다. 처음엔 만원짜리 지폐 몇 장쯤 쥐어주고 조용히 끝낼까도 생각했다. 새근새근 자는 애의 숨소리 때문에 왠지 큰소리를 내고 싶지 않은 생각이 들었던 것이다. 그러나 자는 애에게 달려들어 재갈을 물리는 것을 보는 순간 결기가 부르르 끓어올랐다. 잠옷 윗도리를 목까지 홀떡 치켜올려 맨살을 드러낸 다음 어디 한번 긁어보시지 하는 자세를 취했다.

"이 애송이 겉은 놈덜아. 이 뱃가죽으로 받아낸 양놈들만 모아도 본토에서 병력 공수 하나 읍시두 까짓것 팀스피리트 훈련 한 번은 넉넉히 치르겄다. 알긋냐? 그까짓 물컹한 부엌칼에 맞바람이 날 이 차 정옥이의 뱃가죽이 아니니까 어디 한번 긁어보시지 응? 대가리에 피도 안 마른 놈들이."

질겁을 한 이인조 강도는 칼을 내던지고 몇 발짝 뒷걸음질을 치더니 후닥닥 방문을 박차고 튀었다. 재갈이 풀린 아이가 경기를 하는지 거품을 입에 물며 나자빠져 개구락지모양 버둥거리며 방바닥을 빙빙 돌았다. 정옥이는 벌렁거리는 가슴을 손바닥으로 쓸어내렸다.

"너 이 가방 꼭 맡고 있어. 알았지? 아니, 안 되겠다. 엄마가 잠깐 화장실 다녀올 테니 얌전히 있어. 알았지?"

아이가 고개를 끄덕였다.

"아유 그녀석 귀엽다. 너 몇 살이지? 응, 몇 살? 젠장 우리말을 듣는 귓구멍은 틔지 못한 모양이구먼."

사파리 사내는 아이가 혼자 남자 한마디 툭 던지고는 혀로 입천장을 끌끌 차며 다리를 꼬았다.

"다섯 살."

아이의 입에서는 또렷한 우리말이 새나왔다. 탁이와 사파리 사내는 서로 눈을 마주치며 뜻밖이라는 표정을 지었다.

"나 한국말 응, 아주 잘해. 친구들하고 놀 때는 응응, 우리말 하고, 집에서는 엄마한테 혼나니깐 응, 영어로만 얘기해야 돼요. 밥 먹을 때도 잠잘 때도 응, 그리구 영어로 꿈을 꿀 때도 많구요."

"호오, 그래?!"

"암요. 엄만 내가 응, 미국에서 살 거라며, 응 그래서 응응, 첨부터 영어를 잘해야 한다고 미국 선생님이 있는 학원하고 놀이방에 응, 맨날 보냈거든요. 그래서 히이."

"어따, 엄마가 한국말 하면 왜 혼낼까, 으잉?"

사파리 사내가 아이의 과자 봉다리에서 자연스럽게 하나를 뽑아

입 안에 넣으며 물었다.
"우리말 자꾸 하면 응, 우리 동네 그 꼽슬머리 형들처럼 불쌍하게 된다고 했어요, 울 엄마가. 하지만 난 엄마 몰래 매운 고추도 고추장 찍어서 응, 친구들 중에서 제일 잘 먹고 그래요."
탁이는 고개를 끄덕거리며 가볍게 한숨을 내뿜었다. 새삼스럽지만, 산다는 게 참…… 답답했다. 불쑥 늙마에 들어서 전혀 생각지도 못한 치매기에 시달리는 어머니 생각이 났다.

— 탁아 니는 절대 바람 피우면 못 쓰는구만. 쪽박 찬다 니.
증세가 약간 심해지면 어머니는 탁에게 불쑥불쑥 그런 말을 했다. 아내는 이맛살을 찌푸렸다. 그래도 음식물이나 배설물을 흩뿌리는 것보다는 나은 것 같았다. 그 대신 일가친지의 생년월시를 계속해서 묻고 또 물었다.
— 걔가 그래 맞아, 첫차 기적 울릴 때 났으니, 가설라므네…… 인시인 모양이네. 새아기 넌 언제라고. 그래 맞아, 영화관에서 사람들이 우룩우룩 나올 때 몸을 풀었다니깐, 가설라므네…… 해시가 맞겠구나!
— 엄니, 그건 시시콜콜히 알아서 무엇 허실려구요?
— 애는 뭣 허긴? 내가 머잖아 염라대왕 명부전에 끌려갈 텐데…… 아, 그때 삼천갑자동방삭이처럼 인간들 수명과 팔자를 적은 책을 어떻게든 훔쳐봐야지. 이승에서 에미 노릇 제대로 한 게 없는데 죽어서라도 젯밥만 축낸다면 그게 될 말씀이니? 아무쪼록 내가 꿈에서라도 나타나 천기를 누설해줄 테니, 이 에미만 믿거라.
아내는 질겁을 했다. 그러니 아내와의 사이가 좋을 리가 없었다. 따로 사글세방을 얻든지 누나들과 돈을 모아 양로원에 모시든지 해야지 그렇잖으면 이혼도 불사하겠다는 태세였다. 정 안 되면 자신이 일

자리를 찾아서 양로원에 모실 비용만큼은 대겠다고도 했다. 아내와 잠자리를 같이한 지도 그럭저럭 한 달 가까이가 될 만큼 분위기는 냉랭해져 있었다.

—아무래도 백마역에 내려 전화를 걸어야겠다.

탁이는 입 속으로 중얼거리며 숨을 깊이 들이마셨다. 독일 유학중 방학을 이용해 오 년 만에 귀국한 과 동기 영선이한테서 연락이 왔다.

논문은 다 썼니? 아직 시작도 못 했다, 얘. 남편 뒷바라지도 있고 해서. 남편하고 같이 안 나왔나? 지금 논문 자료 때문에 프랑크푸르트에 나가서 일단 나만 들어왔어. 한 보름쯤 뒤에 따라 들어올걸. 지금 시댁에 있니? 시댁 좋아하네. 일산에 사십팔 평짜리 아파트에 혼자 있다, 얘. 샀어? 산 게 아니고, 친정집에서 마련해놓은 건데 아직 사람이 들지 않아서 내가 임시로 출국할 때까지 쓰려고…… 한번 봐야지. 그래 나 지금 시간 많다, 얘. 김포공항에서 이리로 직행한 다음 아직 서울 시내 구경도 못 나가봤어.

영선이는 탁이 사회주의 학습 조직에 관여했다며 수배를 받고 도피생활을 할 때 유일하게 접촉했던 과 친구였다. 인류학을 전공하는 남편 뒤를 따라 자신도 여성학을 공부하겠다며 결혼하자마자 동반유학을 떠났었다. 탁이한테는 언제나 넉넉한 여자였다.

언젠가 낙성대 뒤의 한 고향 동문 녀석의 자취방을 빌려 만나기로 한 적이 있었다.

"야, 나 오늘 밤 못 들어온다. 그러니 혼자서 맘 푹 놓고 자. 참 웬 아가씨가 군자금(도피 자금) 들고 찾아오기로 돼 있다고 했지? 잘해 봐."

"뭘 잘해, 짜아식."

탁은 영선이가 찾아오자 오랜만에 긴장을 풀고 맥주까지 서너 병 나눠 마셨다. 우스개도 던지고 자신이 자라온 어린 시절 얘기도 간간이 끄집어냈다. 시간이 쏜살처럼 앞질러나가고 거의 열한시가 다 되었을 무렵 영선이가 너무 늦기 전에 가봐야겠다며 일어섰다. 탁은 배웅할 채비도 않고 방바닥에 그대로 눌러앉아 있었다.
"그래, 방 안에서 나올 생각 마."
"……"
"기운 내야지. 약한 모습 보이지 말고."
탁은 어깨를 가느다랗게 떨며 기어이 한마디 옮겨놓았다.
"오늘 밤 나와 함께 있어줄 수 없니?"
그 말에 충격을 받은 듯 꼼짝 않고 잠깐 서 있던 영선이가 고개를 깔딱 젖히며 웃었다.
"무슨 소리야? 바보처럼. 같이 있자니?"
"그냥 같이 있어달라는 거야. 왜냐곤 묻지 마. 그저 두려우니깐, 조금은 쓸쓸하기도 하니깐."
"쓸쓸하다고? 네가? 혁명을 기획하는 네가?"
"……"
영선이도 탁이도 아무 말이 없었다. 얼마나 시간이 흘렀을까. 영선이가 맥빠진다는 듯 풀썩 주저앉았다.

탁은 고개를 한 번 세차게 흔들어 머릿속을 정돈한 뒤 다시 차창을 응시했다.
― 여기 한번 와줄래! 문산행 기차 아직 다니더라. 이번엔 내가 외로우니깐.
영선은 전화 통화 끄트머리에 이렇게 말했다. 영선의 목소리는 약간 갈라져 있었다. 탁은 순간 혼돈스러운 감정을 느꼈다.
"맥주나 음료수 있어요. 오징어."
기차간 가운데 복도로 간이 판매대용 손수레가 굴러들어왔다. 화장실에서 눈화장을 고치고 온 단발머리가 손수레를 불러세웠다. 사파리 사내에게 뜬금없이 포달을 부린 게 암만해도 그냥 넘어갈 일이 아니라고 생각한 모양이었다.

"맥주 한 잔씩들 허시죠?"

말이 끝나자마자 판매원은 깡통 맥주를 꺼내 탁과 단발머리에게 디밀었다.

"아주머니, 이쪽도 긴가요?"

"예, 하나 더 뽑아주세요."

"왜, 나는 보릿물로 목 축이면 안 되는 인생이여? 사람 괄시허믄 안 되제. 벌받지."

"옌장! 차표도 없이 탄 주제에……"

판매원과는 안면이 있는 것 같았다.

"내가 지금 니 덕 보고 있는 거 아니니깐, 그렇게 으르딱딱거릴 필요가 읎다니깐. 말귀를 영 못 알아먹네."

판매원의 손에서 깡통을 채뜨리듯 받아간 사파리는 허겁지겁 깡통을 따서는 목울대가 출렁거리도록 급하게 들이켜다가 급기야는 사레까지 들렸다. 입을 틀어막은 손갈퀴 사이로 맥주 방울이 튀어나와 탁과 단발머리는 인상을 쓰며 고개를 옆으로 돌려야 했다.

"쯧쯧, 저렇다니깐. 못 말리는 화상."

사레를 수습하고 난 사내는 아주 달게 밑바닥까지 다 훑어마시는 시늉을 한 다음 슬그머니 깡통을 바닥에 내려놓았다. 보기보담 술이 약한지 얼굴이 벌겋게 달아올랐다. 탁은 빈말이 많아지리라 생각했던 사내가 조용하다 싶어 돌아다봤다.

약간 게슴츠레해진 사내의 눈동자가 한군데로 쏠리며 희번덕거리고 있었다. 그 시선을 따라가던 탁의 눈에도 뭔가 걸리는 게 있었다. 세 명의 군인이 물방울이 줄줄이 흘러내리는 판초 우의를 거둠거둠

간동그린 채 저벅저벅 걸어들어오는 것이었다. 사내가 탁이 쪽으로 몸을 약간 기울였다. 초점을 잃은 듯한 눈동자가 불안하게 떨리는 게 보였다.

마침 제복을 입은 승무원이 지나가고 있었다. 군인들은 전선줄 똬리를 서너 타래 들고 무전기로 보이는 물건도 짊어지고 있는 것으로 봐 통신대 소속인 것 같았다. 군인들을 본 승무원은 주춤거리는 듯한 눈길을 한번 주었다가 이내 모른 척하며 지나치려 했다. 그러자 군인들 중에 선임인 듯한 젊은 중사가 승무원을 불러세웠다.

"차비 계산 좀 해주십시오."

"어디서 타셨는데요?"

"죄송합니다. 우연히 기차가 서 있기에 탔습니다. 저흰 작전중이거든요."

중사가 철모를 벗어 짧은 머리를 쓰다듬었다.

"작전중이요? 그럼 그냥 타시죠 뭐."

"아닙니다. 돈은 받으세요. 저희 군은 민폐를 끼치지 않습니다."

"나참, 우리도 알고 보면 공무원인데 뭔 고집을…… 어디까지 가는데……"

"작전중입니다."

"이 장대비 속에서 뭔 작전이랴?"

"글쎄요. 하지만 작전중입니다."

"그류, 작전중, 참 좋은 말이제. 알았응게 정 내고 싶거들랑 기본요금으로 이백원씩들 내놔. 도합 육백원."

"열차장, 여기는 열차장 하낫 둘 셋. 병아리 떴다 감 잡아라 오버."

등을 돌리고 선 상병 하나가 어딘가와 통신을 시도했다.

사파리는 승무원과 눈길이 마주칠까봐 스르륵 눈까풀을 덮었다. 수중에 동전 한 닢 없이 올라탄 걸 저 친구도 알고 있을 것이다. 오늘 점심 무렵 우연히 만난 어느 잡지사의 기잔지, 무슨 작가인지 하는 친구에게 인터뷰랍시고 허튼소리 몇 마디 떠벌려주고 사진 촬영에 응해준 대가로 받은 이천원으로 중림동 중국집에서 자장면 곱빼기를 사서 동거하는 여자에게 안기고 나오는 길이었다. 그 여자는 어쩌면 그 아까운 자장면에 젓가락질 한번 제대로 못 하고 사잣밥으로 퉁퉁 불린 채 죽었을지도 몰랐다.

"학학 끼룩끼룩, 승렬씨 나 숨넘어가는디, 아이고 배야. 학학 꺽꺽, 아마도 창시가 꼬이는 모양인데, 무얼 잘못 묵었을까 잉? 콜록콜록."

천식이 골수에 든 여자가 아랫배까지 움켜쥐고 캐시밀론 이불 위를 뒹굴었다.

"진짜 죽을라고 이리 덤비나? 하이고 큰일이로세."

양동 입구에서 만나 육 개월째 살을 부벼온 여자였다. 나이도 자기보다 십 년은 위인 것 같았지만 여자를 거느린다는 것 자체가 집도 절도 없는 떠돌이들 사이에서는 일종의 특권이었다. 운대가 맞으려 했는지 그 여자를 만나면서 신세계 백화점 옆 고가도로 밑에 합판으로 달랑 지은 제비집도 하나 분양을 얻었다. 전 집주인이었던 홀애비 엿장수가 어디서 엿판을 구했는지 지방으로 가위질하러 간다며 자신이 돌아올 때까지 잘 돌봐달라고 부탁하며 떠났다. 매캐한 연기가 오르곤 하던 낡은 석유 풍로 하나를 남기면서 그예 천원을 뜯어갔었다.

약국에서 구걸하다시피 해서 얻어온 하얀 알약을 한 움큼 털어넣은 여자는 잠시 평온한 표정을 되찾았다. 얼굴을 일그려붙일 때는 그렇게 깊은 줄 몰랐던 주름살이 골골이 패 있었다. 사내는 한구석에 처박힌 사파리 남방을 찾아 펜 뒤 나무젓가락을 뽑아들고 자장면을 정성껏 비볐다. 비비면서 서너 번 그릇을 코앞에 대고 킁킁 구수한 춘장 냄새를 맡았다. 뭉툭한 코끝이 배배 꼬이며 요동을 치는 듯했다. 그리고는 젓가락을 꽂아둔 그릇을 그 여자의 머리맡에 밀어두었다. 제

비집을 나서면서 못내 아쉬운 듯 자장면을 한 젓가락 떠서 입 안에 우물우물 욱여넣었다. 면가락이 혀에 닿는가 싶더니 목구멍 안으로 흔적도 없이 빨려들어갔다.

"이년아 어서 일어나서 짜장면이나 퍼먹고 죽든 살든 이젠 니 맘대로 혀라 히힝. 오늘 얼뜨기 기자 녀석인지 뭔지를 만나 그나마 이천원이나 횡재했다. 니년이 살아남아 명줄을 다시 잇든 황천길로 내처 가 버리든지 간에 이런 짜장면 호사를 하게 된 내력이나 기억하라구. 난 떠난다. 매정하다 탓하지 말거라. 피잉, 그럴 년도 아니지만서두. 이승에서건 저승에서건 이런 연분으론 다신 만나지 말자구 히힝. 육실헐."

─ 죽었을 거야, 아마. 아암, 시커먼 곱빼기 짜장면도 어쩌면 그대로 다 팅팅 불어터졌는지 몰라.

사파리 사내가 눈을 감은 채 잠꼬대처럼 중덜거렸다. 짜장면, 짜장면…… 후르륵 쩝쩝.

"야, 다 내려라!"

"무슨 일이십니까, 선임하사님?"

"걸어갑니까? 이렇게 비가 쏟아지는데……"

"귀대 명령이야, 쓰발. 완전 똥개 훈련시키누만. 내 들어가기만 해봐라. 통신 장교 새끼 호박통을 무전기로 날려버릴 테니."

군인들이 기차에서 내려 판초 우의를 뒤집어쓰더니 허연 입김을 내뿜으며 저벅저벅 어디론가 향했다.

"아휴, 그 애기 옷 정말 곱네요. 어디서 사셨어요?"

단발머리가 복도 건너편 좌석에 앉은 젊은 애엄마에게 말을 걸었다. 종아리가 드러난 짧은 노란색 홀태바지를 입고 긴 머리를 뒤로 묶은 애엄마는 자신의 맞은편 좌석에 올려놓은 커다란 비닐봉투 서너 개를 가리키며 시큰둥하게 대꾸했다.

"우린 그냥 아무 걸로나 싸게 입혀요. 보시다피 내가 옷보따리 장수를 하니까요."

"아, 그러세요?"

단발머리는 반색을 했다.

"어디서 하세요?"

"문산이죠 뭐."

홀태바지는 꼬박꼬박 대꾸는 하면서도 어색한 얼굴 표정을 바꾸지 않았다. 말하는 사이사이 단발머리와 튀기 아이를 번갈아 보았다. 너도 별수 없는 양공주구나 하는 기색이 은근히 드러난 표정이었다.

"아, 그래서 아기한테 엄마가 그렇게 예쁜 옷을 골라 입히셨구나? 장사 잘 되죠?"

"장사요?"

홀태바지는 말도 말라는 듯 코웃음을 쳤다. 그러자 단발머리의 얼굴에 얼핏 긴장의 빛이 흘렀다.

"한때는 좋았죠. 신도시 들어서기 전만 해도. 지금은 말짱 황이에요, 황. 옛날엔 이렇게 한 보따리 해서 들어가면 어쩔 땐 이문이 세 곱절이나 고부라졌거든요."

"그런데 왜 문산이 변했나요?"

"차암, 아줌마도 바람 분 지가 언젠데요? 벌써 거기에 트윈 마트하고 플라자는 말할 것도 없고 무슨 대기업 체인 가게들이 얼마나 빽빽이 들어섰는데요. 흥, 거기도 좋은 시절은 다 갔다고 봐야죠. 가격파괴라고 요즘 한창 떠드는 소리들 있잖아요."

"가, 격, 파, 괴?"

"거 왜, 대기업들이나 체인점들이 생산자하고 직거래 트면서 매장을 창고처럼 거시키해놓고 이삼 할씩이나 깎아주는 거 말예요. 그것 때문에 우리 같은 구멍가게나 중간상인들은 설 자리가 거의 없어질 지경이 됐거든요. 아니 어딜 사시다 오셨기에 세상 돌아가는 데 그렇게 깜깜이우, 아줌마는."

"어디, 좀 먼 데 살다가 근 십 년 만에 가는 길이거든요."

"어쩐지……"

홀태바지는 단발머리의 행색과 튀기 아이를 나지막이 깔아보면서 알 만하다는 듯 고개를 끄덕였다. 단발머리는 문득 아득함을 느꼈다. 문산행 기차를 타기 전까지만 해도, 아니 이 홀태바지를 만나기 전만 해도 험하디험한 기지촌에서 몸뚱어리 밑천 삼아 시작한 은근짜 생활로 십 년을 버티면서 산전수전 다 겪었다는 나름의 자부심으로 충만해 있었다. 돌바위 위에 설령 발가벗겨 올려놔도 먹고사는 일에는 문제가 없을 것이라는 자신만만함이 있었다. 그런데 그런 자신감이 일거에 무너지는 것 같았다. 자신이 마치 어디 세상 밖으로 유배라도 갔다 와서 전혀 다르게 변해버린 곳으로 되돌아온 참담하고 서먹서먹한 기분뿐이었다. 갑자기 세상살이가 무서워지면서 공룡처럼 자신을 덮쳐오는 느낌이었다.

"나도 아직도 이렇게 서울서 문산까지 옷보따리를 싸나르지만 여차직하면 움켜쥐고 딴 데로 튈 생각뿐이에요."

"딴 데요?"

"먹는 장사를 한번 해보려구요. 그건 아직 경쟁력이 있는 것 같아요."

"요리 솜씨가 있어야 할 텐데……"

"아유, 아줌마도. 요즘 누가 촌시럽게 주방에서 국자 들고 뛰나요. 일숫돈이고 딸라변이고 간에 돈 얻어대며 뛰어야죠. 요즘은 음식점, 그것도 다 체인식이라우."

"밑천을 솔찮이 깔아야겠죠?"

"글쎄요. 경우에 따라 다르겠지만 우선 반 장 정도 넣으면 엔간한 건 시작해볼 수 있지 않겠수?"

"반 장이라면……"

홀태바지가 그 정도 돈이라면 있냐는 듯 쳐다봤다. 그리고는 피식 웃고 말았다. 단발머리는 일그러진 입을 손바닥을 들어 가렸다. 조근조근 대꾸를 해주던 홀태바지는 대화가 되지 않아선지 아니면 피곤해선지 고개를 돌리고 눈을 감았다.

그때 튀기 아이가 기차가 출발하기 위해 움찔거리며 움직이는 바람에 들고 있던 요구르트를 찔끔 흘렸다. 그러자 단발머리는 갑자기 아이를 붙들고 신경질적인 손찌검을 몇 번 해 아이를 기어코 울리고야 말았다.

"이 웬수 덩어리야, 그래서 엄마가 얼른 다 먹어치우라고 했잖아!"

"엄마, 미워!"

아이가 우리말로 소리쳤다. 그런 아이의 얼굴을 단발머리는 기가 막히다는 듯 물끄러미 쳐다만 봤다.

기차가 안내방송 없이 그대로 발차를 했지만 사람들은 기차가 움직여주는 것만도 고마운지 더이상 군소리를 내지 않았다.

아이까지 합쳐 네 사람은 약속이나 한 듯이 차례차례 일어나 백마역에서 모두 내렸다. 그러나 나머지 승객들이 다 대합실을 빠져나갈 때까지 그들은 두리번거리며 서 있었다. 끝내 백마역 역사를 빠져나가지 못한 사람은 탁과 사파리 사내 그리고 단발머리 여인과 아이뿐이었다.

"아저씨, 서울 가는 기찬 몇시에……"

단발머리 여자가 닫힌 매표구 유리창을 손끝으로 힘없이 두드리며 물었다.

"어째 문산꺼정 가신다더니……"

사파리 사내가 참예를 했다. 대합실 의자에 다시 주저앉은 단발머리가 울가망한 표정으로 그를 올려다봤다.
"애가 멀미를 해서……"
그러더니 뭔가가 북받쳐오른 듯 아이를 가슴에 꼭 품고 흐느껴 울기 시작했다. 그 여자의 울음소리를 들으며 탁은 역전 왼쪽에 세워진 공중전화 부스 쪽으로 허겁지겁 뛰어갔다.
팔뚝의 빗방울을 한번 혓바닥으로 쓱 핥고 난 사파리가 고개를 숙인 채 나지막이 읊조리며 장대비 속으로 천천히 발걸음을 옮겼다.
"어따…… 홀태바지 그년이 참으로 미친년일세. 봐하니 오랜만에 자식새끼 댈고 고향에 돌아가 양공주짓을 했는지 뭣을 했는지 꼬불친 알량한 돈으로 뭣 좀 해볼랴는데 잔뜩 기죽이는 입방아만 짓찧어놨으니…… 쯧쯧. 비 장허게 온다, 썅. 으, 씨원타!"
북쪽으로 꼬리를 뺀 문산행 기차가 연달아 뽑아올리는 기적 소리 속으로 물방울 튕기는 사내의 발소리도 여인의 잔잔한 울음소리도 사라져갔다.
빠앙, 빠바빠아앙.

(『문학사상』 1995년 6월호)

자전거 도둑

자전거에 도둑이 생겼다. 정확히 표현하자면 나 몰래 훔쳐 타는 얌체족이었다. 내 골반뼈 높이에 맞춰놓은 자전거 안장이 엉덩이 밑선으로 밀려가 있었고 바퀴 틈새에는 방금 묻어난 것 같은 황톳물이 군데군데 배어 있곤 하는 게 바로 그 증거였다.

누군지는 몰라도 현관문 밖의 도시가스 연결 파이프에 쇠줄로 붙들어 매놓은 자전거의 자물쇠를 풀고 몰고 다닌 다음 내가 퇴근해 돌아오기 전에 얌전히 제자리에 갖다놓곤 하는 모양이었다. 신문사 일이라는 게 저녁 늦게 끝나기가 일쑤인데다 퇴근 후 술자리를 워낙 좋아하는 나로서는 낮에 무슨 일이 일어나는지 알 도리가 없었다.

가만히 생각해보니 자전거를 산 지 얼마 되지 않아 자전거를 고정시킬 쇠줄의 열쇠 하나를 잃어버렸다. 하지만 살 때부터 열쇠를 세 개씩이나 받아뒀기에 이내 그 사실을 잊어버리고 지냈다.

나는 내 자전거를 훔쳐 타는 범인으로 일찌감치 이웃집 아이인 봉근이를 찍고 있었다. 맞벌이 부부인 그 집 부모는 하루 종일 집을 비우기 일쑤였다. 봉근이 아버지는 공치는 날이 더 많은 도배공이었고 엄마는 봉재공이었다. 둘이서 벌어들이는 수입이 여간 쏠쏠치 않을 텐데 어찌나 무섭게들 움켜쥐는지 외아들인 봉근이가 그토록 졸라대는 눈치건만 헌 자전거 한 대 마련해주질 않았다. 자존심까지 구겨가며 다른 또래 아이들 자전거를 빌려 타거나 자기보다 힘이 약한 아이 같으면 종주먹을 들이대는 시늉을 해 뺏아 타는 그애의 모습을 몇 번 본 적이 있었다.

 새도시에서는 자전거가 몹시 요긴했다. 곳곳에 자전거 전용도로가 잘 닦여 있어 운동기구로도 쓰임새가 좋을뿐더러, 은행이나 할인판매점 같은 편의시설들이 걷기도 차 타기도 어정쩡해 자전거가 없으면 허드레 다리품을 팔 일이 잦은 곳이 바로 새도시였다.

 처음에는 새로 뺀 자동차 못지않게 걸레질도 가끔씩 해가며 사뭇 귀염을 받던 자전거였다. 그러나 몇 달이 지나자 어느덧 그 자전거는 소박맞은 이처럼 문 옆에서 다소곳이 먼지 답쌔기를 뽀얗게 뒤집어 쓴 채 서 있어야만 했다. 그러다가 출퇴근 때마다 후닥닥 곁을 스치고 지나가는 나의 시큰둥한 눈길에 밟히는 처지가 되고 말았다.

 자전거를 건드리는 손은 봉근이가 아니었다. 어느 날 몸이 아파 신문사에 조퇴보고를 하고 돌아온 날 그 의문은 우연찮게 풀렸다. 약방까지 자전거를 타고 갈까 싶었는데 이미 누군가 쇠줄을 풀고 한 발 앞서 자전거를 끌고 나가버린 거였다. 나는 경의선과 나란히 뺀 자전거 전용도로 쪽으로 나가보았다.

 텔레비전 광고에 나오는 모델의 방금 샴푸한 것처럼 하늘하늘한 머리채와 몸에 착 달라붙는 하얀 옷자락을 휘날리며 유유자적하게 자전거를 모는 사람이 눈에 띄었다. 누굴까? 나는 먼 거리에서도 그 자전거가 새로 장만한 내 자전거임을 알 수 있었다.

내 자전거 위에 허락도 없이 올라탄 사람은 뜻밖에도 젊은 여자였다. 까만 타이즈 바지 차림에 흰 남방셔츠를 입고 있어 늘씬한 몸매가 훤히 드러났다. 자전거 페달을 밟는 엉덩이와 허벅지의 굴곡에 탄력이 붙어 보였다.

멀찍이서긴 했지만 난 내 앞을 바람처럼 스쳐 지나가는 그 아가씨의 얼굴이 낯설지 않다는 생각이 들었다. 이사 온 지 얼마 되지 않아 아파트 관리업체지정 변경에 관한 결의를 한다고 해서 불려나간 반상회 자리였을 것이다. 나중에 아주머니들이 수군거리는 말을 얼핏 귀동냥하니 문촌마을 스포츠센터에서 에어로빅 강사를 한다는 거였다. 바로 내 위인 꼭대기층에 산다고 들었다. 어쩐지 이따금씩 거실에서 에어로빅 연습을 하는지 콩콩거리는 소리가 규칙적으로 울리곤 했다.

흐흠, 자전거 도둑이라!

그날 저녁 난 묘한 흥분감에 사로잡혔다. 손깍지로 머리를 감싸고 거실 바닥을 뒹굴던 나는 불현듯 이차 세계대전 종전 뒤에 유럽을 휩쓸었던 네오리얼리즘 운동의 대표적 영화로 꼽히는 이탈리아 비토리오 데 시카 감독의 〈자전거 도둑〉에 나오는 장면들을 떠올렸다. 그러다가 상체를 벌떡 일으켰다. 오늘 밤도 그 비디오를 한 번 더 볼까? 나는 테이프를 손가락으로 콕콕 찍으며 잠시 망설였다. 그러다가 어느새 반나마 남은 발렌타인 십칠 년짜리 병목을 휘어잡았다. 잔 속에서 빛나고 있는 육면체의 투명한 얼음 조각들 위로 사십 도의 뜨거운 원액을 끼얹고는 허겁지겁 빈속으로 쏟아부었다. 젠장, 난 이 영화 앞에서 왜 이리 갈피를 못 잡는 걸까. 위잉…… 철커덕.

……이차대전이 끝나고 폐허로 변한 로마. 오랫동안 직업을 구하지 못해 헤매다니던 안토니오 리치는 어느 날 일자리를 구하게 된다.

길거리에 포스터를 붙이는 일이다. 그 일에는 자전거가 필수적이다. 오랜만에 일자리를 구하게 돼 당당히 아내 마리아 앞에 선 안토니오는 그녀를 설득해 몇 안 되는 헌 옷가지를 전당포에 맡기고 드디어 자전거를 구한다. 어린 아들 브루노는 출근하는 아버지를 따라 나선다.

그러나 어느 모퉁이에서 잠시 자리를 비운 사이 누가 자전거를 훔쳐 타고 달아난다. 안토니오는 쫓아가다 실패하고 경찰에 신고하지만 경찰은 그런 하찮은 일에 신경 쓸 겨를이 어디 있냐는 듯 시큰둥한 반응을 보인다. 허탈해진 안토니오는 자전거포를 뒤지다 어느 젊은이가 자기 자전거를 타고 달리는 것을 목격한다. 기를 쓰고 쫓아가지만 또 허사이다. ……우여곡절 끝에 자신의 자전거를 훔친 젊은이의 집을 기어코 찾고야 만다. 하지만 안토니오는 빈민가에 있는 그 젊은이의 허름한 집을 보고 절망에 빠진다. 자신처럼 가난한데다 젊은이는 그를 보자 충격을 받았는지 간질을 일으키며 길가에 나뒹굴어 버둥거린다. 경찰이 왔으나 딱 부러지는 증거도 없다. 안토니오의 우유부단한 태도에 실망한 아들이 그와 다투다 없어진다. 안토니오는 강가에서 어린애가 빠졌다는 얘기를 듣고 불길한 예감에 사로잡혀 황급히 아들을 찾아 나선다. 그러나 아들은 다친 데 없이 다시 그의 앞에 나타난다.

……스쳐 지나가려는데 경기장에서는 축구경기가 한창 무르익고 있다. 안토니오의 눈에는 경기장 밖에 즐비하게 세워놓은 자전거들이 한가득 클로즈업돼 들어온다. 아들 브루노에게 먼저 집에 가 있으라고 이르고는 자전거 한 대를 잽싸게 훔쳐 달아나지만 곧 주인에게 붙잡힌다. 어디선가 경찰이 온다. 아들의 면전에서 봉변을 당하는 안토니오의 처지를 가련하게 여긴 자전거 주인이 선처를 베푸는 바람에 안토니오는 철창 신세를 면하고 풀려난다. 긴 그림자가 드리워지는 석양의 거리를 아들은 뒤따르고 안토니오는 어깨가 축 늘어진 허

탈한 모습으로 하염없이 걸어간다……

이 영화를 볼 때마다 난 무엇보다 외로움을 느꼈다. 아들이 지켜보는 앞에서 아버지의 권위를 깡그리 무시당한 안토니오의 무너진 등이 견딜 수 없어 콧등이 시큰해졌고, 그보다는 무너져내리는 아버지의 뒷모습을 목격해야 하는, 그럼으로써 평생 씻을 수 없는 내면의 상처를 끌어안고 살아갈 어린 아들 브루노 때문에 나는 혀를 깨물어야 했다.

왜? 왜냐고? 그건…… 빌어먹을, 내가 바로 또다른 브루노였으니깐……

이 망할 놈의 기억, 저 비디오테이프를 찢어버려야 하는 건데…… 나는 다시 거칠게 발렌타인의 병목을 잡아챘다.

한 평도 채 안 되는 구멍가게는 중풍으로 쓰려져 정상적 건강 상태가 아니었던 아버지의 유일한 수입원이자 생존 이유였다. 때문에 그 구멍가게에 대한 아버지의 몰두와 자존심은 각별했다.

한번은 내가 아버지가 가게를 잠깐 비운 사이에 곁에 허연 인공 설탕가루를 묻힌 '미키대장군'이라는 캐러멜을 하나 아무 생각 없이 널름 집어먹은 적이 있었다. 하나에 이원, 다섯 개에 십원이었다. 잠시 뒤에 돌아온 아버지는 단박에 그 사실을 알아채고는 불같이 화를 내며 내 목덜미에 당수를 한 대 세게 내리꽂는 것이었다. 그 캐러멜갑 안에 미키대장군이 몇 개 들어 있는지조차 훤히 꿰차고 있는 아버지였다.

─이런 민한 종간나래! 얌생이처럼 기러케 쏠라닥질을 허자면 이 가게 안에 뭐이가 하나 제대로 남아나겠니, 응?

그러고 나서는 좀 머쓱했는지 입이 한 발쯤 튀어나와 뾰로통해서서 있는 내게 미키대장군 네 개를 집어 내미는 거였다. 어차피 짝이 맞아야 파니까니, 하면서 억지로 내 손아귀에 쥐여주었다. 나는 그 무허가 불량식품인 캐러멜 네 개가 끈끈하게 녹아내릴 때까지 먹지 않고 쥔 채 서 있었다.

─닐큼 털어넣지 못하겠니, 으잉?

목덜미에 아버지의 가벼운 당수를 한 대 더 얹은 다음에야 한입에 털어넣고 돌아서 나왔다. 아버지도 가게일을 수월하게 보려면 잔심부름꾼인 나를 무시하고는 아쉬울 때가 많을 터였다. 워낙 짧은 밑천으로 가게를 꾸려가자니 아버지는 물건 구색을 맞추느라 하루에도 많을 때는 세 번까지 시장통 도매상으로 정부미 포대를 거머쥐고 종종걸음을 쳐야 했고, 막내인 나는 번번이 아버지의 뒤로 팔을 늘어뜨린 채 졸졸 따를 수밖에 없었다.

그땐 그게 죽도록 싫었다. 하마 시장통에서 야구 글러브를 끼거나 조립용 신형무기 장난감 상자를 든 반 친구를 만나거나, 심지어 과외나 주산학원을 가는 여자아이들을 만나는 날에는 정말 그 자리에서 혀를 빼물고 죽고 싶은 생각뿐이었다. 더군다나 아버지가 주로 물건을 떼오곤 하는 수도상회 혹부리영감의 손녀는 2학년인가, 3학년 땐가 우리 반 부반장을 지냈던 나미라는 여자아이여서 서로 안면이 없지도 않았다. 어쩌다 그애가 헐렁한 동냥자루 같은 포대를 손아귀에 틀어쥐고 멀뚱히 계산대 옆에 서 있는 내 앞으로 모른 체하며 스쳐 지나갈 때면 나는 사팔뜨기인 양 뒤틀어진 눈을 아래로 깔아야 했다.

그러잖아도 머리통만 몸집에 비해 컸다 뿐이지 선병질적인데다 깡마른 내가 엄마가 군데군데 왕바늘로 기워줄 만큼 낡은 정부미 포대에 잡동사니 같은 물건들을 쓸어담아 어깨에 늘어뜨린 채 동화 속의 당나귀처럼 혀를 빼물고 헉헉거리며 가파른 산동네길을 오르는 정경을 떠올릴 때면 지금도 처연한 감정을 모면할 길이 없다.

어느 날이었다. 아버지와 나는 앞서거니 뒤서거니 하면서 그 정부미 자루를 날라왔다. 그런데 집에 도착해 한숨을 돌린 뒤 자루를 풀고 물건을 정리해보니 스무 병이 와야 할 진로소주가 두 병이 모자란 채 열여덟 병만 온 것이었다.

아버지의 얼굴은 맞보기가 민망할 정도로 금세 하얗게 질렸다. 왜냐하면 그 덜 온 두 병을 빼고 나면 나머지 것들을 몽땅 팔아봤자 결국 본전치기일 뿐이었기 때문이다. 아버지는 내 등을 떼밀어 물건을 받아온 수도상회의 혹부리영감한테 내려보냈다. 아버지는 말주변도 말주변이었지만 중풍 후유증 때문에 약간의 언어장애가 있어 일부러 나를 보냈던 것이다.

—뭐 하러 왔네?

가게 안에 북적거리는 손님들에게 셈을 치러주느라 몇 번이고 주판알을 고르는 데 바쁜 혹부리영감의 눈길을 잡아두는 데 성공한 나는 더듬더듬 자초지종을 말했다. 그러나 귓등에 연필을 꽂은 채 심술이 덕지덕지 모여 이뤄진 듯한 왼쪽 이마빡의 눈깔사탕만한 혹을 어루만지며 듣던 혹부리영감은 풍기 때문에 왼쪽으로 힐끗 돌아간 두터운 입술을 떠들쳐 굵은 침방울을 내 얼굴에 마구 튀겼다. 애초 자기 눈앞에서 까보이지 않은 것은 인정할 수 없다며 막무가내였다. 나중엔 아버지까지 함께 내려가서 하소연을 해봤지만 돌아온 대답은 정 그렇게 우기면 거래를 끊겠다는 협박성 경고뿐이었다. 거래가 끊긴다면 아버지한테는 큰 타격이 아닐 수 없었다.

혹부리영감은 아버지한테 무슨 큰 특혜를 내려주듯이 거래를 터준다고 허락을 놓았다. 같은 함경도 동향이기 때문이라는 말을 덧붙이면서. 하긴 혹부리영감한테는 매번 소주 열 병 안짝에다 새우깡 열 봉지, 껌 대여섯 개, 빵 예닐곱 개 등 일반 소매가격 구매자보다 더 많은 물건을 떼어가지도 않으면서 부득부득 도매값으로 해달라고 통사정을 해쌓는 아버지 같은 사람 하나쯤 거래를 끊어도 장부상 거의 표가 나지 않을 것이었다.

결국 아버지는 자신의 과오를 인정하지 않을 수 없었다. 당신의 자그마한 구멍가게로 돌아와 나머지 열여덟 병의 진로소주를 넋 나간 사람처럼 쓰다듬던 아버지는 기어코 아들인 내 앞에서 눈물을 보이고 말았다. 아! 아버지……

한 닷새쯤 지났을까, 아버지와 나는 다시 그 수도상회로 물건을 떼러 갔다. 아버지는 또 고만고만한 물건들로 구색을 맞춰 골랐고 혹부리영감은 일일이 헤아린 다음 우리 부자가 가져온 정부미 자루에 집어넣으라고 손짓을 했다. 아버지와 나는 허겁지겁 물건들을 자루에 휩쓸어 담았다. 평소와 달리 아버지의 손은 약간 떨려서 헛손질을 많이 해 일부러 나한테 훼방질을 놓는 사람 같았다.

내가 그 이유를 모를 리가 있겠는가. 아버지는 그 혹부리영감의 눈을 속여 미리 진로소주 두 병을 은밀히 자루에 더 넣어두었던 것이다. 셈을 치르고 문턱을 가까스로 나서려는 순간, 이게 무슨 운명의 조화런가, 혹부리영감이 우리를 불러세우는 것이었다.

거 영감, 이보우다. 그 포대 좀 풀어 다시 한번 헤아려봅세. 계산이 래 안 맞아.

나는 그때 겁에 질린 송아지처럼 눈에 흰자위가 유난히 많아진 아버지의 눈동자를 지금도 똑똑히 기억한다. 아버지는 어린 아들인 내가 무슨 구세주라도 돼주었으면 하는 간절한 눈으로 내 얼굴을 쳐다봤던 것 같았다. 그러나 난들 달리 뾰족한 수가 있을 턱이 없지 않은가.

결국 혹부리영감은 두 병이 더 들어간 것을 밝혀냈고 아버지에게 해명을 요구했다. 나는 내가 희생양이 돼야 함을 느꼈다.

예, 맞아요. 그건 말예요, 제가 영감님 몰래 넣은 건데요…… 왜냐하면 접때접때 우리집에서 사실 두 병을 빠뜨리고 갔기 때문에 응, 쌤 쌤이어서요……

나는 이상하게도 맘이 편하고 당당했다. 나도 모르게 입가로 번져 나온 미소를 단속하느라 손바닥으로 입을 몇 번인가 틀어막기도 했다. 혹부리영감은 얼굴에 별다른 표정을 짓지 않고는 고개를 끄덕거렸다. 일단 직접적 책임을 모면한 아버지는 헤설픈 표정으로 날 쳐다볼 뿐이었다.

그러나 한편으로는 그 혹부리영감이 당신과는 이제 거래 끝이야 하고 선언할까봐 전전긍긍하는 얼굴이었다. 아버지처럼 이북 출신인 그 영감은 시장통에서 신용 하나는 보증수표나 다름없었지만 성질이 불같고 매몰차기로 소문이 자자한 위인이었기에 그런 상황은 쉽게 상상해볼 수 있었다.

내레 이까짓 걸루다 당신하고 거래를 끊지는 않갔어. 다 물정 모르는 아이들이 저지른 짓인데 으잉?

아유, 고맙습네다 영감님. 그저 어떻게 헤헤…… 우리 아이가 평소에는 그렇게 민한 애가 아닌데 어쩌다……

단……

혹부리영감이 아버지의 말끝을 가로챘다.

내 앞에서 저 아이를 호되게 가르치는 꼴을 뵈주라우. 내가 그깟 술 두 병이 아까워서 기러는 게 아니야. 하지만 기렇게 따끔하게 가르치는 건 바로 자식에게 말이야, 부모된 도리를 다하는 것 아니갔슴매? 내 이 자리서 이녁이 하는 깜냥을 두고보고서리 까짓것 그 술 두 병은 거저라두 주갔어. 내 이제껏 남한테 콩알 반쪼가리도 거저 준 적은 없지만서두, 이건 경우가 다르다우 아암.

호되게라믄…… 어떠케?

쯔쯧, 이녁도 함경도 아바이 출신이믄 부랄값도 못 하는 자식이 잘

못을 저질렀을 때 어드러케 다루는지는 알 만하잖소? 그걸 왜 내게 묻소 으응? 아 안 그렇소?

야! 간나야, 니 다시는 이런 민한 짓이래, 하겠니, 안 하겠니? 어서 말 좀 해보라우.

짐짓 호령을 하는 아버지의 손이 부들부들 떨며 허공 높이 허우적거렸다. 단 한 대에 내 뺨은 무섭게 부풀어오르며 감각을 잃어갔다.

길티…… 기게 바로 진짜 교육이야.

혹부리영감의 격려를 받은 아버지는 고개를 돌려 그에게 굽신거린 다음 또 한 차례 내 뺨을 기세 좋게 올려붙였다. 그러나 이 지독한 연극을 지켜보면서 나는 아픔을 거의 느끼지 못했던 것 같다. 머릿속에서 뭔가가 맑아지는 느낌뿐이었다. 그리곤 투시해버리고 말았다. 어린 나이에도 아버지의 눈 속에 흐르지도 못하고 괴어 있는 눈물을. 차라리 죽는 한이 있어도 애비라는 존재는 되지 말자. 아마도 나는 그때 그런 끔찍한 다짐을 했는지도 모른다.

"저, 혹시 위층 천이백사호에 사시지 않으세요?"

경의선 서울역발 막차를 타고 오던 나는 능곡역을 지날 때쯤 읽고 있던 신문을 주섬주섬 챙긴 다음 앞에 앉은 아가씨에게 조심스레 말을 걸었다. 바로 그 에어로빅 강사를 한다는 여자였다. 퇴근길인 모양이었다. 창가 쪽에서 눈길을 거둔 그녀가 씨익 웃어 보였다.

"예, 저도 뵌 적이 있어요. 인사가 늦었네요."

"헤헤, 그렇죠 뭐, 다들 바쁘니깐…… 어딜 다녀오세요?"

"주부들 좀 가르치는데, 여기말고 신촌에서도 저녁에 한 타임 뛰고 있어요."

"요즘도 에어로빅 많이들 허긴 허죠……"

나는 갑자기 목이 컬컬해졌다. 백마역에서 내려 고개를 숙인 채 또

박또박 마을버스 쪽으로 걸어가는 그녀에게 다가섰다.

"저, 어떠세요? 실례가 아니라면, 간단히 목이나 축이며 인사나 나누죠?"

역 광장 둘레로 불을 환히 밝힌 포장마차가 서너 군데 눈에 띄었다. 여자가 느닷없이 킥 하며 웃음을 참는 시늉을 하는 바람에 난 긴장이 확 풀리고 말았다.

"그러시죠, 뭐."

"여기 우선 맥주 두 병부터 주시고요. 골뱅이 하나 무쳐주세요."

"맵지 않았으면 좋겠어요, 아주머니."

"정식 인사도 드리기 전인데, 이런 말씀 드려도 어떨는지 모르겠네요."

"……?"

"다름이 아니고, 자전거를 아주 잘 타신다고요, 헤헤."

여자가 얼른 손으로 입가를 가리며 웃었다. 벌어진 손가락 틈새로 가지런한 잇바디가 비쳤다.

"호호, 고맙네요. 인사가 늦었어요. 자전거 도둑 서미혜입니다."

"아, 서미혜씨요? 아무튼 이거 반갑습니다. 전 김승호라고 합니다."

"범인이 뜻밖이라서 놀라셨겠다? 제가 오후에 강습을 나가느라고 빈 시간대에 잠깐잠깐 허락도 맡지 않고 그 동안 실례를 했어요. 언짢으셨다면 늦었지만 용서를 구할게요."

"아유, 용서라뇨? 천만에요. 이거 너무 기분이 좋더라고요. 이런 미인이 제 자전거를 길들이고 계실 줄이야. 제가 참, 자전거가 못 된 게 그렇게 유감이더라구요."

"어머, 보기보담 유머를 잘하시네요. 기자시라며요?"

"제가 써붙이고 다녔나요?"

"말투를 들어보니 그런 것 같고…… 또 아파트 사람들이 다 알고 있던데요 뭐."

"말투가 어때서요?"

"왜 그런 것 있잖아요? 말꼬리가 왠지…… 암튼, 자전거가 맘에 쏙 들었는데 당분간 제가 좀더 길들여도 되겠죠?"

나는 그녀의 호감을 느낄 수 있었다.

"암요. 감히 바라던 바죠. 전 자전거 도둑을 좋아하거든요, 원래. 내가 좋아하는 비디오 중에 자전거 도둑이라는 제목이 있어요. 아마 언제 한번 보시면 재밌을 거예요."

나는 순간 그녀가 얼굴 한구석에서 낯빛을 고쳐잡는 걸 놓치지 않았다.

"이거 자전거 도둑이 된 제 입장에선 아주 흥미로운 제목인데요. 꼭 보여주실 거죠?"

"물론입니다. 그리고 제 것은 새 자전거니깐 길을 아주 순하게 잘 들여주세요."

"첨엔 아주 늙수그레한 아저씬 줄 알았어요. 맨날 허겁지겁 역으로 뛰어나 다니고."

"이것 땜에요?"

나는 벗겨진 내 이마를 장난스레 손바닥으로 훑어내렸다.

"하지만 내가 딴 사람보다 머리숱이 적은 게 아니라구요. 보시다시피 머리 면적이 넓다보니 밀도가 떨어져서 듬성듬성해 보일 뿐이거든요. 그렇게 이해하시는 편이 훨씬 쉽고 논리적일걸요?"

여자의 하얗고 고른 잇바디가 또 드러났다.

―〈자전거 도둑〉 나왔나요?

현관 바닥에 떨어진 메모가 뒤늦게 눈에 띄었다. 나는 메모지를 주위 읽은 다음 손아귀에서 구깃구깃 둥그렇게 뭉쳐 휴지통에 던져넣었다. 대충 씻고 나온 다음 라면이라도 끓여먹으려고 냄비 따위를 덜그럭거리던 참이었다. 거실 한가운데 바짓주머니에 두 손을 쑤셔넣은 채 입맛을 쩍쩍 다시며 우두커니 서 있다가 후닥닥 운동화를 꿰찼다.

딩동, 딩동디잉.

초인종을 눌렀는데도 한 십여 초간 응답이 없었다.

사람을 불러놓고 어딜 갔나?

나는 뒤돌아서서 백마역 쪽으로 서서히 진입을 하는 경의선 막차의 불빛을 바라보았다. 그냥 갈까? 마침 안에서 슬리퍼를 찍찍 끄는 소리가 들렸다. 신발 끄는 소리가 그쳤다. 아마 올빼미눈처럼 뚫린 외부 감시구멍으로 보는 모양이었다. 나는 일부러 그 구멍 앞에서 양 볼에 바람을 잔뜩 넣고 눈동자를 부릅뜬 장난스런 표정을 지어 보였다. 안에서 킥 하고 웃음을 터뜨리는 소리가 들렸다.

"어머, 오셨어요? 아유, 내 정신 좀 봐. 손님을 초대해놓곤 집 안이 이렇게 엉망이어서……"

"이거 참…… 다음에 다시 올까요?"

"아뇨! 잠깐만 기다리…… 아니 일단 들어오세요."

서미혜는 연습중이었는지 몸에 착 달라붙는 에어로빅 옷차림에다 수건으로 머리를 감싸고 있었다.

"식사는 어떻게……?"

"아 예, 대충 그럭저럭……"

"아직 안 드셨을 것 같아, 제가 생태찌개를 끓여놨는데."

"아 뭐, 그렇다면야 염치불구하고……"

나는 뒤통수를 긁적긁적하며 계면쩍다는 표정을 지었다.

"와우, 거울 한번 되게 크네요?"

공기밥을 비우고 난 뒤 거실 벽 한 면을 차지한 유리 앞에 다가서며

내가 탄성을 지르자,
 "밑에서 좀 콩콩거리는 소리가 들려 신경 쓰이시죠? 제가 집에서 가끔 연습을 하거든요."
 "괜찮아요. 수면제 삼아 들으니까요, 뭐."
 "어머, 무덤덤하신 성격인가봐. 술도 한잔 하실래요?"
 "한잔? 좋죠. 와우, 발렌타인 십칠 년짜리네요, 쩝쩝. 내가 제일 좋아하는 건데 이거."
 "접대용이에요. 근데 그건 뭐죠?"
 "아, 이거요? 저번에 얘기한 〈자전거 도둑〉 비디오테이프요. 관심이 많은 것 같아서 빼드리려고요."
 "아, 드디어 빌리셨군요."
 "빌린 건 아니고…… 얼음 많이 넣지 마세요. 밍밍한 칵테일은 질색이거든요. 이런저런 이유로 제가 하나 장만한 거예요. 세계 영화사의 십대 명화 중 하나로 꼽히거든요."
 "어느 나라 거죠?"
 "전후 이탈리아의 네오리얼리즘이라고……"
 "네오리얼리즘? 러브스토린가보죠?"
 "그런 건 아니구요. 뭐랄까? 사회성이 짙은 고발주의 영화라고나 할까요."
 "고발주의요? 에이 따분하겠네요. 하지만 승호씨가 골랐다니 한번 봐야지요. 예의상으로라도 말예요. 커튼 칠까요?"
 "좋을 대로요."
 비디오를 보기 전부터 난 얼근한 기분을 느끼고 있었다. 특히 목덜미. 〈자전거 도둑〉을 한두 번 본 것도 아닌데 내가 왜 이리 처음 보는 영화처럼 설레고 있을까? 내가 테이프를 비디오 안에 밀어넣고 화면을 처음으로 돌려놓는 사이에 미혜는 옷을 갈아입고 나오겠다며 얼른 안방으로 들어갔다. 거실 한구석에 멀쑥하게 서 있는 스탠드등에 볼그족족한 불이 들어왔다. 안방에서 나오는 미혜는 피에로처럼 두리벙한 옷차림이었다. 나는 내 곁으로 다가오는 그녀를 향해 도발적인 눈길을 던졌다.

"이상해요?"

"뭘……?"

"아니, 그냥. 그럼…… 됐어요."

소파에 비스듬히 몸을 누이고 발렌타인 십칠 년짜리 황금빛 원액이 그득히 담긴 각테일잔을 기울이다 말고 입술을 뗀 나는 들릴락 말락한 짧은 신음을 터뜨렸다. 카학.

미혜는 과일을 담은 큰 쟁반을 들고 다가와서는 내 옆에 나란히 다소곳이 앉았다. 나는 물어보지도 않은 채 리모컨의 플레이 스위치를 힘 주어 눌렀다. 흑백 화면이 돌아가기 시작했다. 그러나 내 머릿속은 내내 혼란스러웠다. 무슨 함정이 있는 건 아닐까? 나는 눈동자를 이리저리 돌려 방 구석을 둘러봤지만 걸리는 게 없었다. 스탠드와 비디오 겸용 텔레비전 한 대, 그리고 이인용 소파가 전부였다. 미혜가 졸린 듯한 자세로 옆이마를 가만히 내 어깨 위로 포개왔다. 누군가가 떨고 있었다. 내 어깨가 아니면 그녀의 관자놀이인 듯했다. 화면에서는 도둑맞은 자전거를 뒤쫓던 안토니오가 범인으로 찍은 빈민가의 젊은이가 길가에 쓰러져 몸을 비틀고 있었다.

"재미없죠?"

미혜는 대답 없이 고개를 빤히 쳐들고 내 눈을 바라본 다음 빙긋이 웃었다.

"재미없죠?"

나는 또 뜸을 들이다가 건성으로 물어봤다. 왜냐하면 그건 너도 다 본 것이잖아. 이 말이 목젖까지 치솟았지만 발렌타인 원액을 따라 식도를 타고 흘러내려갔다. 나는 갈수록 차분해지는 기분이었다. 왜냐하면 난 화면을 보면서 딴 생각에 몰두할 수 있었기 때문이다. 딴 생각이란……

혹부리영감에겐 도무지 어울리지 않는 그의 손녀딸 나미가 떠올랐다. 피부가 투명하리만큼 희고 티 한 점 없이 깨끗한 얼굴.
내가 아버지와 함께 혹부리영감한테서 그 된경을 치르는 사이에 그애는 마당으로 난 쪽문을 열고 나와서 힐끗 아버지와 날 번갈아 쳐다본 다음 고개를 홱 돌리고는 진열장에서 초콜릿인가 캐러멜인가를 집어들고는 다시 그 쪽문을 통해 다람쥐처럼 뛰어들어갔다. 그렇게 빨리 사라져준 것이 그때는 얼마나 고마웠는지……
—죽이고 말겠어!
나는 혹부리영감에 대해 그렇게 이를 갈았다. 그리고 그의 죽음을 재촉하는 데 일조를 하고 말았다.
"재밌군요."
이번엔 미혜가 코맹맹이 소리로 물어왔다. 나는 그녀의 어깨에 팔을 걸쳤다. 의외로 맞춤하게 품안에 들어왔다.
"난 저 영화를 보면서 꼭 누구를 생각하거든."
나는 어느새 미혜에게 말을 놓고 있었다. 그녀도 그것을 자연스럽게 받아들였다.
"헤어진 애인이라도 있으세요?"
"이런, 저기 무슨 여자들이 나온다고 그래?"
"그럼요?"
"내가 어렸을 적에 죽음으로 몰아넣은 사람이 있었지. 혹부리영감이라고."
"예에?"

나는 일부러 장난기를 얹어 말했을 뿐인데 그녀는 몸을 후드득 떨며 깜짝 놀라는 시늉을 했다. 그 바람에 그녀의 어깨 위에 얹힌 내 팔에 순간적으로 힘이 들어갔다. 감촉이 좋았다.

"왜죠?"

"왜, 내가 사람을 죽였다니깐 무서워져?"

"그게 아니라요…… 왠지 궁금하잖아요. 그럴 것 같지 않아 보이는 사람인데……"

"사람 죽이긴, 생각하기 나름인데……"

나는 피곤한 듯이 엄지와 검지로 두 눈두덩을 지그시 누르고 있었다.

내가 그 혹부리영감에게 복수를 하는 방법은 딱 한 가지가 있을 뿐이었다. 그 영감탱이가 그토록 애지중지하는 수도상회를 분탕질내는 수밖에는 없는 것이었다.

그러나 의심 많은 혹부리영감은 가게로 들어가는 모든 출입문에는 자물쇠를 두세 개씩 걸어놓았다. 더군다나 그 수도상회는 바로 파출소 앞에 있어서 한밤중이라고 해서 함부로 문짝을 뜯거나 해서 들어갈 수가 없었다. 여차직하면 파출소에서 순경들이 빠따 방망이를 들고 뛰어나올 판이었다.

그러나 나는 수도상회의 급소를 알고 있었다. 혹부리영감이 번개탄이며 목탄창고를 짓느라고 원래 가게의 처마 밑으로 자그마하게 의지간을 한 칸 들여놓았다. 그 밑으로 바로 하수도 맨홀이 지나가고 있었다. 학교 앞 도랑물이 인수천으로 흘러들도록 연결된 맨홀이었다. 그 입구는 물론 학교 뒷문 문방구점 앞에 있었다. 그 길이는 장장 사오십 보는 족히 되었다. 그러나 그걸 마다할 내가 아니었다. 하수구 통과에 관한 한 몸집 작고 참을성 많은 나는 챔피언감이었다. 아직도 동네에서 나보다 더 깊숙이 하수구 안으로 들어갔다 나온 아이는 전체 학년을 통틀어도 없었다.

그리고 얼마나 많은 연습을 했던가! 나는 라면상자 같은 협소한 공간에 들어가 어떨 땐 반나절씩 꼼짝 않고 참는 연습을 되풀이했다. 심지어는 내 허리에도 오지 않는 빈 항아리에 뚜껑을 덮고 들어앉아 잠을 자기까지 했다. 그 안에서 호흡을 참는 연습도 했다. 왠지 하수구 안은 공기가 부족할 것 같아서였다.

그리고 어느 날 나는 칠흑처럼 어두운 밤 팬티만 남기고 옷을 홀라당 벗어 봉지에 넣은 다음 문을 닫은 문방구집 대문 쓰레기통 옆에 놓았다. 그리고는 머리 위로 비닐 정부미 포대를 뒤집어쓰고 으슥한 밤을 택해 아가리를 잔뜩 벌리고 있는 학교 뒷문 쪽 하수구 속으로 기어들어갔다. 기어들자마자 거미줄이 얼굴을 덮치는 바람에 등짝으로 소름이 쫙 훑고 지나갔다.

고개를 두 무릎 사이로 한껏 쑤셔박고 오리걸음으로 한 발짝씩 떼었다. 악취가 코를 찔렀고 바닥은 생각보다 미끈덩거렸다. 하지만 내 입가에는 야릇한 미소가 떠나지 않았다. 급히 꺾이는 길목인 것으로 보아 천우약국 앞쯤으로 짐작되는 곳에는 쓰레기하고 토사물들이 두텁게 쌓여 있어 직접 손으로 헤쳐내고 엉금엉금 기어나가야 했다.

술 취한 몇 사람인가가 비틀거리는 발걸음으로 머리 위를 저벅저벅 밟고 지나갔다. 답답했다. 속이 차츰 메스꺼워지면서 이마가 어지러워졌다. 어쩌면 이 안에서 죽을지도 모른다는 생각이 퍼뜩 머리를 스쳤다. 그러자 그 동안 자신만만하던 복수심 대신에 시커멓고 덩치 큰 공포심이 밀려들었다. 몇 번이고 본능적으로 머리를 쳐들다가 둔중한 시멘트 맨홀에 머리를 찧었다. 아버지와 함께 그 숯탄 창고에 드나들 때 보니 그곳을 지나는 대여섯 개의 시멘트 맨홀 중 하나가 두터운 합판과 비닐장판으로 뒤덮여 있는 걸 보았다. 나는 손을 머리 위로 쳐들고 자꾸 휘저어보았다. 드디어 딱딱한 시멘트 대신 몰캉한 판대기가 감촉됐다. 나는 자신도 모르게 벌떡 일어섰다.
 수도상회 안에 가득 쟁여 있는 물건들이 무방비 상태로 가지런히 놓인 채 나를 기다리고 있었다. 나는 속에서 뭔가가 지글지글 끓어오르는 것을 느꼈다. 그러나 시간이 그리 많지 않을 터였다. 나는 내가 생각해봐도 믿어지지 않을 만큼 차분하고 침착했다. 조금만 무슨 일이 닥쳐도 얼굴이 빨개지고 가슴이 두근두근하는 새가슴이었지만 웬일인지 가슴조차 평온한 맥박을 유지하고 있었다.
 나는 혹부리영감이 허구한 날 깔고 앉는 얄팍한 꽃무늬 방석을 집어올렸다. 그리고는 방석을 덮어씌운 채 병따개를 이용해 진로소주는 물론이고 이상하게 생긴 양주병 마개들을 소리나지 않게 따거나 비튼 다음 진열장 위아래 가릴 것 없이 부어댔다. 그렇게 한 십 분간 소리나지 않게 돌아다닌 것으로 수도상회 물건의 대부분이 절딴이 났다. 이제는 다시 도망쳐야 할 시간이 되었다는 생각이 들었다.
 그러나 왠지 성이 차지 않았다. 아랫배에서는 꾸르륵거리는 소리가 연달아 났다. 나는 진열대에 발을 올려놓고 대들보에 매달려 있는 '수도상회'라고 씌어진 한글 간판을 끄집어내렸다. 그 간판은 혹부리영감이 월남을 하기 전에 자신의 고향에서 역시 대물림으로 벌이던 잡화점을 꾸릴 때 쓰던 전통 있는 간판이라는 말을 들은 바가 있었기 때문이다. 아무튼 영감탱이가 애지중지하는 물건은 다 작살을 내야만 했다. 나는 떼어낸 간판을 하수구 안으로 깊숙이 내던졌다. 생각 같아서는 그 자리에서 뽀개버리고 싶었지만 그러자면 그 소리 때문에 영감탱이네 식구가 잠을 깰지도 몰랐다.
 막 돌아서려는 내 눈에 혹부리영감이 만날 보물단지처럼 끌어안고 사는 시커먼 돈궤가 들어왔다. 물론 당일 벌어들인 그 안의 돈들은 이미 영감이 다 계산을 마치고 나서 텅텅 비어 있었다. 나는 꾸르륵거리는 아랫배를 움켜쥐고 그 궤 쪽으로 다가섰다. 그리고는 한동안 참았던 굵직한 대변을 그 위에 질펀하게 싸질렀다. 하수구 냄새 때문에 잠깐 감각을 잃었던 내 코였지만 어린애답지 않게 굵게 늘어진 똥줄기에서는 몹시 구린 냄새가 진동했다.

하수구를 되짚어나와 학교 뒷문 개구멍을 통해 수위 아저씨들이 가끔씩 사용하는 비품창고 안으로 들어간 나는 세면대에서 몸을 대충 씻었다. 집에 돌아와서도 수돗가에서 계속 비누칠을 해대며 살갗을 수세미로 빡빡 문질렀다. 혹시나 남아 있을 하수구 냄새를 걱정해서였다.

아버지가 내 등멱 소리에 선잠이 달아났는지 부엌 앞 나무의자에 나와 앉아 담배를 빼물었다.

— 더위를 먹었니?

— ……!

— 중복 되기 전에 인절미라도 해먹였어야 하는데…… 후유.

— 주무세요, 아부지.

— 내일 비라도 오려나…… 하수구 냄새가 솔솔 코끝을 스치니……

— ……!

그 다음날부터 시장통이 한바탕 난리를 겪은 것은 말할 것도 없었다. 사람들은 모였다 하면 수도상회가 절딴난 얘기를 주고받았다. 평소 주위 사람들에게 곰살궂게 대하지 못해서 그런지 혹부리영감이 당한 것에 대해 고소해하는 사람들도 꽤 되었다.

— 물건엔 손을 하나도 대지 않았다는대두. 글쎄 어떤 놈 성깔인지 똥이 한 바가지였대 낄낄.

— 뭔 조홧속이런가 잉?

— 그 영감 얼굴이 충격깨나 받았는지 축이 가서 말이 아니더라구. 한편으로 그 고린 영감 잘코사니라고, 쾌재도 나지만 당하고 나니까

안쓰럽데 거……

　열흘 남짓 문을 닫고 있던 수도상회가 다시 문을 열었지만 그 걸걸한 혹부리영감의 목소리가 들리지 않아서 그런지 가게에 활기가 돌아 보이질 않았다. 마침 펌프장 돌아 교회 올라가는 모퉁이에 슈퍼마켓인가 하는 커다란 가게가 새로 생겨 플라스틱 바가지며 비누통을 공짜로 사람들에게 나눠주고 값도 허턱 싸게 매겨버리는 바람에 더욱 그러했는지도 몰랐다.
　장사에 뜻이 없어 놀고먹는 아들한테 맡긴 가게가 시원찮게 돌아가자 얼마 만에 혹부리영감이 다시 가게에 나오긴 했지만 예전보다 입이 더 돌아가고 눈에 총기도 사라지고 가끔씩 계산도 틀리게 한다는 소문이 들리더니 한 해를 넘기지 못하고 혹부리영감이 며칠 자리보전을 하다 돌아간 이후 아예 문을 닫고 말았다.

　"정말이에요? 정말…… 차암, 재밌다, 그치?"
　여자는 그렇게 말하면서 눈물을 글썽이고 있었다. 화면은 꺼져 있었다.
　"……!"
　나는 갑자기 눈물을 흘리는 여자의 얼굴을 보고 있자니 걷잡을 수 없는 기분이 돼버렸다. 술기운이 일시에 목덜미로 뻣뻣하게 밀려들고 있었다. 그때 내 손아귀 안으로 도톰한 살덩이가 한 가득 미끄러져 들어왔다. 나는 짧은 숨을 토하며 고개를 천천히 옆으로 돌렸다.
　"무슨 생각을 하지?"
　나는 땀기운이 솟은 등을 지고 돌아누운 자세로 물어보았다.
　"승호씨, 그 청년 생각나?"
　"누구……?"
　"그 꼬마의 아버지가 뒤쫓아갔을 때 길가에서 간질병으로 나뒹굴던 창백한 청년……"
"으응, 자전거 도둑? 그런데?"
"많이 닮았다…… 울 오빠……"
"오빠를……?"
그녀의 목소리가 축축이 젖어가고 있었다.
"오래 전에 죽었어요. 아니 죽였지, 내가."
"……?"
미혜는 자신의 오빠에 대해서 내가 듣든 말든 주저리주저리 엮어 갔다.

……손이 귀한 집안이라서 오빠가 태어나자 온 집안이 경사 났다고 법석을 떨었다고 하더군요. 사진 봤죠? 민석오빠 사진. 아직도 내 수첩 속에 소중히 들어 있는 거. 귀엽고 눈빛이 초롱한 아이였는데, 학교 들어가서 얼마 안 돼 간질이 도졌대요 그만…… 집안엔 그런 내력이 없는데 옥수수 튀긴 강냉이를 잘못 집어먹고 그랬다는 말도 있고, 유전이라는 말도 있고…… 그때부터 집 안에는 내내 음울한 기운이 떠나질 않았어요.
오빤 어릴 적부터 아버지 자전거를 무척이나 잘 탔어요. 짐칸 달린 묵직한 자전거 있죠? 어린 날 태우고도 잘 달렸으니까. 한번은 안장을 두 손으로 붙잡고 자전거 뒤에 매달려 가는데 오빠가 자꾸 부들거리면서 이상해지는 거예요. 고개를 뒤로 깔딱 젖혀 마치 나를 보려고 하는 듯하다가도 술 먹은 사람처럼 비틀거리며 페달을 밟고. 그게 간질발작 징후인지는 나중에 알았죠. 오빤 갑자기 자전거 핸들을 놓쳤고 나는 길가에 나둥그러졌어요. 사람들이 몰려들고 입에 버글버글 게거품을 문 오빠는 사지를 죽어가는 개구락지처럼 비틀고, 아주 끔찍했거든요. 나는 어쩔 줄 몰라 구경꾼처럼 서 있기만 했어요. 팔꿈치하고 무릎이 다 까졌지만 난 아픈 줄도 몰랐어요. 누군가 오빠의 입에다 손수건을 갖다 물리더군요. 혀 깨물지 말라고.

그게 발작의 시초였고, 이후로 어머닌 남부끄럽다며 오빠를 다락 속에 몰아넣고 키웠어요. 자라면서 가위를 많이 눌렸어요. 벽장 속에서 온몸에 털난 짐승이 기어나와 내 목을 조르는 꿈이었거든요. 물론 그 짐승은 민석오빠였죠. 아마 무의식에 그렇게 자리잡았을 거예요. 학교 다니면서 반 친구 아이들을 집에 데리고 온 적이 없어요. 뒤뜰이 넓어 여름철에 평상을 나무 그늘 속에 갖다놓고 둘러앉아 얘기하면 정말 좋은 곳인데……

밤중에 벽지를 사그락사그락 긁는 소리 있죠? 아버진 그 소리에 신경이 닳아 끊어져 술을 가까이 하시다 결국 오래 못 사셨어요. 그 다락 속의 오빠는 콜라만 보면 기가 넘어가도록 환장을 했어요. 콜라는 바깥세상의 맛을 다 뭉쳐놓은 것 같았나봐요. 톡 쏘는 그 맛 때문이었을 거예요. 엄마는 기가 승해지면 더 발작을 해 안 된다고, 반찬에다 자극적 양념을 일절 쓰지 않은 상을 봐서 하루에 두 끼씩 굶어죽지 않을 만큼의 양만 올려보냈지요. 오빤 밥도 콜라에 말아먹고 어쩔 땐 며칠씩 콜라만 비운 채 상을 벽장 밖으로 물리곤 하더라구요.

스무 살이 넘었지만 성장을 멈춘 것 같은 민석오빠는 웅크리고 앉으면 꼭 어린애 같았어요. 하루에 한 번씩 휠체어를 타고 뒤뜰을 천천히 돌면서 햇빛 구경을 하거든요. 어쩔 땐 그 휠체어의 뒤를 내가 밀었어요. 뒤뜰에 있는 우물을 그냥 지나치려면 난리를 떨었어요. 우물 앞에서 고개를 숙여 한동안 우묵한 속을 들여다보곤 했죠. 질질 새는 침이 우물 속으로 빠지는 모습을 지켜보자면 그냥 휠체어를 우물 속으로 밀어넣고 싶은 충동을 느낄 때가 한두 번이 아니었어요.

……나이에 따른 몸의 호르몬 작용은 속일 수 없었나봐요. 이성에 대한 그리움 같은 감정도 없진 않았을 테고…… 아마 다락 틈새로 눈

을 박고…… 그랬을 거예요. 그날은 학교에서 돌아온 내가 체력장 때문에 너무 피곤해서 가방을 방에 내던진 채 그대로 잠이 들었나봐요. 꿈결인지 어쩐지 자꾸 숨이 가빠져서……

눈을 떠보니 그 오빠의 일그러진 얼굴이 바로 내 코앞에서 떠오르는 거예요. 깜짝 놀라 와락 밀치고 일어나보니 내 몸에는 벌써 실오라기 하나 얹어 있지 않았거든요. 그때의 그 수치심이란…… 나는 내 발가벗은 몸뚱어리를 훑어보며 몸을 비비 꼬고 있던 민석오빠에게 물건을 닥치는 대로 집어던지며 소리를 고래고래 질렀어요. 오빠도 그제서야 제정신이 돌아왔는지 얼굴이 빨개져 허겁지겁 다락으로 기어올라가려 했지만 번번이 미끄러지면서 버둥거리는 거예요. 마침 내 비명 소리를 듣고 달려온 엄마가 함께 죽고 말자며 휘둘러대는 다듬이 방망이질에 녹신하게 얻어맞고 며칠간은 곡기마저 끊고 지냈어요.

하루는 엄마가 친정일로 고향에 가시면서 오빠 밥을 잘 차려주라고 신신당부를 했어요. 무서우면 친구들을 데리고 와서 자라고 하더군요. 다락문을 잠그는 자물쇠와 열쇠를 건네주면서, 밥을 줄 때를 빼고는 절대 열어주지 말라고 했어요. 나는 밥때뿐만 아니라 한 번도 다락문을 열어주지 않았어요. 왜냐하면 친구를 불러 와서 잔 게 아니라 내가 아예 친구네 집에 가서 일 주일을 보냈거든요. 민석오빠는 하루에 한 번쯤은 마당에 나가 햇볕을 쬐야지만 살 수가 있는데……

일 주일 뒤에 돌아온 엄마가 다락문을 열어보니 걸레처럼 축 늘어진 민석오빠가 뒹굴어져 나왔어요. 아직 숨이 끊어지진 않았지만 며칠 못 갔어요. 내가 죽인 거나 다름이 없죠 뭐. 다락 벽지 안쪽이 손톱에 긁혀 남김없이 거덜나 있었어요.

그 이후로 난 그 집이 견딜 수가 없었어요. 그래서 가출을 시작했죠……

"듣고 있어요?"

"으응."

"졸린가봐……"

"아냐…… 나 가볼게. 내일 아침까지 넘겨야 할 기사가 있어서. 미안해."

도망치듯 서둘러 빠져나온 뒤론 거진 달포쯤 그녀를 만나지 못했다. 사건이 많이 터져 신문사 일에도 바빴고 왠지 그녀를 찾고 싶은 마음이 생기질 않았다. 그때 들은 오빠 얘기 때문인지, 자꾸만 그녀가 나에게 함정을 파고 있을 것 같다는 생각이 들었다. 그러다가 어느 일요일 아침 내 자전거 안장에 손가락을 한번 그어보았더니 먼지 덩어리가 새까맣게 묻어나는 거였다. 나는 새까매진 손가락 끝을 입김으로 몇 번 분 다음 바짓가랑이에 쓱쓱 문질렀다. 자전거 길들이기가 끝났나?

철로변 자전거 전용도로 쪽으로 눈길을 줬다. 나는 눈을 크게 떴다. 마침 그녀가 그 긴 머리칼을 휘날리며 페달을 힘차게 밟는 모습이 눈에 들어온 것이다. 나는 발끝으로 바닥을 톡톡 쪼며 바지춤을 한껏 추슬러올렸다.

나는 자전거 전용도로의 경계석 위에 엉덩이를 걸치고 앉았다가 그녀가 나타나는 순간 몸을 일으켰다. 바지 주머니에 손을 찔러넣은 채, 그녀가 가까이 오면 손을 흔들며 인사말을 건넬 요량이었다.

—미혜, 오랜만이야.

아냐! 너무 싱거워. 좀 야하게 할까.

—섹시한 아침이군! 낄낄.

그런데 그녀가 날 발견하지 못한 걸까? 아니, 그럴 리가 없지. 갑자기 청맹과니라도 됐다면 몰라도 내가 분명히 손까지 번쩍 들었는데……

그녀는 분명 나를 봤지만 아주 차가운 눈길로, 아니 차갑다기보다는 낯선 사람을 대하는 눈길로 스쳐갔다. 실수였을까?

그러나 난 그녀가 타고 스쳐간 자전거에 물끄러미 눈길이 닿는 순간 퍼뜩 깨달았다. 나는 호주머니에서 나와 그녀를 향해 움직이려다 중동무이로 멈춰버린 내 오른손바닥을 뒤집어 맥없이 바라봤다. 자꾸 헛웃음이 나오려 했다. 아하! 그렇구나. 그녀에게 또다른 자전거가 생겼구나. 그렇지! 다른 자전거를 훔치는 도중이군. 내가 그걸 왜 몰랐을까.

나는 서둘러 허둥지둥 자전거 전용도로를 벗어나 달아나기 시작했다.

(『문예중앙』 1995년 여름호)

원색생물학습도감

"물고기를 아주 좋아하시는군요?"

앞자리에서 누군가 알은체를 했다. 나는 고개를 돌리지 않았다. 보나마나 『자연과 건강』이나 『신비의 식품세계』 등 건강 관련 책자나 무슨무슨 기 수련회를 소개하려는 사람이 아니면, 신도시 근처에 난립한 신흥교회에서 영적 체험의 놀라운 은혜를 받으라고 꼬드기러 나온 사람들이기 십상이기 때문이었다.

병원의 약국 창구에 처방전을 접수시킨 나는 대기실 한쪽 벽을 장식하고 있는 커다란 수족관 옆에 앉아 있었다. 수족관의 좁은 공간에는 어른 팔뚝만큼 살진 잉어 일곱 마리가 비둔한 몸뚱어리를 꿈틀거리고 있었다. 은빛 잉어가 다섯 마리, 황금빛 잉어가 두 마리였다. 나는 황금빛 잉어가 나를 향해 큰 입을 쩍 벌릴 때마다 되도록 목구멍 안을 깊숙이 들여다보기 위해서 엉덩이를 들썩이며 옆이마를 수족관 유리에 대곤 했다.

"아니면 구멍을 좋아하시는지요……?"

"……!"

이 도발적인 말에 나는 무심코 고개를 번쩍 들었다. 앞자리에는 어린이 교육용 책자 꾸러미를 잔뜩 부려놓은 까무잡잡한 사내가 등산모를 벗지 않고 앉아 있었다. 나의 관심을 끄는 데 성공한 게 그지없이 기쁘다는 듯 그는 누런 대문니를 드러내며 히물쩍 웃어 보였다. 사실 나는 물고기를 보면서 은근히 길을 거슬러올라가는 정자의 움직임을 연상하고 있던 참이었다.

"큰 물고기를 이렇게 가까이서 관찰하기도 처음이어서요."

"움직이는 동물을 오랫동안 지켜볼 줄 아는 사람들은 대부분 성품이 선량해요. 장담합니다."

사내는 호주머니에서 은단통을 꺼내 사그락사그락 가볍게 흔들었다.

"몇 알 땡기시죠."

곤충이 까놓은 알처럼 푸른 기가 도는 흰 은단알을 혀끝으로 들이마시듯 후루룩 찍어낸 사내는 은단알이 올려진 손바닥을 내게 디밀었다. 나는 웃으면서 정중하게 거절했다. 사내는 나머지 은단알을 도로 자신의 입 안으로 털어넣었다. 오도독 소리에 이어 향긋한 은단내가 코끝으로 밀려왔다.

좀전에 면담을 하고 나온 신경외과 의사도 은단 중독환자 같았다. 환자에게서 옮겨올지도 모를 병원균을 은단이 막아주기라도 하는 듯이 아주 부지런히 손바닥을 핥았다.

"할머니, 육식을 좋아하세요? 고기?"

"좋아하긴요? 거저 있으면 먹는 편이지, 밝히는 편은 아녜요. 몸이 이렇게 비둔하니깐 선생님이 내가 고기를 밝히는 체질인 줄 아시는지……"

"아뇨, 그런 게 아니라. 나이 든 분들 중에 육식을 유달리 좋아하는 사람한테 이따금씩 이런 딱딱한 이물질이 연골조직 사이에 뭉쳐지곤 하거든요. 그래서 물어본 것이에요. 일종의 결석증상이긴 한데…… 그러면 언젠가 무릎을 크게 다친 적이 있는가요?"

오른손으로 턱을 어루만지며 엑스레이 필름을 들여다보던 의사가 보호자로 따라 들어간 나를 돌아보며 물었다. 그 필름에는 어머니의 무릎관절 부위가 드러나 있었다.

"크게 다치신 적은요? 없어요?"

"저어, 애야…… 아마도 선생님이 그 일을 물어보시는 게지?"

조심스레 입을 연 어머니는 눈빛을 반짝거리며 손가락 끝을 낚싯대처럼 구부린 다음 허공을 휘저어 기억을 낚아채오는 시늉을 했다.

"왜, 있잖니, 그해 늦장마 들었을 때. 비가 어찌나 왔는지 땅바닥이 다 물러졌는데도 싱거빠진 토마토 한 봉다리 들고 너를 앞세워 산길을 부득부득 가려고 했던 일 말이야. 기억이 안 나니, 그래? 젊은 애가 기억력이…… 머릿속이 다 녹슨 이 에미도 구메구메 생각이 솟는데."

"아 예, 알죠. 그때 길이 무너지는 바람에 붉은 토마토가 다 으깨지고 어머니도 무릎을 크게 다치고 했는데…… 그럼 그 상처가 다시 덧난 건가요?"

의사는 만년필 끝으로 책상을 톡톡 쳤다.

"에, 그러니깐 의사로서의 제 소견은 말이죠…… 사실 나이 들면 젊었을 적 상처들이 어느 정도 도지게끔 마련이고 하니깐, 할머니가 내가 지어드리는 약 타다 드시고 웬만큼 견디시든가 아니면……"

"아니면……?"

"아니면 차제에 말끔히 수술을 통해 뿌리를 제거하시든지."

"수술요? 아니, 뭘 제거해야 하는데요, 선생님?"

"보시다시피 여기 희끄무레한 것 뵈죠? 이것이 돌조각인지 쇳조각인지 모르겠지만 바로 그 문제의 이물질인데, 다쳤을 당시 제대로 치료를 하지 않고 무릎 속에 그대로 둔 채 아물렸기 때문에 이제야 염증을 일으켰어요."

의사가 라디오 안테나 같은 지시봉 끝으로 찍어주는 곳에는 강낭콩알만한 허연 점이 박혀 있었다. 어머니는 양 입초리를 아래로 길게 늘어뜨리며 끔찍하다는 표정을 지었다. 결국 수술은 포기하고 일단 약을 타다 먹으며 견디기로 했다.

"이 정도 크기면 월척감이죠?"

"그런 셈이죠. 흐흥, 잉어라. 잉엇과에 딸린 민물고기. 몸은 방추형이며……"

사내는 의자를 타고 넘어올 듯 윗몸을 기울인 채 잉어에 대해 백과사전적 지식을 주체할 수 없다는 듯 기계적으로 옮겨놓기 시작했다.

"남미와 호주를 제외한 온 세계에 널리 분포하며 양식도 많이 함. 산란기는 오월경. 음머, 지금은 벌써 지나부렀네. 한 번에 일이만 개의 알을 낳음."

"기억력이 썩 좋으시네요."

사내는 손사래를 쳤다.

"웬걸요, 기억력이 좋긴. 먹고살자니 다 읊어지더라구. 이거 좀 보쇼. 서적 외판을 하고 있거든요."

포장지를 슬쩍 들치자 딱딱한 표지로 된 『신원색생물학습도감』이 드러났다. 표지에는 텔레비전에서 동물의 생태를 소재로 꾸민 퀴즈 프로그램에 자주 등장하는 파충류의 한 종류가 보였다. 땅 표면에 발이 닿지 않을 만큼 재빠른 발놀림으로 우스꽝스럽게 뛰어다니는 목도리도마뱀이었다. 그는 내게 친근감을 느꼈는지 나를 노형이라고 부르며 지분지분 말을 계속 붙여왔다.

"푸우, 노형 근데…… 저 잉어 입을 좀 자세히 들여다보시겠수."

"……?"

"저 잉어의 빠끔거리는 입이 왠지 외설스럽다고 느껴지지 않우?"

"외설이라뇨……?"

"좀더 까놓고 얘기하자면 섹시하다 이 말인데…… 정말 닮아도 거기하고 너무 닮았어요, 젠장."

"거기……? 그렇던가요?"

나도 순간적으로 그런 생각을 하고 있었기에 약간 놀란 표정으로 그 사내를 돌아다봤다.

"처음 보는 사람이 이런 말을 붙인다고 노형이 딴 오해를 할 수도 있겠지만. 난 그렇고 그런 잡놈은 아니니 맘 푹 놓으슈."

나는 그의 말대로 어두컴컴한 구멍 같은 잉어의 입 속을 깊숙이 들여다보기 위해 고개를 약간 숙인 채 이마를 수족관 유리에 갖다댔다.

"특히 저 눈빛이 음탕한 황금빛 잉어녀석을 보세요. 옛날 어느 화냥년이 윤회의 고리를 끊지 못하고 다시 환생한 건지도 모르죠."

"상상력이 풍부하시네요."

"……형씨 사실 말씀드리자면 난 거기가 새서 왔거든요. 여긴 내 단골 병원이니까. 마누라가 애새끼 버려둔 채 도망친 지 벌써 삼 년이 넘었시다. 그런 사정을 안다면 형씨도 내 도덕심을 찾고 양심이 어떻고 하는 어설픈 탓은 하지 않을 게요. 그래서 모처럼 만에 몸 좀 풀기 위해서 새로 점을 찍어둔 황금연못이라는 찻집엘 갔죠. 물론 자칭 황금잉어라는 별명의 늙다리 논다니와는 처음 살을 섞게 된 건데, 아 이것이 싸가지 없게스리 그 몹쓸……"

갑자기 당혹감이 몰려와 얼굴이 벌게질 지경이었다. 마침 전광판에 내가 손에 쥐고 있는 번호표의 숫자가 떴다.

"얘, 미쳤니? 그거 어디서 났냐? 뭐 하러 사니? 어쩌면 집에도 그냥 있을지 모르는데."

주사실에서 엉덩이께를 누르며 기신기신 빠져나온 어머니는 부축하러 일어서는 내 옆구리의 생물도감을 거들떠보고는 한마디 거들었다.

"집에도 있어요? 어디요? 이거 돈 주고 산 거 아녜요. 거저 준다길래……"

어릴 적 집에도 『원색생물학습도감』이 있었다. 사람의 손길이 하도 많이 스쳐서 앞장과 뒷장이 대여섯 장씩은 떨어져나간 그 낡은 생물도감은 형이 중학생이던 시절 학교 도서관에서 빌려와 끝내 반납하지 않은 것이었다. 중학생이 된 내가 형한테서 물려받아 쓰던 유일한 책이기도 했다. 그 책은 제1부 동물편, 제2부 식물편, 제3부는 인류편으로 돼 있었다. 요즘의 크라운판 크기로 약 백오십 쪽쯤 되는 두께였는데, 아버지에게는 일종의 메뉴판 구실을 했다.

그 『원색생물학습도감』의 도움이 없이는 당시 아버지가 즐기던 육식의 내용을 제대로 떠올릴 수가 없다. 육식(肉食)!

아버지의 육식은 벌써 몇 년째 사육제처럼 그렇게 주기적으로 시작되곤 했었다. 한때 중풍기로 쓰러진 적이 있는 아버지에게 기름기가 있는 고기는 물론 절대 입에 대서는 안 될 금물이었다. 때문에 동물성 단백질 보충을 위해 밥상에 오르는 것이라곤 부뚜막의 두꺼비집 위에서 익혀 굵은 소금을 몇 알갱이 떨군 오리알찜 사발이 고작이었다. 그러나 아버지는 일 년에 한두 번씩 보름이건 달포건 간에 곡기를 끊고 아주 소량의 육식만으로 견뎌내곤 했다. 그것도 아무런 뒤탈이 없이.

하지만 그것을 두고 꼭 육식이라고 하기에는 뭔가 어울리지가 않았다. 왜냐하면 아버지는 사람들이 흔히 먹는 닭이나 소, 돼지고기

또는 개고기 따위를 뜯는 게 아니었다. 한마디로 아버지는 닥치는 대로 먹어치우는 것이었다. 내 정신상태가 정상인 한 나는 당시 개미에서부터 시작해 각종 애벌레들, 메뚜기, 잠자리, 벌, 땅강아지, 각종 거미 등 지표 및 지상 이 미터 범위에서 꿈틀거리는 모든 것들은 예외 없이 아버지의 표적이 되었음을 기억할 수 있다. 사실 아버지는 집짐승의 살점은 부작용 때문에라도 먹을 수도 없었거니와 또한 푸줏간에서 고기를 사다 먹을 형편도 못 되었다. 아무튼 육식을 해서 그런지 비썩 말라들어가긴 했지만 곡기를 끊은 사람답지 않게 아버지의 얼굴에는 화색이 돌았다.

육식에 들어가기에 앞서 아버지는 밥상머리에는 얼씬도 않은 채 한 사흘 정도는 골방에 누워 일절 아무것도 입에 대지 않으며 단식을 했다. 그저 냉수 몇 모금만으로 입술을 슬쩍 축이며 뒤집어진 물방개처럼 누워 천장을 멀뚱멀뚱 쳐다보는 게 고작이었다.

처음엔 아버지를 위해 일부러 평상대로 고봉으로 퍼담은 밥그릇을 떠놓던 어머니도 며칠이 지나고 나서는 아예 포기를 하곤 했다. 그렇게 며칠을 버티다가 자리를 털고 일어나 새벽 일찍감치 집 안 쓰레기 봉지를 들고 나간 아버지는 아침 설거지가 끝난 뒤에야 슬그머니 모습을 드러냈고, 저녁때는 밤이 이슥하도록 나타나지 않거나 어쩔 땐 집에 들어오지 않을 적도 있었다. 어머니도 아버지가 육식 기간을 맞이할 때만큼은 예외적으로 외박을 인정해주었다. 물론 아버지가 집에 들어오지 않을 때 지내는 곳은 따로 정해져 있었다. 외도와는 엄연히 다른 것이었다.

아버지가 틀어박혀 있다 오는 곳은 숲 언저리에 들어선 외딴 폐가였다. 돌산 옆 채석장을 빙 둘러가면 으늑한 한구석에 류씨 성을 가진 한 석수장이가 한동안 살림집으로 쓰던 빈집이 있었다. 한쪽 다리가 성하지 못한 류씨는 채석장에서 깨온 화강암으로 정원이나 묘지에 쓰이는 수호신이나 동물들 조형을 쪼아내던 사람이었다. 몇 해 전부터 흉가처럼 변해버린 그 집은 겉보기에 좀 낡긴 했지만 지붕이 내려앉거나 문설주가 기울어질 정도는 아니었다. 어느 장항아린지 그제껏 장이 반나마 남아 있을 정도로 장독대도 허물어지지 않고 멀쩡했고 두터운 왜식 다다미를 깐 방 안도 먼지 더께만 조금 쓸어내면 당장이라도 사람이 들어가 살 만한 그런 곳이었다.

진작부터 떠돌이꾼이나 동네 양아치들의 소굴로 변해버리기 맞춤했지만 그 집은 귀신이 들끓는 흉가로 소문이 나는 바람에 드나드는 사람은 그리 많지가 않았다.

애초 마지막까지 그 집을 지키고 살던 류씨 가족도 일가족 세 명이 몰사를 당했었다. 부인과 아이가 남편이 휘두른 흉기에 목숨을 잃었고 류씨 자신은 다음날 새벽 돌산 밑에서 주검으로 발견됐다. 나중에 동네에서는 행실이 흐리멍덩했던 류씨 마누라 때문에 그런 사단이 벌어졌다는 소문이 돌았다. 그전에 살던 집주인도 사타구니를 뱀에 물려 시난고난 앓다 죽었고, 그 전전 집주인이던 홀아비 넝마주이는 마당의 떡갈나무에 목을 매 자살을 했다. 아버지에게는 아주 더할 나위 없는 흉가였다.

처음엔 누가 볼세라 입을 우물거리던 아버지는 차츰 아들인 내가 보는 앞에서도 스스럼없이 호주머니에서 뭔가를 집어내 점심용으로 입 안에 털어넣곤 했다. 그때 내가 그런 아버지를 비난하고 경원시했던 것은 어쩌면 자연스런 일이었다. 어느 아들이 곤충을 밥 먹듯이 잡아먹는 엽기적인 아버지에게 항의를 하지 않을 수 있단 말인가.

이런 것들은 집짐승과는 달리 기름기가 없으니 몸에 하등의 부담도 없고 조금만 익히면 담백하니 기래서 더욱 괜찮다. 수두룩하니 돈도 안 들고.

돈이 안 든다고 그 징그러운 벌레를 씹어요?

……!
배가 그렇게 고프세요? 집에 밥도 얼마든지 있잖아요. 사람들이 식구들 보고 뭐라고 손가락질하겠어요, 제발. 도저히 사람으로 살아가는 한 벌레를 먹을 순 없어요!
너는 버러지가 무어라고 생각하니? 차분히 들여다보면 그것들도 너희들처럼 움직이고 뭔가를 결정하고 기분좋고 언짢은 것도 똑같이 느끼는 한 생명체라는 사실을 알게 될 게야.
하지만 벌레들은 무조건 더럽고 추하고 밟아죽여도 시원찮은 것들이잖아요?
어떤 생명이든…… 만약에 조물주가 계시다면, 그런 쓰잘데없는 건 애초부터 만들지도 않았을 게다. 버러지는 우리 인간의 눈에만 버러지 같은 거지.
그럼 그런 생명체를 왜 잡아먹어요?
원래 생명이…… 생명을 먹고…… 그것이 또 생명을 낳고……
아버진 아들의 닦달에 지쳤는지 염불처럼 횡설수설하며 고개를 돌렸다. 나는 중학교에 입학해 침을 꼴깍 삼키며 춘화를 처음 돌려봤을 때도 그 정도까지 수치심을 느끼진 못했다. 왜 내 몸뚱어리에선 비늘이나 짐승털이 솟지 않는지 의아스러울 지경이었다. 나는 어쩌면 사람의 아들이 아닐지도 몰라, 씨팔! 유전의 법칙이 어떻고 저떻고 떠든 멘델은 진짜 개새끼야, 좆도!
그러나 내가 흥분하지 않고 멀리서 바라볼 때면 아버지는 『원색생물학습도감』을 보면서 그날의 요리를 연구하고 있는 노련한 요리사 같기도 했다. 어쩔 땐 왼종일 생물도감을 들여다보며 하루해를 다 보냈다. 나는 그 갈피에다 내가 보다 남은 화끈한 춘화들을 일부러 끼워넣기도 했다. 분명 그것을 펼쳐보았을 아버지였지만 내게 아무런 반응을 보이지 않았다.

아버지가 생물도감을 들여다보는 몇 가지 이유에 대해서 이야기해 준 적은 있었다.

산란기에 든 암컷하고 어린것들은 돌려보내줘야지. 그리고 원래 독이 있는 것도 가려내야 하지 않겠니? 교미중인 것도 좀 그렇고…… 다는 알 수 없지만 그래도 말이야. 이 책이래 그런 대로 아주 좋은 길잡이 구실을 해주는 게 아니겠니? 둘레에서 매양 보는 것들 중에서도 안 나온 게 몇 가지 있어서 아쉽긴 하지만……

나는 나중에 아버지가 최초로 벌레를 혹은 어떤 딱딱한 곤충을 집어먹었을 상황을 상상해보지 않을 수 없었다. 그 최초의 희생물은 어떤 종류였을까? 배추벌레였을까? 개미였을까, 아니면 거미였을까? 설마 처음부터 벌레임을 알고 손가락 틈새로 날렵하게 포착하지는 않았으리라.

어쩌면 혼자 나앉은 돌산 마루에서 바라본 노을이 기가 막히게 타고 있었을지도 모른다. 산 밑에서는 저녁밥 짓는 마을의 움직임이 손에 잡힐 듯 보이고 아버지는 잔뼈가 굵은 함경도 고향 마을을 닮았을지도 모를 그 노을을 바라보며 서서히 자신을 잊기 시작한다. 어디서 억센 산동네 아이들이 뛰노는 소리가 아스라이 들려온다. 삼팔선을 사이에 두고 양쪽에서 거의 비슷하게 약 이십몇 년간의 세월을 보낸 자신의 짐승과도 같은 삶이 가이없이 느껴지는 숨막히는 순간을 맞이한다.

나는 버러지 같은 인생이야! 지금 뒤집어쓰고 있는 이 사람의 형용은 내가 아니다. 껍데기다. 아욱, 차라리 버러지가 되고 싶다. 저 버러지의 꿈틀거림을 따라 하고 싶다. 이 인생의 길 없음이여! 아버지는 발작적으로 손을 뻗어 땅 위를 훑어 무언가를 집어삼켰다. 그것이 최초의 희생물이었으리라. 아버지는 생각보다 고소한 내음에 취해……

어머니가 무릎을 다친 것도 아버지의 그 육식과 무관하진 않았다.

그해의 변덕스런 늦장마는 유별났다. 동네에서 장항아리에 구더기가 끓어대 집집마다 하수구가 수북이 넘치도록 장을 떠내 버릴 정도로 질기디질겼다. 그 와중에서 아버지는 집을 떠나 있었다. 원한을 품고 죽은 형의 넋과 만나 화해하기 위해서는 그래야 한다는 무당 꽁이엄마의 말이 있었기 때문이었다.

아버지가 쓰레기 손수레를 밀어주다 언덕바지에서 미끄러져 다친 것도, 어머니가 얼굴에 노랑꽃이 피도록 하혈을 해대는 것도 다 저승에 편히 가질 못하고 구천에서 맴도는 형의 넋을 제대로 위로해주지 못했기 때문이라는 거였다. 집안 우환에 시달리다 못한 어머니가 빚을 내 벌인 안택굿에서 버선발로 겅중겅중 뛰던 꽁이엄마는 형의 말을 대신 전한다며 엄마를 앞으로 썩 불러내서는 공수받이를 하라고 준엄하게 일렀다. 무당의 목소리는 어느덧 생전의 형 목소리를 닮아 있었다.

……엄니, 내 이대로는 저승길을 못 갑니다. 구만리 같은 젊음을 어디 두고, 너무 원통하고 억울하고 한이 맺혀 발걸음이 안 떨어집니다.

그래 그래, 이 에미다. 네 억울한 죽음은 다 아는 일이니, 어서 그저 맘 정해묵고 편히 황천길을 떠나야지 남아 있는 사람들 편치 못하게 왜 맨발로 굽이굽이 떠돈다는 게니, 이 불쌍한 놈아! 이승에서도 그렇게 고생을 못 면허더니……

어머니가 주저앉을 듯 허리를 구부리며 구슬픈 울음소리가 섞인 소리를 쏟아냈다. 그 울음 뒤끝에 갑자기 꽁이엄마가 땅바닥에 쓰러져 침 맞은 지네처럼 몸을 격렬하게 뒤틀었다. 주변에서 구경하던 사람들이 다들 놀란 표정을 지었다. 맨 앞자리에 무릎을 포개안고 구경을 하던 나는 바로 발치까지 다가와 간질병 환자처럼 나뒹구는 꽁이

엄마의 무당옷자락 바람에 코를 벌름거리고 있었다.

　애비가 원수로다, 날 낳은 애비가 원수로다!……

　동네 사람들 입에서 어이쿠, 저런 하는 허텅지거리가 와르르 쏟아져나왔다. 시상에 낳아준 애비가 원수라니! 이게 우쩐 일이여. 말센가? 하늘이 다 알아볼 징존가보구먼.
　붉은 속이 드러난 수박이 있는 제상 앞에 엉거주춤한 자세로 서 있던 아버지는 핏기가 싹 가신 헬쑥한 표정을 지었다. 어쩔 줄 모르는 모습이었다. 사람들은 일제히 그런 아버지를 눈에 힘을 모아 쏘아봤다. 마치 무당의 말이 사실이라는 듯. 그러나 나의 눈길이 쏠리는 대상은 다름아닌 무당 꽁이엄마였다. 내 앞에서 버르적거리는 바람에 갈라진 무당복이 마구 흐트러져 언뜻언뜻 허연 종아리며 단속곳이 올라간 허벅지살이 드러났다. 나는 오줌이 마려운 아이처럼 힘을 주어 사타구니께를 잔뜩 오므렸다. 무릎을 껴안은 손깍지에서 스르르 힘이 풀려나갔다.
　꽁이엄마는 아버지에게 특별한 징후가 보일 때까지 집을 떠나 혼자서 있으라는 처분을 내렸다. 아무도 거역할 수 없는 결정이었다.
　형이 군대에서 한줌의 재로 돌아온 것은 바로 그 지난해 겨울의 일이었다. 그것은 나를 막내에서 대번에 장남으로 격상시킨 사건이었다.
　물론 형은 장렬히 전사한 게 아니었다. 만약 그랬다면 집안의 셈평이 그때부터 훨씬 펴기 시작했을지도 몰랐다. 보상금도 나왔을 테고 각종 구호 지원도 받았을 테고 말이다. 그런데 지금 와서 생각해보니 아마 개죽음 쪽이었던 것 같았다.
　스포츠가리를 한 젊은 아저씨들이 전해준 사망통지서를 받아들고 그들과 함께 나갔다 들어온 아버지는 내내 어두운 표정이었다. 엄마는 남이 들을세라 재봉틀 옆에 쌓여 있는 헌뜯게와 기운 양말 더미 속에 얼굴을 푹 파묻고는 소리없이 울음을 깨물고 있었다.

나중에 자연스레 알게 된 바로는 형이 그냥 단순사고의 희생자는 아니었다는 확신이 들었다. 그때 수색작업중 통로를 이탈해 거의 군사분계선 근처에서 갈기갈기 찢어진 채 발견된 형의 주검에서는 북쪽에서 뿌린 한복 입은 여자 사진이 박힌 신변안전증이 나왔다고 한다. 일명 월북증이라는 것이었다. 물론 그거야 불온전단 습득신고를 위해 호주머니에 간수하고 있었을 수도 있지만 군방첩대에서는 일찌감치 형을 현실불만자로 분류하고 정기적인 성분검사를 진행중이었다는 것이다. 주변 동료에게 나는 신세를 조진 놈이라며 다른 세상에서 새로운 삶을 시작하고 싶다고 여러 차례 말해왔다는 것이다. 형의 절망이 아버지의 육식과 어떤 식으로든 관련돼 있을 터이지만 난 잘 알 수 없었다. 형은 군대 가기 전까지만 해도 내게는 독재자였다. 하루에 영어단어 스무 개를 못 외운다고, 또 수학공식을 까먹었다고 두들겨패거나, 교회 마당에 올라가 나는 앞으로 개같이 살기로 했다고 외치게 만들었다. 그런 형의 죽음에 나는 커다란 관심을 못 가졌던 게 사실이었다.

더군다나 형이 죽자 내 장사는 이상하게도 불 일듯이 잘되었다. 형이 군대를 가고 난 무렵부터 나는 은밀하게 춘화 장사를 벌이고 있었다. 춘화뿐 아니라 음란만화나 소설책 등을 모두 다루었다. 이 장사는 걸리면 무조건 맡아놓고 퇴학이어서 위험성이 높은 만큼 수익성도 보장이 되는 해볼 만한 사업이었다. 거의 투자한 액수의 열 갑절은 보장이 되었다.

이 장사의 제일 생명은 죽었다 깨어나도 보안성이었다. 보안이 유지되지 않는 한 백년 공부 도로아미타불이 되는 게 이 장사의 속성이었다. 왜냐면 이런 장사는 한창 호르몬이 왕성한 고만고만한 또래 사이에서는 흔히 있는 일인 만큼 선도부 학생주임선생의 실적 올리기 표적이 되기도 쉬웠던 것이다.

그 다음으로 중요한 것이 풍부한 상품의 확보였다. 애들이 싫증을 느낄 겨를이 없도록 속도감으로 밀어붙이는 게 말하자면 요체였다.

상품 도매상은 지금은 덧씌우기를 해서 알아보기 힘든 삼선교 근처의 한 허름한 헌책방이었다. 그 집 주인은 머리를 길게 기르고 뺨에 기다란 칼자국이 흉터로 남은 청년이었다. 그리 크지 않은 평수의 가게였지만 양옆으로 책을 얼마나 빽빽이 가렸는지 무슨 어두컴컴한 암벽 틈새를 빠져나가는 기분이 들었다. 거래 암호는 '아저씨 생물도감 있어요?' 였다. 그는 고개를 끄덕였고 나는 생물도감 책갈피를 뒤져 물건을 인수하고 대금을 지불하면 그만이었다.

새벽같이 집을 나선 나는 호떡집이 즐비한 미아리고개를 넘고 돈암동 로터리를 지나 삼선교까지 한달음에 내처 달려갔다. 그 시각쯤 가게 주인은 함석문을 반쯤 열고 농심라면을 끓이고 있거나 삼선교 둑방 위에서 맨손체조를 하고 있었다.

처음에 내가 그 집에 들른 것은 순전히 완전정복이나 뉴스터디 시리즈 참고서를 사기 위해서였다. 다른 데서는 보통 백삼십원씩 하는 헌책 값이 그곳에서는 보통 백원 미만에 팔렸다. 그리고 책들도 비교적 깨끗했다. 또한 무엇보다 주인의 눈을 피해 당시 은어로 뽀리치기(훔치기)가 수월했다.『젊은 베르테르의 슬픔』하고『호밀밭의 파수꾼』도 사실은 거기서 훔친 거였다. 내가 헌책 더미 옆에 서서 이 책 저 책 쑤석거리는데 어느덧 그 청년이 등뒤에 다가서 있음을 알았다. 그의 뜨거운 입김이 내 목덜미를 간질인 것이다.

아아, 너는 참 레지스탕스 같은 아이구나. 아주 비밀스럽고 은밀한 표정을 지닌 아이라구, 아아!

칭찬 같기도 하고 비난 같기도 한 말을 불쑥 내던진 그 청년은 상기

된 얼굴로 의자에 엉덩이를 풀썩 던졌다.

　다음에 다시 올게요. 왜 책 살 돈이 없니? 약간 모자라서 생각 좀 더 해보구요. 더 생각해보구 자시고 할 것 없다, 애야. 내가 그 책은 거저 줄 테니, 이리 와서 내 말 좀 들어보렴.

　나는 귀가 솔깃했다. 그가 나한테 장사를 제의한 것이다. 첫 한 달간은 돈을 받지 않고 거저 물건을 대줄 테니 그것으로 우선 애들부터 꼬셔보라는 것이었다. 그 대신 무슨 일이 생기면 끝까지 자기를 불지 않을 자신이 있냐고 다짐을 두었다. 나는 그것은 식은 죽 먹기보다 쉽다고 말해줬다.

　아저씨도 내가 그럴 것 같으니깐 레지스탕스 같다고 한 것 아녜요?
　청년은 고개를 끄덕였다. 그는 학교 근방에서 이런 장사를 해본 경험이 많은지 나에게 애들을 꼬시는 법을 비롯해 은밀한 판매망을 짜는 법을 가르쳐주었다.

　이런 걸 점조직이라고 하는 거야. 알았니, 애야? 꼭 간첩들 흉내를 내는 것 같네요. 그보다 더 은밀해야 한단다. 아무튼 그렇게 따라서 할게요.

　그는 절대로 한 다리 건너서는 누가 물건을 대는지 알 수 없도록 하라고 신신당부를 두었다. 그렇지 않으면 나중에 피라미 한 마리가 걸렸을 때 멱살을 잡아당기면 고구마줄기 줄줄이 따라나오듯 모든 판매망이 일거에 와해된다는 것이었다.

　춘화나 음란만화를 필요로 하는 녀석이 있으면 나는 결코 직접 만나서 거래를 하지 않았다. 어쩔 땐 그 녀석 필통이나 책갈피에 메모를 남겨놓기도 했다.

　—방과후 고등학교 제4화보도서 열람실 『한국전쟁사』 네번째권 150쪽을 펼쳐볼 것. 회비는 백원.

　예를 들면 이런 식이었다. B급은 주로 『한국전쟁사』 시리즈 화보

갈피를 이용하고, C급은 『세계문명을 가다』 시리즈, 그리고 국내인들이 모델로 등장하는 A급은 예외 없이 『원색생물학습도감』 시리즈를 이용했다.

나는 언제나 생물학습도감을 겨드랑이에 끼고 다녔기 때문에 생물 선생이자 학생지도주임인 깜상이 머리털이 닳도록 쓰다듬어줄 만큼 각별한 총애를 받을 수 있었다. 너같이 생물 과목을 좋아하는 놈은 교단생활 이십 년 만에 처음이다. 정말 눈물겹지 뭐냐? 명치끝의 십 년 체증이 다 쑤욱 내려가는 기분이다. 뭘요! 그런데 어떻게 해서 이렇게 생물 과목에 관심을 갖게 됐지? 집안에 생물학자라도 계시니? 없어요. 정말 그냥이에요. 깜상은 고개를 갸웃거렸다.

내용물만 가져가고 회비를 남겨놓지 않는 더러운 놈들이 많이 생기기 시작했지만 그런 놈들은 철저히 응징함으로써 명랑한 거래풍토가 자리잡히게 했다. 물론 그런 애들을 응징하는 데 내 주먹은 턱없이 허약해서 남의 주먹을 빌리지 않을 수 없었다.

나는 애진작에 이 장사에는 주먹이 필수적임을 깨달았다. 회비를 걷는 데도 그렇고 어설픈 녀석들이 집적거리는 것을 막는 데도 울타리가 필요했다. 그런 면에서 학교에서 아이스하키부 애들도 함부로 건드리지 못하는 칠교 패거리를 끌어들이게 된 건 참으로 다행스런 일이었다.

칠교는 사실 내 또래보다 두 살이나 위였고 덩치도 보통 애들보다 머리통 하나쯤은 더 컸다. 생선함지를 이고 떠돌이 행상을 하는 홀어머니 밑에 있던 칠교는 중3 들어서는 아예 방을 하나 따로 얻고 자기 똘마니들의 아지트로도 쓰고 있었다. 나는 칠교 패거리에게 수익의 절반을 갖다주었다.

그러나 그것은 나의 큰 오산이었다. 여우를 피하려다 사자를 만난 격이었다. 나를 제치고 장사의 전면에 나서려고 맘먹은 칠교 패거리한테 린치를 당한 날 저녁 난 간신히 몸을 추스려 아버지가 머물고 있던 그 빈집을 찾았다. 만신창이가 된 내 얼굴을 본 아버지는 당연히 몹시 놀라는 표정을 지었다.

너 민세구나! 근데 이게 웬일이냐? 크게 당했구나 응!

나는 여닫이 방문을 잡고 늘어진 채 고개를 끄덕였다. 나를 방으로 부축해 들여간 아버지는 부엌에서 얼른 찬물 대접을 내왔다.

마셔! 그리고 말해보라우. 어떤 짓쳐죽일 놈들한테 당한 게니, 도대체?

아버진…… 날 도와줄 수가 없어요. 그저 한숨 자게만 해주세요.

눈을 질끈 감은 내 눈에서 액체가 흘러넘쳤다.

체육관 겸 강당 뒤쪽으로는 주로 겨울용 석탄이나 땔감을 보관하는 말굽형으로 뚫린 기다란 동굴이 있었다. 우리는 그 동굴을 석굴암이라고 불렀다. 여름철에도 그 안에 들어가면 소름이 돋을 정도로 서늘했다. 나는 칠교가 시킨 애들한테 두 팔이 뒤로 꺾이고 말았다. 나는 싸늘한 냉기가 뿜어져나오는 석굴암의 철문 앞에서 뒷발에 힘을 주며 버텼다. 그러자 정강이를 걷어찬 목소리가 내 귓불을 잘근잘근 씹으며 말했다.

죽을래? 죽고 싶지 않으면 빨리 겨들어가, 짜샤!

빼쭈름히 열린 석굴암 안으로 반 발짝도 내딛기가 무섭게 안에서 내 소맷부리를 잡아당기는 손이 있어 나는 블랙홀에 걸린 유성처럼 맥없이 빨려들어갔다. 그 안은 깜깜한 어둠뿐이었다. 그리고 그 어둠을 휙휙 소리나게 가르는 장갑 낀 주먹 소리뿐이었다. 한 손이 내 뒤통수를 끌어당겨 밑으로 꺾자 등판을 팔꿈치 끝이 찍었다.

개새끼, 죽여버려!

칠교, 왜 이래? 정말 나한테 이럴 수 있는 거야? 뭐가 잘못된 거야? 나 속임수 친 거 없다구!

어둠은 묵묵부답이었다. 이어서 묵직한 무릎이 명치끝에 와 박혔다. 어둠 속에서도 주먹과 발길질은 한치의 오차도 없이 내 급소들을 오갔다. 어둠에 약간 익숙해진 내 눈이 희부윰하게 빛나는 모자의 모표를 감별해내려는 순간 또다시 주먹이 명치끝을 파고들었다. 나는 숨이 막혀 입을 크게 벌렸다. 어둠 속에서 씩씩 거친 숨을 고르는 소리가 들렸다.

사, 살려줘.

살고 싶지!

누군가 뒤로 젖히고 있던 팔을 놓아버리자 나는 석탄 더미 위에 썩은 짚둥처럼 고꾸라졌다. 내 뒤통수를 어느 구둣발이 자근자근 밟고 비벼댔다. 그러자 입 안으로 매캐한 석탄가루가 밀고 들어왔다.

너 같은 놈 하나 죽여서 여기 석탄 더미에다 파묻어버리면 그만이야 짜샤, 알았어?

그만!

누군가 뒤쪽에서 점잖게 타이르는 목소리가 은은하게 퍼졌다. 나는 내 편을 들어줄지도 모를 그 목소리가 얼마나 고마운지 눈물이 글썽거릴 정도였다. 잠깐 라이터 불빛이 반짝거렸다. 담뱃불을 붙이는 칠교의 얼굴이 잠깐 눈앞에 흔들렸다. 그는 담배연기를 한 모금 동굴 천장에 내뱉은 뒤 다가와 내 등을 몇 번 토닥거려주었다.

자 아프지. 손수건으로 얼굴 좀 닦아. 우리도 너를 이렇게 손대고 싶지 않아. 진심이야. 앞으론 이렇게 손대지 않을 테니 내 말 잘 들어!

나는 고개를 푹 숙인 채 끄덕였다.

우리가 직접 장사를 하고 싶어……

그, 그건……

왜? 이거 똑똑한 놈인 줄 알았는데 돈맛을 단단히 본 놈이로군.

나는 마지막 발악을 하듯 대답을 하지 않았다. 그리고 그 대가는 가

혹했다.
 이제부터 네 몸에 털끝 하나 손대지 않겠어. 그 대신 새로운 맛을 보여주지.
 그는 애들을 시켜 내 팔뚝을 걷게 한 다음 피우고 있던 담뱃불을 갖다댔다. 나는 이를 악물고 견디다가 잠깐 정신을 놓기까지 했다. 그러나 내 뺨을 쳐서 정신을 들게 한 칠교는 이번엔 애들을 시켜 내 아랫도리를 까내리라고 말했다. 아랫도리로 찬바람이 훑고 지나갔다.
 너 춘화를 많이 봤을 테니 이게 무슨 구실을 하는지는 빠삭하겠지? 후후, 어때 평생 그짓을 못 하도록 해줄까, 어쩔까?
 칼날이 허벅지를 십자가로 그었다. 허벅지를 뜨겁게 긁고 올라온 칼날의 감촉이 생식기를 슬쩍 건드렸다. 그때까지 이를 갈며 버티던 나는 너무나 비참한 심정으로 흐느끼기 시작했다. 울 수밖에 없었다. 그것도 어린아이처럼. 그리고는 고개를 끊임없이 끄덕거렸다.
 진작에 그러지 이 친구야. 서로 피곤하지 않게 말이야. 아, 좀 좋아?
 이 장사도 이젠 끝이었다. 첫 거래가 이뤄지던 날이 생각났다.
 나는 늦게까지 운동장에 남아 야구부 애들의 연습장면을 지켜봤다. 철봉 위에 걸터앉아 하염없이 뭔가를 바라보고 있었다. 호주머니 속에는 첫 거래로 벌어들인 이백원이 가끔씩 쩔렁거리는 소리를 내고 있었다. 땅거미가 지기 시작하자 내 눈에서는 눈물이 자꾸만 슬금슬금 나오려고 했다. 춘화를 구경하는 것하고 그것을 팔아 돈을 버는 것하고 어떻게 다른지는 나도 잘 알고 있었다. 더러운 짓이라는 걸 알고 있었다. 나는 야구부도 철수하고 없는 어두운 운동장의 철봉 위에서 호주머니 속의 동전 두 개를 꺼내 모래밭 위에 떨궈뜨렸다. 내 알량한 양심과 자존심을 이 동전에 실어 버린다! 나는 모래가 서걱거리는 교복 소매로 눈시울을 훔쳤다.

내가 만신창이가 된 몸을 이끌고 그 빈집을 찾아간 것은 우연이었다. 마침 그때는 아버지의 육식이 시작된 시기였지만 아버지가 거기에 있을 거라는 확신은 없었다. 아무래도 상관없다는 생각이었다. 이 몸을 하고는 도저히 집으로 들어갈 수 없다고 생각했다. 나는 학교에서 그 집까지의 기나길었던 치욕의 거리를 도저히 잊을 수가 없었다. 내 운명은 아마 이제 창녀들 뒤치다꺼리나 하는 길밖엔 남아 있지 않은지도 몰라. 난 완전히 버린 몸이야.

그날 밤 아버지는 개 혓바닥처럼 내 상처들을 핥아주었다. 나는 죽은 듯이 누워 너덜너덜해진 천장을 구경하고 있었다. 아버지는 침이 말라 혀가 까칠해지면 냉수 대접을 기울여 방 한구석에 푸우 하고 물보라를 내뿜고는 계속해서 나를 부드럽게 쓰다듬어주었다.

아버지…… 죽고 싶어요.

아무 말 하지 말라니간 그러네 응?

세상이 너무 무서워요, 아버지. 가르쳐주세요.

나는 내가 아버지한테 무엇을 가르쳐달라고 조르는지 스스로도 알지 못했다. 어쩌면 아버지가 내게 고통 없이 죽는 법을 알려줄지도 모른다는 생각이 들었다.

사내란 모름지기 한때는 웅크리며 견디는 법을 배워야 한단다. 말하자면 풍뎅이처럼…… 알간? 그게 필요할 때가 있는 게 인생이야. 그렇게 해서라도 살다보믄 거저 맹탕으로 걷어치우는 것보담 낫단다. 버러지가 돼도 좋다는 데까지 가봐야 한다이.

그럼 나한테도 그 벌레들을 주세요!

아버지는 고개를 세차게 가로저었다.

무당인 꽁이엄마가 지정해준 그 폐가로 들어간 아버지의 밥주발 나르기는 자연히 내 몫이 되었다. 이번에는 육식을 위해서 그 빈집에 들어간 게 아니기 때문에 밥을 날라야만 했다. 형의 넋과 화해만 되면 아버지는 그 빈집을 나올 참이었다. 나는 눈을 비비며 일어나자마자 엄마가 뜨끈뜨끈하게 퍼넣은 찬합과 단무지 종지를 보자기로 겹쳐 싸날랐다.

　어떨 땐 채 안개가 걷히지 않은 그 길을 선잠이 덜 깬 채 걷기도 했다. 다시는 이런 심부름을 하지 않았으면. 그러나 아버지는 매번 귀신처럼 살아 있었다. 간밤을 날로 지새운 사람처럼 아버지는 형형한 눈빛을 내게 겨누며 바람벽에 등을 기대고 앉아 있었다. 방 안에 습기가 많은 탓인지 아버지의 눈두덩은 떼꾼해져 있었다.

　뭘 또 그걸 개져오니?

　……

　나는 대꾸를 하지 않았다. 창호지가 반쯤 너덜해진 방문 옆에 놓인 빈 찬합을 들 때마다 덜커덕거리는 소리가 들리면 왠지 손아귀에서 힘이 쑤욱 빠져나갔다. 또 다 비웠구나.

　그 빈집 바로 아래로 송자네 집이 있었다. 송자와는 국민학교 때 줄곧 같은 반이었다. 그애는 좀 모자라는 데다가 집안 형편이 어려워 끝내 중학교 진학을 못 하고 딱성냥공장엘 나가고 있었다. 졸업하던 해에 마침 그애 아버지가 죽은 것이다. 그애 엄마는 낯은 새초롬한 게 허여멀쑥했지만 몸이 몹시 약해서 그런지 일도 못 나가고 딸애가 벌어오는 돈으로 구찌뺀이(루주)나 바르는 여자였다. 입가에 언제나 살랑거리는 미소를 머금고 있는 걸 보고 동네 남정네들은 색기가 승한 여자라고들 말했다.

　나는 새벽녘마다 찬합 보자기를 나르다가 새벽오줌을 누기 위해 나온 송자의 세수도 안 한 쌍판과 몇 번 상면을 하였다. 송자는 풀숲에서 엉거주춤하게 앉은 자세로 질척거리는 길 아래에서 까치발을 뛰며 올라오는 날 보고 히죽 웃어주곤 했다. 나는 그때마다 찬합 뚜껑으로 송자의 얼굴을 후려치고 싶은 욕구를 느꼈지만 꾹 참고 그 빈집 마당으로 들어섰다.

사흘째 되던 날인가, 아무튼 매듭이 느슨해진 찬합 보자기를 들고 비트적거리며 그 길을 오르는데 아니나 다를까 그 자발머리없는 송자년이 또 오줌질을 하고 있는 게 아닌가? 쌍년 같으니라고! 나는 입술을 종그리며 나지막하게 욕을 싸질렀다. 그런데 엉덩이 밑에서 뜨거운 오줌발을 받던 개구락지라도 놀라서 점프질을 하며 박치기를 해댔는지 앉은자리에서 폴짝 뛰어오르는 게 아닌가? 함지박만한 방뎅이가 불쑥 솟구쳤다 떨어졌다. 에그머니나! 속으로나마 소리를 지른 쪽은 되레 나였다. 그 바람에 그러잖아도 헐렁해진 매듭이 스르륵 풀려나가 찬합이 비탈의 진흙창 위에 나뒹굴었다. 그 안에 떡이 져 들어 있던 밥덩어리도 몇 동가리가 나서 흙과 범벅을 이루었다. 나는 망연자실해 어쩔 줄 모른 채 서 있었고, 어느새 치마를 추스른 송자년은 뭐가 재미있는지 헤벌쭉 웃으며 저만치 서 있는 것이었다.

나는 이마에 김이 모락모락 오르도록 비탈 아래로 뛰어내려갔다. 아버지가 하루 종일 굶는 것은 더이상 문제가 아니었다. 자칫 엄마한테서 매타작이 떨어질지도 모를 일이었기 때문이었다. 빈손으로 돌아오는 내게 엄마는 빈 찬합은 묻지도 않았다. 나는 그 길로 가방을 챙겨서 학교로 뛰어갔다.

그날 밤 나는 다음날 아버지한테 들고 갈 찬합이 모자란다며 걱정을 하는 엄마 말을 듣고는 용기를 내 그 빈집을 찾아가기로 맘먹었다. 아버지는 그 집에서 자기까지 하는데 뭐. 마침 달도 훤히 밝은 게 다행이다 싶었다. 채석장 어귀에서 주운 기다란 작대기로 땅바닥을 톡톡 두드리며 걸었다. 그 집은 금세였다. 달이 참 밝은 게 다행이었다. 아버지는 벌써 잠이 들었는지 그 빈집은 어두컴컴했다.

원래 뱀이 많이 나오는 집이라고도 했었지. 나는 일부러 소리나게 작대기를 휘두르며 아주 천천히 다가섰다. 그때 그 집에서는 이상한 침묵이 배어나오고 있었다. 나는 그 침묵이 왠지 어색하고 거추장스럽게 느껴졌던 것이다. 그래서 더욱 작대기질을 세게 하면서 다가섰는지도 모를 일이었다. 나는 드디어 허물어진 삽짝 앞에까지 와 섰다.

무엇 때문인지는 모른다. 갑자기 어리광부리는 아이처럼 울음을 터뜨리고 싶어졌다. 아버지…… 저 왔어요. 왔다니까요. 히힝. 나는 문득 그 집이 입을 벌리고 있는 어떤 살아 있는 괴물 같다는 느낌이 들었다. 마치 나를 비웃기나 하는 듯한. 아버지…… 제발 나오세요. 그러나 이 말은 입 밖으로 새나오질 못했다. 나는 빨려들듯이 그 집 마당으로 들어섰고 규칙적인 발걸음으로 아버지가 기거하는 방문 앞으로 다가섰다. 사그락거리는 소리가 들렸다. 달빛이 휘영청 밝았다. 나는 이미 뭔가를 예감하고 있었다.

그 안에서는 마치 허물 벗은 뱀처럼 벌거숭이가 된 두 사람이 뒤엉켜 몸부림을 치고 있었다. 나의 벌어진 입구멍을 처마 밑에서 불어온 바람이 틀어막았다. 나는 몇 번이고 눈을 깜박거려보았지만 눈앞에 펼쳐진 광경은 지워지질 않았다. 아버지와 송자엄마였다.

어디선가 부엉인지 뻐꾸긴지 모를 새 울음소리가 귓전을 때렸다. 귀에서는 말벌이라도 든 듯 갑자기 웅웅거리는 듯한 소리가 들렸다. 나는 뒤를 돌아보았다. 변소를 가리고 있던 가마니때기가 바람에 풀썩이며 입을 크게 벌렸다. 이건 아마 꿈일 게야. 한바탕 뛰고 나면 깰 그런 꿈일지도 몰라. 허공중에 몸이 붕 뜨면서 오줌을 찔끔거리다가 또는 그 몽정인가 뭔가 때문에 빤스를 축축이 지리며 깰지도 몰라. 나는 슬로모션에 걸린 사람처럼 천천히 일어나 내달리기 시작했다. 히힝, 제발들 그만두라구요.

그래 아버진 여기서 며칠 몇 날 밤을 새우며 형을 만나봤나요?

나는 아버지를 추궁하기 위해 다음날 그 빈집을 다시 찾았다. 아버지는 의외로 고개를 순순히 끄덕이는 게 아닌가?

기럼, 니 형이 내게로 왔었지. 바로 어젯밤.

아버지는 호주머니에서 담뱃갑을 더듬어 담배를 한 개비 뽑아물며 눈살을 살짝 구겼다.

어떻던가요?

나도 처음엔 꿈인가 했었거든. 근데…… 기거이 정짜로 꿈이 아니더랬어. 너희 형은 아주 훌륭한 투구를 쓰고 왔었단다. 천군만마를 호령하는 장수들이 쓸 것 같은 누런 황금빛으로 빛나는 투구를 니 잘 알겠지? 이 애비는 너무 황홀했단다. 너희 형은 온몸이 이미 황금빛이었어. 저, 저기 보이는 창문 있디? 거기서 이렇게 곧바로 날아와 문 밖으로 나섰다가 다시 천장으로 올라갔지.

나는 혹시 내가 너무 대들어서 아버지가 돌기 직전이 아닐까 싶어 더럭 겁이 났다.

그런데 그거이 인두겁을 쓴 사람 모양은 아니더구나. 한 뼘은 족히 돼 보였는데 날개가 달렸더구나. 내가 이렇게 손을 뻗으니깐 순순히 손 안으로 들어와 나를 빤히 쳐다보지 뭐겠니? 보통 미물 같으면 지 죽으려고 감히 사람 손 안에 들어오겠니? 나는 아뜩해져 정신을 잃을 뻔했지만 기를 쓰고 말을 걸었단다. 그리고 서로 껴안고 방 안을 온통 나뒹굴었단다. 너무 흥감스러워서리……

나는 울고 있었다. 갑자기 어젯밤에 본 장면에 자신이 없어서였다. 그게 혹시 헛것이 아니었을까? 도무지, 도무지 자신이 없어지는 것이었다.

……그렇게 도로 날아갔단다. 이 애빈 그것이 바로 너희 형의 혼이 씌인 날것이라는 걸 알아챘지. 그런데 그 잘난 생물도감인가 뭔가를 아무리 찾아도 그놈이 나와 있질 않으니 어떻게 된 일이냐? 비슷한 걸 하나 찾긴 찾았지. 장수풍뎅이라고. 그런데 빛깔이 틀려. 그놈은

원색생물학습도감

분명히 온몸이 아주 휘황한 순금빛이었거든. 그런 거무칙칙한 빛깔이 절대루다 아니었거든. 몸집은 얼추 비슷하더구나. 머리의 투구 모습도 비슷하고.

　애, 송장 치우러 가자!
　그러고도 며칠 뒤 꿈결에 나는 분명히 그렇게 들었었다. 너무 놀라 벌떡 일어났을 때 엄마는 벌써 떠날 채비를 마치고 있었다.
　뭘 해, 송자네 집에 같이 가자니깐!
　아, 예에!
　방 한구석에는 토마토 봉지가 세워져 있었다.
　그 집에 벌써 끼니가 떨어진 지가 꽤 된다는데 이 물난리에 뭐 주워 먹을 게 있겠니. 그래도 우리 형편이 개네보다는 지렁이 오줌만큼은 나은 편이니 이거라도 들고 가보는 수밖에.
　나는 왠지 송자엄마가 집에 있지 않을 것이라는 예감이 들었다. 그렇다면 혹시 빈집에…… 부슬비를 맞아가며 앞장서 걷고 있던 나는 등짝에 왕소름이 돋아날 지경이었다. 아버지와 송자엄마가 함께 있는 모습을 엄마가 목격하는 장면을 상상만 해도 숨이 턱턱 막혀왔다.
　그 집으로 가자면 가파른 경일중학교 뒷담을 따라 난 산길을 타야 했다. 그 길은 장마비 때문에 몹시 물러터져 있어 발을 잘못 디디면 흙이 한 덩어리씩 까마득한 아래로 떨어져내려갔다. 이 길만 지나면 그 다음부터는 길이 좀 질척거리기는 해도 그 집까지 가는 데 별다른 장애물은 없는 셈이었다.
　한 발을 내딛는 순간 감촉이 이상했다. 직감적으로 허방다리처럼 내려앉을 곳이라는 느낌이 들었다. 나는 서너 발짝씩 뒤떨어져 따라오는 엄마에게 주의를 주기 위해 고개를 돌렸다.
　어, 엄마, 거기……

니나 앞서 잘 걷기나 해, 이 빙충아.
 그게 아니고……
 나는 입이 떨어지질 않았다. 서너 발짝을 더 내딛던 엄마는 토마토 봉다리를 껴안고 흙더미와 함께 그대로 아래로 휩쓸려내려갔다.
 어, 엄마!
 가까스로 소리를 질러 아랫동네의 몇몇 남정네의 도움을 얻어 무릎을 크게 다친 엄마를 집으로 모셔올 수 있었다. 상처를 본 동네 사람들이 모두 신풍의원으로 갈 것을 권했지만 엄마는 재호아빠가 약방에서 구해온 주사 한 대와 연고를 바른 채 달포를 버티며 상처를 아물렸다. 그때 제대로 치료를 받지 못해 무릎 관절에서 미처 제거하지 못한 돌조각 등이 늘그막에 다시 염증을 일으킨 것이었다.
 "아예 수술을 한다고 할 걸 그랬어요?"
 어머니는 고개를 설레설레 저었다.
 "그때 송자네 집에 간다고……"
 좌석버스에 오른 어머니는 차창 밖만 바라보며 내내 말이 없다가 입을 떼었다.
 "송자네가 아니었지……"
 "무슨 말씀이세요? 내가 그걸 기억 못 해요? 송자네가 아버지도 없이 끼니가 간 데 없다고 하시면서 그때 내가 앞장섰잖아요. 어쩐지 그때 그 길에서 예감이 안 좋더라니깐."
 "아냐…… 송자네가 아니라, 그 위에 빈집이었지."
 "그 폐가 말이야요?"
 "……!"
 나는 당혹스러움을 느꼈다. 아마 그때 어머니는 아버지가 그 빈집에서 무엇을 하고 있었는지 이미 다 알고 있었던 게 아니었을까 하는 생각이 갑자기 뇌리를 스친 것이다. 그런데 차마 아들을 앞세워 가

길, 그 길에서 믿고 싶지 않은 사실을 두 눈으로 확인하고 싶기는 했지만 그게 너무 끔찍했을까?

그렇다면 그 푸석해진 흙더미를 밟고 무릎을 다친 것도 혹시 고의적인 선택이 아니었을까? 아주 자연스럽게. 나는 어머니의 옆얼굴을 새삼 돌아다보았다.

"차라리 그 돌멩이를 뺀다고 할 걸 그랬어요."

"빼긴 왜 빼니? 한 몸뚱어리 살 속에서 그렇게 이십 년 가까이나 그렇게 오랫동안 머물러 있었으면 그저 뼈가 다 된 것으로 알고 구순히 받아들여야지. 이게 그냥 놔두면 죽어서 사리가 될지도 모를 돌멩이잖니?"

(『문학동네』1995년 가을호)

마라토너

아마 나쁜 꿈에 가위라도 눌린 모양이었다.

옆자리에서 소스라치듯 몸을 떠는 바람에 병헌은 지그시 덮고 잠을 청하던 눈까풀을 걷어올렸다. 관자놀이께에 머리칼 몇 올이 말라붙어 울다 지친 아이처럼 호졸근히 잠든 여자의 옆얼굴을 바라본다.

깨울까……

병헌은 자신의 어깨에 헝클어진 머리를 얹고 잠든 이의 얼굴로 시선을 떨궜다. 시골 이모네 집 송아지가 놀던 뒷동산처럼 둥그스름하게 깎인 이마 너머로 되똑한 콧날이 옛날처럼 오만하게는 아니었지만 아직도 만만찮은 봉우리였다. 어쩔 수 없는 세월의 흔적인 듯 눈가로 실개천모양 지줄지줄 팬 잔주름 몇 줄기도 여전히 함초롬한 그녀의 태를 완전히 이기진 못했다.

아직 잠들기 전, 누나라면 혹 무당이 돼 있지나 않을까 생각했거든 하며 병헌이 묻자 그녀는 말없이 눈을 동그랗게 떴었다.

그냥…… 나 어릴 적 뒷집 무당 딸하고 노상 소꿉동무를 삼아가지고 사람 보면 그런 쪽으로 느낌이 좀 있어서.
푸우, 그래? 하긴 이런 고달픈 보따리 장수보다 무당 신세가 나으려나……
하면서 한숨을 포옥 내쉬는 바람에 대화가 끊기는가 싶더니 어느새 숨 몇 번 들이쉴 참에 잠결로 잦아들었다.
흔들리는 길 위에서도 모자란 잠을 보충해내는 데 이골이 난 노련한 떠돌이다웠다. 후드득 몸을 떨어 잠이 엷어지는 와중에서도 오른손을 등뒤로 슬쩍 가져가 쑤셔놓은 핸드백을 한번 확인을 해보고서야 맘을 놓는 듯 잠깐 주름이 접혔던 양미간을 폈다. 하긴 여자 홀몸으로 세계 곳곳을 보따리 하나 움켜쥐고 헤매왔다니 여북하겠나.
이번 거래는 성사만 되면 큰 건데. 잘되면 보따리 장수 청산하고 사무실 하나 내야지. 근데 곁에서 지켜봐줄 남자가 필요할지도 몰라. 아직 우리 사회라는 게 여자 혼자라면……
자기가 무슨 변변한 병풍 구실을 할 수 있겠느냐고 반문하면서도 병헌은 기왕에 호텔 숙박권도 남아돈다니 여행 삼아 따라가는 것도 좋겠다고 동의했었다. 오죽하면 나 같은 놈한테 그런 부탁을 했을까 생각하며 병헌은 콧등으로 흘러내린 안경을 밀어올렸다. 그러면서 상앗빛 실로 짠 홈스펀 스웨터에 감싸여 고른 숨을 쉬고 있는 볼록한 젖가슴께를 내려다본다. 눈동자 초점이 점점 흐려졌다. 문득 그 굴곡진 스웨터 거죽에 뾰족한 도깨비바늘이 듬성듬성 달라붙어 있는 듯한 착시로 눈앞이 뿌옇게 흐려졌다.
고개를 돌리는 순간 어릴 적의 병선누나 몸냄새가 확 풍겨왔다. 가을걷이 뒤의 초가 지붕 용마루처럼 둥그스름한 맨살을 환하게 드러냈던 병선누나의 어깨선이 가물거렸다. 고등어자반이 담긴 함지를 이고 나간 엄마를 기다리던 병헌은 병선누나를 졸라 잡풀투성이야

산이나 들녘을 쏘다니며 깜부기가 도톰하게 든 풀대를 까먹으러 나가곤 했다. 횟배를 앓는 것처럼 뱃속이 헛헛해질 때까지 깜부기를 털어먹고 나면 입가가 숯검댕 칠한 아이인 양 온통 새카매졌다. 병선누나와 얼굴을 마주 보다가 서로 손가락질을 하며 놀릴 때쯤에는 어느덧 해가 산 너머로 설핏해져 있었다. 다시 집으로 돌아갈 길은 아득하고 병헌은 병선누나에게 업히겠다고 떼를 썼다. 몇 번 징징거리는 시늉을 한 끝에 올라탄 병선누나의 허리께와 잔등은 물론 삼태같이 치렁치렁한 머리에도 온통 도깨비바늘 천지였다. 열 발짝마다 하나씩 떼어내다보면 동네가 멀찍이 보이곤 했다. 짓궂어지고 싶어진 병헌은 도깨비바늘을 헤아리다 말고 병선누나의 목덜미 속으로 찬 손을 집어넣으려 했다. 목덜미께가 간지럽다며 고개를 배배 꼬면 꼴수록 병헌은 목덜미 안으로 손을 더욱 깊숙이 넣으려고 발버둥쳤다. 그러다가 집에서 자투리 실을 모아 직접 짠 헐렁한 스웨터가 한쪽 어깨 아래로까지 벗겨져 어깨선이 드러나고, 문득 손끝에 닿은 물컹하고 따사로운 살덩이. 어린 병헌은 숨을 멈추고 울먹거렸고 병선누나는 아무렇지도 않다는 듯 스웨터를 추슬러 입고는 병헌을 더욱 꼭 안아주었다. 우리 엄니 오믄 생선 구버 밥 먹자.

아흠, 넋 놓고 잤네. 다 왔나? 근데 어마, 나 침 흘렸나봐?

어깨에 닿을락 말락 늘어진 머리카락 사이로 두 손을 깊숙이 집어넣어 고양이 세수하듯 얼굴을 부비던 여자가 하품을 반쯤 베물다 말고 제풀에 픽 웃었다. 도리질을 하듯 고개를 깔딱 젖히며 머리타래를 흔들어 까만 점이 박인 하얀 귀밑 너머로 묶어세울 듯 갈무리했다.

진짜 세상 모르던데요. 흘린 침에 내 어깨가 축축해질 정도였으니, 낄낄.

병헌이 던지는 우스개에 여자가 짐짓 눈자위를 하얗게 뒤집으며 자리에서 일어났지만 그리 밉짱스럽진 않다는 표정이었다.

현일채가 그녀의 이름이었다. 병헌이 십일 년 만에 일채를 다시 만난 곳은 지방 신문에서「감초선생」이라는 한 컷짜리 시사만평을 그리고 있는 조운라 화백의 사무실에서였다. 그는 병헌의 오 년 선배였다. 병헌이 89년도에 일출봉이라는 출판사를 차려 첫 책으로 미국의 제3세계 침략사를 다룬『찢겨진 성조기』를 찍어 만오천 부쯤 팔고 붙들려가 집행유예를 선고받을 때까지 두어 달 갇혀 있던 감방에서 알게 된 사이였다. 운라는 당시 중학교 미술 교사로 전교조 활동을 하던 중 끌려와 있었다. 병헌과는 고향도 예산으로 같은데다 죽도 잘 맞아 대번에 친해져 바로 호형호제를 하였다. 출옥 후 전교조 활동이나 민중미술과도 멀어진 운라는 고등학교 때 잠깐 자신에게 그림을 가르쳐주었던 그 일간지의 시사만평가가 삼 년 전 은퇴하면서 후임으로 추천해준 덕으로 안정된 밥자리를 마련했다.

　병헌아, 나 이 영점 영영이 평짜리 텃밭에 갇혀 앞으로 그림 못 허겠다. 증말로.

　0.002평짜리 텃밭이란 가로세로 십 센티미터의 신문만평란이었다.

　옴살은. 텃밭을 키우는 방법이 있잖남.

　얼라! 믄 소리?

　있잖아, 거시키 야야…… 호호호……

　야호? 아, 그거!

　운라가 전교조 때문에 해직도 된데다 옥살이까지 하고 나왔을 때 처자식까지 거느린 처지에 입에 풀칠할 일이 막막했었다. 마침 어느 출판사로부터 매절 원고료로 한몫에 오백만원을 받고 열 권짜리 성인 장편만화를 홍동지라는 필명으로 그려준 적이 있는데 그 제목이 바로『야호』였다. 야호(夜壺)는 밤에 쓰는 항아리란 뜻으로 요강을 가리키는 옛말이었다. 안방마님부터 시작해 나이가 찬 처녀들과 청상과부 등 한국 여인네들의 삶의 애환과 욕망을 수를 놓듯이 잔잔하면서도 에로틱한 필치로 다듬은 작품이었다. 최근에 어떤 젊은 만화평론가가 『야호』를 두고 격조 있는 한국형 성인만화의 새 장을 열었다는 평가를 내려 운라를 고무시켜주었다.

그것도 좋긴 한데 만화라는 것도 이젠 하나의 산업 개념이 돼버렸거든. 결국은 기획, 생산 단계에서부터 유통, 홍보까지 아우르는 엄청난 자본을 쏟아부어야지, 그 다음에 상상력이고 뭐고 먹히게끔 돌아간단 말이야. 예전처럼 근성 하나만 가지고 수공업적 사고방식으로 덤비는 건 시대착오야. 그게 문제긴 문제다.

말이 필요 없다구요. 『야호』처럼만 그리면 시장은 얼마든지 있을 테니. 그러면 몇십만 부는 나갈 테고 그런 작가를 이악스런 자본력이 가만두지 않을 테니.

쩝쩝, 그건 그렇고. 근데 너희 다솜기획 요즘 일감은 끊기지 않냐?

왕가뭄이지. 기껏 대학 애들 교지하고 팜플렛 따위 좀 대행하는 것 빼고는……

그렇다면 내가 죽을 꾄지 살 꾄진 몰라도 아무튼 번듯한 꾀가 하나 생겼는데…… 뭐고 하니, 기획전을 여는 거야.

기획전……?

병헌이 뜨악한 표정으로 되묻자 운라는 그럴 줄 알았다며 손사래부터 쳤다.

들어봐. 분명히 장사가 될 만한 아이디어니깐. 올 여름 지자체 선거 때문에 난리잖아. 그것과 관련이 있는 건데, 가령 제목을 '기자가 뽑은 지역을 움직이는 오십인전' 하고 근사하게 붙이는 거지. 그들 인물화를 캐리커처 형식으로 그려 전시하는데 각 신문사 만평가를 묶어서 정치, 경제, 예술계 등등 할 것 없이 쇠푼깨나 풍기는 사람은 두루 엮는 게 중요하지. 사람 맘이라는 게 자기가 유력인사로 선정됐다는데 쌈짓주머니 풀고 싶지 않을 인사가 있겠냐? 더군다나 구린내 나는 방귀깨나 뀐다는 언론사 환쟁이들이 손수 그렸다는데두? 그렇게 되면 가령 그림 값을 한 십만원쯤 매겨놔도 그들이 기획전에 와서 그것만 달랑 내놓고 가진 뭣하잖아. 시쳇말로 플러스 알파로 금일봉이라는 게 다문 얼마라도 있을 테지. 너만 좋다면 내가 안면도 있으니깐 신문사 환쟁이들헌테 연락 좀 넣어주지 뭐.

거 바짝 땡기는데. 한번 해보죠 뭐. 형한테 이 기획을 내가 정식으로 살게요. 술 한잔 살까요?

사례? 사실 이 기획을 낸 사람은 내가 아니니깐 원기획자를 만날 기회가 있으면 그 사람한테 밥이라도 한끼 사지그래. 얼마 전에 선배 전시회 뒤풀이 자리엘 갔다가 죽이 맞아 몇 번 만난 여잔데.

운라가 재생지로 만든 명함을 건네줬다.

아트 커미셔너는 또 뭐예요? 형의 이거야?

병헌이 히물거리며 새끼손가락을 쳐들어 보였다.

짜아식…… 그게 아니고 쉽게 말하면 그림중계상이라고 할까? 이혼녈걸.

으와, 그림? 이혼녀? 죽이네. 현, 일, 채? 어?

침 닦아, 침. 하긴 자고로 개구리와 남녀 사이란 어느 쪽으로 뛸지 모르는 법이니깐. 묘한 분위기를 자아내는 여자지. 곧 만날 수 있을 거야.

현, 일, 채? 아니, 형 지금 그 일채누나 얘기하는 거 맞아?

그 일채누나라니, 누굴?

운라가 고개를 갸우뚱거리며 병헌한테서 명함을 빼앗았다.

호텔 가는 셔틀버스가 있긴 있다는데 지금은 대회에 차출돼 다니기 어렵대요.

역 광장 끄트머리에 있는 전화부스에서 걸어나온 병헌의 말을 들은 일채는 고개를 끄덕이더니 짙은 색안경을 꺼내 끼고 나서 바닥에

롤러가 달린 가방을 들어올렸다. 병헌이 얼른 손길을 뻗었다.

무슨 대회?

마라톤대횐가봐요. 저기 현수막도 걸리고 난리가 아니네. 아, 동아 마라톤 제육십육회. 맞아, 어디선가 신문 기사를 봤지. 내일 뛰네요.

그들이 택시를 타고 호텔 앞뜰로 들어섰을 땐 운동복 차림의 선수나 땀복이나 유니폼 차림의 임원들이 여기저기 눈에 띄었다. 그 호텔이 선수들의 지정숙소인 모양이었다. 삼삼오오 모여 서로 등을 맞대고 어릴 적 콩쥐팥쥐 놀이하듯 번갈아 업어주거나 제자리에서 가볍게 뛰어오르며 신발 바닥을 서로 딱딱 마주치는 사람, 가랑이를 벌리고 무릎을 눌러주며 몸을 푸는 머리 짧은 사람들이 어수선하게 흩어져 있었다.

일채는 루주를 칠하지 않아 핏기가 가셔 연둣빛을 띤 입술을 한일자로 다부지게 물고 있었다. 그 서너 발짝 뒤에서 일채의 검은 구두 뒤축에 눈길을 박고 따라가던 병헌은 고개를 약간 숙이고 있었다.

나 준몬데……

불심검문을 하는 사람처럼 앞길을 가로막는 투박한 운동화에 병헌이 주춤거렸다. 고개를 들자 얼굴이 그런 대로 익은 짧은 머리의 사내가 그 앞에서 발끝으로 가볍게 뛰며 몸을 푸는 시늉을 하고 있었다. 병헌은 준모라고 자기 이름을 밝힌 사내보다 그 뒤로 방송국 이동카메라를 들고 잽싸게 뒤따르고 있는 두 잠바데기에게 먼저 눈길을 주었다.

나 대학 다닐 때…… 기억나지?

준모……?

병헌은 호텔 회전문을 열고 사라져가는 일채의 뒷모습을 보며 당혹감에 목덜미가 뻣뻣해졌다. 그때 두 사람 옆구리 사이로 수세미같이 기다란 마이크가 무례하게 끼어들었다.

어어, 그렇구나! 웬일이지? 이번 대회에 참가할 선수들 데리고 왔구나?

병헌은 그제야 엄벙덤벙 상대를 알아보는 척했다. 그는 대학 때 체육특기 장학생이었다. 아마 어느 대학교나 실업팀의 코치로 일하고 있는 모양이었다.

누굴 인솔하고 온 게 아니라 내가 바로 선수야. 뛰는 선수. 나 아직 현역이거든.

네가?

으응, 그렇게 됐어. 이번 대회에서는 마스터즈 대회 빼놓고는 연맹 등록 선수 중 내가 제일 고참이래.

준모는 쥐고 있는 손을 위아래로 크게 흔들었다. 병헌은 마이크가 빠져나간 틈을 이용해 말소리를 낮춰 물었다.

이거 뭐 하는 거야, 대체?

보믄 몰라? 방송국에서 〈인간시대〉 찍는다대. 카메라가 영암에서부터 따라붙었어.

영암이라니?

내가 선생으로 있는 중학교. 오늘 새벽 첫차 타고 나왔거든.

병헌은 고개를 주억거렸다.

그래 잘됐네…… 이번 대회가 마스터즈급 대회라는 거냐?

아니, 그게 아니고 일반인 대회 있잖아. 선수들말고 그 뒤 스타트라인에서 참가비 내고 한번 뛰어보는 아마추어 선수들. 그게 마스터즈고, 난 그 앞선에서 스타트하지.

그때 한 무리의 검정 양복쟁이들이 다가왔다. 준모는 그들이 가까이 오자 허리를 꺾어 장난스레 인사를 던졌다.

이사님들, 안녕들 하쇼?

다른 선수들한테는 손가락으로 고압적인 지시를 내리며 지나가던 양복쟁이들 몇이 카메라를 의식해선지 머쓱한 표정을 지으며 준모에게 고개 숙여 알은체를 했다. 준모가 마이크가 없는 틈을 타 먼산바라기를 하며 재빨리 중얼거렸다.
 내 나이면 마라토너로선 거의 할아버지뻘이지. 현역 때 잘나가다 오래 전에 은퇴한 내 동기들이 슬슬 연맹에서 이사급이거든. 껄끄러울 거야, 아마. 근데 아까 보니깐, 부인인가? 참한 미인이던데.
 준모가 턱짓으로 호텔 현관을 가리키며 묻자 병헌은 말을 흐리며 화제를 딴 데로 돌렸다.
 어…… 어, 아냐 인마 내 동업자야……
 낯이 좀 익은 것 같기도 한데, 동업자라면 이따 인사 좀 시켜주지 그래.
 그러지. 넌 몇호실이냐? 육백삼호? 알았어. 나중에 보자구. 연락할게.
 로비로 들어서 카운터 쪽을 보니 일채가 한창 실랑이를 벌이는 중이었다.
 이것 봐요! 내가 안팎으로 수많은 델 돌아다녀봤지만 이런 무경우는 처음이네. 사람을 어떻게 보고 이러는 거야? 이러고서도 무슨 특급호텔이라고……
 일박 이일짜리 사은숙박권 두 장을 내밀자 국제마라톤 대회를 치르느라 갑자기 선수를 수용하게 돼 객실이 모자라니 숙박권을 하나밖에 인정을 해줄 수 없다는 데 대한 항의였다. 병헌은 일채가 주위의 시선은 아랑곳없이 시장통에서 자리다툼하는 아줌마처럼 허릿장을 지른 채 영악하게 따지고 드는 모습을 구경할 수밖에 없었다. 카운터의 사내는 거듭 허리를 굽신거리며 보통실 대신 침대가 둘인 특실을 하나 비워주겠다고 양해를 구했다.
 병헌씨, 본의 아니게 한 방을 쓰게 됐는데 어때?

한바탕 핏대를 올리고 돌아선 일채의 두 뺨에 홍조가 스쳤다.
나야 뭐 별상관 없죠……
그럼 됐어. 근데 아는 친구?
손가락으로 뒤쪽 현관문을 가리키며 물었다. 병헌은 말꼬리를 흐렸다.
아…… 예…… 이, 이번 대회에 참가하는 마라토너인데…… 좀 알아요.
마라토너?
호텔 방으로 들어온 일채가 여섯시에 잡힌 약속에 나가려면 샤워 좀 해야 한다며 스스럼없이 옷을 벗었다. 병헌은 스웨터가 침대 위로 던져지는 순간 슬그머니 몸을 돌려 창가 쪽으로 다가섰다.
올해 안에 새로 문을 여는 준특급호텔인데 거기서 걸 그림들을 일괄적으로 구입하겠다며 구경 좀 하재.
가방 안에 있는 게 그림이에요?
아냐. 카탈로그만 챙기면 돼. 물건은 나중에 던져주고. 저 가방은 순 옷보따리야.
옷보따리요?
내가 얘기 안 했던가? 얼마 전에 런던이랑 이태리 거쳐서 떼어온 거야. 설명하자면 좀 길어. 우리 저녁은 따로 먹고, 이따 한잔해야지. 내가 살 테니. 아참, 그 마라토너도 같이 보면 재밌겠다.
일채는 서둘러 욕실로 들어가버렸다. 물소리가 새나오는 욕실 문을 맥없이 바라보자니 자신이 촌닭처럼 느껴졌다. 병헌은 침대 위에 드러누워 있는 옷가지들을 내려다봤다. 그렇지. 벌써 삼십대 후반의 여자지. 그 정도면 부끄러움을 잊을 나이도 된 셈이 아닌가.
학번으로만 따지면 일채는 병헌과 문과대 81학번 동기였다. 그러나 나이는 재수를 한 병헌보다도 두 살이나 더 많았다. 병헌이 까치

둥우리 같은 더벅머리를 뒤쓴 채 재수생 티를 잔뜩 묻히고 독문과에 입학했을 때 일채는 이미 삼 년이나 다니던 서울의 내로라 하는 대학의 법학도 생활을 때려치우고 지명도가 훨씬 떨어지는 지방대 국문과에 그것도 편입이 아니고 신입생으로 들어온 상태였다.

병헌은 첫눈에 오래 전부터 찾고 있던 우상을 만난 듯 들뜬 기분이었다. 물론 그때 일채는 어느 지방 일간지의 신춘문예에 여대생 신분으로 「순수의 전설」이라는 단편소설이 막 당선돼 지역문단에서는 알음알음으로 이름깨나 오르내리는 신인 작가이기도 했다. 또 무엇보다도 일채에게는 아지랑이처럼 피어오르는 누나의 상이 있었다. 병헌은 자신이 그 이미지에 취해 있다는 생각이 들었다. 아무튼 대학 생활 내내 그녀는 병헌에게 일채(一彩)라는 이름 뜻 그대로 한 줄기 휘황한 광채를 뿜어대는 존재였다.

단대 소속의 한 문학서클에 들었던 병헌에게 일채는 드넓은 문학의 세계를 이리저리 거닐도록 해주는 친절한 문학교사 노릇을 마다지 않았다. 문학청년이던 병헌에게 그때는 소중한 문학수련기이기도 했다. 특히 도스토예프스키 문학에 관해선 일채는 교내 대학신문에 「도스토예프스키, 어떻게 읽을 것인가」라는 글을 몇 회에 걸쳐 연재할 만큼 나름대로의 안목을 갖고 있었다. 병헌은 일채의 관심을 끌기 위해서라도 도스토예프스키를 독파하지 않을 수 없었다.

난 도스토예프스키의 『백치』 같은 작품을 쓰고 말 테야……

병헌은 일채가 하고많은 작품 중 하필 『백치』를 지목하는 데 의아해했다.

『백치』보다는 『악령』이나 『카라마조프가의 형제들』이 더 걸작 아녜요? 이 『백치』에는 그런 게 없는 것 같아요. 그게 뭔가 하면, 도스토예프스키다운 덩치 있는 사상이나 철학 같은 게 다른 작품보다 현저히 떨어진다는 건데. 이 『백치』는 러시아 전통을 충실하게 담아내는 단순한 윤리소설일 뿐이지 않을까요? 한 남자와 두 여자에 얽힌…… 대충 이런 거. 간질병 때문에 되레 정신적 순수성을 지킬 수 있게 된 무이시킨 공작이 두 여자의 중심에 있는 겁니다. 그리고 한쪽엔 순결한 젊은 처녀 아글라야에 대한 열렬한 동경이 있고 반대쪽으로는 더럽혀지고 버림받았으나 순진한 창녀 나스타샤에 대한 열렬한 동정이 놓여 있는 형국 아닙니까? 그 사이에서 줄타기를 하는 무이시킨이 끝내는 도덕적 희생정신을 발휘해 창녀 나스타샤를 선택한다? 이거 뻔한 삼각관계를 다룬 신파 아닌가요? 도스토예프스키로서는 실패작 아녜요?

되는 대로 마구 주절거리는 병헌을 일채는 풀린 눈동자로 바라보았다.

다른 이유는 없어. 나를 매혹시키는 것은 『백치』야말로 진짜 냄새 나는 작품이라는 사실뿐이야. 비린내를 코가 문드러지도록 독하게도 풍기는 문학이라고나 할까. 그 냄새가 도대체 뭐겠어? 바로 시체 냄새를 갖고 문학을 했다는 데 내가 전율하는 거야. 생각해봐. 썩고 있는 나스타샤의 송장 옆에서 두 연적이 철야를 하면서 대화를 나눈다? 그녀를 양보해준 무이시킨과 함께 비록 몸은 차지할 수 있었지만 그것이 빈 껍데기임을 알고 질투 끝에 살인까지 저지르고 만 로고진이 쉬가 슬고 있는 송장 옆에서 유령처럼 밤을 새우는 풍경을 상상해보라니깐! 오오, 징그러워라, 저주받은 백치들이여. 그들은 무슨 대화를 나눈다는 것일까? 그것을 제발 환상이나 허구라고 하진 말라구. 그것은 이미 우리가 알고 있는 세계이자 우리가 속해 있는 바로 이 세계란 말이야!

그때 사범대 건물 뒤로 지는 놀이 페다고지 동산을 더금더금 점령해들어오고 있었다. 잔디 위에 앉은 일채는 두려움에 휩싸인 사람처럼 질린 얼굴을 두 손바닥으로 가리고 시취라는 말을 되풀이했다. 시취(屍臭)! 송장 썩는 냄새라니. 병헌은 물꼬 터지듯 쏟아진 격정에 휩쓸려 어깨를 떠는 일채 앞에서 막막해졌다. 그때 막연히 일채가 혹시 전에 다니다 만 서울의 대학에서 학생운동을 하다 좌절했거나 지독한 실연 아니면 시한부 인생 따위의 거미줄 같은 운명에 걸린 사람일지 모른다는 생각이 들었다. 그게 벌써 십사 년 전 겨울을 재촉한 어느 날 늦은 오후의 한 삽화였다.

일채가 샤워를 끝내기 직전 호텔 밖으로 나온 병헌은 사우나에서 한 시간쯤 눈을 붙였다. 밖엔 어느덧 땅거미가 깊숙이 내려앉아 있었다. 어차피 요기도 해야 할 판이니 일부러 뒷골목 포장마차라도 찾아 순대라도 썰고 소주잔이나 걸치면 될 성싶었다. 기나긴 노동의 시간이 짓눌렀던 남성적 낮의 꿈틀거림과 새로 기지개를 켜는 여성적 밤의 묘한 활기가 교차하는 해 지는 객지의 뒷골목은 곧 그 도시의 얼굴이라고 병헌은 생각했다. 역전 근처의 골목에서 두붓집 주모의 기미 낀 눈자위 너머로 바라본 경주의 얼굴은 그런 의미에서 낯가림이 없이 수더분하게 느껴졌다. 천년의 고도다움이란 이런 걸까.

혹시 일채가 안에 있나 싶어 문을 손가락으로 서너 번 가볍게 두드렸다. 왼손목을 꺾어 시계를 보니 아홉시를 막 넘어서고 있었다. 반응이 없어 그대로 돌아서려다 말고 불쑥 생각이 났다는 듯 호주머니를 뒤져 프런트에서 건네받은 열쇠를 꺼내들었다. 손잡이가 맥없이 돌아갔다. 병헌은 부러 인기척을 내며 주춤주춤 방 안으로 들어섰다. 방 안은 어두웠다. 병헌은 어둠에 익숙해지려는 듯 그 자리에 가만히 서 있었다. 어둠 속은 조용했다. 그러나 병헌은 일채가 그 어둠 속에 잠겨 있다는 느낌을 받았다.

불, 불…… 켜도 되죠?

……

손끝에는 스위치가 닿아 있었지만 누르진 않았다. 약간 뜸을 들인 뒤에야 잠기가 묻은 목소리가 날아왔다.
지금 몇시지?
아홉시. 벌써 들어왔네요. 곤히 자는 걸 괜히 깨웠나요?
아냐, 깜빡했어. 일어나야지.
나갔던 일은 잘됐구요?
그냥…… 전화로 통화했어.
부스럭거리는 소리가 나더니 딸깍 하면서 일채 쪽 침대의 머리맡에 있는 스탠드에 불이 들어왔다. 병헌이 얼핏 보기에 일채의 등은 그저 맨살이었다. 다시 시트를 목 위까지 잡아당기며 누운 일채는 기분 좋은 표정으로 고개를 끄덕거렸다.
나 누워서 얘기할게. 옷을 입고 자면 답답하거든. 버릇이야.
……
아무래도 급히 베트남엘 다시 다녀와야 할지도 모르겠어. 실무자 선에서는 오케이가 났는데. 내일 열시 반에 결재권자 만나서 사인만 받으면 되지. 그림이 삼십 점이라면 꽤 만만찮은 분량이거든. 내가 값도 세게 매겼지.
술 한잔 마실게요.
그래. 냉장고에 맥주 많이 들어 있더라구.
병헌은 대답을 않고 욕실로 들어가 얼굴에 물칠을 하고 나와 맥주병 마개를 비틀었다.
베트남엔……
그림 수배를 하러 가야지.
그런데 왜 하필 베트남으로 가요? 거기가 미술은 선진국인가보죠?
그게 아니지. 거기가 옛날에 프랑스 식민지였잖아. 그래서 당시의 프랑스 화가들 그림이 여기저기 막 흩어져 있다구. 우리나라가 옛날에 선조들 골동품들로 엿 바꿔 먹던 시절이 있듯이. 지금 베트남이 그렇지. 뭐, 그렇다고 진짜 명품을 발굴해오는 건 아냐. 대충 돌아다니며 협상해서 걷어오는 거지. 값이 아주 싸니깐 실무자들이 사족을 못 쓰지. 생색내기는 딱 좋거든.

그렇겠네요.

벌써 냄새 맡은 한국 사람들이 많아서 거기에 가보면 나뿐만이 아냐. 호텔들마다 득시글거리지.

그럼 가짜도 나돌지도 모르겠네요?

가짜라…… 우린 그걸 가짜라고 하지 않지. 가짜도 상품이긴 마찬가지거든. 그게 중요한 거야.

그럼 복제품?

치잇…… 가짜가 왜 가짜인 줄 병헌씬 모르는군. 소위 원본을 닮으려 애쓰기 때문에 가짜로 몰리는 거라구. 가짜도 이 세상에 하나밖에 없으면 그건 진짜지.

……?

베트남에서 난 진짜로 오래된 프랑스 그림들만 찾아다니진 않거든. 그게 어디 그렇게 많이 남아 있겠냐구? 원본들도 몇 점 챙기긴 하지만 실은 그런 분위기를 꼭 맞아떨어지게 그릴 줄 아는 사람들을 찾아다니는 거야. 어쩔 땐 나도 공동작업을 하기도 해. 나도 메이커인 셈이지.

메이커?

기술자를 메이커라고 해. 저 방 한구석에 있는 가방에 뭐가 들었는 줄은 알지? 아까 옷가지라고 말해줬으니깐. 한 열 벌 들어 있어. 이 옷들만 해도 그래. 닥스, 지방시젠틀맨, 꼬르넬리아니, 발데사리니 등 외국 최고급 브랜드로 최상품들이지. 내가 저번에 유럽 쇼핑 때 직접 가서 구해온 것들이거든. 그런데 병헌씨 말대로라면 저중 다섯 벌은 가짜지. 기술자의 손길이 닿은 거니깐. 그런데 요는 그것들도 오리지널에 못지않게 옷감이니 박음질이니 디자인이니 손색이 없거든. 나는 내 고객에게 민폐를 끼치고 있는 게 아니라고 자부하지.

병헌은 자신의 눈길이 흔들리고 있음을 깨달았다. 아주 순간이긴 했지만 일채의 맨몸을 감싸고 있는 시트 자락을 확 젖히고 싶다는 생각이 스치고 지나갔다. 왜일까? 그건 일종의 배반감 같은 것일지도 몰랐다. 그리고 자신에 대한 분노도 조금은 섞여 있었다.

그럼 우리들 삶은 도대체 뭐예요?

삶? 지금 그렇게 물었어? 호호, 참 오랜만에 듣는다, 그런 말은. 맥주 첫 모금처럼 되게 신선한걸.

그럼 가짜라도 좋단 말예요?

뭐가? 가짜? 그런 건 애시당초 없대도 그러네, 차암. 내 얘기 한마디 더 할까? 울 아버지가 진부하게 들릴진 몰라도 사회주의 운동가였지. 그럼. 기가 막힌 사회주의였지. 왜냐면 부인만 해도 여섯인가, 일곱인가를 헤아렸으니깐. 생산수단은 몰라도 최소한 자기의 생식수단은 확실하게 공유하려는 노력가였지. 물론 서로 소식 한번 전하지 않은 배다른 형제들이 부지기수였을 거고, 난 물론…… 당당한 본처 소생이었지. 아버지가 한번 나타났다가 바람처럼 사라질 때마다 우리 식구들의 가슴속에는 골이 하나씩 더 팼지. 아버지가 실어보내는 소식이라는 게 어디서 누구와 살림을 새로 차렸다든가, 아니면 어느 교도소에 틀어박혀 있다는 풍문뿐이었거든. 난 그때 풍문으로만 떠도는 아버지가 가짜라는 생각을 했고 따라서 이 세상도 가짜라고 보았어. 큰오빠와 둘째오빠가 특히 상처를 받았지. 하나는 정신병을 앓고 한 사람은 애비처럼 옥살이를 지금도 하고 있으니. 그래, 그것밖에 무슨 길이 있었겠어? 막내오빠가 개중 좀 나은 길을 발견했어. 공부가 길이었다구. 지금 국내 굴지의 보험회사 자금부장이야. 꽉 막힌 내 세계에서 그 오빠는 유일한 창이었고, 어쩌면 세계 그 자체였는지도 몰라. 나도 오빠 따라 법대 갔고, 오빠가 결혼을 강행했을 때 내 서울생활은 끝났어.
　오빠를 오빠 이상으로 생각했던가요?
　다 지난 얘기야. 난 지금 관심없어.
　……
　근데 참, 그 마라토너라는 사람……
　알지도 모르겠어요. 학교 동창이니. 체육과 팔일학번.
　그래? 그럼 우리 동창회 하면 좋겠다.
　병헌은 탁자로 다가가 수화기를 들었다.
　준모 슨생니임! 즌화 왔심더.
　사투리 억양이 드센 젊은 사내가 준모를 부르는 소리가 들렸다.
　스탠드바의 한 코너에 병헌을 가운데 두고 나란히 앉아 서로 인사를 나눈 세 사람은 우선 준모의 방송 출연부터 화제에 올려 안주로 삼았다.
　오늘은 더 안 찍죠? 왜 방송요원들이 안 따라나왔지? 작은 병밖에 없어요? 그럼 이걸루다 다섯 병 하고 과일 주세요. 으응, 아까 내가 우리 딸내미 사진에 입 맞추면서 잠자리에 드는 장면을 찍었으니깐 오늘은 그만이겠지 뭐. 한 잔 받아. 넌? 아차…… 내 정신…… 아냐, 딱 한 잔만 줘. 그 정도는 괜찮아. 이거 괜히 나 때문에 우리나라 마라톤 신기록 갱신이 깨지는 것 아냐? 농담은…… 근데 딸내미라고 하는 것 보니깐 장가든 모양이구나? 이거 미안하다. 결혼식에도 못 가보고. 미안하긴. 내가 연락도 못 했는데…… 집사람도 너한테 인사를 해야 하는데. 너한테 진 빚도 있고…… 빚은 무슨 빚…… 아무튼 한번 연락해서 만나지 뭐. 참, 넌 장가갔냐? 그렇게 보이냐? 그럼 아냐?
　무슨 빚을 지셨어요?

일채가 대화에 끼어들 실마리를 찾았다는 듯 처음으로 입을 열었다.

아 예. 그게 참…… 너 미자 알지?

누구?

오미자. 왜, 병헌이 너를 잘 따랐다고 하던데…… 너희 독문과 팔삼…… 지금 내 집사람이야.

그제야 병헌은 과 이 년 후배였던 오미자가 떠올라 무릎을 쳤다. 안짱다리여서 그런지 붙들리기를 잘해서 가투가 끝난 뒤 할미집에 모여 점호를 해보면 나타나지 않기 일쑤던 단발머리 여학생이었다.

아, 기억난다. 그때 너랑 같이…… 맞아. 내가 딱 한 번 참가했던 그 데모 때 네가 나한테 딸려보낸 여학생이었잖아. 붙들릴 뻔한 걸 내가 거의 업고 뛰다시피해서 토꼈는데 나중에 구메구메 다시 만났어. 그게 인연이 됐는지……

데모하다 부인을 만났어요?

그런 셈이죠. 병헌이가 그때 사학년 때던가…… 우리 학교에서 처음으로 노학연대 투쟁인가 뭔가 한다며 지방노동위원회 기습했던 거 있잖아요? 그때 병헌이가 한 자리 시켜줘서 들러리 해본 적 있어요. 체육특기자가 무슨 데모를 알았겠어요? 내가 데모하겠다고 병헌이 찾아갔을 때 다들 날 정보 캐러 접근한 프락치로 알 정도였으니까요. 병헌이가 날 믿고 맡겨줬죠.

야야, 그만해라. 쑥스럽다.

왜요? 재밌는데. 그래서요?

내가 경비전경들 얼을 빼놓았어요. 나중엔 잘 뛰지 못하는 집사람을 업기까지 하는 바람에…… 히히, 마누라까지 얻고. 그 인연인지 어쩐지 몰라도 그때 더욱 내 인생이란 무조건 달려야 할 운명이라는 걸 깨달았죠 뭐.

네가 무슨 포레스트 검프라도 되냐?

어? 너도 그 감동적인 영화 봤냐? 동감이 많이 가더라구. 비슷한 것 같기도 한데 갠 영웅이지, 어쨌든. 난……

넌?

글쎄…… 그저 메이까라고나 할까?

메이까가 뭐야?

메이까 몰라, 뻬이스 메이까?

아항, 페이스 메이커?

그 순간 병헌과 일채는 눈길을 마주쳤다.

저도 메이커예요.

그래요? 무슨 메이깐데요?

글쎄…… 무드 메이커라고 들어보셨어요? 분위기 잡는 덴 일가견이 있거든요.

에헤, 저는 진짜 메이까라니깐요. 이 메이까가 얼마나 중요한데요? 가짜가 아녜요.

자부심 어린 표정을 짓던 준모는 무의식중에 손으로 맥주잔을 잡으려다 황급히 빼 머리를 긁적였다.

쉬운 말로 바람잡이죠. 이봉조 같은 애들 있잖아요? 그런 히어로 선수들이 잘 뛸 수 있도록 초반에 적절한 보조로 이끌어주기도 하고 상대 외국선수를 견제해주기도 하는데, 완주는 해도 되고 안 해도 되고 상관없죠. 너도 알다시피 내 나이에 사실 완주는 거의 무리야. 더군다나 며칠 전에 애들 지도하다가 장딴지 근육을 좀 다쳤는데 백 퍼센트 회복되진 않았어. 겉으론 괜찮긴 하지만.

준모는 장딴지를 손날로 가볍게 두드려 보였다.

특기생이셨다구요. 근데 학교에선 별로 본 기억이 없어요. 술을 우리만 마셔서 죄송해요.

뭘요? 맘껏 기분들 내세요. 제가 처음부터 마라톤 한 건 아니고요.

입학할 때도 사실은 복싱 가지고 들어왔어요.
 준모는 두 주먹을 가볍게 쥐고 원투 스트레이트를 뻗는 시늉을 했다. 병헌이 놀라는 표정으로 물었다.
 권투였다고.
 으응, 너도 몰랐구나? 그런데 첫해 이학기 때 달리기로 바꿨어. 원래 고등학교 때 달리기로 체전에 나갈 수준은 됐거든. 그땐 중거리여서 보통 만 미터에서 뛰었지. 근데 학교 코치 선생이 메달을 따려면 복싱을 하라며 삼학년 올라갈 때 갑자기 종목을 갈아치우는 바람에 대학엔 복싱으로 들어왔다는 거 아냐.
 근데 왜 종목을 다시 마라톤으로 바꿨어? 그러면 특기생 취소되는 거 아냐?
 현 규정상 아무 상관 없어. 복싱은 장래가 좀 없거든. 학교 졸업해서 교사자격증 딸 때도 그렇고. 애들 가르치려면 달리기가 낫지. 그리고 난 달리는 게 좋으니깐 그저…… 내 앞에 펼쳐진 길을 보면 가슴이 다 후련해져서…… 그뿐이야.
 일채와 병헌은 번갈아 고개를 끄덕였다.
 근데 견제를 어떻게 해요?
 진로방해 같은 건 기본이고 앞뒤로 왔다갔다하면서 상대방 정신을 흩뜨리는 거죠. 그것도 안 되면 이건 말하기 좀 거시키한데 팔꿈치로 슬쩍 밀치거나 이죽거리는 말로 각통을 질러버리기도 하는데 어지간해서 잘 쓰진 않아요.
 무리하진 말지…… 그래도 완주는 할 거지?
 병헌은 얼마 마시지 않은 것 같았는데 취기가 사뭇 머리 쪽으로 뻗쳐와 당혹스러웠다.
 우선 목표는 그런데…… 완주보다도 난 뛰는 게 좋아. 마라토너니깐 그게 제일 큰 만족이지. 그리고 정말로 얼마나 좋아, 뛰면. 우리 교장도 은퇴한 마라토너 출신이거든. 날 무척 좋아하는 편이지. 오늘 새벽 정문까지 따라나와 배웅을 해주더라구. 마라토너는 뛰지 않으면 끝장이라구 하면서. 임선생이 잘할 거라면서. 나도 눈물이 나서 말이지. 카메라가 그것 다 찍더라구. 아주 감동적이라면서. 언제 방영될지는 아직 결정 안 났대. 한 오월 중순쯤 되려나? 참 너, 오전에 시간 있으면 요 위 일층 로비로 와라. 왜긴? 미자가 서울에서 도시락 싸가지고 와서 함께 먹는 것 찍기로 돼 있거든. 그때 오면 우리 미자도 볼 수 있어. 개도 무척 좋아할 거야.

병헌은 호텔 현관 앞에서 일채에게 그림을 주문하려는 거래의 최종 결재권자라는 사람이 보낸 차에 올랐다. 원래 아홉시에 도착하기로 돼 있었는데 한 시간이나 넘게 늦어지는 바람에 일채는 계약이 취소되는 줄 알고 로비를 왔다갔다하다가 커피를 석 잔이나 축내면서 안절부절못했다.

이거 오늘 마라톤이 있어 교통이 엄청 막히더라구요…… 젠장.

양복을 입은 젊은 운전기사는 차 안에 설치돼 있는 손바닥만한 소형 텔레비전을 틀었다.

……

화면에는 생중계되는 마라톤 장면이 나타났다.

……무엇보다도 우리 황영조 선수가 컨디션 조절이 안 돼 출전하지 못한 게 아쉽군요…… 어떻습니까, 출발은? 출발은 순조로운 것 같아요. 마침 날씨도 마라톤 하기에 아주 쾌적한 것 같고…… 연도에 늘어선 시민들이 열렬히 응원을 보내는 모습이 아주 보기 좋네요…… 지금 오 킬로미터를 막 지났는데 구간 랩타임이 어떻게 됩니까? ……십사분대입니까? ……세계기록하고 비교해주시죠…… 선두그룹에 한국 선수가 네 명이나 낀 게 이채롭네요. 지난 대회 2위를 한 멕시코의 안드레스 에스피노자 선수하고 작년 우승자인 미뉴엘

마티아스, 포르투갈 선수죠? 그 선수들 사이에서 뛰는 한국 선수는 좀 낯이 선데요…… 배번이 사십삼번이면…… 임준모? 예, 임준모라고 하는 선수네요? 다크호스인가요? 기록이 어떻게 되는 선수죠? 글쎄……

병헌은 아나운서의 입에서 임준모라는 이름이 새나오자 고개를 화면 앞으로 바짝 당겼다. 운전사가 따분하다는 듯 화면을 지우려 하자 병헌은 급히 손사래를 쳤다.

끄지 마세요! 잠깐 더 보면 안 됩니까?

왜요? 아는 사람이라도 나왔습니까?

예…… 그저……

일채는 조는 듯 눈을 감고 있었다. 병헌은 일채에게 눈치를 주려다 말았다.

……아, 여기 기록이 있군요? 현역 선수긴 한데 최근 오 년간 공식적으로 완주한 적은 없네요. 예, 그런데도 세계적인 선수들 틈에서 역주를 하고 있군요. ……아마 저 선수는 페이스 메이커로 투입된 게 아닌가 싶네요. 페이스 메이커라면…… 야구로 치면 희생플라이 있지 않습니까? 그렇게 생각하면 됩니다. 주법이나 호흡하는 상태로 봐서 한 십오 킬로미터까지는 제 역할을 할 것 같아요……

해설자의 말이 흘러나오는 사이 카메라가 준모의 얼굴을 클로즈업해서 잡아 보여주었다. 준모의 얼굴은 아직 초반인데도 불구하고 심하게 일그러져 있었다. 병헌은 땀이 밴 두 주먹을 불끈 쥐었다.

드럽게 막히는군……

운전대에 손을 올려논 사내가 따분하다는 듯 주절거렸다. 차는 커브길의 일차선에서 삼십 분째 제자리에서 꼼짝없이 서 있었다. 반대편 차선을 완전히 비워 선수들이 달리는 게 내다보였다. 선두그룹이 지나갈 때 준모의 모습은 보이지 않았다. 병헌은 차창을 열고 고개를 빼끔 내밀었다. 얼추 병헌의 눈앞을 스쳐간 선수가 오륙십 명은 됐으니 웬만한 현역선수들은 거진 빠져나간 것 같았다. 병헌은 다시 화면으로 눈길을 옮겼다.

……이번 대회의 특징은 외국의 경우처럼 우리나라에서도 처음으로 마스터즈 대회를 열었다는 것 아닙니까? 예, 그렇습니다. 대단한 의미가 있다고 보여집니다. 마라톤의 저변이 넓어지려면 그런 기획이 필요하죠. 그러면 여기서 제삼호 중계차를 불러 대회 일반 참가자들이 뛰는 모습을 보겠습니다. 삼호차 나오세요……

거기에 준모가 있었다. 다리를 쩔룩거리는 준모는 이제 막 자신보다 오백 미터나 뒤에서 출발한 일반 참가자의 선두한테도 따돌려지는 찰나였다. 거리의 음료수대에서 물컵을 움켜쥔 준모는 마시진 않고 자신의 정수리에 찬물을 들이부었다.

테레비 좀 꺼주실래요.

교통통제가 풀리려는지 차들이 조금씩 삐뚤삐뚤 움직이기 시작할 때쯤 일반 참가자 서넛이 우르르 달려나갔다. 뒤를 돌아다보니 다리를 쩔룩거리며 그때까지 포기하지 않고 거의 걷다시피 뛰는 준모의 모습이 눈에 들어왔다. 병헌은 눈을 감고 있는 일채의 옆구리를 손가락으로 쿡 찔렀다. 그러면서 눈짓으로 차창 밖을 가리켰다. 일채는 온통 고통으로 일그러진 준모의 얼굴이 가까이 다가오는 걸 무표정하게 지켜봤다.

병헌은 차창 밖으로 손을 내밀어 흔들었다. 목청을 가다듬어 준모의 이름을 불러줄 참이었다.

너무 늦은 것 같은데 빨리 좀 출발해주시죠.

일채의 차가운 음성이 운전석으로 날아갔다. 병헌은 문득 고개를 돌려 좀 쉰 듯한 목소리로 나지막히 말했다.

누나, 준모라니까요. 저기 저 얼굴……

일채가 손으로 입을 가리고 병헌에게 귀엣말을 속삭이는 연인처럼 고개를 옆으로 기울였다.
안 돼! 뛰쳐나가 부축이라도 해주려고?
병헌은 들썩였던 엉덩이를 맥없이 주저앉혔다. 준모의 모습이 차차 멀어져갔다.
페이스, 페이스 메이커……
병헌은 자신의 입 속에서 바늘이 돼 맴돌고 있는 단어를 밖으로 뱉어내기 위해 아아, 소리를 내며 입을 크게 벌렸다.

(『창작과비평』 창간 30주년 기념
신작소설집 『작은 이야기, 큰 세상』 1996년 2월)

길

　길을 보면 왠지 위로가 된다. 널찍한 도로나 반듯한 길거리보다는 걷다가 언제든지 걸터앉아 다리쉼을 할 수 있는 뒷골목의 좁고 구불구불한 길이면 더욱 그렇다. 길이 있는 한 삶도 있을 것 같았다. 그리고 가야 할 길보다 무작정 걷는 길이 더 좋았다. 왜냐하면 그런 길의 끄트머리에는 반드시 고달픈 한 몸쯤은 누일 만한 집이 나타나는 법이기 때문이다.

　내가 나흘째 묵고 있는 역전의 이 누추한 여인숙 이름도 길이다. 길이라는 이름이 아니었다면 나는 애초에 이 여인숙을 알아보지 못했을 것이다. 그 여인숙에서 나는 문득 내가 찾아가볼 또하나의 집을 생각해내었다. 지선이었다. 그러려면 문산행 기차를 타고 백마역에서 내려야 하지만 이런저런 사정으로 놓치기 쉬운 게 기차였다. 그게 벌써 사흘째였다.

　나는 여인숙을 나서기 직전 아내와 통화를 하였다. 아내는 내가 무조건 도피해야 할 처지에 몰린 줄로 알고 있었다. 아직은 나를 찾아온 사람이 아무도 없으며 회사에서도 나에게 아무런 연락을 취하지 않았다고 알려주면서 안도를 시키려고 했다. 나는 피곤한 목소리로 물었다. 혜련이 잘 있지? 나 안 찾아? 아내는 이를 앙다물었겠지만 끝내 울음기가 번져나왔다. 왜 안 찾겠어요? 그나저나…… 우리 식구는 앞으로 어떻게 되는 거예요? 회사가 그렇게 쓰러져버렸으니…… 당분간은 어려울 거야. 하지만 걱정은 말아, 잠시 이렇게 있다가 보면 해결의 가닥이 잡혀 있을 테지 뭐. 지금은 어렵고…… 난 그때 나가면 돼. 대리에 불과한 당신이 도대체 뭘 잘못한 거예요…… 회사를 위해서 그 동안 뼈빠지게 일한 사람이 뭐가 모자라서 도피까지…… 흑흑. 지금은 개인적 잘못을 따질 계제가 아냐. 누군가는 책임을 질 문제였어. 지갑에 돈은 넉넉해요? 아직은 그럭저럭. 근데…… 거기 어디예요? 서울은 아냐. 묻지 마. 내 삐삐 있잖아. 그거로 연락할 일 있으면 암호 찍고 해. 점검 좀 잘 해봐요. 건전지가 방전됐는지 어제부터 계속 호출을 받을 수 없다는 안내만 나와요. 알았어……

그 목로주점에서는 아무도 서로의 말을 들어주지 않았다. 그러나 불쑥불쑥 제각기 큰 소리를 지르는 통에 바깥에서 들으면 자칫 혼전만전하는 술집으로 알 수도 있었다. 가끔씩 말대꾸를 던지는 백발의 비대한 주모가 있기는 하지만 사용하는 어휘 수가 극히 한정돼 있었다. 이틀째 되던 날 이미 주모가 쓰는 말의 총량을 알게 될 정도였다.

춤(침) 텨(튀어)! 눌로(누구를) 쇡이려구! 처묵스믄(처먹었으면) 빨(빨리) 가! 손 없누, 팔 없누!

아무런 간판이 달려 있지 않아 그저 목로주점이라고 부를 수밖에 없는 그 할머니집을 난 길여인숙에 든 첫날 저녁부터 찾아들었다. 능곡역 앞 버스 정거장에서 서성거리던 나는 입석버스에서 운동화를 신고 뛰어내린 한 사내를 눈으로 찍었다. 가무잡잡하고 좁은 이마 밑에서 눈초리가 내려간 사내의 의뭉스러운 거적눈은 무엇인가를 찾아 번들거렸다. 입가에 긴 수염이라도 달리면 곧바로 메기로 변신할 듯한 사내가 쩝쩝거리는 시늉을 하였다. 아마 단골 술집을 찾아가는 길이겠거니! 사내가 입고 있는 바지는 좀 작아 보였다. 엉덩잇살이 미어질 듯 빵빵하게 부푼데다 육교를 올라갈 때는 바짓단이 복숭아뼈 위로 반뼘쯤은 올라갈 정도로 깡총했다.

목로주점은 시장 골목을 잘 들여다보지 않으면 알아보기 힘들었다. 처음엔 뒤를 바짝 쫓던 사내가 어디로 사라졌는지 몰라 질척거리는 골목 어귀에서 한참 서성거려야 했다. 얼핏 보기에 그 집은 허름한 함바나 창고 같아 보였다. 전선줄로 된 손잡이를 잡아당기자 매캐한 연기와 범벅이 된 누린내가 코를 찔렀다. 희뿌연 빛을 뿌리는 형광등이 생각보다 높은 천장에 매달려 있었지만 그 안의 어둠을 감당하기에는 역부족이었다. 어둠에 충분히 익으려면 이삼십 초가량은 눈을 꿈뻑거리며 서 있어야 했다.

술집 안은 좁다란 골목처럼 긴 편이었다. 한쪽 벽에 등을 대고 선 주모가 서너 개를 기다랗게 잇대어놓은 번철 위의 고기를 주걱으로 뒤집고 있었다. 그 앞에 팔꿈치를 걸칠 수 있는 목로가 보였다. 네댓 명의 사내들이 소주를 부은 음료수 잔을 앞에 두고 앉아 있었다. 등뒤로는 바로 벽이었고 앉은자리에서 손을 뻗으면 아무 데서나 소주병이 손끝에 닿았다.

번철 위에 뒹굴고 있는 것은 주로 창자, 처녑, 허파, 껍데기 등이 뒤섞인 막고기였다. 안주값 천원만 내면 얼마든지 접시에 덜어먹을 수 있었다. 소주뿐인 술은 글라스 한 잔에 오백원이었고 그 위에 날달걀 한 개를 까면 이백원이 추가되었다. 나는 할머니, 소주 주세요 하고 멋도 모르고 말했다가 바로 손 없누, 팔 없누! 하는 지청구를 먹어야 했다. 안주도 술도 모든 게 말하자면 셀프서비스였다.
 나는 누린내 때문에 숨이 막힐 것 같았다. 그래서 빨리 소주를 마시고 싶었다. 먼저 들어온 메기 사내는 한구석에 앉아 자기 코앞의 막고기 안주를 멀거니 바라보다가 숨도 쉬지 않고 한 목에 글라스 한 잔을 다 비우고 입가를 훔친 다음 손가락으로 할머니 몰래 안주 한 점을 집어삼키며 자리를 털었다. 사내가 호주머니를 뒤져 오백원짜리 동전 하나를 내밀었다.
 눌로 쇡이려구!
 안주 한 점이 들킨 줄 알았지만 나중에 알고 보니 계산을 하려는 사람에게 한 번씩 다 해보는 말이었다. 내가 막고기를 접시에 덜어놓고 글라스 한 잔을 비운 다음 일어섰을 때도 주모는 눌로 쇡이려구! 했다.
 주모는 번철 앞을 왔다갔다하면서 수시로 양파 조각을 깨물었다. 사과처럼 사각사각 씹는 주모의 입에서 언뜻언뜻 누린내를 뚫고 양파 특유의 상큼한 내음이 풍겨왔다. 그 양파 냄새가 내게 한 가지 기억을 일구어주었다.

 그때가 언제던가. 국민학교 3학년 겨울방학쯤이지 않을까. 난 무슨 일인지 몰라도 미아리고개 너머 천변이 내려다보이는 어느 이층집에서 보름쯤 가까이 밥을 얻어먹고 지냈다. 지척을 구분할 수 없는 눈보라를 뚫고 내 손목을 잡고 아리랑고개 쪽으로 빙 둘러 넘어간 아버지는 문득 눈보라를 피하고 가려는 사람처럼 우연인 양 그 집으로 내 등을 떼밀었다.
 얼리(빨리)!
 나는 꼭지에 방울이 달린 털벙거지 모자를 바로 코밑까지 바투 끌어다 쓴 채 길바닥만 보고 걸어서 어디가 어딘지 분간할 수가 없었다.

아버지가 소위 계급장만한 구멍이 숭숭 뚫린 희멀건 종이를 바른 여닫이문을 조심스레 드르륵 열었다. 딸랑 하는 종소리와 함께 낯선 길은 그 집 문 앞에서 끝이 났다. 낡아서 희끄무레하게 바랜 나무판자에 '이북오도민 강북지회'라는 글자가 보일락 말락 새겨져 있었다. 딸랑거리는 종소리와 함께 눅눅한 공기가 코끝에 와닿았다. 나는 비로소 벙거지를 이마 위로 치켜올렸다. 그 안은 적막한 어느 가정집이었다. 왁스칠이 된 좁다란 나무마루가 복도처럼 맞은편의 안방으로 뻗어 있었고 양쪽에는 창호지를 바른 미닫이를 단 방이 있었다. 복도 깊숙이에는 연탄난로의 둥근 연통이 설핏 보였다. 아버지는 몸을 돌려 문설주에서 내려온 나일론 줄을 잡아 흔들었다. 그러자 문을 열 때 들었던 종소리가 울렸다. 줄 끝에는 셰퍼드 불알처럼 생긴 방울이 흔뎅거리고 있었다. 하지만 모습을 드러내는 사람은 아무도 없었다. 나는 그때까지만 해도 아버지가 진짜로 마지막 수금을 다니는 줄로 알았다.

이 아부지랑 수금하러 갈래 너!

수금이라는 말은 듣기만 해도 배가 부른 말이었다. 돈을 걷어온다는 것! 돈은 바로 삶의 희망과 동격이었다. 그때 집안은 거의 풍비박산 직전이었다. 아니 풍비박산이었다. 추위가 시작되자마자 아버지는 그 동안 이용하던 쓰레기 하치장이 불법화되는 바람에 생계 수단이던 쓰레기 구루마를 더이상 끌 수가 없게 되었다. 할 일을 잃은 셈이었다. 엎친 데 덮친 격으로 엄마는 하루에 한 요강씩 하혈을 하며 자리보전을 하고 말았다. 누나는 불광동 이모의 주선으로 이모네 집에 얹혀 살며 근처 공장에 나가고 있었다. 시골에서 큰외삼촌과 외할머니가 올라와 가지 않겠다고 발버둥치는 엄마를 겨울만 나고 몸이 회복되면 오자며 간신히 설득해 데리고 내려갔다. 아버지가 눈물을 비쳤다. 엄마는 떠나기 직전 뒤돌아서서 치마를 들치고 속고쟁이 주머니에서 꼬깃꼬깃한 천오백원을 꺼내 나에게 주었다. 큰외삼촌은 엄마를 데려가는 대신 부엌에 쌀 반 가마를 부려놓고 갔다. 사실은 그 쌀 반 가마가 앙탈을 부리던 엄마를 결정적으로 설득해냈던 것이다. 아버지는 그 쌀자루에서 쌀을 서너 되 꺼내 판 돈으로 구공탄 스물댓 장을 들여와 눈 맞지 않도록 처마 밑에 가려놓았다. 그 정도면 엄동설한을 아슬아슬하게 비껴갈 만한 감당은 되는 듯했다.

방 안에는 아버지와 나 단둘뿐이었다. 아버지는 밤새 끙끙 앓으며 잠을 이루지 못했다. 나도 이부자리 속에서 깍지 낀 손으로 무릎을 감싸안고 점점 얼어들어가 감각이 둔해진 발가락을 꼼지락거리며 깼다 들었다 하는 노루잠을 자곤 했다. 두려운 것은 갈라진 구들 틈새로 쥐도 새도 모르게 피어오를지 모르는 연탄가스였다. 아버지와 나는 잠이 깰 때마다 서로를 흔들어보았다.

수금을 하러 떠나기 전 나는 방 한구석에 놓인 재봉틀에 기대 서서 그 위에 아버지가 사온 통닭을 봉지째 뜯어놓고 두 손과 입가에 온통 기름칠을 하며 먹었다. 아버지는 장부와 수금영수증 다발을 일일이 꿰맞추고 있었다. 영락없이 수금 나갈 준비를 하는 것이었다. 그 낡은 영수증 다발은 내 손아귀에 간신히 잡힐 만큼 두터웠다. 집주인 장석조씨가 먹고 버린 박카스통의 갑딱지를 오려 댄 그 다발의 겉장은 아버지의 손때에 절어 까맣고 반질반질한 윤기가 돌았다. 그리고 무엇보다 새삼 내 눈길을 끈 것은 검정 물도 빠지고 또 곧이라도 끊어질 것처럼 실오라기들이 너덜너덜해진 철끈이었다. 나는 입놀림을 잠시 그쳤다. 그것은 곤충의 등껍질 모양 메말라 보이는 아버지의 손등 위로 솟은 힘줄을 닮은 것 같았다. 그 줄에 우리집의 가냘픈 희망들이 아슬아슬하게 묶여 있는 장면을 어린 눈길이 훑어보고 있었다.

통닭은 다시 입 안에서 슬슬 녹았다. 나는 기름에 튀긴 닭의 포동포동한 다리를 물어뜯는 내내 아버지가 왜 내게 그 비싼 걸 사주는지 도통 알 수 없다는 생각을 함께 씹었다. 내심 마음 한구석이 불안하기도 했다. 돋보기를 쓰고 주판알을 튕기던 아버지가 안경을 벗고 나를 보며 벙시레 웃었다. 나는 건성으로 닭다리를 아버지 쪽으로 쑤욱 내미는 시늉을 했다. 그러나 아버지는 고개를 가로저으며 니나 많이 먹어라 하였다. 그러면서도 맛이 있니 하고 물어보았다. 나는 고개를 끄덕였다. 사실 아버지는 고혈압 때문에 기름에 튀긴 통닭은 먹고 싶어도 먹을 수가 없었다.

더 묵고 싶니?

인자 배불러요.

나는 배를 불쑥 내밀고 손바닥으로 통통 소리가 나게 두들겼다.

매일 그렇게 먹고 싶자?

아버지가 알 듯 모를 듯한 미소를 지었다.

그런 집에 가서 살래 니?

나는 세차게 고개를 저었다. 갑자기 아버지가 아랫입술을 내밀며 화난 표정을 지었다.

싫어? ……통닭을 물리도록 묵을 수 있고, 아버지한테 얻어맞지도 않고 게다가 육성회비도 밀리지 않고 꼬박꼬박 대줄 텐데두 말이니?

그러더니 갑자기 재봉틀 옆 구석에 뒤죽박죽 쌓여 있는 옷가지 중에서 엄마가 솜으로 누벼 만들어준 노란 윗도리를 던져주었다. 그리고 빵꾸 나지 않은 양말도 꺼내놓았다.

가자!

아부지…… 어데요?

수금하러……

사실 이번이 아버지와 처음으로 수금을 가는 길은 아니었다. 혈압이 높은 아버지는 어쩌다 길가에 주저앉아 이마를 짚고 안정을 취할 때가 있었다. 나는 더이상 무슨 일이 일어나지 않도록 아버지를 지켜봐야만 했다. 그리고 그때만 해도 아버지는 개를 잘 다루지 못했다. 그래서 개조심이라고 써 있는 집 대문 앞에 이르면 내가 문짝을 두드리고 주인장을 부르는 구실을 맡았다. 나는 비교적 개를 잘 다루는 꼬마였다.

종을 딸랑딸랑 치고 문간에 한참 서 있으려니 이층으로 뻗은 층계 꼭대기에서 누군가 꽥꽥거리는 소리를 질렀다. 겨울인데도 반팔 옷을 입은 사람이 서서 아래를 내려다보며 집 안이 쩌렁쩌렁 울리도록 소리를 쳤다. 그러나 나는 그 사람 말을 잘 알아들을 수 없었다. 말소리가 울린데다 마침 괘종시계가 타종을 시작하는 바람에 혼동이 되었던 것이다. 아버지가 귀가리개가 있는 개털모자를 벗으며 정중히 인사를 했다.

왔구만, 왔어. 크하하하!

사내는 큰 소리로 웃으며 층계를 빠른 속도로 내려왔다. 그는 한쪽 손목이 없는 상이용사였다. 손이 달려 있어야 할 자리에는 날카로운 갈고리가 번득였다. 그러나 몸집은 좀 비대해 보였다. 나는 빨리 수금을 하고 돌아갔으면 하는 심정이었다. 그런데 인상을 보아하니 순순히 수금에 협조할 것 같지도 않았다. 살찐 사람들은 경험에 비춰 볼 때 수금에 비협조적이었다.

그가 여보라 그랬는지, 이봐라고 소리쳤는지는 분명하지 않았지만 딸이라고 보기에는 너무 나이가 들었고 아내라고 보기에는 너무 어려 보이는 여자가 창호지문을 열고 나와 복도에 섰다. 긴 머리를 뒤로 돌려 묶고 털 스웨터에 종아리까지 내려오는 주름치마를 입고 있었다. 여자는 나를 보더니 반색을 하며 종종걸음으로 다가와 신발을 벗긴 다음 겨드랑이에 손을 넣어 나를 마루 위로 올려세웠다.

이런 볼이 다 얼었구나, 이 눈보라 속에서. 잠깐 들어오너라. 뜨거운 걸로 언 속이라도 풀어야지. 이름이 뭐지? 주, 준묵이오. 코끝을 살짝 스쳐간 여자의 가슴에서는 치자꽃 향내 같은 게 확 풍겼다. 여자의 입냄새인지도 몰랐다. 나는 아버지가 마루 끝에 엉덩이를 붙이는 걸 보고는 마루 옆 방으로 이끌려 들어갔다. 아버지한테도 언 뺨을 녹일 시간을 주기 위해서였다. 나를 캐시미론이 깔려 있는 아랫목에 앉힌 여자는 잠시 나가더니 '복(福)'자가 씌어진 사기대접에 뜨거운 설탕물을 타가지고 돌아왔다. 나는 후후 불어가며 한 대접을 다 마셔버렸다. 언 속이 풀려서 그런지 나는 가물가물 졸음이 왔고 바람벽에 기대어 그만 스르륵 허물어진 것 같았다. 자고 일어나니 어둠이 짙게 깔려 있었고 아버지는 이미 가버린 뒤였다. 그 집 생활이 시작된 것이었다. 그러나 나는 맹초 같은 아이처럼 울거나 발버둥치지 않았다. 나는 철이 듬뿍 든 아이처럼 내 처지에 대한 몇 가지 가정도 해보았다. 아버지가 수금해갈 돈을 미처 준비하지 못한 집이거나 아니면 아버지와 친한 친구집이거나, 아버지가 큰돈을 빌리는 데 내가 담보 비슷하게 묶여 있을 수도 있다는 아이답지 않은 생각까지 들었다. 되레 아버지가 얼음장 같은 구들 위에서 잘 생각을 하니 좀 걱정이 되었을 뿐이었다. 나는 내가 안전한 집 안에 있다는 사실을 어렴풋이 감지하고 있었다. 그리고 그 집에서 지낼 기간이 그리 길지는 않을 것이란 느낌도 받았다.

목로주점에 이틀째 들렀을 때 나는 메기 사내를 비롯해 전날 봤던 사람들이 대충 어제 자리를 그대로 차지한 채 앉아 있는 것을 보았다. 마치 그들이 어제부터 밤새 술을 마시고 앉아 있는 듯한 착각에 빠질 지경이었다.

눌로 쇡이려구!

누군가 계산을 하고 나갔다. 나는 어제보다는 좀 차분하고 여유 있게 술집 안을 둘러볼 수 있었다. 메기입 사내가 중얼거리는 말을 귀담아 들어보니 끝끝내 송장 타령이었다.

이놈의 송장이 왜 이렇게 넘쳐나는지 에잉…… 어디 송장 안 치우는 데 없나? ……상부에선 왜 송장을 안 치워 가는지…… 허구한 날 송장하고 살라는 말인지……

나는 말을 붙여보았다.

한잔허실래요? 제가……

기왕 쓰는 김에 날계란도 하나 얹어주슈. 근디 여기 다니슈? 존 디 다니시누만.

그는 내 감청색 작업복 왼쪽 가슴께에 노란 실로 박은 글자를 손가락 끝으로 가리켰다. 그는 자신을 세상에서 가장 송장을 많이 치우는 난지도 경비원이라고 소개했다.

난지도에는 시도 때도 없이 자살하러 오는 연놈들도 그리 많지만 한강에 휩쓸린 송장이란 송장은 다 난지도로 모이니깐…… 이래 뵈도 공무원이니깐두루…… 고맙시다.

대한민국은 교육이 애초에 잘못됐다니까.

문가 쪽에 앉은 허우대 좋은 사내가 점잖게 읊조렸다. 메기입 사내가 눈알을 부라렸다.

저, 영감탱이가 또 술맛 떨어지게스리……

춤 텨.

메기입 사내가 주모 몰래 고기 한 점을 잽싸게 입 안에 던져넣었다. 허우대 좋은 사내는 정년퇴직한 교장선생님이었다. 퇴직금을 아들 내외에게 다 빼앗기고 얹혀사는 찬밥 신세라고 메기입 사내가 귀띔해주었다.

자신을 이모라고 부르라고 시킨 그 여자는 일층 문간방에서 지냈고 갈고리팔은 이층에서 지냈다. 나는 아무 부족함이 없이 사나흘을 보냈다. 여자는 끼니때마다 정성껏 상을 차려와 어떤 때는 알을 밴 도루묵의 살을 찢어 물에 만 밥을 뜬 숟갈 위에 올려주곤 했다. 새 옷도 사다주었다. 그리고 한번은 나를 껴안고 자기도 했다. 그날 밤은 좀 무섭긴 했는데, 왜냐하면 여자가 갑자기 나를 자기 가슴에 꼭 안으며 영득아, 영득아 하는 소리를 질렀기 때문이었다.

이단자가 있다면 가끔씩 아래층으로 내려오는 상이용사였다. 그 사내의 날카로운 갈고리팔이 항상 공포의 대상이었다. 무서워 제대로 볼 수도 없었던 그의 팔은 자칫하면 날아와 내 얼굴을 갈가리 찢어놓을 것만 같았다. 주로 그가 아래층으로 내려왔지만 여자가 위층으로 올라가는 적도 있었다.

한번은 뜨뜻한 아랫목에서 한잠을 자고 일어나 나와봤지만 여자가 눈에 띄질 않았다. 마루 아래 댓돌의 신발들도 사라졌다. 아마 외출을 나간 모양이었다. 그러자 불쑥 위층의 상이용사가 사는 방이 궁금해졌다. 나는 양말을 신은 채 살금살금 나무층계를 밟기 시작했다. 층계는 생각보다 낡아서 암만 조심해 제겨 디디려 해도 삐그덕거리는 소리가 새나왔다. 그래서 꼭대기 서너 단은 조심성을 포기한 채 퍽퍽 밟고 올라섰다. 층계참에 올라서자 바로 네 짝의 미닫이문으로 된 방이 나왔다. 나는 뒤를 한번 돌아다보았다. 내가 올라온 층계가 생각보다 가파르고 아득해 보였다. 그가 방 안에 있는지 없는지는 분명치 않았다. 나는 기어들어가는 목소리로 아저씨 하고 불러보았다. 뒤돌아서 내려버리기도 멋쩍고 그렇다고 방문을 열어제치기도 내키지 않은 곤란한 처지에서 입으로 손톱을 물어뜯는 내 귀에 이상한 소리가 들렸다. 싸우는 소리 같기도 하고 우는 소리 같기도 하고 아파서 지르는 신음 소리 같기도 했다. 나는 더럭 무섬증이 올라붙었다. 더 크게 그러나 떨리는 소리로 아저씨를 불렀다. 그러자 어디선가 들려오는 그 소리도 더 커진 듯싶었다. 나는 무릎걸음으로 다가가 떨리는 손으로 미닫이문을 조금 열었다. 그러자 소리가 더욱 크게 문 틈새에서 흘러나왔다. 나는 엉겁결에 그 틈새로 눈알을 박았다. 방 안에는 상이용사와 여자가 있었다. 둘은 모두 벌거벗고 싸우는 중이었다. 여자를 깔고 올라탄 상이용사의 갈고리팔이 불쑥 허공으로 솟구쳤다. 나는 사내가 그 여자를 죽이려고 하는지도 모른다는 생각이 들었다. 그러나 허공으로 솟구친 갈고리팔은 여자를 내리찍지 않았다. 사내의 등짝은 땀으로 질번드르했다. 나는 몸을 뒤로 빼려 했지만 도통 말을 듣지 않았다. 석고상처럼 굳어버린 것이었다. 어느 순간 상이용사의 눈길이 문짝으로 와 달라붙을지 모를 일이었다. 그러나 내 몸은 말을 듣지 않았다. 사내의 허리를 꽈배기처럼 꼰 여자의 다리가 풀리면서 허공에 헛발길질을 했다. 멧방석만한 사내의 엉덩잇살이 푸들푸들 떨렸다. 나는 혼신의 힘을 다해 몸을 뒤로 돌리려다 그만 층계 아래로 데굴데굴 굴러떨어지기 시작했다. 내가 일층 마룻바닥까지 굴러내려와 흰자위를 까뒤집으며 얼핏 올려다본 층계 꼭대기에는 두 사람의 놀란 표정이 실린 머리통이 매달려 있었다.

깨어나보니 내 이마에는 찬 물수건이 올려져 있었다. 여자가 날 간호하고 있었다. 난 생각보다 심한 타박상을 입지 않았다. 그러나 방 천장을 녹일 듯한 고열은 가시지 않았다. 의사가 가죽으로 된 왕진 가방을 들고 왔다가 엉덩이에 주사를 놓자 열은 어느 정도 내리기 시작했다. 난 하루 종일 천장을 바라보며 누워 있었다. 여자가 미음 그릇을 들고 들어왔다. 그러나 난 도리질을 하였다. 물 외에는 목구멍으로 넘기지 않았다. 입맛이 가셨기 때문이기도 했지만 의식적인 단식이기도 했다. 나는 유독 양파만 고추장에 찍어 먹었다. 그건 이상하게도 먹혔다. 양파와 고추장만 먹으며 사나흘을 버티자 속에서 회가 끓는 듯 시큼한 생침이 울컥울컥 넘어왔다. 갈고리팔이 아침저녁으로 내려와 나를 보고 근심스러운 표정으로 물러갔다. 이상하게도 그가 하나도 무섭지 않게 되었다. 대신 이번에는 여자가 무서워졌다. 그래서 나는 서툰 맞춤법으로 편지지에 글을 썼다.
 ─이 집은 다마내기와 고치장 업으면 먹고살 게 한나두 업어요. 그런데 다마내기는 맛이 조아서 하루에 두 개는 먹음니다. 수금이 안즉 안 끄났나요 아부지.
 줄이 좍좍 그어진 모조지로 된 편지지에 쓴 글은 저절로 부쳐지는 줄 알았던 나는 그 편지지 겉에 주소를 생각나는 대로 적어넣은 다음 네모 딱지처럼 접어 열리지 않는 문 틈에 끼워넣었다. 다음날 그 편지지가 없어진 걸 보고 우체부 아저씨가 가져갔다고 믿었다.

 부도 소식이 알려지자 회사는 아침부터 공황상태에 빠졌다. 아파트 입주예정자, 협력업체 관계자, 채권자 들한테서 폭주하는 전화 때문에 업무는 완전히 마비가 됐다. 일손이 잡히는 직원은 하나도 없었다. 벌써부터 볼장 다 봤다는 푸념을 하며 짐을 꾸리는 사람도 있었다.
 신문사 경제부 기자를 하는 대학교 동창 영석이가 마침 취재를 나왔다가 내 소매를 슬그머니 잡아끌었다.
 "어, 그래. 너 나왔구나!"
 "인사는 나중에 하고 뭐 하나 좀 묻자."
 "뭔데?"
 "오늘 부도 확정발표 직전에 여기 혜성건설 주식이 대량 거래된 흔적이 있거든. 내가 보기엔 내부자 거래가 아닌가 싶은데, 네가 확인해줄 수 있냐?"
 "글쎄…… 나도 오늘 처음 듣는 얘긴데…… 모르겠어. 지금 이 경황중에 누구를 붙잡고 얘기를 붙여보겠어?"
 나는 고개를 설레설레 흔들었다. 영석이는 고개를 갸우뚱거린 다음 나중에 술 한잔하자는 말을 남기고 기획실장을 맡고 있는 곽전무방으로 쏜살같이 달려갔다. 그의 방은 이미 어제부터 비어 있었다.
 사흘 전 곽전무가 나를 은밀히 불렀다.
 "자네도 우리사주 해서 혜성건설 주식깨나 갖고 있지?"
 "많이는 아니고 저축 삼아서 하는 것도 있고…… 이것저것 다 따지면 삼천은 될 겁니다. 근데 그건 왜……"
 곽전무는 반 뼘쯤 열려 있는 문을 꽉 닫고 자신의 자리로 돌아온 다음 소리를 죽여 말했다.
 "자네 그거 몽땅 챙겨서 오늘중으로 매각 주문을 내게. 나한테 일임하면 저기 서부투융에 정세분석실장으로 있는 친구가 내 대학 동창이거든, 얼마든지 처리해줌세."
 "갑자기 주식은 왜 그렇게 서둘러 팔라고 그러시는지……?"
 "이 친구, 글쎄 내 말만 따르면 손해는 안 볼 테니깐. 손해를 안 보는 정도가 아니고 자네 주식이 휴지 조각이 되느냐 마느냐 하는 기로에 있다니깐 그러네."
 "무슨 말씀이신지……? 회사가 부도라도 난다는 말씀이세요?"
 "쉿, 큰 소리 내지 말고."
 곽전무는 고개를 끄덕여 보였다. 그러더니 소파에 앉아 있는 내 곁자리로 다가와 앉으며 귀엣말을 속닥거렸다.
 "서부투융이 우리 회사 주거래 금융기관 아닌가? 근데 거기서 내부적으로 더이상 혜성건설을 봐줄 수 없다고 결정이 났다는 거야. 건설 경기 불황이 장기화할 조짐이거든. 혜성에 묶인 돈이 너무 많아서 말이야. 일 주일 전부터 혜성 앞으로 돌아왔지만 결제를 미뤄둔 것만도 팔십사억이라는 거야. 그게 아마 금명간 부도처리될 전망일세. 이건 극비야. 대부분의 임원들도 모르는 눈치더라구. 아마 오너하고 그 친인척 측근들은 알고 있을 거야. 그들도 지금 소유 주식을 눈치채지 않게 적당히 푸느라고 정신없을걸."

나는 정신이 아득해져서 머리를 양옆으로 몇 번 흔들어보았다. 만 팔 년째 근무해온 회사였다. 이렇게 맥없이 무너져내릴 순 없었다.

"이 사태를 위에서는 어떻게 수습하려고 하는 겁니까?"

"수습은 무슨 수습? 걷잡을 수 없는 게지. 아마도 여러 그룹에서 먹기 좋은 걸루다 서로 뜯어먹으려고 달려들걸세. 과장 이하야 뭐 큰 변동은 없을지도 모르지만 그 이상은 다들 밥자리가 흔들릴걸세."

"근데 저한테 왜 이런 극비 사실을 알려주시는 거죠?"

"임금님 귀는 당나귀 귀니깐!"

곽전무는 아리송한 말을 던졌다. 그러나 내게도 주어진 시간이 많지는 않았다. 한가하게 그 일을 따지고 앉아 있을 순 없었다. 부도 발표 직전까지 내가 처리해준 사람은 모두 세 명이었다. 입사 동기인 해외플랜트 부의 연대리와 총무부 미스 정 그리고 장인어른이었다. 장인을 빼고는 모두 우연히 구해준 셈이었다.

통일이 되면 황해도 고향에 돌아가 도자기업을 해보겠다며 평생 모아둔 돈을 주식에 투자하고 있는 장인은 사위 회사 치례를 해준다며 삼분의 일가량을 쪼개 혜성 주식을 매입해두고 그 관리를 내게 일임한 상태였다. 따라서 그것은 미리 처분해주지 않을 수 없었다. 그러나 내가 사둔 주식은 건드리지 않고 그대로 두었다. 그것이 그래도 천오백가량은 되었다.

총무부 미스 정은 별명이 억척이였다. 여상 졸업 뒤 지금 회사 사년차에 들어섰지만 월급의 삼분의 이를 쪼개 저축하며 모은 돈으로 사모은 혜성 주식이 거진 이천 주가량이 된다는 것이었다. 문서수발을 위해 막 총무부를 나서려는 미스 정을 만나 자판기에서 커피를 한 잔 뽑아주었다.

"김대리님 나 시집가기로 했어요."

"아니 이거 듣다가 이런 회소식은 올해 들어 처음인걸. 누구랑? 사내 결혼은 아니겠지?"

"사내는 아녜요. 제가 작년에 죽을 뻔한 고비를 넘겼잖아요."

삼풍백화점 붕괴 사고가 일어나는 날 오후 미스 정은 총무부장의 지시로 그 백화점에서 창사기념일에 이사들한테 돌릴 선물을 고르고 있었다. 퇴근 시간에 맞추기 위해 서둘러 백화점을 빠져나온 게 불과 운명의 시각 십오 분 전이었다.

"그랬었지."

"그리고 나니깐 갑자기 시집을 가고 싶어지더라구요."

"언제쯤 잡고 있어요?"

"올 봄쯤이요."

"그러면 얼마 안 남았네?"

"예. 그래서 다음달쯤 갖고 있는 주식을 팔아서 혼수비용으로 대려고 해요."

"지금 팔아치우는 게 나을걸."

"왜요?"

"이런, 주식 시세에는 아주 맹물인 모양인데 건설주 값이 올 봄까지는 계속 떨어진다는 거야. 그러니깐 하루라도 더 빨리 처분을 하는 게 혼수비용 늘리는 지름길일걸."

"하긴 듣고 보니 그러네요…… 근데 어떻게 팔죠?"

"내가 알려줄까?"

연대리와는 퇴근하고 지하철역까지 같이 걸어가게 되었다.

"김대리 한잔할까?"

"오늘은 좀 땡기질 않는데."

"그럼 다음에 하지 뭐. 아니, 오랜만에 이렇게 같이 퇴근을 해보는 것 같아서 말이지."

그는 지난해 초겨울 부인을 잃었다. 심한 선천성 뇌성마비를 앓는 아들을 재활원에 데려다주던 부인이 횡단보도에서 교통사고를 당한 것이다.

"정작 죽어서 효도해야 할 놈은 죽지 않고 크흐흐흑……"

말은 그렇게 했지만 장애아 아들에 대한 그의 사랑은 지극한 것이었다. 집에 있을 때는 아내나 장모를 대신해서 대소변을 다 받아내고 놀아주었다. 상처한 뒤 그는 도저히 아들을 돌볼 수가 없어 처가에다 아이를 맡겨두었다.

"김대리, 나 올 봄에 나가는 중국 파견 자청할까봐."

"왜?"

"괜히…… 한 이 년 외국에 가고 싶어. 잊을 건 잊고…… 그리고 다녀오면 승진에도 플러스되잖아."

나는 고개를 끄덕였다.

"그거 괜찮지. 근데 가기 전에 주식이나 현금으로 돌려놔."

그는 보상금으로 나온 사천만원 중 이천만원은 아이를 맡기는 대가로 처가에 잘라주고 나머지는 우리사주에 쏟아부었다.

"천천히 하지 뭐. 파견명령 떨어지고 나서 해도 되는 거 아냐?"

"그건 미친 짓이야. 내가 하라는 대로 당장 내일 바꿔놔! 그렇지 않으면 한 장도 못 건질 줄 알라구!"

나는 자신도 모르게 화가 난 듯 소리를 버럭 질렀다. 좀 놀라는 표정으로 바라보는 연대리를 뒤로 하고 나는 성큼성큼 걸어갔다.

그 집 일층 천장에는 새장이 있었다. 그 안에는 종다리가 한 마리 살았다. 그러나 울지는 않았다. 추워서 그런지 배가 고파서 그런지, 아니면 나처럼 주인 아저씨가 무서워서 그런지는 알 수 없었다. 둥그런 원통형의 새장 바닥은 늘 깨끗해서 난 종다리가 무얼 먹고 사는지 알 수가 없었다. 물론 나처럼 다마네기를 먹는 것 같지는 않았다. 그건 독하니깐. 하루는 상이용사가 이층에 있던 새장을 갖고 아래층으로 내려왔다. 심심할 테니 친구나 삼으라는 말과 함께. 갈고리팔에 새장 고리를 끼우고 흔들흔들 들고 내려오는 모습이 섬뜩했다. 나는 그것이 수컷인지 암컷인지 궁금했다. 녀석은 볼 때마다 횃대에 꼼짝 없이 앉아 있었다. 괘종 소리가 나면 놀라서 날개를 푸드덕거렸다.

　나는 자꾸 정신이 혼몽해져갔다. 의사도 더이상 오지 않았다. 괘종 소리에 잠깐씩 잠을 깰 뿐 나는 낮에도 거의 누워서 지냈다. 그러다가 물을 먹기 위해 기신기신 방 밖 복도로 나와 보니 오랜만에 새가 울고 있었다. 나는 그게 신기해 목마름도 잊은 채 새장으로 가까이 다가갔다. 녀석은 변함없이 횃대 위에 앉아 있었다. 그런데 새장 바닥에는 작고 흰 알 두 개가 뒹굴고 있었다. 녀석이 낳은 것일까? 그러면 이놈은 암컷인가? 나는 의자를 놓고 올라선 다음 철장 문을 따고 손을 쑤욱 집어넣었다. 손끝에 새알이 닿는 순간 녀석이 손등을 쪼았다. 내가 놀라서 새알을 떨어뜨리는 바람에 새알이 으깨졌다. 코처럼 물컹물컹한 액체가 새나왔다. 그러자 녀석이 더욱 광기를 부리듯 거친 날갯짓을 하며 내 손등을 공격했다. 놀란 건 나도 마찬가지였다. 나도 방어를 하지 않을 수 없었고 결국 새는 죽었다. 내가 결정적으로 목을 죄거나 하지는 않았지만 책임의 절반은 내 몫이었다. 녀석은 아무튼 나와 싸우다 죽은 것이었으니깐.

　내가 보낸 편지를 받아봤는지 드디어 아버지가 날 찾아왔다. 그날도 아버지는 마치 수금을 하러 온 사람처럼 두터운 수금장부를 뒤적이며 내가 나올 때까지 기다리고 있었다. 옷을 다 챙겨 입었지만 내 솔방울 벙거지는 끝내 찾을 수가 없었다. 그러자 아버지는 자신이 삐딱하게 쓰고 있던 개털모자를 벗어 내게 씌워주었다. 너무 큰 모자여서 내 머리통은 모자 속에서 흥덩흥덩 겉돌았다. 앞이 안 보여 모자를 뒤로 젖히면 모자 뒤가 목덜미께에 닿았다. 밖에 나와 보니 날은 이미

어둑어둑해져 있었다.

　아버지는 날 앞세우고 올 때와는 달리 아리랑고개 쪽이 아니라 미아리고개로 넘어갔다. 입술이 달라붙을 정도로 매운 날씨였다. 아버지는 고개 굴다리 아래로 들어갔다. 그쪽은 집으로 가는 길이 아니었다. 나는 아버지를 부르려 했다. 아버지는 웃으며 따라오라는 시늉을 했다. 모자가 없는 아버지의 머리에 몇 올 안 남은 머리카락이 갈대처럼 부스스 일어났다. 아버지는 불그죽죽한 조등(弔燈)이 걸린 집으로 날 데리고 들어갔다. 집 앞에서 머뭇거리는 내게 아버지는 언 입으로 간신히 말했다.

　소, 속 좀…… 푸고 가야……

　속 좀 풀고 가자는 말이었다. 한길가에는 사내들이 조개탄을 물로 반죽해 비빈 이탄(泥炭)을 허리를 잘라낸 드럼통에 삼발이를 세워 만든 난로에 부어넣고 빨갛게 불을 달궈놓았다. 그중의 한 사람이 아버지를 보고 알은체를 했다. 죽은 사람은 쓰레기 손수레 보관소 소장의 마누라라고 했다. 아버지는 나를 드럼통 옆에 세워 불을 쬐게 한 다음 자신은 빈소에 들어가 절을 꾸뻑 하고 나왔다. 아버지의 손에는 김이 모락모락 피어오르는 희멀건 갈비탕 두 그릇이 들려 있었다. 젓가락 대신 축대 위에 늘어진 개나리 가지를 꺾어 만든 나뭇개비를 그릇에 찔러주었다. 아버지와 나는 서서 갈비탕 국물을 후루룩 들이켰다.

　네 에미가 올라왔다. 이젠 튼튼해졌으니까니……

　그 말에 나는 갈비탕 국물에 혓바닥을 데었다.

　대한민국은 교육이 잘못됐어…… 한참 잘못됐다구.

　교장선생님의 유리잔에 담긴 소주는 거의 줄지 않았다. 나무젓가락으로 번철 위의 고기들을 뒤적거리다 주모한테 퉁바리를 들었다.

　춤 텨. 처묵스믄 빨 가!

길 241

그가 얼른 고기를 다시 한 접시 덜어내었다. 술을 마시러 온 게 아니고 요기를 하러 온 듯싶었다. 오늘따라 메기입 사내가 늦어지고 있었다. 나는 놓칠 게 뻔한 기차를 기다리면서 그가 오기를 기다렸다. 노른자가 걸떠 있는 글라스를 들어 기울였다. 입 안에서 터진 노른자의 비릿한 냄새를 뒤따라 들어온 소주가 없애주었다.

몇시죠?

눌로 쇡이려구!

아뇨, 한 잔 더 하고 이따가 갈 겁니다.

지선이의 얼굴이 어른거렸다. 가만히 따져보니 그녀의 독일 유학도 벌써 칠 년째로 접어들고 있었다. 독일에서 번역한 브레히트 책의 국내 출간을 위해 한 달 일정으로 들어왔다고 했다.

형, 보고 싶은데 한번 놀러 와요. 우리집에서 놀리는 아파튼데 백마역 근처야. 거기서 보면 우리 청구아파트가 빤히 보이는걸요. 금세 찾을 수 있어요. 형한테 할말도 있고……

결혼식을 올리자마자 인류학을 전공하기 위해 함께 독일로 건너간 남편과는 무슨 일인지 이혼을 했다고 말했다. 결혼식 전날 둘은 별말 없이 거나하게 술을 마셨다. 형이랑 결혼 안 하게 된 게 정말 다행인 것 같아…… 지선은 술에 취해 말했다. 그때 두 달 전쯤 함께 일 주일 동안 남해안을 떠돌아다녔지만 난 지선을 소유하지 않았다. 그녀는 후배였으니까. 그게 마지막이었다.

왜 안 오죠?

나는 주절거렸다. 벌써 넉 잔째를 앞에 두고 있었다. 두 병인 셈이었다.

눌로 쇡이려구!

아뇨, 한 잔 더 해야죠. 근데 왜 안 오죠?

주모는 대꾸가 없었다. 번철에 새로 쏟아부은 고기 때문에 지글거리는 소리가 요란하게 울렸다.
 근데 왜 안 오죠?
 주모는 또 대꾸가 없었다. 나는 이마를 목로 위에 박았다.
 외상 됩니까?
 왜 그런 소리를 했는지 모른다. 허튼소리라는 걸 내가 더 잘 알고 있었다. 외상을 주고받는 것도 보지 못했을뿐더러 다모토리로 한 잔씩 걸치고 달아나는 뜨내기들한테 외상이 있을 순 없는 노릇이었다.
 그려!
 주모가 외상을 흔쾌히 허락하는 말소리가 들렸다. 나는 술이 깨는 듯한 느낌에 고개를 번쩍 들었다. 농담이 아닌 모양이었다. 주모는 뒤돌아서 겉장이 너덜너덜한 외상공책을 꺼내 검정 고무줄에 매달린 몽당연필 끝에 침을 발랐다. 얼핏 들여다본 공책에는 숫자나 글씨 대신 이상한 상형문자들이 그려져 있었다.
 증말 외상 줄 거유?
 눌로 쇡이려구!
 나는 기다란 너털웃음을 터뜨렸다.
 하하하, 절 아슈?
 위층 살잖여?
 내가 묵고 있는 길여인숙을 가리키는 소리가 분명했다. 나는 양미간을 한껏 좁혔다.
 ······!
 난 바루 아래층여!
 헛헛, 알고 보니 같은 길에서 사는 사람들이구먼.
 어느새 들어온 메기입 사내가 내 등을 두드리며 엉너리를 떨었다. 주모가 외상공책에 뭔가 끼적거리는 사이에 사내가 고기 한 점을 들어 날름 혓바닥 위에 올려놨다.

한잔 사슈!

나는 고개를 끄덕였다. 역을 들어오는지 떠나는지 모를 기적 소리가 귓가에 아련히 맴돌았다. 오늘도 길을 떠나긴 어렵겠다는 생각이 들었다.

(『문학사상』 1996년 3월호)

경복여관에서 꿈꾸기

 이 시대에 아내와 불화하기란 참으로 쉬운 일이 아니다. 어떻게 감히 아내라는 여자와 불화할 생각을 먹는단 말인가? 차라리 시대와 불화한다면 몰라도. 시대와의 불화라……? 거참, 멋들어진 말이긴 한데 유감스럽게도 지금은 딱히 뭐라고 이름 붙일 만한 시대도 아니질 않은가. 설령 요즘이 무슨 시대라 해도 그것에 관심을 기울일 염(念)이 없으니 불화 운운하긴 역시 어쭙잖다.
 대체 당신은 뭐 하는 놈이길래 이런 실없는 공처가식의 푸념이나 늘어놓느냐? 그러고도 제대로 밥술이나 뜨고 사느냐? 이렇게 물어올 사람이 있다 해도 내가 당당하지 못할 하등의 이유가 없다. 난…… 그래 난, 소설가이며 번역가이자 기획저술가이다. 이것말고도 잠깐씩 거쳐간 무슨무슨 에디터 따위의 허드레 직함까지 적어넣자면 자그마한 명함이 온통 깨알만한 글씨로 뒤덮일 판이다.
 그러나 이런 거창한 직함들에 전혀 아랑곳없던 이번 겨울은 뜻밖에도 내게 유례없이 혹독하다. 기상청에서 예년에 없던 따뜻한 겨울이 될 거라고, 정말 예년에 없이 딱 맞아떨어지게 예보한 바가 있는데 무슨 객쩍은 소리냐. 너희 동네에만 기상이변이라도 벌어졌다는 것이냐. 이런 고지식한 질문을 던질 친구는 없을 것 같지만 내 맘은 심란하기 그지없다.

기왕 얘기가 나온 김에 까발리자면 저간의 내 사정이란 이렇다. 입동이면 아직 푸근한 날씨지만 그때부터 겨울이 시작된 걸로 치고 입춘이 며칠 뒤로 다가온 오늘까지 근 석 달 동안 내가 집에 벌어다준 수입은 대략 원천징수액 빼고 칠십사만원쯤이다. 어느 계간 문예지에 오랜만에 실은 단편소설 「그대 늙었을 때」의 원고료 사십팔만여 원, 편두통에 잘 듣는 알약 암포르탈로 유명한 삼화제약 사보에 실은 콩트 「이브의 경고」 원고료 십육만여 원 그리고 대학 후배가 편집장으로 있는 바둑잡지에 나한테 가장 큰 영향을 끼친 책을 소개해주는 글 「수호지로 가던 마음」을 쓰고 받은 구만여 원이 고작이다.

이 돈으로는 아마 아내가 몰고 다니는 새 자동차의 아직 끝나지 않은 할부금을 비롯해 석 달치 차량 유지비의 절반 정도는 충당했지 않나 싶다. 아, 미처 얘기를 꺼내지 못했는데 아내는 전직 대통령 비자금 사태 초기에 그 양반의 뭉칫돈이 왕창 묻혀 있다고 알려져 한때 야단법석을 떨었던 그 은행의 바로 그 지점에 다닌다. 뭉칫돈이 있다는데 그게 사실이야? 내가 물어보니 아내는 은행에 뭉칫돈이 있는 게 뭐가 이상해요 하며 오히려 나를 이상한 눈길로 바라봤다. 생각해보니 맞는 말이었다. 아니, 그게 아니고…… 비자금 말이야. 아내가 혀를 끌끌 차며 끌탕을 하였다. 뼈엉신 짜아식들 — 일개 은행 대리라도 그렇게 돈관리를 허술하게 하진 않을 걸 가지고 말이야. 그런 치들이 주먹 부르쥐고 정권을 떡 주무르듯이 했으니 나라가 이 모양 이 꼴이지. 나는 할말이 없어져 목을 자라처럼 집어넣고 빙글빙글 돌려 우두둑 소리를 낸 다음 냉장고에서 물병으로 쓰는 오렌지주스 병을 꺼내 입을 대고 냉수를 벌컥벌컥 들이켰다. 아내는 이름표 달린 유니폼을 입고 창구 앞에서 돈을 세는 행원이 아니었다. 은행의 꽃이라고 하는 대부계의 실세 대리였다. 이쯤 떠벌리면 내가 챙기지 않아도 집안 생계가 저절로 굴러가게 돼 있는 사정쯤은 대충 눈치챌 수 있을 것이다. 지금 살고 있는 신도시의 삼십삼 평짜리 아파트를 마련하는 데 보탠 나의 기여도라는 것도 사실 보잘것이 없다. 이런저런 수속을 밟느라 다리품을 좀 판 것을 빼곤. 물론 아파트가 명실상부하게 아내의 명의로 돼 있어 이런 점을 특별히 강조할 필요는 없다.

하지만 원래 이번 겨울이 그렇게 혹독하도록 예정돼 있지는 않았다는 사실을 분명히 강조하고 싶다. 그것은 정말 뜻밖의 횡액이었다. 한마디로 운이 없었다. 잘만 풀렸으면 내가 번역한 책이 한 권에다 기획저술한 책이 상, 하로 두 권 이렇게 모두 세 권 분량의 책이 늦어도 지난 성탄절까지는 나오도록 일정이 잡혀 있었다. 그 번역 원고의 매절 원고료나 기획서의 칠 퍼센트 인세만 챙겨도 이번 겨울은 잘하면 계획대로 강원도 쪽 스키장에서 아내나 친구녀석들과 함께 한 보름쯤 개기며 스키도 배우고 눈 빛에 살갗을 구릿빛으로 그을릴 절호의 기회가 될 터였다.

그런데 왜 이렇게 어긋났을까? 그것만 생각하면 지금도 열이 받쳐 관자놀이께가 욱신거린다. 거진 육 개월가량 소설쓰기를 전폐하고 컴퓨터와 씨름하며 이백자 원고지로 이천 장에 가까운 분량의 원고로 뒤바꿔놓은 책이 바로 『인간과 상징』이었다. 정신분석학 쪽을 조금이라도 기웃거려본 사람이면 대개 알겠지만 이 책은 칼 구스타프 융이 주도하여 죽기 직전에 기획하고, 그의 제자들이 공동으로 집필에 참여하여 완성한 대중적인 편저였다. 아무리 대중적으로 쉽게 썼다고는 하나 정신분석에 관한 한 대학 교양과정의 심리학개론 시간

때 몇 마디 귀동냥한 에고니 리비도니 잠재의식이니 성적 욕망이니 하는 진부한 단어들뿐인 나로서는 그야말로 악전고투가 아닐 수 없었다. 그 동안 작살을 낸 신라면만 해도 거진 열 상자는 될 정도였다. 정신분석학에 대한 기초 공부를 따로 병행하면서 구메구메 번역을 마치고 원고를 넘기자 출판사의 기획실장이 사장이 저녁이나 함께 하자고 부른다며 연락을 해왔다. 원고를 넘기고 나면 으레 있는 위로만찬이겠거니 생각하니 마음이 즐거웠다.

출판사 사장은 성이 홍씨인 사십대 후반의 여자였다. 성이 추씨인 남편이 자신의 이름을 딴 유명한 추산부인과 병원을 강남에 차려 떼돈을 긁어모으고 있다는 풍문을 귀동냥해 들은 적이 있었다. 요가식 호흡법과 남편을 동참시키는 추병원의 독특한 분만 프로그램은 장안의 중산층에 선풍적인 인기를 끌고 있는 모양이었다. 때문에 나도 전부터 그 홍사장을 만나는 자리가 마련되면 은근히 아내 얘기를 꺼내 예약을 해둘 심산이었다. 그렇게 하지 않으면 그 프로그램에 참여할 수가 없다는 말을 들어서였다. 지금이야 생활 때문에 그렇다 치고 언젠가는 아내도 애를 갖는 데 동의할 것이 아닌가?

남편의 병원은 그렇게 잘나갔지만 부인이 운영하는 출판사는 베스트셀러는 고사하고 눈에 띌 만한 변변한 책조차 몇 권 내지 못한 형편이었다. 물론 남편이 대주는 돈줄로 어려움 없이 굴러간다고는 했다. 홍사장도 한때는 소설을 써 자신의 출판사에서 책으로 펴낸 적이 있었다. 안 읽어봐서 자세한 내용은 모르지만 신문이나 잡지에서 마약 섹스 불륜 등 굉장히 자유분방한 내용을 다룬 소설이라고 소개한 짤막한 기사를 본 기억이 있었.

─그렇다면 무척 끼 있는 여자겠구먼.

이 정도 예비지식이면 저녁 한 끼 시간쯤 대충 때우고 올 수 있을 것 같아서 털레털레 출판사로 갔다. 돈 많은 여자라니 혹시나 책 나오기 전에 한목에 원고료를 선불로 끊어줄지도 모른다는 일말의 기대가 은근히 피어올랐다.

　젊다는 것보다 젊어 보인다는 게 또 얼마나 색다른 이미지와 강렬한 느낌을 불러일으키는지를 나는 그 여자에게서 절절히 깨달았다. 먹물 냄새 나는 말로 둘러친다면 가짜 이미지가 진짜 이미지보다 더 실감난다고나 할까. 아무튼 난 강남의 고급스런 카페에 그 사장이라는 여자와 선을 보는 총각처럼 마주 보고 앉았다.

　여자는 적어도 세 겹 정도의 껍데기는 둘러야 직성이 풀리는 족속임에 틀림없었다. 나를 자신이 단골로 가는 듯한 카페로 이끌어간 여자는 살이 충분히 찐 소파에 앉기 전에 턱 밑에서 발목까지 몸뚱어리에 착 달라붙어 있던 무스탕 가죽 외투를 벗겨내었다. 나는 일부러 고개를 살짝 틀고 눈길을 비스듬히 꼬았지만 그 여자의 모습이 눈가에 어른거렸다. 가죽 외투를 벗고 나서도 또 한 겹의 잘 무두질된 가죽이 몸을 가리고 있었다. 앞이 깊이 팬 가죽 조끼에 초미니 가죽 스커트를 입은데다 가죽 장화까지 신고 있었다. 눈이 원래 나쁜데다 카페의 희미한 조명 아래서 조금 당황하기까지 한 나는 여자의 초미니 아래가 맨살인지 살색 스타킹인지 바로 알아낼 수가 없었다. 나중에 그것이 맨살임을 알았을 때 난 하마터면 딸꾹질을 할 뻔했다. 젊어 보인다는 것도 가끔은 누구한텐가 죄가 될 수 있다는 생각이 스쳤다.

　이거 늦었습니다. 진작 김선생님을 뵙고 조촐한 식사 대접이라도 하면서 인사를 드렸어야 하는 건데.

　아 예, 제가 먼저 드려야 할 말씀을 사장님이……

　여자는 다리를 천천히 들어올려 꽈배기처럼 꼬며 담배부터 집어들었다. 유리판이 덮인 탁자 아래로 부풀어오른 살찐 허벅지를 억제하느라 거의 찢어질 듯 팽팽해진 가죽 미니스커트가 내 눈에 안쓰럽게 비쳤다.

김선생님도 소설을 쓰시니 아실 테지만…… 저도 소설을 조금 쓰다보니깐 정신분석학에 관심이 많아요.

겨우 창작집 하나 내고 개점휴업한 지가 언젠데요. 저는 지금은 소설 쓴다고 할 처지도 못 됩니다.

호호호, 한 번 소설가면 끝까지 소설가지요 뭘. 운명의 길 아녜요? 한데 죄송스럽지만 제가 아직 김선생의 소설집을 구해서 읽어보질 못해서요. 정말 미안합니다.

아휴, 잘하셨어요. 저는 도통 소설 쓰는 재주가 메주라서요……

거진 마주앙 한 병을 혼자 다 비우다시피 하며 안심스테이크를 곁들인 저녁은 한마디로 근사했다. 갑자기 그 카페에 대한 내 인상을 몇 마디 주절거리고 싶은 생각이 든다. 겨울에도 한여름처럼 후텁지근한 그 안은 마치 아열대 식물원을 연상케 했다. 이국적 풍취를 물씬 풍기는 각종 활엽수들로 빼곡히 우거져 있어 바로 옆자리 사람들도 넓적한 이파리들에 가려 보이지 않을 정도였다. 나는 술기운 탓인지 내가 숲속에 들어와 있는 한 마리 야수 같다는 착각에 불쑥불쑥 빠지곤 했다. 양미간을 옥죄고 있던 긴장의 빗장이 살금살금 풀어지기 시작했다. 눈앞의 여자는 점점 평원을 가르는 야수의 훌륭한 단백질원인 가련한 초식동물 톰슨 가젤을 닮아가고 있었다. 여자가 이따금씩 고개를 젖히고 웃을 때마다 투명한 잠자리 날개처럼 하늘하늘 속이 비치는 조끼 속의 블라우스 너머로 역시 검은 가죽으로 만든 듯한 브래지어가 찔끔 넘쳐났다. 그럴 때마다 나도 엉덩이를 들썩거렸다.

아무튼 번역을 잘해주셔서 사장된 처지에서 무어라 감사의 말씀을 드려야 할지……

무슨 말씀을요? 되레 저한테 번역의 기회를 주신 사장님께 제가 고맙다는 인사를 드려야 할 판인걸요.

겸손도 하시군요. 근데 전 특히 제삼장 있잖아요? 넘기신 원고를 읽다보니깐 폰 프란츠 박사의 개체화 과정이라는 그 장 말예요. 그게 정말 가슴에 와닿고 좋더군요. 김선생님의 번역 문체도 거기서 최고조의 리듬을 타고 말예요.

그렇다고 할 수 있죠. 그 장은 꿈의 역할에 관한 것 아닙니까? 융학파한테 꿈이란 에고가 자아와 의식적으로 타협을 하면서 이뤄나가게 되는 인격 발달의 핵심이니까요. 중요하죠.

속으로 혀가 오늘따라 왜 이렇게 잘 돌아가지 하고 생각하는데 여자가 꼰 다리를 풀었다. 몸을 앞으로 당겨 팔꿈치로 탁자를 괴더니 색기가 넘실거리는 눈초리로 술잔을 들어 건배를 속삭였다. 나는 갑자기 명치끝이 후끈 달아올랐다.

그런데…… 황금 엉덩이 있죠?

아, 황금 엉덩이요? 있었죠. 아니마를 설명하는 대목이었죠. 저도 그 대목이 아주 흥미로웠어요.

아니마(anima)는 남자의 심리에 있는 모든 여성적인 심리적 경향들이 인격화된 존재로 나타나는 것을 가리킨다. 주로 에로틱한 환상의 형태를 띠고 나타나는 아니마는 밤의 여왕이나 요정, 여사제, 아리따운 처녀 등이 그 대표적인 예이다. 남자들은 그런 내부의 여자를 통해 무의식적 인격의 많은 부분을 현실생활로 가져오게 되고, 그럼으로써 자신의 존재를 더욱 성숙시킨다고 설명돼 있었다.

그 부분이……

예, 좀 어렵다면 어려운 대목인데 이렇게 생각하면 이해도 빠르죠. 예를 들어 남자들은 가끔 성인이 돼서도 이런 꿈을 잘 꾸거든요. 무슨 꿈인가 하니, 꿈속에서 누군가에게 쫓기는 거예요. 식은땀을 뻘뻘 흘리면서 죽자사자 막 쫓기는데 자신을 쫓는 사람이 사실은 파멸적인 로렐라이 언덕의 처녀거나 원한을 품은 아리따운 처녀라는 둥 이런 식이죠. 그런데 쫓기고 있던 자신이 어느새 과감하게 돌아서서 그 여자와 맞서는 거예요. 그럼, 무엇으로 맞서느냐? 하하, 결국은 섹스로 맞서게 돼 있거든요. 그때 남성이 발기하게 되고…… 보통 그런 식인데, 이것도 일종의 아니마의 출현으로 볼 수 있다…… 아니마긴 한데…… 그럼 무슨 뜻이냐.

나는 거의 내 말에 내가 취해가는 형국이 되었다.

무슨 뜻이죠?

여자가 턱을 뒤로 쳐들고 두 손으로 거머쥔 머리카락을 목 뒷덜미 쪽으로 모으며 말했다. 하얀 귀밑 뺨이 드러났다. 눈을 찌르는 창처럼 까만 점이 박혀 있었다. 나는 내 앞의 술잔을 재빨리 낚아채 입술에 붙였다.

섹스의 이중성입니다.

섹스의 이중성이요……?

그렇죠. 아니마는 바로 그것을 경험하는 남자들의 어머니에 의해 잠재적으로 형성되고 결정되지요. 한 남자의 최초의 성적 파트너는 바로 그의 어머니가 아닙니까? 어머니의 성기에서 빠져나온 이후 품 안에 안겨 살을 맞대고 젖꼭지를 빱니다. 이게 바로 인간이 최초로 경험하는 섹스입니다. 이런 어머니에 대한 기억 때문에 남자한테 섹스란 터부, 즉 금기라는 원초적 기억 속에 각인돼 있는 겁니다. 그러나 본능적으로 추구해야만 하는 것이 바로 섹스고, 이것이야말로 섹스의 이중성이라고 명명할 수밖에 없지요. 이건 순전히 학문적 차원의 얘기입니다. 자신을 뒤쫓는 섹스 어필한 마의 처녀. 공포스러우면서도 또 격렬히 인터코스하고 싶은 대상으로서의 아니마는 이런 식으로 나타나기 일쑤입니다.

나는 내가 뭐라고 떠드는지도 알 수 없는 지경이 되었다. 나 스스로도 처음 듣는 얘기를 내 입으로 잘 알고 있는 사람처럼 지껄이고 있다는 사실에 속으로는 몹시 놀라면서도 후회가 되었다. 여자는 소파 안으로 몸을 깊숙이 파묻은 채 나를 멍한 표정으로 바라보다가 갑자기 야릇한 미소를 지었다. 나는 잠시 유리잔을 어루만지다 말을 강요당하는 사람처럼 떠듬떠듬 몇 마디 더 엮어갔다.

  방금 말씀하신 황금 엉덩이 있잖아요? 그 유명한 황금 엉덩이의 작가 아풀레이우스의 꿈에 나타나서 그를 더 높고, 더 영적인 형태의 삶으로 이끈 이시스 여신의 역할이 바로 그런 게 아니었을까요? 작가 아풀레이우스는 바로 여신의 엉덩이를 목격한 것입니다. 추측이긴 합니다만 거의 틀림없을 겁니다. 여신의 엉덩이야말로 눈부신 황금빛이었을 테니까요.

  최소한 이쯤에서 끝마쳤어야 판을 깨지 않고 사태를 수습할 수 있었을 것이었다. 어렴풋이 그걸 느꼈지만 나를 제어할 브레이크를 끝내 찾아낼 수가 없었다. 나는 후회하는 선을 넘어 마구 울고 싶은 심정이 되었다. 눈물을 펑펑 쏟고 싶었다. 이건 뭔가 마가 끼어서 잘못된 것일 거야. 어쩌면 함정에 빠졌는지도 몰라. 저 여자는 왜 나를 구해주지 않을까? 이런 생각이 머릿속에 뒤범벅되어 나를 혼돈스럽게 만들었다. 나는 아예 파국을 맞이하기로 작정했다. 그게 맘 편한 일인 듯싶었다.

  남자가 흘린 정액이 찔끔찔끔 묻은 여자의 엉덩이는 더이상 황금빛일 수가 없지요. 그것은 단순한 살색이며 또 그래야 마땅합니다. 황금빛 엉덩이, 그것은 바로 순결성의 상징이자, 관념의 결정체이기 때문입니다. 그래서 이 땅덩어리 위에 황금빛 엉덩이는 존재하지 않으며 오직 아니마의 형태로 우리의 관념이나 꿈의 머리맡을 들락거릴 뿐입니다.

  그때 그 여자가 서서히 일어나서 가죽 외투를 집어올렸다. 나는 겁먹은 눈으로 여자를 올려다보았다. 엉거주춤 무릎 관절을 폈다. 내 뺨은 느닷없이 날아올지도 모를 손바닥을 맞을 만반의 채비를 갖추고 있었다.
　김선생님의 말씀 잘 들었군요. 끝으로 제가 한마디드릴게요. 제가 지적하고 싶었던 것은 그 황금 엉덩이가 바로 황금 당나귀의 오역이라는 점입니다. 결정적이고도 명백한 오역!
　황금 당나귀요?……그럴 리가?
　나는 아련히 무너지고 있었다. 황금 엉덩이의 원문은 'Golden Ass'였다. Ass의 첫번째 의미는 물론 당나귀였다. 내가 그 정도도 모를 만큼 번역의 초보자는 아니었다. 나도 긴가민가해서 사전을 여러 번 뒤적거렸지만 전후 맥락상 두번째 ass 2) 항목의 뜻풀이에 눈길이 가 박힌 것이다.

　―1) 궁둥이 2) 항문(종종 여성의 성기) 3) 성교, (성교의 대상으로서의) 여자……

　여자는 내게 그것을 확인해보라는 말과 함께 그 분야에서 권위자인 듯한 사람의 연락처가 적힌 쪽지를 내밀고는 숲속으로 사라져갔다. 팽팽한 엉덩이께의 가죽 스커트 표면이 전등빛에 반짝거렸다. 나는 쪽지를 우그러뜨려 주머니에 넣은 다음 병에 남은 술을 잔에 따라 천천히 마시기 시작했다. 한 오 분쯤 뒤에 나도 역시 숲을 헤치고 빠져나왔다. 나는 밖의 찬바람을 쏘이면 내가 무엇을 잘못했는지 분명히 알 수도 있을 것 같아 마음이 조금은 편해졌다. 삶이 언제 내 계획대로 맞아떨어진 적이 있었나 뭐. 이게 유일한 위안이었다.
　계산하셔야죠?
　카운터에 한쪽 팔꿈치를 괴고 서 있던 젊은 사내가 비척거리는 내 팔을 부축해주는 척하며 말했다.
　계산이요?……그 아줌마가 안 했어요? 제길, 얼만데요?

그날 이후 내 원고는 편집부 책상 서랍 안에서 푸근한 겨울을 났다. 출간 보류가 된 것이다. 나도 속으로 화가 나지 않은 건 아니었지만 오해에는 다소간의 시간이 약이라는 생각에 짐짓 모른 척하고 지내 온 것이다. 지난 겨울의 실패담은 이쯤에서 그치는 게 좋을 듯하지만 내가 기획저술가라는 직함을 입증하기 위해서는 간략한 설명이 더 필요한 것 같다. 정말 짧게 얘기하자. 내가 일 년간의 자료 수집과 또 그에 버금가는 시간을 투자해 쓴 원고가『그리스·로마 신화를 통해서 본 유럽 문명』이었다. 큰돈 벌겠다고 쓴 건 아니었고 대학입시 후 공백기를 맞은 예비 대학생들이나 대학 교양과정의 부교재 정도를 염두에 두고 시작했었다. 그래서 그리스와 로마의 신화를 각종 문학작품이나 미술품 등 예술작품을 통해 재해석하면서 신화 속의 '인간적 신'들이 오늘날 어떻게 부활하는지를 현대적인 관점에서 접근도 해보았다. 예를 들면 이런 식이었다.

그리스 신화에 나오는 프로메테우스는 신으로부터 불을 훔쳐 사람에게 선물했다가 신의 노여움을 사 카프카스 산의 바위에 묶여 독수리에게 간을 쪼이는 벌을 받았다. 그를 어떤 의미에서 인류 최초의 지식인으로 볼 수도 있지 않은가. 인류 공영의 사회적 책무를 잊지 않는 대가로 평생 신산스러운 삶을 살아야 했던 프로메테우스적 지식인으로 마르크스나 김남주 같은 인물들을 들 수 있다. 또 태양을 향해 거침없는 날갯짓을 하다 밀랍으로 붙인 날개가 녹는 바람에 추락한 이카로스는 사람들이 보편적으로 갖고 있는 상승 욕구의 원형이다. 우리나라의 70년대의 야심만만한 청년 기업가들의 벤처 캐피탈이나 흑인 해방운동의 지도자 말콤 엑스 등을 그들의 실패와 좌절에도 불구하고 가치 있는 도전의식을 지닌 현대판 이카로스에 비유할 만하다. 우리 사회에 자신을 이카로스에 비유하고 싶은 사람이 오죽이나 많을까?

이렇게 듣고 보면 정말 괜찮은 기획이 아닌가? 근데 어떻게 된 일인지 이 원고도 끝내 빛을 보지 못할 운명이 되고 말았다. 출판 계약까지 맺은 출판사 사장이 알아본 결과 이와 비슷한 원고가 어느 경쟁 출판사에서 이미 필름 작업까지 진행돼 있다는 거였다. 제목도 뭐라고 했더라…… '거꾸로 사고하는 그리스·로마 신화'라고 했지 아마. 그러니 책을 내봤자 중복 출판이라는 말만 들을 게 뻔하다는 거였다. 사장의 말투에는 내가 그쪽 기획을 훔치거나 표절한 게 아니냐는 뉘앙스도 은근히 묻어났다. 애먼 두꺼비 떡돌에 치인다고 나는 입만 떡 벌릴 수밖에 없었다. 짧게 얘기하려 했었는데 본의 아니게 길어졌다.

이렇듯 을씨년스러운 겨울에 아내의 빨간 자동차가 없었더라면 난 과연 어떻게 버텼을까? 그것은 상상하기조차 싫다. 난 아침마다 아내가 출근하기 전에 아파트 지하주차장으로 일찌감치 내려간다. 시동을 미리 걸어놓고 차를 닦기 위해서였다. 차에 대한 나의 애정은 내가 생각해도 각별하기 짝이 없었다. 우리의 재산목록 이호인 자동차가 보험료율 문제로 내 명의로 돼 있어서가 아니었다. 나는 자동차가 아내의 몸뚱어리라도 되는 양 온 정성을 다해 씻고 닦고 문질러 마지막 남은 먼지 한 톨마저도 다 털어내야 직성이 풀렸다. 그래서 한 마리의 미끈한 암말로 만들어내는 그 일은 고역이 아니라 내가 자청한 낙이자 거역하기 어려운 황홀경의 체험이었다. 나의 이런 노력으로 차가 따뜻하게 달구어지면 아내가 지하주차장으로 내려온다. 아내는 흡족한 표정으로 가속기를 밟고 후면경을 통해 나를 바라보며 건성으로 장갑 낀 손을 흔든다. 나도 부랴사랴 면장갑을 벗어 손을 주춤거리며 선서하는 대표선수처럼 어깨 위로 올리는 시늉을 한다. 어, 그러나 누구한테? 나의 눈길은 내가 조금 전까지 애무하던 자동차의 뒤쪽에 매달려 있기 일쑤이다. 그 눈길이 축축하다. 마치 어느 젊은 여성의 미끈한 엉덩이를 훔쳐 보는 것처럼.

나만큼은 아니지만 나 못지않게 자동차를 아끼는 사람이 또 있었다. 우리하고 대문을 맞보고 있는 1704호에 사는 여자였다. 항상 긴 외투자락 밑으로 청바지가 드러나 보이는 그 여자는 처녀인지 이혼녀인지 아무튼 혼자 사는 여자였다. 가끔 엘리베이터 안에서 마주치는 일이 종종 있었다.

"또 닦으러 가세요?"

부러 천장을 쳐다보며 내외를 하려던 나는 엉겁결에 허리를 굽신거리며 허파에서 바람 빠지는 듯한 웃음을 실실 흘렸다.

"아 예…… 헐헐."

"저도 차를 잘 닦아주는 편인데 아저씨에 비하면 택도 없는 것 같아요. 차를 애인 다루듯이 하시는 편이잖아요? 저도 지금 차 닦으러 가는 길이에요."

여자는 건강을 의미하는 붉은 혈색이 도는 잇몸을 드러내며 웃고 있었다. 긴 머리를 뒤로 한목에 묶은 여자의 얼굴은 까무잡잡했지만 뭔가 끌리는 기가 느껴졌다.

"아, 예…… 헐헐."

오층에서 누군가 타는 바람에 둘 사이에 대화가 끊겼다. 나는 그 여자의 이름을 물어보진 않았지만 오미란이라고 확신했다. 작년에 아이들 방학이 시작되기 직전 미술이나 글짓기를 다년간 유경험자가 성실 지도를 한다는 종이가 아파트 입구 게시판에 내걸렸다. 종이의 밑쪽은 가위로 문어발처럼 오려놓고 전화번호를 하나씩 뜯어갈 수 있게 만들었다. 구공사에 사팔육구. 그때는 왜 그 전화번호가 머릿속에 쏙 들어왔는지 몰랐지만 몇 발짝 걷다가 난 그녀의 전화번호가 아내의 차 끝자리 번호와 일치한다는 사실을 깨닫고는 손바닥으로 이마를 올려붙였다.

그러나 그 여자의 직업에 대한 아내의 견해는 달랐다. 내가 게시판에 붙여놓은 종이로 미루어 그 여자가 아마 학원 강사 출신의 대졸 여성인 것 같다고 하자 아내는 그것이야말로 이웃의 눈을 속이기 위한 가증스러운 술수가 틀림없다고 강조했다. 우선 미술과 글짓기를 동시에 가르친다는 것이 수상쩍다는 거였다. 미술은 말하자면 예체능 쪽이고 글짓기는 인문학 쪽인데 서로 갈래가 다른 두 영역을 함께 가르친다는 게 말도 안 된다는 거였다. 듣고 보니 그럴듯했다. 전화번호를 줄줄이 적어둔 종이를 떼간 사람은 해가 바뀌도록 하나도 없었다. 유일하게 하나가 뜯겨나갔지만 그것은 사실 내 주머니 속 어딘가에 꾸깃꾸깃 뭉쳐 있다가 짤순이를 겸하는 세탁기 속에서 흔적도 없이 사라졌을 터였다.

그 여자의 본업은 딴 거예요. 보아하니 외간남자들이 들락거리더라구요.

아내는 목소리를 낮췄다. 나는 무심한 듯한 표정으로 소파에 앉아 텔레비전에 눈길을 박았지만 순간 귀를 솔깃 세웠다.

당신이 직접 봤어?

뻔하지 뭐. 다 아는 수가 있지. 방 안에서 이상한 짓을 하는 소리가 그대로 들리는 걸 뭐.

다 들려? 어떻게?

다 아파트가 부실한 덕이지 뭐. 벽에 틈새가 생긴 게 점점 더 벌어지나봐. 허구한 날 떠들어봤자 관리사무소나 시공회사는 꿀 먹은 벙어리고 차암…… 옆집 전화벨 소리는 물론이고 심지어는 코고는 소리까지 다 들리는 판국이니 이것도 집이라고 나참. 빨리 딴 데로 이사를 가든지 말든지 해야지.

나는 틈새라는 말을 들으면서 어깨를 털며 한바탕 으스스를 쳤다. 당장이라도 아파트가 와그르르 무너져내릴 것 같은 느낌이 들었다. 나처럼 지독한 고소공포증 환자가 십칠층이나 되는 고공에서 체류한다는 사실이 참으로 가당찮은 일이었다. 어느 정도 심한가 하면 어지럼증 때문에 베란다를 제대로 나갈 수 없을 지경이었다. 그런데 거기다 틈새까지 벌어져 있다는 생각이 들자 갑자기 숨이 차고 오한이 나기 시작했다. 나는 엉덩이에 힘을 주고 소파 깊숙이 몸을 푹 담갔다. 나의 통제를 벗어난 발가락들이 배배 꼬여 제멋대로 꿈틀거렸다. 발가락 끝이 주책없이 거실 바닥의 과일 접시를 건드리는 바람에 사과 조각이 바닥에 흩어졌다. 나는 얼굴을 감싸쥐었다. 곧이라도 아파트가 뒤틀려서 무너져내릴 것만 같았다. 삼풍! 그래 삼풍 때 어땠지! 생존 공간, 생존 공간이 될 만한 구석이 어딜까? 다용도실일까? 무슨 소리야 십칠층에서 무너져내린다면 모든 게 다 콩가루가 될 판인데 생존 공간이고 뭐고가 무슨 소용이 있을라구! 나는 소파에서 미끄러지듯 내려와 거실 바닥에 개구리처럼 넙죽 엎드렸다.

 당신 뭐 해요?

 으응…… 정말 밑층에서 애 우는 소리가 솔솔 다 들리네. 바닥에 귀를 대니깐.

 그렇다니깐. 지겨워…… 정말 지겨워……

 아내는 지겹다는 말을 서너 번이나 되풀이했다. 나는 거실 바닥에 옆얼굴을 댄 채 일어나지 않았다. 불현듯 오미란이라는 여자의 까무잡잡한 얼굴이 생생하게 떠올랐다. 텔레비전에서는 신세대 드라마의 재방송 화면이 나오고 있었다. 나이트클럽에서 젊은 남녀가 어울려 선정적으로 몸을 흔들고 비벼대는 장면이었다. 육감적으로 부풀어오른 엉덩이가 화면을 덮쳤다가 멀찌감치 물러났다. 오미란을 닮은 여자가 추파를 던져왔다. 나는 입초리로 넘쳐나온 침을 얼른 후루룩 빨아들였다. 화면 속의 오미란. 그것은 단순한 머릿속의 상상이 아니었다. 나는 그 여자를 실제로 화면을 통해서 본 적이 있었다. 텔레비전 화면은 아니었지만.

한 달쯤 전이던가, 내가 경비실로 내려간 때는 늦은 오후쯤이었을 것이다. 잘 기억이 나지 않지만 무슨 영수증 나부랭이에 석연찮은 내용이 있어 확인을 해보려고 손에 쥐고 있었다. 부녀회에서 전달 관리비 중에 뭔가가 더 계산돼 나온 것을 밝혀내 이번 달에 가구별로 일제히 환급을 받게 돼 있었는데, 아내의 말로는 생각보다 우리집의 환급액이 적다는 거였다. 위아래층보다 거진 만원이나 차이 난다고 투덜거렸다. 그런 쪼잔한 일로 경비실을 찾아가자니 맘이 내키지 않아 아주 조심스럽게 경비실 문을 잡아당겼다. 경비 아저씨는 한 오십대 후반쯤 돼 보이는 사람이다. 축농증 때문인지 약간 코맹맹이 소리를 내었다. 왕년에 밤무대에서 기타 좀 쳤다는 얘기를 가끔 하는 양반인데 평생 궂은 일은 해본 적이 없는 사람처럼 손이 아주 작고 부드러웠다. 지난 연말 관리사무소 지하에 있는 에어로빅 연습장에서 열린 부녀회 망년회에서 왕년의 기타 연주 솜씨를 유감없이 선보여 큰 인기를 끌었다.

왕년의 기타리스트는 의자에 비스듬히 앉아서 모니터에 푹 빠져 있었다. 그래서 내가 문을 빼꼼히 열고 들어서는 것조차 모르고 있었다. 나는 그의 어깨를 툭 건드리려다 말고 허공에 손을 멈춰세웠다. 늙은 기타리스트 앞에는 지하주차장을 집중적으로 감시하는 성능 좋고 화질이 뛰어난 폐쇄회로 화면이 네 개나 설치돼 있었다. 낮시간이라서 그런지 지하주차장은 노는 차 십여 대를 빼고는 횅뎅그렁하였다. 사실 아파트의 지하주차장은 집중 감시할 필요가 있는 공간이었다. 가끔 아침에 누군가 시동을 걸어놓고 잠깐 집에 들어간 사이에 차를 몰고 가버리는 사건이 일어나질 않나, 또 여자들한테는 지하 공간이라는 게 아무래도 뜻하지 않은 봉변을 당할 가능성이 높은 곳이었다. 특히 날이 추워지면서 뛰어놀 공간이 부족해진 아이들이 지하주차장으로 들어와 놀다가 지상에서 막 진입해 들어와 눈이 아직 어둠에 충분히 적응되지 않은 운전자와 충돌하거나 후진하는 차량에 받히는 일도 있었기 때문이다. 따라서 아파트의 안전관리를 책임진 경비원으로서는 지하주차장을 항상 신경 써서 살펴보아야 할 의무가 있었다.

쳇, 암만 그래도 이 아저씨는 완전히 연속극 보듯 푹 빠져버리고 말았는걸.

기타리스트의 옆에 멀뚱히 서서 같이 모니터 화면을 바라보던 나는 고개를 갸우뚱거렸다. 그 모니터에 어떤 여자의 모습이 잡혀 있는 것이었다. 고개를 빼고 자세히 들여다보니 바로 옆집 여자였다. 여자는 꽉 조이는 청바지에다 티셔츠를 받쳐입은 헐렁한 블라우스 차림으로 팔소매를 걷어붙인 채 차에 매미처럼 딱 달라붙어 있었다. 물청소는 끝난 것 같고 차체에 왁스를 바르고 융으로 광을 내는 듯했다. 차 옆에 서서 본네트 위에 융을 대고 힘을 줘 밀고 당길 때마다 여자의 유난히 큰 가슴이 출렁거렸다. 우연인지 아닌지 네 대의 모니터는 모두 마치 주요 용의자인 양 그 여자의 앞 뒤 옆으로 집중돼 있었다.

그 여자의 뒤쪽에서 잡은 화면에는 무릎을 굽혔다 펼 때마다 엉덩이가 밑에서 위로 야하게 씰룩거렸다. 나는 나도 모르게 입을 조금 벌렸다. 청바지가 미어질 듯 팽팽하게 부풀어오른 엉덩이는 늘씬한 다리와 잘 어울렸다. 누군가가 침을 꼴깍 삼켰다. 아마 난지도 몰랐다. 나는 막 방귀가 터지려는 것을 괄약근을 오므려 간신히 참았다. 앞에서 잡은 화면에서는 약간 흐트러진 블라우스 안쪽이 들여다보였다. 땀이 나는지 여자가 팔소매로 이마를 훔쳤다. 융으로 광내는 작업이 거의 끝나가는 모양이었다. 여자는 차의 뒤꽁무니를 닦기 위해 다가가서는 자신의 옆 엉덩이를 교태스럽게 슬쩍 부딪쳤다.

기타리스트의 숨소리가 막힌 코 때문인지 좀 거칠어져 있었다. 이십사 시간 전기난로를 켜놓는 경비실 안은 사실 좀 건조했다. 그는 바지 호주머니에 두 손을 찔러넣고 두 다리를 쭉 편 상태로 앉아 있었는데 사타구니 쪽으로 뻗어 있는 호주머니 속의 두 손이 불규칙하게 꿈틀거렸다. 나는 갑자기 당황스러워졌다. 기타리스트를 부르기도 그렇고 그냥 나가자니 그것도 부자연스러웠다. 나는 하는 수 없이 꾀를 내어 뒷걸음으로 몇 발짝 소리나지 않게 떼어 문 앞에 선 다음 문 소리를 일부러 크게 내어 내가 방금 들어온 것처럼 보이게 하려고 했다.
"아이구, 어서 오세요!"
기타리스트는 깜짝 놀라는 표정으로 자리에서 벌떡 일어났다. 그의 눈은 벌겋게 충혈이 돼 있었다. 나는 호주머니에서 슬그머니 구겨진 관리비 영수증을 꺼냈다.
혹시 나도 그런 칙칙한 눈길에 감시당해온 건 아닌가 생각하니 찜찜하기 짝이 없는 노릇이었다. 그래서 그 이후로는 자동차 시동을 걸려고 지하주차장에 들어갈 때마다 그 폐쇄회로가 어디 있나 고개를 이리저리 돌리는 버릇이 생겼다. 그런데 얼마 되지 않아 나를 자동차에서 결정적으로 격리시키게 될지도 모를 일이 터졌다. 아침마다 지하에 내려가 조개처럼 꽉 무는 틈새에 열쇠를 꽂아 기를 불어넣고 털이개나 걸레, 와셔액 등으로 쓰다듬어줄 필요가 사라지게 될 위기에 봉착한 것이다. 바로 맥스콘 B803-DX라는 녀석 때문이었다. 맥스콘은 원격시동 장치의 이름이다. 아내는 어느 거래처 고객이 선물한 것이라며 원격시동 장치 교환권을 파산 고지서처럼 내게 디밀었다.
내가 어지간해서는 고객들한테 들어오는 선물을 잘 받지 않잖아요. 그런데 이 원격시동 장치 교환권만큼은 당신을 생각해서 여러 번 생각하다 그냥 받아왔어요. 이번 겨울에 당신이 자동차에 미리 시동을 걸어놓는다며 십칠층이나 되는 고층에서 지하주차장까지 후닥닥거리며 뛰어다니느라 얼마나 고생을 했어요? 비록 겨울이 이제 얼마 남지 않아 늦은 감은 있지만 이제라도 달아서 당신의 수고를 조금이라도 덜어야죠. 여름에도 에어컨을 미리 켜놓게 돼 쓸모가 짭짤하대요.

그게 뭐 수고야? 엘리베이터 타고 쓰윽 내려갔다 쓰윽 올라오는 건데……

남 보기에는 그래도 그게 아녜요. 얼마나 쑥덕거리는 줄도 모르고…… 이게 원격시동뿐 아니라 도난경보 장치도 겸용이거든요. 이래저래 잘됐지 뭘 그래요?

그래 잘됐어. 누가 아니래나. 근데 이거 얼마짜리야?

몰라요. 한 돈 십만원 하지 않겠어요?

십칠층 꼭대기에서 지하주차장까지 원격시동 전파가 먹혀들래나? 그것도 걱정이 되네. 라디오도 지하에서는 잘 안 되잖아?

까짓것 그러면 차를 지하에서 지상으로 빼면 되지 무슨 걱정이에요? 아무 소리 말고 빨리 이 교환권에 적혀 있는 대로 애니티 정밀전자 총무과에 가서 찾아나 오라구요. 교환 기한이 삼 개월이어서 이번 달 말까지거든요. 자칫 교환권을 휴지 조각 만들지 말구요. 거기 약도 다 그려져 있죠. 뒷면에? 전화번호하고. 참 그 회사가 당신 다니던 학교 근방이어서 대충 지리는 알겠네요?

그쪽이야 빠삭하긴 빠삭하지……

그러나 나는 차일피일 미루며 원격시동 장치를 찾아오지 않았다. 어떻게 됐어요? 아내가 지나가는 말로 물을 때마다 그럴듯한 구실로 얼버무렸지만 말일이 내일모레로 박두하자 이런저런 핑계도 먹혀들 여지가 없어졌다.

아무튼 오늘 안으로 찾아오지 않으면 당신 알아서 하라구요!

알았어. 오늘은 꼭 찾아올게.

아내는 차문을 닫고 손을 흔들어준 다음 그대로 삼단기어로 지하주차장을 횡허케 가로질러 갔다. 나는 폐쇄회로를 힐끗 노려보며 지하에서 빠져나왔다. 사실 어젯밤 일만 아니었어도 난 며칠쯤 버티다가 유효 기간이 지난 교환권을 슬그머니 폐기처분할 생각이었다. 최근 한 닷새 동안은 아내의 재촉도 없어 구렁이 담 넘어가듯 유야무야 할 수도 있는 분위기였다. 그런데 어젯밤 같은 실수가 있고 나서야 나도 더이상 뺄 방도가 없었다.

어젯밤에는 신촌에서 심야좌석을 탈 정도로 억병으로 취해 들어왔다. 다른 이유는 없었다. 다만 공짜 술이니깐 취했던 것 같았다. 공짜 술을 사준 사람은 현칠교라는 대학 서클 선배였다. 80학번이니깐 나의 이 년 선배였다. 4학년 때 군대를 갔다 와서 노동운동을 한다며 인천의 사출기 공장과 주물 공장에서 삼 년 남짓 일하다가 나와서 이 년 전만 해도 어느 기울어가는 사회과학 출판사에서 일했다.

어느 여름날 내가 계간지에 단편소설을 발표한 것을 보고 연락을 해와서 학교 근처에서 한번 만난 일이 있었다. 서울대입구역 근처의 비좁은 골목길에 있던 태백출판사 사무실 문을 열고 들어갔을 때 그는 옆구리께가 뚫린 러닝을 걸치고 교정을 보고 있었다. 귀가 상당히 어그러진 그의 철제 책상 밑에는 춘장 국물이 질벅하게 괸 자장면 그릇이 서너 개 포개져 있었다.

형, 뭐 하세요?

어, 너 왔니? 야아, 이거 정말 우리 몇 년 만이냐?

접때 어느 대학이더라…… 노찾사 공연 때 얼핏 봤잖아요?

아, 맞다! 근데 그게 본 거니? 슬쩍 스쳐간 가지. 어이, 한사장 선풍기 바람 이리로 좀 돌려. 여기 손님 아냐.

나중에 알고 보니 한사장이라는 사람은 칠교형의 대학 동기였다. 어쩐지 어디선가 한 번쯤 본 얼굴 같았다.

그래도 그게 한 삼 년 안 됐냐?

그렇게 되나요?

그는 경희대인가 연세대인가 노천극장에서 열린 노래 공연 때 자신과 함께 일하는 노동자들을 옆에 데리고 왔었다. 그때만 해도 그의 눈빛은 형형했다. 너 뭐 하며 지내니 하고 묻는 그의 어투는 분명한 힐난조가 배어 있었다. 나는 그저 헤헤거리는 웃음으로 그의 질문을 막아냈지만 속으로는 몹시 씁쓸했다. 그러나 출판사에 들어간 그는 그때보다 좀 변화돼 있었다.

지금 뭐 보세요?

앞으로는 논술이 중요해질 전망이거든. 내가 보기엔 그래. 이게 엄청난 시장으로 떠오를 전망이야. 그래서 고등학생들이 읽어야 할 명문들을 개화기 이후부터 정리하는 작업을 진행중이야. 돈이 좀 될지도 몰라.

그가 태백출판사에서 나왔다며 뽑아준『이제마의 사상의학 해설』『사업, 이렇게 하면 꼭 실패한다』등의 책들은 표지부터가 엉성하기 그지없었다.

표지는 어디서 해요?

우리 안에서 다 소화해. 히히, 사실은 내가 대충 알아서 해.

형이요?

그래. 내가 미술에 좀 소질이 있거든. 주위에 말은 안 해왔지만. 그렇게만 알아둬. 그리고 이게 내가 기획한 책인데 그중 많이 나갔어. 삼쇄 찍었으니 한 팔천 부쯤 소화됐다고 봐야지?

그가 내민 책은『체질을 알면 건강이 보인다』였다.

이제 몇 년 후면 국민소득 만 달러시대로 접어든다구. 그럴수록 건강에 대한 사람들의 관심이 증폭될 테고……

칠교형의 집은 역에서 별로 떨어져 있지 않았다.

이 정도 위치면 전셋값이 셀 텐데요?

뭐, 그래봤자 여덟 평짜린데. 하긴 그래도 이게 이천오백이라는 거 아니냐? 이거 때문에 집안에서 말이 많았어. 내 오 년 아래 동생녀석이 군대 갔다 와서 뒤늦게 의대를 가겠다고 난리를 치지 않았냐? 그래가지고 사실 올 초에 저기 지방의 후진 의대에 덜컥 붙었지 뭐야. 그런데 돈이 있어야지. 의대 등록금이 어디 남의 집 애 이름도 아니고 말이야. 그런데 의외로 불똥이 내게로 튀더라구. 그 녀석이 형 집을 월세로 바꾸고 등록금을 대달라는 거야. 아이고, 그거 무마시키느라고 얼마나 티격태격했는지 원. 집안에 난데없는 평지풍파가 일고…… 마누라도 난리를 짓고 차암…… 결국 또 아버님이 나서서 재개발 걸린 집 딱지를 처분해서 일단 진학은 하긴 했는데 그 바람에 서먹하던 시가 쪽하고 마누라 거리만 더 멀어져서 말이야 에잉. 마누라? 애 업고 일일시험지 돌리러 갔어.

그하고는 내가 사간 삼겹살 두 근을 집에서 구워 먹으며 이런저런 얘기를 하다 헤어졌다. 그 뒤로는 칠교형 소문을 전혀 못 듣고 있었다. 그런데 그가 어떻게 알았는지 불쑥 내게 전화를 해온 것이다.

아, 오늘 내가 널 부른 이유는 딴 게 없어. 단순히 술을 마시기 위해서야. 그러니 아무 부담 없이 나오라구. 요즘은 왜 그리 말끝마다 토를 다는 놈들이 그리 많은지……

내 앞에 있는 사람이 그 옛날의 칠교형인가 싶었다. 내 눈썰미가 암만 젬병이어도 그가 입고 있는 옷이 적어도 유명 백화점 최고급 코너에 걸리는 양복임을 알 수 있었다.

형, 출판사 그만뒀어요?

그만둔 지가 언젠데? 한 이 년 됐을걸.

그럼……?

애가 아주 소식이 깜깜하구나. 너 그래가지고 어떻게 소설을 쓴다고 나대냐, 나대길?

제 주특기가 원래 안방퉁수잖아요.

나 거기 나가잖아.
어디요?
한양학원.
아, 그래요? 그럼 돈 잘 벌겠네요. 오늘 허리띠 풀고 맘껏 마셔도 되겠네요. 정말. 어느 정도 버세요?
짜아식, 촌스럽긴. 그저 내가 한 달에 떼는 세금이 보통 봉급생활자 한 달치 월급이라고만 생각하면 돼!
나는 벌어진 입을 다물 수 없었다. 그 보통 봉급생활자 월급의 절반이 바로 내 수입이 아니던가!
근데…… 무슨 영문인지나 알고 술을 먹더라도 먹어얄 것 아녜요?
그래? 일리가 있군…… 나 오늘 낙방했거든.
학원에서 짤렸어요?
짤리다니, 낙방했다니깐. 오늘이 대학 입시 발표날이잖아.
아니, 형이 지금 대학엘 다시 들어가요? 나이가 몇인데? 그리고 국내 최고 학원의 남 부러울 것 없는 선생이 말이야! 무슨 과를 시험 봤는데요?
미술대야. 동양화 전공. 내가 수능 점수로는 한 삼사십 점 더 받았지. 한데 본고사 실기 총점이 천 점인데 수능 비율이 고작 이십 퍼센트 될까 말까 하니 도루아미타불이지 뭐.
히야, 이거 완전히 신문기삿감이네. 만약 합격했다면 형 기사로 신문이 도배질됐겠는데요?
아마, 그랬을 것 같아. 나이 서른여섯에 그것도 명문대를 나와 국내 최고의 학원강사 노릇을 하는 작자가 뒤늦게 예술의 길을 걷겠다고 다시 대학 입학 시험을 봤다는 거 아니냐. 기사가 되고도 남았겠지. 야야, 이제 그 얘기 그만 하고 술 먹으러 가자. 네가 원하는 곳으로 다 데리고 갈 테니 말이야.

칠교형은 정말 돈을 쓸 줄 아는 사람이 되어 있었다. 나는 곧바로 형을 따라 룸이 딸린 방으로 안내되었다. 그곳에서 도수 높은 발렌타인 십칠년산 술로 혀뿌리가 물러앉도록 마셨다. 그러나 별로 취한 것 같지 않은 기분이었다. 형이 여자를 붙일까 하고 묻길래 내가 고개를 저었다. 여자는 무슨…… 오랜만에 만났는데 얘기나 푸짐하게 하는 것도 의의가 있지 않겠수 했더니 형도 고개를 끄덕였다.

야, 엎친 데 덮친 격이라고……

까짓것 내년에 한 번 더 보면 되죠 뭐. 다 잊어뿌려요. 야숙을 해야지 형의 응어리가 풀린다니깐 한 일이 년 늦어진들 형 나이에 그게 뭐 대순가요?

그게 아니고 말이야, 인마. 벌써 몇 번 미루다가 말이야, 그 짜식이.

누구요?

아니 있어. 신림영업소의 그 뺀질이 짜식 정말 속터져. 오늘까지는 크레도스를 갖다놓겠다고 했거든. 근데 또 약속을 어겼어.

크레도스?

그래. 핸들링으로 말한다는 그 차 말이야. 얼마나 인기가 좋은지 벌써 신청한 지 석 달이 지났다.

형은 직접 운전을 하는 시늉을 했다.

면허 땄어요?

일 주일.

일 주일? 그건 얼마쯤 해요?

그게 가설라므네…… 이것저것 옵션 붙일 것 다 붙여서 한 이천오백쯤 먹혔나?

이천오백이요?

나는 그때 칠교형이 의대에 진학한 동생이 빼달라고 우겼다는 그의 신혼 전셋방 값을 떠올렸다. 이천오백이라……

형, 참 격세지감이지 뭐유.

왜? 비풍초똥팔삼 낙장불입이 아니고? 하하, 농담이다, 농담. 근데 너 지금 나 비웃는 건 아니겠지? 비웃다 못해 소설 나부랭이로 써먹는 건 아니겠지?

소설은…… 그냥…… 술맛이 너무 좋아서. 그리고 비웃긴 내가 형을 왜 비웃우? 나도 형처럼 되고 싶어 안달이 난 놈인데.

짜아식 맘에 없는 소릴 잘도 지껄이고 있네.

근데 도대체 우린 뭐유? 뭐 하는 짬뽕국물들인 것 같우?

나는 취기를 빙자해 이렇게 찔러보았다.

지나간 우리의 삶은 너절했어.

형은 마치 그런 질문을 기다렸다는 듯이 거침없이 입술을 놀렸다. 나는 눈을 홉떴다.

왜냐? 우리는 지난 시절 내내 아무 이유 없이 취해 있었어. 술이래도 좋고, 정의래도 좋고, 양심이나 민족주의래도 좋고 아무튼 그런 것들 말이야. 그런 와중에서 우리는 이 세계와 시대를 제대로 들여다보는 데 실패했다는 말이야, 내 말은. 사회주의가 무너졌다느니 안 무너졌다느니, 시대가 변했다느니 안 변했다느니 떠벌리는 따위의 지겨운 논쟁을 재연하자는 게 아냐. 그런 건 다 상대주의고 경험주의일 뿐이야. 그런 잣대로는 또다시 오류의 전철을 밟을 수밖에 없는 운명이지. 그럼 도대체 어떻게 해야 할까? 내 식으로 얘기해볼까? 해답은 간단해. 상대주의가 아니라면 길은 뻔하지. 바로 절대주의로 나가는 그것이지. 그럼 절대주의란 무엇일까. 일단 예를 들어보지. 세계를 잘 아는 것은 가령 이 술의 맛을 제일 잘 알 수 있는 방법하고 유사해. 어떤 술을 수없이 많이 마셔본 사람이 그 술에 대해서 가장 잘 알 수 있는 것처럼, 세계를 제일 잘 알기 위해서는 엄청나고 다양한 경험을 맛보거나 그 현실을 설명해온 갖가지 이론을 무수히 실험해본 사람이 유리하지. 그러나 그것만으로는 안 돼. 한계가 있거든. 자기 입맛에 맞는 술이 따로 있듯이 그런 식으로는 결국 개인적 취향에 빠질 도리밖에 없는 것이야. 그래서 그것을 가리켜 우리는 퇴폐적이라고 부를 수 있지. 데카당스하다는 말이야.

데카당스요……?

그럼. 데카당스라는 말을 찾는 데 난 거진 십오 년의 세월을 소비했던 것 같아. 데카당스, 얼마나 절묘한 알리바이냐? 우리는 지난날 우리의 빤스 속을 그 어떤 거대한 손에 내맡긴 거지. 알아서 거시키를 쳐달라구 하면서. 내 말이 거슬리면 이 대목에서 날 한 대 쳐도 좋아.

혀엉……!

하하하, 술맛 좋다. 이제 본론을 말할게. 그럼 시공간을 초월하는 절대적인 잣대는 구체적으로 무엇일까? 앞으로 또 변할지도 모르겠지만 지금 이 순간에는 난 그것이 부가가치라고 잘라 말할 수 있어.

부가가치요?

그래, 아주 중요한 개념이야. 역사란 어떻게 해서든 부가가치를 많이 창출해내는 집단이나 사람에 의해 굴러왔고 앞으로도 그렇게 굴러갈 것이란 불변의 명제에 난 지금 동의해. 부가가치만이 유일한 절대주의가 될 수 있어.

형이 그렇게 얘기하니깐 우리 학교 때 마르크스의 비주류 정치경제학 세미나 같이 할 때 잉여가치에 대해 공부하던 기억이 새삼 나네요.

잉여가치? 아하, 잉여가치? 자본가가 노동자에게 지불하는 임금 이상으로 노동자가 생산해내어 자본가가 수탈하는 가치 부분 말이지. 나 잉여가치론 그거 포기하지 않았어. 오히려 더 신봉하게 됐는데 왜냐하면 잉여가치가 넓은 의미의 부가가치거든. 부가가치가 많은 사회일수록 사람들이 보다 풍족하고 인간적인 삶을 누릴 수 있는 기회가 늘어난다고 봤을 때 나는 잉여가치란 증대될수록 좋다는 입장이지. 단 하나, 그 사회적 잉여가치를 꼭 자본가만이 차지한다는 마르크스의 고전적 명제를 승인하지 않을 뿐이라는 거야. 누구든지 차지할 수 있고 누구든 창출할 수 있는 사회로 가는 도중이라는 말이야. 내 말이 틀렸니? 궤변처럼 들리니?

 ……!

그렇게 바라봐야 해 이젠. 부가가치를 더 많이 생산하는 사회, 더 많이 창출해낼 수 있는 개인, 그 기준으로 평가하면 돼. 물론 어떤 게 과연 질 높은 부가가치인가에 대해서는 앞으로 더 논의하고 고민해야지. 영상 시대에선 이미지도 고부가가치로 대접받을 수 있고, 심지어 가상현실도 그 자리에 랭크될 수 있는 만큼 그것에 대한 고민만 제대로 정리된다면 이것이야말로 자본주의고 사회주의고 뭐고 간에 일거에 넘어설 수 있는 유일한 대안적 길이 될 거야.

형은 미술에서 어느 정도의 고부가가치를 만들어낼 수 있을 것 같아요……!

미술은…… 거기엔 아무것도 없을 거야. 나도 그걸 알지. 우리나라 프로야구의 최고 연봉자와 어깨를 나란히 하는 나는 지금 몹시 피곤해 있어. 미술은 그런 나를 부축해주는 출구 노릇만 하면 돼.

형은 드물게도 이 시대와의 불화를 이상적으로 마감한 경우네요…… 부러워요……

심야좌석에서 내려 집까지 두 블록쯤 걸어오면서 나는 가끔 고개를 갸우뚱거리며 이천오백을 주절거렸다. 아주 그럴듯한 숫자라는 생각이 들어서였다.

아저씨, 택시 타슈. 날씨도 춘데.

심야좌석 정류장 앞에 대기하고 있는 신도시 셔틀택시의 기사양반이 말했다.

얼마유?

얼마긴? 이제부턴 심야니깐 미터 꺾고 사천원은 받아야지.

이천오백엔 안 돼요?

이 양반 췌도 너무 췄군. 그냥 가슈…… 그냥 가.

나는 바바리코트 깃을 세우며 돌아서서 집까지 걸어가기로 했다.

쳇, 부가가치 이천오백이 뉘 집 애 이름인가…… 근데 어떻게 된 거야? 내가 부가가치를 챙기려고 들면 저쪽이 못 챙기고, 또 거꾸로 해도 마찬가지고 말이야. 부가가치가 소액이다보니 이런 일이 일어나나? 어허…… 날씨 한번 칩다, 치워!

아파트 앞 경비실에 환하게 켜진 불만 보고 안녕하세요 하고 큰 소리를 지르며 인사를 하며 들여다보니 예의 그 폐쇄회로 화면만 보일 뿐 기타리스트는 자리를 비웠다. 현관 문을 열고 들어서는데 마침 위층에서 내려온 엘리베이터 문이 열리면서 중년 부부 두 사람이 내렸다. 나는 일부러 고개를 푹 숙였다.

망가졌다며……

그들이 중얼거렸다. 나는 얼른 엘리베이터 안으로 뛰어들어 닫힘 단추를 꾹 눌렀다. 그리고는 옆면의 거울에 머리를 기댔다. 취기 때문인지 약간 어지러웠다. 잠시 후 눈을 떴을 때 나는 엘리베이터에 이상이 생겼음을 느꼈다. 엘리베이터가 허공중에 꼼짝없이 정지해 있는 게 아닌가. 아니, 이럴 수가! 나는 눈을 휘둥그레 뜨고는 다리를 벌린 채 엘리베이터 벽을 짚었다. 곧이라도 허공중의 엘리베이터가 바닥으로 곤두박질칠 것만 같았다. 눈앞이 캄캄해져 아무것도 보이지 않았다. 좀전에 어깨를 스쳐가며 망가졌다며…… 어쩌구 중얼거렸던 중년 부부의 말이 퍼뜩 떠올랐다. 그러면 혹시 그게 엘리베이터를 두고 한 말이 아닐까? 낮에 한번 망가졌던 게 다시 고장난 것일까? 근데 하필 내가 탔을 때 고장이 날 게 뭐람. 나는 공포심에 사로잡혀 두 주먹으로 엘리베이터 문을 탕탕 두들겼다. 귀에서 바람이 새나오는지 쉭쉭거리는 소리가 계속해서 들렸다. 사, 사람 살려…… 호호흑 이런 개 같은 경우가 어딨단 말이야. 나도 모르는 사이에 가느다란 흐느낌이 새나왔다.

그렇게 우왕좌왕하면서 시간이 얼마나 지났을까, 갑자기 엘리베이터 문이 스르륵 열렸다. 나는 후다닥 뛰쳐나갈 자세를 갖추었는데 뜻밖에도 열린 문으로 얼마 전에 스쳐 지나갔던 중년 부부가 태연한 표정으로 다시 들어오는 게 아닌가? 그들은 나한테서 독한 술냄새가 나서 그런지 코를 몇 번 씰룩거렸다. 그럼 고장난 게 아닌가?

몇층을 가시우?

오리털 파카 옷을 입은 남자가 물었다.

저, 혹시 이 엘리베이터 무사합니까?

나는 불안한 얼굴로 엘리베이터 문틈에 왼발을 집어넣고 문이 닫히는 것을 막은 채 연신 밖을 기웃거렸다. 그제야 난 내가 아직 일층에 계속 머물고 있었음을 깨달았다. 그리고 보니 층수 단추를 누르지 않아 그대로 서 있었던 모양이었다. 나의 얼굴 표정은 묘하게 일그러졌다.

하하, 약주를 좀 하셨군요. 몇층 누를까요? 십육층?

아 예, 고맙습…… 십칠층입니다.

사내가 엘리베이터 단추를 누르려고 올린 메마른 손가락 사이에는 비디오테이프가 잡혀 있었다. 나도 언젠가 본 적이 있는 〈섀도랜드〉였다. 영국인 독신 노교수와 암에 걸린 미국의 젊은 이혼녀 사이의 콧등 시큰한 최루성 영화였다. 이 늦은 밤 당신들은 그렇게 울고 싶은가? 십칠이라고 씌어진 번호에 불이 들어왔다. 문이 닫히자 사내는 다시 한번 오층 단추를 눌렀다. 그런데 해프닝은 거기서 끝나지 않았다. 십칠층에서 내린 나는 아내를 깨우지 않기 위해 조심조심 아파트 문 비밀번호를 눌렀다. 그런데 아내의 차 번호인 4869를 또박또박 눌렀지만 이상하게도 문이 열리지 않았다. 술에 취해 손이 떨려 중간에 번호를 놓쳤나 싶어 다시 눌러봤지만 마찬가지였다. 나는 심호흡을 한번 한 다음 손에서 가죽장갑을 벗고 다시 시도를 해보았다. 그러나 결과는 마찬가지였다. 다시, 또다시, 또…… 나는 나의 인내력의 한계를 시험하는 셈 치고 손가락 관절이 얼얼해질 때까지 계속 눌러댔지만 헛수고였다.

이거 내가 집을 잘못 찾았나 싶어 뒤로 한 발짝 물러서 확인해보았지만 1703이란 번호는 틀림이 없었다. 그 순간부터 난 목덜미와 뒤꼭지에서 김이 모락모락 피어나는 느낌을 받았다. 갑자기 어깨로 문짝을 들이받고 싶은 충동을 느꼈으나 간신히 자제를 하였다. 그런데 매일 4869를 누르면 얌전히 열리던 이 문이 왜 이 고집불통이 되었단 말인가? 갑자기 4869라는 숫자가 이집트 피라미드에서 발굴된 해독 불가능의 암호처럼 완강하게 보였다. 숫자란 이래서 내게 젬병이었다. 나는 한 번도 숫자들과 친해본 적이 없었다니깐! 초인종을 누르고 잠자고 있을 아내를 깨우면 쉽게 해결이 될 문제 같기도 했지만 내 속에서 왠지 억누르기 어려운 오기가 자꾸 발동되고 있었다. 나는 현관 앞 층계참을 수십 번이나 왔다갔다했다. 별 이상한 상상이 다 발동되고 있었다. 혹시 내가 나가 있는 낮 동안에 무슨 일이 있었던 게 아닐까. 가령 아내가 나 몰래 떠버리고 웬 낯선 사람이 대신 이사 온 것은 아닐까. 에이, 쓸데없는 상상은. 문이 아예 고장이 난 건 아닐까? 그건 일말의 가능성이 있는 것 같긴 한데. 혹시 아내가 나 몰래 정부를 끌어들여 재미를 보느라 나를 막기 위해 일부러 번호를 변경시켜놓은 건 아닐까. 나는 머리칼을 쥐어뜯는 시늉을 했다. 머리칼을 쥐어뜯던 손을 내리며 천장을 쳐다보는 순간…… 아니나 다를까 내게 또 그 고소공포증이 히죽 웃으며 엄습해온 것이다. 앗, 내가 지금 자그마치 십칠층의 고공에서 지금 이 모양으로 다람쥐 쳇바퀴를 돌고 있단 말이지! 아으, 이거 미치겠는데. 갑자기 내가 서 있는 층계참이 십육절지만하게 좁아붙었다. 다리가 후들후들 떨리고 관자놀이께가 욱씬욱씬거리고 가슴이 답답해졌다. 더욱 가팔라 보이는 층계가 내 발밑에서 불쑥 솟아올라 이마빡을 칠 것만 같았다. 참, 이게 부실 아파트랬지. 앗, 저기 금간 벽이 보인다. 저게 확 쪼개져 내 가랑이 사이가 벌어지는 건 아닌가? 나는 더이상 참을 수가 없었다. 그 자리에 주저앉아 몇 번인가 엉금썰썰 기며 뺑뺑이를 돌았다. 눈앞에 아파트 문의 손잡이가 다시 보였다. 4869! 다시 도전해보는 수밖에 없었다. 나는 하는 수 없이 나를 향해 낄낄거리며 웃고 있는 듯한 그 난해한 숫자를 번호판에서 골라 다시 찍었다.

그런데 이게 웬일인가! 그렇게 열리지 않던 문이 벌컥 열리는 거였다. 나는 쓰러지다시피 하며 문 안으로 쏠려들어갔다. 문이 등뒤에서 스르륵 닫혔다. 훈훈한 공기가 언 코끝을 부드럽게 감쌌다. 바지 재봉선께를 슬쩍 붙잡고 구두 뒤축을 맞대고 벗으려는 순간 나는 뭔가 이상하다는 느낌을 받았다. 현관 오른쪽에 있어야 할 거실이 왼쪽에 펼쳐져 있는 것이었다. 내가 현관을 들락거릴 때마다 슬쩍 쳐다보던 큰 거울이 이번에는 왼쪽이 아니라 오른쪽에 붙어 있었다. 말하자면 공간이 좌우로 뒤바뀐 셈이었다. 내가 이렇게까지 취했던가! 환장하겠네. 내가 집을 잘못 찾아들었다는 것을 분명히 확인시켜준 풍경은 소매가 없어 겨드랑이까지 파인 윗옷 바람으로 홀연히 내 앞에 나타난 아내가 아닌 여자였다. 짧은 반바지 때문에 고속도로처럼 쭉 뻗은 미끈한 다리가 드러나 보였다. 나는 눈을 찡그리다가 손등으로 썩썩 부비고 쳐다봤지만 틀림없이 아내가 아니고 오미란 그 여자였다. 되레 당황한 쪽은 나였다. 자다 나온 듯한 여자는 고개를 한번 갸우뚱거린 다음 태연한 표정으로 입을 열었다.

아저씨가 우리집엔 웬일이세요? 이 밤중에……

그걸 난들 어떻게 알겠는가? 나는 아무 말도 못 하고 황급히 돌아서며 구두를 다시 꿰려고 했지만 정신이 없어서 그런지 구두가 자꾸 요리조리 도망을 갔다. 어차피 개망신은 맡아논 당상이었다. 나는 아무렇게나 주절거렸다.

이거 죄송스러워서…… 진짜 고의는 아닙니다. 순전히 실수…… 우연히 우리집 차 번호하고 댁 전화번호가 일치했던 모양입니다. 정말……

전 괜찮아요. 바쁘시지 않다면 아저씨한테 차 한잔 정도는 접대할 수 있는데요. 아홈.

차요……?

나는 돌아서서 멍한 표정으로 여자를 쳐다봤다.

그래요, 차요. 후후 당황해하지 마세요. 사냥꾼은 원래 품안에 들어온 참새는 잡지 않는다고 하잖아요.

내가…… 참새……?

팔짱을 낀 채 빙긋이 웃는 여자한테서는 작작한 여유감이 풍겼다.

아닙니다…… 바빠서요……

그건 최악의 대답이었다. 뱉어놓고 나서야 나도 그걸 깨달았다.

그럼 안녕히 가세요……

구두 뒤축을 구겨신고 1704호의 문을 닫는 순간 나는 엘리베이터 문턱에서 누군가를 배웅한 뒤 돌아서는 아내와 딱 마주쳤다. 나는 냉동된 인간처럼 굳어버렸다.

당신 뭐예요?

집, 집을 잘못 찾아 들어갔어. 오해 말어. 오층에 사는 중년 부부가 비디오 빌려갖고 오다가 내가 방금 엘리베이터 타고 올라오는 것을 봤으니 내일 물어보면 알겠지만.

그 중년 부부만 아니었더라면 난 아마 그 자리에서 단칼을 받았을 것이었다. 나는 일단 가슴을 쓸어내렸다.
 쯧쯧, 한심하긴…… 그래도 구미호처럼 꼬리를 살살 치는 저년을 그냥 콱 한바탕 휘어잡아서 그 잘난 꼬리탕을 해먹을까부다, 그냥!
 아내는 앞집 문 앞까지 쇄도해 가서 주먹을 불끈 쥐어 보인 다음 뒤돌아서 나를 쏘아보며 혀를 끌끌 찼다.
 근데 왜 사팔육구가 들질 않는 거야. 그것 때문에 한참 뺑뺑이를 돌다가 헛갈리는 바람에 앞집 번호판을 눌렀는데 하필 그 번호가 우리랑 같지 뭐야.
 아, 문이 안 열리면 벨을 눌러서 나를 찾든가 해야지.
 나도 모르겠어…… 근데 방금 간 사람이 누구야?
 누구긴? 경비 최씨 아저씨지.
 그 사람이 왜 밤늦게 찾아왔는데?
 퇴근해 돌아와보니 집에 좀도둑이 들었더라구. 그래서 경비 아저씨가 다시 한번 와보고 돌아가는 길이지 뭐.
 좀도둑? 베란다로 들어왔나?
 그게 아니고 문을 따고 들어왔더라구. 다행히 경대 서랍에 있던 돈 몇 푼 훔쳐가는 데 그쳤지만 이거 어디 무서워서.
 도둑이 번호를 어떻게 알았을까?
 몰라. 번호를 알고 열었는지 아니면 비상열쇠 구멍을 쑤셨는지. 참 무서운 세상이야. 그런데 당신은 술이나 처먹고 다니고 잘 돌아가는 집구석이다!
 그렇더래도 내가 오고 나서 번호를 바꾸든지 말든지 해야 차암…… 뭘로 했는데?
 뭐긴? 차 번호에서 전화번호로 돌려놨지 뭐. 빨리 샤워나 해요.
 아내는 너무 의자에만 앉아 있어 펑퍼짐해진 엉덩이를 흔들며 안방으로 들어갔다. 나는 뭔가를 알았다는 듯 고개를 끄덕거렸다.

내일은 술 먹지 말고 꼭 그 원격시동 장치 받아와요. 알았죵!

아내는 잠자리에서 땀기가 밴 내 등을 살짝 꼬집으며 콧소리를 내었다. 나는 잠으로 빠져들면서 건성으로 응응 하였다.

사호 그년이 당신이 매일 아침 시동 걸러 다니는 걸 보곤 당신을 아주 만만하게 본 건지도 모른단 말예요. 사내 잡아먹는 덴 이골이 난 계집이 틀림없어요. 원격시동 장치를 달면 집 안에서도 가능하니깐 아침에 그년을 마주칠 일도 없을 거예요. 알았죵!

낙성대역을 빠져나오니 눈발이 희끗희끗 비치고 있었다. 나는 파카에 달린 뒷모자를 머리에 홀떡 뒤집어썼다. 그리곤 천천히 담배를 꺼내 물었다. 아홉시 반. 아주 어정쩡한 시간이었다. 애니티 정밀전자 총무부 사람들은 지금 출근해 있을까. 내가 쭈뼛거리며 문을 열고 들어갔는데 만약 아침 회의를 열고 있으면 어떡하지. 그들은 나를 한번 뿌려본 교환권을 악착같이 들고 온 찐드기처럼 쳐다보지 않을까. 복잡한 절차를 밟는 척하며 나를 구석배기에 오 분이고 십 분이고 본 숭만숭 세워놓으면 내 얼굴 근육은 또 얼마나 뒤틀릴 것인가.

나는 교환권 뒤의 약도를 슬쩍 쳐다본 다음 안주머니 속으로 아무렇게나 구겨넣었다. 그리고는 낙성대 쪽을 향해 느릿느릿 발짝을 떼기 시작했다. 눈발이 비듬처럼 허옇게 쌓여가는 낙성대 뒷산의 등성이가 낮게 엎드려 있었다. 종아리에서 자꾸만 힘이 빠졌다. 이렇게 불쑥 이 동네를 다시 찾게 될 줄이야!

애니티의 황차장이라는 사람은 아주 친절했다. 마침 전화를 받느라 나를 이삼 분 곁에 멀뚱히 서 있게 한 것에 대해 깍듯이 사과까지 했다.

"하이고, 이거 죄송합다. 전 황차장임다. 거래처 친구들이 계약서와 달리 단가 인하를 갑자기 요청해와서요, 손님 앞에서 목청을 높이는 실례를 저질렀습니다. 가만있어봐라, 미스 송 빨리 창고에서 물건 좀 가져오지그래?"
"손수 운전하세요?"
시동장치를 가지러 간 사이에 그가 물었다.
"아, 예……"
"그럼 뭐, 교통방송의 통신원이라도 하시는지요? 이 교환권은 우리가 교통방송에 서비스한 건데."
나는 얼른 둘러댔다.
"한글날에 전화 인터뷰를 했었지요…… 전 소설을 좀 씁니다. 아는 후배가 그곳에 피디로 있어서 우리말의 장점과 바람직한 씀씀이에 대해 몇 마디, 아는 것은 없지만…… 근데 이 동네는 별로 변한 것 같지가 않네요?"
"그렇죠. 곧 재개발될 겁니다. 아, 나왔네요. 성능 한번 끝내줄 겁니다. 국내 최고를 자랑하죠."
다리미 상자 크기만한 통을 열어 내용물을 점검한 황차장은 엄지손가락을 펴 보이며 환하게 웃었다. 나도 따라 웃었다. 상자 겉에는 미끈한 스포츠카 그림이 있었다. 안테나가 반 뼘쯤 상자 모서리로 불쑥 치솟아 있었다. 나는 곤충의 더듬이같이 까만 안테나의 둥글게 말린 끄트머리를 손가락 끝으로 어루만지며 애니티 전자 건물 앞에 서 있었다. 바로 옆은 이십사 시간 편의점인 LG25마트였다. 나는 그 편의점 옆으로 길게 뻗은 골목을 들여다보았다. 줄이 축 늘어진 전신주가 군데군데 줄지어 있고 미장원이나 허름한 선술집 간판들이 을씨년스럽게 서 있는 그 골목을 목을 늘인 채 바라보다가 난 하마터면 눈물을 찔끔 쏟을 뻔했다. 그리고는 단단히 맘을 먹은 듯 뒤를 한번 돌아다본 다음 골목길로 저벅저벅 걸어들어갔다. 골목 어귀 전봇대 밑에서 뒷다리를 들고 오줌 줄기를 뽑고 있던 누런 개가 다리를 절룩거리며 도망쳤다.

약간 휘우듬하게 굽어 있는 그 골목길은 중간에 시옷자처럼 갈라져 있는 모양새였다. 사층짜리 경복여관은 그 갈라지는 지점의 왼쪽 골목에 있었다. 나는 지금도 구 년 전의 그 경복여관이 설마 있을까 하는 생각에 깨금발 뛰는 아이처럼 주춤주춤 발걸음을 밀고 나갔다.

구 년 전 난 낙성대 쪽으로 후문이 난 대학을 다니다 군 입대를 기다리며 휴학중이었다. 지금은 고시촌으로 변한 신림9동 꼭대기의 연립주택 지하에서 자취를 하고 있었다. 함께 자취를 하던 고등학교 동창 오철동이 노동 현장으로 들어간다며 나가는 바람에 하는 수 없이 선불로 낸 방세의 기한이 찰 때까지 기다렸다가 근처로 방을 옮길 생각이었다. 아침은 굶고 학교 식당에서 점심과 저녁을 사먹으며 끼니를 해결하는 처지여서 두 학기 연속 휴학중이었지만 학교 근처를 완전히 떠날 수는 없었다.

송탄 양공주촌 옆 시장통에서 막걸리 쉰내가 풍기는 선술집을 하는 어머니와 소식을 주고받은 지도 거진 일 년이 다 돼가고 있었다. 하나 있던 여동생 경희가 가출을 했다는 소식 이후 끝이었다. 걔가 어떤 길을 걸어갈지 대충 짐작이 되었지만 나는 무덤덤했다. 더이상 고향집과 연락을 두며 살고 싶지가 않았다. 모든 게 다 싫었다. 학교에도 뜻이 없었고 오직 군대에 들어가 차디찬 M16 소총을 끌어안고 팔꿈치나 무릎에 피가 배도록 빡빡 기고 싶은 생각뿐이었다.

마지막으로 집을 찾은 그해 겨울 아버지는 어느 집에서 쥐약에 중독돼 하천가에 내다버린 셰퍼드를 잘못 먹고 뻣뻣해진 채 방에 누워 있었다. 일평생에 걸친 허황한 방랑의 발길을 거두고 어머니 곁으로 돌아온 지 이태가 지난 때였다. 아버지는 나를 보더니 눈동자를 몇 번 굴린 뒤 숨을 멈췄다. 오열해줄 사람도 없는 비참한 죽음이었다. 동사무소에서 영세민에게 시립화장장까지 운반해줄 영구차용으로 내주는 낡은 트럭이 시장통에 세워져 있었다. 집 앞까지는 너무 좁아서 들어올 수가 없었다. 어머니가 꾸리는 선술집의 단골 외상 술꾼인 해병대 출신의 곽씨와 반장 차씨가 제대로 염도 하지 못한 시신을 흰 천에 둘둘 말아 옻칠도 않은 얄팍한 나왕관에 담아 채소 운반용 손수레에 부렸다. 나도 달라붙어 시장통 타이탄 트럭 앞까지 밀고 갔다. 그때도 눈발이 날리고 있었다. 나는 모처럼 만에 따뜻한 눈물을 흘렸다. 뺨이 너무 얼어 있어 그렇게라도 하지 않으면 언 살이 터져버릴지도 모를 일이었으니까.

철우야, 네 애비가 약 먹기 전에 송탄댁을 무척 원망했단다. 화냥년이라구…… 그럴 리가요? 젊고 창창하던 시절을 어디다 다 쏟아버리고 쭉정이 몸으로 돌아온 아버지를 거둬준 것만 해도 엄마한테는 그게 어딘데요? 아버지가 무슨 권리로요? 말도 안 돼요. 만에 하나 엄마가 그랬다 쳐도 아버진 의처증을 가질 자격도 없어요. 하긴 그래…… 우리가 보기에도 괜한 의처증이긴 했지만서두…… 쩝쩝. 그런 세상은 나에게 아무런 가치가 없었다. 그러나 나는 세상을 저주하는 따위의 어리석은 마음을 품진 않았다. 아마 그랬다면 난 그 자리에서 미쳐버렸을지도 모를 일이었다. 나는 다만 조용히 소멸하고 싶을 따름이었다. 안 보면 되지 않는가. 내가 세상을 그리고 세상이 나를.

온기가 채 가시지 않은 잿빛 뼛가루를 야산 풀섶에 아무렇게나 흩뿌린 나는 도망치듯 서울로 올라와 지하방에서 밤낮을 잊은 채 누워 있었다. 시간 감각이 없었다. 며칠이 흐른 것 같기도 하고 한나절쯤이 지난 것 같기도 했다. 머릿속은 내내 몽롱한 상태였다. 그런데 누군가 나를 흔들어 깨웠다. 오랜만에 방 안에 조명이 들어와 있어 이불 속에서 고개를 내민 나는 눈을 잔뜩 찌푸렸다.

이 짜식이 죽으려고 작정을 했나? 온기도 없는 방에서 뭐 하며 뒤쓰고 있는 거야 응?

회색 파카에 검은 장갑을 낀 사내 둘이 내 겨드랑이에 손을 넣어 나를 일으켜세웠다. 내 겨드랑이에 꽂힌 사내들의 손이 무척 따듯하게 느껴졌다. 두 사내 사이에 나는 바비큐처럼 달랑 매달렸다. 다리 오금이 펴지지 않아서였다.

이거 어떡하죠? 이 자식 지금 형편없는데요. 우리가 잘못 짚은 거 같아요. 괜히 저렇게 죽을 매골을 뒤집어쓰고 있는 놈을 섣불리 데려갔다가 송장 치우는 꼴 나면 골치 아프잖아요?

나참, 그래도 상부 지시니깐 끌고는 가봐야지.

나는 아기처럼 한 사내의 넓적하고 폭신폭신한 등에 업혔다. 당장 그 등이 나를 업어다 칠성판 위에 누일지라도 체온이 와닿는 그 등짝이 우선은 반가웠다. 그러나 그들은 나를 호되게 고문하지 않았다. 하룻밤 내복 바람으로 시멘트 바닥 위에서 잠을 재우지 않았을 뿐이었다. 물론 쇠약해질 대로 쇠약해진 나에게 그것조차도 큰 고문이 아닐 수 없었다. 중간에 나를 데려오라고 했다는 사람이 들어와보고는 혀를 끌끌 차며 엄지손가락을 아래로 꺾었다. 풀어주라는 손짓 같았다. 복도에서 그들이 주고받는 말이 다 들렸다.

아니, 그냥 풀어준단 말입니까?

그래 그래, 너희들 고생했다만 저걸 으쩌냐? 몇 끼 더 멕이고 도루 원위치에 갖다놔!

우리가 자선사업가도 아니고 이거 참······

보내기 전에 한번 물어보기나 하든지 그럼.

예, 알겠습니다. 운이 정말 좋은 놈이네요. 여기 들어와서 똥물 토하지 않고 나간 놈이 없는데······

나를 오랜만에 따듯한 침대에 누인 뒤 처음엔 미음을 주더니 세 끼 착실하게 식사를 주문해주었다. 사흘째 되는 날부터 나는 기운을 차리고 사람 꼴을 회복했다. 그들은 나에게 모나미 볼펜과 갱지 한 묶음을 던져주며 대학 입학 때부터 지금까지의 행적을 낱낱이 쓰라고 했다. 책상을 쾅 내리치며 겁을 주긴 했지만 형식적으로 받아두려는 기색이 역력했다. 나는 생각나는 대로 써내려갔다. 가장 최근의 일이라는 것도 적어도 반년 이상 된 낡은 얘기들뿐이었다. 3학년 일학기부터 야학팀을 한다며 나와 있다가 그 팀이 깨지는 바람에 나는 어정쩡하게 겉돌고 있었기 때문이었다.

너 우리 망원 봐줄 마음은 없냐? 프락치 알지? 우리가 활동비로 두툼하게 줄게. 나중에 잘만 하면 너 같은 좋은 대학 나온 놈은 우리가 기관에 추천해서 특채까지 한다 너! 기관이 밖에서 보는 것하고 정말 달라. 우리도 꼼짝 못 하는데 뭘. 아주 훌륭한 대기업이라고 보면 돼. 강요는 아니다 너. 특채 구멍 보구서 우리한테 줄 서는 애들도 수두룩하다구.

사내는 홀어머니와 자기 마누라의 불화 때문에 미치겠다는 신세타령까지 곁들여가며 쉼없이 떠들었다.

오호라, 근데 너 군대 가냐? 영장은 나왔구?

자술서를 훑어보던 사내가 고개를 끄덕이며 물었다.

예……

으이그, 그 몸으로 군대 가서 잘도 버텨내겠다 쯧쯧. 가기 전에 영계 백숙이라도 한 스무 마리는 고아 먹어야지 힘을 쓰지. 근데 너 정말 노진혁이라고 모르냐? 그애 본명이 뭔지 모르냐구?

사내의 눈이 한순간 번득였다. 혹시 있을지도 모를 소득을 놓치지 않으려는 직업적 본능이었다. 나는 눈을 껌벅이며 한참 동안 대답을 안 했다.

노진호요?

아니, 노진혁. 우리가 거시키 빠지게 찾고 있는 놈이야. 우린 네가 알고 있는 것 같아서 데려온 거지. 그놈이 뭔가 엄청난 조직을 꾸미고 있다는 정보가 있거든. 뭐라드라…… 약방의 감초인 민주주의 어쩌구 하면서 구국학생전선이래든가? 근데 운동권 애들은 거 이름들을 왜 그렇게 길게 지어? 티를 내는 것도 아니고 말이야, 에잉. 노진혁이가 거시키라며? 거 뭐라더라…… 그래, 노동계급의 진짜 혁명가의 줄인 말이라며? 걔가 내세우는 게 북쪽 김일성이의 주체사상이래나 그렇다는구먼. 그게 도대체 말이나 되는 소리야! 나원 참, 세상 어떻게 돌아가는 것인지……

그는 나를 승용차에 태워 장승백이에 내려놔주었다. 나는 거기서 신림동 꼭대기까지 걸어갔다. 그 썰렁한 지하방으로 들어가기가 죽기보다 싫었지만 어쩔 수 없었다. 그러나 부엌으로 들어서는 순간 따스한 불기가 내 뺨을 어루만졌다. 분명 잘못 들어온 건 아닌데. 방문 앞에는 눈에 익은 단화 한 켤레가 놓여 있었다. 나는 문을 벌컥 열어제쳤다. 세상 모르고 곯아떨어진 사람은 예숙이었다. 전기밥솥에 들어온 빨간 불을 보는 순간 나는 내 몸의 일부가 녹아내리는 느낌을 받았다. 내 방이 아닌 것 같았다.

예숙이는 같은 패밀리 소속이었다. 내가 야학팀으로 일찍 패밀리를 정리한 데 반해 예숙이는 패밀리 재생산을 책임지고 있었다. 여자면서도 사회과학 이론에 가장 밝고 후배 통솔력뿐 아니라 운동가로서의 자질이 뛰어나다고 보아 선배들이 그에게 조직을 맡긴 것이었다. 돈도 떨어지고 주인도 그만 나가달라는 눈치여서 이래저래 오도 가도 못 하게 된 나에게 예숙은 일거에 해결 방책을 마련해주었다. 내 사정을 꿰뚫어 본 그는 뭔가 생각하는 기색이더니 다음날 다시 올 테니 짐을 싸두라고 일러두었다. 경복여관과 고등학생 과외 자리가 그것이었다.

예숙이는 대학 시절 내가 함께 자고 싶다는 느낌을 받은 유일한 여자였다. 주변에서도 선후배 가릴 것 없이 모두 예숙이를 좋아했다. 인순이를 연상케 하는 까무잡잡하고 끼 있어 보이는 얼굴, 그 동안 가투에서 한 번도 달려가지 않은 뛰어난 상황판단과 그것을 뒷받침하는 늘씬하고 탄력적인 두 다리와 적당히 때가 오른 흰 운동화, 남학생 못지않은 입심과 주량, 아직 아무도 자신의 집에 초대한 적은 없지만 중산층 출신들한테 종종 풍기는 삶에 대한 넉넉하고 천진난만한 전망 등은 무엇에 비할 수 없는 그녀만의 장점이었다. 난 그 장점을 사랑했지만 그녀에 비하면 너무나 열등한 수컷이어서 꿈속에서나 예숙이를 만나는 게 유일한 행운이라면 행운이었다. 꿈속에서조차 그녀를 함부로 다룰 순 없었지만.

예숙은 경복여관이 자신의 큰외삼촌의 사촌처제 남편이 하는 곳이라고 말해주었다. 그러나 나는 경복여관의 입구 카운터를 보고 있는 모들뜨기 사내를 보는 순간 예숙의 얼굴을 퍼뜩 떠올렸다. 그리고 그가 바로 예숙의 친오빠임을 직감했다. 내가 들이민 예숙의 쪽지를 본 사내는 눈가를 살풋 구기며 나를 빤히 올려다봤다. 나는 짐짓 외면을 하며 카운터 창 위에 붙은 종이만 바라보고 있었다.

……인화성이 높은 물질을 허락 없이 소지 및 은닉한 자.
2. 용모가 불량하거나 남에게 혐오감을 주는 언행을 일삼는 자.
3. 타인에게 옮길 우려가 있는 이급 이상 법정 전염병에 감염된 자.
4. 대한민국의 국체를 부정하고 미풍양속을 해치는 불온한 사상에 물든 자로서 동 내용이 담긴 책자나 전단의 소지 및 살포, 전파의 우려가 현저한 자는 즉각 퇴거를 강제할 수 있다.

모들뜨기 사내는 내 이불보따리와 보자기로 싼 책더미를 쳐다보더니 아무 말 없이 주전자와 엽찻잔이 엎어져 있는 쟁반을 들고 나를 사층의 제일 끝방인 508호로 안내했다. 말이 여관이었지 경복여관 시설은 거의 여인숙 수준이었다. 낡은 텔레비전 한 대, 다리 하나가 기울어진 밥상만한 탁자, 그리고 윤때가 반짝거리는 색동이불 한 채가 방구석에 덩그러니 놓여 있었다. 그리고 세면장이나 화장실은 각 층마다 공동으로 사용했다.

방구들은 발바닥을 대고 오래 있지 못할 정도로 따끈했다. 얇은 벽으로 막힌 옆방에서 젊은 여자의 키들거리는 소리가 들렸다. 나는 털썩 무릎을 꿇었다. 그리고는 책 보자기 속에서 부리나케 책 한 권을 톺아 빼들었다. 도스토예프스키의 『지하생활자의 수기』였다. 나는 그 책이 성경이라도 되는 양 갈피 속으로 코를 들이박고 웅얼웅얼 소리내어 읽기 시작했다. 뭔가 몰두할 대상이 있어야 했던 것이다.

그러나 곧 그럴 필요가 없어졌다. 낡은 텔레비전의 화면은 의외로 깨끗했고 이십사 시간 국산 포르노를 틀어주었다. 두어 시간쯤 보니깐 진력이 났지만 며칠 뒤 나는 십여 개의 테이프가 번갈아 나온다는 사실을 알아챘다. 첫날 밤 책 보자기를 베고 누워 빗자국이 알록달록 번진 천장을 바라보고 있자니 소주 생각이 간절했다. 그때 노크도 없이 뜻밖의 방문객들이 들이닥쳤다. 나는 자리에서 벌떡 일어났다.

당, 당신들 뭐요?

히히, 놀라지 말구요. 우린 무서운 사람들이 아니니깐.

맥주에 감았는지 보글보글 볶은 머리칼이 뇌랗게 되고 란제리만 걸친 젊은 여자와 두툼한 광대뼈 위로 앙증맞도록 작은 철테안경을 쓴 사내가 노란 비닐봉다리를 들고 서 있었다. 사내가 입술을 걷어올리며 웃자 윗니가 두 대나 빠진 부분이 동굴처럼 우묵하게 드러났다.

들어가도 되쥬?

나는 대답을 안 했다.

이 아저씨 억수로 순진해 보이네, 그차? 다름이 아니꼬 입방식 기념하는 신입식이라예.

경상도 사투리를 쓰는 여자의 이름은 미라였고 남자는 동식이라고 자기 이름을 소개했다. 나는 갑자기 가명이 생각났다.
 난 진혁이라고 하는데요……
 봉다리 속에는 사홉들이 진로소주 한 병과 오징어 한 마리, 그리고 새우깡 한 봉지가 들어 있었다. 그것을 보는 순간 나는 긴장이 확 풀어졌다. 무릇 사람이 먹을 만한 술과 안주였던 것이다. 눈물이 왈칵 쏟아지려는 것을 참으며 나는 그 대신 그들에게 예숙이가 안겨주고 간 은하수 한 보루의 첫 갑을 미련 없이 물어뜯었다.
 사당 쪽 네거리에 있는 쥬단학 대리점에서 최고급 화장품 세트를 당당하게 사보는 게 소원인 미라는 경복여관을 숙소로 삼는 창녀였고 나보다 두 살 많은 동식은 경복여관의 지하방에 합숙을 하는 창녀들이 시인이라고 불렀다. 하지만 내가 보는 첫인상으로 창녀들에게 빌붙어 편지도 대신 써주고 주정이나 화투 상대도 돼주고 사는 가당찮은 사기꾼 같았다.
 이 시인 오빠는 나 아이믄 당장이라도 마 칵 쫓기난다 아입니꺼. 안 그래예?
 맞다, 맞아. 너 아니면 내일이라도 길거리 신세지. 니 빽 때문에 내가 생목숨을 이렇게 부지한다 하하.
 미라는 자신이 열아홉이라고 했다. 얼핏 보기에도 그보다는 훨씬 더 먹어 보였다. 나는 작년에도 그리고 내년에도 그녀의 나이가 부동의 열아홉 살이 될 거라는 걸 알았다. 마산에서 갓난아이 때 열차간에 버려져 대전 근교의 고아원에서 열네 살 때까지 자랐다면서 어떻게 마산 지역 사투리를 정확히 쓰느냐고 물어보니, 일부러 익혔다며 씁쓸하게 웃었다. 자기가 버림받지 않았다면 그런 말투를 썼을 거라며 자신은 팔도 사투리를 다 구사한다고 자랑삼아 말했다. 사홉들이 술병이 거의 비어갈 무렵 문이 또 덜컹 열렸다. 그 모들뜨기 사내였다. 사내는 담배 연기가 자욱한 방 안을 한참 말없이 바라보다가 문을 도로 닫았다. 그러자 미라가 허리를 뒤로 꺾으며 큰 소리로 깔깔거렸다. 빙신이라예, 빙신.

나중에 안 일이지만 미라는 그 모들뜨기의 정부(情婦) 노릇도 겸하는 눈치였다. 동식이 몇 달치 방값이 밀리고도 쫓겨나지 않을 수 있었던 것도 다 미라 덕인 것 같았다.

내가 경복여관에 머무는 동안 예숙이가 찾아온 것은 딱 한 번이었다. 거의 자정이 가까운 시각이었다. 방문을 두드리는 소리가 들려 열어보니 고동색 반코트를 입은 예숙의 뒤에 키가 구부정하고 안색이 해쓱한 남자가 따라붙어 있었다. 수염이 웃자란 그 남자의 낯이 좀 익었지만 생각이 나지 않았다.

들어가도 되니?

나는 물론이라는 말 대신 고개를 끄덕여 보였다. 나는 책을 놓고 읽고 있던 상을 밀치고 누비요 위를 공손히 가리켰다. 목도리를 두른 남자의 몸에선 좋지 않은 냄새가 났다. 나는 그 냄새에서 갑자기 그가 노진혁일지도 모른다는 생각이 들었다. 예숙이 멍한 눈빛으로 나를 쳐다봤다. 나는 그 뜻을 알고도 남았다. 나는 담배만 챙긴 채 후닥닥 옥상으로 올라갔다. 옥상의 환한 네온사인 입간판에 경복여관 네 자가 빛나고 있었다. 그러나 쪽문 앞에 선 나는 깜짝 놀라지 않을 수 없었다. 옥상에는 나말고도 여남은 명의 사람들이 우세두세 모여 있던 것이다. 나는 가슴이 덜컥 내려앉았다. 무슨 일인가? 네온사인 입간판 앞에 앉아 있던 사내가 나를 불렀다.

김형, 이리 좀 오슈!

시인이었다. 다가간 나에게 그는 소주잔을 건넸다.

한잔허슈!

무슨 일이 있습니까? 왜 사람들이 이렇게 많이 여기에……?

주인 남자가 그러는데 임검 나온답디다.

임검이요?

시인이 목소리를 낮췄다.

짭새(경찰의 은어)들이 용돈이 떨어진 모양이오. 뒤 시간 있으면 될 테니 춥더라도 소주로 한기를 끄면서 기다립시다. 여기 나와 덜덜 떠는 사람들은 다 뒤가 켕기는 사람들이라오. 떠돌이 날품팔이들이니깐. 뒤지면 장물 하나 안 나오는 방 없고 과거에 뒤 구린 일 하나 얽히지 않은 사람이 없으니깐.

사람들이 순번이라도 정한 듯 규칙적으로 시인 앞에 와 소주잔을 뒤집고 갔다. 나는 그제야 508호 방문 앞에 나와 섰을 때 복도가 왜 그리 고요하고 각 방 앞에 신발들이 게눈 감추듯 깨끗이 사라졌는지 알 수 있었다.

이게 뭔지 알우?

시인이 네온사인을 손톱으로 툭툭 건드렸다. 나는 눈을 찡그렸다. 먼지가 뽀얗게 앉은 한 곳에 누군가 매직 글씨를 휘갈겨놓았다. 한자였다.

한번 읽어보시겠수?

경, 복, 여, 관……

입으론 그렇게 읽었지만 한자가 좀 색달랐다. 고래 경(鯨)자에 배 복(腹)자였다.

고래 뱃속!

후후, 맞혔군요. 여기가 바로 뱃속, 고래 뱃속이지. 세상 밖으로 쫓겨난 사람들이 모이는 곳, 바로 고래 뱃속이라우. 커어, 우리는 삼켜졌지만 이렇게 살고 있지. 세상은 우리를 버렸지만 우리는 이렇게 세상을 버리지 않았으니……

도대체 당신 누구요?

나는 용기를 냈다.

나요? 나, 고래 집으려다 집어삼켜진 하찮은 사람일 뿐 아무것도 아니지.

물, 뜨거운 물 없소? 영 떨리고 오한이 나서리.

그때 천식이 심한 박영감이 다가왔다. 곰배팔이인 그는 종이나 고철줍기로 연명하고 있었다. 복도 끝에 커다란 온수통이 있었다. 내가 나섰다.

제가 다녀올게요. 전 뭐, 괜찮을 테니까요.

그러겠수?

나는 주전자에 팔짱을 끼고 호주머니에 손을 집어넣은 채 옥상 쪽 문을 열고 밑으로 살금살금 내려갔다. 층계를 내려서 모서리를 막 도는 순간 삼층에서 올라오는 모들뜨기와 눈길이 딱 마주쳤다. 나는 고개를 까딱 흔들어 인사를 했다. 그러자 그는 난간을 잡고 뭐라고 알 수 없는 목소리로 중얼거리더니 그대로 내려가버렸다. 온수통은 바로 508호 내 방 맞은편에 있었다. 나는 〈정무문〉의 이소룡처럼 까치발로 소리 죽여 걸어갔다. 그러나 쿵쾅거리는 심장 박동 소리 때문에 내 발소리가 울리는지 마는지 알 수가 없었다. 나는 스테인리스 온수통 앞에 물을 받기 위해 쭈그리고 앉았다. 그때 내 방에서 무슨 소린가 새나왔다. 그게 무슨 소린지 난 지금도 정확히 기억하지 못한다. 여자의 신음 소린지, 남자의 말소린지, 싸우는 소린지, 난 모른다. 더 들을 수도 없었다. 나는 아랫배에 힘을 잔뜩 주었고 온수통 꼭지를 할퀴듯 잡아채 틀었다. 주전자에 물이 넘치는 바람에 손등을 약간 데기도 했다. 그리고는 부리나케 옥상 쪽을 향해 뛰었다.

짭새가 잡습디까?

내가 숨을 헐떡거리자 누군가 물어왔다. 나는 고개를 좌우로 흔들었다. 잠시 후 누가 뒤에서 팔짱을 껴왔다. 미라였다.

나 드디어 선녀미용실에서 파마했어예!

그래, 이쁜데 헉헉.

나는 시인한테서 소주잔을 받아 연거푸 뒤집었다. 소주가 싱거웠다. 그날 새벽 나는 경복여관에 온 지 처음으로 철제 비상계단을 통해 미라의 지하방에 내려갔다. 물론 살을 섞기 위해서였다.

나는 모질게 힘을 썼다. 온 방 안이 진짜 고래 뱃속처럼 축축하고 울렁거리도록. 그리고는 나동그라졌다. 그러자 보드라운 젖가슴이 땀에 젖은 얼굴 위에 얹혀졌다. 나는 의식이 가물가물해졌다.

불러, 불러어예!

귀에 대고 속삭이는 소리가 들렸다.

어, 어무이…… 흑흑……

나는 못나게도 가느다란 울음을 터뜨렸다. 숨이 막혔다.

그래 우리 애기야 또, 또오 부르거래이!

예, 예숙아!

옹야 참 착하구나. 또, 또오!

나는 까칠한 헛바닥으로 몇 사람의 이름을 더 핥아내다가 잠의 수렁에 덜컥 빠져들었다. 아주 깊고 또 단잠이었다. 그리고 그 속에서의 잠은 너무도 황홀했다. 캄캄한 통로를 지나 나는 드디어 고래 뱃속을 빠져나오는 데 성공했다. 망망대해였지만 나는 두려움이 없었다. 주위는 햇빛으로 환했다. 그렇게 환한 꿈은 또 난생 처음이었다. 미끈덩거리는 내 발밑에 커다란 고래 한 마리가 바다 위로 솟구쳐나와 헤엄치고 있었다. 고래는 내 말을 순순히 따르고 있었다. 내가 고래를 잡은 것이었다. 참으로 아름다운 밍크고래였다.

내가 그 경복여관에 머문 것은 보름이 채 안 되는 기간이었을 것이다. 입영 날짜가 한 달 가까이 남아 있었고 십오만원이나 선불로 챙긴 과외 자리는 고2짜리 계집애가 가출을 하는 바람에 두 번 나가고 돈만 고스란히 굳었다. 나는 밍크고래를 잡는 꿈을 꾼 지 며칠 뒤 508호에 짐을 고스란히 놔두고 송탄행 기차에 몸을 실었다. 경복여관에 있을 땐 잘 몰랐지만 나오고 나니 내가 거기서 상당히 마음의 상처를 치유받았다는 사실을 깨달았다. 기차간에 앉은 내 무릎에는 어머니에게 줄 쥬단학 화장품 세트 선물이 놓여 있었다.

"쉬고 갈라우, 아니믄 잘 거우?"

그 카운터에는 모들뜨기 사내도 품행 불량한 자에 대한 조악한 경고문도 없었다. 파마를 한 중년의 아주머니가 옥니를 드러내며 물었다. 오전부터 웬 여관을 찾느냐는 표정이 역력했다.

"쉬기도 하고…… 잠은 나중에 잘 수도 있고……"

"그럼 삼층으로 올라가슈. 내 곧 뒤따라 갈 테니. 일단 쉬는 걸루다 하고 선불 내슈. 오늘은 대목이어서 지금부터 방 차지는 어려울 거유."

"오층은 없나요?"

"거긴 딴 데유. 손님 재우는 데 아니니깐."

경복여관 자리의 건물은 외벽에 입힌 흰 타일만 벗겨내면 옛 모습 그대로일 것 같았다. 간판은 일화장으로 바뀌어 있었고 내부 시설도 여관급은 돼 보였다.

"색시 댈라우?"

나는 고개를 끄덕였다. 옥니가 굶주렸구먼 하는 표정으로 씨익 웃었다. 나는 맥스콘 상자를 발치에 놓고 앉아 여자가 오길 기다렸다. 그러나 여자는 오지 않았다. 상자 겉에 영어로 씌어진 맥스콘의 성능과 장점을 수십 차례 되풀이 읽고 났을 때쯤 해서 카운터에서 전화가 왔다.

"애덜이 아직 잠에 취해서 암만 흔들어두 깨나야 말이쥬. 이따 열두시쯤 되믄 밥 생각들 나서 몇은 일어날 텐디, 당장 못 참을 정도로 급헌 게 아니라믄 그때 가서 방 안에 있는 수화기를 드시구래."

"예……"

―놀랄 만큼 효과적인 원격 시동거리, 간단한 설치 및 조작, 전천후 작동 능력, 완벽한 경보장치, 확실한 고음의 경보음, 훌륭한 외관, 고감도 터치 센서……

아직 자동차에 장착하지 않은 맥스콘이지만 곧이라도 공중에 떠돌아다니는 전파를 흡수해 삑삑거리며 울 것 같았다. 나는 구중중해 보이는 베개 대신 맥스콘 상자를 베고 누워 억지로 잠을 청했다. 간밤에 잠을 설쳐서 그런지 벅벅하던 눈을 한동안 붙이고 있자 그런 대로 소르륵 잠이 쏟아질 듯도 했다. 내 목덜미에서 점점 힘이 빠져나갔다. 얼라, 이런 식의 잠은 곤란한데…… 그래, 그렇더라도 한 번만 더 그 밍크고래 꿈을 꿔보자! 어쩌면, 어쩌면……

하지만 그게 얼마나 억지인지는 누구보다 내가 더 잘 알았다. 그래도 비몽사몽간에 오사리 잡탕 꿈을 꾸다 요란한 전화벨 소리에 퍼뜩 윗몸을 일으켰다.

"인자 아가씨 올려보낼까유?"

"으음, 냅두슈. 다 쉬었시다."

방은 절절 끓었지만 이불을 덮지 않고 누워 있어서 그런지 코 안이 맹맹해왔다. 감기 초기 증상인지도 몰랐다. 나는 잠결에 일어나 서둘러 신발장에서 구두를 꺼냈다. 그리고는 아래층으로 허청허청 내려갔다. 카운터를 막 지나치는 순간 맥스콘이 떠올라 주춤거렸다.

"왜 그러시우? 뭐 빠뜨렸수?"

나는 관자놀이에 검지손가락을 대고 뭔가 생각하는 척하다 그대로 몸을 빠져나왔다. 밖에 나와 보니 이미 눈발은 그쳐 있었고 언제 그랬냐는 듯 맑은 해가 비추고 있었다. 나는 아내에게 전화를 걸어야 한다고 생각했다. 길가 미니 슈퍼 옆의 공중전화를 붙들었다.

"수고하십니다. 대부계 엄대리님 부탁합니다. ······나야. 여기? 공중전환데······ 응응, 근데 내가 그 맥스콘······ 있잖아 원격시동. 그래······ 그거 찾아갖고 지하철 이호선 탔다가 깜빡 실수로 잠이 드는 바람에 서울을 한 바퀴 돌았거든······ 그래······ 놀라서 황급히 내리다가 미처 선반에 올려놨던 맥스콘을 못 챙겼어. 나참······"

나는 아내가 크게 실망해서 몹시 다그칠 줄 알았다. 그러나······

"아유, 그거 신경 쓰지 말고 빨리 우리 은행 앞으로 오기나 해. 같이 타고 들어가게. 이미 떠나간 지하철을 쫓아가서 붙들 거야, 말 거야? 오늘 토요일이잖아. 빨리 이마트 가서 일 주일치 장 보고 또 오늘 친정 울 엄마 오신답디다. 당신 장모가 온다는데 준비 좀 해야지. 안 그래?"

"그래? 그야 당연하지. 잘됐네. 그런데 내가 맥스콘 잃어버렸다는 대두 괜찮아, 당신?"

"당신 칠칠치 못한 게 어디 어제오늘 일이우? 내가 당신의 그 어쩔 수 없는 무능함까지 좋아하다보니 오늘날까지 이 모양 이 꼴 아니우, 호호."

아내는 무슨 일인지 몰라도 기분이 좋은 것 같았다. 다행이다 싶으면서도 나는 힘없이 수화기를 내렸다. 나의 무능함마저 사랑하는 아내라니! 그런 여자와 내가 불화한다는 것은 애시당초 불가능하다는 생각이 들었다. 하지만 불화가 불가능하다는 것, 그것이 어찌 새로운 절망의 시작이 아닐 수 있으랴! 왜일까? 내가 한때 뭔가와 불화했거나 적어도 불화하는 시늉을 했을 때, 사실 그것은 거꾸로 세상과의 화목을 목마르게 꿈꾸었기 때문이 아닐까? 경복여관에서처럼. 하지만 이제 경복여관을 또 어디 가서 찾는단 말인가!

(『오늘의 문예비평』 1996년 봄)

양파

1. 크로이처 소나타

   새털구름들이 덜 마른 수채화처럼 하늘 한구석에 희미하게 번져 있었다.
   "겨울 날씨 한번 죽이네. 저쪽 하늘 좀 봐…… 블루 벨벳을 깔아둔 것 같지 않아? 젠장."
   운전대에 팔을 올리고 턱까지 괸 감수녕이 하품을 한 입 베물었다. 그 옆에 고개를 반쯤 숙인 채 조는 듯이 앉아 있던 채운지가 고개를 비스듬히 꺾고 차창 밖을 내다봤다.
   "좋으면 좋은 거지, 웬 욕이야?"
   그들은 도시 한가운데의 공중에 떠 있었다. 영화 시사회장으로 가는 차가 남산 등성이가 빤히 바라다 보이는 고가도로 위에 십여 분 동안 꼼짝 않고 서 있었다. 고소공포증이 있는 운지는 차 밖을 빼꼼히 내다볼 때도 지라목을 한 채 어깨를 잔뜩 옹송그렸다.
"길은 드럽게 막히고…… 남산타워에 푹 찔리면 하늘에서 푸른 잉크가 그대로 죽죽 흘러내릴 것 같다. 영화 〈블루 벨벳〉 봤어?"
"오호, 문화부 기자답게 이거 사뭇 시적인 분위기인데? 영화 제목에도 그런 게 있었어? 우리 가운들도 항히스타민제를 블루 벨벳이라고 하는데."
운지는 가끔 의사를 가운이라고 부른다.
"약 이름에도?"
"응. 알레르기 같은 거 있잖아. 가려움증이나 두드러기 치료제."
"두드러기? 쳇, 〈블루 벨벳〉 그 영화가 똑 그래. 이거 서태지 판으로 바꿔 낄까?"
"아니 강산에 걸로 좀더 가……"
운지가 고개를 내젓자 어깨까지 내려온 머리카락이 윤기를 뿌리며 출렁거렸다. 수녕이 운지의 머리를 보더니 어깨를 장난스레 툭 건드렸다.
"어머, 너 이제 보니 머리 스트레이트했구나. 섹시하게 잘 어울리는데."
"섹시?"
운지는 기가 막힌다는 표정을 지었다.
"나참, 색시가 아니라 아줌마다. 블루 벨벳으로 처방해줄 사람이 여기 또 있군."
"난 괜찮아. 고등어조림 빼고는 두드러기 같은 거 없다구, 히히. 근데 운지 너희 딸 미현이도 이제 중학생인데 집에서 요즘 힙합 음반 같은 거 안 키우니?"
"요즘 애들 음악은 잘 모르겠어. 우선 가사부터 따라잡기가 힘든걸 뭐. 걔들한테 그게 얼터너티브인지도 모르지. 하지만 내가 보기엔 공부하라는 부모들 잔소리 듣기 싫으니깐 이어폰으로 귀 틀어막고 있는 건 아닌지 모르겠어."

차들이 조금씩 움직이기 시작했다.

"하하, 당연한 것 아냐? 저항이란 원래 기성세대가 귀 아프게 불어대는 순치의 나팔 소리로부터 귀를 틀어막으면서 시작하는 법이지. 우리도 한때 얼터너티브였잖아? 도루코로 판탈롱 청바지 쪼개 입고 통기타 바람 쫓아다닐 때가 언제였던고? 너도 어느덧 쉰세대 소견머리가 됐……"

갑자기 차가 출렁거렸다. 수녕이 서부역 쪽 고가에서 올라온 승합차가 끼어들 틈새를 주지 않기 위해 가속기와 브레이크를 거의 동시에 밟다시피 하며 차를 앞으로 바짝 밀어붙였다.

"소견머리 하니깐 생각나는데…… 오늘 일차 소견 냈어."

"뭔 소견이라구?"

운지가 생각만 해도 답답하다는 표정으로 가슴을 대각선으로 가로지른 안전띠를 헐렁하게 잡아당겼다.

"생리중단……"

"으응, 접때 얘기하던 그거? 집단발병했다던 여성 노동자들 산재 문제?"

운지의 아랫입술에 얹힌 윗니에 힘이 들어가 지그시 박힌다.

"그래. 내가 담당의사니깐 정밀검사 결과가 나오기 전에 일차로 소견을 밝히라고 해서. 몇 가지 정황들하고 그 동안의 임상관찰 결과를 엮어서 오전 미팅 때 얘기를 꺼냈는데 맘에 들지 않았나봐."

"뭐라고 썼는데?"

"일차 소견은 문서로 제출하진 않아. 그냥 말로 하는 거야. 산업재해로 봐야 할 것 같다고……"

"그러니깐 뭐래?"

"병원 홍과장 얘기가 자신도 심증은 간다면서도…… 정황만 갖고 속단 내리는 건 금물이라는 거야. 최종결과야 어떻게 나오든 사회적 파장도 있으니깐 일단 보안을 유지하라는 간곡한 토를 달면서."

"보안도 좋지만 대충 야마가 잡히면 내게 좀 뚱겨줘. 그런 건 우리 신문이 특종해야지."

야마는 기사의 주제나 뼈대가 되는 내용이라는 뜻의 신문사 용어이다. 운지는 슬그머니 말꼬리를 흐린다.

"특종이 문제가 아냐……"

"난 그게 문젠걸!"

차가 고가도로 아래로 내려섰다. 길가의 나무들은 간지럼을 타는 듯 실바람에도 우듬지께를 부르르 떨었다. 그 떨림 속에서 봄기운을 향해 앙상한 손길을 뻗으려는 나뭇가지들의 철 이른 희망이 어렴풋이 느껴졌다. 운지는 자신도 모르게 팔꿈치로 창문 버튼을 눌렀다. 반 뼘가량 터진 틈으로 밀려든 찬바람이 턱밑으로 파고들었다.

"오늘 제목이 '불멸의 연인'?"

"응. 그 베토벤 것."

두 사람이 영화 시사회장 현관에 들어선 것은 토요일의 늦은 오후였다. 앞장서 층계를 뛰어오른 수녕이 도톰하게 살이 찐 문에 헐떡이는 어깨를 기댔다. 바둑알만한 쇠붙이를 듬성듬성 박은 그 문은 도시 변두리나 공단지역의 허름한 뒷골목으로 밀려난 퇴락한 찻집에서 흔히 볼 수 있는 것들이었다. 운지는 문득 자신이 어느 낯익은 찻집으로 들어가는 듯한 느낌을 받았다. 페인트로 양주병이나 술잔을 조잡하게 그린 그 간판 밑으로 들어가면 정육점 고깃덩이처럼 주렁주렁 매달린 붉은 칸막이 커튼이 나부꼈었다.

화면에는 베토벤의 유언 집행인인 쉰들러가 유품정리중 발견된 편지에 적힌 불멸의 연인을 찾아다니는 모습이 비쳤다. 젊은 베토벤의 가슴에 불도장을 찍은 연인이 딱 한 번 머물다 간 호텔의 늙은 여주인의 허스키한 목소리가 울렸다.
— 예 그렇습니다. 아주 기품 있고 정숙해 보이는 부인이었습니다. 이틀을 머물며 누구를 기다리다가 그냥 가셨지요.
"좀 늦으셨네요?"
수녕의 뒤를 따라들어온 시사실 관계자가 어둠 속에서 알은체를 했다.
"꽉 찼네요. 시작한 지 얼마나 됐어요?"
"한 십오 분쯤이요? 미리 전화라도 주셨으면 자리 몇 개는 잡아놨을 텐데."
"까짓것…… 서서 보죠, 뭐."
"아뇨. 우리 애들 한둘쯤은 앞에 있을 겁니다."
수녕이 잠바를 입은 사내의 팔을 붙들었다.
"아니, 아니 그냥 두세요."
"이거 왜 이러십니까? 장사 한두 번 할 것도 아닌데, 우리가 그런 편의도 못 봐주면 그게 어디……"
한껏 생색을 낸 사내는 허리를 잔뜩 구부린 채 어둠 속으로 묻혀갔다. 운지는 어둠에 눈이 익을 때까지 기다리느라 숨죽이고 서 있었다. 그녀는 적응시(適應視)가 더딘 편이었다. 원래 어두운 곳에 불쑥 맞닥뜨리면 오 분 정도는 청맹과니처럼 허둥댈 수밖에 없었다. 킬킬킬…… 미친…… 누가 아니래나…… 주위에선 키들거리는 말소리들이 보글보글 떠돌아다녔다. 어디론가 먼저 가버린 것 같았던 수녕이 슬며시 다가와 옷소매를 잡아챘다. 스크린 아래쪽으로 캥거루처럼 등을 휘어뜨린 그림자 두엇이 스쳐 지나갔다. 그 사내가 자리를 확보해낸 모양이었다. 시사실에 자주 들락거려 눈감고도 내부 지형을 훤히 꿰고 있는 수녕이 재빠른 동작으로 또다시 앞으로 사라졌다. 운지도 엉거주춤 허리를 낮춘 채 더듬더듬 몇 발짝 떼는 순간이었다. 바닥 융단과는 느낌이 다른 물컹한 물체가 구두 뒤축에 깔리는 느낌이 들었다.

"앗! 왜 이랫!"

눈썹 앞으로 바람이 이는가 싶더니 누군가 운지의 가슴을 거칠게 밀어젖혔다. 가슴의 완충작용이 없었다면 그대로 바닥에 나동그라질 뻔했다. 앉을 자리가 없어 통로 층계에 주저앉아 관람을 하던 누군가의 손가락을 밟은 것이었다.

"미, 미안해요."

운지는 어둠에다 대고 허둥지둥 좀 큰 목소리를 냈다.

"아욱…… 스슷. 예에…… 그만 됐으니 빨리 지나가기나 하세요."

어둠 속의 여자한테서 엷은 박하향에 섞인 니코틴 냄새가 풍겨왔다.

"누가 다친 거야?"

되돌아온 수녕이 운지의 팔목을 잡아당기며 물었다.

"응…… 아, 아니 그런 게 아니고……"

"잘 따라오라구. 차암, 빈손으로 가던 날이 과부 시어미 생신날이라고…… 오늘따라 사람들이 왜 이리 초파리처럼 꽸담."

수녕의 입이 약간 거칠어져 있었다.

"영화는 별로인 것 같은데. 근데 정말 이거 자리 한번 끝내주는군. 완전 구석빼기야. 네 자리는 무슨 오페라 관람석 같은 칸막이라도 친 것 같다 야. 코너에 완전히 콱 처박혀서."

"그래도 넓어서 편해 보이는걸."

"나랑 바꿀래?"

"됐어. 넌 취재해야지."

앉자마자 운지가 다리를 꼬며 "무슨 호텔이라고?" 하고 묻는다. 젊은 베토벤이 타고 가던 마차가 폭우로 수렁에 갇혀 지체되는 바람에 불멸의 연인과 아슬아슬하게 길이 어긋났던 호텔 이름을 확인하려는 것이다.
"칼스버그. 맥주 이름이네."
운지는 눈을 감은 채 오른손 엄지와 중지로 양쪽 관자놀이를 찍어 눌렀다. 얼굴에 얇은 가면처럼 달라붙는 시사실 안의 칙칙한 어둠이 언짢았다. 심장 부정맥처럼 가슴이 뛰었다. 그 구멍 같은 어둠 속으로 손을 뻗으면 물컹거리는 무엇이 잡힐 것 같았다. 무슨 물컹거림이었을까? 심야의 퇴근길에 들르곤 했던 여름철 파장 무렵의 시장통에서 무심코 엄지손가락이 푹 박히는 상한 복숭아를 잘못 집어들었을 때의 느낌이 문득 되살아났다.
큼직한 가방을 가슴께로 바짝 끌어당겨 의자 뒤쪽으로 몸을 푹 파묻은 운지는 게오르그 솔티가 런던 필하모닉 오케스트라를 지휘해 자아냈다는 음악을 귓전으로 끌어모으려 했다. 널찍한 팔걸이가 달린 의자는 크고 푹신했다. 다만 의자의 가죽이 너무 닳았는지 아니면 원래 매끄러운 갑피로 감싸인 때문인지 조금만 몸을 움직여도 뽀드득거리는 마찰음이 빚어졌다. 운지는 거칠게 떠밀려 아직도 얼얼한 듯한 자신의 가슴을 가방으로 지그시 감쌌다.
순간 운지의 입술에서 가벼운 신음이 새나왔다. 자신이 브래지어를 미처 챙기지 못하고 남편과 만난 여관방을 빠져나왔음을 깨달은 것이다. 자신한테 손가락을 밟힌 여자가 가슴팍을 거세게 밀쳤을 때 그 물컹거림이 온몸을 휘감았던 이유를 알 수 있었다. 어떻게 해서 이런 일이. 운지는 당혹스러워져 고개를 약간 흔들며 주위를 둘러봤다. 그러나 사람들은 어둠 속에 묻힌 토우(土偶)처럼 질서정연하게 앉아 있었다. 진땀이 등허리께로 후끈 치솟아올랐다.
홍과장을 만나 일차 소견을 전한 뒤 흰 가운을 벗어 캐비닛 안에 넣고 돌아서는데 지방에 머물고 있는 줄 알았던 남편 함승익한테서 전화가 걸려왔다.

지금 용산 근처야, 잠깐 짬이 나서 사우나 좀 하려고 하는데 한 시간쯤 뒤 거기 알지? 오랜만에…… 운지는 거기가 어딘 줄 짐작이 가면서도 일부러 뜨악한 목소리로 물어보았다. 어디 말예요? 거 왜 있잖아…… 하필 거긴…… 오후에 수녕이하고 약속이 있는데. 그래? 잠깐이면 돼…… 집에나 들르지요. 좀 어려워…… 중간에 약속이 하나 있어서 그래.……

거기는 이따금씩 지방에서 올라오는 남편이 둘만의 밀회를 위해 정해둔 과천의 허름한 장급 여관이었다. 그곳으로 나오라는 걸로 봐서 아마 이번 주도 집에 들르지 않고 곧바로 서울을 뜰 모양이었다.

수녕과의 영화관람 약속 때문에 서둘러 지하철을 이용해 여관에 도착해보니 약간 늦을지도 모른다던 남편이 미리 와 있었다. 샤워중인지 욕탕 바닥에 철벅철벅 물 떨어지는 소리가 들렸다. 똑똑. 저 여보…… 나 왔어요. 어 그래…… 좀 들어오지. ……? 운지는 욕실문을 살짝 열었다. 비누거품이 듬뿍 묻은 승익의 옆모습이 보였다. 괜찮아. 난…… 됐어요. 차암, 사람하고는……

운지는 머리핀을 뽑았다. 승익은 특히 잠자리에서 머리핀을 못 견디는 성격이었다. 머리카락을 머리핀에 가두어두지 마. 왠지 답답해. 그건 우리가 가장 본능에 성실해야 할 시간에 감성을 억압하는 상징처럼 보이거든. 머리칼을 한번 바람 맞은 야생마의 갈기처럼 흩뜨려봐.

운지는 머리를 푼 채 길 잃은 사람처럼 서 있었다. 왼손에서 가방끈이 미끄러졌다. 여관방에 앉아 남편을 기다리는 시간은 항상 부자연스럽게 흘렀다. 곧잘 단골로 들렀다 가는 그 방이었지만 운지는 오늘따라 새삼 낯설다는 느낌이 들었다. 때에 전 얇은 커튼, 꼭지에 엽찻잔이 거꾸로 꽂힌 주전자, 담뱃불 자국이 여러 군데 뚫린 플라스틱 재떨이 옆의 어수선한 통성냥, 안테나가 벽 쪽으로 꺾인 낡은 텔레비전이 세간의 전부였다. 그래 바로 이 풍경일지도 몰라. 우리에게 어울리는 건. 운지는 냉소적인 목소리로 나지막이 읊조렸다. 호청만 갈아붙인 색동이불이 한켠에 개켜져 있었다. 불륜의 연인들이 스쳐 지나가는 방으로 딱 적당하겠다 싶었다. 남편은 왜 이 방을 단골처로 삼았을까? 욕실에서 물소리가 뚝 그쳤다. 운지는 갑자기 생각났다는 듯 서둘러 등단추를 풀기 시작했다.

젖은 머리칼을 가슴에 마구 비벼대는 남편한테서 싸구려 비누 냄새가 풍겼다. 운지는 남편의 머리칼 깊숙이 손갈퀴를 집어넣고 몸 쪽으로 잡아당겼다. 찬물로 샤워를 했는지 그의 살갗은 차가웠다. 그는 개구리처럼 납작 엎드려 거친 숨을 몰아쉬었다. 운지는 남편의 손길에 착착 따라붙지 못하는 자신의 몸뚱어리가 그의 초조감을 부채질한다는 사실을 잘 알고 있었다. 둘 사이에 주파수를 맞추기가 힘들겠다고 판단했는지 승익은 등뼈를 곤추세운 뒤 강하게 밀착해왔다. 운지는 몇 가지 형식적인 콧소리와 몸짓을 취해주었을 뿐이다. 그녀의 길지 않은 손톱이 승익의 등허리에 깊숙한 금을 한 일자로 한 뼘쯤 내리긋는 순간이었다.

나 그 어른과 손잡기로 했어.

남편의 말이 귓전에 물결처럼 가물거렸다. 운지는 연초부터 숱하게 언론에서 거명되던 그 어른이라는 사람의 이름 석 자를 듣는 순간 맥이 축 처졌다. 하마터면 왜 그런 사람하고요 하는 말이 불쑥 튀어나올 뻔했다. 이번이 아마 그 어른의 이름을 빌려 금배지를 달 수 있는 마지막 기회일 것 같아. 이유는 그것 하나야. 잠시 등을 돌리고 모로 누운 남편이 고개를 돌려 운지를 바라봤다.

내 말에 관심이 없군. 아녜요…… 내가 뭐 정치를 아나요? 괜한 말을 꺼냈나보군. 계속하세요…… 아냐, 나 서둘러야 해. 그만 나가지.

아참, 당신한테 내가 할말이 있는데. 뭔데요? 그냥 참고로 들어줘. 승익은 베개를 가슴에 받치고 누워 통성냥에 성냥을 그었다.
여성 노동자들이 여럿 병원에 들었다며? 조사 결과는 나왔나? 아직…… 검사중인데 결과 나오려면 시간 좀 걸릴 거예요. 그런데 그건 어떻게……? 아니, 나한테 들어온 말이 있어서. 무슨 얘기를 들어요? 별게 아니고…… 승익은 말꼬리를 길게 잡아늘인다. 운지는 흐트러진 머리칼을 수습해 머리핀을 꽂았다.
그 회사의 고문 되는 사람인데…… 당신 아마 모를 테지만. 그 사람이 그 동안 알게 모르게 내 후원자 노릇을 해주었어. 쉽게 말해서 뒷돈 좀 댔다 이거지 뭐. 담배연기에 가려 승익의 옆얼굴이 흐려졌다. 솔직히 말하자면 청탁이야. 당신 마누라가 담당의사인데 그걸 아느냐, 물어서 잘 몰랐다 알아보겠다 했거든. 너무 부담 갖지 마. 당신이 부담되면 소신껏 처리해도 돼.
……!
운지는 남편의 차소리가 사라진 뒤 측백나무로 현관을 가린 그 여관을 서둘러 빠져나왔다.
분명히 빠짐없이 다 챙겼을 텐데…… 가슴을 감싼 팔 위로 힘을 주었다. 아, 멍청하고…… 나쁜 계집애.
브래지어를 여관방에 빠뜨리고 나온 자신의 덜렁거림을 탓하고자 하는 게 아니었다. 그 사실을 알아채지 못하고 버젓이 활보하고 돌아다닌 자신의 무감각함에 분노의 촉수가 가닿았다. 내가 언제부터 내 몸뚱어리에 이렇게 무관심해졌던가. 한심스럽고 허탈할 뿐이었다. 내 몸에서 가장 부드러운 이 두 살덩이는 자신의 존재를 몸주인에게 각인시키기 위해 애써 분주하게 출렁거렸을 터이다. 그것도 모르고. 나도 이젠 나이를 먹은 것일까?
"어떻게 됐어? 이사벨라 로셀리니가 결국 불멸의 연인으로 낙점을 받는 건가? 호텔 여주인이 기품 있고 정숙한 부인이라고 한 증언하고도 일치하긴 하는데, 버나드 로즈 감독이 그렇게 맹탕으로 영화를 만들진 않았을 테고……"

중간에 무선호출을 받고 잠시 자리를 떴다 돌아온 수녕이 고개를 기울여 운지의 귀에 숨찬 입술을 붙였다. 화면에는 쉰들러가 유언장에 씌어진 불멸의 연인의 두번째 대상으로 쫓아간 백작부인 안나 마리를 혼전만전 출렁거리는 집시들의 무리 속에서 만나는 장면이 펼쳐지고 있었다.

"저 백작부인 안나 마리 역이 로셀리닌가?"

"응. 플롯 구성이나 시간상으로 볼 때 아직 불멸의 연인이 밝혀질 때는 아닌 것 같고…… 저런 중량급 여배우를 조연으로 활용했단 말인가? 그렇다면 균형감각상, 아니 관객에게 적절한 심리적 보상을 해주기 위해서라도 뜻밖의 인물을 불멸의 연인으로 세우려는 의도인가?"

"글쎄…… 베토벤이 자신의 형수이면서도 자꾸 매춘부라고 닦아세우는 저 여자가 아무래도 수상쩍어."

"너도 그렇지? 증오는 사랑과 함께 동전의 양면이라는 고전적 명제도 그렇고, 천재성하고 근친상간하곤 왠지 어울리는 앙상블이거든."

"이제 보니 로셀리니도 꽤 늙었다 응?"

"그럼, 쟤 엄마인 잉그리드 버그만이 벌써 언젯적 사람이니? 그 딸도 한물갔음직하지. 하지만 혈통은 속일 수 없어. 늙어서도 자기 역할을 저렇게 맡아 소화해내는 게 어디 쉽니? 조연이라곤 해도 주연급보다 더 스크린 장악력이 뛰어난 게 역시……"

"혈통?"

"실제로 집시 출신을 썼을 법한 저 엑스트라들보다 한결 집시스러운 방탕기가 뿜어져나오잖아. 예사롭지가 않아."

"그렇긴 해도 한창때 모습이 왠지……"

— 매춘부!

젊은 베토벤의 애증 어린 목소리가 날아들었다.

"쳇! 이제부턴 감독의 의도가 빤히 보이는걸."

수녕은 구시렁거리며 불평을 늘어놓았는데 가방에서 취재수첩을 꺼내 무언가 끼적거리다 졸기 시작했다. 운지는 가방을 보듬고 있던 팔을 밑으로 내린 다음 손가락 끝을 두터운 스웨터 안으로 조심스레 집어넣었다. 고개가 자꾸 옆으로 처지는 수녕을 곁눈질로 쳐다보며 스웨터 안에서 갈 길을 잃은 듯 주춤거리고 있는 손끝을 좀더 깊이 들이밀었다.

스웨터 안의 살갗은 땀이 배어 약간 끈끈했다. 배꼽 언저리를 문지르다가 손가락 끝을 가만히 배꼽 한가운데로 밀어넣었다. 배꼽 우물은 생각보다 깊고 우묵하게 패 있었다. 오늘따라 더욱 두툼하게 느껴지는 뱃살을 아래로 거느리고 있는 배꼽은 불쑥 틈입해들어온 검지 끝을 둥그렇게 감싸안았다. 간지러웠다. 운지는 혀끝으로 달아오른 한숨자락을 말아올렸다.

문득 익숙한 음악이 귓전에 감돌았다. 저것은…… "크로이처 소나타!" 운지는 그 곡의 이름을 입 안에서 짧게 외쳤다. 지난 성탄절에 선물로 받은 콤팩트디스크의 타이틀곡이었다. 운지는 딸려온 카드를 읽고는 무심하게 구겨뜨렸었다.

— 갈 수 없는 연인을 향한 애절한 마음을 담은 곡입니다. 제가 제일 좋아하는 곡이거든요. 베토벤 바이올린 소나타 제9번 A장조 작품 47번……

"저 장면 하나는 이 영화에서 남을지도 모르겠군."

수녕이 하품을 삭이느라 입술을 둥글게 오므리며 말했다. 모차르

트와 같은 음악 신동으로 만들기 위해 닦달을 해대는 아버지의 학대를 피해 숲속으로 도망을 치기 시작한 소년 베토벤이 늪가에 이르러 그곳에 비친 밤하늘의 별을 바라보며 서서히 물 속으로 몸을 담그는 장면이었다. 물위로 떠오른 소년의 모습이 점점 멀어져 밤하늘에 총총히 떠 있는 별 하나가 되기 위해 솟구치는 가운데 장중한 〈합창교향곡〉이 흘러나왔다.

"메시지 하나는 좋구만. 결국 베토벤 음악의 본질이란 사랑의 감정과 고통에서 우러나오는 것이라는 말인데…… 안 그래?"

"……"

운지는 대꾸가 없다.

"졸아? 피곤해?"

"아니……"

운지는 거의 화면을 보고 있지 않았다. 머리를 앞으로 숙여 언뜻 조는 듯한 자세였다. 그러나 그녀가 오기가 서린 듯 고개를 힘껏 쳐드는 순간 오른손 엄지와 검지 사이에 잡혀 있던 살덩이가 부드럽게 빠져나갔다.

2. 출발

시사실 건너편의 원두커피점 '카튼 필드'에 모인 기자 일행이 필름 배급사 담당자에게 몇 가지 질문을 던지고 있었다.

"수입가가 얼마예요? 그럼 최소한 이삼십만 명은 들어야지 수지가 맞겠네요?"

"그렇죠. 고등학생 관람가니까요. 〈아마데우스〉도 그 정도는 웃돌았다고……"

"에이, 〈아마데우스〉에 조금 밀리는 인상이 있는데요?"
"공륜에서 고교가 판정을 따내려고 진한 장면은 미리 잘랐다는 말도 있던데, 그거 맞아요?"
"아이고, 누가 그래요? 뜬소문이에요. 우리 생각은 지방에다 풀고, 그리고 나중에 비디오 판권 계산하면 대충……"
"삽입된 음악이 뭐뭐 있죠?"
"에 또, 다음에 수입할 필름은 뭐 있어요?"

운지는 탁자 여섯을 이어붙인 자리의 끄트머리에 조용히 앉아 있었다. 맞은편 문가 쪽 끝자리에 기자는 아닌 것 같고, 자기처럼 누군가를 따라온 듯한 여자가 자신을 끈덕지게 바라보고 있었다. 누구던가? 낯이 아주 설지는 않은 걸로 봐서 어느 자리에선가 한 번쯤 인사는 나눈 것 같기도 했다. 온몸을 까만 모피 외투가 감싸고 있었다. 박제동물의 유리눈알처럼 매끄럽고 도드라진 눈동자에다 서까래처럼 위로 솟구친 속눈썹 때문에 댕돌같이 다부져 보이는 여자였다. 그러나 삼각형으로 팬 콧구멍이 살짝 들여다보일 정도로 되똑한 콧날과 일부러 좁힌 듯 가운데로 쏠린 입술이 옛 어른들이 말하는 청상과부형이라고나 할까…… 곱슬 때문에 파마를 한 듯 보이는 머리는 갈색이었다.

운지는 커피를 마시며 기억을 더듬어봤지만 실마리가 잡힐 듯 말 듯 꼬여 풀리질 않았다.

나를 찾아왔던 환자는 아닐 테고……

그때 문득 운지는 어쩌면 그가 좀전에 시사실 입구에서 자신의 발에 손을 밟힌 그 여자일지도 모른다는 생각이 들었다. 저런 여자라면 그토록 야무지게 내 가슴을 떠밀 만한 관상인걸. 운지는 입술에 댄 찻잔 너머로 곱슬머리를 이리저리 살펴보았다. 손가락 새의 가느다란 라일락 담배를 비벼 끈 그녀는 탁자 위에 올려놓은 빨간 가죽장갑 등을 주섬주섬 챙기더니 핸드백을 어깨총 하듯 힘차게 걸뜨렸다.
 "취재 다 했니?"
 운지가 막 일어서려는 수녕에게 물었다.
 "아냐, 기다려봐. 내 동창이 하나 와 있어. 저기 젊은 오빠 보이지? 정말 오랜만이네."
 수녕이 가리키는 자리에는 두툼한 오버 깃을 세운 삼십대 초반의 젊은 남자가 앉아 있었다. 입가에 자연스레 잡힌 주름 때문에 첫인상에 호감이 갔다. 그 앞에는 결이 좋아 보이는 긴 머리를 연신 쓰다듬고 있는 여자가 애완동물처럼 도사리고 있었다. 수녕이 다가가 남자의 어깨에 손을 얹었다.
 "안녕하세요? 저 생각 안 나세요?"
 곱슬머리가 운지 앞에 우뚝 와 섰다.
 "아, 예……"
 "왜, 방진걸 선생……"
 그러고 보니 인사동 어느 골목 술집에서 스쳐가듯 본 것도 같았다.
 "진걸씨요? 아 예, 그러니깐 기억이 나는데…… 미술관 큐레이터 하신다는 박……"
 "후후, 박신영이에요."
 곱슬머리가 건강해 뵈는 선홍빛 잇몸에 대비되는 희고 고른 잇바디를 드러낸 채 송편 같은 웃음을 베물었다. 외짝 보조개가 오른뺨에 팼다.
 "예, 저도 긴가민가해가지고 그래서 선뜻 말을 못 붙이고 있었거든요. 근데 혹시 아까 시사실 안에서 제가 손가락을 밟은 그 사람 맞죠?"
 "후후, 그땐 저도 눈물이 쑥 빠졌드랬어요."
 신영은 머리를 좌우로 묘하게 흔들며 웃었다. 살아 있는 짐승의 것처럼 탄력 있어 보이는 외투자락이 윤기를 뿌리며 앙탈하듯 줄렁거렸다.

"미안해요. 이거 다시 한번 사과를 드릴게요. 제가 어둠 속에선 완전 젬병이에요."

"사과는요 무슨? 어둠 탓이나 해야죠."

"이거 두 사람이 기연으로 만난 것 같은데…… 안녕하세요? 박신영씨."

짧은 인사를 마치고 돌아온 수녕이 신영에게 알은체를 하며 끼어들었다. 운지가 뜻밖이라는 듯 두 손을 합장하듯 포개 모으며 묻는다.

"두 사람도 아는 사이예요?"

"예, 김기자께서 잠깐 미술기자 하실 때……" 하고 신영이 말하는데 수녕이 말끝을 자른다.

"신영씨가 많은 지도편달을 주셨죠, 하하. 그런데 〈불멸의 연인〉보러 오신 거죠? 누구랑 왔어요?"

"저기 앉아 있는 스포츠지의 목기자요."

"예에, 요즘 방진걸 선생 좀 뵙나요?"

"방선생님하고는 이러저러한 일로요. 저희 '길벗 갤러리'에서 방선생님 전시회 하나 기획중이어서요."

운지가 가방을 바닥에 떨어뜨리는 바람에 대화가 중지됐다. 가방을 주워올리는 운지에게 신영이 "그러잖아도 한번 자리를 따로 마련하고 싶은데요" 했다.

"그럼…… 명함 같은 거 하나 주실래요. 저도 사실 미술에 관심이 많아요."

"예, 잠깐만요."

신영에게서 명함을 받아든 운지는 건성으로 한번 쭉 훑어보고는 가방 안에 쑤셔넣었다. '카튼 필드'를 나와 신영과 인사를 나누고 서로 반대 방향으로 헤어져서 가는데 수녕이 엄지손가락을 세워 뒤쪽을 가리키는 시늉을 하며 "바늘로 찔리도 피 한 방울 나오지 않게 생겼지" 하고 웃었다.

"으응…… 젊은 사람이니까. 탱탱한 게 좋지 뭐. 우리처럼 슬슬 시들어가는 사람보다."

"뭐, 벌써 시든다고 난리야?"

"세월을 어떻게 속여? 벌써 잔주름 막는 데 정신이 없을 나이가 됐는걸."

"낄낄. 넌 아직 젊게 보여. 얼굴도 소녀틱하고."

"이렇게 늙은 소녀 봤어?"

운지는 입을 가리고 웃으며 수녕의 빨간색 승용차에 올라탔다.

"그림에 관심이 있다구? 만약 그림에 관심이 있다면, 까짓것 돈도 벌면서 감상하는 길을 좀 택해보지그래."

"아냐…… 그럴 것까진."

"아니긴 뭘. 함선생이 정치 계속 하려면 네가 그런 것 눈썰미 있게 봐 넘기는 능력을 갖추는 것도 상당한 내조에 속한다 너."

운지의 남편 함승익과 감수녕은 같은 신문사 동기였었다.

"좋은 영화 봤는데, 정치 얘기는 하지 말자. 신물난다."

운지가 반 발짝 앞서 걷는다.

"남편 집에 와 있니?"

수녕이 시동을 걸었다.

"요즘 지역구에 내려가서 아예 그곳에서 살지 뭐. 한 주씩 걸러 이따금씩 한번 삐쭈름히 얼굴을 비치고. 이래도 부부라고 할 수 있는지 몰라."

"얘, 이 주일에 한 번이라도 남편 구실이 확실하면 그게 어디야."

"빈정대긴……"

"천만에. 암튼 함선생이 지금 안 올라왔다 이 말씀이렷다! 그럼 한번 뜨는 거야 까짓것."

수녕은 악동스러운 말투로 변해 있었다.

"어딜?"

"그걸 이제부터 한번 정해볼까? 한번쯤 아무 생각 없이 떠나보자구. 어때? 이 서울을 무작정 뜨는 것도 이 시점에서 의미가 있지 않겠어?"

"너무 늦었잖아?"

"슛! 명령이야. 지금 이 순간부터 다 잊으라구! 집도 직장도 남편도. 까짓것. 미현이도 겨울캠프 갔다며?"

어깨를 잡고 흔드는 수녕의 손길을 뿌리치고 "미쳤어……?" 하며 고개를 젓는 운지의 말꼬리에 힘이 실려 있지 않았다.

둘이 서울을 빠져나올 무렵에는 날이 완전히 어두워져 있었다.

"배고프다, 그치?"

"생각나는 데 없어?"

"……"

"그냥 내처 동해안으로 빠져 달릴까? 아니면 경부선 탈까?"

"왠지 남쪽은 좀 내키지 않고…… 경춘가도를 달리면서 생각해보자구. 양수리 쪽도 괜찮지 않을까?"

"거기라면 일단 갈 만하지."

즉흥적으로 서울을 빠져나간다는 사실이 둘을 무척 들뜨고 기분좋게 만들었다. 하룻밤 정도라면 별 걱정이 없을 여정이었다. 운지도 다음날 새벽 일찍만 출발하면 출근에도 별 지장이 없을 거리이기도 해서 한결 마음이 놓였다. 수녕이 도중에 24시간 편의점 앞에 차를 세웠다. 문을 밀치고 들어가던 수녕이 뒤따르는 운지에게 손가락을 세워 경례하듯 관자놀이께를 짚으며 물었다.

"저거 뭔지 알아?"

편의점 안에는 낮게 틀어놓은 음악이 흐르고 있었다.

"그 정도는. 정말 오랜만에 케니 지 듣네."

"저 테이프 여기서도 팔면 하나 사자. 길 가는 데는 저 친구의 색소폰 소리가 아주 그만이거든. 리듬 앤 블루스 가락에 실린 〈고잉 홈〉 들으면 정말 끝내줘. 암만 교통체증이 심해도 말이야. 하나 더, 올해 안에 그 친구 한국에 한번 온다는 사실."

수녕이 선반에서 작은 양주병 하나를 끌어내리고 고개를 돌려 운지를 바라봤다.

"술?"

"그것보담 저거?"

"코냑?"

"조치."

"아! 이제 갈 곳이 막 생각났어!"

운지가 자동차 문을 닫으며 말했다.

"오 옛썰! 어디 밀회처라도 따로 마련해놓은 거야 뭐야?"

어둠 속의 질주는 속도감이 느껴져서 좋았다. 수녕은 자신도 모르게 운전대를 잡은 손아귀에 힘을 주었다.

"아까 그 여자도 알고 보면 불멸의 연인을 가진 사람이지. 알아?"

"누구? 신영씨?"

수녕은 아랫입술을 입 안으로 말아넣으며 고개를 끄덕였다.

"왜? 그 나이에 그 정도 전문직을 꿰차고 있으면 성공이지, 뭐가 어때서?"

"맞아. 파리 유학도 하고 신춘문예 미술평론으로 나왔거든. 한데 삼 년 전에 애인을 잃었는데…… 약혼자지. 산을 좋아했다나봐. 거의 프로급이었다던대."

"뭐 하던 사람인데?"

"그냥 대기업 샐러리맨. 이런 국내 산말고 외국에도 막 원정을 나가고, 아주 열성파였나봐. 근데 영원히 불귀로 남게 됐지."

"불귀? 불귀라면……"

"아닐 불자에 돌아올 귀자. 왜, 김지하의 시에도 그런 제목이 있었잖아."

"아니 어떻게 해서? 조난을 당했구나? 어디서?"

"스위스에 있는 알프스 봉우리 중의 하나인데…… 마터호른봉인가 뭐, 아무튼 그 근철 거야. 산은 사천사오백쯤 된다고 했던가? 그렇게 높지는 않지만 험한데다가 절경으로 이름이 나서 웬만한 등산가라면 다들 평생에 한 번은 정상을 정복하겠다고 군침을 질질 흘리는 산이라대."

"쯧쯧……"

"정상에 올라가긴 한 모양이더라구. 국내 처음이라든가 몇번째라든가…… 아무튼 그래서 신문 한 귀퉁이에 조그맣게 토막소식이 실리기도 한 모양인데 내려오는 길에 그냥 그렇게 됐대. 가파른 정상 주변이 완전히 수천 길 빙하지대라고 하거든. 시체를 아직도, 아직이 아니라 영원히라고 봐야지 뭐."

"아직도? 야, 그거 참 그렇다. 그게 무슨 벌이야?"

"벌? 그렇군."

운지가 소름이 끼친다는 듯 으스스를 쳤다.

"빙하 틈새에 가 박혔으니 그대로 얼음 속에 갇혀 있을 거 아냐. 생전 모습 그대로. 상상 좀 해봐라. 남은 사람은 늙어가고 감정도 변해가고 하는데, 죽은 애인은 얼음 속에서 눈 똑바로 뜨고 젊음 그대로 있을 거라는 것, 상상이 돼? 불멸의 연인도 아니고 말이야! 사람이 죽으면 썩어 없어진다는 그런 게 있어야 하는 거 아냐? 그러니 얼마나 끔찍하겠어."

"맞아, 그렇겠지? 완전 영구 미제(未濟) 미라가 된 셈이니."

"취재를 꼼꼼히도 했네."

"귀동냥이지 뭐. 한때 그 동네에서 뚜르르한 얘기였어."

"……"

전조등 앞을 살쾡이 같은 들짐승이 잽싸게 가로질렀다. 줄무늬 꼬리가 앞범퍼 밑으로 설핏 사라져갔다. 그 바람에 차가 좌우로 급하게 흔들렸다. 수녕이 짧은 비명을 지르며 가슴을 쓸어내렸다.

"후앗! 저런 미친…… 콱 그냥…… 애 떨어지는 줄 알았네."

"처녀가 못 하는 말이 없어. 참 아까 누구라고 했지? 배우 같던데. 그 원두커피점, '카튼 필드' 던가?"

"으응, 학교, 예전 후밴데 곧 입뽕(첫 메가폰 잡는 일)한다던데. 천석규라고."

"젊은 나이에?"

"젊긴? 나이 서른 넘었어. 그리고 학교 때 단편도 몇 편 찍어본 친구니깐."

"아홉, 졸려."

"자렴."

─ 누님도 영화를 하시고 싶어했잖아요.

─ 후후, 아티스트 될 재능은 없고, 그래서 다시 기자로 나섰지 뭐.

'카튼 필드' 구석에 앉아 있던 천석규가 던진 말이 입 안에서 자꾸 되씹혔다. 수녕은 액셀러레이터를 지그시 밟았다. 그는 수녕이 첫 직장생활을 때려치우고 입학한 예술전문 대학의 일 년 후배였다. 기자 생활 오 년 남짓 만에 사표를 던지고 예전에 입학했다. 모험이었다. 그러나 공부를 더 하고 싶었다. 아니, 가능하면 아티스트로 변신하고 싶었다. 영화도 끊임없이 그녀의 관심을 끌던 분야 중의 하나였다.

욕심을 한껏 부리다보니 동아리 활동만도 그래픽디사인반, 실용음악반, 영화반 등 세 군데나 되어 정신없이 뛰어다녔다. 머리를 짤막하게 단발로 치고 다니는 수녕에게 독일병정이라는 별명이 붙었다.

천석규는 그중 한 곳인 영화동아리 '화ㅅ랑'에서 만났다. 고등학교 시절을 미국 할리우드 근처에서 보낸 아이였다. 수녕은 자신의 체험을 약간 섞어 직접 쓴 시나리오를 대본으로 삼고 석규의 연출로 한 학기 동안 혼자 사는 신문사 후배기자의 아파트에서 단편영화를 찍었다. 그 내용은 지금은 기억이 잘 나지 않지만 대식증(大食症)에 걸려 한 아파트에 혼자 사는 여자에 관한 얘기였다. 그 여자의 생활을 건너편 아파트에서 망원경을 통해 관음적으로 관찰하는 젊은 사내의 눈길을 빌린 16밀리 소형영화였다.

시나리오를 검토한 석규는 수녕에게 직접 주연을 맡을 것을 강권했다. 수녕은 요리조리 빼다가 결국 승낙을 놓았다. 그에게 연기는 그때가 처음이자 마지막이었다. 수녕은 목욕을 하다가도 수증기가 뽀얗게 피어오른 거울을 닦아내고 그 앞에서 혼잣말을 하며 감정을 다잡곤 했다. 미친년…… 작신작신 밟아주랴 아웅, 허기……

브래지어를 걸치긴 했지만 사람들의 끈적한 눈길도 아랑곳 않고 반라 상태로 소파 위를 뒹굴며 헐떡거리는 시늉도 했고 대식증을 견디다 못해 털만 뽑은 생닭을 냉장고에서 움켜쥐고 통째로 으적으적 깨무는 연기도 마다지 않았다. 석규는 메가폰 대용으로 둘둘 말아쥔 대본공책으로 손바닥을 탁탁 두드리며 좋아했다. 촬영이 끝나고 감자탕을 곁들인 술자리에서는 석규가 농반 진반으로 누님 몸이 좋습니다 하는 짓궂은 소리도 했지만 그럴수록 더욱 친밀감이 드는 후배였다.

―미국 할리우드 부설 영화아카데미에서 대충 이 년 굴러먹고 유럽 쪽에서도 놀았죠 뭐. 예, 결국 우리 영화를 하기 위해선데…… 처

음 시작은 한국식 컬트영화를 실험해보고 싶어요. 그게 어떤 거냐구요? 글쎄요. 생각중이에요. 참, 누님 같은 양반이 시나리오 작업이라도 함께 한다면 좋을 텐데, 다시 기자생활로 돌아갔으니 그게 옛날 같지 않겠죠? 학교에서 누님하고 같이 찍었던 단편 있잖아요. 〈그 여자에 대한 보고서〉 말예요(그는 제목을 아주 정확하게 기억하고 있었다). 그게 지금도 보면 왠지 좋았던 것 같아요. 조금만 더 밀어붙이면. 에이, 농담 아녜요. 돈줄이요? 잘될 것 같아요. 그러니깐 이렇게 빈둥거리죠, 낄낄.

"저긴 거 같애. 세워줄래? 맞나?"

운지는 두리번거리다가 꾸물꾸물 밀려드는 밤안개에 휩싸인 건물 하나를 가리켰다. 제법 규모가 있는 강변 모텔이었다. 수녕은 알았다는 듯 고개를 끄덕거렸다.

"밤중인데도 길안내를 거침없이 하는 품을 보니 꽤 많이 와본 곳인 것 같은데 어떻게 된 거야?"

"단골 밀회처는 아니니 오햬 말아."

"안개에 휩싸인 등불이 요즘 애들 말대로 분위기 완전 캡인데. 흠, 좋아."

— 히, 아, 신, 스.

운지는 가볍게 입 속으로 모텔의 이름을 뇌어본다. 모텔 앞으로 진입하자 현관문을 열고 나온 두터운 제복 차림의 사내 하나가 뒤뜰로 차를 안내했다.

"얘, 보기보담 무척 새것인데, 응? 안에 들어와보니깐."

"몇 년 전에 다시 지었을걸? 원래는 아주 낡았었지. 내가 처음 왔을 때만 해도. 증축허가가 나지 않아서 새로 지으면서도 층수를 높이지 못했다지 아마."

"상수원 보호지역이래서?"

"몰라. 그런가봐."

3. 욕조

"508호 혹시 비었나요?"
운지가 카운터로 다가가 물었다.
"예? 508호요? 예약하셨어요? 아니라구요. 근데 두 분만이신가요? 아니면 일행이라도……"
"왜요? 여자 둘이서 오면 안 되나요?"
겨드랑이에 꼭 끼는 조끼를 입은 사내는 배시시 웃었다.
"아니오. 저기 저분…… 일행인가 해서요. 마침 방이 비었긴 한데……"
카운터의 사내가 일행이 아니냐고 등을 가리킨 남자는 운지의 병원에서 함께 근무하는 내과전문 인턴 노승찬이었다. 그를 여기서 만나다니 운지로서도 좀 뜻밖이었다. 승찬도 놀라움을 감추지 못하는 기색이었다.
"어머, 자기가 여긴 웬일이야?"
"채선배야말로…… 전 세미나 때문에요. 제가 말씀 안 드렸던가요, 나참."
베토벤의 '크로이처 소나타' CD를 선물한 이가 바로 그였다. 그는 의료계 안에서 다소 진보적이라는 평을 듣는 인도주의행동청년의사협의회 사람들과 함께 하루 먼저 내려왔다.
운지는 승찬의 젊은 열정과 순수한 이상을 평소 갸륵하게 생각하고 있었다. 운지도 승찬이 믿고 따르는 몇 안 되는 선배 의사 중 한 사람이었다. 사실 승찬이 운지를 따르는 품은 어떤 면에서 단순하지가 않았다. 운지도 자신을 향한 승찬의 감정이 남다르다는 것을 감지하고 있었으나 모른 체하는 것이 상수라는 생각에 일절 내색을 하지 않아왔다.
"일행이면 좋게요. 참 세상 좁다 좁아. 이런 데 와서까지 아는 사람을 만나다니."
수녕이 운지를 뒤돌아보며 말했다.
"참, 방이 비었다고 하셨나요?"
"근데 청소상태가 어떨지 몰라서요. 비운 지 얼마 되지 않거든요, 헤헤."
"겨울이고 여름이고 요즘엔 철 안 가리고 성수기인 모양이죠?"
수녕이 이기죽거렸다. 카운터의 사내는 대답 대신 어색한 미소를 지으며 뒤돌아서 열쇠 꾸러미를 찾는 시늉을 했다.
"먼저 점검을 해봐야 할 텐데 조금만 시간을 주시겠습니까, 손님?"
"그러세요."
"우선 자판기에서 따뜻한 것부터 한잔 때리지?"
"그럴 필요 없어. 로비에 기막힌 카페가 있으니깐. 눈 아래로 한강 물 흐르는 게 고즈넉이 내려다보인다구."
운지가 수녕의 팔짱을 끼고 걸어갔다. 전망 좋은 창가를 최대한 확보한 카페의 달궈진 공기가 찬기운을 몰고 들어서는 두 사람의 주위를 아늑하게 감쌌다.
"야, 따듯하다!"
수녕이 호들갑스럽게 소리를 지르자 난롯가에서 곁불을 쬐고 있던 젊은 사내가 끓는 물이 든 주전자를 들고 "어서 오세요" 하며 다가왔다.
메뉴판을 훑던 수녕이 물었다.
"문 언제까지 열어요?"
"차는 열시까지는 하구요. 이후부터는 주류만 취급합니다. 뭐 드실래요?"
"커피."
"난 코코아. 뜨겁게."
수녕이 뜨겁게를 강조했다.
"식사는요?"
"너 괜찮지? 우린 됐어요."
"근데 웬 코코아야? 다이어트 포기냐?"
"딱 한 번만. 코코아, 말부터가 따끈따끈하잖아. 이런 날은 목구멍 안으로 뭔가 뜨거운 액체를 흘려넣어줄 의무가 우리에겐 있다구."
"아암."
뒷자리 식탁에서 양식으로 늦은 저녁을 때우고 있는 중년 부부가 포크와 나이프를 접시 위로 부딪치는 경쾌한 소리가 들려왔다. 둘은 그 소리를 들으며 말없이 창 밖을 바라보았다.
"……이곳은 마치 배 안 같아. 출렁거리는 배. 어디론가 곧 떠나버리고 말 것 같은 배 말이야."
"마침 나룻배 한 척도 바로 요 앞에 묶여 있네 뭐. 한번 타볼까?"
운지는 수녕의 제의에 뜸을 들이다가 갑자기 생각났다는 듯 "……남편하고 그때 여기서 만났었지" 하고 뜬금없이 딴전을 본다.
"그래? 언제?"
"옛날 얘기야. 거진 팔구 년?"
"으응, 혹시 네 남편 함선생이 잠수함 탈 때?"
운지는 고개를 끄덕거렸다.
"참 감회가 새로운 곳이지."
그때 기자생활을 하던 남편 승익이 수배를 피해다니고 있었다. 언론통제의 수단으로 쓰이던 보도지침 문서를 빼돌린 혐의로 당국이 혈안이 돼 그를 찾았다. 기관원들이 운지가 레지던트로 근무하는 병원에까지 찾아와 남편의 행방을 대라고 닦달이 여간한 게 아니었다. 알아도 일러줄 수 없었겠지만 사실 운지조차 남편이 어디 있는지 알지 못했다. 전화 발신지 추적을 걱정했는지 남편은 어쩌다 한번 전화를 걸어와도 십 초 이상을 끌지 않았다.

ㅡ나야, 음. 별일 없지? 묻지 마. 조금 아래쪽이야. 미현이는? 잔다구? 그래 감기 조심하고 응!

운지는 남편이 밤늦게라도 몰래 왔다 갈 것만 같아 안방 한구석에는 늘상 요를 봐두었었다. 단 오 분만이라도 눈을 붙일 수 있도록. 하루는 퇴근해 돌아와보니, 그 고운 모란꽃수가 아로새겨진 요 위로 시커멓고 커다란 발자국들이 어지럽게 도장을 찍어놓았다. 장롱이고 옷가지들을 뒤진 흔적이 있었지만 별다른 도난물품이 없는 걸로 봐서 절도범이 들었다기보다는 기관원들이 가택수색을 벌인 듯했다. 신혼 시절부터 시도때도없이 서로를 끌어당겨 포개지던 요 위에 알 수 없는 힘의 상징처럼 찍힌 더러운 발자국을 보며 운지는 아랫입술을 깨물며 오열을 삼켜야 했다. 그 발자국이 자신의 알몸 위를 캐터필러처럼 누르고 돌아간 듯한 끔찍스런 기분이었다.

아직 동이 채 트지 않은 어둑새벽이었다. 거실 벽시계에선 새소리가 계속해서 울려퍼지고 있었다. 늪같이 끈끈하게 빨아들이던 잠에서 헤어나온 운지는 아연 긴장하지 않을 수 없었다. 느닷없이 들이닥친 기관원일지도 모른다는 생각이 들었던 것이다. 두근거리는 가슴에 손을 얹어 진정시키면서 만약을 대비해 서둘러 옷을 두텁게 껴입었다.

누구……세요?

운지는 허둥지둥 현관에 달린 감시구로 눈을 들이댔다. 밖에는 아무도 눈에 띄지 않았다. 우유배달원이었나?

나야, 문 좀 열어!

양파 321

누, 누……구……?
진걸이라니깐?
진걸씨?
그제야 어안렌즈가 박힌 감시구에 점퍼 안으로 고개를 자라처럼 쑤셔넣은 진걸의 모습이 비쳤다. 이 새벽녘에 무슨 일일까?
혼자 왔어……요?
그렇다니깐…… 시간이 없어. 후딱 문부텀 따라고.
운지는 현관 문잡이를 풀고 그 위의 보조잠금장치를 연 다음 다시 문이 한 뼘쯤 열리도록 된 시건장치를 제쳤다. 다급한 표정으로 들어온 진걸은 다짜고짜 운지의 입술에 손가락을 갖다 댔다. 조용히 하라는 시늉이었다.
무, 무슨 일……?
쉿…… 왔어.
뭐가……?
이거한테서 간밤에.
진걸은 엄지손가락을 세워 거꾸로 흔들었다. 운지는 그 엄지가 승익을 가리킨다는 것을 눈치로 때려잡았다.
지금 뜨자고. 곧바로 뒤에 팔백구동 앞 주차장으로 나와. 내 감청색 낡은 프레스토 승용차 알지?
진걸은 운지의 귓속으로 천천히 입김을 불어넣듯 말했다. 둘은 새벽안개가 채 걷히지 않은 경춘가도를 전속력으로 달렸다. 휴게소에서 따끈한 자판기 커피를 뽑아 운지에게 건넨 진걸은 볼펜껍질 속에 말려져 있던 작은 쪽지를 빼들고는 어딘가로 다시 연락을 취했다. 그리고는 환한 표정으로 다시 운전대를 잡았다.
그 오층짜리 모텔은 남한강변의 아주 고즈넉한 곳에 자리잡고 있었다. 입구에는 원형유리 속에 담긴 전등이 은은한 빛을 뿌리고 있어 사뭇 이국적 정취를 풍겨주고 있었다. 비로소 산마루에서 햇동이 샛노랗게 터오르고 있었다. 주차장에서 모텔 현관까지 걸어들어가는 잔디 위에는 이슬에 젖은 넓적한 판석들이 듬성듬성 박혀 있었다.

똑…… 똑…… 똑똑똑.

진걸은 508호라는 팻말이 붙은 방문에 귀를 갖다붙인 채 가만히 두드렸다. 한동안 안에서는 아무런 반응이 없었다. 진걸은 똑같은 방법으로 다시 문을 두드렸다. 처음 두 번은 길게 나중 세 번은 아주 짧게 하는 식이었다. 운지는 그것도 일종의 약속에 따른 것임을 나중에야 알았다. 잠시 뒤 같은 방식의 노크 소리가 안에서 울리는 동시에 딸깍 하고 문이 열렸다. 운지는 목을 늘여 문 틈새로 눈길을 허겁지겁 구겨 넣었다. 거기에는 면도를 말끔히 하고 남방 차림을 한 남편이 문잡이를 잡고 멀뚱히 서 있었다. 방 안에서는 라디오 소리가 시끄럽게 새나왔다. 그리고 중국요리를 배달해 먹었는지 문 바로 안쪽에는 검은 자장이 묻은 나무젓갈이 비어져나온 식기 등을 신문지로 싼 게 보였다.

들어와……

운지는 들어서자마자 승익의 품에 달려들어 얼굴을 매만졌다.

괜찮아? 괜찮은 거야?

보다시피.

뒤따라 들어온 진걸은 부둥켜안은 두 사람을 겸연쩍은 표정으로 바라볼 뿐이었다.

두 사람이 풀어야 할 회포가 산적해 있을 테니깐, 난 잠깐 자리를 비워줄게.

어디로?

운지가 고개를 돌렸다.

옆방도 빌려놨으니 걱정 마. 나도 밤새 설쳤더니 졸려 죽갔다야. 한숨 푹 자고 날 거야.

진걸이 나가며 방문을 닫자마자 둘은 그대로 침대 위로 포개져 쓰러졌다. 운지는 쓰러지면서 커튼이 그대로 열려 있는 것을 보았으나 눈까풀을 질끈 닫았다. 오랜만에 몸을 더듬어오는 남편의 손길을 제지할 수 없었다. 남편의 몸은 다소 야윈 듯했으나 쫓기는 자의 긴장이 배어 있는 탓인지 근육은 보기보단 단단했고 피부도 팽팽하게 느껴졌다.

당신의 매력은 배꼽이야. 여기야말로 제일 웅숭깊고 원초적인 성감대야. 당신의 교성을 들어보면 금세 알지. 도바리를 치면서 여기를 계속해서 생각하지 않았다면 난 곧 무너졌을 거야.

몸을 부르르 떨고 난 승익은 배꼽 위에 얼굴을 포갠 채 꼼짝하지 않았다. 그리고는 마치 풍선을 부는 아이처럼 혀를 배꼽 안으로 깊숙이 집어넣으려고 애썼다.

짜지 않아요?

짜? 후후……

운지는 남편의 뒷머리를 초등학교 선생님처럼 쓰다듬어주었다.

사람 몸에서 배꼽이 제일 정직해.

무슨 말이에요?

최소한 당신 몸에선 말이야. 나이 먹어가는 것도, 반응하는 것도, 심지어는 당신 감정의 변화도 난 이곳을 통해서 읽어낼 수 있어.

별 싱거운 얘기를…… 한숨 주무세요.

그러나 남편은 격렬하게 혀끝을 놀리기 시작하더니 먹이를 막 덮치기 위해 잔뜩 웅크린 맹수처럼 등뼈를 다시 높이 치켜 휘어뜨렸다. 운지의 몸도 자석처럼 허공으로 따라올라갔다. 그것을 신호로 둘은 새로이 격렬하게 뒤엉켰다.

운지는 마치 낡은 침대와 남편 그리고 자기 자신 이렇게 셋이서 반나절을 뒹군 듯한 착각에 빠졌다. 침대는 몇 번이고 주기를 만난 듯

파도처럼 출렁거렸고 그때마다 삐거덕거리는 마찰음이 불규칙적으로 방 안을 휘저어놓았다. 방 안은 온통 노 젓는 듯 삐거덕거렸다. 사람도 춤을 추고 가구들도 춤을 추고 천장의 바둑무늬도 몇 번이고 방향을 바꾸어 빙그르 돌았다.

아아, 가지 마. 자기 가지 마.

그래 알았어……

운지는 승익의 배꼽께에 고인 소금기 밴 짠물을 혀끝에 묻히는 순간 끝 모를 나른함 속으로 한없이 빨려들어갔다. 그것은 승익도 마찬가지였다. 둘이 잠깐 눈을 붙였다고 생각했을 땐 해가 이미 중천에서 내려오고 있었고 문 앞에는 진걸이 시켜놓은 것으로 보이는 해장국 두 그릇이 쟁반에 받쳐 놓여 있었다.

뚝배기에 숟가락을 담그는 둥 마는 둥 하던 남편이 먼저 옷을 주섬주섬 챙겨입고 황급히 떠나갔다. 운지는 샤워를 마치고 천천히 머리를 말렸다. 진걸이 조심스레 문을 두드렸다. 운지가 홍조가 남아 있는 얼굴로 돌아다보았다.

한숨 잘 잤어?

잠? 이거 원 들썩들썩거려서 제대로……

진걸은 손등으로 눈을 비비며 씨익 웃었다. 운지는 귀밑이 발그레 물들었다.

너무너무 고마워, 진걸씨. 정말로.

고맙긴. 그게 친구의 도리지 그걸 갖고 뭘……

근데 나 배고파……

카페 밖의 안개가 바람에 쫓겨 몰려다니는 광경을 말없이 바라보는 운지 앞으로 누군가 인기척을 내며 다가섰다.

"이거 여기서 또 만났어요. 두 분 정말 놀러 오신 거예요?"

어느새 다가온 노승찬이 깃을 한껏 세운 바바리코트의 호주머니에

양파 325

두 손을 찔러넣은 채 싱글싱글 웃으며 서 있었다. 그의 일행인 듯한 사람들이 카페 한가운데로 몰려가 앉는 중이었다.

"델마와 루이스."

운지가 흰 이를 드러내며 우스개를 던졌다.

"델마와 루이스요? 두 분 뭔가 쌓인 게 많았던 거 아녜요?"

"여, 닥터 노 합석하자구!"

일행 쪽에서 누군가 농을 걸었다. 노승찬이 그들에게 손사래를 쳤다.

"아주 유쾌해 보이네. 저 사람들이 일행이에요?"

"예. 지금부터 한잔하려구요."

"아, 인청협이라고 했지?"

"그건 맞는데, 그 일로 온 게 아니고 우리끼리 모임이에요."

"얘, 좀 앉으라고 권해라."

수녕이 운지의 어깨를 밀치며 타박을 주었다.

"아 예, 곧 가봐야죠. 우린 보스니아를 생각하는 의사 모임이에요. 들어보셨는지 모르겠네요?"

승찬은 운지가 가리킨 의자 한 귀퉁이에 슬그머니 엉덩이를 걸친다.

"보스니아를 생각하는 의사 모임?"

수녕이 눈을 크게 뜨며 관심을 보였다.

"들어보셨어요?"

"그거 세계적 기구 맞죠?"

승찬이 호주머니에서 손을 빼 외국영화에 나오는 보안관 표지 같은 둥근 철쪼가리를 수녕에게 슬쩍 보여주었다.

"그게 뭐예요?"

"우리 모임의 회원들 증표죠."

"대단하네요. 언제 만들어졌어요?"

"세계본부는 한 일년 반쯤 됐구요. 한국지부는 지난 가을쯤부터니까 이제 반년 됐네요. 회원 수도 겨우 이십 명 갓 넘었어요."

"그럼 공식기구네요? 히야, 그거 우리 신문 사람소식란에 실으면 재미있겠다."

"에이, 알려지면 재미없어요. 언론이란 게 흥미 위주여서……"

"주로 무슨 활동 해요?"

"아직은 이렇다 할 만한 건 없구요. 그저 정보교환 수준에 머물고 있어요. 제대로 하려면 현지에 파견도 하고 그래야 하는데. 추진은 하지만 쉽지가 않죠."

"국제적으로 사고하시네요."

"의사라는 직업이 그래서 좋은 것 같아요. 의술이라는 게 세계 공통적으로 쓰임새가 있는 기술이거든요. 기술적 측면만이 아니라 정신이 그렇다는 말이에요. 인도주의랄까요, 이런 게 없으면 의사라는 게 사실은 가장 추악한 장사치거나 교활한 거간꾼이기 쉽죠."

"차암, 중요한 것을 아직 안 물어봤다. 그쪽은 어느 편이에요?"

수녕이 의자를 앞으로 바짝 당기며 물어봤다.

"어느 편이라뇨?"

뜨거운 커피와 코코아가 날라져왔다. 대화가 잠시 중단됐다. "저희만 시켜서 미안해요" 하면서 스푼을 서너 번 휘젓고 난 수녕이 다시 말을 이어갔다.

"예에. 그거 중요하잖아요. 거기 종파가 오죽 많아요. 세르비아, 크로아티아, 보스니아 이렇게 기본 메뉴판에다 보스니아 내 세르비아계, 크로아티아계를 비롯해 크로아티아 내 세르비아계 등 정신이 하나도 없이 뒤엉켰잖아요? 어느 편인지 알아야 나도 알아서 감 잡고 얘기를 꺼내죠?"

"그렇게 갈래가 많아?" 하면서 운지가 "닥터 노도 뭐 하나 시키지 그래요?" 하고 물어보았다. 그는 고개를 끄덕이며 손바닥을 쫙 펴 보이며 괜찮다는 표시를 했다. 그리고는 뜨거운 엽차를 불어 한 모금 들이켰다.

"역시 기자답게 판세를 훤히 꿰뚫고 계시네요. 굳이 편을 가른다면 보스니아 회교도를 편든다고나 할까요."

승찬은 자신이 없는 듯 고개를 갸우뚱거렸다.

"왜요? 인종청소 때문인가요?"

"잘 아시네요."

"그런데 사실 그 인종청소라는 게 규모의 차이는 있을지언정 교전 당사자들이 다 저지른 것 아닌가요?"

"그건 저도 인정해요. 그 어처구니없는 전쟁 와중에서 어느 편인들 도덕성을 챙기고 뭐 하고 할 겨를이 있었겠어요? 하지만 양비론의 오류에 빠지는 건 경계해야 돼요. 다만 우리는 전쟁을 통해 목표를 달성하려는 의도를 더 노골화하면서 인종청소를 주도한 쪽을 비난한다는 거죠. 그래서 세르비아계에 책임이 더 돌아간다는 게 저희 판단이거든요. 벌써 몇 년째 세르비아계에 봉쇄를 당하고 있는 사라예보의 스나이퍼 앨리 아시죠?"

"저격병의 거리 말이죠?"

"예. 노파고 아이고 임신부고 할 것 없이 찬 보도블록 위에 허연 뇌수를 쏟으며 쓰러지는 그 장소죠. 그 비열한 거리에서는 인류의 양심이 저격을 당하고 있는 것 아닌가요?"

"하지만 그건 국외 문제가 아닌가요? 결국."

수녕이 비아냥거리는 웃음을 입가에 머금었다. 마치 아, 당신은 풋내기로군요 하는 도전적 표시였다. 운지는 속으로 혀를 끌끌 차며 승찬의 표정을 살폈다. 그의 얼굴도 조금은 상기돼 있었다. 숱이 많아 굵고 진한 그의 일자 눈썹이 송충이가 기어가듯 꿈틀거렸다.

"답답하군요. 그런 고리타분한 이분법적인 잣대를 들이대다니. 이

좁은 국토에서 국내 문제와 국외 문제를 갈라놓고 보면 무엇이 남겠습니까? 그것은 신쇄국주의일 따름입니다. 상상력의 한계라고 분명히 말씀드리고 싶네요."

"닥터 노, 그렇다고 너무 몰아붙이는 거 아녜요?"

운지가 분위기를 누그러뜨리기 위해 조심스레 끼어들었다.

"몰아붙이긴요, 누가요? 기탄없는 토론이죠. 이런 문화에 익숙지가 않으세요, 채선밴?"

"초면에 이렇게 불똥이 튀는 걸 보니깐 이거 우린 뭔가가 통하는 체질인 것 같은데요."

수녕은 작정한 사람처럼 계속 반죽 좋은 소리만 해댔다.

"그렇게도 얘기 되네요. 그런데 그렇게 얘기하시는 감기자님은 정작 어느 편이신지요."

"나요? 운지야 담배 있니? 나는……"

"예."

"나는 기회주의자니까 이편도 되고 저편도 되죠."

"에이, 그런 게 어딨어요?"

"왜요? 내 직업이 기자 아녜요? 기, 자. 기회주의자의 준말이거든요. 같은 상황을 두고서 개인적 혹은 사회적 기호에 따라 어쩔 땐 씹고 어쩔 땐 빨아주는 게 바로 기자거든요. 그래야 기사가 되는 거구요. 아, 그걸 모르셨구나."

어이없어하는 승찬의 얼굴을 바라보며 장난스럽게 웃던 수녕은 이렇게 한마디 더 보탰다.

"사실은 내가 〈비포 더 레인〉이라는 영화를 비디오로 본 적이 있어요. 그걸 보니깐 왠지 세르비아계가 미워지더라구요. 근데 지금 닥터 노하고 같이 죽을 맞춰 세르비아계를 헐뜯으면 얘기가 되지 않을 것 같아서 한번 지지하는 편을 바꿔보았어요. 그러니깐 그것도 말 되네요."
 승찬이 어깨를 들먹이며 일어섰다.
 "왜, 가보게요?"
 "예. 기분이 더 나아지진 않았지만 그래도 생산적인 대화였어요. 그만 제 일행 쪽으로 가볼게요. 채선밴 월요일에 출근해서 뵙죠. 두 분 좋은 시간 되세요."
 수녕이 따라 일어났다.
 "기분 잡치게 해서 정말 죄송합니다 이거."
 "천만에요."
 승찬은 카페 마룻바닥을 울리며 성큼성큼 걸어갔다.
 "왜 그렇게 처음 보는 사람을 쥐 잡듯이 긁어놓니?"
 "내가?"
 "응."
 "그래? 왜 그랬을까? 젊은 사내라서 내가 관심을 지나치게 드러낸 것일까? 반어법적으로. 이거 나이를 헛먹었어. 그럴수록 부드럽게 해줘야 하는 건데 말이야 낄낄."
 "짓궂긴. 그래도 생각이 많은 친구야."
 "그건 사실이야. 내가 빈정거리긴 했지만 사실 존경하고 싶다 야. 패기도 있고. 한번 진한 연애하고 싶다, 진짜야!"
 "……"
 운지는 온기가 다 날아가버린 커피 찻잔을 맥없이 바라봤다. 바람이 쐬고 싶어졌다.
 "밖에 한번 나갈래?"
 "추울 텐데……"
 "그럼 먼저 방에서 기다릴래? 나라도 잠깐……"
 수녕이 재떨이에 담배를 비볐다.

"그렇겐 안 되지. 얘, 목도리 흘렸다."

강 건너편은 밤안개에 봉쇄당해 불빛조차 새나오지 못했다. 나룻배는 말뚝에 단단히 묶여 있었다. 안개를 뚫고 낮은 포복을 하듯 몰려와 다리를 휘감아오르는 강바람이 생각보다 맵짰다.

"이 집 이름이 희한하다, 응?"

"히아신스? 나도 나중에야 물어봤는데, 폭풍의 집이라는 뜻이라대."

"칫, 이름 한번 노골적이군. 이 배는 항상 이렇게 묶여 있을 것 같아. 이거 타본 적 있니?"

수녕이 발끝으로 배를 툭 건드렸다.

"아니. 돈 받고 태우는 건 아닐 거야. 아마 강 건너 볼일이 있을 때 딱히 다른 수단이 없으면 띄우고 그러겠지 뭐. 바닥에 물이 좀 고였어. 새나봐."

"그래도 가라앉진 않을걸. 조각배라는 게 늘 그 정도는 물이 새는 법이거든. 우리들 인생처럼. 담배 있니?"

"우리들 인생처럼?"

"아, 내 실수. 정정할게. 적어도 나처럼."

"그런 게 아니라. 난 그게 무슨 말이냐는 거지."

"너 올해 마흔 꽉 찼지? 뭐 놀라는 표정을 지어. 나이를 잊고 산 지 오래야? 말하자면 불혹의 나이가 됐다는 거 아냐, 우리가. 유혹을 당하지 않는, 아니 유혹이 없는 나이라는 거 생각만 해도 얼마나 끔찍해. 나는 불혹 하면은 왠지 주렁주렁 물혹이 연상되는 거 있지?"

"물혹?"

운지가 어깨를 움츠렸다.

"그래 물혹. 그런 게 몸 이곳저곳에 주렁주렁 달려 있는 거 같애. 아라비아 낙타처럼. 줄줄 내용물을 흘리면서…… 흘리는 줄도 모르고 또 아픈 줄도 모르고 그렇게……"

"썰렁한 말을 들으니 진짜 추워진다."

"들어갈까?"

"담배꽁초 이리 줘."

둘이 로비로 다시 들어서자 카운터 사내가 말했다.

"손님, 안내받으시죠. 객실 준비 끝났답니다. 기다리시게 해서 정말 죄송합니다."

그 방은 비교적 넓은 편이었다. 이인용 침대 옆으로 앉아서 사무를 볼 수 있는 탁자가 놓여 있었다. 침대머리 쪽은 전면이 유리로 돼 있었다.

"여기가 바로 그 오백팔호야? 와! 정말 끝내줬겠네."

운지는 "바뀌었다니깐. 가족용으로 넓어진 것 같은데" 하면서 들어서자마자 두터운 커튼을 힘껏 열어젖혔다.

"우선 뜨거운 물 받아서 목욕이나 좀 할까? 피로 좌악 풀리게."

"그래 물부텀 받아."

수녕은 모직 반코트를 벗어 개킨 다음 탁자 위에 올려놓고 목도리를 풀었다. 그리고는 물을 받기 위해 욕실로 들어갔다. 쏴아와! 운지는 스웨터를 벗으려다 말고 침대 위로 몸을 휙 내던졌다. 큰 대자로 누워 천장을 바라다봤다. 감회가 없을 수 없었다. 물론 그 방은 이미 그때 남편과 회포를 풀던 때의 방은 아니었다. 삐거덕거리는 침대도 아주 신식으로 바뀌어 있었다.

세게 튼 물소리가 들려왔다. 운지는 스웨터를 벗어 침대 한구석에 놓은 다음 다시 누워 눈을 감았다. 졸음이 밀려오는 듯했다. 잠깐 눈을 붙였다 떴다는 느낌이 들 정도로 짧은 간격이었다. 운지는 이마로 물방울이 떨어지는 느낌이 들어 눈을 떴다. 물수건으로 머리를 둘러 싼 수녕의 얼굴이 눈앞을 가로막고 있었다.

"벌써 다 씻었어?"

"다 씻긴? 이제 물 받아놓고 머리만 감은 상태야. 근데 욕조 참 깨끗하게 닦아놨어. 지저분할 줄 알았는데."

젖가슴 위로 큼직한 야자수 그림이 든 큰 목욕수건을 두르고 있었다.

"근데 왜?"

"혼자 욕조 안의 그 많은 물을 쓰려니 아까운 생각이 들어서…… 그리고 너무 많이 기다리면 지루할 것 아냐, 니가."

"그래서?"

"그래서는 뭐가 그래서야? 같이 목욕하자는 거지 뭐. 그게 시간 절약도 되고 재미도 있고 그럴 것 같아서 말이야."

"그럴까……?"

김이 무럭무럭 피어나는 욕실 안은 비교적 넓은 편이었다. 매끄러운 욕조는 두 사람 정도가 엇갈려 들어가도 될 만큼 넉넉했다. 욕조는 새로 들여놨는지 반들반들 윤이 났다.

"욕조가 청결해서 무엇보다 맘에 드는데. 마치 커다란 새알 속에 꿈꾸러 들어온 노골노골한 기분이야."

"공룡알 같은 것 말이지, 후후."

"앗, 뜨거!"

"조심! 우선 샤워부터 하든지."

수녕은 욕조에 비스듬히 누운 채 물끄러미 샤워를 하고 있는 운지의 뒷몸매를 구경하는 듯한 포즈를 취했다. 군데군데 탄력이 처지는 건 나이 탓이긴 했지만 이삼십대의 매끄러운 선 대신 자리를 잡은 각이 진 몸매도 그닥 거슬리진 않았다.

"뭘 훔쳐봐?"

운지가 고개를 어깨 옆으로 꺾으며 눈을 하얗게 흘겼다.

"훔쳐보긴? 떳떳이 보고 있건만."

"얼씨구, 잘 논다. 게슴츠레해가지구."

"내가? 훙훙, 거 더 실감나네 응?"

운지가 발끝부터 조심스레 욕조 물에 담갔다.

"역시 처녀 몸은 어딘가 달라도 달라."

놀림을 당한 것을 되돌려주기라도 하는 듯 운지는 수녕에게 기어코 한마디를 던져놓는다.

"훙, 처녀 같은 소리 하고 있네."

"근데 우리가 이 좋은 시간에 왜 싸운다는 거야? 그럴 하등의 이유가 없지 않아? 동의하지? 아마 우리가 서로를 질투하는 건가봐. 낄낄."

"아무튼 이렇게 훌훌 떠나니 좋긴 좋다. 벌거벗고 수다도 떨어보고."

"남편말고 외간, 아니 꼭 외간이 아니라도 좋아. 다른 남자 앞에서 옷을 벗어본 적이 있니?"

"무슨 뜻이야? 넌 있니?"

"난 있지."

"그래? 그럼 나도 있어."

"그런 식으로 말하지 말고 니 얘기를 해봐."

수녕은 진지한 표정을 지었다.

"솔직히 아직은 없어. 그런데 그렇게 될지도 몰라."

"모르다니 무슨 말이야?"

"그렇고 그런 게 아니고, 아무튼 누드모델 서주는 것도 외간남자 앞에서 옷을 벗는 것 아냐."

"으응 감 잡겠는데? 방진걸 그 사람이구나?"

운지는 뜻밖이라는 듯 몸을 들썩였다. 욕조 물이 찔끔 넘쳐흘렀다.

"아 따뜻하다. 놀란 토끼눈 할 필요 없어. 그만한 통박이야 내가 문화부 신문쟁이로 굴러먹은 지 어언 십수 년의 세월이 흘렀는데 말이야. 어련하려고. 히야, 방진걸 그 사람 의뭉스런 데가 있구나 응. 차암, 세월무상이로고. 민중미술 작가가 누드 작가로 변신을 하다니."

"예술하는 사람한테 무슨 의뭉은……"

"그래, 그럼 기꺼이 서주기로 한 거란 말이지. 니 말투가……"

"결정은 아니고…… 황당하기도 하고. 그런데 진걸씨가 나랑은 각별한 인간관계가 있어서 내가 좀 망설이고 있어. 차라리 생판 낯모르는 사람이었다면 되레 쉽게 결정을 내릴 수 있을지도 모를 텐데."

"나와. 때가 다 불은 것 같으니. 서로 비누칠해주기로 하자."

"비누칠?"

비누를 손에 든 수녕이 운지의 뒤로 돌아서며 말했다.

"나 유럽에 가게 될 것 같아."

"무슨 일로? 아, 간지러워. 특파원으로?"

"아니, 칸느에서 영화제 열리거든. 그쪽은 한국영화가 비교적 평가를 받는 곳이라서 기사가 될 거야."

"좋겠네. 모처럼 해외 바람도 쐬고."

"바람을 쐬더라도 몸살을 앓을 만큼 독한 바람을 쐬어봤으면 좋겠다. 젠장."

"기집애두……"

4. 에로 리퍼블릭

훈훈한 3월이었다.

"내 장례식에 한번 오지 않을래?"

뜬금없이 걸려온 진걸의 전화에 운지는 적잖이 당황스러웠다. 장례식이라니? 공개적으로 죽음의 행위예술이라도 한다는 것인가?
 "무슨 뚱딴지 같은 소리? 오랜만에 전화를 걸어서는."
 "낄낄 그게 아니고, 내 작품전에 와달라고."
 "으응, 그래? 언제까진데?"
 "이번 주말까지."
 운지는 어이가 없다는 투로 진걸에게 타박을 주었다.
 "근데, 왜 이리 촉박하게 연락을 하는 거야. 물론 진작에 알아보지 못한 내 책임도 적다는 말은 아니지만."
 "일부러 연락 안 한 거야. 그렇게 됐어. 그런데 네가 오지 않으면 내가 아무래도 약간은 서운해질 것 같아서 말이야. 늦었지만 팜플렛 보내줄까?"
 안 와도 좋다는 말로 들렸는지 운지 쪽에서 서둘러 "마침 남편이 지방에서 아주 올라와 있어 다행이다. 같이 갈 수 있어서"라고 말한 다음 작품전 제목을 물어봤지만 진걸은 즉답을 하지 않은 채 시큰둥한 목소리로 "잘됐어. 만난 지 오래됐는데" 하며 전화를 끊을 태세였다.
 "무슨 작품전이냐고 물어봤는데…… 화났어? 어딘지도 가르쳐줘 얄 것 아냐?"
 "에로 리퍼블릭이라고 와보면 알아. '길벗 화랑' 알지?"
 "에로 리퍼블릭? 성 공화국이라구? 이름 한번 희한한데?"
 운지가 전화로 다음날 저녁에 시간 좀 비워두라고 말했을 때 남편 승익은 이미 진걸의 작품전에 대해 알고 있는 말투였다.
 "들었어…… 에로 리퍼블릭이라더군."
 "진걸씨가 연락했어요?"
 "아니. 신문사에 논설위원으로 남아 있는 여선배가 있는데, 기명 칼럼 쓰는 육선회씨라고 당신도 알잖아? 엊저녁에 들었지. 그 선밴 침을 튀기며 칭찬을 하긴 하지만 왠지…… 결국 우리 사회가 섹스 공화국이라는 건데, 작품전 주제가…… 좀 그래. 그 짜아식이 참 앞으로 어쩔려고……"

"갈 거예요?"

운지가 중동무이를 하고 나왔다.

"가긴 가야지. 잠깐이래두."

진걸의 작품전은 마감날이라 그런지 생각보다 북적거렸다. 화랑 현관에서 멈칫했던 운지는 곧 그 이유를 알아볼 수 있었다.

첫발을 내딛자 맞닥뜨리도록 된 그림이 〈봄기운〉이었다. 엿보기의 에로티시즘을 해학적으로 표현한 작품으로 무엇보다 원색적이고 화려한 색채가 눈길을 사로잡았다. 어느 흐드러진 봄날 민들레가 핀 풀밭 위에 스물이 채 안 된 해사한 얼굴의 처녀가 책을 들고 앉아 있었다. 그런데 그 처녀의 마음을 사로잡고 있는 것은 고리타분해 보이는 두터운 책이 아니라 수컷이 암컷의 등에 올라붙어 한창 흘레를 붙고 있는 개구리 한 쌍이었다. 호기심에 넘쳐 한쪽으로 휩쓸린 동그란 눈동자와 그린 듯이 위로 치켜올라간 눈썹에서 어쩔 수 없이 부풀어오른 젊음의 팔딱거림을 감지할 수 있는 그림이었다.

운지는 승익의 시선이 가닿은 곳을 훔쳐 보고는 쿡 하고 터지는 웃음을 손끝으로 가렸다. 처녀는 이층을 이룬 개구리를 쳐다보고, 그림을 감상하는 승익의 눈이 더듬고 있는 지점은 바로 처녀의 허벅지 밑으로 드러난 치마 속이었다. 왠지 순결한 처녀라는 이미지를 놓치지 않으면서도 얼핏 드러내 보이는 흰 팬티의 한 자락이 눈을 찌르고 있었다. 운지는 바르트가 자전적 내용을 곁들인 사진 에세이집 『카메라 루시다』에서 제시했던 푼크툼(Punctum)이라는 단어가 떠올랐다. 사진 속에서 보는 이의 눈길을 빨아들이는 생기로 움푹 팬 바로 그 지점을 의미하는 말.

전시장 한가운데에는 작품전을 마치는 조촐한 기념파티를 위한 상

차림이 벌어져 있었다. 탁자를 세 개 붙인 뒤 흰 종이를 깔고 일회용 은박지 접시에다 떡이며 과일 따위를 올려놓았다. 한구석에는 막걸리 상자가 놓여 있었다. 탁자 중앙에는 독수리 모양을 새긴 얼음 조각이 이제 막 빛을 뿌리며 날개 부분부터 번들거리며 녹아내리기 시작하는 참이었다.

운지와 승익은 우선 전시장 안으로 들어가 한 바퀴 빙 둘러보았다. 승익은 운지에게 귀엣말로 대략 이십만원 정도로 주문할 수 있는 작품을 알아보라고 말했다. 그러나 생각보다 값이 헐하지가 않았다. 〈봄기운〉만 하더라도 오십만원을 호가하고 있었다. 예전에 그 정도 값을 부르면 대개 흥정이 됐을법한 이른바 민중미술품들하고는 사정이 영 달라져 있었다.

"이거 어때요?"

"으응? 분위기는 있는 그림인데…… 맘에 들면 고르지 뭐. 옛날 같으면 이십만원만 줘도 덤으로 표구까지 해줬을 텐데" 하면서 고개를 갸우뚱거린 승익은 야릇한 표정을 짓더니 다른 그림 하나를 손가락 끝으로 찍었다.

"이게 무난하지 않아? 제목도 내용도."

승익이 손가락으로 가리킨 그림은 제목이 〈골목길〉이었다. 가슴이 설레는 듯한 산동네 연인들의 질박한 사랑을 담은 그림으로 보였다. 촉수가 그리 밝지 않은 좁은 골목길의 가로등 아래 남녀가 서로 끌어안고 있었다. 이것도 에로일까? 운지는 남편의 손가락질을 받은 두 연인을 물끄러미 바라본다. 왜 골목길일까? 그들은 아마 여인숙에 들 돈도 없는 가난한 연애를 하는 남녀가 틀림없었다. 그러나 그 연인들에 대한 작가의 시선이 조롱이나 조소 쪽은 아닌 것 같아서 무척 다행스러웠다. 운지는 남편에게 점찍었다는 눈치를 보냈다. 왜소해 보이는 두 연인들 뒤로는 게딱지처럼 다닥다닥 붙어 있는 산동네의 초라하게 짓눌린 지붕들이 하늘까지 뻗어 있었다. 두 사람의 사랑이 결실을 맺어 동거를 하든지 운좋게 결혼식을 올릴 수도 있을 것이다. 그러나 작가의 염려는 그들의 결혼 여부 못지않게 결혼 이후에도 두 사람 앞에 놓인 삶은 가파른 산동네의 골목길을 올라가는 것보다 훨씬 험난하고 숨가쁠 것이라는 데 놓여 있는 것 같았다. 운지는 자신도 모르게 고개를 끄덕였다. 이 전시회에 오기 전에 운지는 진걸의 변화에 대해서 사뭇 걱정스러웠던 게 사실이었다. 그러나 몇 작품을 감상하고 나자 운지는 적이 안도가 되었다.

"찾아주셔서 영광이오이다."

진걸이 뒤통수를 벅벅 긁으며 멋쩍은 자세로 앞에 서 있었다.

"어이, 오랜만이야. 작품전 축하한다. 진심으로."

승익이 반가운 표정을 지으며 손을 내밀어 악수를 청했다. 진걸은 구레나룻을 더듬던 손을 천천히 내렸다.

"좀 놀랐지?"

"놀라긴? 이거 동질감을 느끼겠는데, 민중화가가 에로물을 그린다니 말이야. 이 보수반동으로 기운 사람이 볼 땐 흐뭇해. 하하, 농담이야, 농담!"

"글쎄…… 내가 언제 민중미술이라고 제대로 해본 적이 있나 뭐. 난 항상 이도 저도 아닌 틈새로 가잖아. 중요한 건…… 모르겠어. 이번 작품전이 앞으로 어떤 평가를 받게 될지 또 그리고 내 작품세계도 어떤 굴곡을 겪을지……"

등뒤로 스쳐 지나가던 두 중년 여자 관람객이 쑥스러운지 입을 가리고 웃었다.

"재미는 있다, 그치?"

"꼭 몇십 년 전에 우리집 장롱에서 본 옛 어른들 춘화 같기도 하다, 얘."

잠시 말을 멈춘 진걸이 천장을 올려다봤다.
"나도 이 작품전에 불만이 많긴 많은데…… 내 속성인가봐. 세상을 풍속으로만 봐넘기려는 경향이 말이야."
"그런 작업도 필요한 것 아냐? 내가 느끼기엔 관객들 평가도 좋은 것 같은데 뭐. 어때, 좀 팔리긴 팔렸어?"
운지가 뒤늦게 꽃다발을 안기며 물었다. 콧등으로 미끄러질 듯 내려온 안경을 치밀어올린 진걸은 아래턱을 쑥 내밀며 왼손 엄지와 오른손 손가락 다섯을 힘차게 펼쳐 보였다. 열다섯 점이 팔렸다는 거였다.
"그렇게나 많이? 아참 요 입, 내 실수."
"낄낄 실수가 아냐. 내가 생전 펼친 작품전치고 전시기간에 팔린다는 것 자체가 드문 일이었거든."
"어떤 사람들이 사갔어?"
"몰라, 화랑에서 계약을 했으니깐."
"값은 제대로 다 받아? 화랑하고 몇 대 몇이야?"
"절반이야. 아주 후한 편이지."
"아무튼 열다섯 점이나 팔린 게 용하다, 인마. 근데 우리도…… 당신 좀 살펴봤나?"
"아까 〈골목길〉 하나 봐뒀어요."
"됐어. 그것 내가 기증할 테니."
"무슨? 그런 말은 하지도 말어. 값도 적당하고 보통 사람도 보기에 그러저러한 걸루다 작가가 직접 추천해주면 더 좋을 텐데."
"하하, 이거 참……"
"방선생님, 어떠세요?"
왼쪽 가슴에 붉은빛 꽃 모양 브로치를 단 정장을 곱게 차려 입은 젊은 여인이 진걸 곁으로 다가와 말을 건넸다. 박신영이었다. 진걸은 여자가 종이컵에 그득히 따라주는 막걸리를 조금조금, 하면서 받았다.

"아참, 박선생 이분 아세요? 채운지 여사의 부군인 함승익씹니다. 내년쯤이면 금배지 달 겁니다. 그리고 또 이쪽은 '길벗 화랑'의 큐레이터를 맡고 계신 박신영씨. 인사들 나누세요."

"안녕하세요?"

"만나서 반갑습니다."

신영은 고개를 까댁거리자마자 급하게 말을 꺼냈다. 이번 전시회를 기획한 큐레이터로서 자신감이 넘치는 목소리였다.

"아, 제가 기획을 하긴 했지만 그 동안 무척이나 걱정했었어요. 시기를 잘못 잡은 것 같아서요. 그런데 그럭저럭 관람객들도 든 편이고 무엇보다 언론의 반응도 괜찮은 것 같아서 무난하게 마무리하는 게 아닌가 싶네요."

승익이 맞장구를 쳐주었다.

"사실 이젠 사회도 많이 가벼워져서……"

"그렇죠. 참을 수 없는 존재의 가벼움 같은 거……"

"으응, 엄숙주의 화풍 갖고는 대응전략의 빈곤을 낳을 수밖에 없으니까요."

"첨엔 주제를 에로로 하자고 방선생이 했을 때 내 쪽에서 정말 반신반의했다고요. 이번 전시회는 애초부터 작가의 순발력이 큐레이터의 상상력을 앞지른 경우니까요."

진걸이 또 뒤통수를 긁었다.

"작년 말부터 에로물에 관심을……"

"에로물? 응, 알았다. 그러니깐 홀아비가 객고를 풀기 위해 에로물에 관심을 자연스럽게 갖게 됐다는 말이지? 그런데 그런 걸 왜 혼자만 봐! 내게도 공급해줘얄 것 아냐, 이 친군 참!"

승익이 노골적인 우스개를 던지자 몇 사람이 발을 굴리며 웃는 바람에 주위 관람객들이 힐끗힐끗 눈길을 던졌다.
"아, 듣고 보니 그렇네. 그런데 사실 현대는 사방이 섹스 이미지 아냐? 특별히 뭘 빼꼼히 들여다볼 필요 없이 말……"
진걸의 말이 끝나기도 전에 "아유, 그건 정말 방선생님 말씀이 맞아요" 하며 끼어든 신영이 광고문안 몇 가지를 예로 꺼내자 사람들이 다 고개를 끄덕거리며 듣는다.
"내게 단 하나 남은 것을 팔겠소……"
"아, 저런……"
"그뿐인가요? 마릴린 먼로의 잠옷은, 샤넬 넘버 파이브 같은 것들도 그렇고, 또 가슴이 예쁜 여자의 이불은 삼십육점 오도씨 등등 이루 말할 수가 없어요."
"듣고 보니 정말 그렇네요. 그런 게 다 상업주의 아닌가? 뭔가 욕망을 자극해서 구매력을 끌어내보자 하는 것 말예요. 그래, 진걸이 너 말 계속해봐."
승익이 팔짱을 끼고 심각한 표정을 지으며 말했다. 진걸은 잠시 뜸을 들였다가 얼음독수리의 날갯죽지를 손끝으로 만졌다.
"뭐 이거 참. 그래서…… 어디까지 얘기했더라?"
"작년 말부터 에로물에 부쩍 거시기했다며?"
"아, 맞아. 그런데…… 티브이나 영화 같은 대중매체에 둘러싸여 살다보니 어느 날 갑자기 내가 성적 이미지로 가득 덮인 세계 속에 살고 있다는 자각이 들더구먼. 꼭 왜곡된 성의 문제를 다루려는 것은 아니었고…… 단순하게 들릴지 모르겠지만 성의 문제를 넓게 다루고 싶었어. 뒤틀렸다면 뒤틀린 대로."
고개를 끄덕이며 전폭적인 동의를 보내던 신영이 한마디 더 보탰다.
"이제는 예술에서도 성의 문제가 단순히 외설이다, 아니다 하는 낡은 틀을 넘어서서 우리 사회를 폭넓게 보기 위한 좋은 창이 된 게 사실이에요. 그런데 외국 같은 데서는 성문제에 대한 예술적 작업들이 대략 팔십년대에 에이즈 문제와 동시에 진행됐거든요. 그런데 그런 흐름들이 우리나라에는 잘못 수입된 측면이 있어요. 말하자면 단편적이고 왜곡된 방향으로 폭발했다고나 할까요? 제가 너무 떠드는 것 같은데 기왕에 말이 나온 김에 한마디 더 할게요. 그런데 우리 미술계에서의 문제라면 일반인들의 흥미를 끌어들이기 위해 그저 관능적인 섹스(sex)만 다루는 등의 편식적 경향이 있었다고 봐요. 남성성이나 여성성 자체에 주목하는 개념으로서의 젠더(gender) 있죠? 그런 것은 별로 주목받지 못해온 셈인데, 그런 측면에서 방선생님의 작업은 그 의미가 각별하지 않을 수 없는데요. 말하자면 에로를 다루면서 성을 단순히 성기나 성행위의 노출이 아니라 성을 통해 세상을 엿보게 하는 것이죠. 줄거리가 있는 그림처럼 말예요. 사회에 대한 강력한 패러디를 수반하기 때문에 어떻게 보면 미학적 차원이 아니라 사회학적 차원까지 의미의 지평을 넓히고 있다는 평가도 이번 전시회를 계기로 가능하지 않겠어요?"

신영의 거침없는 설명에 다들 할말을 잊었다는 듯 서 있었다.

"페미니스트신가?"

"꼭 그렇진 않아요."

"역시 전문가라서 이론이 정연한 게 다르긴 다르네요."

운지가 감탄했다는 표정으로 말을 건네자 승익이 손목을 들어 시계를 보는 척하며 한마디 거든다.

"저도 한마디 낄까요. 직업이 직업인지라 성과 권력의 관계에 대해선데요."

"역시 정치하는 사람이라 꺼내는 얘기도 다른가보죠?"

승익이 호주머니에서 손을 꺼내 입가를 훔치며 빙그레 웃는다.

"어떤 연구기관에서 그런 조사결과가 나온 줄 아는데…… 뭇 남성의 한 삼십 퍼센트 정도가 팔십년대에는 그 철권통치자의 대머리 때문에 가벼운 거시키 콤플렉스에 걸린 경험이 있다는 거예요."

"거시키가 뭐예요?"

신영은 짓궂은 표정으로 거침없이 묻는다.

"뭐, 성적인 거겠죠. 대머리 그게 그 자체로 얼마나 의미심장한 남성적 심볼인지는 우리가 다 아는 사실이잖아요? 안 그래요? 근데 우리 사회에서 한때는 그 대머리가 금기의 상징이었잖아요. 실제로 어떤 연기자나 코미디언이 방송출연을 금지당한 경우도 있구요. 그 사람은 대중들에게 정치적 억압과 성적 억압에 동시적으로 간섭을 했다는 거죠. 제 말이 엉터리같이 들려요?"

"아뇨. 그럴듯하긴 해요. 그런데 정말 그런 통계가 있었어요?"

"자료 뒤져서 확인해드릴까요?"

"아뇨…… 그럴 필요까지는…… 함선생님이 있다면 있는 거겠죠. 그런 것하고 팔십년대에 청계천식의 포르노 문화가 급팽창한 것과도 무관한 것 같지 않고요."

"이게 다 내 뒤통수치는 얘기 아냐?"

진걸이 머리를 벅적거리며 웃었다.

"넌 아냐. 왜냐하면 넌 그래도 문화적 진보주의라는 전략을 갖고 있잖아. 아까 여기 박신영 선생이 설명해준 대로."

"그래……? 하지만 그렇다고 잘라 말할 순 없어. 나야말로 바로 그 문화적 진보라는 간판을 걸고서 사실은 상업주의와 동침을 하고 있는 게 아니냐는……"

"당장은 풀 수 없는 뫼비우스의 띠와 같은 거 아녜요?"

운지의 말이다.

"뫼비우스의 띠라?"

"좋은 결론이네요. 오늘의."

사람들은 저마다 고개를 끄덕거렸다.
"아참, 여보 내가 저녁때 약속 잡힌 게 하나 있어가지고…… 어지간하면 미루려고 했는데."
승익이 갑자기 생각났다는 듯 운지를 돌아다보았다.
"아…… 그래? 오랜만인데 저녁이라도 같이하면 좋을 걸."
"글쎄. 나도 바라 마지않는다마는 묵은 약속이 돼놔서 말이지. 이해해줘라. 그 대신 내가 한번 꼭 연락해서 우리의 방진걸 선생을 따로 정중히 모시지. 자리가 자리인지라 내가 삭힌 말이 많아. 오늘 전시회까지 포함해서 말이야. 아무튼 기왕에 내친걸음이니깐 우리 집사람 좀 대접해주지 그래?"
"뭐 어렵나? 운지씬 시간 되지?"
이상하게 후텁지근한 저녁이었다. 혼자 남은 운지는 자꾸만 등허리로 달라붙는 옷감을 떼어놓느라 신경이 쓰였다. 손을 탁자 앞으로 내밀었지만 마땅히 입에 가져갈 만한 음식거리가 눈에 띄지 않자 무심코 종이컵을 들어 입술을 축였다. 시큼한 막걸리가 목구멍을 타고 넘어가려다 턱 하고 걸렸다. 자리를 한 바퀴 빙그르 돌며 쫑파티에 참석한 사람들과 일일이 인사를 나누다 몇몇은 현관까지 배웅을 마친 진걸은 몇 사람 남지 않은 탁자 앞으로 되돌아왔다.
"나 가도 될까?"
"벌써? 이 벌건 태양 아래? 여섯시도 안 됐어. 내가 한잔 사야지. 모처럼 이렇게 왕림을 해주셨는데."
"왕림은 뭐? 사람들하고 뒤풀이도 해얄 것 아냐?"
"같이 하지."
"에이, 좀 껄끄러운데…… 여기서 조금만 있다가 갈게."
"그러면 내가 괜히 붙잡은 셈이 됐잖아."
"무슨 얘기야? 모처럼 만의 문화적인 자리를 갖고 세상 먼지에 찌든 눈을 씻어냈는데 말이야."

"그렇다면 고맙고. 그런데 그건 어떻게 됐어? 결정은 내렸어?"

"뭘?"

"뭐긴? 모델 제의 건이지 뭐."

운지가 어설프게 웃었다.

"아니…… 아직. 사실 좀 자신이 없어."

"너무 부담 갖지 말어. 거절을 해도 아무 상관이 없으니깐."

"남편 외의 딴사람 앞에서는 아직 껍데기를 완전히 벗고 나선 적이 없어서 말이야."

"응, 번데기가 날개를 달듯이 우화등선해본 적이 없다는 말인가? 낄낄. 근데 승익이한테도 말했나?"

"그럴 필요까지는 없잖겠어?"

운지는 단호한 어투였다. 진걸은 고개를 끄덕였다.

"아틀리에는 어디야? 옮겼다며."

"찾기 쉬워. 한번 올래?"

5. 변신

"어른이 언제쯤 입을 여실는지?"

"글쎄요……"

그가 한밤중에 어른의 집에 들렀다가 다시 은밀히 호텔로 데리고 나온 박광자는 땀으로 약간은 촉촉해진 머리채를 한번 쓰다듬는다. 승익은 무언가 한마디 불쑥 내지르려다 입을 꾹 다물고 만다. 승익을 힐끔 쳐다보는 그녀의 눈매가 새초롬하다.

"무슨 언짢은 일이라도……"

"피곤하군요."
"……"
광자는 승익의 존재는 아랑곳없다는 듯 깨끼적삼을 훌훌 벗는다. 승익의 시선이 보이지 않게 바람 앞의 촛불처럼 흔들렸다. 전통무용으로 단련된 젊은 여인의 매끄러운 어깨선이 허리께로 보드랍게 흘러내렸다. 승익은 그대로 나갈까 하다가 굳이 버티고 서서 광자의 입이 열리길 기다렸다.
"듣고 싶군. 어른이 무슨 말씀을 하셨는지."
광자를 뒷문으로 들여보냈지만 자신은 끝내 어른을 만날 수 없었다. 새로운 측근으로 떠오른 승익도 장기간 계속되고 있는 어른의 칩거에는 속수무책이었다. 명색이 어른의 입을 자처하는 승익이었지만 벌써 나흘째 어른의 얼굴조차 대면할 수 없었다.
"그게 그렇게 궁금하세요?"
"……"
승익은 잠깐 눈을 감았다. 뒷모습이긴 했지만 실오라기 하나 걸치지 않은 팽팽한 젊음이 소리없이 움직이는 모습에 눈이 부셨다. 한 떨기 화초를 보는 느낌이었다. 광자…… 그의 혀끝에서 소리없이 미끄러져내리는 이름을 승익은 도로 감아들였다.
"정치적 감각을 타고난 사람이라고 극찬을 아끼지 않으시더군요. 정세분석력도 뛰어나다고 하시면서. 제 느낌으로는 계속해서 어른이 옆에 붙들어놓고 싶어하는 눈치입디더."
승익은 바지 주머니에 두 손을 깊숙이 찔러넣은 채 양미간을 좁힌다. 기대하던 말이 아니라는 표정이 역력했다.
"그 정도 갖고도 뭐가 모자라나요?"
"그게 아니고…… 나에 대한 어른의 칭찬이 문제가 아냐."
말없음도 사실은 정치의 일종이었다. 정치 중에서도 아주 고도의 정치라고 할 수 있는 행위임은 물론이었다. 승익은 그때 말로 하는 정치가 아무리 추상 같고 엄정하다 해도 어쩔 때는 말없음의 정치를 따라가지 못함을 지켜봤다. 그의 캠프에 합류한 지 반년이 채 되지 않은 승익이었으나 어른은 수십 년 당신을 따른 수하보다 더 신임하고 미더워했다. 새벽같이 굳게 닫힌 대문을 열고 무상출입할 수 있는 핵심 측근 중의 측근이 그였다.

오늘 내리실 말씀이 계시온지요?

……

어른은 뒷짐을 진 채 서재 창을 통해 물끄러미 바깥만 내다볼 뿐이었다.

그럼 계속 와병……?

밖에서는 계속 어른의 칩거에 대해 와병설을 운위하고 있었다. 그러나 그것도 일 주일을 넘어가면서 약효가 반감되었다. 우선 여론의 악화를 감당할 수 없을 정도가 되었다. 뭔가 냄새를 맡으려는 보도진들의 질문 공세와 취재 경쟁은 더욱 치열해졌다.

─건강에 그렇게 문제가 있다면 어떻게 국민들이 안심을 하고 믿을 수 있는 정치인으로서 앞으로 활동할 수가 있겠습니까?

─병상정치를 한다는 말이 있는데요, 맞습니까?

─칩거가 너무 장기화됨으로써 유언비어가 난무하고 당이 표류를 하는 모습까지 드러나고 있는 데 대해 공인으로서의 자세가 아니라고 보는 여론이 높습니다. 어떻게 생각하십니까?

여기에 책임성 있는 답변을 내놓을 사람은 아무도 없었다. 수십 년간 어른의 측근이라고 알려져왔던 정치인들도 묵묵부답이었다. 심지어는 자신들도 어른이 이렇게 당을 표류하게 만드는 것에 대해 화가 난다고 비난하는 사람들도 생길 정도였다. 어떻든 스스로의 부재를 통해 어른이 자신의 존재를 극명하게 내외적으로 알리는 데는 어느 정도 성공한 것은 사실이지만 기간이 너무 오래가면 약발이 줄고 부작용이 심해지는 것도 이제는 염두에 넣어야 할 시점이었다. 승익은 자신을 물고늘어지는 보도진들에게 말했다.

— 여러분들도 다들 잘 아실 테지만, 종용무상(慫容無常)이라는 말이 있잖습니까? 원래 큰 도의를 좇을 뿐이지 시시각각 변하는 세태 따위에는 신경 쓰지 않는 큰 정치를 하시겠다는 게 어른의 뜻입니다. 그 정도만 말씀드리죠.

그러나 답답하긴 승익도 마찬가지일 뿐이었다. 승익 자신도 직접 면대를 한 지가 벌써 나흘 전의 일이었다. 어른은 새벽처럼 들이닥치는 승익에게 말없이 붓펜으로 휘갈긴 지방(紙榜)만한 종이를 떨궈주었다. 거기엔 한자 한 글자가 적혀 있었다.

— 묵(默).

승익은 말없이 직각으로 허리를 굽혀 인사를 드린 다음 서재를 빠져나왔다. 다음날도, 그 다음날도 단 그 한 자뿐이었다. 담이 결리는지 목덜미께의 한복 동정 깃 위로 비죽이 솟았던 흰 파스도 떨어져나간 닷새쯤 후에야 그 글자가 바뀌었다.

혹시 뭐 부족한 게 있으면…… 구해올 약이라든지, 아니면 드시고 싶은 음식이 있으면 일러주시지요.

— 광(光).

빛날 광이었다. 빛날 광, 빛날 광…… 평소 같으면 대변에 알아챘을 승익이지만 무심코 받아든 쪽지에 느닷없이 바뀐 글자가 그를 긴장시켰다. 입 속으로 아무리 주절거려도 이게 무슨 뜻인지 떠오르지가 않았다. 허투루 글자를 바꿀 어른이 아니었다. 필경 무슨 내용을 담고 있는 글자임에는 틀림없을 터인데…… 아니면, 하도 집 안에만 틀어박혀 있다보니 당신도 모르게 바깥의 풍광이 그립다는 속마음을 무의식적으로 내비친 걸까? 승익은 머뭇거리다가 한 번 더 머리를 조아렸다.
 죄송합니다만…… 제가 무슨 뜻인지 잘 알아들을 수가……
 자네도 따로 부를 때까진 기다리지……
 평소처럼 서재의 창가에 서서 바깥을 내려다보던 어른은 그를 힐끗 바라보더니 발을 몇 번 쿵쿵 울리며 안방으로 들어가려 했다. 승익은 당황했다. 최측근이 어른의 의중을 꿰뚫지 못하다니. 있을 수 없는 일이었다. 승익은 다급한 자세로 달려나갔다. 바짓가랑이라도 붙들고 늘어질 품새였다. 그런 승익의 기세를 알아챘는지 잠시 멈칫거린 어른은 혀를 끌끌 차며 입 밖으로 몇 마디 흘렸다.
 그애……
 그애?
 승익은 그제야 그 빛 광자가 무엇을 뜻하는지 감을 잡았다. 아아, 바로 광자(光子)를 이름이었구나. 그는 전기에 감전된 사람처럼 그 자리에서 굳어져버렸다.
 승익이 객실의 손잡이를 잡으려는 순간 광자가 외쳤다.
 "가, 가지 마세요."
 그러나 승익은 선 채 돌아보지 않았다.
 "무슨 불편한 점이라도……?"
 "같이 술이라도 한잔하고 싶어요."
 "그러지 않는 게 여러모로 좋다는 사실을 알고 있을 텐데. 이것은 규칙이야. 지금 스스로가 어떤 처지인 줄 잘 알고 있을 텐데."
 "위, 선, 자."
 "……"
 "내가 왜 이런 신세가 됐지?"
 그녀는 울먹이고 있었다. 딸그랑 유리잔 부딪히는 소리가 들려왔다.
 "이런 신세라니? 당신은 기회라는 게 어떤 건지 잘 모르는군."

승익은 일부러 건조한 목소리를 냈다.
"흥, 기회? 누가 이따위 기회를 원했나요? 난 다만……"
"아참, 좋은 소식 하나를 깜빡했어. 박선생이 다음달중으로 중요무형문화재의 유력한 전수조교로 추천될 것 같다는군. 축하해야겠지?"
"이중인격자, 함선생, 당신은 더러운 인간이야!"
그녀의 목젖을 떠르르 흔들며 목구멍을 타고 넘어가는 액체 소리가 들렸다. 승익은 비로소 뒤를 돌아다봤다. 한 여인이 울고 있었다.
승익이 광자를 처음 만난 것은 지난해 가을 그의 사무실에서였다. 서울에서 사 년 동안 한국무용을 전공한 그녀는 아무런 연고가 없는 지방으로 내려왔다고 했다. 지방 민속국악원에서 전통무용을 담당해 학생들 교육과 지방행사가 있으면 실무준비를 맡아서 해왔다. 내려온 지 삼 년 만에 어느덧 말투도 그곳 지방 사투리를 토박이처럼 쓰고 있었다.
지난번 총선에서 그곳 지역구에서 무소속으로 출마해 고배를 마신 적이 있는 승익은 일찌감치 지역구로 내려가 크고 작은 경조사나 친목회며 연구회며 가릴 것 없이 돌아치며 은근히 표밭을 다지는 중이었다. 야당의 공천을 얻느니, 차라리 무소속으로 뛰는 게 표를 더 얻을 수 있을 것 같다는 판단이 섰다. 승익은 지역감정 바람만 불지 않는다면 어느 정도 승산이 있다고 점치고 있었다.
"표 좀 사주시겠다고요?"
하루는 '지역개발정책연구소'라는 간판을 단 사무실을 지키고 있던 후배 춘식이 다리를 놓아 웬 해끔한 처녀를 데리고 왔다.
"형님, 저번에 지가 말씀드렸쥬? 박선생이라고. 지역의 문화예술을 위해서 무진장 애를 쓰는 양반이어라. 이번에 어린 제자들을 데리고 거시기 발표회를 갖는다고 허는데 그놈의 표가 도통 팔리질 않아서 개갈이 안 난다고 허길래. 박선생. 인사드리시쥬. 함승익 선생이라고, 문화예술적으로두 아주 조예가 깊은 양반이쥬."

춘식은 장난스럽게 눈을 찡긋거렸다.

"처음 뵙겠습니다. 박광자라고 합니다."

"아 예, 만나서 반갑습니다. 함승익입니다. 말씀 많이 들었습니다. 좀 앉으시죠."

힐끗힐끗 뜯어보니 전형적인 한국 여인상이었다. 전체적으로 갸름한 얼굴에다, 넓은 이마를 받치고 있는 선이 가는 눈매와 오똑한 콧날이 서로 어우러져 있었다. 짧은 듯한 인중 끝에 맺히다시피 붙은 붉은 입술은 흰 이빨을 감추기에는 조금 모자란 듯했다. 쪽진 머리는 마치 초가집의 볏단처럼 규모 있고 정갈하며 아늑한 느낌을 주었다.

승익은 그 자리에서 약 십만원에 해당하는 표를 삼사십 장가량 봉투째 전달받고 서명을 해주었다.

"표만 가져가시는 게 아니라, 그날 꼭 와서 구경허시는 거겠죠? 사실 푯값보다는 사람들이 많이 와서 구경을 해주는 게 춤 배우는 어린아이들한테 힘을 북돋워주는 일이고 분위기도 좋아지거든요."

"물론이죠."

승익은 자리에서 일어나 자신에게 직각으로 허리를 숙이며 인사를 하는 광자의 서늘하게 갈라진 가르마를 홀린 듯한 눈초리로 바라봤다.

"미혼인가?"

"형님, 와요? 개침이나 닦지, 낄낄."

"티없이 맑다는 표현을 스스럼없이 붙일 수 있는 여자로구나. 전공은 뭔데?"

"한국무용이라던데, 특히 도살풀이라든가 하는 게 전공이라고 합디다. 그 때문에 한 달에 한 번인가, 두 번인가는 저그 서울로 어느 스승을 찾아 춤을 배우러 새벽같이 고속버스를 타고 상경한다고 하지요. 이동조 선생이라고 하던가?"
"임동조겠지?"
"아, 맞다. 형님이 그걸 어째 다 아요?"
"왕년에 언론사 물 먹을 때 이리저리 다 알음알음이 있지. 한데 그 춤꾼을 직접적으론 잘 모르고, 이름만 들었지."
"맘 정리하는 게 좋을 기구마. 요즘 젊은 사람이 중앙에서 놀려 그러지 누가 이 지방까지 내려와서 저 고생을 한답니까? 기둥서방이 있는지 나이 삼십이 넘도록 시집갈 생각을 먹고 있지 않답디다. 콧대가 세다면 센 여잔데요. 좀 별난 구석도 있어요."
"별난 구석이라니?"
"형님, 행실이 틀려먹은 건 아닌데 묘한 소문이 돌고 그래요. 이따금씩 내로라 하는 그런 데에서 춤을 춰주고 그런데요. 거 뭐라더라…… 그래 교방(敎坊)춤이라고 말은 하지만 그게 결국 기생춤이지 뭐겠어요. 춤만 춰준다고는 하지만……"
"흐흠, 교방…… 교방춤이라…… 기생춤? 들어본 것 같기도 하고."
승익은 어느 일요일 새벽 약속 때문에 우연히 터미널에 들렀다가 그곳에서 첫차를 기다리는 광자를 만났다. 그녀는 터미널 의자에 어깨를 옹송그린 채 앉아 있었다. 첫추위가 몰려온 터미널 안은 을씨년스러웠다. 컵라면 자판기 앞마다 서너 명씩 둘러서서 젓가락으로 면발을 호르륵 말아올리는 모습이 보였다.
"새벽같이 어딜 가세요?"
"아 예, 함선생님!"
"저를 알아보시는군요."
머플러로 두 귀를 싸맨 광자는 발그레 언 볼을 양 손바닥으로 감싸며 미소를 띠었다. 승익은 검은 가죽장갑을 벗어 주머니에 쑤셔넣으며 말했다.

"그럼요. 표도 사주시고 또 발표회장까지 직접 오셔서 무대 뒤에서 꽃다발까지 안기셨잖아요. 전 함선생님께서 그렇게까지 관심을 표명해주실 줄은 정말 몰랐거든요."

"박선생의 노고가 하도 지극정성이어서 제가 모르는 사이에 끌렸나봅니다. 참 지금 어딜 가신다고요?"

"예, 서울 갑니다."

"서울요?"

"예."

"무슨 일로요?"

"사사받으러요."

"아 예, 그러신다고 했죠. 그렇다면 저도 지금 서울로 올라가려는 참인데 웬만하면 제 차를 이용하시죠."

"그러지 않아도 되는데……"

"사양하실 것 없습니다."

광자는 주위를 몇 번 두리번거리는 듯하더니 승익이 선뜻 옆자리의 가방끈을 휘감아 들며 앞장서자 멈칫멈칫 그를 따라나섰다.

"민속국악원에서 월급 많이 받나요?"

"월급 바라보면서는 이 고생 누가 하나요?"

"그럼요? 무슨 특별한 사명의식이 있겠군요. 결혼도 안 하셨잖아요?"

"결혼이야…… 연애할 시간이 있어야죠. 그리고 거창한 사명의식 같은 건 없지만…… 누군간 해야 하잖아요. 다들 서울에 남아 스승님의 눈도장이나 열심히 찍겠다면 누가 지방문화를 발달시키겠어요? 저 같은 사람도 있어야지요. 그리고 재미있잖아요? 아이들 가르쳐서 대회 내보낼 때마다 상 타가지고 오면 바로 이 맛이구나 싶더라구요.

그 맛에 중독되면 빠져나오기 아마 힘들 거예요."

"차암 좋은 생각이십니다. 한 가지 물어봐도 돼요? 제가 듣기로는 살풀이를 전공하신다고 했는데 구체적으로 어느 유파에 속하세요? 아부하는 말이 아니라 그때 그 발표회에서의 춤을 직접 추실 때 제가 얼마나 인상적으로 관람을 했는데요?"

"네? 고마우신 말씀을…… 그런데 춤에 대해서 많이 아시는 것 같아요?"

"조금 얻어들은 풍월은 있죠. 보통 이매방류하고 한영숙류, 그리고 김숙자류를 세간에서는 널리 치는데 박선생은 어떠세요? 설마 벌써부터 독자적인 박광자류를 개척하신 건 아니겠죠?"

"하하, 아무렴요."

"저번 발표회 때 시범무를 추시는 걸 보니 어떻게 그런 가냘픈 몸매에서 그토록 남성적인 씩씩한 춤사위가 나오나 싶더라구요."

"그러실 거예요. 다들 저보고 그런 말을 한마디씩 하더라구요. 전 아직 어느 파에 전적으로 속해 있다고 할 순 없어요. 왜냐하면 제가 도살풀이를 배우고 있는 임동조 선생이 사실은 이매방 선생한테서 춤을 배우긴 했지만 원래는 그분 문하가 아니었거든요. 입춤이나 선비춤 같은 것은 또 딴 선생님한테 사사를 받고 해서요. 굳이 따지자면 크게 봐서 이매방류라고 할 순 있죠."

"이한열씨의 장례 때 넋맞이춤으로 이름난 서울대 이애주 교수는 한영숙류죠? 맞죠?"

"그렇죠. 선이 가늘고 동작이 좀 정중동의 춤사위라고나 할까요? 외씨버선이 보일락 말락 하게 마루를 스치는 게 경기지방에서 많이 추죠. 이에 비해 이매방류는 좀 호방하죠. 활달하고 소맷부리도 길어 가지고 소매를 흩뿌리는 춤사위는 기러기가 산마루를 단숨에 넘어가듯 시원시원하기 이를 데 없죠."

"야, 이거 서울 뫼시는 값에 춤 강의 한번 알차게 받습니다."

승익은 교방춤에 대해서는 물어보지 않았다. 그러나 얼마 지나지 않아 승익은 광자를 다시 볼 수 있었다. 아주 뜻밖의 장소에서.

정계에서 중진급으로 알려진 정치인 두 사람이 승익을 찾아왔다. 승익도 그들이 왜 자신을 찾는지 훤히 알고 있었다. 그는 약간 착잡한 가슴을 어르며 그들을 따라 처마끝이 푸른 하늘을 찌르는 어느 깊은 계곡의 한적한 한식집으로 자리를 옮겼다. 70년대의 요정을 연상케 하는 곳이었다. 계곡을 따라 들어갈수록 공간은 넓어졌다.

"함선생, 이곳이 처음이오?"

"처음입니다."

승익은 짤막하게 대답했다.

"지역구 관리가 튼실하다고 들었는데 여기가 처음이란 말입니까?"

반백의 정치인은 이해가 안 된다는 표정을 지었다.

"이곳이 사실은 3공 때의 특혜죠. 그린벨트 안이니까요. 여긴 우리의 단골인데 그렇게 되면 앞으로 함선생하고도 자주 얼굴을 부닥치게 될지도 모르겠구료? 하하."

"전 지역구 주민들을 찾아다닌 거지 여기서 한가한 사람들하고 노닥거린 건 아니니까요."

승익의 말에 뼈가 있음을 느낀 상대는 다소 찜찜한 표정을 지었다가 이내,

"그렇겠지요. 뜬구름 잡는 식이 아니라 저인망으로 지역을 훑고 다니는 함선생이니 평판이 좋고 그러니 웃어른이 이렇게 소문을 듣고 저희들을 보낸 것 아니겠습니까?"

하고는 쓴웃음을 지었다.

그윽한 풍악 소리가 계곡을 타고 흘러내렸다.

"오늘 우리가 함선생의 즉답을 듣고자 이렇게 온 건 아니오. 다만 우리의 의사를 분명히 전달해드리고 협조를 부탁하려는 것일 뿐이오. 잘 아시겠지만 이번 선거에서 지역바람이 불 것은 명약관화한 일 아니겠소? 우리와 의기투합하는 게 바로 함선생이 정치적으로 사는 길이라는 점을 양지하실 것으로 믿소, 우리는."

"……"

승익은 말없이 술잔을 연거푸 뒤집었다. 또 지역바람이라니. 술잔을 쥐고 있는 손아귀에 힘이 들어갔다. 하지만 이미 마음의 정리는 끝난 상태였다. 저쪽의 진의를 알고 싶을 뿐이었다. 그는 술잔이 몇 순배 돈 다음 입을 열었다.

"그렇다면…… 이번에 내게 공천이 보장되는 것이오?"

"내가 어른한테 듣기로는 공천이 아닌 걸로 알고 있소. 그건 지금 당장 교통정리를 하기도 골치 아프고……"

"그렇다면……"

"아아, 우리가 이렇게 찾아왔을 때는 아무 보따리도 없이 왔겠소? 좀더 듣지요. 어이 이보게, 국순당 술 있지? 접때 그거. 응응, 그것하고 특별코스로. 그러니깐 어른께서는 이번 선거를 일종의 예비선거 과정으로 보고 계신 게요. 중요한 건 내년의 일정이 아니겠소? 함선생도 정치를 하시려면 이번 선거가 아니라 다음 총선 기회를 노려야 한다는 것쯤은…… 으흠."

"……"

"어른께서는 함선생이 언론사에 계실 때 각종 매체에 기고한 글들을 예의 주시하셨던 것 같습니다. 먼저 유창한 달변이 어른의 눈길을 끌었답디다. 사실 어른의 주변에는 설객(說客)이 필요하거든요. 단순한 모사꾼이 아니라……"

"여태껏 그런 사람이 부족……?"

"그렇진 않지. 사람이야 모으면 모이는 게구……"
승익이 잔을 건네며 상대방의 말을 잘랐다.
"솔직히 말씀드려서……"
"무얼 말이오?"
"제가 바로 정치부 기자 시절에 그분을 집요하게 공격한 당사자인 줄은 다들 알고 계실 줄 믿습니다."
"허허, 그런 말씀을 하시는 걸 보니 함선생이 아직 정치 초년병인 건 틀림없는 사실 같구료. 그 점에 대해서는 염려 말고 맘 푹 놓으시오. 우리가 뫼시는 어른이 경험해보면 알겠지만 그만한 그릇은 되고도 남지 않겠소? 속된 말로 까놓고 얘기해서 어른이 그래서 함선생을 더 좋아하시는 것 같더라구요. 차암 불운하시게도 언론하고 사이가 좋질 않아가지고 얼마나 맘고생을 하셔왔는지. 근데 어른이 함선생이 당시 그 뭐시냐 언론사 용어로 조질 때 말예요. 시시하게 참새 수다 떨듯 하는 가십거리로 까는 게 아니라 정식으로 대들었던 게 되레 맘에 드셨답디다."
"……!"
"천천히 생각해보세요. 함선생이 진정 정치판에 뛰어들고 싶어한다면 과연 어떻게 처신을 해야 하는지 말입니다. 현명한 선택이 있을 줄로 알고, 이거 너무 빡빡한 대화만 나눈 것 같은데 좀 여흥 시간을 가집시다 우리. 내가 함선생을 특별 귀빈으로 모시고자 마련한 순서가 있으니까요."
손뼉 소리가 딱딱딱 울렸다. 그러자 격자무늬를 한 여닫이문이 소리없이 열렸다. 그리고 바스락거리는 치맛자락을 움켜쥐며 들어서는 헌칠한 미인이 있었다. 박광자였다.
"함선생도 교방춤이라고 이름은 들어봤을 것이오. 바로 그 사라진 줄 알았던 교방춤을 되살린 춤꾼이오. 어떻소? 이 양반은 어른이 내려오셔서 부르실 때만 특별히 나오는 분이라오."
― 어른!
승익은 광자와 눈이 마주치는 순간 입을 쩍 벌리고 말았다. 갑자기 취기가 신선로처럼 달아올랐다.
"우선 여민락 가락부터 올릴까 합니다."
광자는 낭랑한 목소리를 던지며 무릎을 반쯤 꺾어 인사를 했다. 승익은 자신의 손에 들려 있던 술잔을 으스러지게 거머쥐었다. 그리고는 얼른 목구멍으로 잔을 털어넣었다.
"저 거문고 타는 이가 바로 얼마 전에 내로라 하는 대사습놀이대회에서 대상을 받은 이라네. 부연설명을 하자면 이 교방춤이 이래 뵈도 멀리는 고려 때, 특히 조선 말기에 기방에서는 최고의 기녀들 사이에 전수돼 추어지던 춤이라더군. 아주 엘리트 사대부들만이 즐길 수 있는 거였지. 아암. 애간장이 슬슬 녹을 것 같지 않나?"
승익의 귀에는 아무 소리도 들어오지 않았다. 뒤이어 장구를 상체에 친친 동여매고 추는 장구춤을 비롯해 바람을 가르는 소리가 귓전을 스치는 검무까지 선을 보였다.
승익은 검무를 구경하다 말고 비틀거리며 일어나 소변을 보는 척 밖으로 나왔다.
"형님."
춘식이 뜰 한쪽의 등불 밑에서 부침개를 놓고 쩝쩝거리며 소주잔을 기울이다가 냅다 달려왔다.
"취하셨어요?"
"아냐. 너도 광자를 봤지? 분명 광자지?"
춘식이 기름기 묻은 손가락을 오지랖에 썩썩 문지르며 떨떠름한 표정을 지었다. 그리고는 왼손 엄지로 한쪽 콧구멍을 틀어막고 팽팽 코를 푸는 시늉을 했다.

"광자가 말이오, 사실은 이 바닥에서는 떠르르하다고요. 가끔씩 앙탈을 부리다 한 번씩 나오면 자기앞수표로 이만큼은 쑤셔넣어야 한다는 소문도 돌고 그럽디다. 그런데 춤에서……"

"고얀……"

승익이 술기운 탓인지 비틀거리며 문설주를 잡았다.

"형님 화장실까지 모실까요?"

"됐다."

춘식은 비척거리며 어둠 속으로 걸어가는 승익의 뒷모습을 말끄러미 쳐다보다가 뒤돌아서려는데 승익이 갑자기 생각이 났다는 듯 춘식에게 손을 휘저었다. 춘식이 뛰어간다.

"내 차 끌고 왔지?"

"물론이죠."

"이따가 광자 좀 만나게 해주라. 내가 잠깐 만나잖다고 해둬."

"말은 그렇게 전하긴 하겠는데 갸가……"

승익은 뒷말을 듣지 않고 그대로 어둠 속으로 사라졌다.

정신을 차려야 한다고 혀를 깨물어보았지만 승익은 어쩔 수 없이 무너지는 육체를 느끼고 있었다. 실수는 하지 말아야 하는데. 머릿속은 온통 그 생각뿐이었다. 어렴풋이 그들과 헤어지고 있다는 느낌이 드는 순간 그는 잠깐 정신을 놓았던 것 같았다.

깨어나니 바로 자신의 차 뒷좌석이었다. 운전석에는 얼핏 춘식이의 뒤통수가 보였다. 납덩이를 매단 듯한 머리를 가누기 어려워 눈을 뜬 채로 몇 분쯤 누워 있다 보니 승익은 자신이 누군가의 허벅지를 베고 있다는 걸 깨달았다. 고개를 엇비슷이 돌려 올려다보니 뜻밖에도 광자였다.

"어어, 이런…… 여기가 어디냐?"

옛 기와집 담장으로 둘러쳐진 골목 안이었다. 운전석에 앉아 있던 춘식이 고개를 들었다.
"이곳이 광자씨의 말하자면 사택인 곳이오."
"이제 정신이 좀 드세요?"
그녀는 아주 차가운 물수건으로 그의 얼굴을 닦아주었다. 그러자 정신이 확 개어오는 느낌이었다.
"물 좀……"
"여기……"
인삼 엑기스를 푼 쌉쌀한 꿀차였다. 머리를 반쯤 들어 벌컥벌컥 사기대접을 다 비운 승익은 으스스 몸서리를 쳤다.
"춘식아, 내가 뭐 큰 실수 한 것 없지?"
"아, 누구한테요? 그분들한테는 없는 것 같지만 지금 어떤지 살펴보면 아실 텐데, 굳이 묻소?"
"……!"
"그냥 계세요."
승익이 몸을 일으키려 하자 광자가 말했다.
"아니 됐소!"
승익은 불퉁스러운 목소리를 내질렀다. 교방춤을 추던 그녀의 모습이 갑자기 어른거려왔기 때문이었다.
"두 분 말씀 나누실 거 있으면 하소. 잠깐 소피 좀 보고 올라니간."
춘식이가 슬그머니 차문을 따고 멀찌감치 가버렸다.
"저 때문에 화가 나셨군요? 춤을 팔고 다니는 계집이라고…… 실망도 크셨겠어요."
"아이들 교육에 헌신하는 듯한 모습은 다 거짓이었군……"
"그건 그렇지 않아요."
생침을 삼키는지 광자의 목울대가 눈에 띄게 출렁거렸다. 느리게 자근자근 씹어낸 목소리지만 떨림이 깃들어 있었다.

"춤을 상품이나 천박한 기예로서가 아니라 하나의 예술로 추구하는 줄 알았는데…… 그런데 기껏 술꾼 여흥을 북돋다니…… 허허허."

"듣기 몹시 거북하군요."

광자의 목소리에 날이 섰다. 승익도 이에 질세라,

"거북한 건 나도 마찬가지야. 내가 아마 사람을 잘못 보았나보오. 기껏 교방춤이라니! 기생춤이 대체 뭐요? 사람을 이렇게 실망시킬 순 없는 노릇이오."

광자가 정색을 하고 승익을 똑바로 쳐다보았다.

"기생춤이 아닙죠. 그에 대한 말씀부터 드릴게요. 항간에 기생춤으로 알려진 이 교방춤을 제대로 익히고 있는 사람은 아직 전국에 몇 안 됩니다. 저도 실제론 아직 다 익히지 못하고 있어요. 스승 몰래 배우고 있거든요. 우연히, 아주 우연히 마지막 조선 기생 출신과 연이 닿아서 익히게 된 것도 있고 내가 손수 도서관 같은 델 뒤져서 찾은 책들을 참조해서 스스로 만든 대목도 있구요. 교방춤은 팔관회 연등회서부터 우리식의 춤사위가 녹아든 것이지요. 근데 지금은 아무도 알아주질 않아요. 구한말부터 일제가 정책적으로 이 교방춤을 아주 기생들이 정을 팔 때나 추는 춤으로 격하시켜놓았거든요. 왜곡된 거죠."

"그렇게 기를 쓰고 복원을 해놓고는 일제가 시킨 전통대로 기껏 요정 안방에서 몸을 흔든단 말이오! 이게 도대체 말이나 되는 일이냐구!"

"저는 어디든 부르는 데가 있으면 가서 춤을 출 거예요. 앞으로도. 다만 이런 자리는 저도 원치 않지만 어쩔 수 없어요. 저에겐 돈이 필요해요. 제가 한 푼의 지원금도 그렇다고 교습비도 받지 않고 가르치는 아이들을 위해서도 그렇고……"

"홍. 그렇다면 앞으로 정계 실력자들을 사귀게 됐으니 무한한 시장을 개척하게 됐군. 그 치맛자락으로 온 나라를 한번 다 덮어보시지그래!"

"노하셨군요. 그렇다면 제가 정중히 사과를 드리겠으니 우선 노여움은 푸세요."

광자의 눈동자에는 눈물이 그렁그렁하게 차올랐다. 여자가 숨이 차오른 턱을 부르르 까부르며 밖을 내다보았다. 눈빛 때문인지 달빛 때문인지 밖이 신새벽인 양 어슴푸레 밝았다. 승익은 자신도 모르게 가녀린 광자의 어깨를 두 손으로 감싸안았다.

"미, 미안하오."

가볍게 뿌리치고 차문을 여는 광자를 따라 비척거리며 승익이 따라나섰다. 담벼락 모퉁이에서 고개를 비죽 내밀고 있던 춘식의 머리가 황급히 사라진다. 승익은 무슨 생각에선지 광자의 뒤를 쫓아 성큼성큼 턱이 높은 대문간을 넘어섰다. 정원에는 무너진 빈 장독대 옆에 가지마다 잔설을 인 개나리 가지가 달빛으로 목욕을 하며 몸을 흔들고 있었다. 승익은 문득 뒤를 돌아다보았다. 대문이 빈집처럼 열려 있었다. 누군가 밖에서 문을 닫았다.

선생님을 붙잡아두고 싶어서 몸을 허락하는 게 아녜요. 선생님이 외롭고 왠지 아슬아슬한 분이라는 걸 잘 알아요. 차라리 홀가분해요.

맞소. 나도 줄광대 같은 놈이오.

광자는 저고리를 풀었다. 불이 꺼졌다. 속적삼 흘러내리는 소리에 이어 창호지를 통과한 희미한 눈빛에 젊은 여인의 곱다란 선이 드러났다. 광자는 두 손으로 입을 틀어막고 흐느꼈다.

미안하오.

제발 그런 말씀은 마세요. 절 똑바로 보세요. 그리고 선생님의 아픔을 조금이라도 덜어내세요.

내 아픔?

예. 선생님한테는 분명히 그런 게 있어요.

……!

말해주세요.

그래! 한번 말해볼까?

속시원히……

내겐 보고 싶은 얼굴이 하나 있어. 그러나 보이지 않는 얼굴……

누군데요……?

몰라 나도 본 적이 한 번도 없으니깐. 바로 나를 취조했던 놈이야. 아주 끝내주는 기술자였지. 사람 족치는 데는. 그는 나에게 한 번도 털어놓아라, 불어라 하는 말을 하지도 않았어. 무조건 나를 학대하고 짐승처럼 다루는 게 그의 임무였지. 그 치 떨리는 기억…… 말 안 해도 광자도 짐작되는 게 있을 거야.

……!

내 눈을 가리고 있는 수건이 벗겨졌는데도 난 내 앞의 사람 얼굴을 분간할 수가 없더라구. 분간하고 싶지 않았겠지. 권력자의 얼굴을 본다는 두려움 때문에. 왜냐하면 권력자들은 자신의 얼굴을 본 자들을 그냥 놔두는 법이 없거들랑. 그건 철칙이야. 난 알아. 권력이 권력이기 위해서는 배후의 얼굴로 남아 있는 방식이 유일하지. 나는 눈을 질끈 감았지. 그러면 그들은 내 머리칼을 쥐어뜯으며 눈을 뜨라고 강요했어. 자신들을 보라고. 그 잘난 정론을 외치던 네놈이 왜 그렇게 용기가 없냐고…… 나는 그때 대한민국의 한 마리 똥개였지. 똥개. 주면 주는 대로 먹고, 패면 패는 대로 맞고, 까라면 까는 대로 까고, 짖으라면 시키는 대로 짖고 아주 훌륭한 똥개였어!

광자는 승익의 얼굴을 끌어당겨 자신의 봉긋한 젖무덤에 묻었다.

이제 그만 잊으세요, 부디……

6. 누드

운지가 진걸의 아틀리에를 찾은 것은 꽃샘추위가 느닷없는 기승을 부리고 난 4월 말쯤이었다. 운지는 약간 철 지난 두터운 외투를 두른 채 운전대를 잡았다. 진걸의 아틀리에는 신도시 근처인 능곡 섬말다리께에 있었다. 그 근방은 운지가 직접 차를 몰고 몇 번 가본 적이 있어서 약도만 보고도 쉽게 찾을 수 있었다. 허름한 비닐하우스를 개조한 그의 아틀리에는 한쪽 구석에 살림집을 겸하고 있었다. 주변은 온통 꽃화분들로 둘러싸여 있었다. 특이한 것은 비닐하우스 안쪽 한구석에 이부자리만한 채마밭을 한 뙈기 일구고 있는 점이었다.

"두어 평이면 싱싱한 채소를 겨우 내내 뜯어먹을 수 있거든."

이파리를 다 뜯긴 상추는 대궁만 홀쭉 웃자라 있었다. 진걸은 손등으로 구레나룻을 쓰윽 훑었다.

"너무 좋다."

"잠깐 바람 좀 쐬고 올까?"

어디선가 바람을 타고 곰삭은 거름 냄새가 풍겨왔다. 둘은 비닐하우스를 빠져나와 논두렁길을 앞서거니 뒤서거니 걸었다. 들판 군데군데 박힌 전봇대에 빨래처럼 구름이 걸린 전선 너머로 하늘이 파랬다.

"보다시피 비닐하우스의 특성상 밖에서도 내 작업실을 훤히 들여다볼 수가 있단 말이야. 아틀리에 하면 어떤 폐쇄된 공간을 떠올리기 쉬운데……"

"구레나룻은 왜 길렀어?"

진걸은 새삼스럽다는 듯한 표정으로 운지를 힐끗 쳐다봤다.

"몰랐어? 흉터가 있잖아. 숨기기 위한 거지 폼잡기 위해서가 아니야."

"무슨 상처?"

"훈장! 통일미술전 때 붙잡히자 한 놈이 담뱃불로 귀밑 뺨을 지지더라구. 이 작자의 머릿속에 든 미학적 사고방식을 완전히 뜯어고쳐야 한다며. 그래서 십 년 동안은 사고작용을 완전히 정지시켜야 한다며. 의무감에 차서 말하더라구."

"……"

얘기를 나누는 도중에는 몰랐으나 운지는 점점 더 그 거름 냄새가 더 진해지고 있다는 느낌이 들었다.

"무슨 냄새가 나는 것 같은데……"

"으응, 여기야."

진걸은 길 아래에 길게 뻗은 비닐하우스 두 채를 가리켰다.

"여기가 바로 두엄공장이거든."

"두엄공장?"

"그래. 근처에서 축산을 하는 농가들이 많거든. 그 분뇨를 가져다가 톱밥하고 잘 섞어 발효를 시켜서 비료로 파는 거야. 근처 화훼단지에서 인기가 좋지. 한 차에 칠만원씩 하는데 나도 텃밭 가꾸느라 일 년에 한 차는 갖다 쓴다구."

쉬는 시간인지 비닐하우스 두엄공장에서 일하는 일꾼들이 밖으로 옹기종기 모여앉아 새참을 즐기고 있었다.

"선상님."

"날 부르는군. 가볼까. 어이."

진걸을 부른 사내는 검정 러닝셔츠에 알록달록한 예비군복 바지를 입고 있었다. 어깻부들기는 배어나온 땀기로 번들거렸다. 구릿빛으로 그을린 사내의 상체는 브론즈상처럼 잘 다듬어져 있었다.

"한입 드셔요. 맛 쪼아요."

사내는 면장갑을 낀 손가락으로 뭔가를 집어들고 진걸에게 권했다. 진걸은 그것을 스스럼없이 받아 우물거렸다.

"쐬주도 한잔."

"아냐, 보다시피 손님이 왔거든. 이제 곧 작업도 시작해야 하고."

소주병을 들고 다가서던 사내는 작업을 시작해야 한다는 진걸의 말에 더이상 지분거리지 않고 물러섰다. 운지는 그 사내의 무리에서 멀찌감치 떨어져 있었다. 그들이 짓고 있는 화난 듯한 무뚝뚝한 표정에 질렸기 때문이다. 그들의 눈빛에서 운지는 정신박약의 낌새를 채고 있었다.

"잘 아는 이들이야?"

"조금……"

"방금 얻어먹은 게 뭐야? 혼자서만 먹고 말이야."

"얻어줄 걸 그랬나?"

"꼭 그런 건 아니지만. 거기가 너무 맛있게 먹어서 말이야."

"돼지족발 구운 거였어. 축사에선 가끔씩 분뇨 더미에 섞여 갓 죽은 돼지가 실려오거든. 대부분 병든 것들인데 항생제를 잔뜩 맞아……"

"그럼 바로 그걸 먹은 거야!"

운지는 멈칫 서서 눈을 동그랗게 뜨며 진걸을 바라봤다.

"몸뚱어리는 못 먹어. 일나지. 근데 족발은 괜찮아. 그 부위는 잘 다듬어서 요리하면 별 탈이 없거든. 죽은 돼지가 들어오면 저들은 저렇게 새참 시간을 갖는 거야."

"……"

운지는 기압골의 영향을 받는지 구름의 이동이 빨라진 하늘을 올려다봤다. 머릿속도 하늘만큼이나 어수선했다.

"작업은 이곳에서만 해?"

"주로, 그렇지만 밖에서도 하긴 하지."

"오늘은 작업 없어?"

"이렇게 어슬렁거리는 것도 작업의 한 과정이야. 꼭 붓이나 연필을 드는 것만이 작업이라고 하긴 곤란해."

진걸은 서둘러 앞장서 걷기 시작했다. 그의 집 앞 전봇대 옆에는 진걸이 몰고 다니는 빨간 티코 한 대가 서 있었다.

비닐하우스 안은 생각보다 아늑하고 따사로웠다. 한가운데 장작을 땔 때는 시커먼 페치카 시설이 놓여 있었다. 운지는 주전자에 찻물을 올리는 소리를 들으며 칸막이로 구분해놓은 그의 작업실 한구석에 서 있는 이젤 앞으로 다가가 거의 완성 직전의 그림 한 장을 바라보았다. 그림 속의 여자가 마네킹처럼 꼼짝 않고 맞서서 바라보고 있었다. 눈부시게 균형 잡힌 젊은 여자의 맨몸이 부끄럼 없이 자연의 일부처럼 펼쳐져 있었다. 그런데 희한한 것은 그 누드화 속에 맨몸을 훔쳐보는 뒤쪽 창틀의 아이들 머리들이 비죽비죽 그대로 드러나 있는 점이었다. 실제상황이 그랬는지 아니면 진걸이 일부러 그렇게 그려넣었는지는 알 수 없는 노릇이었다. 운지는 입가를 샐그러뜨리는 시늉을 해 보였다. 그 그림 속의 여인이 누군지 알 것 같았다. 틀림없이 박신영 바로 그 여자였다.

작업실 뒤쪽에 놓인 통나무를 깎아 만든 다탁에는 어느덧 향긋한 재스민차가 올라 있었다. 운지가 다탁 위에 어지러이 놓인 세계여행 가이드 안내책자를 가리키며 "여행 가?" 하고 묻자, 진걸은 "여행이 아니고 뭐라 할까…… 제삼세계 표현주의 작가회의라는 게 있거든. 그 회의에 참석하게 돼서 겸사겸사 스케치 여행이나 다녀올까 해서"라며 심드렁하게 답했다.

"언제?"

"다음달쯤."

"어디서 열려?"
"카사블랑카."
"진짜?"
"그럼 가짜?"
"왜 장난처럼 굴어. 난 진지하게 묻는데."
"암스테르담이야. 일정은 열흘로 잡아놓고 있는데 여차직하면 열흘이고 한 달이고 더 눌러앉을지도 몰라."
 운지는 고개를 끄덕였다. 진걸이 직접 모과 모양으로 빚은 찻잔에 다기를 기울였다. 재스민 특유의 향이 코끝에 감돌았다.
"진걸씨, 묻고 싶은 게 있어. 어리석은 질문이라고 하지 말고 대답 좀 해줘."
 진걸은 찻잔을 조심스레 내려놓으며 눈으로 그것이 뭐냐고 되묻는 표정을 지었다.
"누드가 도대체 뭐야?"
"왜 이따위 짓을 하필 예술의 이름을 걸고 하느냐 이거겠지? 더군다나 왕년에 민중미술을 하던 작자가 말이야."
"그렇게 묻진 않았어."
"단순히 옷을 벗는다고 누드가 성립하는 것은 아냐. 옷을 벗지 않고서도 더 누드적일 수가 얼마든지 있어. 그렇다구. 누드라는 건 보여주는 방식과 관련되는 거니깐."
"진걸씨가 지금 새로운 길의 모색이라며 누드화를 그리는 게 실패할 거라고 단언하는 사람도 꽤 있는 모양이던데?"
"남들이 어떻게 생각하는지는 내게 별로 중요하지 않아. 난 사실 끝까지 밀고나간 게 여태껏 하나도 없어. 그것이 미술이든 운동이든 연애든 간에 아무튼. 어쩌면 운지 니 말대로 이것도 역시 실패를 향한 한 과정인지도 모르지. 아마가 아니라 거의 그럴 거야. 하지만 추구해볼 만한 가치는 있어. 내 전략은…… 역설적이게도 사실은 비쾌락에 있어. 쾌락 속의 비쾌락이라면 너무 말장난에 해당할까? 쾌락은 전략이 될 수 없다는 걸 그러나 버릴 수도 없다는 걸 그 동안 뼈저리게 느꼈거든. 사실 나조차도 내가 선택한 이 전략의 정체를 잘 몰라. 비쾌락을 추구한다면서 가장 그런 전략에 복무할 것 같지 않은 누드화에 매달린다는 것은…… 하지만 길은 있을 거야. 길이 보이는 순간에 어쩌면 내 전략이라는 것을 포기하게 될지도 모르지만 클클."

"박신영인가 하는 여자가 저 그림의 모델이 맞지?"

운지가 시선을 돌려 이젤 쪽을 가리키자 진걸은 윗눈썹을 위로 잡아당겨 이마에 주름살을 만들며 고개를 끄덕인다.

"맞아."

운지는 옷깃을 여미며 그림 앞으로 다가섰다.

"그림 속 정황이 사실이라면 그 여자 참 대단하다고 말할 수밖에 없네. 하우스 밖에서 조무래기들이 마른침을 꿀꺽 삼키며 이곳저곳에서 피아노 건반처럼 불쑥불쑥 머리를 출몰시키는 걸 뻔히 알면서도 하등 대수롭지 않게 여기는 걸 보니."

"저 까칠한 머리통들이, 그리고 그 새파란 눈길이 여기선 의미가 있어. 은밀하고 폐쇄된 공간만 떠올리기 쉬운 누드화에서 이런 건…… 말하자면 열린 공간을 확보해주는 의미도 있거든. 브레히트의 연극이론식으로 따지면 일종의 소격효과라고나 할까? 아무튼 박신영씨한테 어떤 프로정신 하나는 높이 살 만한 건 사실이야. 누드모델은 자기가 벗고 있다는 걸 의식하는 순간 실패하게 돼 있거든. 그걸 그녀가 모를 리가 없지. 모델치고는 아주 훌륭한 모델이야 다만……"

"다만?"

"모델이 너무 주위를 압도하려고 하는 건 있지. 좋다 그르다를 떠나서. 가령 마치 화가의 붓끝을 자신이 주도하려는……"

"화가와 대결한다?"

"대결이라기보다는…… 여자란 자기 눈을 통해서보다는 남의 눈을 통해서 자신의 나체를 더 확실하게 볼 수 있는 법이거든. 그게 누드의 한 본질 아닐까?"

긴 숨을 내쉬고 난 진걸이 찻잔에 입술을 붙였다 뗐다. 운지는 고개를 끄덕거리더니 오른손 검지로 아랫입술을 지그시 올려붙이며 말을 이었다.

"왜 애들을 쫓지 않았어? 계속 유치한 질문이지만."

진걸의 얼굴에 장난기가 언뜻 내비쳤다.

"신영이 원하질 않는 것 같아서. 낄낄"

"근데 이 그림 미완성이야?"

"몰라. 박선생이 지금 국내에 없거든."

"외국 나갔나보지?"

"으응, 만년설로 떠났어. 마터호른봉으로…… 알는지 모르겠는데……"

운지가 고개를 저으며 말을 끊었다.

"아, 알아. 대충 들었어. 기어코 거길 갔다 이거지?"

"그러지 않고서야 응어리가 풀리지 않겠지……"

"어때? 그림은 좀 팔려?"

"생각보다 호조야. 내가 민중미술 작가로 약간은 호가 나서 그런지 수집가들한테 야릇한 호기심을 불러일으키는 모양이야. 초짜치고는…… 생활에 전혀 불편함이 없을 정도로 배급이 잘 되고 있어."

"……"

"……사람들이 진짜 나체를 보고 싶어하는 것 같은 느낌이 들어."

"이 성적 범람 시대에 진짜 나체는 뭐야? 그럼 가짜 나체도 있다는 말인가?"

진걸과 운지는 나무 밑동으로 된 다탁에 다가섰다. 운지는 통나무 의자를 바짝 끌어당겨 다리를 꼬고 앉았다.

"한마디만 보탤게. 벗어도 벗은 것 같지 않은 거 있지? 지금은 그런 시대야, 분명히. 유혹이 없다고나 할까?"

"벗은 대상에 대한 남성들의 반응은 분명할 텐데 그게 무슨 말이야."

"맞는 말이야. 반응이야 하지. 남성…… 남근이라고 해야 하나? 아주 딱딱한 그것…… 그런데 이런 생각해본 적 있어? 이거 유부녀를 앞에 두고 이런 까발리는 소리를 막 해도 되는지 몰라. 아무튼…… 내 말은…… 딱딱한 남근 속에서조차 내가 보기에는 성욕이 보이지 않는다는 거야."

"그럼 뭐야?"

"이거 한마디만 하겠다고 했는데 불가피하게 길어질 수밖에 없네. 그러니깐 내 말은 발기한 남근 속에서조차 예정된 배설의 한길로 치닫는 피곤한 노동만이 보인다는 거야. 정사가 노동이라면 그걸 어떻게 읽어야겠어? 그것도 아주 노예적인 노동…… 어두운 갱 안으로 빨려드는…… 함몰되는…… 이런 시대적 징후를 문명사적 대역전극의 기미로 보면 어떨까? 대주제는 복수야. 여성들의 통쾌한 복수. 남성들만이 즐길 수 있었고 또 즐길 권리가 있었던 수천년래의 일방통행적 남성문명에 대한 대파탄을 예고하는. 즐겨라, 맘껏 즐겨라 남성들아! 가엾이 질척거리는 정액의 늪에서 익사할 때까지."

"더운걸. 벗어도 되지?"

"어? 저기다 걸어."

그녀가 항상 입고 다니는 폴라가 달린 아이보리빛 홈스펀 스웨터가 드러났다. 진걸은 고개를 돌리면서 비닐하우스로 들어온 햇빛이 눈부신 양 양미간을 좁혔다.

"실질적으로 이젠 여성도 즐길 권리가 있다는 쪽으로 분위기가 일찌감치 가고 있는 것 아냐?"

"그거 좋은 말이지. 하지만 그럴까? 그것뿐일까? 그렇게 대립항을 설정하고 마는 것으로는 궁극적이지도 못하고…… 말하자면 좀 약하지. 열등한 전략이라고나 할까? 내가 남성이라서 이런 말을 쉽게 하는 건지도 모르지만……"

"쉽게 말하자면 진걸씨 얘긴, 이제는 낡은 전략을 바꾸자는 말일 텐데. 난 왠지 그 낡은 전략을 취했던 쪽도 그리고 지금 새로운 전략을 운운하는 사람들도 별다른 차이가 느껴지지 않아. 여전히 전략을 논하는 주체는 남성 쪽이 아닌가 하는 혐의를 지울 수가 없는 거 있지? 언제 여성들이 스스로의 전략을 내놓고 주도권을 잡아본 적이 있는가 하는 말이지."

"그래, 그게 바로 문제야, 문제."

"그런데 아주 비참한 얘기지만 문제는 우리 현실이 이러한 담론과 또 다르다는 데 있어. 생각해봐. 우리들의 현실을, 처지를 말이야. 내가 알고 있는 많은 사람들의 처지를 살펴볼까? 많은 사람이 성의 풍요보다는 성의 결핍에 더 큰 애로와 문제점을 느끼고 있는 게 현실 아닐까?"

"……"

"결국 단순한 얘기가 좋은 거야. 결론은 싱겁지만. 깨놓고 보자, 이거겠지."

"그래 너무 어려운 말만 했어. 원래 이렇게 거창하게 떠들 사안이 아닌데 말이야. 그런데 그냥 나체, 나체라는 게 말부터가 참 상큼하고 좋다, 응? 상상력 안으로 침투해 들어오는 매끄러움이 있어. 안 그래?"

"무슨 소리야?"

운지가 눈을 하얗게 뜨며 흘긴다.

"누드엔 나체가 들어가지. 외설스럽다 못해 근엄하기까지 한 나체. 변증법의 덩어리인 우리의 나체들. 나체…… 나체…… 그게 뭘까? 도대체. 많은 나체들을 봐왔지. 젊은 여자들로부터 시작해서 사내들 노인들, 임신부들. 육체는 곧 그 사람의 언어다라는 말이 있지? 그건 참으로 맞는 말이란 생각이 들더만."

"육체는 욕망 덩어리 아냐? 형이하학적이고, 견고한 성욕의 집이고, 성을 앞세운 오늘의 상업주의에 가장 휘둘리기 쉬운 원인을 제공하는 장본인이 난 육체라고 생각하는데."

"별로 틀리지 않은 말이긴 한데, 또 별로 맞는 말도 아닌 것 같아."

"그런 두루뭉실한 얘기가 어딨어?"

"좀 기회주의적인가?"

"어디 좀만이야?"

"아까 그 두엄공장에서 내게 술잔을 건네려던 사내 봤지? 그 남자도 내 모델 중의 하나야. 남성 누드는 새삼스러운 건 아니지. 직업이 의사고 하니, 진작 눈치챘을 테지만 약간 실성기가 있는 사람이야. 나체에 대한 관념이 우리랑 조금 달라."

"어떻게?"

"그는 벌거벗은 채 내 앞에 서서는 이렇게 말하거든. '선상님 제 얼굴을 잘 그려주세요'라고 말이야. 그 남자는 특이하게도 자신의 몸 전체가 얼굴이라고 생각하는 특이한 심리가 있는 것 같아. 내가 정신분석을 본격적으로 해본 건 아니지만 말이야. 희한한 경우야. 그 남자에게는 나체가 외설스럽다느니 어쩌구 하는 말은 설득력이 제로야. 우리가 항상 벗고 다니는 얼굴 보고 외설스럽다고 말하는 사람은 하나도 없듯이 말이야. 말하자면 육체는 벌거벗겨진 채로 보여지기 위해 만들어진 얼굴의 일부분에 불과하다는 의식일 텐데…… 나도 그 사람한테서 참 느낀 바가 많지."

"비현실적이야."

운지가 자리에서 일어나 기지개를 켰다.

"그렇지만은 않아. 나도 그 영향을 받아서 그런지, 어쩔 땐 그야말로 내 눈앞에 있는 알몸 전체가 단일한 표정을 짓고 있는 하나의 얼굴처럼 상상되기도 하고, 또 어쩔 땐 참으로 온몸이 거대한 남근이나 여자의 성기 자체로 보이는 환각을 경험할 때도 없지 않았어."

"뜨거운 물 더 있어?"

운지가 빈 찻잔을 들고 일어서며 물었다.

"어, 저 안 주전자에 물이 들긴 들었을 텐데 많이 식었을 거야. 불을 좀 넣지 뭐. 내가 넣을까?"

"아니 내가 할게."

간단한 취사시설이 돼 있고 진걸의 국방색 침낭이 펼쳐진 간이침대도 놓여 있는 칸막이 뒤로 들어간 운지는 곧바로 모습을 드러내지 않았다. 멍하니 운지가 뜬 자리를 내려다보던 진걸은 찻잔을 들고 일어서며 물었다.

"뭐 해? 가스 중간 잠금장치가 풀렸나 보라구. 불이 잘 붙지 않으면."

칸막이 뒤쪽은 적막이었다. 진걸은 찻잔을 다탁 위에 내려놓은 다음 칸막이 뒤로 저벅저벅 특유의 갈지자걸음으로 다가갔다. 칸막이 뒤로 막 돌아서려는 순간 진걸은 이마 한가운데를 갈라내리는 서늘한 기운을 느꼈다. 화가로서의 직감인지도 몰랐다.

"운지…… 무슨 일이야? 들어가도 돼?"

"으응……"

진걸은 숨이 턱 막혔다. 운지의 하얀 등이 눈에 들어왔다. 두 무릎을 가슴으로 끌어안고 옹송그려 앉은 운지는 고개를 뒤로 돌렸다. 몹시 야윈 등이었다. 운지가 뒷모습을 보인 채 천천히 일어서는 바람에 한 줄기 어지러움이 진걸의 관자놀이께를 파고들었다. "춥지 않아?" 라고 당황해 묻는 진걸의 말이 엉뚱했는지 운지는 자다 일어난 사람처럼 흰 이를 드러낸 채 배시시 웃었다.

"그럼 준비해줘."

"으, 으응."

진걸이 몇 발짝 뒤로 물러났다.

"어때, 모델로? 좀 추하지 않아?"

"추하긴?"

"마음 독하게 먹었으니깐 부담없이 주문해줘."

"……"

운지는 이젤 앞쪽으로 다가가 수건이 깔린 둥근 통나무의자에 비스듬히 앉았다.

"사막을…… 운지…… 광막한 사막을 떠올려봐. 태양이 내리쪼이고 있을 테지. 어때? 넌 이제부터 등에 혹을 인 천형(天刑)의 낙타가 되는 거야. 그 사막을 가로지르는. 하늘을 우러르듯 고개를 들어. 그리고 네 발로 기듯이…… 허리는 최대한 낮춰."

운지는 최면에 걸린 듯 사막을 기억해냈다. 작년 여름 비단길을 따라가다가 일행을 이탈해 초원길로 방향을 튼 뒤 스쳐간 바로 그 고비사막이었다. 동행이 돼준 노승찬과 현지안내원이 짐을 나눠 졌다. 우리가 이 사막을 지나고도 세상은 달라져 있지 않겠죠, 하면서 먼지바람에 메마른 입술로 뒤돌아보며 웃던 선글라스 낀 노승찬의 얼굴이 갑자기 떠올랐다. 근데 하필 왜 사막일까? 진걸 역시 왜 사막을 떠올렸고, 또 자신에게 사막을 기는 듯하라고 주문했던 것일까? 운지는 목이 탄 듯 고개를 흔들며 자문했다. 고개를 꺾어 자신의 턱밑에 늘어져 있는 젖가슴을 내려다보았다. 이게 바로 낙타의 혹인가. 흔들리는 혹. 길 자체가 없는 땅이 사막이 아니던가. 과거의 길은 없는 땅. 처음 걷는 길이 바로 현재의 길이 되는 땅. 그리고 그 길은 바로 과거로 밀려나 흔적도 없이 사라지는 땅. 발 딛는 모든 곳이 길인 땅. 그렇다면 땅이 아닌 길뿐인 공간. 때문에 어쩌면 아예 길이 없는 곳인지도 모르는 땅. 사막이었다. 그것은 다름아닌 마흔 살 여자의 내면이 아니었던가. 운지는 자신이 지나온 삶이 사막의 길이었음을 증거하며 지방질 빠진 낙타의 혹처럼 흔들리는 자신의 가슴을 내려다보았다. 그러나 진걸의 연필 끝은 쉽게 움직이지 않았다. 예술행위를 위해 자신 앞에서 옷을 벗은 여자지만 그 몸매의 신비에 넋을 빼앗겨 그저 바라만 보는지도 알 수 없었다. 그러나 자세히 보면 그의 눈길은 운지의 몸에 가닿지 않은 것처럼도 보였다. 도대체 무엇을 보고 있는 것인가. 그때 어느 한순간 진걸의 손끝이 화급하게 움직이기 시작했다. 풀밭을 기어가는 뱀처럼 화폭을 스치는 소리가 서걱서걱 들려왔다. 운지는 옻이 오른 것처럼 살갗에 소름이 오글오글 돋아오르는 느낌을 받았다. 그게 삼사 분이나 됐을까 진걸이 연필을 내던졌다. 화폭에는 엉덩이를 쳐들고 하늘을 향해 표범처럼 울부짖는 한 여인이 포착돼 있었다.

"미안해. 너무 긴장하고 있는데…… 아니 내가…… 오늘은 그만 하지."

"그래…… 옷 좀 가져다줄래? 추워."

운지는 쓰러지듯 자세를 허물어뜨렸다. 입술이 파래져 있었다.

7. 단발머리

그는 대합실에서 스케치에 몰두하고 있었다. 전등빛이 훤하게 비추는 대합실 한구석에 금발의 남자 마약중독자가 환각상태에 빠져 벽에 윗몸을 비스듬히 기댄 상태에서 꿈틀거리는 모습을 종이에 옮기고 있었던 것이다. 그의 푸른 눈은 한여름 불볕더위에 데워진 논바닥의 개구리처럼 희멀겋게 익어 보였다. 약간 벌어진 입가에는 거품처럼 비어져나온 침이 묻어 있었다. 그러나 얼굴은 평온해 보였다. 남방의 윗단추가 풀려 가슴팍의 털이 드러나 있었고 진바지 차림의 금발은 오줌을 지렸는지 사추리께가 흠뻑 젖어 있었다.

지나가는 사람들은 이런 일이 다반사라는 듯 별 관심을 두지 않고 한번씩 힐끗 쳐다보고는 고개를 돌렸다. 누군가 신고를 했는지 경찰 복장의 뚱뚱한 남자가 다가와 사내를 발로 툭툭 건드려보았다. 그리고는 어디론가 무전을 날렸다. 스케치북을 접은 진걸은 비로소 곁에 와 선 수녕을 돌아다보았다. 다소 놀란 표정을 지었으나 곧 고개를 껄렁껄렁 흔들며 손을 내밀었다. 그의 얼굴은 약간 까칠해 보였다.

"짜식 완전히 기분좋게 가버렸네요."

"사진을 찍어두지 그러셨어요?"

"그것보다는 연필 끝으로 몇 번 쳐보는 게 나중에 훨씬 도움이 되거든요. 사진은 가끔 상상력을 제한해서요. 근데 참 웬일이세요?"

"글쎄 말이에요. 이렇게 외나무다리서 만날 줄은……"

"하하하!"

"우연치고는 차암…… 전 영화제 때문에 왔는데요."

"그러면 칸느요?"

수녕은 고개를 가볍게 끄덕였다. 가방에 스케치북을 구겨넣은 진걸이 의자에 엉덩이를 걸치고 신발 들메를 고치기 시작했다.

"지금은 암스테르담으로 가볼까 해요."

"왜요? 인터뷰 때문에요?"

"공식일정은 다 끝났어요. 기사 부담 있으면 돌아다니기 재미없죠.

순전히 개인적 여행이에요. 포르노 영화제에도 가봤고, 암스테르담은 평소 가보고 싶었어요."

"잘됐네요. 실은 저도 그리로 가는 길이거든요. 근데 무슨 특별한 이유가 있나요?"

"자꾸 대답이 궁한 물음만 던지시네요. 그저 샘을 찾아 돌아다닌다 이렇게만 알아주세요."

"먹는 샘이오?"

"표현이 적절한지 모르겠네요."

"참 좋은 표현이네요. 샘…… 샘이라. 그렇죠. 누구나 이젠 목이 마를 때가 된 거죠."

"그렇게 고상틱하게 해석해주시니 몸둘 바를 모르겠네요, 하하. 그건 그렇고 방선생은 무슨 일로 오셨죠?"

"아, 저요? 전 세계 미술 건달들 모임이 있어서요. 이곳저곳 돌아다니고 있는데 이곳에서 거 뭐이냐, 스쿼터라고 있잖아요. 우리말로 하면 빈집점거운동가라고나 할까요?"

"아, 들어봤어요. 유럽이 주택 문제가 의외로 심하다면서요. 특히 통일 후 독일 말예요. 그래서 빈집이 있으면 그것을 다양한 공동체 생활공간으로 만들어버린다면서요?"

"예, 그런 게 이곳에서는 일종의 사회운동이 돼버린 모양입니다. 웃기죠? 환경보존운동이나 반핵운동처럼요. 그런 활동하는 몇 친구 만나고 돌아가는 길이거든요."

"재미있었겠네요."

"다 그렇죠 뭐."

초고속열차의 우등칸에는 승객이 띄엄띄엄 앉아 있었다. 둘이 나란히 자리를 잡자 앞자리에 앉은 매부리코 노파가 코를 씰룩거리면서 가방을 주섬주섬 챙겨 훨씬 앞으로 자리를 옮겨버렸다.

"왜 그러지요?"

진걸이 수녕에게 익살스런 표정을 지으며 물어보았다. 그 표정에는 밤기차를 함께 탄 두 남녀가 벌일지도 모를 낯뜨거운 장면을 모면하기 위해서가 아니냐는 듯한 물음이 담겨 있었다. 그러나 수녕은 어이가 없다는 얼굴로 노파의 뒷모습을 힐끔 흘겨보고는 입을 열었다.

"노랭이들 앞에는 앉기 싫다는 거겠죠. 나이를 먹은 사람들일수록 보수적이고 인종차별적 언행을 노골적으로 하거든요."

"거참, 생긴 대로 드러운 노파네요."

"신경 쓰지 마세요. 여긴 원래 그래요."

수녕이 움찔거리는 진걸의 어깨 위에 손을 얹었다 내린다.

"이곳에서 무얼 담아가시는 거죠?"

"아, 그렇죠. 무얼 담는다……?"

진걸의 표정이 묘하게 일그러졌다. 재채기를 억지로 참는 사람의 표정 같았다. 수녕은 슬쩍 말머리를 돌렸다.

"무얼 담는 게 아니라, 비우러 나오신 건가요, 그럼?"

"……"

진걸은 자신의 새끼손가락을 잘근잘근 씹는 시늉을 했다.

"답변하시기가 아주 곤란한 것 같은데, 그러면 딴것 하나 더 물어볼게요. 함승익씨 아시죠?"

"잘 아는 친구죠."

"제 신문사 동기예요. 대학 시절에 만났나요?"

"대학 시절요? 아, 그러니깐 참 그때 재미있는 일이 떠오르네요. 저희가 대학 들어간 다음해가 그러니깐 대학종합화 계획 첫해였을 거예요. 서울 각지에 흩어져 있던 캠퍼스들이 다 모였죠. 관악산 기슭에. 캠퍼스가 단대별로 흩어져 있으니깐 데모를 동시다발적으로 해서 당국에서 불편해했다는 얘기도 있고. 승익이 그 친구하곤 연구회에서 만났어요. 승익인 사회학과였고 전 미학과였죠."

"미학과에서 그림을 그려요?"

"그땐 미학과가 미대 소속이었거든요. 아무튼 둘이 캠퍼스에서 만난 모임이 그 후진국민족주의연구회라고 아주 거창했죠. 거기 출신 우리 선배들 중 지금 금배지 단 사람 몇 있어요. 지금 승익이가 막차 타려고 하는가보던데. 근데 내가 하려는 말은 그게 아니고, 그때 우리가 보고 들은 이론이나 사상이 체계적으로 있었던가요 뭐? 기껏해야 모택동이 썼다는 논문들 갖고 타자로 번역해 친 팜플렛 같은 것들이 고작이었잖아요, 순전히. 모순론이니 실천론이니 하는 것들이요. 그것도 일본에서 누군가 책갈피에 몰래 숨겨들어와 한 다리 건너 번역한 것일 텐데 그러니깐 그때는 알게 모르게 마오주의자들이 꽤 형성됐을 거예요. 승익이나 나나 매한가지였거든요."

"마오이즘이라는 게 당시 우리들 정서에도 맞는 것 아니었나요? 다들 농촌의 자식들이었잖아요. 모택동 전술이 농민층을 기반으로 한 것이니깐 친밀감을 느낄 수밖에 없었던 이유가 거기에 있었죠."

"날카하네요."

"예? 날카 뭐라구요?"

"아뇨, 날카롭다구요. 근데 내 말은 그때 승익이하고 나하고 한밤중에 캠퍼스를 돌며 한바탕 난리굿을 친 적이 있었어요. 봉천동 산동네 어느 허름한 중국집 이층 다락방에서 짬뽕 국물에 소주를 먹으며 세미나 비슷한 걸 하고 났는데 누군가 그러더군요. 마오 선생의 글을 보니 양변기에서 수정주의가 난다고 하는데 그게 무슨 말이야 하는 질문을 던졌거든요? 지금 생각해보니 거기 모인 마오이스트들 중에 실천론이니 모순론이니 하는 것들을 그나마 제대로 읽은 사람이 하나도 없었던 거예요. 다들 어 그래 하고는 눈이 휘둥그레졌죠. 왜냐하면 그때 관악캠퍼스로 옮겨보니 화장실에 좌변기가 꽤 있었거든요. 처음엔 거기에 엉덩이 들이밀고 일 보려면 참 근질근질했죠. 밀어내기도 괜히 시원스레 잘 빠지지 않고."

"그래서요?"

"술기운 때문인지 어쨌는지 거기서 관악캠퍼스에 만연한 수정주의를 타도하기 위해서 좌변기를 공격해야 한다는 안건이 즉석에서 성립했죠. 그래서 다들 망치나 짱돌 그리고 쇠파이프 이런 것 하나씩 꼬불쳐가지고 밤에 모이기로 했는데 결국 승익이하고 나만 왔더라구요. 약속장소에."

"그래서 진짜로 좌변기를 때려부쉈어요?"

"여부가 있나요. 밤새 똥물을 흠뻑 뒤집어쓰고 돌아다니며 신나게 때려부쉈죠. 수정주의를 원천봉쇄하기 위해서 말이죠. 다음날 어떤 일이 벌어졌는지 말 안 해도 아시겠죠? 그 덕에 사회대, 인문대 쪽에는 그나마 좌변기가 많이 사라지고 무릎 끌어안고 쭈그러뜨려 일 보는 변기로 몇 군데 고쳐졌죠."

"그래서 수정주의가 많이 척결됐나요?"

"글쎄요. 좌변기를 그렇게 많이 때려부쉈지만 수정주의란 놈은 낯짝도 구경하지 못했구요."

입을 가리고 가가대소하던 수녕은 멜빵이 달린 가방을 열어 은박지로 싼 것을 꺼냈다. 식사 대용인 모양이었다.

"이거 화장실 얘기 꺼내자마자 밥 얘기를 해서 미안한데요, 아직 식사 안 하셨죠? 이거 같이 드세요."

"아니, 이게 뭡니까? 김밥 아닙니까?"

진걸은 큰 덩치에 어울리지 않게 어린아이처럼 두 손을 모아 쥐며 반색을 했다. 그러더니 김밥에 손을 댔다가 얼른 떼고 두 손을 싹싹 부비며 말했다.

"이거 정말 제가 먹어도 되나요?"

"꿀꺽 하고 침 넘어가는 소리가 제 귀에는 다 들리는걸요. 자, 젓가락 여기 있어요."

"참, 구세주가 따로 없네요. 근데 어떻게 마련하셨어요? 호텔에서 도시락용으로 싸준 것도 아닐 테고."

"다 뜻이 있는 곳에 길이 있는 법 아닙니까, 후후. 근데 음식 솜씨 없는 여자가 제일 손쉽게 생각해내는 게 김밥인 거 모르세요? 단무지하고 달걀부침 조금 썰어넣었으니 겉으로 김밥 시늉만 낸 거죠 뭐."

"그래요? 근데 아무튼 김밥을 아주 이쁘게 싼 거 같아요?"

진걸이 수녕을 빤히 쳐다보며 싱글거리자 수녕은 "생긴 거와는 다르다는 말씀이겠군요" 하며 익살스런 말을 튕겨주었다.

"아뇨, 맛도 괜찮은 거 같습니다, 이거."

"시장이 반찬인가보죠? 김 구하기가 어렵더라구요. 마침 여기서 유학하는 친구가 있어서 간신히 몇 장 구했는데 갑자기 김밥을 만들고 싶다는 생각이……"

"옛날 고향에서 어머니는 특별히 나한텐 볶은 깨보숭이를 훌훌 뿌려주곤 했는데요. 이건 그게 없어도 정말 맛있네요. 아부 같지만."

"왜요? 깨보숭이가 드시고 싶으면 이거라도요."

수녕은 자신의 콧잔등을 손가락으로 가리켰다. 진걸은 그게 무슨 말인지 몰라 눈을 크게 떠 보이며 묻는 표정이다.

"여기 콧잔등에 주근깨 많잖아요. 몇 알 털어드릴까요?"

"아유, 감기자 유머 솜씨가 보통을 훨씬 넘는 것 같습니다그려. 하하."

"학교 다닐 때 별명이 주근깨였어요."

양 볼이 미어져라 서너 개를 후딱 입 속으로 집어넣고 우물거리던 진걸은 목이 메는지 가슴팍을 비벼댔고 진걸의 등짝을 두드려주던 수녕은 한 손으로 입을 가리고 킥킥 웃었다.

"너무 게걸스러웠나요?"

"아뇨. 이것도 음식일까 싶어 남몰래 먹으려고 했던 건데 그렇게 맛있게 드시는 모습을 보니깐 제가 되레 고마워져서요. 여기 생수통 있어요."

"아이구 눈물이 다 쑤욱 빠졌네."

수녕은 진걸에게서 어떤 타고난 천진난만함을 느꼈다. 예술가적 본성이 있다면 그런 게 아닐까 하는 생각이 들었다. 잠들기 전에 수녕이 "이렇게 외국에 나와서 보니깐 방선생님도 좀 사람이 달라 보여요" 하고 말하자 진걸은 "당연한 것 아녜요?" 하며 되물었다. 그러면서 한 번쯤 나사를 풀고 돌아다니는 게 해외여행의 한 묘미가 아니겠냐며 말했다. 수녕도 고개를 끄덕였다.

"근데 한 가지 더 물어봐도 돼요?"

잠든 줄 알았던 진걸이 눈까풀을 화들짝 밀어올렸다.

"잠 안 드셨어요?"

"그게 아니고…… 여성한테 이런 거 물어봐도 되나 모르겠네요?"

"뭔데요?"

"남자들 중에도 왜 머리 짤막하게 치고 다니는 사람이 있거든요. 사무라이처럼요. 그런 사람들이 성격이 좀 독선적이고 고집불통이고 개성이 강하다는…… 뭐, 그런 일반적인 평이 있는데요. 어때요? 감기자는요? 내가 매번 볼 때마다 단발이시던데?"

"아, 이거요? 이건 열한 살 이후로 쭉 이랬어요."

"그렇게 오래나요? 이거 잠이 다 확 달아나네. 아니, 무슨 말 못 할 사연이라도 있었나요?"

"아뇨!"

수녕은 놀란 진걸의 얼굴 앞에 장난스런 표정을 비스듬히 들이대며 말했다. 진걸이 고개를 천천히 저었다.

"여자가 삼십 년 포한이면 그게 어디예요?"

"포한 같은 건 없다니까요! 단발머리하고 포한하고 무슨 관계가 있다구요!"

"그래요? 그럼 저 마음놓고 잘랍니다, 낄낄."

잠시 후 수녕은 자신이 걸뜨려준 겉옷을 덮고서 콧물이 약간 번져 나온 것도 모른 채 잠들어 있는 진걸의 얼굴을 내려다보았다. 왠지 잠이 잘 오지 않았다. 쐐액 소리를 내며 시속 이백 킬로로 달리는 초고속열차라서 그런 것일까. 잠들고 싶지가 않았다.

― 이 지긋지긋한 단발머리!

수녕은 자신의 모습이 음화처럼 어른거리는 고속전철 차창을 바라보며 얼굴을 감싸쥐었다. 자신도 모르게 어깨를 격렬하게 떨었다. 콧마루가 시큰해졌다.

그해 여름에 난 열한 살이었다. 읍내의 큰집 큰언니가 여름방학을 맞아 내려왔다는 소문이 들렸다. 패랭이꽃이 유독 많이 피어 패랭이 고개로 부르는 동구 밖 고갯마루에서 내려다보면 들판 논밭 사이로 읍내를 향해 굽이굽이 뻗어간 길 끄트머리가 가물가물 눈에 들어왔다. 보릿고개 때 생부(生父)가 보내주는 겉보리 서 말이 낯선 아저씨의 자전거 뒤에 실려오는 그 길은, 그러나 갈 수 없는 길이었다. 이유는 간단했다. 나는 이미 생부의 발길이 뜸해진 첩의 딸이니깐. 남들한테 존재가 알려질까봐 쉬쉬하며 덮어씌우는 잘못 태어난 계집애니깐. 열한 살의 나는 그 사실을 이미 정확히 응시하고 있었다. 도(道)의 중견 교육공무원인 생부의 처지를 생각해서라도 그 길은 가고파도 잊어야 하는 길이었다.

눈가에 눈곱이나 매달고 다니는 주근깨투성이 계집애! 나는 깜부기를 털어먹고 입가에 시커먼 칠을 하거나 혓바닥 끝이 입 안으로 말리도록 시금새금한 싱아 뿌리를 깨물다가 내뱉고, 삘기를 뜯어 대처

애들의 껌처럼 질겅질겅 씹다가 하루 해를 보내는 꾀죄죄한 촌 계집애일 뿐이었다. 그렇게 산과 들을 돌아다니다보면 어느새 목주름살에는 때목걸이가 두어 줄 그어졌다.

그것에 비해 딱 한 번 몰래 숨어서 본 큰언니의 백옥 같은 목덜미를 받치고 있는 희디흰 세일러복은 얼마나 눈부셨던가! 오금이 저리다 못해 허벅지로 오줌을 방울방울 떨궜었다. 아아, 그런데 그 단발머리 큰언니가 어떻게 알았는지 하루는 빈집의 나를 찾아온 것이다. 꿈에도 그리던 큰언니가 선녀처럼 눈앞에 서 있었다. 그것도 세일러복을 입고. 나는 된장을 발라먹던 시든 배추 속이파리를 마당에 내던졌다. 서캐가 슨 단발머리를 긁다가 소리를 들었다.

가자!

절대절명의 하얀 목소리가 울려퍼졌다. 나는 갈 수 없으리라는 그 길이 이번엔 반대로 피할 수 없는 길이라는 사실을 분명히 깨달았다. 극도의 아름다움은 결국 죽음을 불러올 것이라는 사실을 어린애답지 않은 본능으로 깨닫고 있었다. 큰언니의 백옥 같은 순결을 지키기 위해 티 같은 존재인 나는 이 세상에서 사라져 없어져야 한다는 것을.

아아, 큰언니는 나를 고통 없이 죽일 거야! 나는 큰언니의 옆에서 혹은 서너 발짝 뒤에서 타박타박 따라 걸으며 눈물을 삼켰다. 쇠붙이 장식 소리가 딸그럭거리는 빨간 구두 뒤축만 보며 걸어갔다. 초목도 사람도 말라죽일 것 같은 땡볕이 쏟아지는 패랭이고개를 넘을 때였다. 길섶에는 희고 붉은 패랭이꽃들이 지천으로 피어 있었다. 나는 걸음을 멈추고 다리를 꼬았다.

왜?

오줌……

큰언니는 살짝 돌아섰고 나는 길섶에 그대로 쭈그리고 앉았다. 나의 뜨뜻한 오줌발에 두 다리 사이에 핀 붉은 패랭이꽃의 머리가 흔들리며 젖었다. 자꾸 눈물이 나오려 했다. 문득 큰언니가 돌아다봤다. 정갈한 단발머리가 줄넘기하는 소녀처럼 나폴거렸다. 후후, 그녀가 웃었다. 정갈한 단발머리가 다시 나폴거렸다. 나는 때에 절어 이삭이 져 늘어진 내 단발머리를 억지로 끌어다 이빨로 잘근잘근 씹었다.

큰언니가 나를 데리고 간 곳은 문둥이가 살 만한 음침한 폐가나 버려진 도축장 따위가 아니었다. 그녀가 손을 이끈 곳은 읍내에 딱 한 군데밖에 없는 중국집이었다. 자그마한 주방 구멍으로 코털을 기른 사내가 목을 길게 늘어뜨리고 내다보았다. 헤벌쭉하게 웃는 사내의 잇바디는 썩은 옥수수처럼 듬성듬성 빠져 있었다. 그가 입을 쩍 다셨다. 나는 사람의 고기를 썰어넣어 만두를 만드는 곳이 있다는 떠도는 얘기를 떠올렸다. 그전에 아주 잘 먹여둔대. 그래야지 고기맛이 난다고 하거든. 아유, 무서라.

그날 처음으로 자장면이라는 시커먼 국수를 맛봤다.

천천히 먹어. 오늘이 수녕이 너 생일인 거 알지?

나는 고개를 도리도리 흔들었다.

이 언니가 너한테 해줄 수 있는 게 이것뿐이구나. 네가 부디 상처를 받지 말고 자라야 하는데…… 후우.

나는 자신도 모르게 힘을 줘 젓가락으로 면발을 끌어당겼다. 그 바람에 하얀 세일러복에 시커먼 점이 몇 개 달라붙었다. 큰언니가 손으로 입을 가리고 다시 웃었다. 나는 자리에서 벌떡 일어나 밖으로 뛰쳐나갔다. 오줌에 젖던 붉은 패랭이꽃이 떠올랐다. 또다시 단발머리가 눈앞에서 나폴거렸다. 뺨이 젖어나고 있었다. 그때 생일을 맞은 단발머리 소녀는 이후로 한 번도 머리를 길러본 적이 없었다.

진걸이 수녕을 자신이 머물고 있는 다락방으로 데리고 들어온 것은 암스테르담에 새벽에 도착한 그날 낮이었다. 오전 내내 운하의 도시 암스테르담을 같이 돌아다녔다. 진걸이 안내를 맡았다. 유명한 제 듀크 사창가에도 들렀다.

"여자들이 다들 미끈하네요."

"요즘은 동유럽에서 몰려들 온답니다."

"여기에 와보니깐 유럽의 마지막 철도역에 닿아 있다는 실감이 들어요, 진짜. 여기저기 돌아다니는 것보담 여기서 한 며칠 눌러앉고 싶은 생각이 드네요."

"여기가 이 도시에서 가장 볼 만한 칼버 거리입니다. 우리로 치면 명동거리쯤 된다고 할까요."

"고색창연하네요."

오전인데도 사람들이 거리에 넘쳐나고 있었다. 오래된 집들을 수리해 단장한 가게들이 좁은 길 양쪽으로 늘어서 있었다. 골목 귀퉁이에서는 집시처럼 보이는 나이 든 여자가 수가 놓인 머릿수건을 두른 채 바이올린을 켜고 있었다. 그 여자의 옆에는 긴 가죽장화를 신고 장식을 요란하게 한 재킷을 입은 커다란 눈망울의 아들이 민속춤을 추고 있었다.

"떠돌인가보죠?"

"예, 떠돌죠. 그들 운명이니까요. 근데 저 곡 아세요? 베토벤 건데."

"미안해요. 들어본 것 같기도 하고 아닌 것 같기도 하고……"

"현악사중주 16번 4악장……"

천천히 읊조리는 진걸의 입술을 바라보던 수녕은 자신도 모르게 고개를 크게 끄덕거렸다.

"그렇다면…… 그럴 수밖에 없었는가……?"

"예, 맞아요. 그렇게 할 수밖에 없었다……는……"

그것은 베토벤이 이 곡을 만들면서 적은 메모였다. 뒷날 후세인들 사이에서 그 의미 해석을 둘러싸고 의견이 분분했던 부분이었다. 수녕은 언젠가 친구 운지와 함께 시사회장에서 보았던 〈불멸의 연인〉이 떠올랐다. 베토벤이 자신의 끝내 못 이룬 사랑의 연인이자 형수이기도 했던 이와 죽음 직전에 메모를 통해 주고받은 글귀이기도 했던 것이다. 운명적 사랑의 불가역성. 한 번 간 사랑은 다시 되돌이킬 수 없다는 엄연한 현실을 잠언적으로 표현한 구절이었다. 수녕은 잠시 고개를 숙였다. 정교하지는 않지만 길거리에 서서 듣는 바이올린 소리는 색다른 감흥을 가슴속에 불어넣어주었다. 수녕의 손가락은 더욱 깊은 호주머니 속을 찾아 파고들었다.

진걸은 암스테르담에 오면 꼭 먹고 가야 하는 명물이 있다며 수녕의 손을 김이 모락모락 나는 노점상 쪽으로 이끌었다.

"이게 뭔가요? 네덜란드판 포장마차인가보죠?"

"그럼 셈이죠."

"뭐 파는데요?"

"산 청어. 기가 막힐 겁니다. 출출할 때 이렇게 서서 먹는 맛이. 진로소주만 있다면 목젖이 벌렁벌렁 뛸 텐데."

"소스 맛이 특이하네요."

"담백하죠. 근데 제 방에 한번 들르시지 않으시렵니까?"

진걸이 얼굴을 돌리지 않은 채 청어 고기를 입에 넣고 우물거리며 불쑥 제안을 했다.

"방선생 방이요?"

"예. 한번 보여드리고 싶네요."

"……"

수녕은 대답 없이 높이서 끼룩거리는 갈매기를 쳐다보고 있었다. 수녕은 털을 고르는 갈매기처럼 고개를 숙여 턱끝으로 가슴을 부볐다. 진걸의 머리가 바람에 스산하게 휘날렸다.

진걸의 다락방은 생각보다 훨씬 넓었다. 아마 누군가 아틀리에로 쓰던 곳인지 곳곳에 이젤과 화폭이 나뒹굴고 있었다. 진걸은 아는 후배가 이곳에 살고 있는데 마침 귀국할 일이 있어서 빈집이 된 것을 자신과 용케도 연락이 닿아서 집세만 무는 조건으로 빌리게 됐다고 말했다. 창가 쪽에 놓인 침대는 전망이 무척 좋았다. 칼버 거리에 자리잡은 그곳에서는 담 광장의 하얀 해방기념비가 멀리서 내려다보였다. 침대는 생각보다 깨끗했다. 진걸이 붉은 포도주를 한잔 따라 가져왔다. 창가 쪽으로 경사진 다락방의 천장에 진걸의 머리가 닿아 있어 그가 허리와 머리를 약간 숙이지 않을 수 없었다. 그러는 바람에 자연스레 수녕의 머리 위로 진걸의 얼굴이 얹어지는 형국이 되고 말았다.

"......!"

수녕은 무슨 말인가 하려고 입술을 종그리다 말았다. 그 대신 진걸의 술잔에 자신의 잔을 부딪쳤다. 수녕은 진걸의 얼굴을 올려다보았다. 그의 눈은 의외로 덤덤하고 흔들림이 없어 보였다.

"여기는 서울이 아니네요."

"아무래도 그렇군요. 유럽의 종착역인 이곳에서 우린 한낱 이방인에 불과할 뿐이죠. 바람처럼 스쳐 지나가는."

둘은 약속이나 한 듯이 잔을 비운 다음 빈 잔을 창가에 나란히 올려놓았다. 그리고 수녕은 뒤로 돌아섰다. 진걸의 넓적한 가슴팍이 코앞에 다가와 있었다.

"빠져나갈 길이 없네요."

수녕의 말이었다.

"뭐가요?"

"다락방을 날려버릴 듯한 이 열기 속에서요."

그 말이 끝나기도 전에 진걸은 와락 수녕을 안고 그녀의 냄새나는 머리 속으로 코를 파묻었다. 그것은 짧았지만 깊은 포옹이었다. 곧이어 둘이 비스듬히 쓰러진 침대의 다리가 나무로 된 마룻바닥에서 거칠게 밀려나는 마찰음이 일었다. 수녕은 가슴이 타는 듯한 갈증 때문에 자꾸 입을 열곤 했다. 이 열기가 삶의 일부분이라면, 이라면…… 입 안에 자꾸 침이 고이고 있음에도 불구하고 지독한 갈증이 밀려왔다.

8. 얼음공주

노승찬이 전화를 걸어왔을 때 운지는 유행성출혈열 감염이 의심스러운 여섯 살배기 여자아이의 가슴에 청진기를 들이대고 있던 찰나였다. 불규칙한 심장박동 소리의 여운이 귓가에 채 가시지 않은 상태였다.

"아니, 저어…… 잠깐만. 지금 마지막 아이를 보고 있는 참인데 한 이삼 분쯤 뒤에 다시 걸어줘요."

아무래도 통화가 길어질 성싶어 운지는 이렇게 말해두었다. 수화기 건너편에서는 미안해하며 잦아들어가는 승찬의 목소리가 가물가물하게 들려왔다.

"닥터 노, 뭐 별난 실수가 있었던 것도 아니니까 그렇게 주눅들 필요 없어요. 이따 다시 전화할게요."

운지는 아이를 뒤에서 껴안고 앉은 보호자의 눈치를 슬쩍 훔쳤다. 너무 딴전을 피운 게 아닌가 싶어 무안해지기 시작했다.

"네에, 그럼 알겠어요."

운지는 밭은기침을 연방 쏟아내는 아이 앞으로 의자를 당겨앉아 목에 걸었던 청진기를 만지작거리며 다시 물었다.

"댁이 어디라고요?"

"여기 신도시 장미마을께 사는데요…… 며칠 동안 이 병원 저 병원 많이 가봤는데 통 낫질 않고 진찰 결과도 제각각이고 해서 정말 속상해 죽겠어요. 병명이라도 제대로 알았으면 속이 시원할 텐데요. 선생님한테 특진을 넣어보라는 얘기를 누구한텐가 들어서요, 일부러 특진을 신청했어요. 선생님 앞으로요. 저희 맞벌이를 하는 처지에서 애가 이렇게 아프면 정말 여간 속상한 게 아녜요. 시간 내기도 참…… 너 그 돌 내려놓지 못하겠니?"

특진비를 낸 진찰임을 강조한 여자는 아이 손에 들린 돌멩이를 매몰차게 빼앗아 바닥에 패댕이치며 아이를 힐난했다. 그 힐난 속에는 맞벌이 부부로서 아이에게 충분히 잘 대해주고 있지 못하다는 초조감 같은 게 묻어 있었다. 의자를 옆으로 돌려 책상 앞에 펼쳐진 진료 카드를 이리저리 들춰보던 운지의 머릿속에 갑자기 섬광처럼 한 줄기 스쳐가는 게 있었다.

"그렇다면…… 아마 그럴지도 모르겠군요."

"무슨……?"

"아아, 다름이 아니고, 그쪽에는 의외로 풀밭이 많아서 아이들이 바깥에서 놀 때도 그렇고 아무튼 야생으로부터의 감염 가능성이 있긴 한데요."

운지는 아이의 부모가 맞벌이 부부여서 유치원에 갖다온 아이를 오후 내내 밖에다 방치한다는 점과 아이가 붙임성이 별로 없어 보여 손에 들린 돌멩이를 들고 있는 것에서 보듯이 풀밭이나 땅바닥에서 흙이나 돌멩이를 가지고 혼자 노는 성격임을 눈치챘던 것이다.

"선생님, 뭐가요?"

"당장 잘라서 말할 순 없지만 유행성출혈열 유사증세를 보이고 있거든요."

"예에. 일단 가검물도 채취해보고 정밀검사에 들어가야 할 것 같아요."

"그럴 리가요? 우리 앤 어지간해서는 바깥에 잘 안 내보내요. 돌봐줄 사람이 없거든요. 온종일 집 안에 가둬두다시피 하고 키우는데……"

여자는 유행성출혈열이라는 게 풀밭 등에서 놀 때 그 병에 감염된 들쥐의 배설물 따위에서 옮아온다는 것쯤은 알고 있다는 태도를 보였다. 물론 그것이 상식이었다. 사실 운지도 자신의 가설이 어느 정도 맞아떨어질지는 잘 알 수 없는 노릇이었다.

"유행성출혈열이라는 게 어쩔 땐 우습게도 공기를 떠다니는 병원체에 의해 호흡기를 통해서도 감염이 되거든요. 드문 경우이긴 하지만 특히 새로 조성된 신도시 지역의 아이들이 간혹 걸리는 경우가 있다고 국내 의학계에 몇 건 보고가 돼 있어요. 검사를 하면 다 밝혀질 겁니다. 아무튼 제 예단은 그렇습니다."

바깥풍경은 잔뜩 찌푸려져 있었다. 우산을 편 사람과 그냥 들고 가는 사람이 섞여 걸어가는 걸로 봐서 가는비가 오락가락하는 모양이었다.

퇴근할 무렵 복도에서 만난 노승찬이 중앙청 쪽으로 가고 싶다고 하는 게 좀 뜻밖이었다.

"왜, 전화 안 받았어?"

"하도 민망해서요. 자리 좀 비웠습니다."

"반공일이라고 의사가 그렇게 풀어져도 돼?"

가운 호주머니에 두 손을 찔러넣고 있던 승찬이 발끝으로 바닥을 슥슥 긁으며 씩 웃는다.

"어제 채선배한테 너무 무례했던 것 같아서요…… 부끄럽고 죄송스럽고 해서 뵐 면목이 없더라구요. 그래서…… 그런데 괜찮으시다면 오늘 좋은 전람회장 한번 소개해드릴까 싶어요."

"전람회장이라니?"
"한번 보실 만할 거예요. 알타이문명전이라구요. 아직 못가보셨으면 오늘 제가 모시죠 뭐."
승찬이 그토록 면목없어 하는 건 바로 어젯밤 늦게 운지의 아파트에 찾아간 일 때문이었다.
선배님 이거 밤늦게 불쑥 찾아와서 죄송함다.
알코올기가 은근하게 도는 목소리였다.
괜찮아. 밤이 늦기는 뭐가 늦어. 한참 초저녁이건만. ……고맙습니다. 역시 이해해주시는군요. 그래 오늘 뭐 기분좋은 일이 있었나 봐. ……기분이 좋긴요. 아, 그러고 보니 좋은 것도 같네요. 이 땅을 떠나게 됐으니. 떠나다니? 선배님 아직 모르셨어요? 뜨다니…… 도대체 뭔데 그래?
운지도 얼마 전부터 승찬이 병원에 사표를 내려 한다는 소문을 들어 알고 있었다. 그러나 그 내막에 대해서는 자세히 알고 있지 못했다. 그저 개인병원 차릴 밑천이 어디서 굴러들어왔나 싶기도 하고 어디 딴 병원서 스카우트 제의가 있지 않았겠나 하는 짐작뿐이었다. 그렇다면 평소 그렇게 성글게 지낸 사이도 아닌데 미리 귀띔 좀 해줄 수 있는 문제 아닌가 하는 섭한 감정은 지니고 있던 터였다.
저 들어가도 괜찮겠습니까? 오한이 나는 것 같아서요. 많이 마셨어? 닥터 노 얼굴이 창백해 뵈서요. 혼자 마셨어요. 저런……! 일단 들어와요. 집 안이 엉망인데.
승찬이 비틀거리며 벗어던진 구두가 현관 바닥에 나뒹굴었다. 운지가 부축을 하려고 하자 승찬이 뿌리쳤다. 현관에서의 소란 때문인지 방에서 자고 있던 딸애가 눈을 부스스 뜨며 방문을 열고 나왔다. 승찬의 얼굴에 당황한 기색이 어렸다.
엄마 누구야? 지금 몇시지? 으응, 열두시. 아빠 왔나? 아빤 아니고 엄마 직장동료 아저씨야. 인사드려야지. 안녕하세요? ……! 운지는 미현의 머리를 쓰다듬었다. 얼른 들어가 자라. 아저씬 곧 가실 거야. 제가 너무 큰 소리로 떠들었나봐요. 운지는 대답 없이 소파에 가 앉는다. 승찬이 선 채로 재채기를 몇 번 했다.

매워요? 내가 양파를 다듬고 있다 문을 열어서…… 불고깃감을 재고 있었거든. 채선배 술 한잔 주세요. 왜, 또 마시려고? 얼마 안 마셨어요. 운지는 냉장고에서 얼음을 꺼냈다. 그 위에 조니워커 블랙 라벨을 부었다. 잔은 건네받자 승찬은 입술부터 축였다.

저 뜹니다…… 전 정말 어쩔 수 없는 낭만주의자인가봐요. 무슨 낭만주의? 저 보스니아로 가렵니다. 보스니아? 그렇다면…… 아녜요. 순전히 개인적인 차원이에요. 아! 접때 그 모임 말씀하시는 모양인데, 그게 어디 집행력이 있는 기구인가요 뭐. 남들은 개인적인 결단 어쩌구 하는 모양인데 그렇지 않아요. 저로선 어차피 망명입니다. 자기가 뭐 정치인인가? 정치인만 망명하나요? 거기 위험할 텐데…… 위험하겠죠…… 무슨 말을 그렇게 쉽게 해? 전 좀 깨져야 해요, 진짜. 이 낭만적 허위를 제대로 깨지 않고서는 앞으로 아무 일도 하지 못할 것 같아서요. 내가 무슨 말을 해줘야 하나…… 아무 말씀 필요 없어요. 그래두…… 격려해주기도 그렇고…… 말리기에는 좀 늦은 감이 들고…… 그래요? 전 선배님이 말려주시길 은근히 기대했는데요. 무슨…… 그전에 선배님 꼭 한 번 만나고 가고 싶어요. 휴직도 아니고 병원에 완전히 사표 내고 가는 거예요? 그런 거……말구요. 드릴 말씀도 있고, 정리해야 할 것도 있구요. 정리는 무슨 그런 게…… 제가 선배님 따른 건 알 만한 사람은 다 아는 것 아녜요?…… 저 참, 용기 없는 놈이죠. 닥터 노…… 예, 압니다. 더이상 말씀드리지 않을게요.

운지는 그날 처음으로 중앙청이 국립중앙박물관으로 바뀌었다는 사실을 알았다. 중앙청의 존폐 문제가 언론의 도마에 올라 논란을 불러일으키고 있다는 사실 정도는 얻어들은 풍월이 있었지만 어떻게 결론이 났는지 알지 못했었다.
"안 나오실 줄 알았어요."
"왜 그렇게 생각했지?"
"그냥요."
"그런데 정확히 언제쯤 떠나지?"
"한 보름 안짝 더 기다려야 할 것 같아요."
"바로 보스니아 현지로?"
"아뇨. 일단 그리스로 가게 될 거예요. 거기서 짬을 봐서 들어가게 될 것 같아요."
운지는 고개를 끄덕였다.
"근데 언제부터 안경 썼어?"
승찬은 두꺼운 뿔테안경을 쓰고 나왔다.
"도수는 거의 없어요. 누가 그러는데 동유럽 갈 때는 안경을 쓰고 나가라고 해서."
"왜?"
"……몰라요. 함부로 안 건드린다나……"
"싱겁긴. 참, 일본인 관광객들 꽤 많이 몰려다니네. 자신들의 옛 식민지통치 건물 앞에 선 감회들이 어떨까?"
"여기가 일본인들한테는 꽤 인기 있는 관광코스래요. 기념사진 한 방씩 박고요. 뭐 향수나 아쉬움 따위겠지요. 내 친구가 여기 박물관 사무국에 있거든요. 그 친구 국사과 출신인데 고시했어요, 몇 해 전에. 전공 공부도 꽤나 짭짤하게 한 친구인데 이 총독부 건물에는 거 무엇이냐, 일본 황실의 국화문양 있잖아요? 그게 천장이며 기둥장식, 바닥 할 것 없이 속속들이 숨어 있다는 거예요. 자료가 더 모이는 대로 한번 터뜨리겠다고 벼르고 있던걸요."

"얼마 전에 그 양수리 모텔서 자기도 봤던 내 친구 있잖아? 그 친구 감수녕이라고 문화부 기자 하는데 거기다 얘기하면 될 것도 같은데……"

"제가 나중에 내 친구 연락처를 드리면 되겠네요."

"그럼 이번 문명전 표는 그 친구분한테서 얻었나보지?"

"안 보면 후회한대나요 뭐. 사실은 전 이번이 두번째인걸요."

"두번째? 그게 그렇게 재밌나? 알타이문명전 말이야. 알타이…… 우랄알타이…… 우랄알타이라면 옛날 고등학교 때 국어시간에 배운 우리말의 오리지널 갈래에 대한 용어 아냐?"

"왜 아녜요? 바로 그거지. 그 알타이 맞아요. 저기 중앙아시아에서 펼쳐진 알타이문명이라는 게 있는데 우리 문화의 사촌쯤이나 된다고나 할까? 암튼 신기하긴 신기하죠."

"가본 데를 또 가기는 좀 그렇잖아? 난 다음 기회에 짬을 내서 한번 들르지 뭐."

"아니, 그럴 필요 없어요…… 그저 채선배와 같이 얼음공주를 보면 좋겠다 싶어서요."

"얼음공주? 그게 뭔데?"

"그냥 구경이나 하세요."

승찬은 호주머니에 손을 넣은 채 저벅저벅 앞서서 걸으며 물 먹은 병아리처럼 하늘을 쳐다보며 헐헐헐 웃었다.

"우리 병원에서 접때 팀 짜가지고 중국 여행 갔을 때 잘만 하면 이 얼음공주를 볼 수도 있었는데……"

"그때 본대는 비단길 따라갔고, 우리만 따로 떨어져 초원길로 가지 않았어?"

"바로 그 고비사막 끄트머리가 말하자면 얼음공주를 낸 알타이문명의 동쪽 끝에 해당하거든요."

운지는 고개를 끄덕였다. 승찬은 입구에서 박물관신문을 한 부 가져와 운지에게 건네며 알타이문명전 개최에 관한 기사를 손가락 끝으로 가리켰다. 운지는 건성으로 주욱 훑어보았다.

파지리크 시대의 냉동고분에서 발굴된 미라 등 알타이 지역의 문화재를 소개하는 알타이문명전이 중앙박물관에서 마련된다.
중앙박물관은 광복 50주년을 맞이하여 우리 민족의 뿌리와 문화의 원류를 조명해보는 (……) 이번 전시에서 가장 돋보이는 것은 알타이적 현상으로 불리는 파자리크 시대의 냉동고분으로 (……) 이 여성 미라는 팔과 손등에 환상적인 동물들을 그린 문신이 있어 그녀가 사회적으로 특별한 존재인 사제의 신분임을 보여주고……

이천오백 년 전의 여인이 누워 있었다. 머리 부분은 육탈(肉脫)이 되어 거의 해골 형상이었고 몸뚱어리는 완벽에 가까울 만큼 제 모습을 지니고 있었다. 여인은 추운 듯 옆으로 비스듬히 누워 무릎을 오므린 자세였다.
"하이트? 넥스?"
승찬은 쾌활함을 되찾고 있었다.
"그냥 오비로 마실게. 그쪽은 어제도 꽤나 마신 모양인데 괜찮나? 그렇다면…… 근데 파지리크 시대가 무슨 뜻이지?"
"초기 철기시대니깐 대략 이천오백 년 전 안팎쯤 될 거예요."
"음, 이천오백 년 안팎이나?"
걸어서 인사동까지 온 운지는 승찬이 평소 잘 들락거린다는 이층 술집으로 들어갔다. 일어서면 머리끝이 천장에 닿았다.
"여기가 바로 그 쟁이들이 밤낮으로 죽치고 술 마시는 그 술집인가? 이름부터가 좀 수상한데? 세상만들기라……"

"예. 괜찮은 집이에요. 선배도 앞으로 잘 애용해보세요."

"너무 멀어서 원…… 얼음공주가 살았던 시대가 철기시대의 초창기라면서? 그렇다면 청동기시대의 황혼기라고 할 수 있을 텐데. 철제품에 주도권을 넘겨준 청동기들이 마지막 광채를 내뿜던 시절이 상상이 되는데? 철기의 주도권이래봤자 결국은 농기구나 전쟁무기 등에 관해서였을 테고, 각종 장식품이나 제사도구 등 문명이라고 할 만한 것들은 아직도 청동기의 위력이 그대로 남아 있을 시절이지 않을까 싶은걸."

"역시 날카로운 데가 있어, 채선밴. 그런 의미에서 자 한잔!"

운지는 입가의 맥주 거품을 조심스레 닦으며 입을 열었다.

"당대에도 저런 미라 처리 기술이 있었을까? 놀라워."

"그건 그렇지 않아요. 모르죠. 하지만 있었더라도 아주 초보적인 수준이었을 테고. 그런데 얼음공주는 바로 알타이적 현상 때문이라는데요?"

"알타이적 현상?"

"무덤 안이 얼음으로 형성돼 있어서 부장품이나 유물은 물론이고 인간의 시신이나 말의 시체 등등이 몇천 년 동안 냉동보관돼 있었다는 거죠."

"왜 얼음무덤이 됐을까?"

"한잔 쭉 들이켜고 들어보시든지요. 두 가지만 말할게요. 즉, 추운 기후와 파지리크 고분의 구조적 특징을 알아야 하는데, 구덩이를 깊이 파고는 마루를 놓고 통나무집처럼 나무를 둘렀거든요. 이렇게 판 구덩이를 꼭대기까지 각종 돌들로 채곡채곡 순서대로 쌓았다고요. 그러니 자연히 추운 날씨 속에서 물들이 쉽게 구덩이 속으로 흘러들어가면 어떻게 되겠어요? 상상이 안 돼요? 곧바로 완전히 물에 잠기게 됐다가 나중엔 결국 얼음으로 채워진다는 얘기 아녜요."
"들을수록 희한하네, 그것 참."
운지는 자신이 몹시 흐느적거리고 있다는 걸 어렴풋이 깨달았으나 기분이 흘러가는 대로 그냥 두고보고 싶었다.
"사실 나 아까 얼음공주 보고는 질투했다!"
승찬은 발그레하게 물든 운지의 뺨을 응시하며 대꾸한다.
"미라 보고 질투해서 뭐 하려고?"
"왜? 곱잖아? 진짜로 곱고 기품도 있고. 어딘지 모르게 범접할 수 없는 이상한 분위기가 풍기고 말이야."
"얼음공주 복원해놓은 입상 말예요……"
"으응, 그것말고. 그걸 보면 상상력이 콱 얼어붙고 말지. 그냥 얼음공주의 알몸을 들여다봐야 하는 거 아냐?"
"알몸은 무슨 알몸! 사람이 죽으면 썩어야 정상인데…… 얼음공주 운명도 가련한 운명이라는 생각이 들더라구요. 뭇 사람들의 눈길에 시달리면서 말이야."
"그렇지 않아. 난 달리 생각하는데. 꿈이 살아 있으면 몸도 썩지 않을 거라고 생각해."
"예에? 현대의 최첨단 의학계에 종사하는 사람이 웬 뚱딴지 같은 소리예요? 아무튼 채선배가 얼음공주에 반할 것 같은 예감이 들긴 했지만 내가 데려오길 잘하긴 잘한 모양이네요."
"승찬씨야말로 일부러 그렇게 파삭파삭한 소리 안 해도 돼. 아까 보니깐 자기가 더 흥감 어린 눈길로 얼음공주의 나체를 더듬고 있더구만 뭘."
"하하, 그렇던가요? 이거 들켰네요. 사실 그 얼음공주하고 하룻밤 아니 열흘 밤 정도 자보고 싶은 생각이 왜 안 들었겠어요? 정말 섹시하더라구요. 오늘 다시 봐도."

"이거 작가적 상상력을 훨씬 뛰어넘는구먼. 닥터 노는 왜 그렇게 현실적이지 못해! 기껏해야 죽은 여자의 시체 앞에서 섹스 운운하고."

승찬은 입술에 붙였던 잔을 탁자에 내려놓으며 정색을 했다.

"단지 매혹에 대해서 얘기하려 했을 뿐이에요. 끌리는 거요. 그것은 그 어떤 욕망이나 욕구보다 앞서는 거예요. 왜냐? 끌림의 본질이란 뭔가 하고 싶다 내지는 이루고 싶다는 것과는 사실 반대편에 서거든요. 더욱 멀어지고 그래서 미완에 그치고 마는 것이야말로 끌림의 정점이고 운명이죠. 전……"

"……"

운지는 침묵이 이어지는 사이에 술잔 옆에 박물관 안의 기념품점에서 산 동물 형상의 목걸이를 꺼내 올려놓았다. 얼음공주의 왼쪽 어깨에 새겨져 있던 동물 문신을 본뜬 것이었다. 사슴의 무성한 뿔에다 야수의 귀, 갈기를 가진 말의 몸뚱어리를 합성한 동물이었다.

"이 동물 이름이 뭘까?"

"세상엔 없는 동물이니깐……"

"그래도 이름은 있을 거 아냐?"

"그리핀."

"당시에도 그렇게 불렸나?"

"아뇨. 후세에요. 당대에도 뭔가 제 이름이 있었겠죠. 하지만 지금 우린 알 수 없을걸요. 얼음공주는 바로 여사제였다니깐. 목축민들이 사후에 이르게 되기를 갈망했던 어떤 천상의 목초지와 유목의 낙원에 도달하도록 도와주는 동물을 상징한다잖아요. 항상 부족한 목초지와 예측할 수 없는 자연기후에 시달려온 목축민들의 꿈을 위무해주는 게 바로 얼음공주의 역할이었다고 바로 그 문신이 말해주고 있는 건 아닌지 몰라요."

승찬은 좁은 뿔테안경 너머로 열기를 담은 눈빛을 쏘아보냈다. 그를 물끄러미 바라보던 운지는 눈물샘이 아릿해지는 걸 느꼈다.
"문신이 꿈이고 이상향이고 죽음을 넘어서는 삶의 욕망이고 했던 때가 있었단 말이지?"
"청동기시대의 황혼기였으니깐 가능했겠죠. 채선배도 아까 비슷하게 얘기했잖아요."
"문신이 바로 구속이 아니라니?"
"선배님, 왜…… 아니, 그래 울 땐 실컷 우세요."
"울긴 누가? 담배연기가 눈에 들어갔나봐. 닥터 노는 울 엄마가 무당이었던 것 알아?"
승찬은 눈을 휘둥그레 뜨며 고개를 저었다.
"왜 이런 얘기냐고? 밑도끝도없이? 몰라, 나도 몰라. 취했나? 아니 바로 문신 때문이겠지. 그 문신을 난 진작에 봤거든. 울 엄마의 분홍빛 몸뚱어리에서. 어깨에서, 엉덩이에서 피어나는, 징그럽게 꿈틀거리는 정염의 꽃들을. 꽃이 아닌 뱀들, 구렁이처럼 친친 감은 문신들. 그런데 그 문신은 얼음공주처럼 꿈이라든지 고귀함의 상징이 아니었거든. 단지 천함의 상징이었을걸."
"정작 취할 사람은 난데 선배가 먼저 취하면 난……!"
운지는 승찬의 말을 듣는 둥 마는 둥 한다.
"알타이문명이 우리 문명의 원류지일 가능성이 높다며? 하긴 아까 보니깐 정말 똑같더라구. 그렇게 저렇게 해서 한반도로 흘러들어온 것인가보긴 하던데. 그렇다면 무당의 딸인 나 역시 저 얼음공주의 직계, 아니 감히 직계라고 하긴 좀 송구하지. 아무튼 그 곁가지 중의 하나는 잡은 걸로 추정해도 되는 건가, 외람되게?"

9. 솔벤트 5200

"닥터 채 이런 싸움을 할 필요가 무에 있다고 그래요? 좋은 게 좋은 거 아닙니까?"

운지는 자신의 소견서를 들고 찾아간 홍과장의 태도를 보고 이미 저쪽에서 손을 써놨다는 느낌을 받았다. 홍과장은 운지가 하나하나 따지듯 설득에 나서자 안경을 벗어 손등으로 눈두덩을 꾹꾹 누르며 몹시 피곤한 기색을 보였다. 운지는 종아리에 힘을 주었다.

"아니 과장님, 어떻게 그런 말씀을 하실 수 있어요? 의사가 일개 시정잡배도 아닌데 좋은 게 좋다는 식으로 어떻게 얼렁뚱땅 넘어갈 수 있단 말예요? 몇십 명의 여자들이 애도 못 낳고 일생을 망칠지도, 아니 그들만이 아니고 전국적으로……"

"그만둡시다 닥터 채. 그건 극단적 비약이오. 어쨌든 난 닥터 채의 소견에 동의할 수 없다는 점을 분명히 해둡니다."

"그 기업체가 이 병원 재단에 참여를 하고 있어서 그런 겁니까?"

"솔직히 말해서 나도 부담스럽소. 나도 여러 가지 사실관계에 대해서는 닥터 채와 비슷한 소견을 품고 있으나 그게 어디 위쪽에 먹혀들 것 같소? 공연한 헛수고나 충돌은 피하는 게 현명하리라고 생각하오."

"……!"

운지는 더이상 대꾸를 않고 과장실 문을 열고 나왔다. 어디서 며칠간 푹 쉬고 싶은 생각뿐이었다.

그래 나는 나약한 존재니까. 운지는 어쩌면 자신이 손을 뗄 시점이 된 것 같다는 생각이 들었다. 우선 힘에서 커다란 차이가 났다. 힘은 곧 현실이었다. 그리고 그걸 거스른다는 건 고통을 의미했고 모험이었다. 내가 이제 새삼스레 모험을 선택할 나이는 아니지 않은가. 운지는 그렇게 편한 쪽으로 생각이 돌아가는 자신을 발견하곤 아랫입술을 지그시 깨물었다.

그 다음날 출근하기에 앞서 운지는 자신의 핸드백을 뒤져 그 행운의 열쇠가 잘 간직돼 있는지 살폈다. 퇴근 무렵 과장실에서 돌아온 자신의 책상 앞에 뜬금없이 놓여 있는 그 열쇠함을 보고는 얼마나 놀랐는지 몰랐다. 허간호사를 불러 물어보았다.

"누가 다녀갔나요? 이게 뭐죠?"

"아 예, 좀 전까지 어떤 남자분이 오셔서 기다리다가 가셨는데요. 내일 다시 찾아뵙겠다고 하더라구요."

열쇠함 밑에는 명함이 깔려 있었다.

L전자 ○○공장 노무과장 공필득.

운지는 그 순금 행운의 열쇠가 무슨 뜻인지 대충 짐작이 되었다. 운지가 다니는 동신병원 주변에 대기업 전자회사가 들어와 있었다. 그 공장에서 일하는 여성 노동자 이십 명에게 생리중단 등의 집단질환이 발생해 동신병원에서 치료를 맡고 있었다. 열여덟 명은 공장을 쉬고 집에서 통원치료를 받는 중이었지만 두 사람은 증세가 위중해 입원치료중이었다.

공필득이라는 사람이 아마도 그 일로 관련돼 자신을 찾아왔을 것이라는 짐작을 운지는 어렵지 않게 할 수 있었다. 왜냐하면 운지가 바로 이 건의 실무담당 의사였기 때문이다. 출근을 해보니 벌써 그 사내가 와서 기다리고 있었다. 운지는 가운을 갈아입지도 못한 채 마주 앉았다.

"초면에 실례하겠습니다. 공필득이라고 합니다."

"아 예, 어제 놓고 간 명함을 봤습니다. 그런데 별 필요 없는 물건을 함께 두고 가셨더군요. 도로 받아가시기 바랍니다."

운지가 정색을 하고 말하는데도 사내는 전혀 동요하는 빛이 없었다. 으레 그럴 줄 알았다는 듯 얼굴에서 엷은 웃음기를 거두지 않은 채 시간 좀 내달라고 말했다.

"이 사무실이 전 좋습니다. 얘기하기도 편하구요. 그리고 지금 근무중이어서 함부로 자리를 이탈해 사담을 나누기도 곤란하거든요. 환자가 지금 밖에 많이 밀려 있습니다."

"많은 시간을 달라고는 않겠습니다. 다만……"

"다만 무엇이죠?"

사내는 운지의 뻣뻣한 태도에 질렸는지 옷매무새를 다시 고쳐 앉으며 정면돌파를 각오했는지 본론을 꺼냈다.

"채박사님도 이미 여러 조사를 거쳐서 아시겠지만 이것은 산재로 처리할 수 있는 사연이 아닙니다."

"그거야 조사결과가 완전히 나와봐야 아는 거죠. 유사한 증상을 앓는 환자가 다수 발생한 상황이 엄연하지 않습니까?"

필득씨는 자신의 옆에 놓인 시커먼 007가방을 열어 두터운 서류를 한 뭉치 운지 앞으로 내밀었다. 운지가 눈짓으로 이게 무엇인가를 묻고 있었다.

"박사님도 아시겠지만 저희 공장에서 유기용제로 쓰고 있는 게 바로 일본산 솔벤트 5200입니다. 그 동안은 세정제로 프레온가스를 써왔는데 두루 아시다시피 환경협약에 따라 국내에서도 사용이 제한돼 있고 비용절감 효과도 있고 해서 저희는 약 삼 년 전부터 이 솔벤트 5200을 일본에서 수입해 대체했던 겁니다."

운지는 눈을 내리뜬 채 턱을 가볍게 받친 자세로 필득씨의 말을 경청했다.

"그럼 이 서류는……"

"예, 바로 일본의 수입처로부터 저희가 받은 자료입니다. 이 자료에는 이 약품의 안전성에 대한 일본 국내의 연구자료와 임상실험 및 사용분석 내용 등이 들어 있습니다. 세계적으로도 사용에 아무런 문제가 없다는 보고서 사본 등이 첨부돼 있습니다. 그리고 한국에서도 이 약품이 유독물질로 정식 분류되지 않은 점도 아울러 말씀드리겠습니다. 모쪼록 박사님께서 두루 참조하시기 바랍니다."

운지는 자신의 책상 위에 올라온 두터운 서류뭉치를 맥없이 바라보았다. 필득씨는 자신이 할말은 다했다는 듯 입을 다물고 운지만 쳐다보았다. 운지는 자신의 몸 속에서 자신감이 엉성한 매듭 풀리듯 스르륵 빠져나가는 것을 느꼈다. 저 자료 속에는 아마도 내가 처음 보고 듣는 사실들이 무수히 기록돼 있으리라. 세계적 기관의 검증과 권위가 보태진 것들이 말이다. 사슴 보고 말이라고 우기면서도 그 타당성을 입증시키고도 남을 논리와 실험과 사례 들을 담고 있을 터였다.

"일단 읽어는 보겠습니다만…… 솔직히 말씀드리자면 제 경험과 상식과 전문지식을 총동원해서 보건대 이번 건은 산재라고 결론 내릴 수 있는 필요충분조건을 갖추고 있다고 여겨집니다. 솔벤트가 얼마나 독한 화학물질인지는 부정할 수 없는……"

필득씨가 이 대목에서 단호한 손사래를 쳤다.

"저는 무조건 저희에게 유리한 판단을 내려달라고 말씀드리진 않았습니다. 어쨌든 우리 공장에서 일하는 근로자에게 장애가 일어난 것만큼은 틀림없는 사실이고, 때문에 저희는 어떤 식으로든 책임을 질 용의가 있다는 겁니다. 피하지 않겠습니다. 다만 선생님께서 부디 편견은 지니지 말아주십사 하는 점이고…… 그리고 회사 이미지 등을 고려해 조용히 문제를 풀 수 있는 기회를 마련해주십사 하는 것입니다. 다른 것은 더 없습니다."

운지는 논리적으로 자신이 궁색함을 느꼈다. 명색이 소견을 밝혀야 할 담당의사인 자신은 외국 사례를 들춰본 적도 없거니와 환자들이 일하던 작업장을 방문한 적도 없었던 것이다. 부끄럽고 당혹스러운 일이 아닐 수 없었다. 단지 스스로가 알고 있는 사실은 솔벤트라는 화학물질이 독성이 강하진 않지만 휘발성이 강해 밀폐된 작업공간에서 장시간 지나치게 접하게 되면 건강을 해칠 수 있다는 아주 상식적인 지식뿐이었던 것이다. 그런 바탕 위에 작성된 자신의 소견서란 어쩌면 엉성하고 거칠기 짝이 없는 서류 나부랭이일 수도 있음을 깨달았다.

점심식사를 마치고 난 운지는 자판기에서 커피를 뽑아들고 복도 한구석 창가로 다가서 있었다. 누군가가 자신의 가운을 건드리고 있었지만 운지는 돌아다보지 않았다.

"언니……"

솔벤트 중독 증상으로 입원치료까지 받고 있는 이연주였다. 그녀는 전자부품을 솔벤트 5200으로 직접 세정하는 작업을 맡고 있어 가장 피해가 컸다.

"응, 연주씨 오늘은 어때?"

"기, 기분좋아요. 밥도 많이 먹었어요."

그녀는 벌써 열 달 전에 월경이 끊겼다. 척수신경이 마비돼서 그런지 약간의 우울증을 동반한 정신착란성 장애에다 언어기능 장애까지 나타나는 중증 환자였다.

"언, 언니 차암 권리 좋다."

연주는 운지의 손을 쓰다듬었다. 권리라는 말은 손등을 탐스럽게 쓰다듬으면서 한 것으로 보아 아마도 살결이나 피부 따위의 말을 제치고 들어선 말인 듯싶었다. 그녀는 자신이 무엇엔가 몰두를 하면 그 단어를 다른 말과 대체를 하는 언어장애가 있었다. 그것을 알면서도 운지는 물었다.

"권리? 무슨 권리?"

"권리가 아니고 뭐더라……? 모르겠네. 후후."

운지는 연주의 엉덩이를 손바닥으로 툭 건드렸다.
"언니는 자주 면회 와?"
언니가 오는 날은 연주도 특별외출이 허용되었다. 연주는 고개를 끄덕였다.
"연주씨 좋겠네. 오면 어디 가?"
연주는 퀭한 눈망울을 운지 쪽으로 향했다.
"거기요."
"어디?"
"권리."
"크훗."
운지가 급작히 웃는 통에 커피가 넘쳐흘러 손등에 묻었다.
"나 언니 봤다."
"그래? 어디서?"
"얼음공주."
연주는 어린아이처럼 또박또박 명토를 박아 말했다.
"얼음공주? 알타이문명전 구경 갔구나! 국립중앙박물관!"
연주는 고개를 끄덕이며 히죽 웃어 보였다.
"언니랑 꼭 거기 가. 근데…… 얼음공주가……"
"그래 얼음공주가……"
연주는 힘겹게 침을 꼴깍 삼키더니 식은땀을 흘리기 시작했다.
"얼음공주가 임신을 했어…… 흑흑."
운지는 무슨 말인지 몰라 잠시 당황했다. 그러나 곧 연주를 안고 등을 가볍게 토닥거려주었다.
"내가 봤어…… 그렇게 젊은 나이에, 부끄럽지도 않게…… 발가벗고……"
"그래 됐어……"

"아냐, 안 됐단 말이야…… 언니가 바로 얼음공주인걸. 그걸 왜 몰라? 언니가 무서워. 언니는 얼음공주처럼 권리가 있는 사람이니까. 내 목숨은 언니 손에 달려 있다고 그래. 언니는……"

"알았어……"

응급실로 들어오는 앰뷸런스 소리에 둘 사이의 대화가 잠시 멈췄다.

운지는 연주를 병실 문앞까지 데려다주었다. 퇴근을 하기 위해 지하주차장으로 들어섰을 때 운지는 자신의 승용차 옆에서 서성거리고 있는 건장한 몸집의 사내 둘을 발견했다. 갑자기 가슴이 울렁거렸지만 티를 내지 않고 다가섰다. 그녀가 자동차 열쇠 구멍을 맞추려는 순간 그들이 다가섰다.

"채운지 선생이 맞습니까?"

"그렇습니다만 댁들은……"

사내들은 대답 없이 운지를 위협적으로 둘러쌌다. 운지는 주위를 살펴봤지만 자신이 무방비상태라는 사실을 깨달았다.

"이 물건의 임자가 맞으시겠네요, 그럼?"

바로 그 돌려보낸 행운의 열쇠함이었다. 운지는 그것을 받지 않으려는 몸짓으로 짐짓 뒤로 몸을 뺐다. 사내 하나가 재빨리 그 빈 공간을 메우며 바짝 다가섰다.

"이것 또한 저희 물건이 아니거든요. 우리 다만 물건의 임자에게 전달해달라는 부탁을 받았습니다."

운지는 하는 수 없이 일단 행운의 열쇠함을 받았다. 이번에는 열쇠함 밑에 흰 봉투까지 거머리처럼 달라붙어 있었다.

"저희를 화나게 하지 않아서 고맙군요."

운지는 사내들이 한 발짝 물러서서 차문을 얼른 연 다음 급하게 시동을 걸었다. 그리고는 있는 힘을 다해 운전대를 거머쥐고 주차장을 빠져나왔다.

"이건 싸움이야. 목숨을 건 싸움……"
나지막이 읊조리는 운지의 눈에 갑자기 물기가 팽 돌았다.

10. 향기 속의 상처

운지는 일 주일 뒤 연주를 집으로 데리고 갔다. 연주의 언니가 바쁜 일이 있어 못 오게 됐다고 알려왔기 때문이었다.
"연주, 우리집에 가서 하룻밤 같이 잘래?"
"언니네 집에요? 지금 아무도 없어요?"
"아저씬 지방에 내려갔어. 중1짜리 딸 미현이만 있거든."
"그래두……"
연주는 좀 망설이는 표정을 지었다.
"우리 드라마에 대해서 함께 얘기할 것도 있잖아?"
"언니 집에서요?"
"병원보다 더 낫지 뭘 그래?"
연주는 고개를 끄덕였다. 연주는 운지가 지도의사로 참가하고 있는 한 사이코드라마의 출연자이기도 했다. 줄거리가 정해져 있지 않은 심리극이었다. 물론 심리치료의 한 방편이긴 했지만 진행되는 것을 봐서 올 가을에 열리는 근로자대동제 때 출품하게 될지도 모를 작품을 만드는 일이기도 했다. 정신질환 환자에게 과제 해결에 필요한 주제만 정해주면 그들이 무대 위에서 즉흥적으로 연기하게 하는 방식으로 진행될 참이었다. 성공 여부는 그런 연기를 통해 환자들이 얼마나 자신의 내부에 잠재돼 있는 자발성을 끄집어내 동참하고, 또 창조성을 발휘해 자기 표현을 극대화시키는가에 달려 있었다.
주제는 심문이었다. 주로 자아분열증상이 있는 환자들이 배우로 출연하기 때문에 자신의 정체감을 부각시키기 위한 연출 의도가 들어 있었다. 운지는 제목이 좀 딱딱하지 않느냐는 의견을 콘티회의에서 내놓았으나 채택되지 않았다. 출연진은 심문을 맡은 심문관과 피의자 그리고 증인A, 증인B와 목소리 1로 구성돼 있었다. 운지가 해줘야 할 임무는 목소리 1이었다. 사실 목소리 1은 대사는 많지 않지만 상황을 주도해야 할 중요한 구실을 떠맡고 있었다. 등장하는 배우들의 개인적 처지에 걸맞은 목소리의 내용을 미리 알고 확정해두어야 하기 때문이었다. 그것은 환자별로 의사 몇몇이 나누어 맡았다. 나머지 심문관, 피의자, 증인 A·B는 환자와 의사들이 번갈아 맡게 되었다.

"와 집 되게 크다!"

연주는 현관에 들어서자마자 탄성을 내질렀다.

"겉옷 벗어 이리 주고, 소파에 좀 앉아 있어."

운지가 화장실에 잠깐 들어갔다 나왔을 때 연주는 현관 옆 벽에 걸린 그리핀을 만지작거리고 있었다.

"뭘 봐?"

"이거요."

"으응, 그리핀!"

"얼음공주한테서 나온 거죠?"

"그래 거기서 샀어."

"이런 동물이 세상에 살고 있어요, 언니?"

"상상 속의 동물이라지 아마. 보면 알겠지만 사슴의 뿔에다 야수의 귀, 그리고 말의 갈기와 몸통을 가진 짐승이잖아. 풍요로운 사냥과 사후에 하늘로 길을 인도해줄 상징적 동물이라고 들었는데 잘 모르겠어."

"어쩌면 있을지도 몰라요……"

"그렇지…… 그런데 우리 오늘 저녁으로 뭐 만들어 먹을까? 내가 아주 맛있는 거 만들어줄 테니 한번 말해봐. 실컷 먹어보자구 까짓 것."
"언니가요?"
"그럼 내가 요리를 얼마나 잘한다고. 탕수육 좋아해 자기?"
연주는 고개를 끄덕인다.
"그러면 내가 재료 준비할 테니 자긴 야채들 좀 다듬어봐. 베란다에 양파고 당근이고 다 있거든. 얼른 팔 걷어붙이고, 도마는 저기 싱크대 밑 열면 있어."
운지는 옷을 갈아입으러 안방에 들어갔다. 음식 만들 때는 보통 헐렁한 통치마를 꺼내 입었다. 거실에 나와보니 연주의 기척이 없었다. 베란다 문을 열어봐도 그녀는 보이지 않았다. 그러면 화장실…… 자신이 열고 나온 화장실 문이 닫혀 있는 걸로 봐서 연주가 들어간 것 같았다. 운지는 팔을 걷어붙이고 냉장고 문을 열었다. 냉동실에 있던 탕수육 재료를 전자레인지에 넣어 해동시키고 가스레인지에는 물을 올려 팔팔 끓일 때까지 연주는 화장실에서 나오지 않았다. 순간 운지의 머리로 나쁜 예감이 스쳤다. 혹시…… 운지는 부리나케 달려가 화장실 문을 비틀었다. 문이 덜컹 열렸다.
"연주!"
세면대 앞에 허리를 구부정하게 숙이고 있던 연주가 고개를 옆으로 돌렸다. 문고리를 짚고 서 있던 운지의 다리가 바르르 떨렸다. 연주의 손에 잡힌 과일칼의 날카로운 날에서 빛이 반사돼 나왔다. 그 칼과 연주의 퍼런 심줄이 드러난 왼손 동맥은 몹시 가까운 거리에 있었다. 운지는 가까스로 침을 삼켰다.
"연주! 뭐 하려는 거야?"
"물 끓어요, 언니? 나 칼 씻으려는 거예요."
"칼을 여기서 씻어?"

"병원에서도 뭐든지 다 세면대에서 씻잖아요?"

연주는 배시시 웃으며 씻은 칼에서 물기를 닦아내는 시늉을 했다. 운지는 안도의 한숨을 포옥 내쉬었다.

"난 또……"

"또 뭐요?"

"아니, 양파를 못 찾아서 그런가 해서."

"거실에 들여놨잖아요."

김이 무럭무럭 오르는 탕수육과 잡채 등 몇 가지 음식을 식탁에 놓고 마주 앉은 연주가 입을 뗐다.

"언니 같은 사람은 타고나야 할 거예요."

"나 같은 사람이라니?"

"나랑은 종자가 다를 거 아녜요. 언니처럼 곱고 높은 사람이 된다는 것은……"

"내가 곱게 자란 사람처럼 보여? 그렇지도 않아. 자, 들자고. 우선 먹으면서 천천히 얘기하지. 연주한테 해줄 얘기도 많으니깐 오늘 밤이 새도록 얘기해보자구."

"울 아버진 개백정이었어."

잠자리 옆에 누운 연주가 눈을 휘둥그레 떴다.

"개백정이라뇨? 언니 아버지가?"

"동네에서 다들 그렇게 불렀지. 들어봐."

운지는 남편한테도 털어놓지 않은 얘기를 연주에게 털어놓고 있었다.

―성질이 광포해서도 그랬겠지만 우리 동네고 옆동네고 할 것 없이 개를 잡을라치면 모두들 아버지를 부르러 왔거든. 잡고 난 개의 내장은 거의 아버지 차지였어. 나도 어릴 적 그것을 먹고 자랐어. 후후,

믿어지지 않지? 근동에 잡을 개가 없으면 아버진 사람들과 작당해서 멀리 원정까지 가서는 개를 훔쳐오고 그러기도 많이 했나봐. 울 엄마는 아버지의 매타작을 견디지 못해서 내가 국민학교 삼학년 때 집을 나갔어. 엄마가 얼굴값을 하기 전에 다잡아놔야 한다는 게 아버지의 단순한 생각이었던 모양이야. 그후론 소식을 못 들었어. 물론 꼼짝없이 숨죽이고 어느 땅엔가 엎드려 있었겠지. 아버지 귀에 들어가면 살아남지 못했을 터이니깐. 엄마가 도망간 뒤 아버지는 더 사나워졌어. 나는 부엌 다락방에서 먹고 자고 공부했는데 그때 얼마나 추웠다고. 축농증도 그때 걸린 거지. 방이 하나니까 아버지가 못 내려오게 하는 거야. 내려오라고 해도 또 내가 응하질 않았을 거야 아마. 내 유일한 벗은 아랫집 엿장수 안씨 아저씨가 고물상에서 거저 구해준 통기타 한 대였어. 온통 긁히고 테이프로 봉하고 때가 새카만 기타줄도 아슬아슬하게 매어 쓰는 기타였지만 다락방의 언 손으로 책받침을 오려 만든 삐꾸로 열심히 코드를 익혔지. 너의 침묵에 메마른 나의 입술 차가운 네 눈길에 얼어붙은…… 내가 처음 익힌 코드로 부른 이 노래. 그래도 그 노래를 부를 땐 다락방도 훈훈한 기운이 도는 것 같았어. 대학 들어가면서 나도 집을 나와버렸지. 아버지가 견딜 수 없을 만큼 무서워졌어. 그 퀭한 눈빛을 보면 실성한 사람 같았으니깐. 아버지가 내 통기타를 부숴 부엌 아궁이 속에 쑤셔넣고 개고기를 한솥 끓이는 것을 보고는 다음날 아무런 미련 없이 집을 나섰어. 그것도 떳떳하게 대낮에. 골목길 구멍가게 김씨 영감이 웬일인지 철 지난 아이스케키를 하나 덥석 집어주더라구. 웬일인지 몰라. 한 번도 그곳을 집이라고 생각해본 적이 없었으니 얼마나 홀가분했는지 몰라. 바깥에 나와보니 정말 좋은 세상이더라구. 하룻밤 새 살이 막 오르는 기분 있지? 지방대긴 하지만 의대에 들어가니 어느 정도 미래도 보장이 되는 거구. 내가 본과 진입을 앞두고 있을 때 아버지가 돌아가셨어. 맞아죽었다던데 난 잘 몰라. 연락만 받았으니깐. 물론 그 동안 한 번도 아버질 찾아보지 않았어. 깜박 잊고 있었다고나 할까. 동네 재건대하고 싸움이 크게 붙었던 모양인데 죽은 자는 말이 없으니 모든 덤터기를 뒤집어쓴 모양이더라구. 화장한 재는 이 손으로 강물에 뿌려줬어. 혹시 윤회의 고리가 있다면 다시는 부녀의 연으론 만나지 말자고. 강바람에 자꾸 입 속으로 밀려드는 산발한 머리카락을 끊임없이 내뱉으며 속으로 울부짖었어. 참 어떻게 그런 모진 심사가 발동했는지 지금 생각해봐도 알둥 말둥 해. 그 뒤로는 허탈해져서 그런지 어떤지는 몰라도 이 세상이라는 게 너무 야속하고 정 떨어지는 거 있지? 전부 위선 구덩이 속이라 그 말이야. 내가 의과대학생으로서 가정교사하며 생활비하고 학비 버는 그 자체도 말이야. 그런 자포자기 비슷한 심정이 오기처럼 솟구치더라고. 그래 한번 해볼 테면 해보자, 갈 데까지 가보자 뭐 그런 심사가 됐나? 이 세상에 대해 야유도 하고 포달도 부려보고 싶었어. 내가 그해 여름 한철을 술집에 나간 건 그런 심리적 황폐함이 내면풍경으로 자리 잡고 있어서 가능했어. 물론 그저 위악(僞惡)이지. 위악! 지금 생각해봐도 내가 썩지 않고 버티기 위해서는 오히려 그 위악이야말로 유일한 방책이자 출구가 아니었을까? 여름 방학이기도 했지. 그 엘레나 생활도 물론 견디기에 만만한 것만은 아니었어. 결국 위악과 위선은 종이 한 장 차이라는 인식이 유일한 소득이라면 소득인 세월이었지. 난 그때 내가 갑자기 마흔 살쯤 돼버린 여자 같다는 생각이 들더라구. 조로(早老)한 여자처럼. 술집의 밀실에서 화장을 고치고 나오면 후텁지근한 한밤의 열기가 아직도 남아서 날 기다리고 있다가 덮쳐왔지. 집으로 가는 밤거리에는 야시장이 서는 곳이 한 군데 있었거든. 묘한 활기가 넘치는 곳이었지. 줄줄이 알전구가 걸리고, 툽툽한 쉰 막걸리를 마신 것 같은 아저씨들의 걸걸한 목소리가 엇갈리고. 그 야시장은 내가 집으로 가는 길에 꼭 들러야 하는 길목에 있지는 않았어. 그렇지만 난 하릴없이 그곳을 거쳐왔지. 일종의 세례의식이라고나 할까. 말귀도 못 알아듣는 아이들을 가정교사랍시고 암기식 입시요령을 전달하는 과외 따위는 노동도 아니라는…… 뒤틀린 자부심. 아, 내가 왜 이런 얼토당토않은 말을 하지. 아무튼 그래도 그 야시장을 거쳐오면서는 나도 값싼 지식, 아냐 지식이라는 생각도 안 했어. 아무튼 내 나름대로 정직한 노동을 하고 돌아오는 길이다라고 믿고 싶었지. 왜 그랬는지 알아? 집을 나오면서 난 내가 다락방 같은 곳에선 완전히 해방된 줄 알았어. 그런데 그게 아니더라고. 다락방은 한 겹이 아니었어. 두 겹, 세 겹 아니 네댓 겹씩이나 줄줄이 껍데기를 쓰고서 날 에워싸고 있는 거야. 내가 너무 횡설수설하지, 그지? 그냥 들어줘. 자니……? 자?

그러니……? 나도 나의 피곤한 노동을 감당하고 돌아와 싸구려 음식과 더불어 같이 노동의 땀내를 뿌리는 사람들과 뒤섞일 자격이 있다는 것을 확인하고 싶었던 것일까? 잘 모르겠네…… 아무튼 그 야시장에 꼭 들렀는데, 그중에서 그 과일 손수레 아저씨가 제일 기억에 남아. 나한테 참 과일을, 물론 내가 단골이기도 하고 떨이여서 그랬겠지만 그래도 무척 싸게 주셨거든. 내가 밤에는 대충 과일 한 쪽씩 베물고 그냥 잠들곤 했어. 내가 그때는 흐물흐물한 복숭아를 죽어라고 먹어댔지. 과육이 과일껍질을 뚫고 비어져나올 것만 같은 그런 것을 골라서 특히. 아저씨도 그걸 알지. 하이타이로 씻지 않아 복숭아털이 뿌옇게 묻은 과일을 만질 때의 그 촉감이 어떤지 너도 잘 알 거야. 물론 까칠까칠하긴 하지. 그 까칠까칠함은 바로 여자로 따지자면 분 바르지 않은 축이라고 할 수 있을 거야. 나의 손길을 기다렸다는 듯. 그런데 복숭아 하면 또 죽여주는 냄새 아니겠니? 하지만 발그레하고 냄새가 진한 복숭아는 조심해야 할 거야. 어딘가 상해 있기 쉽거든. 그런데 난 상한 줄 알면서도 그 상한 복숭아를 한번 손에 들면 놓질 못하고 그대로 봉투에 담아 집까지 들고 오거든. 너무 안돼서. 세상에 상한다는 게 뭐겠어? 세상을 받아들인다는 거 아니겠냐구. 근데 왜 세상을 받아들일수록 상해야 하는 거지? 또 왜 상할수록 진한 향내를 내뿜는지…… 과일이긴 해도 너무 가련해서. 아니, 솔직히 말해볼까. 그게 바로 눈에 보이지 않게 속으로 썩어들어가는 내 살 같아서. 내 인생의 앞날을 보는 것 같아서. 너다 하고 눈을 맞추고 집어드는 순간 엄지손가락이 푹 박히지, 상처 구멍으로. 그때 그 뚫린 구멍에서 피어오르는 향내란…… 아아, 그러면 난 취하지. 그 향내 어린 독가스에. 이렇게 나를 사로잡는 게 앞으로도 또 있을지 몰라. 그땐 이 복숭아를 떠올리자. 어쩌면 독가스일지도 모른다는…… 세상이 내게 향기를 강요하더라도 절대 속지 말자고. 왜냐하면 내 몸의 일부를 그 향내의 대가로 부패시켜야 할지도 모르니깐. 아이 참, 내가 왜 이리 감상적이 됐담. 아무튼 그때 난 비로소 내 가슴에 어쩌면 평생 가도 풀리지 않을 얼음덩어리가 알알이 박인 게 아닐까 생각했어. 가슴에 얼음이 박인 여자. 연주 진짜 자……?

 그리고 엄마를 찾아 떠나던 그해 내가 몹시 앓았거든. 한 달포가량. 죽는 줄 알았어. 밤마다 그런 꿈만 꾸고 말이야. 학교도 일단 휴학을 하고 그랬는데 어떡하다가 낫고 나니깐 왠지 엄마가 보고 싶다는 생각이 불쑥 들지 뭐니. 연때 맞으려고 그랬는지 그런 생각이 들어서 그랬는지 어쨌는지 구메구메 연락이 닿더라구. 그래서 내가 거기를 찾아가게 됐어. 그래 탄광지대로 유명한 고한이지. 아주 산간 오지더라구. 그곳을 찾아가는 버스 안에서 박통이 권총 맞았다는 소식을 라디오로 들었어. 버스 안내양이 팔에 고개를 파묻고 흑흑 우는 게 나로서는 되게 신기하게 보이는 거 있지. 그렇게 해서 찾아가봤는데 가보니 정말 엄마가 그곳에 살고 있더라고. 뭐 하고 있었는지 아니? 무당이 돼 있었어, 엄마가. 사람이 아주 달라져 있었어. 뭐랄까? 기품이랄까, 그런 게 엿보이는 아주 원숙한 중년의 여인으로 변신을 했어. 나를 보고도 별로 놀라지 않는 표정이더라구. 마치 어제 보았던 것처럼. 근데 엄마가 그곳 사람들한테 어떤 미신의 대상이 돼 있는 걸 보니 처음엔 소름이 엄청나게 돋더라구. 거의 신격화의 수준에 이르러 있었어. 어떤 미신이냐구? 그곳 사람들이 제일 두려워하는 것은 매몰사고이거든. 생각보다 흔하게 일어나나봐. 다들 엄마가 써준 부적을 비닐에 넣어 목걸이로 만들어 달고 다녔어. 엄마는 매일 새벽 하얀 무기(巫旗)를 새로 내다 걸었어. 일터로 가는 광부들이 그것을 꼭 보고 간다고. 근데 나는 거기에 왜 눌러앉았는지 몰라. 처음엔 며칠 걸릴 여행으로 생각했었는데 나중엔 거의 다섯 달 남짓이나 그곳에 머물렀다는 거 아냐. 엄마는 내가 빨리 그곳에서 나가줬으면 하는 눈치였던 것 같은데 그러니깐 더 오기가 발동하지 뭐냐. 뭐 하면서 지냈는지 지금은 잘 생각도 안 나. 책 한 권 없던 그곳에서. 거기서 지금 남편 승익씨하고 친구 진걸씨라고 있어, 그 두 사람을 만난 거야. 그래 맞아. 노동현장이라는 델 들어와 있던 운동권 출신이었던 거지. 승익씨한테서는 어렴풋이 그런 낌새를 눈치챌 수 있었는데 진걸씨한테서는 전혀 감을 잡지 못했어. 진짜 탄 캐는 광부 같았으니깐. 이상하게 셋이서 모이게 되더라구. 남 눈에 띄지 않으려고 얼마나 애썼는데 들킬 리가 있니? 참 이상한 관계를 몇 달간 이어갔지. 그렇다고 내가 그들과 운동을 함께 하는 것도 아니고, 연애질을 하는 것도 아니고. 결국 삼각관계로 불러야 하나? 그걸? 그때 그 막장을 닮은 것 같은 이상한 열기가 세 사람을 에워싸고 있었지. 내가 있을 때도 한 번 갱도가 무너지는 큰 사고가 났어. 이듬해 봄이던가. 그곳도 정치권력의 공백기라서 그런지 몰라도 은근히 들썩들썩거리긴 했는데, 눈치를 보니깐 승익씨하고 진걸씨가 조그만 소모임을 꾸리고 있긴 한 모양인데 전혀 예기치 못했던 파고가 밀어닥치니깐 별 손을 못 쓰고 있는 형편이었지. 바깥에는 잘 알려지지 않았지만 그곳 어용노조 사무장이 젊은 광부들한테 붙들려서 린치도 당하는 장면을 보았어. 살벌했지. 그런데 그 와중에서 갱 사고가 겹쳐서 참 뒤숭숭하기 짝이 없었고, 오후쯤 됐는가 왱왱 사이렌이 울리더니 사택지역이 발칵 뒤집혔어. 아이고 아줌마고 할 것 없이 넋이 나간 표정으로 일제히 뛰쳐나가는데 무슨 전쟁이라도 터진 분위기야. 그때 승익씨가 막장에 들어가 있다가 매몰됐다고 진걸씨가 알려줬어. 누가 다이너마이트를 잘못 터뜨렸대나봐. 나도 현장에 달려가보니 들것으로 사람을 막 실어나르는데 지옥이 따로 없더라구, 지옥이. 다행히 승익씨는 구출됐어. 다음날 바로. 그 밤새 내가 기도랍시고 하면서 뭐라고 읊조렸는지 아니 너? 승익씨가 살아나오면 내 모든 걸 다 주겠다고 했지. 그리고 나중엔 실제로 그렇게 됐어. 참 수상한 봄이 왔지, 그곳에도. 그곳 남쪽 기슭에 엄청나게 넓은 억새풀밭이 있었어. 겨울을 지나 완전히 퍼석하게 말라 있긴 한데 어떤 곳은 그대로 형상을 갖추고 있었어. 보통 내 키의 한 길은 넘는 것 같더구먼. 꼭대기는 군 파견부대가 진을 치고 있었고, 무슨 레이더 기지 같았는데 잘 모르겠어. 승익씨의 팔이 다 나을 무렵이고 해서 우리 셋은 소풍을 자주 나갔어. 날이 좋았지. 그 억새풀 언덕 위에는 이상한 창고 건물이 하나 서 있었어. 그 안에는 시멘트 포대도 있고 이런저런 도구들도 있고 그랬지. 한쪽에는 짚더미도 깔려 있고. 참 불륜 저지르기 딱 안성맞춤인 곳이었지. 그래…… 그곳에서 승익씨한테…… 강제로는 아니고 아무튼 둘이 마른 섶에 불지르듯 열정적으로 타올랐지. 등가죽이 다 까시러지도록. 그리곤 우리 둘은 약속이나 한 듯이 그곳을 빠져나왔어. 서울로 달아나는 그 버스 안에서 난 내 가슴속의 얼음이 조금은 풀리는 듯한 느낌이 들었는데 잘 모르겠어. 우리가 결혼식 아직까지 안 올린 거 너 아니? 진걸씨? 그도 곧 거기를 뜨긴 했는데 서울로 나오지 않고 계속

탄광촌을 돌며 본업인 미술에 몰두했지. 그래 맞아, 그래서 처음엔 탄광을 그리는 광부 화가로 잠시 알려졌지. 아아…… 자니……? 자는구나……

11. 양파

운지는 도서관이나 의학협회 자료실을 뒤져 유독물질 피해 사례와 국내외 의학논문 등을 뒤져나가면서 솔벤트 5200의 주성분인 2-브로모프로판의 유독성 여부를 가리는 일이 이번 문제를 올바로 해결하는 지름길임을 알았다. 치명적 유독물질임이 분명해 보이는 2-브로모프로판이 아직 유독물질로 분류되어 있지 않은 건 틀림없었다. 그러나 그 작업은 일개 병원에서 수행할 수 있는 것은 아니었다. 적어도 노동부가 지정하는 역학팀이나 산업보건연구원 수준의 참여가 보장되어야 할 문제였다.

결국 초기 여론화가 중요한데……

운지는 생각다 못해 수녕이를 떠올렸다. 먼저 신문에서 치고 나오도록 하는 게 유일한 방법으로 생각했기 때문이었다. 일단 공론화가 되어 노동부 같은 기관에서 역학조사만 나온다면 자신이 그 동안 확보한 자료가 있어 백혈구와 혈소판 감소, 난소기능 저하, 정자감소, 골수기능 저하, 중추신경마비 등 환자들이 공통으로 앓고 있는 증세를 확인하는 것은 별로 어려운 일이 아닐 듯싶었다.

생각에 잠겨 걸어가고 있는데 누군가 어깨를 툭 건드렸다.

"이크, 죄송함……"

"나예요 언니, 연주. 이따가 총연습 때 오실 거죠? 시청각실."

"으응, 그래 거기? 가야지. 꼭 갈게. 잘할 수 있지?"

"글쎄요…… 떨려요."

"떨리긴?"

무대는 암전상태에서 시작했다. 무대 천장의 양쪽에서 조명이 들어오면 탁자를 사이에 둔 채 심문관과 피의자가 마주 앉아 있다. 슬리퍼에 복숭아뼈가 드러나는 환자복을 입은 심문관이 거꾸로 하이힐을 신은 의사 가운 차림의 여자 피의자를 심문하고 있다.

"이름과 주소는?"

"서울시…… 구로구 오류동…… 사이오 다시 팔번지에 사는 이연주입니다."

"번호!"

"무슨……"

"국가가 당신에게 부여한 고유한 주민등록번호 있잖아요!"

"아, 예…… 칠공……일일공삼 다시…… 이공이오……팔오사……"

"좋아. 훌륭해. 맘에 들었어. 당신은 이연주가 틀림없군. 그런데 왜 여기에 와서 내게 심문을 받는지 알겠소?"

"모르겠습니다. 전……"

"그걸 모르다니? 말이 되나? 말이."

손바닥으로 탁자를 내리치는 소리가 실내에 크게 울려퍼지자 피의자는 어깨를 곱송그린 채 고개를 푹 숙인다.

"저는 아무 일도 하지 않았습니다. 정말로……"

"아무 일도 안 했다? 왜 아무 일도 안 했을까? 당신은 무언가 했기 때문에 이 자리에 와 있는 거란 생각이 안 들어요? 정 이러면 증인을 부릅니다."

"증인이 있나요? 그, 그러면 그걸 본 사람이 있나요?"

그때 잠깐 암전이 되면서 감정이 섞이지 않은 기계적 음향의 목소리1이 끼어든다.

"당신은 형법 제삼십이조에 의해 묵비권을 행사할 권리가 있는 줄 아실 테죠."

"아뇨. 묵비권은 가장 더러운 창녀 같은 진술이 아니던가요? 싫습니다."

다급한 목소리가 어둠 속에서 새나오자 불이 다시 들어온다.

"자, 그럼 순순히 털어놓지그래."

피의자 일어선다. 그리고는 무대 왼쪽 끝으로 걸어가 허공을 바라보며 선다.

"존경하는 심문관님, 하나 여쭤봐도 될까요?"

"피의자가 심문관에게 묻는 것은 금지돼 있어. 규칙 위반이야."

심문관은 사뭇 신경질이 배어난 목소리로 경고를 준다.

"위반이라니 하는 수 없군요."

"하지만 한 번은 봐주지."

"그러면 증인을 한 사람 불러주세요."

심문관이 손뼉을 세 번 치자 환자복을 입은 증인이 사방을 두리번거리며 걸어나온다. 피의자와 마주치자 조용히 하라는 시늉으로 입술에 손가락을 가져가 대고는 주머니에서 무언가 꺼내 넘겨준다.

"그게 뭐야?"

"보시다시피 양파입니다."

피의자의 손에는 커다란 양파가 올려져 있다.

"양파? 크기도 하군. 어디서 훔쳤어? 당신도 혐의자군?"

벌벌 떠는 증인을 피의자가 두 팔을 벌려 가로막아선다.

"이건 훔친 게 아니고 당당히 기른 것입니다. 병실 창문턱 유리컵 위에서요. 세 개나 되는걸요. 확인해보시면 알겠지만."

"조사해보면 다 나와. 그건 그렇고 계속해봐."

"이걸 벗겨보신 적이 있습니까?"

"없어. 그 눈알이 얼얼하도록 매운 걸 내가 왜 까? 이것으로 딱 한번이라던 내 대답은 끝이다."

"오늘은 이것을 벗기며 시간을 때웠습니다."

"어떻게?"

"퍼석퍼석 말라붙은 첫 껍질은 제 살갗에 붙은 살비듬 같아 때를 벗기는 심정으로 아주 거칠게 발라냈습니다. 이렇게요. 아무 미련 없이."

피의자는 실제로 사람들이 보는 앞에서 양파의 겉껍질을 죽죽 벗겨내 바닥에 떨군다.

"그러나 어떻게 만족할 수 있겠어요. 아직도 양파의 겉은 사춘기 여드름이 점령한 얼굴처럼 우툴두툴한걸요. 그래서 두번째 껍질도 이렇게 벗겨냈답니다. 과감하게."

발 밑으로 양파 껍질들이 떨어져 흩어진다.

"당신이라면 여기서 만족할 수 있겠습니까? 아직도 여전히 양파는 한숨 짓는 제 얼굴을 닮아 있지 뭡니까? 아아, 한숨은 정말 싫어. 가라, 한숨아! 잔업시간의 휘발성 높은 솔벤트 5200처럼 허공중으로 훨훨 날아가려므나. 그래서 전 또 양파의 껍질을 벗겨냅니다. 참다운 내 속살이 나올 때까지요. 그러고 나니 이제는 눈물이 그렁그렁 고인 창백한 내 얼굴이 저를 마주 보고 있었습니다. 햇빛을 못 봐 창백해진 심해의 어떤 물고기 뱃구레처럼 희디흰. 나는 양파의 껍질을 손톱으로 할퀴며 마구 훑어냈답니다. 이번엔 눈물아 가거라였죠. 그러고도 보시다시피 양파의 속은 한이 없습니다. 살비듬을 걷어내고 또 사춘기 여드름을 걷어내고 또 내 한숨을, 내 눈물을 걷어낸 양파는 이제 내 손바닥 위에서 영영 사라졌습니다. 난 또다른 양파를 집었습니다. 참다운 나를 만나야 하니까요. 그러다 보니 얼마나 재미있는 줄 아십니까? 벗기는 재미가 이런 줄 미처 몰랐으니까요. 그런데 그 재미나는 과정에 내 삶은 이렇게, 이렇게 걸레처럼 산산조각이 나고 말았습니다. 그러잖아도 매운 눈에서 눈물이 막 나더라구요. 단순히 양파의 수분 때문일까요? 그게 아니죠. 아, 저 곪아터진 여드름이, 그리고 내 눈물이 한숨이 바로 나였구나. 그게 진짜 나였구나. 내가 벗겨버린 그것이 껍데기가 아니라 바로 나 자신이었구나, 알았습니다. 더 두려운 건 그들조차 내 눈물과 한숨이 섞인 삶의 조각들을 허드레 양파 껍질들처럼, 곧 썩어 문드러져버릴 쓰레기처럼 곁눈질 한번 안 주고 지나갈 게 너무너무 무서웠습니다. 그게 바로 제 죄입니다. 자신의 속살인지도 모르고 함부로 양파 껍질처럼 벗겨버린 채 그것도 모르고 희희낙락한 게 바로 제 죄입니다."

운지는 양미간에 힘을 주어 눈물샘을 꽉 틀어막으려 애썼다. 그러자 숨이 턱에까지 차올라 붙었다. 운지는 잠깐 자리를 비우는 척 일어나서는 그대로 나와버렸다.

12. 환심

점쟁이집이라고 무조건 음침하고 침침할 것이라고 짐작한 추측은 크게 빗나갔다. 승익은 여느 중산층의 살림집과 다름없이 규모 있는 단독주택의 육중한 쇠창살 대문 앞에 서서 손바닥에 놓인 메모지를 되풀이 확인했다. 주소도 이름도 모두 틀림이 없었다.

심복례.

지난해 여름 북한의 김일성 사망을 석 달 앞서 맞춰 장안의 화제가 됐던 바로 그 여자 점술가였다. 승익은 머뭇거리며 손가락 끝과 초인종 단추를 맞추었다. 침묵이 약간 길다고 느껴져 다시 초인종을 누르려는 순간 인터폰을 드는 소리가 들려왔다.

"심선생 좀 만나러 왔는데요."

"예약이 돼 있나요?"

"물론이죠."

이어 철커덕 소리가 났다.

— 일본식이로군.

약 스무 평가량의 마당은 온통 흰 모래로 덮여 있었다. 여관의 중노미를 하면 어울릴 듯한 중년사내가 나와 그를 맞이했다. 양미간 사이에 짙푸른 사마귀가 앉아 있어 인상이 별로 좋지는 않았다.

"오늘은 손님을 받지 않는 날인가요?"

"그건 아니고요…… 작년부터 예약손님만 받고 있습니다. 워낙 붐벼서 말이죠 헤헤."

"심선생은?"

"지하에 계십니다. 오후에는 계시를 받는 데 지하가 좋다고 그래서요."

그러나 완전히 지하는 아니었다. 창문 중턱이 정원과 맞닿아 있는 반지하는 통으로 마루를 놓았다. 심복례는 두터운 마직 커튼으로 이중으로 햇빛을 차단해 침침한 공간의 한가운데 방석을 깔고 가부좌를 튼 채 앉아 있었다. 명상에 잠긴 듯 미동도 없었다.

"……"

승익은 그 자리에 무릎을 대고 펄썩 주저앉았다. 일단 통성명은 해야 할 것 같아 말을 붙였다.

"연락받고 온 마포의 함승익입니다만……"

알았다는 표시인지 심복례는 약간 몸을 좌우로 흔들었다. 어둠에 눈이 익숙해진 승익은 상대가 도복 비슷한 옷을 입고 있음을 알았다.

몸을 좌우로 흔들 때마다 앞가슴이 크게 흔들거렸다. 긴 머리를 한 이마에는 흰 끈을 질끈 동여매고 있었다. 보통 이상의 미모라는 생각을 먹는 순간 갑자기 상대가 고개를 곧추들고 승익을 뚫어져라 바라보는 것이었다. 승익도 그 눈길을 피하지 않았다.

"여자가 보여. 젊군. 왜 데리고 왔어?"

주위를 둘러본 승익은 상대가 점쟁이라는 사실을 상기해냈다.

"여자 문제는 아닐 텐데……"

승익은 뭔가 잘못 짚은 게 아니냐는 시큰둥한 목소리를 던졌다. 그런 한가한 문제라면 승익이 굳이 그곳까지 찾아갈 필요는 없었을 것이었다.

전날 점심때 우연히 식사를 같이 하게 된 사무국 직원 한 사람이 지나가는 소리로 이런 말을 했다.

"참 별일도 다 있어요."

"뭐가요?"

"왜 그 여자 있잖아요. 작년에 김일성이 죽음 맞춘 이요. 거기라면서 전화가 엊그제 왔는데 핫라인을 대달라는 거예요. 그렇죠. 만나보겠다는 거죠. 무슨 일이냐고 물었는데도 대답을 안 하는 거 있죠? 쳇, 점쟁이 생활 기십 년 하다보면 황소 뒷걸음치다가 두꺼비 밟을 적도 있다는 속담대로 어쩌다 한 건 올릴 수도 있는 일을 가지고 무슨 수작질인가 싶더라구요. 자기가 무슨 계신가 뭔가를 받았다는 건데, 그런 말만 믿고 어떻게 윗분께 말씀을 드린단 말예요?"

승익은 설렁탕을 뜨다 말고 뚝배기 속으로 숟가락을 떨어뜨린 채 그 점쟁이의 전화번호를 물어 챙겼다.

"건 뭐 하시려고요? 점 보실 일 있으세요?"

"아니…… 그저, 하도 답답하니깐."

승익은 겉으로는 아무 일도 아닌 척 얼버무리고 말았지만 신문기자 시절 뭔가 특종을 할 때의 예감처럼 뇌리를 부젓가락처럼 쩌르르 훑는 느낌을 받았다.
"그렇지…… 근데 그것이 먼저 보여서 말이야."
상대는 숫제 반말투였다.
"……!"
승익은 침묵을 지킴으로써 상대로 하여금 빨리 본론으로 들어가라는 무언의 압박을 가했다. 시간이 흐른다는 사실이 왠지 불안했던 것이다. 정계에 발을 들여놓은 사람이 점괘나 보러 기웃거린다는 사실이 알려져서는 하등 유리할 게 없는 처지였던 것이다.
"내가 전직 이거한테 계시를 받은 것인데……"
여인은 엄지손가락을 펴 보였다. 승익은 귀가 번쩍 틔었다.
"잘 들으시오. 내년 여름께부터는 커다란 정계개편이 시작될 듯한데, 그 핵심은 물론 내각제가 될까 하오. 따라서 내년 총선 직후부터는 늦어도 가을께까지는 내각제 개헌의 분위기가 무르익는다고 봐도 무방하오."
승익은 얼른 수첩을 꺼내 골자를 기록했다. 잠시 뜸을 들인 상대는 다시 입을 열었다.
"즉 다음번 대선은 없을 것이란 말씀이오. 그리고 내각제 개헌 전에 반드시 북쪽에서 변란이 일어나 북한이 급격한 개방개혁의 길을 걸을 듯하오."
또다시 침묵이 이어졌다. 이번에는 좀 길어져서 승익은 심복례의 말이 끝난 것인지 궁금했다. 왜냐하면 내각제 개헌이 이루어지는 것까지 언급을 한다면 과연 초대 총리는 누가 될 것인가 하는 데 대한 언급도 있을 성싶었기 때문이었다.
"하나 물어볼 말이 있는데……"
"묻지 마시오. 이제 막 그것에 대해서 말을 꺼내려는 참이니."

승익은 고개를 번쩍 들었다.
"그리고 초대 내각의 총리는 그 동안 우리 정치사의 한가운데 있으면서 갖은 굴곡과 부침하는 역정을 지낸 노정치가가 된다는 얘기셨소."
"그게 사실이오?"
"답답하긴…… 난 지금 사실을 말하고 있는 게 아니라 계시를 옮기고 있는 것이오. 그것이 사실이 되는 것은……"
"사실이 되는 것은……?"
"절반은 사람의 힘이 아니겠소?"
승익은 무릎을 치면서 물러나와 삼십만원짜리 수표가 든 봉투를 사마귀 사내에게 복채로 내밀고 나왔다. 어떻게 짜느냐에 따라 아주 묘한 파장을 낳을 수 있는 뉴스거리가 탄생할 수도 있다는 생각이 들었다.

그가 이렇게 생각하는 데도 다 근거가 있었다. 광자의 말에서 암시를 얻은 것이었다.

어른이 보통 외로웠던 게 아닌가봐요.

……?

저더러 당신의 상대방들에 대해서 어떻게 생각하느냐고 묻더라구요.

그래서?

말을 못 하고 있으려니깐 당신이 그대로 줄줄이 꿰시더라구요.

뭐라고?

한 분은 정치적 감각이 거의 동물적인 수준이라고 하고, 또다른 한 분은 사람을 기가 막히게 부려먹을 줄 안다는 거예요. 그런데 당신한테는 그런 점이 부족해서 허전하시다는 거예요. 그게 이제는 어떤 운명처럼 느껴진다는 거예요.

그럴 만도 하지.

그러면서 당신이 인간으로서 할 수 있는 일은 다 시도를 해봤다고 그러더군요. 앞으로 뭔가 한 번쯤 기회가 올 것도 같은데 그걸 모르시겠다는 거예요. 늙으면 차라리 동물적이 되는지, 아니면 그걸 모르는 것도 좋은데, 설령 모르더라도 예전 같으면 올 것이라는 신념을 우격다짐으로라도 갖곤 했는데 이제는 그게 안 된다는 말이죠. 그러시면서 어른이 가장 애통하게 생각하시는 것은 평생 지조였던 보수이념을 도둑맞았다며 아파하시더라구요. 더 큰 꼴불견은 보수를 위장하는 행태보다 보수가 뭔지도 모르고 군바리 출신이니깐, 또는 내 가진 게 많으니깐 하는 식으로 보수를 자처하는 행태라는 거예요. 그러면서 비근한 예로 드는 게 한때 어른이 소장하고 있다가 계엄령을 들이댄 군바리들한테 압수당한 그 뭣이더라, 대원 이대감이 손수 친 난 화폭이 얼마 전에 군복을 벗고 정치인입네 하고 다니는 사람 집에 보관돼 있다는 사실을 알았다는 거예요.

항간에 소문은 떠돌고 있었지.

그러니깐 어른이 뭐라고 했는지 알아요?

……

대원군이 풍전등화의 나라 운명 앞에서 무슨 생각으로 혼신의 힘을 다해 난을 쳤는지도 모르는 작자들이 그게 돈다발인 줄 알고 안방에 척 걸고 그것을 지키는 게 보수인 줄 알고 있는 형편이라며 끌탕을 하시더라구요. 그러시면서 누구 내게 하늘의 천기를 누설해줄 귀인이 없겠냐며 큰 한숨을 쉬시더라구요.

그래……? 답답할 만도 하지. 천기누설을 다 찾으시다니. 약해지신 거야. 저번 와병만 해도 그래. 너무 길었어. 벌어놓은 것도 다 까먹을 지경이야. 어른 자신이 평상심을 찾지 못하고 있거든.

승익은 이 정도라면 어른의 마음을 돌릴 수 있으리라고 생각했다. 그는 되돌아오는 길에 아직도 우리의 정치는 그리고 권력이란 사실

샤머니즘의 수준에서 크게 벗어나 있지 못하다는 생각을 해보았다. 삼김이니 지역감정이니 뭐니 하는 게 사실은 다 샤머니즘적 차원의 산물이 아닌가 하는 생각이 들었던 것이다. 그는 기다란 한숨을 내뿜었다.

"그래?"

어른은 승익이 물어다준 소식을 듣고는 만면에 희색을 감추지 못했다. 너무 어린애처럼 좋아해서 곁엣사람이 민망할 정도였다. 언제 아팠던 사람이냐는 태도였다. 물론 점쟁이가 가리키는 주인공이 자신이라고 은근히 믿는 품이었고 승익도 그런 식으로 감잡아 얘기를 했던 것이다.

"아이고, 십 년 묵은 체증이 쑤욱 내려가는 모양이네. 이봐 자네는 정말 내 의복처럼 딱 맞아떨어지게 보필을 하는 것을 보니 내가 사람 하나는 잘 본 모양일세. 옛말에 일의대수(一衣帶水)라는 말이 있더니…… 그른 말이 아냐."

13. 사슴피

정치권은 바야흐로 하한정국을 맞이했다. 눈코 뜰 새 없었던 승익도 비로소 일 주일간의 휴가를 짜낼 수 있었다. 이틀을 방 안에서 뒹군 승익은 연초 계획을 세운 대로 친구 몇 사람을 불러 사슴목장에 갈 일정을 짰다.

"아참, 지금이 막 시작하는 철이라는군. 약발이 받는 때래."

"……뭐가요?"

"뭐긴? 팔팔한 사슴의 생피. 우리의 찌든 혈관에 싱싱한 초원의 피를 수혈하자구."

"그걸 마시자구요?"

운지는 이맛살을 찌푸렸다. 승익은 재떨이에 담배를 눌러 끄며 의기양양한 표정을 지었다.

"아는 사람이 특별히 치는 목장인데 요즘 같으면 서울에서 내로라 하는 인사들이 말 그대로 운집을 한다는구먼. 우리도 한번 그 축에 끼어보는 거지 뭐. 그 피를 그 자리에서 받아 사기그릇으로 한 사발만 마셔도 그 약발이 한 일 년은 간다지 뭐야. 그러니깐 한번 쌈박하게 추진해보자구. 몇 명 더 불러서. 흔치 않은 기회니깐. 왜 진걸이도 있잖아. 수녕씨도 한번 알아보구."

"얘기는 진작에 다 해놓긴 했는데…… 걔는 비위가 약해서요. 대접으로 방금 온몸을 돌고 나온 뜨뜻한 피를 벌컥벌컥 마시는 일 따위는 하지 못할걸요."

"무슨 얘기야. 사슴피로 하는 음식이 얼마나 많은데. 사슴고기 전골, 무침, 바비큐 등등이야. 가서 맛보면 장담하건데 또다시 찾자고 조르지나 않을지 몰라. ……그건 그렇고, 사실은 어른의 지역구를 내가 물려받을지도 몰라. 언질을 받은 건 아닌데 문제는 저쪽에서 어른을 지역구에 묶어두려는 전략을 어떻게 쓰느냐가 열쇠야. 어른이 좀더 자유로울 수 있는 처지에 놓이고 그렇다면 잘만 하면 아주 불가능한 것도 아닐 텐데……"

남편은 운지의 귓불을 이빨로 가볍게 애무하듯 씹으며 말했다. 그의 숨결에는 뜨거운 열기가 배어 있었다. 몸에는 예전 같지 않은 활력이 묻어났다. 그리고 그건 잠자리에서의 좀더 단단해진 몸놀림으로 나타났다.

"정치라는 게 꼭 지역구를 차지해야만 되는 건가요? 실력자의 입 노릇을 하는 게 권한이 세고 속된 말로 먹을 알이 더 많은 거 아녜요?"

"그건 그렇지가 않아. 일과성 바람을 타지 않으려면 확실한 자기 구역이 있어야 해. 그리고 바로 그것이 정치의 기본이야. 나는 그런 정치를 하고 싶어. 괜히 실력자의 측근임을 자처하다 요절하는 사람들을 내가 여럿 봤거든. 난 진짜 평범한 사람들과 현장에서 직접 마주치면서 그들의 애로사항을 듣고 그것을 풀어주고 터줄 의정활동을 해보고 싶거든."

"그런 생각일수록 더욱 실력자 옆에서 정치를 배우고 영향력을 키워야 할 것 같은데요. 정치에는 문외한인 내가 보기에는."

"그건 이미 낡은 정치야. 그리고 난 그런 정치 행태에는 이미 신물이 날 만큼 났어. 발로 뛰던 기자 시절 버릇이 있어서 그런지 그런 건 나한테 어울리지가 않아. 내 텃밭을 잘 일구고 싶어."

"그럼 지금 직위는 내놓아야 하겠네요."

"어차피 그건 허깨비에 불과해. 입 노릇을 한다는 건. 입이라고 모두 다 같은 입이 아니거든."

운지는 사슴피 여행이 은근히 기대되기도 했다. 무공해의 고단백질의 고기와 산의 정기를 그득 담은 신선한 피, 그리고 화톳불이 이글거리는 밤의 향연 그것은 한바탕 흐드러진 사육제가 될 판이었다. 깊어가는 밤을 따라 휘말려들 격정의 부딪힘이 저절로 연상되었다.

"이 갤로퍼가 정말 단단히 한 몫 하네 응?"

승익은 험악한 강원도 산길을 지칠 줄 모르고 달려준 지프차에서 내리며 만족스러운 듯 발로 가볍게 진흙 범벅이 된 차바퀴를 툭 걷어찼다.

"와! 이곳에 오니 도심 속에서 오염된 공기를 마시느라 때에 전 폐부의 찌꺼기들이 다 달아나는 기분이에요, 함선생님."

어렵사리 월차를 내고 따라온 수녕이 맞장구를 쳤다. 일행은 모두 다섯이었다. 수녕을 비롯해 방진걸과 박신영이 동행을 하였다. 운지는 박신영이 방진걸과 동행을 한 것으로 보아 둘 사이가 보통 이상으로 진전된 것 같다는 생각을 했다.

그곳은 목장지대였다. 싱그러운 초원이 부드러운 융단을 깐 듯 광활하게 펼쳐져 있었다. 다들 들뜬 아이들처럼 어쩔 줄 몰라했다. 멀리서 젖소를 키우는 목장이 보였고 운지 일행이 들른 곳은 사슴만 전문으로 키우는 목장이었다.

"함선생님 어서 오세요."

반색의 구레나룻을 풍성히 기른 땅딸막한 사내가 나와서 일행을 환영했다. 승익은 그에게 반가운 듯 악수를 건넸다.

"저기, 인사들 하시죠? 이 목장 주인이신 천호영 선생입니다."

"안녕하세요! 이렇게 초대를 해주셔서 고맙습니다."

사슴울타리는 생각보다 덜 낭만적이었다. 왜냐하면 엉성한 나무울타리가 아니라 이중으로 된 높은 철책울타리였기 때문이었다. 그리고 울타리 안은 여느 마구간과 다름없이 지저분하고 냄새가 났다. 사슴이라는 동물들도 다 수입종이라서 그런지 큰 송아지만한 것들이었다. 그놈들은 낯선 외부인들이 우르르 쏟아져들어오자 신경이 날카로워졌는지 콧김을 푸푸 내지르며 눈을 하얗게 뜨고 바깥쪽으로 고개를 떠박지르는 시늉을 했다.

"천선생, 오늘 이거 됩니까?"

승익이 손으로 머리께를 가리킨 채 톱질하는 시늉을 하며 물었다. 천선생은 머리를 살레살레 가로저으며 웃었다.

"좀 늦었습니다. 녀석들이 잘 시간이 다가와서요. 마취를 잘못 했다가는 내일 아침에 아예 못 깨어나는 수가 있거든요. 내일 낮에 하죠."

저녁은 주인이 정성 들여 마련한 숯불 멧돼지 바비큐 요리에 술을 곁들인 가든식이었다.

승익은 활기찬 목소리로 떠들듯이 말했다.

"거기엔 네 가지 단계가 있지."

자연스레 승익이 대화를 주도했다. 아무래도 사람의 관심을 끄는 데는 정치판만한 동네가 없을 듯했다.

"네 가지 단계라뇨?"

승익이 자신이 보는 정당의 대변인 철학에 대해 말을 꺼내는 중이었다.

"한번 들어보는 것도 나쁘진 않겠지."

"……!"

"먼저 입술 노릇을 하는 부류가 있지. 그저 사탕발림으로 잘 포장하고 무조건 예쁘게만 따라 하면 돼. 앵무새처럼. 때와 상황에 따라 갖가지 무지개 빛깔의 립스틱을 골라 발라주기만 하면 만사 오케이지. 대부분 이런 역할을 하다가 떠나기 일쑤지."

"함선생님 비유가 재미있는데요."

신영의 말에 진걸이 한마디 더했다.

"비유는 그래도 얼마나 살벌할까, 내막적으로는?"

"그래도 다 사람 사는 데니깐 더 들어봐…… 그 다음 단계는 이빨 노릇을 잘하는 축들이 있어. 이들에겐 우선 상대방을 유효적절하게 물어뜯는 화술과 집요함이 있어야 돼. 인정사정 없어야지. 충직한 셰퍼드라고 보면 돼. 이게 쉬운 것 같지만 절대 그렇지가 않아. 잘못 물어뜯으면 자신에게는 물론 주인에게도 큰 폐를 끼치게 되거든. 이런 구실만 웬만큼 잘해도 떡고물이 수북이 떨어지지. 사람 부릴 줄 아는 주인이 알아서 기운을 북돋으라고 고깃덩이를 듬뿍듬뿍 던져주거든. 정치가 뭔지 조금 알 듯도 말 듯도 한 시기라고 보면 돼. 기자 출신들이 이런 역할은 꽤나 하는 편이지."

"당신은요?"

운지가 승익의 잔에 술을 따르며 물었다.

"나? 후후, 글쎄…… 어렵군."
"함선생이야 그 단계는 넘어선 것 아냐?"
수녕이 한마디 던진 다음 화톳불에 장작개비를 쏘삭거렸다.
"모르죠. 그런데 남들이 하는 소리로 내가 바로 이 단계라고들 하더구만. 아주 위험한 단계지. 왜냐하면 이 단계는 기본적으로 사냥개에 속하는 것이지, 속성상. 주인에게 충성하기 위해 좌충우돌 짖어대고 물어뜯긴 하지만 그럴수록 홀연히 팽(烹)당할 가능성도 짙은 시기거든."
"팽이오?"
"사냥개는 얼마든지 갈아치울 수 있는 거야. 짖을 놈들은 많이 있거든, 주인 처지에서 보면. 물론 나도 그것을 알고 있지."
수녕의 목소리가 끼어들었다.
"홀연히 팽을 당한다?"
승익이 장난스런 미소를 띠며 수녕을 바라본다.
"아무렴 홀연히!"
"왜 갑자기 두 사람이 홀연히라는 말을 암호처럼 주고받는 거죠?"
신영이 빙글거리는 수녕을 바라보며 물었다.
"암요. 다 유래가 있죠."
"어허, 감기자……"
승익이 건성으로 제지하는 투로 말하자 곁사람들이 더 궁금하다는 눈빛이었다.
"말해버릴까? 함선생 명예가 훼손이 될 일도 아닌데 뭐. 내가 함선생이랑 신문사 생활 같이 할 때 함선생이 암튼 제일 끄트머리에 홀연히 사라졌다 하는 기사를 하도 많이 써서 모두들 홀연이라는 별명으로 불렀거든요. 뭐 하나 말하자면 그때 서울역 광장인가 어딘가에서 육군 대령 출신의 남자가 지게꾼을 한다나 어쩐다나 하면서 취재를 해서 기사를 썼다는데…… 그거 맞죠?"

"에헤 햇병아리 수습 때 기사 가지고 왜 떠들추고 그러쇼, 감기자. 정말 이러면 나도 폭로전이야."

"내가 뭘 폭로당할 게 있다구요? 그 말 들으니 더 말해야겠네. 완전히 한 편의 소설이었다구. 기구한 인생역정이 어떻고 직업군인이 홀대받는 사회적 분위기가 저떻고 하는 문제점을 풀어놓다가 나중에는 그 사람이 광장 끄트머리로 홀연히 자취를 감췄다로 끝났으니 데스크가 볼 땐 기사 없어 죽을 처지에 재미도 있고 참신한데 미더움이 안 간단 말예요. 하지만 어디론가 홀연히 사라졌으니 확인해볼 도리도 없고, 그래서 에라 모르겠다고 편집에 넘긴 게 부지기수라구요."

"와하하하!"

"자! 홀연히를 위하여!"

"고만 웃고 다음 진도 나갑시다. 또 그 세번째 단계는 또 뭐고?"

진걸도 한바탕 웃음을 터뜨린 다음 승익에게 고개를 돌렸다.

"차암 이거 내 말의 신뢰도를 감기자가 결정적으로 추락시켰는데 어쩔 거요, 이거?"

"추락 안 됐으니 계속하세요."

"쩝쩝, 다음은 섬기는 사람의 입 속 세 치 혀처럼 부드럽게 움직이는 거야. 아주 심오한 단계지. 어참, 이거 말발 안 서네. 가만히 보면 율사(律士) 출신들이 이런 데 능하긴 한데, 혀라고 마냥 부드러운 건 아니거든. 어쩔 땐 사자의 혀처럼 광포하게, 또 어쩔 땐 뱀의 혀처럼 간사하게, 또 어쩔 땐 여인의 혀처럼 능수능란하게 교태를 부리고, 또 어쩔 땐 양의 혀처럼 온순하게 처신할 줄 알아야겠지. 주인이 속으로 무슨 말을 하고 싶어하는지 미리 알고 그것을 적절히 표시해주는 수준이야. 이 정도만 돼도 정치를 익히 예술의 경지라고 부를 수 있지."

"듣다보니 무섭네요. 그러면 그게 끝이라고 할 수 있겠네요."

"아니지…… 아직 더 남았지."

"그래요? 그럼 그게 도대체 어떤 단계인가요. 완전히 주인의 속창자가 되는 건가요?"

진걸이 일어나서 바비큐를 얇게 저며 접시에 덜어왔다.

"후후, 오늘 내가 완전히 주제넘는 정치학 강의를 하고 있군. 하지만 기왕에 시작한 거니깐 끝을 내야겠지. 속창자가 된다는 것은 그 사람의 심복이 되는 거고, 따라서 정치의 영역이 아닐 수가 있어. 그것은 또 말하고는 상관이 없는 거야. 이거와 관련이 된 것일 테지."

승익은 엄지와 검지를 맞대어 동그라미를 그려 보였다.

"돈이오?"

"맞아. 거기에는 단계도 깊이도 없어. 원시적 검은 거래만이 꿈틀댈 뿐이지. 정치모리배 수준으로 가는 거야."

"그렇다면 마지막 단계란 뭐예요?"

"그건 말하고 싶어도 목젖에서 꿀꺽 삼켜버릴 줄 아는 단계야. 권력자의 의중이 목젖을 통과하면 그건 어떤 형태든 말이 되는 것이고, 목젖이 그것을 삼켜버리면 그것은 세상에 모습을 드러내기 전에 사라지는 것이지. 화술이 유창하고 어눌하고, 또 주인의 심중을 헤아리고 못 헤아리고는 이 차원에서는 둘째 문제이지.『삼국지』에서 볼 것 같으면 이런 대목이 나와. 적벽대전의 패배로 중언에 위·촉·오 세 나라가 완전히 정립을 하게 됐는데 제갈공명을 앞세운 유비가 위나라 왕에 오른 조조를 압박하기 위해 장비를 시켜 양평관이라는 요충지를 빼앗았지. 조조가 발끈해서 대군을 일으켰으나 오히려 패배하고 수세로 돌아선 조조가 다시 싸움을 벌일 형편도 못 되고 그렇다고 마냥 진중에 죽치고 앉기도 어려운 어정쩡한 처지에서 고심할 때지. 조조의 핵심 참모인데 이름이 뭐더라…… 갑자기 생각이 안 나는

데…… 양 아무개였던 것 같은데 말이야."

"완전히 『삼국지』 수준의 정치론인데, 안 그래?"

진걸의 말에 승익이 정색을 한다.

"『삼국지』 수준만 돼도 이 나라 정치가 이렇지는 않지. 그게 만만한 게 아냐."

"근데 그 양 아무개가 누구예요?"

"응…… 생각났다, 양수. 맞을 거야 양수라고. 그 사람에 관한 일화인데…… 애꾸눈 장수인 하후돈이 하룻저녁은 조조한테 그날 밤 암호를 받기 위해 찾아갔것다. 조조의 군막으로 찾아가니 닭곰탕으로 저녁식사를 막 끝낸 참이었다더군. 그런데 하후돈을 한번 쓱 훑어보고도 무슨 생각에 잠겼는지 고개를 쳐든 채 넋을 놓고 앉아 있기만 하더라는 거야. 그러더니 하후돈이가 암호를 어떻게 결정할 것인지 물어오는데도 대답이 없었는데 물끄러미 저녁식사로 먹은 닭곰탕 그릇 안의 뜯어먹다 남은 닭갈비를 쳐다보고 있더니 혼잣말인지 지나가는 소린지 모르게 종작없이 '계륵, 계륵일세……' 하면서 탄식을 했거든."

"계륵? 아, 강원도 쪽으로 온 김에 닭갈비하고 막국수 맛도 봐야 하는데 이거."

신영이 입맛을 쩍 다셨다.

"일정에 다 들어 있으니 걱정 마세요, 박선생. 아, 그래서 그 하후돈은 그게 암호인가보다 생각해서 군막을 빠져나와 전 군영에 그대로 전달을 했지. 오늘밤 암호는 계륵, 계륵이다, 이렇게. 그런데 계륵이 뭐겠어? 그 닭갈비라는 것이, 뜯자면 먹을 게 없고 버리자니 아까운 것이거든. 바로 조조의 심정을 정확히 반영한 독백이었지. 평범한 신하 같으면 그저 그 계륵을 암호로 쓰면 그만이었을 텐데, 그 암호를 전달받은 양수는 그렇지 않았지. 너무 똑똑한 게 탈이라면 탈이라고 할까. 결국 계륵은 버릴 수밖에 없는 물건이고 그렇다면 조조의 속마음은 당시 위나라 수도인 허창으로의 철수다라고 꿰뚫은 거지. 그래서 군영에 철군 지시가 내려졌고, 다음날 깨어난 조조는 자신이 철군 지시를 내린 바가 없음에도 밤새 철군준비가 완료된 것을 보고 너무나 놀랐다고 하더군. 결국 그 참모를 불러 확인한 결과 그 내막을 알게 된 거지. 그런데 양수는 그 자리에서 군율을 어지럽혔다는 죄목으로 참수를 당하게 되지. 조조가 사람의 마음까지 읽어버리는 그 참모의 영특함이 평소부터 마음에 걸렸기 때문이지. 그 영특함의 칼날이 만약 자신한테로 돌려진다면 하고 생각하니깐 모골이 송연해졌다는 거 아니겠어? 그런 거라고. 남의 입 노릇을 한다는 게. 그런데 조조는 바로 다음날 촉나라 장수 위연에게 한 번 더 패배를 당하고 자신도 이빨이 부러지는 부상을 입고는 양수를 참수한 것을 크게 후회하며 장사를 후히 치르도록 한 다음 철군 지시를 내릴 수밖에 없었거든. 그렇게 따진다면 실질적으로 군율을 어지럽힌 사람은 조조 자신인데도 말이야. 사람의 말은 대변하기 쉬워도 사람의 맘을 대변하기는 그렇게 어려움이 있는 것이지. 목젖의 단계에 이른 사람은 그런 상황이라면 그게 암만 주군의 맘이라고 해도 삼킬 줄 알았겠지. 그런데 이런 단계는 현실정치에는 실제로는 존재하지 않는 단계인지도 몰라. 책에서나 나오는……"

"그런 게 정치라면……"

진걸이 말을 하다 말고 웃음으로 얼버무린다.

"그런 진흙탕 속에서 일찌감치 발 빼라…… 그런데 말이야……? 아냐, 난 가끔 그런 진흙탕 속에서 연꽃 비슷한 것을 피워올릴 때가 있다고. 난 그걸 믿어. 헤겔 식으로 말하자면 역사의 간지(奸智)인지, 이성의 간지인지 뭐 그런 것에 이용당하는 것일 테지. 비록 자신을 탕진하고 마는 것일지라도 난 피할 길이 없어."

입바른 소리를 참느라 질겅질겅 고기만 씹고 있던 수녕이 기어이 한마디 던지고 만다.
"그건 아니고 함선생 친구들 중에서는 개혁모임이나……"
"아니야! 정치는 어디까지나 현실적인 힘이야. 그게 실체야. 그들은 아직도 운동의 차원이라고 난 생각해. 물론 좋은 운동이지. 그런 사람도 있고 나 같은 사람도 있고…… 어차피 선택의 범위는 서로 좁은 거 아닌가? 그래서 그토록 말이 분분하고 갈래가 여럿인 것 같아도 그 판이 그 판이더라 이 말이지."
"……!"
"자, 또 마시자구!"
"환상적이에요!"
바람이 건듯 일자 밤하늘로 재가 흩날렸다. 화톳불가로 다가선 신영이 탄성을 질렀다. 무릎에 턱을 괴고 별이 빽빽이 들어찬 밤하늘을 바라보고 있던 수녕이 그 말을 받았다. 승익과 진걸은 잠깐 소변을 보러 간 길에 함께 산책을 하는 모양이었다.
"죽고 싶어!"
일렁거리는 불빛에 수녕의 입술이 번들거렸다.
"후후, 제정신이야?"
운지가 둥개고 앉았던 다리를 풀며 말했다.
"누구는 수컷을 차고 와서 재미를 볼 판인데, 난 이거 뭐니? 이 나이에."
"무슨 말이야, 재미는?"
운지는 신영 쪽을 바라보며 웃었다. 그녀도 보조개가 깊게 패도록 미소를 띠었다. 뒤치다꺼리를 하던 주인도 객들이 이미 포식을 했다고 판단했는지 어딘가 사라지고 없었다.
"승익, 여기 지형이 왠지 눈에 익어."

주인이 일부러 켜놓은 가로등 불빛 아래로 걸어가던 승익이 고개를 돌렸다.
"그렇겠지. 이상할 게 하나도 없을걸. 여기서 차로 한 이십 분이나 갈까? 바로 그 만모루 동네가 나올 거야. 우리가 한때 광원으로 위장 취업을 했던 곳 말이야."
진걸은 고개를 끄덕거렸다. 승익은 지프차로 다가가 뒷문을 열었다. 그리고는 기다랗고 시커먼 케이스를 꺼내들었다.
"이게 뭔지 알아?"
"글쎄……"
승익은 대답을 하지 않고 껍데기를 벗겨보았다. 나무로 만든 케이스가 나왔다. 그 케이스를 열어젖히자 그 안에는 불빛을 받아 번들거리는 한 짐승이 누워 있었다. 아니, 짐승은 아니었지만 진걸의 눈에는 분명 짐승으로 비쳤다. 금방이라도 튀어나와 날카로운 송곳니로 사냥감을 추적할 육식동물 같은 느낌이 들었다. 엽총이었다.
"이래 뵈도 브라우닝 육연발이야. 위력이 여간 아닐걸."
"웬 사냥이야?"
"주목적은 몸보신이고, 여차직하면 우리 남자끼리 사냥 한번 해보자구."
진걸은 고개를 절레절레 저었다.
"따로 놀면 좋지 않을 텐데……"
"그래 정 그렇다면 우길 수야……"
진걸은 애기가 깰세라 조심스레 들여다보는 엄마 같은 표정으로 공기총을 훑는 승익을 유심히 바라본다. 무척이나 낯설게 느껴지는 얼굴이었다. 아아, 힘을 갈구하고 있구나……
승익은 총집을 닫으려다 말고 갑자기 총을 꺼내들었다. 그리고는 꺾어진 총신을 접속시키기 위해 개머리판을 몇 번 세게 친 다음 어깨를 활처럼 둥글게 만들어 어깨에 천천히 갖다댔다. 그의 고개가 오른쪽으로 천천히 기울어지기 시작했다. 목표물을 찾아 이리저리 옮겨 다니던 총구는 송편 같은 달을 겨냥했다. 그러자 달이 구름 속으로 살짝 몸을 숨겼다.

"요즘 누드까지 그린다더구만?"
"으음……"
진걸은 고개를 끄덕였다.
"재미가 어때?"
"근데…… 시작한 지 얼마 되지도 않았는데 당분간은 좀 딴 걸, 아니 딴 게 아니지. 어쩌면 본업인지도 모르지. 누드를 놔야 할 것 같아."
"왜?"
"쓰레기 소각장 싸움이 본격적으로 붙을 것 같아. 거기 차출됐어."
"동네 사람들이 아직 민중미술작가인 줄 안 모양이지?"
"그래서 그런 게 아닌 것 같고…… 그저 화가라 하니깐 그림 좀 그리겠지 싶어서 시위 때 쓸 걸개그림하고 티셔츠에 박을 환경포스터 그림 등등을 제안해왔거든."

승익은 바위 위에 한쪽 발을 걸쳐놓고는 총을 허벅지에 올려놓았다.
"그거 끝나면 다시 누드로 돌아갈 거야. 화가로서 한번 욕심이 나."

승익이 나지막하게 휘파람을 불었다. 진걸은 가만히 고개를 돌려 그를 바라봤다. 정조준을 하느라 감았던 승익의 왼쪽 눈이 찡그린 채 그대로였다. 총구가 축 처지는가 싶더니 진걸 쪽을 한번 스치면서 다시 허공으로 솟구쳤다. 진걸은 불쾌한 기분이 들었지만 그 자리에 우뚝 멈춰서서 침묵을 지켰다.

"집사람 운지도 그 모델이던가?"
승익이 빈 총의 방아쇠를 잡아당기는 소리가 철커덕 들렸다.

"……!"

승익이 가늠자에서 눈을 떼지 않은 채 낄낄거리며 웃었다. 어깨가 몹시 들썩거렸다. 진걸은 서늘한 바람기가 가슴을 훑고 지나가는 느낌을 받았다.

"자네가 먼저 제안했나? 누드모델이 돼달라고?"

"……!"

총구를 내린 승익이 호주머니에서 탄알을 꺼내 하나하나 장전하기 시작했다.

"예술? 거 좋지. 암, 고상한 예술."

"……너 취했구나? 그만 들어가보자."

"그러지. 근데 내 부탁 하나 들어줘. 다름이 아니고 내 마누라 누드가 완성되면 내게 좀 팔 수 있겠니? 값은 쳐달라는 대로 쳐주지. 보고 싶어. 아주 몹시."

진걸은 만약 승익이 한 번 더 총의 방아쇠를 당기는 날에는 달겨들어 턱주가리를 한방 먹여줄 심산이었다.

술 취한 여름밤은 짧았다. 그러나 그들은 늦잠을 잘 수가 없었다. 날이 더워지기 전에 사슴뿔을 잘라야 하기 때문이었다.

운지는 억지로 마신 술 때문에 무거워진 머리를 흔들며 일어났다. 어디 맑은 샘물에다 머리를 감는다면 개운할 것만 같았다. 세상 모르고 코를 고는 승익에게 홑이불자락을 여며준 운지는 머리핀을 빼 이빨로 문 다음 머리를 뒤로 쓸어넘겼다. 사슴들이 푸드득거리며 발굽으로 바닥을 차는 소리가 멀리서 들려왔다. 운지는 소리나지 않게 문을 연 다음 밖으로 나왔다. 현관에는 신발들이 어지럽게 널려 있었다. 아직 아무도 일어나지 않은 모양이었다.

사슴울타리 옆에는 긴 장화를 신은 천선생이 뿔을 자를 준비를 하고 있었다.

"안녕히 주무셨어요?"

천선생이 눈부신 듯 미간을 잔뜩 좁힌 채 그녀를 올려다봤다.

"예, 고지대라 좀 쌀쌀하죠?"

"그래도 좋아요."

"멀리 가지는 마세요. 앞사람들 만나면 곧 되돌아오라고 허세요. 곧 뽑을 자를 거니."

"앞서서 누가 나갔나요?"

"요 시내 너머 숲으로 갔을 테니 한번 찾아보슈."

운지는 누가 갔을까 궁금해 둔덕을 넘어가기로 하고 천선생에게 앞으로 두 손을 모아 공손히 인사를 한 뒤 타박타박 걸어갔다.

천선생은 시내라고 했지만 물 속이 생각보다 깊어 큰 개울이나 다름없었다. 아직 햇빛이 닿지 않은 숲속은 새벽기운이 그대로 남아 있어 운지는 어깨를 한껏 곱송그렸다. 사파리라도 걸치고 나온 게 다행이다 싶었다. 코에서 뿜어져나오는 허연 입김이 얼굴을 감쌌다.

족제비인지 담비인지 모를 꼬리 긴 짐승이 운지 곁으로 놀란 듯 뛰어갔다. 운지는 자신도 모르게 빙그레 미소를 지었다. 가슴을 좍 펴고 심호흡을 하였다. 갑자기 공기가 한껏 주입된 허파꽈리들이 놀라 가벼운 통증을 일으켰지만 곧 개운한 서늘함이 밀려들었다. 아침숲, 참으로 오랜만에 거닐어보는 공간이었다.

어우우욱, 쿵쿵.

어디서 짐승 우는 듯한 소리가 어렴풋이 운지의 귓전을 때렸다. 그 소리에 운지의 귀밑살 쪽에 좁쌀 같은 소름이 잠깐 스치듯 일었다. 주춤하며 발걸음이 흩어지는 사이 돌부리가 발끝에 와닿았다. 둔덕을 거의 다 올라와서였다. 운지는 몸의 중심을 잃고 넘어졌다. 무릎 밑에는 이슬에 젖어 축축한 묵은 낙엽들이 켜켜이 쌓여 있어 폭신했다. 운지는 그 감촉이 좋았다. 땅 위에 엎드려본 지도 꽤나 오랜만이지 않을까 싶었다. 그래서 곧바로 일어나지 않고 몇 초간 머뭇거리며 엎드려 누운 자세를 바꾸지 않았다. 갑자기 '자유'라는 단어가 떠올랐다. 왜일까? 아침에 듣는 짐승의 원초적 울음소리가 자신의 머릿속 한 부위를 자극한 것일까? 내가 만약에 벌레처럼 이렇게 긴다면? 이 옷이 이 껍질이 허물처럼 벗겨져 알몸으로 나뒹구는 자신의 모습이 그려졌다. 그러나 그뿐이었다. 아직 상쾌하게 걷히지 않은 머릿속은 잘못 헝클어진 필름 같을 뿐 더이상 아무런 상도 맺히지 않았다.

　운지는 바닥에서 일어나 가슴이며 무릎께에 묻은 티검불을 털다가 또다시 그 생경한 짐승들의 소리를 들었다. 멧돼지라도 내려온 것일까? 둔덕을 넘어선 운지는 문득 고개를 돌리다가 그 자리에 얼어붙은 듯 서버리고 말았다. 아니 서 있지를 못하고 그대로 허물어지듯 주저앉고 말았다. 풀이 융단처럼 보드랍게 깔린 비스듬한 비탈 한쪽에서 두 사람이 한 몸처럼 엉겨 있었다. 조심스레 머리를 든 운지는 자신의 두 눈을 비볐다. 눈부신 광경이었다. 그리고 남녀였다. 두 사람의 입에서는 굵은 입김이 쏟아져나오고 있었다. 무척이나 격렬한 몸짓에 빨려든지라 운지가 이십 보 앞까지 온 것도 의식하지 못하는 듯 바닥에 깔아둔 윗옷이나 바지 등은 아무렇게나 구겨져 옆으로 밀려나 있었고 이슬인지 땀인지 모를 물기로 번들거리는 두 사람의 몸뚱어리는 사뭇 싱그러워 보였다.

　구레나룻으로 보건대 옆모습을 보이고 있는 남자는 진걸이 분명했다. 운지는 자신의 귀밑이 훈훈하게 달아오르는 것을 느꼈다. 그런데 여자는 누굴까? 당연히 신영이라는 생각이 들었지만 사내의 널따란 등짝에 가린 여자의 얼굴은 잘 드러나지 않았다. 그러나 자세히 살펴보건대 여자는 분명 신영이 아니었다. 왜냐하면 신영은 곱슬곱슬한 파마머리인 데 반해 이따금씩 사내의 등을 휘어감고 허리를 들썩이는 여자의 머리는 단발형의 생머리였기 때문이다. 그런 머리형이라면 바로 수녕밖에는 없는데. 운지는 머리를 천천히 흔들었다. 그럴 리가!

운지가 몸을 앞으로 기울이는 순간 누군가 허리를 뒤에서 휘감아 안았다. 깜짝 놀라 돌아보니 신영이었다. 그녀가 웃고 있었다. 운지의 귀에 대고 속삭였다.

"두 사람 모두 축복이에요. 보기 좋죠?"

늦은 아침을 먹고 사슴목장 앞에 모인 다섯 사람은 약간 유쾌한 농담을 주고받으며 잡담들을 늘어놓았다.

"이 사슴피를 마시면 일 년 내내 감기에 걸리질 않는다면서요?"

"어디 감기뿐입니까? 몸보양에는 이 이상이 없다는 거 아녜요."

"서울서 단골들이 많이 내려오겠어요?"

"아무렴요. 예약이 줄줄이 돼 있지요. 아무튼 사모님들 쪽에서 약효를 즉방으로 느끼니깐 더 나서서 사장님들을 이끌고 닦달질을 해서 내려온다니까요."

"부르는 게 값이겠네요?"

"두말하면 잔소리죠. 첫날에는 빼던 분들도 하룻밤 유하시면서 효과를 본 다음은 사슴피 대접을 쪽쪽 아예 혀로 바닥까지 핥으며 먹는다니까요."

천선생은 뿔이 이마 위로 두 뼘쯤 솟은 사슴 한 마리만 남기고 나머지는 격리된 옆 공간으로 몰았다. 혼자 남은 사슴은 약간 불안한지 둘레를 빙빙 돌면서 경계의 흰자위가 넓어진 눈빛을 승익 일행 쪽으로 힐끔힐끔 던졌다.

"잠깐만 나가 계시구요. 아이들이 너무 과민해져서 돌출행동을 할지도 모르거든요."

일행은 주르륵 나와서 일제히 약속이나 한 듯이 담배를 빼물었다.

"아침 일찍 어디 갔었어?"

운지는 짐짓 모르쇠를 떼면서 이제 막 담배에 불을 붙인 수녕에게 물어보았다.

"아침 산책이나 같이 하려고 방방을 다 뒤졌는데 안 보이데."

"어젯밤 잠 한숨 못 잤어. 아침에 동터올 무렵에는 미치겠더구먼. 그래서 혼자 슬슬 발등에 이슬 묻히며 돌아다녔지 뭐."

수녕은 돌아앉은 부처님 모양 태연했다. 운지가 고개를 끄덕였다. 그리고는 "나 잠깐" 하면서 화장실 쪽으로 발걸음을 옮겼다. 수녕은 헐렁한 니트웨어를 걸친 운지의 뒷모습을 물끄러미 바라보면서 담배 필터를 잘근잘근 씹었다.

"이젠 모두 들어오시라고 하세요."

천선생이 운지를 돌아보며 손짓을 했다. 화장실에서 나온 운지는 검은 비닐장막이 둘러쳐진 철책문이 열려 있는 걸 보고 살며시 들어가봤던 것이다. 철책회랑에서 보니 천선생이 긴 대롱 끝에다 마취제가 섞인 주사를 고정시키고 있었다. 그는 사슴의 먹이인 풀을 한 움큼 쥐어 흔들기도 하고 워우워우 소리를 내면서 사슴을 자신 쪽으로 유도했다. 철책구멍에 대롱을 걸쳐놓고 조준을 하던 천선생은 사슴이 어느 정도 가까이 오자 가슴이 한껏 부풀어오르도록 숨을 빨아들인 다음 볼이 미어져라 힘껏 대롱을 불었다. 그러자 대롱 끝에서 주사기가 포물선을 그리며 날아가 사슴의 엉덩이께에 꽂혔다. 뒷다리를 동시에 껑충 들어 보여 놀랐다는 시늉을 한 사슴은 우리 안을 이리저리 뛰어다니며 고개를 휘저어 닥치는 대로 뿔로 들이받을 기세였다. 천선생이 다시 소리쳤다.

"남자분들의 도움이 필요하니 빨리 들어오시라고 하구요. 그리고 세숫대야에 물 좀 한 가득 받아서 주세요. 얼른요."

말을 마치더니 문을 열고 우리 안으로 들어가며 손에 들린 밧줄을 빙빙 돌렸다. 미국 서부영화에서 카우보이들이 야생마를 잡을 때 쓰는 로프처럼 고리가 맺혀 있는 줄을 빙빙 돌리는 것으로 봐 사슴도 그렇게 쓰러뜨릴 모양이었다.

세숫대야에 물을 담아 일행이 우륵우륵 들어섰을 때 천선생은 목에 밧줄이 걸린 사슴과 씨름을 하고 있었다.

"저기 한가운데 쪽으로 가서 쓰러지면 골치가 아프거든요. 뿔을 자를 때 이놈 다리를 밧줄로 잘 묶어서 기둥에 매달아야 하거든요, 끙차. 슬슬 힘이 빠지는 모양이군."

가까스로 우리 가장자리로 끌어온 사슴이 휘청거리더니 다리를 푹 꺾고 주저앉았다. 숨이 거칠어져 아랫배가 격하게 요동을 쳤다.

"저기 저 밧줄들 이리로 다 가져와요. 그리고 여자분들은 이중철책 사이로 나가줘요. 오물이 많이 튀니까요."

아닌게 아니라 바닥은 신발이 푹푹 들어가 박힐 만큼 두터운 오물 천지였다. 천선생이 말을 마치자마자 사슴이 옆으로 맥없이 쓰러지는 바람에 사방으로 오물 방울이 튀었다. 그 바람에 수녕과 신영은 횡허케 밖으로 경중경중 나가버렸지만 운지는 그대로 남아 있었다. 천선생은 익숙한 솜씨로 사슴의 앞다리 둘과 뒷다리 둘을 묶어 높은 기둥에 매어두었다.

"나중에 바깥에서 요 부분만 톡 건드리면 풀리는 매듭이에요."

사슴은 약발이 받쳐오르는지 계속해서 아랫배만 격렬하게 불룩거릴 뿐 눈도 반쯤은 스르륵 감은 상태가 되었다. 천선생이 진걸과 승익에게 면장갑을 한 켤레씩 던졌다. 가까이서 본 사슴은 덩치가 더 크게 느껴졌다.

"이거 몇 킬로나 나가요?"

"글쎄요. 한 이백오십은 족히 될걸요."

"그렇게나요?"

"원래는 알래스카 산 종자예요. 순록의 사촌쯤 된다고 보시면 되죠. 줄톱 이리로. 깨끗이 부신 빈 대야를 줄톱 밑에 대구요. 다른 분은 이놈을 잘 누르세요. 톱을 대면 자꾸 움찔거릴 테니까요."

사슴은 톱질을 두어 번 하자마자 몸을 거세게 뒤챘다. 그 바람에 오물이 다시 튀었다. 운지는 자신도 모르게 손을 뻗어 사슴의 아랫배 쪽을 짚었다. 면장갑을 끼지 않은 손바닥에는 사슴의 체온이 묻은 따스한 물이 배어났다. 털은 생각보다 거칠었다. 톱질 소리가 서걱서걱 퍼졌다. 그때마다 얼기설기 엮인 사슴이 발작적으로 경련을 일으키는 파동이 손바닥으로 전해졌다. 그마저도 잦아들기 시작할 때 운지는 갑자기 콧잔등이 시큰해졌다. 솜털이 박인 뿔은 반나마 톱을 받아들이고 있었다. 그 뿔에서 진액처럼 솟구치는 선홍빛 핏방울들이 방울방울 세숫대야 안으로 흘러들었다. 운지는 자꾸 눈물이 나오려 했다. 어금니가 새곰새곰 시려오는 느낌이 들었다. 한쪽 뿔을 자르고 나서 천선생은 회색 고약 같은 덩어리를 뿔 자른 자리에 개어 바른 다음 헝겊을 대고 짚으로 매어주었다.

"이놈이 이거 마취가 덜 들어간 것 같은데요. 날이 더울 것 같아 약을 좀 줄였더니. 빨리 손을 써야겠어요."

천선생이 사슴의 눈동자를 들여다보고 움직임을 가늠해보더니 말했다. 피는 그렇게 많이 나오지 않아 사기그릇으로 한 대접쯤 고였다.

"한 공기씩 돌릴 양도 안 되겠는데요, 이거."

"막판에 나오는 걸로 봐서는 될 것 같아요."

"어, 이거 톱질이 잘 안 되는데요. 뭐가 걸렸나요? 되게 질기네요."

두번째 뿔이 거의 다 잘려나갈 때쯤 천선생 대신 톱질을 하던 승익이 투덜거렸다.

"거시기하면 그냥 찍어 눌러서 부러뜨리세요."

"아, 그게 어려울 것 같아요. 젠장."

승익은 뿔을 두 손으로 잡아 흔들었다. 운지는 관자놀이께 한 줄기

현기가 스치는 걸 느꼈다. 어지러웠다. 우리 바깥에 있는 수녕과 신영 쪽을 바라보았다. 미소를 지으며. 그런데 그들의 얼굴에 놀란 표정이 어린 게 보였다. 무슨 일일까? 왜 그래? 운지는 입 속으로 중얼거리며 아래턱을 조금 쳐들었다. 그 순간 운지는 자신의 아래턱 주위로 미미한 바람이 스치는 걸 느꼈다. 미미했지만 아주 서늘하고 오싹하도록 느껴지는 바람이었다.

─위험해, 비켜!

외마디 소리와 함께 운지는 자기 주변의 남자들이 황급히 몸을 빼는 모습을 봤지만 자신의 몸은 납덩이처럼 무거워 움직일 수가 없었다. 한 마리 거친 짐승이 무서운 속도로 자신을 향해 질주하는 모습을 그녀는 하릴없이 지켜볼 수밖에 없었다. 물리적으로는 불과 이삼 초간의 짧은 순간이 운지에게는 갑자기 확 얼어버려 영원히 정지한 시간처럼 길게 느껴졌다. 그러나 운지는 마음이 의외로 차분해짐을 느꼈다. 자신의 몸이 풍선처럼 허공으로 치솟는다고 느끼는 순간 운지는 정신을 잃었다.

그녀는 어슴푸레한 어둠 속에 갇혀 있었다. 밖에서는 쿵쿵거리는 소리가 불규칙적으로 들려왔다. 그녀가 앉아 있는 바닥은 끈끈한 액체가 엎질러진 듯 축축했다. 목이 말랐다. 누구 없어요? 쿵쿵거리는 소리가 답했다. 주위에서 술렁거리는 소리가 나더니 사람들이 어디선가 쏟아져들어왔다. 피비린내가 역하게 콧속을 파고들었다. 순식간에 주위는 다친 이들의 신음 소리로 가득 찼다. 누군가 차가운 금속성 물체로 옆구리를 쿡 찌르며 한구석을 가리켰다. 파편에 맞아 죽어가는 환자가 누워 있었다. 그녀는 본능적으로 일어서며 치료에 나서려 했다. 그때 누군가 그녀의 팔을 낚아챘다. 알 수 없는 외국말이었지만 눈치로 팔을 낚아챈 사내가 자신의 소속을 묻는 듯한 시늉이었다. 손바닥을 곧게 펴고 들여다보는 시늉을 했다. 지금 사람이 죽어가는데 어느 편을 묻는 겁니까? 내게 약품과 붕대를 주세요! 사내의 알아들을 수 없는 거친 목소리가 날아왔다. 어느 편이라니오? 여긴 어딥니까? 누군가 영어로 대답하는 것 같았다. 여긴 저격수 거리 밑의 지하성당이오. 그럼 제가 보, 보스니아에 와 있단 말입니까? 어느 편인지 빨리 말하시오. 아니면 사살하겠소. 차가운 금속성의 물체가 옆구리를 쿡 찔렀다. 난, 난…… 환자 편이오! 그건 말도 안 돼요. 무리를 뚫고 누군가 다가오고 있었다. 모두들 그에게 큰절을 하며 경배했다. 오, 오…… 흰 가운을 입은 젊은 의사였다. 말이 희었지 붉은 피로 뒤덮인 가운을 입고 있는 사람은 바로 노승찬이었다. 아, 승찬 씨! 그는 핏발 선 눈으로 뒤돌아봤다. 아무 감정이 없는 눈빛이었다. 아는 사람입니까? 총부리를 겨눈 사람이 그에게 물어보는 눈치였다. 그가 고개를 돌렸다. 총부리가 눈높이로 들렸다. 운지는 외마디 소리를 질렀다. 아아, 승찬씨 나 좀 살려줘. 나 여기서 죽으면 안 돼! 나 알잖아!

사슴에게 옆구리와 갈비뼈를 받힌 운지는 공중에서 떨어지면서 땅에 머리를 다쳐 급히 병원으로 옮겨졌다가 구급차로 서울로 후송되었다. 운지는 사흘 만에 의식을 되찾았다. 깨어나 보니 병실이었다.

"채선생, 채선생님……"

누군가 자신의 뺨을 토닥토닥 두드리고 있었다. 사람 얼굴이 희미하게 떠올랐다. 신영이었다.

"고마워요. 겉은 멀쩡하다는데 의식이 깨질 않아 모두들 걱정을 했어요."

"어휴, 한숨 잘 잔 것 같아요."

"그래요? 벌써 날짜로 사흘쨌데요?"

"벌써요? ……어떻게 됐어요?"

"다들 혼비백산해가지고 이리저리 뛰어다녔죠. 무서워서 혼났어요. 함선생님은 급한 호출이 있어서 다음날부터, 그러니깐 어제부터 제가 병실을 대신 지켰어요. 채선생님을 받은 그 사슴은 그 자리에서 함선생님이 총으로 쏴 죽였어요. 어마, 내 입초사!"

운지가 인상을 찡그렸다.

"많이 아프죠? 다행히 내상은 없고 외상뿐이어서 보름쯤은 입원해야 한다고 하는 것 같던데요."

"그것말고…… 신영씨한테 못 물어본 건데, 산…… 마터호른 봉에 갔던 일은 잘됐냐구요."

신영이 눈을 곱게 흘겼다.

"본인 몸 걱정이나 하시지! 차암, 그 일에 잘되고 못 되고가 어딨어요?"

운지가 고개를 끄덕거리려다 상처 부위가 아픈지 눈가를 살풋 구겼다.

"거긴 아무것도 없었어요. 변함없는 만년설과 바람 소리뿐이었어요. 여태까지는 그이가 날 붙잡고 안 놔주는 줄 알았는데…… 그게 아니라는 걸 알았어요. 그이를 붙잡고 안 놔준 건 오히려 나라는 생각이 막 드는 거 있죠?"

신영은 창가 쪽으로 돌아서 커튼을 젖혔다. 햇빛의 밝기로 봐서 낮인 것 같았다.

"참, 제가 꽃병 사다놓으려 했다가 막 혼났어요. 꽃가루가 환자한테 아주 안 좋다나요 뭐. 치이."

"그건 뭐죠?"

"이거요? 양파요."

"양파?"

"예. 왜 이연주씨라고 채선생님이 담당인 환자라던데, 오늘 아침 찾아와서 창가에 두고 갔어요."

운지는 고개를 끄덕였다.

"환자가 거꾸로 의사를 문병 온 셈이군, 후후. 아무튼 신영씨 그 동안 나 때문에 고생 많이 했겠다."

"아직 중환자니깐 말 많이 하면 안 됐대요."

신영이 다가와 운지의 입술에 손가락을 살며시 포갰다.

"아흠, 졸려……"

"주무세요."

운지는 창턱에 놓인 커피병 속에 하얀 뿌리를 수염처럼 내리고 푸른 싹을 반 뼘쯤 뾰족이 밀어낸 양파를 눈부시게 바라보며 잠 속으로 빠져들었다. 매끄러운 양파에 관한 꿈을 꿀지도 몰랐다.

(『작가세계』1996년 봄호)

■ 해설

가난이 남긴 것

김만수(문학평론가)

　이문구의 『장한몽』, 황석영의 『어둠의 자식들』이 70년대의 도시빈민을 그리고 있으나, 90년대의 신진작가 김소진이 그려낸 모습과는 다르다. 이문구와 황석영의 주인공들이 각성하는 도시 빈민들의 의식을 다루고자 했다면, 김소진에 이르러서는 이러한 의도가 거의 드러나지 않는다. 김소진은 그 지긋지긋한 가난, 절망, 부도덕과 패륜을 소설로 펼쳐 보이고 있으나, 이에 대한 우울한 방관자의 위치에 선다. 다만 그런 세계가 있었다는 것, 그 세계를 잊지 않겠다는 자기 다짐만 되풀이될 뿐이다. 그에게는 80년대를 지배했던 사회적 전망이 사라졌고 난해한 90년대의 풍경이 앞에 놓여 있었기 때문이다.
　대학 문과를 졸업하고 갓 소설가가 된 80년대 초반 학번의 한 사내가 있다. 가난 때문에 지독히도 고생만 하다 세상을 떠난 아버지, 아직도 가난의 그늘에서 음습하게 머물러 있는 어머니, 가난한 아버지를 경멸하였으나 자신도 결코 가난에서 벗어나지 못한 자기 자신, 세상의 빠른 변화에 조금씩 익숙해져가는 그의 아내. 사내는 이런 불편한 자리에 서서 뭔가 당황스럽게 글을 쓰고 있다. 김소진의 소설은 이러한 '나'를 다룬다. 실제로 작가 김소진이 얼마나 가난했는지, 그리고 그의 소설에 등장하는 '나'와 실제의 작가 김소진 사이의 거리가 어느 정도인지에 대해서는 특별히 알려진 바가 없다. 그러나 그 가난이 '나'에게 남긴 상처를 유난히도 각별하게 기억하고 있는 작가는 김소진밖에 없음이 확실하다. 급격하게 망각된 가난, 그리고 그 위에 지어진 사상누각과도 같은 90년대의 생동감 넘치는 풍요사회. 그는 착잡한 심정을 감추고 이해할 수 없는 이 풍요사회의 모습을 묵묵히 글로 옮긴다.

우리는 그의 소설에서 1970년대까지 우리를 옥죄어왔던 지독한 가난의 체험들, 80년대의 살벌한 공포정치와 이에 맞서는 운동권의 몸부림, 풍요사회를 앞둔 90년대의 초입에서 느끼는 당혹감을 접한다. 그러나 그가 다룬 세 개의 시대는 잘 쌓아놓은 지층처럼 여전히 평행선으로 남아 있으니, 통합될 수 없는 지층 앞에 선 그의 표정에는 당혹감이 역력하다. 그 당혹감은 여기에 실린 작품들에도 곳곳에 배어 있다. 몇 편의 작품을 살펴보기로 한다.

「세월의 무늬」는 '하와이 독종'으로 불리던 교련 선생이 서툴고 난폭한 폭력을 행사하던 70년대의 기억을 반추하고 있다. 그러나 이러한 사회적 폭력은 '나'의 어머니 '철원댁'이 겪은 '바퀴벌레' 사건에 비하면 서곡에 지나지 않는다. 그리고 상처들은 '나'의 기억 속에서 다시 "아름드리 나무에 파묻힌 나이테처럼 단순 반복적이지만 편안한 동그란 무늬"를 만들어낸다. 그 상처들은 당시로서는 견디기 힘든 것이었지만, 다른 작품인 「원색학습생물도감」에서 그려진 것처럼, 무릎 관절에 박힌 돌멩이는 거듭 통증을 수반하는 상처로 남으면서도 통증을 넘어선 영광의 상처로도 남는 것이다. 그리고 그것을 가능하게 하는 것은 세월의 힘, 인간의 힘이다. 예컨대「첫눈」에서 억울한 징역살이를 겪은 이봉학이 모두를 용서하고 제자리로 돌아가는 것은 첫눈의 감격이기도 하겠지만 세월의 무늬 때문이며, 이것을 믿기에 삶은 강퍅하지만 살아볼 만한 것으로 규정된다. 이들 작품들에서는 삶을 긍정하고자 하는 태도가 짙게 깔려 있다. 70년대의 가난의 기억은 우리에게 소중한 자산이 되며, 이를 기억할 때 우리는 현재의 삶을 겸허하고 감사하는 마음으로 받아들일 수 있는 것이다. 이러한 부류의 작품들은 70년대의 고통스러운 기억들을 '좋았던 시절'에 대한 향수로 바꾸어놓는다.

그러나 삶이 절망적이고 출구가 없는 것처럼 다루어진 작품들도 있다.「늪이 있는 마을」에서의 '늪'은 6·25 때 치안대원의 가족들과 빨치산들이 잔혹하게 살해되었던 비극을 저장하고 있는 공간이고, 그 이후에는 미스 송이 영아를 유기하기도 했던 슬픔의 장소이다. 그런데 마을의 비극을 상징하는 이곳에 자동차 한 대가 빠졌다. 그러나 아무도 그 사건을 심각하게 받아들이지 않으며, 그 사건은 단순한 퍼포먼스였음이 밝혀진다. 비극적인 사건마저도 한순간의 행위예술처럼 가볍게 취급되는 세태에 대한 당혹감이 이 작품에 깔려 있음은 물론이다. 이러한 당혹감은「경복여관에서 꿈꾸기」에도 이어진다. 이 작품은 80년대 운동권의 기억들이 아득한 소멸의 저편으로 사라지고 있음을 다룬다. 그토록 열정적이었던 80년대의 젊은이들이 지독한 패배주의자로 변해가는 모습에서 '나'가 처한 자리를 새삼 생각하게 하는 작품이다.

그의 소설 속에 등장하는 인물들은 크게 두 유형으로 나뉜다. 산 벌레를 날것으로 잡아먹으면서도 집요하게 삶에 집착하는 민중들의 삶이 하나라면, 80년대의 희망적인 이념의 연대에서 곧 나락에 빠져든 듯한 패배주의자이자 지식인 그룹이 그 하나이다. 그러나 데뷔작「쥐

잡기」에서 그랬던 것처럼, 쥐 한 마리 제대로 잡지 못하는 나약한 주제에 무슨 혁명이냐고 외치는 민중들의 훈계에 귀를 기울일 때, 그가 그린 지식인 유형은 새롭게 반성적인 시각을 획득한다. '쥐 잡기'가 '현실 잡기'(혁명)와 크게 다를 바 없음을 깨달을 때, 그의 소설은 느리지만 중요한 진전을 얻어낸다. 80년대적 이념의 상실이 90년대 작가들의 당혹감으로 이어지고 과도한 개인 정서로의 몰입과 낭만 취향으로 흐를 때에도, 그는 80년대의 기억을 송두리째 안고 있다. 그가 주로 착취당하는 외국인 노동자, 산업재해 문제에 부딪힌 노동자, 취로사업장에 나온 빈민층, 서울역 근처의 홈리스 등을 다루는 이유는 80년대적 모순이 지금까지 이어지고 있고, 오히려 심화되고 있을 수도 있다는 생각 때문일 것이다.

사실 관찰자이자 서술자인 그가 다루는 소재의 폭은 구체적이지만, 좁다. 어린 시절의 집은 미아리고개와 아리랑고개 사이의 어디쯤에 놓여 있으며, 그가 다니는 출판사는 홍대 근처의 어디로, 현재의 그가 살고 있는 집은 일산 근처로 고정되어 있다. 「양파」에 잠깐 언급되는 '인도주의행동청년의사협의회'나 '대사습놀이대회'가 현실 속의 '인도주의실천청년의사협의회'와 '대사습놀이'를 그대로 옮겨놓은 것은 물론, '어른'을 모시는 속물 정치 지망생 함승익조차도 거의 실물에 가까운 인물을 옮겨놓고 있음을 알 수 있다. 우리가 몸담고 있는 현실이 조잡하고 거칠어서 그런지, 그가 쓰는 소설 또한 거칠다. 오랫동안 삭혀 자연스럽게 소설의 육체 속에 배어들 것만 같은 미학적인 묘사는 발견하기 힘들고, 작위적인 상황 설정, 지나친 현학, 평범한 흑백론 등 완성도가 다소 떨어지는 부분도 엿보인다. 이번에 작품집으로 묶인, 1994년 가을부터 1996년 봄까지의 작품들은 작가 김소진이 아깝게 젊은 나이로 우리 곁을 떠나기 직전에 씌어진 것들이다. 이번에 그 시기의 작품들을 다시 읽어보니 새삼 그가 그립다. 그는 이보다 더 잘 쓸 수 있었는데…… 이제 막 밑그림을 그리면서 본격적인 소설의 길에 접어들었을 뿐인데…… 작가는 이 작품들을 더 다듬었어야 했는데…… 그가 떠난 자리가 비어 있다.

그러나 완성도가 다소 떨어지는 부분이 있다고 말하는 것은 이 소설을 제대로 읽는 일에 별로 도움이 되지 못한다. 그보다는 이에 대한 적극적인 옹호가 오히려 도움이 된다. 그가 이러한 작품들을 통해 보여주려 한 것들의 특별한 의미는 무엇일까. 거친 비유를 들자면, 이 무렵의 그는 작품의 플롯보다는 그저 인물에만 집중하고 있다. 아리스토텔레스는 시작과 중간과 끝이 일사불란하게 조화를 이루어야 한다고 말했지만, 그리고 플롯의 조화를 위해서라면 다른 요소들은 과감히 버릴 필요가 있다고 주장하고 있지만, 김소진은 결코 플롯을 위해 다른 것을 버릴 생각은 없었던 것으로 보인다. 그에게 중요한 것은 플롯이 아니라, 이 시대에 살고 있는 우리들이었으니까. 심지어 그는 플롯의 완결성을 의도적으로 배제하려고 노력한 것처럼 보이기도 한다.

예컨대 이번 작품집 속에서 유난히도 빛을 발하는 단편 「자전거 도둑」은 그의 소설이 지닌 특징 하나를 자연스럽게 드러낸다. 이태리의 네오리얼리즘 영화 〈자전거 도둑〉을 병치시킨 이 작품에서 주인공인 김승호와 에어로빅 강사를 하는 젊은 여자 서미혜는 자전거를 매개로 하여 만난다. 서미혜는 김승호의 자전거를 허락 없이 자주 훔쳐 타본의 아니게 귀여운 '자전거 도둑'이 되고, 급기야 이들은 한 방에서 영화 〈자전거 도둑〉을 비디오로 보는 사이로 진전된다. 김승호는 증오 때문에 결과적으로 이웃집 노인을 죽게 한 '나'의 과거를 고백하고, 서미혜는 자신이 간질병을 오래 앓아온 오빠를 굶겨 죽였음을 고백한다. 그러나 작가는 비디오를 함께 보다가 과거의 가장 치명적인 악몽들을 고백하는 두 사람의 이야기를 이 정도에서 멈춘다. 이 작품은 어이없게도, 서미혜가 다른 사람의 자전거를 태연히 훔쳐 타고 다니는 것을 바라보는 김승호의 시선에서 끝난다. 두 남녀가 무슨 계기로 인해 만나기까지가 소설의 발단이라면, 이들 사이에 주어진 장애, 혹은 이를 극복하고자 하는 두 사람의 눈물겨운 투쟁을 다루는 이야기가 뒷부분을 채워나갈 내용물들인데, 작가는 그저 발단에서 이 작품을 끝내고 있는 셈이다. 내가 잘못 읽은 게 아닌가 싶어 결말 부분을 다시 확인하기도 했다. 다시 읽은 결말 부분에서도 틀림없이 두 남녀는 거의 낯선 타인들로 다시 돌아가 있었다. 플롯치고는 참 희한한 플롯이다. 두 남녀 사이의 이야기가 이제 막 진전될 차례인데, 여기에서 소설을 끝내다니…… 작가는 김승호의 입을 통해 "그때 들은 오빠 얘기 때문인지, 자꾸만 그녀가 나에게 함정을 파고 있을 것 같다는 생각이 들었다"라고 끝맺음하고 있다. 그러나 이러한 말을 단서로 삼는다 해도, 왜 김승호는 서미혜가 오빠의 이야기를 거짓말로 하고 있다고 생각하는지, 그리고 왜 그 거짓말을 '함정'이라고 생각하는 것인지에 대해서는 명쾌한 해명이 없다. 이런 이유에서 이 작품의 결말은 급작스러운 결말(surprising ending)이긴 해도, 만족할 만한 결말(satifying ending)은 아니다. 다만 이러한 결말이야말로 감동이나 감정이입을 회피하기 위한 의도적인 서술방식이자, 서미혜의 '함정'에 매몰되지 않겠다는 균형감각의 소산인 것만큼은 분명하다. 아리스토텔레스는 조화로운 플롯을 위해서라면 인물도 희생되어야 한다고 보았다면, 김소진은 인물 제시를 위해 조화로운 플롯의 원칙을 포기한 셈이다.

물론 이런 식의 질문에 대해 명확한 답을 내리기는 어려울 것 같다. 다만 분명한 것은 이 작품에서 김승호와 서미혜의 관계가 차지하는 비중은 매우 작다는 점이다. 작가는 영화 〈자전거 도둑〉에 드러난 무시무시한 가난에 대해 말하고 싶었고, 아들의 면전에서 도둑으로 몰리는 초라한 아버지의 모습에 대해 말하고 있다. 이 작품에서 가난한

구멍가게 주인의 아들인 '나'는 "차라리 죽는 한이 있어도 애비라는 존재는 되지 말자"고 외친다. 한줌의 사탕 때문에, 두 병의 소주를 손해 본 실수 때문에 밤새 잠을 못 이루고 심지어 울기까지 하는 애비를 바라보는 '나'에게, 세상은 나약한 애비가 인간으로서의 최소한의 품위도 지킬 수 없는 곳에 불과하다는 아픈 가르침을 준다.

> 이 영화를 볼 때마다 난 무엇보다 외로움을 느꼈다. 아들이 지켜보는 앞에서 아버지의 권위를 깡그리 무시당한 안토니오의 무너진 등이 견딜 수 없어 콧등이 시큰해졌고, 그보다는 무너져내리는 아버지의 뒷모습을 목격해야 하는, 그럼으로써 평생 씻을 수 없는 내면의 상처를 끌어안고 살아갈 어린 아들 브루노 때문에 나는 혀를 깨물어야 했다.
> 왜? 왜냐고? 그건……빌어먹을, 내가 바로 또다른 브루노였으니깐……(150쪽)

다시 이 작품의 이상해 보이는 결말로 돌아가보자. 브루노와 이 작품 속의 '나'는 자신들의 아버지가 초라한 도둑에 불과하다는, "평생 씻을 수 없는 내면의 상처"를 갖게 된다. 그리고 그 내면의 상처는 한순간의 감미로운 사랑의 체험 정도로 씻어낼 수 없다. 상처의 치유는 불가능하며, 이런 이유에서 '나'와 서미혜의 사랑도 불가능해지는 것인지도 모르겠다. 남녀 사이의 사랑의 플롯조차 불가능하게 만드는 상처. 김소진의 소설은 자주 그 상처를 다루며, 급기야 그 상처를 덧나게 한다.

> 오오, 징그러워라, 저주받은 백치들이여. 그들은 무슨 대화를 나눈다는 것일까? 그것을 제발 환상이나 허구라고 하진 말라구. 그것은 이미 우리가 알고 있는 세계이자 우리가 속해 있는 바로 이 세계란 말이

야!(210쪽)

「마라토너」에서 주인공은 이렇게 읊조린다. 우리가 속해 있는 이 세계가 온통 미쳐 있으며, 우리는 여기에 살고 있는 저주받은 백치에 불과하다고. 우리는 주인공의 독백 속에서 이 세상의 허무를 응시하는 그의 내면을 엿본다. 얼핏 보면, 그것은 지독한 허무주의에 가까운 것으로 비칠 수 있다.

이 작품에서 작가가 그려낸 인물들은 한결같이 긍정적이지 않다. 전교조 미술교사였던 조운라 화백은 성인만화를 거쳐 시사만평을 그리는 것으로 생계를 꾸려가고 있으며, 작가 지망생이었던 현일채는 '아트 커미셔너'라는 세련된 직함과는 달리 가짜 그림을 수집하고 직접 그리기도 하는 장사꾼에 불과하다. 주인공의 대학 동창 준모는 마라토너이지만, 페이스 메이커로 뛰고 있을 뿐이다. 그들은 원래 자신들이 소망했던 이상과는 다른 자리에서 조금씩 엇나간 채 살고 있는 것이다. 그들은 가짜의, 이류 인생을 살고 있는 셈이다. 그러나 그들의 '가짜' 인생에 대한 작가의 생각은 다르다.

그럼 우리들 삶은 도대체 뭐예요?
(……)
가짜라도 좋단 말예요?
뭐가? 가짜? 그런 건 애시당초 없대도 그러네, 차암. 내 얘기 한마디 더 할까? 울 아버지가 진부하게 들릴진 몰라도 사회주의 운동가였지. 그럼. 기가 막힌 사회주의였지. 왜냐면 부인만 해도 여섯인가, 일곱인가를 헤아렸으니깐. 생산수단은 몰라도 최소한 자기의 생식수단은 확실하게 공유하려는 노력가였지.(214쪽)

현일채는 사회주의 운동가였다는 자신의 아버지가 가짜임을 일찍이 간파한다. 그러나 그 사실에 대해 분개하지는 않는다. 개개의 삶은 모두 이러한 '가짜' 속에서, 가까스로 자신의 인생을 꾸려간다는 것을 깨달았기 때문이다. 그러나 우리는, 비록 자신이 가짜 삶을 살고 있을지라도, 그것이 뭔가 엇나간 이류 인생에 불과하더라도 자신의 삶을 포기하지는 않는다. 1등이 되기 위하여 뛰는 것만 인생은 아니며, 1등을 만들어주기 위해 뛰어주는 이류의 마라토너도 있는 것이다. 작가는 이러한 이류의 인생에 주목한다. 녹슬지 않는 황금과도 같은 인생은 없는 것이다. 모든 사람들은 시간 속에서 차츰 황금과도 같은 꿈과 이념을 버리고 조금씩 부식된다.

짧은 분량의 장편으로 분류할 수 있는 「양파」 속의 인물이 그러하다. 운동권에 속했던 열혈 청년들이 '어른'의 눈치나 살피는 정치인이 되고, 민중미술 작가는 누드화에 희망을 건다. 살풀이춤을 공부하는 처녀는 정치인의 술좌석에 가서 기생춤을 추고 젊은 지식인 부류로 보아야 할 사람들이 사슴목장에 몰려가서 잔인하게 산 사슴의 피를 받아먹는다. 작가는 이들의 모습은 가감 없이 그대로 보여준다. 문화부 기자 감수녕, 여의사 채운지, 정치 지망생 함승익, 민중미술 작가 방진걸, 미술관 큐레이터 박신영, 영화감독 천석규, 전통무용가 박광자 등은 모두 대학 출신의 전문직을 가진 사람들로 외적으로는 상당히 성공적인 삶을 시작하는 단계이며, 그들의 삶의 방식은 그리 천박하지도 않지만, 그렇다고 해서 특별하지도 않다. 그저 자신의 틀에서 조금은 안주하며 조금은 반항하며, 이 시대의 질병을 함께 앓고 있는 사람들이다. 작가는 이들과 함께 양파껍질처럼 복잡하고 허망한 삶을 살아가면서도, 양파를 까며 흘리는 눈물의 의미를 생각한다. 전쟁터를 향해 달려가는 청년 의사 노승찬, 독극성의 유기용제에 중독된 환자 이연주의 모습이 스치지 않는 것은 아니지만, 이 작품의 주요 인물들은 지식을 밑천으로 권력과 부에 기생(寄生)하여 살고 있는 소시민들이다. 작가는 이들을 동정하기도 하는데, 일방적인 매도보다 더 가슴이 답답하게 느껴지는 이유는 무엇일까.

「양파」는 미완성작이다. 함승익과 박광자의 관계, 방진걸과 박신영의 관계, 채운지와 이연주의 관계 등이 더 다루어지지 못한 데에서 이를 확인할 수 있다. 13장까지 전개된 사건은 바야흐로 복잡한 갈등을 향해 치닫게 되어 있는데, 불행히도 소설은 여기에서 끝난다. 작가 김소진이 유명을 달리하지 않았다면, 이 뒷부분을 어떻게 이어나갔을까. 나로서는 이를 상상하기도 힘들다. 그러나 이 소설은 미진한 대로 이 정도로 그칠 수밖에 없는 운명을 타고난 게 아닐까 생각해보기도 한다. 이 작품의 곳곳에 드러난 죽음에 대한 유혹 때문이다. 박신영의 약혼자는 알프스 등반에 나섰다가 얼음산에서 죽으며, 채운지와 함승익은 물론 이연주까지 알타이문명전에서 미라로 남아 있는 얼음 공주를 만난다. 결말 부분에서 주인공인 채운지는 사슴에 받혀 의식을 잃는다. 이러한 부분들은 죽음에 대한 유혹, 상징적인 죽음으로서의 '블루 벨벳'에 대한 유혹을 끝내 감추지 못한다. 그는 정말 쉬고 싶었을까. 미해결의 답답함만 남아 있는 세상에서 작가 김소진이 부딪혔을 막막함을 생각해본다.

■ 작가 연보

1963년 12월 3일(음), 강원도 철원군 김화읍 학사리 미상번지에서 아버지 김응수(金應壽), 어머니 김영혜(金英惠)의 이남이녀 중 막내로 태어남. 함경남도 성진이 고향인 아버지는 6·25당시 원산의 한 병원에서 서무원으로 일하다가 국군이 올라오자 우익(右翼)치안대에 가입. 순전히 원활한 배급을 위해서였는데 이 때문에 원산 대철수 때 예고 없이 원산 앞바다의 군함으로 전격 소개(疏開)되는 바람에 처자식(아버지는 북쪽에서 결혼을 한 상태였음)을 고스란히 포화(砲火)속에 남기고 옴.

1967년 군부대에서 흘러나오는 군수품 장사가 어려워지자 서울로 이사 와 미아리 산동네에 자리잡음. 서울에 첫발을 내딛던 때 김치동이를 머리에 인 어머니의 손에 이끌려 시외버스 차부에서 미아리 산동네까지 오면서 길음시장의 간판숲에 넋이 빠져 기웃거리느라 어머니를 생고생시키기도 했던 기억이 있음.

1968년 아버지가 중풍으로 쓰러졌으나 거동은 비교적 원활함. 어머니가 삯

바느질 등으로 생계를 떠맡음.

1970~75년 미아국민학교를 다님. 5학년 한때 아버지가 어머니말고 북쪽에서 결혼한 사람이 있다는 얘기를 듣고는 동네 양아치 형들 방에서 성인 만화 탐독.

1976년 추첨번호 14로 보성중학교에 입학. 중학교 2학년 겨울 방학 때 파출부로 다니던 어머니의 장기(長期)하혈이 시작됨. 요강에는 항상 불그죽죽한 개짐이 빠져 있었음. 아버지는 한 평짜리 구멍가게를 열어 매우 열성적으로 꾸려갔는데 이 구멍가게는 훗날 데뷔작「쥐잡기」의 배경이 됐음.

1979년 서라벌고등학교 입학. 숨막히는 입시기를 보냄.

1982년 서울대학교 인문대 입학함.『해방전후사의 인식』과 백산서당의『경제사입문』등을 읽고 충격을 받음. 이승만·박정희 등 그 동안 존경해왔던 인물들이 모두 반역사적이라고 기술돼 있었음. 영문과로 진입한 2학년 4·19때 첫 데모를 해봄. 그 뒤 졸업 때까지 웬만한 집회와 시위에는 거의 참여함. 하지만 갈수록 가투(街鬪)가 자신이 없어지면서 차선책으로 글쓰기를 염두에 둠. 주로 황석영·이문구·박완서 씨의 작품들을 습작 테스트로 삼음.

1983년 이산 가족 찾기 열풍이 몰아닥침. 아버지도 텔레비전 앞에서 며칠씩 밤을 새우며 눈물을 흘림. 그 광경을 지켜보면서 그 동안 아버지를 경제적 무능력자로 경원시했으나 마음을 돌려 화해하기로 작정함.

1984년 영문과 학회지『생성』에 소설「아버지의 슈퍼마켓」「소외」와 시「조명」발표.

1985년 아버지 돌아가심. 휴학함.

1986~87년 일 년 반 동안 방위 생활을 함. 신기철·신용철 공저 『새우리말큰사전』을 독파하며 우리말 어휘·어구·속담 등을 대학 노트에 기록·정리함. 이때 습득한 어휘와 자라면서 어머니 곁에서 들어야 했던 입심이 합쳐져 소설 문체의 중요한 밑거름이 되어줌.

1990년 직장을 두 번 옮기고 『한겨레신문』 교열부에 자리잡음.

1991년 신춘문예에 연거푸 두 번 떨어지고 난 다음, 대학 복학생 때 『대학신문』 현상문예에 응모했던 「쥐잡기」를 개작해 『경향신문』 신춘문예에 투고한 것이 당선됨. 그해 등단하여 첫 작품 「키 작은 쑥부쟁이」를 『문학사상』 5월호에 발표했는데 서점에서 갓 나온 잡지에 실린 얼굴 사진을 보고 눈물이 글썽했음. 민족문학작가회의 소설분과에 가입. 단편 「수습일기」(『현대문학』 8월호), 「열린 사회와 그 적들」(『문예중앙』 가을호) 발표.

1992년 단편 「적리(赤痢)」(『문학사상』 5월호), 「춘하 돌아오다」(『민중문예』 여름호), 「그리운 동방」(『현대소설』 여름호), 「사랑니 앓기」(『문예중앙』 가을호), 「용두각을 찾아서」(『문학과사회』 겨울호) 발표.

1993년 단편 「처용단장」(『문예중앙』 봄호), 그리고 미발표작 「임존성 가는 길」 등 열한 편의 작품을 묶어 첫 창작집 『열린 사회와 그 적들』을 솔출판사에서 펴냄(3월). 이후 단편 「가을 옷을 위한 랩소디」(『민족문학』 4·5·6월호), 「고아떤 뺑덕어멈」(『샘이깊은물』 6월호), 「지하생활자들」(『지평의문학』 창간호), 「혁명기념일」(『실천문학』 가을호), 「파애」(『세계의문학』 가을호) 발표. 『소설과사상』 겨울호에 연작 장편 『장석조네 사람들』의 연재를 시작. 6월 6일 김윤식 선생의 주례로 소설가 함정임과 결혼. 강남구 세곡동에서 신혼살림.

1994년 단편「개홀레꾼」(『한국문학』 3·4월호),「쌍가매」(『문학정신』 6월호),「세월의 무늬」(『동서문학』 가을호),「늪이 있는 마을」(『문예중앙』 가을호),「첫눈」(『작가세계』 겨울호),「아버지의 자리」(『리뷰』 겨울호) 발표. 교열부에서 문화부로 자리를 옮겨 국악, 클래식, 무용 등의 공연 취재를 담당. 3월 20일 아들 태형(泰亨) 태어남. 7월 일산 신도시로 이사. 한 분뿐인 형 세상을 뜸.

1995년 「파애」부터「늪이 있는 마을」까지 아홉 편의 작품을 묶어 두번째 창작집『고아떤 뺑덕어멈』을 솔출판사에서 펴냄(1월).『소설과사상』에 4회 연재했던 연작 장편『장석조네 사람들』을 고려원에서 펴냄(4월). 단편「달개비꽃」(『현대문학』 4월호),「문산행 기차」(『문학사상』 6월호),「자전거 도둑」(『문예중앙』 여름호),「원색생물학습도감」(『문학동네』 가을호) 발표. 6월, 한겨레신문사를 그만둠. 선배와 친구들이 일하는 서교동의 강출판사 한켠에 자리를 얻어 소설 노동자 생활로 본격 진입.

1996년 중편「경복여관에서 꿈꾸기」(『오늘의 문예비평』 봄호), 단편「마라토너」(『창작과비평』 봄호),「길」(『문학사상』 3월호) 발표.「첫눈」부터「길」까지 아홉 편을 묶어 세번째 창작집『자전거 도둑』을 강출판사에서 펴냄(3월).『작가세계』 봄호에 전재했던 장편소설『양파』를 세계사에서 펴냄(7월). 아들 태형이가 커서 읽어주기를 바라면서 짬짬이 써왔던 장편 창작 동화『열한 살의 푸른바다』를 국민서관에서 펴냄(9월). 그간 매달 두세 편씩 사보의 청탁에 응해 썼던 콩트를 간추려『바람 부는 쪽으로 가라』를 하늘연못에서 펴냄(9월). 중편「목마른 뿌리」를『자유공론』에 3회 분재(2·4·5월호). 단편「갈매나무를 찾아서」(『월간 에세이』 6월호) 발표. 이 작품을 개작하여 테마소설집『서른 살의 강』(문학동네)에 수록(7월). 단편「쐬주」(『소설과사상』 여름호),「건널목에서」(『금호문화』 9월호),「벌레는 단 과육

속에 깃들인다」(『현대문학』 9월호), 「지붕 위의 남자」(『기업과문학』 9·10월호), 「부엌」(『시와사람』 가을호), 「울프강의 세월」(『작가』 11·12월호), 중편 「신풍근배커리 略史」(『문학과사회』 겨울호) 발표. 『실천문학』 겨울호에 장편 『동물원』의 연재를 시작. 6월, 한겨레신문사의 최인호·현이섭 선배와 함께 중국 여행길에 올라 장강을 구경. 10월, 문화의 날에 문체부가 수여하는 제4회 '오늘의젊은예술가상'을 수상. 서경석, 김만수, 진정석과 계간 『한국문학』 편집위원으로 참여. 가을학기부터 대전에 있는 중경공업전문대 문창과에 출강.

1997년 『실천문학』 봄호에 『동물원』 2회분 연재. 단편 「눈사람 속의 검은 항아리」(『21세기문학』 봄호) 발표. 3월 초 서교동의 한 내과의원에서 내시경으로 위염 검사를 받음. 3월 9일 고양시 화정동에 있는 서영병원에 입원. 11일 신촌 세브란스병원으로 옮김. 암종증 진단을 받음. 4월 8일 연희동 동서한방병원으로 옮김. 4월 22일(음력 3월 16일) 새벽 3시 43분 같은 병원에서 눈을 감음. 4월 24일 용인 공원묘원에 묻힘.

미망인 함정임의 뜻에 따라 6월 9일(음력 5월 5일) 신촌의 봉원사에서 영가(靈駕)의 명복을 비는 천도의식(薦度儀式)인 사십구재(四十九齋)를 지냄. 이 자리에는 김성동, 김원우, 김사인, 임우기 등의 문단 선배들과 정홍수, 안찬수, 진정석, 정홍섭, 하영춘 등 오랜 지우, 그리고 가족과 친지를 비롯 평소 그의 글을 따르던 독자들이 지상에서 하늘로 길을 떠나는 그의 마지막을 지킴. 김성동 선생이 직접 붓으로 초(草)한 비문을 새긴 비석이 섬.

김소진 전집 3
자전거 도둑
ⓒ 김소진 2002

1판 1쇄 | 2002년 7월 23일
1판 35쇄 | 2025년 2월 26일

지은이 김소진
책임편집 김현정 조연주 장한맘 손미선
저작권 박지영 형소진 오서영
마케팅 정민호 서지화 한민아 이민경 왕지경 정유진 정경주 김수인 김혜원 김예진
브랜딩 함유지 박민재 김희숙 이송이 김하연 박다솔 조다현 배진성
제작 강신은 김동욱 이순호 | 제작처 (주)상지사P&B

펴낸곳 (주)문학동네 | 펴낸이 김소영
출판등록 1993년 10월 22일 제2003-000045호
주소 10881 경기도 파주시 회동길 210
전자우편 editor@munhak.com | 대표전화 031)955-8888 | 팩스 031)955-8855
문학동네카페 http://cafe.naver.com/mhdn
인스타그램 @munhakdongne | 트위터 @munhakdongne
북클럽문학동네 http://bookclubmunhak.com

ISBN 89-8281-549-X 04810
    89-8281-546-5(세트)
* 이 책의 판권은 지은이와 문학동네에 있습니다.
  이 책 내용의 전부 또는 일부를 재사용하려면 반드시 양측의 서면 동의를 받아야 합니다.

잘못된 책은 구입하신 서점에서 교환해드립니다.
기타 교환 문의: 031) 955-2661, 3580

www.munhak.com